John Henry, der Mann mit dem Hammer in der Hand, ist der Held unzähliger Volkslieder und Balladen und wurde zum amerikanischen Gründungsmythos. Der Legende nach siegte der schwarze Tunnelarbeiter mit Körperkraft im Wettstreit gegen eine Bohrmaschine, doch er bezahlte diesen Triumph mit dem Leben. Mehr als hundert Jahre später wird ihm zu Ehren in einem Kaff in West Virginia ein Festival gefeiert und eine neue Briefmarke ausgegeben. Eine ganze Horde von Journalisten trifft in dem einstigen Sklavenstaat ein, und der einzige Schwarze unter ihnen, J. Sutter, ist dabei, einen neuen Rekord im Spesenrittertum aufzustellen. Dabei freundet er sich mit einer jungen New Yorkerin an, die die John-Henry-Devotionalien ihres Vaters loswerden will. Und was hat es mit dem scheinbar harmlosen Briefmarkensammler auf sich, der ihm gleich am ersten Abend das Leben rettet?

COLSON WHITEHEAD, 1969 in New York geboren, studierte an der Harvard University und arbeitete für die New York Times, Harper's und Granta. Whitehead erhielt den Whiting Writers Award (2000) sowie den Young Lion's Fiction Award (2002) und war Stipendiat des MacArthur »Genius« Fellowship. Für seinen Roman *Underground Railroad* wurde er mit dem National Book Award 2016 und dem Pulitzer-Preis 2017 ausgezeichnet. Für *Die Nickel Boys* erhielt er 2020 erneut den Pulitzer Preis sowie den Orwell Prize für Political Fiction. Der Autor lebt in Brooklyn.

Colson Whitehead

John Henry Days

Roman

Aus dem Englischen
von Nikolaus Stingl

btb

Die Originalausgabe erschien 2001 unter dem Titel
JOHN HENRY DAYS
bei Doubleday in New York

Sprache und Sprachgebrauch wandeln sich im Lauf der Zeit.
Was in einer bestimmten Epoche angemessen erscheint, kann in der
nächsten schon unangemessen sein. Den Wünschen des Autors
entsprechend, wurde die Sprache Amerikas in den Neunzigerjahren
historisch getreu wiedergegeben.

Penguin Random House Verlagsgruppe FSC® N001967

1. Auflage
Genehmigte Taschenbuchausgabe Juli 2024
btb Verlag in der Penguin Random House Verlagsgruppe GmbH,
Neumarkter Str. 28, 81673 München
Copyright © der Originalausgabe 2001 Colson Whitehead
Copyright © der deutschsprachigen Erstausgabe 2004
Carl Hanser Verlag, München, Wien
Covergestaltung: semper smile, München
Covermotiv: © Shutterstock / Giraphics, Roman Amanov
Satz: GGP Media GmbH, Pößneck
Druck und Einband: GGP Media GmbH, Pößneck
MN · Herstellung: sc
Printed in Germany
ISBN 978-3-442-77433-3

www.btb-verlag.de
www.facebook.com/penguinbuecher

PROLOG

Vor ungefähr fünfundvierzig Jahren war ich in Morgan County, Kentucky. Da war ein Trupp Schwarzer aus Mississippi, die arbeiteten mit beim Bau eines Tunnels für die O & K Railroad am Oberlauf des Big Caney Creek. Dort habe ich das Lied zum ersten Mal gehört; sie sangen es immer, um mit ihren Hämmern den Takt zu halten.

Bezugnehmend auf Ihre Anzeige im *Chicago Defender* möchte ich auf Ihre Bitte um Informationen über Mr. John Henry, den heldenhaften Veteranen aus der Entstehungszeit des Big Bend Tunnel, antworten.

Es ist mir gelungen, aus meiner Erinnerung dreizehn Strophen zu rekonstruieren, die sich mit dieser hervorragenden und verdienstvollen Persönlichkeit einer längst vergangenen Zeit beschäftigen. Um fehlende Textstellen zu ergänzen und meine Erinnerungen zu verifizieren, war es erforderlich, eine Reihe von Langzeitinsassen des Zuchthauses zu befragen; ich hoffe, das Ergebnis stellt Sie zufrieden und entspricht Ihren Wünschen.

Was den historischen John Henry angeht, würde ich sagen, er hat vor ungefähr fünfzig Jahren tatsächlich gelebt und war ein kräftiger Mann, der den Tod fand, nachdem er in einem Wettkampf eine Dampfbohrmaschine übertrumpft hatte. Seine Frau war sehr klein und liebte ihn von ganzem Herzen.

Mein Großvater mütterlicherseits war Bohrhauer und arbeitete damals, als Dampfbohrmaschinen noch nicht so verbreitet waren, bei vielen Großprojekten im ganzen Land. Er prahlte immer damit, wie gut er mit dem Hammer habe umgehen können, und behauptete, keiner außer John Henry sei ihm darin überlegen gewesen. Er sang von John Henry und erzählte von den alten Zeiten, als Hauer mit Hämmern die Arbeit der Dampfbohrmaschinen verrichteten.

Weil ich damals noch ziemlich jung war, kann ich mich nicht mehr an alle Geschichten erinnern, die ich gehört habe, aber ich weiß, dass John Henry irgendwann in den Achtzigern, 1881 oder 1882, starb, auf jeden Fall einige Jahre vor meiner Geburt.

Ich hätte gern ein Honorar für diese Information; ich bin Häftling hier im Ohio Penitentiary und mittellos, sodass ich mich über jedes Angebot von Ihrer Seite freuen würde.

1890 sangen die Leute in der Stadt das Lied von John Henry, einem Hauer. Ich arbeitete damals hier in Norfolk, Virginia, für Fenerstein und Co. in der Austernzucht, heute bin ich 66 Jahre alt und arbeite noch immer für dieselbe Firma.

John Henry war Bohrhauer und wurde berühmt, als mit dem Bau der C&O Railroad begonnen wurde. Auch beim Ausbau der N&W Railroad war er dabei. In diesem Abschnitt arbeitete er um 1872 herum. Das war vor der Zeit der Dampfbohrmaschinen, und die Bohrarbeit wurde damals von zwei kräftigen Männern, speziellen Bohrhauern, verrichtet. Sie schlugen von beiden Seiten auf den Bohrstahl ein und sangen dabei ein Lied, das sie während der Arbeit improvisierten. John Henry war der berühmteste Bohrhauer, den es im Süden von West Virginia jemals gab. Er war ein Prachtexemplar von Mensch, soll fast eins neunzig groß gewesen sein, wog zweihundertfünfundzwanzig oder -dreißig Pfund, hielt sich bolzengerade und war einer der stattlichsten Männer im Land – und, wie ein Informant mir erzählte, kohlrabenschwarz.

Immer wenn eine spektakuläre Bohrleistung gefragt war, holte man John Henry, und es heißt, er habe seinerzeit schneller bohren können als zwei Männer zusammen. Er war ein leidenschaftlicher Spieler und weithin berühmt für sein Glück im Spiel. Für die dunkelhäutige Rasse im ganzen Land war er »der Größte überhaupt«, und vom Südabschnitt der West Virginia Line bis zur C & O bewunderten und liebten ihn sämtliche Schwarzen Frauen. Außerdem vertrug er mehr Whisky als jeder andere und konnte wie kein Zweiter die ganze Nacht durchzechen und dann den ganzen Tag Bohrlöcher treiben. Ein gutherziger Mensch von großer Körperkraft und angenehmen Umgangsformen, dabei aber ein Spieler, Wüstling, Säufer und wilder Raufbold.

Ich heiße Harvey Hicks und wohne in Evington, Virginia. Ich schreibe Ihnen auf Ihre Anzeige im *Chicago Defender*. John Henry, heißt es, war ein Weißer. Er war Häftling, als er damals im Big Ben Tunnel als Bohrhauer arbeitete, und behauptete, er wäre schneller als die Dampfbohrmaschine. Sie sagten ihm, wenn das stimmt, würden sie ihn freilassen. Es heißt, er wäre ungefähr zweieinhalb Minuten schneller gewesen als die Dampfbohrmaschine und dann tot umgefallen. Er arbeitete mit einem Hammer, einem Neun-Pfund-Fäustel, in jeder Hand.

Mein Onkel Gus (der Mann, der meinen Vater großgezogen hat), arbeitete beim Cursey Mountain Tunnel und kannte den Mann. Er sagte, John Henry sei Jamaikaner, hellhäutig und hochgewachsen gewesen und habe ungefähr 200 Pfund gewogen.

Ich bin Dampflöffelbaggerführer oder »Baggerer« und habe die Bohrhauer mein ganzes Leben lang »John Henry« singen hören; wahrscheinlich gibt es viele Strophen, die ich gar nicht kenne, weil jeder neue »Nigger«, der als Bohrhauer arbeitete, einen neuen Vers zu »John Henry« beisteuerte.

Persönlich habe ich John Henry nicht gekannt, aber ich habe mit vielen alten Hasen geredet, die ihn kannten. Er arbeitete für Langhorn & Langhorn an der Chesapeake & Ohio Railway und konnte beim Big Bend Tunnel neun Fuß Stahl schneller vortreiben als die Dampfbohrmaschine. Später wurde er wegen Mordes in Welch, Virginia, aufgehängt. Nachdem ich die »Spreu« ausgesiebt habe, kann ich Ihnen versichern, dass Obenstehendes zutrifft.

Ich habe drei Versionen des Liedes gehört, und zwar meistens in derselben Gegend des Landes, nämlich West Virginia, Virginia, Kentucky, Tennessee und North Carolina. Ich habe überall im Süden und Südwesten gearbeitet und den John-Henry-Song gehört, soweit ich zurückdenken kann, und es ist der Song, an den ich jedes Mal zuerst denke.

Ich glaube, die ganze Sache mit John Henry ist bloß so eine Geschichte, die jemand in die Welt gesetzt hat. Mein Vater hat für die Burleigh Drill Company gearbeitet und mir versichert, dass beim Big Bend Tunnel niemals eine Dampfbohrmaschine eingesetzt wurde. Er war Vertreter für Burleigh.

John Henry kam gebürtig aus Holly Springs, Mississippi, und ging 1880 nach Alabama, wo er beim Bau des Tunnels durch den Curzee Mountain für die AGS Railway arbeitete. Soviel ich gehört habe, war er tatsächlich schneller als die Dampfbohrmaschine, ist aber nicht an jenem Tag gestorben. Er kam einige Zeit später bei einem Tunneleinsturz ums Leben.

Da ich im Staat Tennessee geboren und aufgewachsen bin und von daher hinreichend engen Kontakt zur dortigen Negerbevölkerung hatte, habe ich diese Lieder praktisch mein Leben lang gehört, bis ich vor sechs Jahren aus diesem Teil des Landes weggezogen bin.

Nach meinen Informationen hat es John Henry wirklich gegeben, er war ein Nigger, der beim Bau eines Tunnels für eine der Eisenbahnen im Süden als Bohrhauer arbeitete.

Von Rechts wegen gehört die Ballade den Eisenbahnarbeitern. John Henry war ein Eisenbahnarbeiter. Sie gehört den Hauern und Schippern, den Maultiertreibern, den Bohrhauern, den Männern der Arbeitslager. Sie wird überall von Schwarzen Arbeitern gesungen, und niemand kann die Ballade so singen wie sie, weil niemand das Andenken von John Henry so ehrt und hochhält wie sie. Ich bin mein Leben lang ein Vagabund gewesen – seit ich mit zwölf vor den Weißen davongelaufen bin – und habe von den Großen Seen bis Florida und vom Atlantik bis zum Missouri River mit meinen Leuten beim Eisenbahnbau gearbeitet, und überall, wo ich gearbeitet habe, habe ich immer jemanden gefunden, der von John Henry singen konnte und das auch tat.

John Henry, der König der Bohrhauer, stammte aus Alabama, und zwar aus der Gegend von Bessemer oder Blackton. Er war zwischen 45 und 50 Jahre alt und wog ungefähr 155 Pfund. Er war nicht tiefschwarz, sondern eher schokoladenfarben. Er hielt sich gerade und war sehr muskulös.

Zum letzten Mal sah ich John Henry, der Big John Henry genannt wurde, als es ihn und einen anderen Neger bei einer Sprengung erwischte. Man legte Decken über sie und trug sie aus dem Tunnel. Ich glaube nicht, dass John Henry bei dem Unfall ums Leben kam, weil ich nichts von seiner Beerdigung hörte, und die Vorarbeiter waren immer sehr darauf bedacht, sich um die Verletzten und die Toten zu kümmern. Ich weiß nichts davon, dass John Henry mit einer Dampfbohrmaschine um die Wette gebohrt hätte, und ich glaube nicht, dass ich im Tunnel jemals eine gesehen habe. Im Tunnel wurde von Hand gebohrt. In Schacht zwei wurde eine Maschine eingesetzt, um den Kübel hochzuziehen, wenn wir in den Tunnel einfuhren, aber eine Dampfmaschine oder Dampfbohrmaschine gab es dort nicht.

Ich habe das Lied an tausend verschiedenen Orten gehört. Gesungen haben es Nigger-Sonderkolonnen, Landstreicher aller Arten, Bergleute und Hochofenarbeiter, Fluss- und Kairatten, Strandgutsammler und Seeleute, Erntehelfer und Holzfäller. Einige davon betrunken und einige nüchtern. Es ist in sämtlichen Staaten und auch außerhalb davon verbreitet. Ich habe jede Menge Strophen gehört, die wortwörtlich aus anderen Liedern abgeschrieben oder je nach Gelegenheit improvisiert worden waren.

Landstreicher, Gleisarbeiter und andere, die das Lied singen, glauben, dass John Henry ein Neger war, »ein kohlrabenschwarzer Mann«, wie es in einer halb vergessenen Strophe heißt, »ein großer Kerl«, wie ein alter Landstreicher einmal sagte. Er behauptete, er hätte ihn gekannt, aber er hatte sich mit billigem Roten betrunken, deswegen glaube ich ihm nicht so recht. Ich habe nur sehr wenige getroffen, die behaupteten, sie hätten ihn selbst gekannt. Vor vierzig Jahren betrachteten ihn die Neger als Helden ihrer Rasse.

ERSTER TEIL

TERMINAL
CITY

Mittlerweile preist er die Verlässlichkeit von Flughäfen. Seine Lobpreisung fällt, wenn er Anlass hat, ihr Ausdruck zu geben, knapp und sparsam aus; eine durch und durch profane Geste, ein leichtes, an niemand Bestimmten gerichtetes Nicken, ein kurzes Senken des Kinns, das kein Zeuge je registriert. Es gilt hauptsächlich dem Zufall, bekundet Dankbarkeit für jedes noch so kleine Glücksgeschenk, das ihm vor die Füße fällt. Die erste Lobpreisung des Tages wird von einem Schnipsel von feierlichem Weiß hervorgerufen, einem kleinen Fitzelchen, das J. Sutter ein paar Meter entfernt auf dem Teppichboden bemerkt und sofort, ohne den Schatten eines Zweifels, als Quittung erkennt.

Er schaut nach links, und er schaut nach rechts. Er wartet darauf, dass einer der vorbeimarschierenden Langweiler seine Hüfttasche öffnet, vor Entsetzen erstarrt und denselben Weg zurückgeht, um die verloren gegangene Quittung einzusammeln, während die Räder seines Hartschalenkoffers hinter ihm flüchtige Rillen in den purpurroten Teppich kerben. Die Quittung könnte jedem dieser Leute gehören. Die mit dem Reisen einhergehende Verunsicherung lässt sie zwanghaft Taschen nach Geldbeuteln und Pässen abklopfen, über verräterische Ausbuchtungen in Leinentaschen streichen, bei denen es sich ganz eindeutig um Ticket und Bordkarte handeln muss, aber doch wiederum nicht so eindeutig, dass die Stelle nicht abermals abgetastet, die Tasche nicht zum hundertsten Mal an diesem Tag geöffnet und inspiziert werden müsste. In ihrer pingeligen Überreiztheit bemerken sie das Verschwinden einer Quittung vielleicht eher und fangen an, danach zu suchen. Er bezieht diese Überlegung in seine Berechnung der Zeitspanne ein, die er brauchen wird, um die Quittung aus ihrer unmittelbaren Gefahr im Laufgang zu retten.

Sie lockt ihn, bebt kokett. Was belegt sie? Auf Flughäfen kann man alles Mögliche kaufen, sie werden mit jedem Tag mehr zu Städten, zu einer einzigen klotzigen, transkontinentalen Metropole. Batterien, einen Teddybären, eine Zahnbürste als Ersatz für die zu Hause am Waschbecken vergessene. Einen nahrhaften Lunch – er hofft auf Lunch, denn er hat Hunger, und das Zweitbeste nach einem richtigen Sandwich wäre im Augenblick ein Beleg über ein Sandwich. Noch besser etwas Unspezifisches, Hauptsache eine dicke Endsumme, er kann ihnen unterjubeln, was er will. Natürlich nur innerhalb der dehnbaren Grenzen erstattungsfähiger Ausgaben.

Die Quittung flattert leise, lockt. Er befindet sich bei Gate 22, am Einlass von Terminal B, und jeder der mühseligen und beladenen Pilger könnte in ebendiesem Moment auf der Suche nach der Quittung sein und ihm ihren Besitz streitig machen, falls er, J., sich tatsächlich zum Handeln entschloss. Zeugen am Tresen. J. hasst Szenen. Als ob die Sicherheitsleute ihm eher Glauben schenken würden als irgendeiner Matrone aus Paramus. Die Sonnenbrille aus der Drogerie schief in den Halsausschnitt ihres gestreiften Billig-T-Shirts eingehakt, die verblichene Baseballmütze, ein Souvenir aus Cancun, diese typischen Steuerzahlerdetails, er hätte keine Chance.

Von der anderen Seite des Laufgangs, aus dem feindlichen Lager von Gate 21, Flug 702 nach Houston, betrachtet ein kleiner Junge in hellgrünem Roboteroutfit, Merchandisingprodukt irgendeiner Kinderserie, die gerade groß im Kommen ist, die herrenlose Quittung genauso eingehend wie J. Vermutlich wartet der Junge darauf, dass einer der Reisenden drauftritt, damit er sich an dieser plumpen Zerstörung weiden kann, und als J. dieses Bild vor sich sieht – die Quittung von einem Designerschuh zerstampft oder so stark verschmutzt, dass er sie nicht mehr verwenden kann –, steht er sofort von dem Plastikschalensitz auf, tritt selbstbewusst, ohne jeden Gewissensbiss, in den Laufgang, und nachdem er sich mit einem raschen Blick zurück vergewissert hat, dass niemand seine Sachen stiehlt, geht er in die Hocke und ergreift den einsamen Schnipsel ebenso behutsam mit Daumen und Zeigefinger wie ein Entomologe, der sich nach einem seltenen Falter bückt. Niemand macht Krawall. Der kleine Junge grinst ihn an und vollführt eine barocke Kampfsportbewegung.

J.s Nackenmuskeln entspannen sich, sein Kinn senkt sich, und er beglückwünscht sich, während er sich wieder hinsetzt. Denn das hier ist reines Glück, eine jungfräuliche, frisch von der großen Eiche des Konsums gepflückte Quittung, die eine Lobpreisung verdient. Flughäfen lassen ebenso unfehlbar Quittungen erblühen, wie stehendes Wasser Moskitos hervorbringt. Er schilt sich selbst dafür, dass er so lange damit gewartet hat, sie aufzuheben. Warum sollte sie jemand anders außer ihm haben wollen? Sie ist Abfall. Früher Nachmittag in Terminal City: die meisten Leute hier sind Zivilisten, unterwegs, um Verwandte zu besuchen, oder wohin normale Menschen eben hingehen, Disneyland. Keine leitenden Angestellten, die jede Transaktion in die Abrechnungsformulare ihrer Firmen eintragen, und mit Sicherheit keine Spesenritter wie er selbst. Kein Mensch würde sich mit ihm wegen einer Quittung streiten, die, im Luftzug vieler Schritte von Gate zu Gate wirbelnd, in irgendeiner entlegenen Ecke gelandet ist. Er kommt sich dumm vor, freut sich aber trotzdem darüber, dass seine Instinkte noch intakt sind. In den nächsten Tagen wird es bestimmt ein ganz schön hektisches Gerangel um Quittungen geben.

J. inspiziert seine Beute. Er wischt purpurrote Teppichfasern und einen Haarkringel von dem Papier, streicht mit dem Finger über die Zahnung des oberen Randes. Er wünscht sich etwas und sieht dann genauer hin. Der Drucker von Kasse 3 in Hiram's

News könnte neuen Toner vertragen; nur zwanzig Minuten alt, und schon zeigt die Quittung eine müde Mattheit. Kein großer Coup, nicht zu vergleichen mit den großen Betrügereien, die er im Laufe der Jahre mit gefundenen Quittungen begangen hat, mit Sicherheit kein zweites Planet Hollywood Paris oder Prag 92, aber trotzdem nützlich: eine Zeitschrift und irgendeine Süßigkeit, beides nur durch Reihen von Scannerzahlen kenntlich. J. hält die Süßigkeit für einen Kaugummi, vermutet in dem Käufer einen Raucher, dem ein nervenzermürbender Flug wohin auch immer bevorsteht, aber die Zeitschrift! Angesichts von drei Dollar fünfundneunzig tippt er auf ein Lifestyle-Magazin voller Parfümreklame: Ich hätte gern etwas von Condé Nast, bitte. Die meisten Flughäfen im Nordosten sind fest in der Hand von De Angelo Brothers Distribution, und Nast wird laut Vertrag besonders absatzfördernd präsentiert. Vermutlich wird er die Zeitschrift in seiner Spesenabrechnung unter Recherche verbuchen und den Kaugummi als Essen hineinmogeln. J. verstaut die Quittung bei der übrigen Ausbeute des Vormittags, der Taxi- und Hotelquittung, und hört dann wieder den Lautsprecheransagen zu. Ihm ist heiter zumute. Er ist ein Bürger von Terminal City, bewahrt jede Quittung in einem besonderen Fach seiner Brieftasche auf, und von Zeit zu Zeit erregen auf Abwege geratene Quittungen seine Aufmerksamkeit.

Hier drin ist man sicher. Er sieht zu, wie sich seine Mitreisenden in einer Schlange vor dem Flugsteigpersonal drängeln, das die Passagiere in feste Gruppen aufteilt. Er empfindet das als geordnetes System, eines von vielen in dieser Betonvoliere. Die riesigen Klammern, die die vorgefertigten Teile des Terminals in ein friedliches Miteinander lullen, die aufgeladene, wohltuende künstliche Luft, Pissoirs mit automatischer Spülung. Er mag das neue Geräusch von Registrierkassen, kein Geklingel mehr, stattdessen dieser neuartige Komplex der Bestätigung eines Kaufs, das elektronische Orakel aus purpurroter Tinte auf Papier, jener winzige Impuls, der sich mit dem Netz verbindet, das die Glaubwürdigkeit von Kreditkarten überprüft. Zwar kommt einem noch immer jedes Passieren eines Metalldetektors wie ein Gefängnisausbruch vor, und das animalische Gerempel, wenn der Flug aufgerufen wird oder wenn das Flugzeug sich am Zielflughafen ans Gate schiebt und all die schmutzigen, von Feuchttüchern schmierigen Hände nach den Gepäckfächern greifen, ist nicht abzustellen, aber das ist bloß Ausdruck menschlicher Schwäche, kein Fehler im Konzept der Flughäfen. J. klemmt sich sein Bordgepäck (auf diesem Flug darf er nur eine Tasche mitnehmen) zwischen die Füße. Sogar dem beengten Chaos des Ein- und Aussteigens ist mit der richtigen Einstellung beizukommen. Ordner und weiße, gebührenfreie Telefone. Essen auf praktischen Tabletts. Was den Mahlzeiten an Geschmack fehlt, machen sie mit durchdachter Verpackung wett. Nie hat er in einer Flugzeugmahlzeit ein Menschenhaar gefunden. Wozu sind Plastikhüllen sonst auch da. Eissalat enthält wichtige Mineralstoffe. Neue Fortschritte in puncto Beinfreiheit, das hat er in den letzten paar Monaten gemerkt, seit er hier wohnhaft ist. J. ist fest davon überzeugt, dass sie (eine Koalition von Fluggesellschaften, die sämtliche Streitpunkte angesichts der vorliegenden Tagesordnung von vornherein ausklammern) sich mit Hingabe bestimmter grundsätzlicher Probleme annehmen und auf irgendeinem vorstädtischen Campus ganze Heerscharen von Ergonomen konzentriert haben, die sich mit der Frage der Beinfreiheit und der Blutzirkulation, dem Konflikt zwischen den biologischen Gegebenheiten und den Erfordernissen der Kabinenausnutzung beschäftigen, und deshalb schlafen ihm, obwohl die Früchte dieser Arbeit für das Auge nicht ohne Weiteres wahrnehmbar sind, neuerdings nicht mehr so oft die Beine ein.

Jemand vom Flugsteigpersonal ruft den Flug auf, und J. wartet darauf, dass seine Reihe drankommt. Jemand vom Flugsteigpersonal reißt einen breiten Abschnitt von seiner Bordkarte ab, und

J. schiebt sich den verbleibenden Rest in die Tasche, während er die kühle Schräge zur Tür hinabgeht.

Auf Anweisung zwängt er seine Tasche in den schmalen Raum unter dem Sitz vor ihm. Er sitzt grundsätzlich am Gang, und das schon seit Jahren. Auf dem Mittelsitz kommt man sich vor wie in einer Sardinenbüchse, und durch die verstärkten Fenster gibt es nichts zu sehen, bloß das Land als verschwommene Masse. J. hat das Gefühl, er arbeite effizienter, wenn er nicht an sein Publikum denkt und daran, wo es lebt. Er beschränkt seine Verpflichtungen gern darauf, die geforderte Wortanzahl einzuhalten, einen Wert, der sich mit Hilfe einer Funktion in einem Pull-down-Menü seines Textverarbeitungsprogramms ohne Weiteres verifizieren lässt.

Leute verstauen sorgfältig Gegenstände im Gepäckfach, nur um ihre durchdachten Arrangements von anderen Fluggästen zunichte gemacht und über den Haufen geworfen zu sehen. Die Flugbegleiter überprüfen die Gepäckfächer und verschließen sie.

Eine mollige weiße Frau in einem schmal geschnittenen, türkisfarbenen Hosenanzug teilt ihm mit, dass sie den Fensterplatz hat. Während er sie vorbeilässt, verfasst er im Geiste eine Anzeige für ihr Parfüm, die einen vielseitigen, sowohl für das Büro als auch zum Ausgehen geeigneten Duft beschreibt. Dann platziert er die Anzeige auf eine Seite am Anfang der Zeitschrift, zwischen dem Autorenverzeichnis und den Leserbriefen. Sie schiebt ihre Ledertasche unter den Sitz vor ihr und zieht die Blende herunter. Ihr graduiertes rotes Haar ist so gleichmäßig abgestuft wie eine alte Pagode. Zeitgleich schnallen sie sich an.

Im ganzen Flugzeug werden Schließen, Schnallen und Riegel kontrolliert und nochmals kontrolliert, ein Zusammenspiel von Einzelheiten, das vielleicht für den Start unerlässlich ist.

Er ist immer in der Luft.

Die Frau auf dem Fensterplatz gewinnt die erste Runde, indem sie die Armstütze hochklappt, die ihren Platz und den Mittelplatz in gesonderte Bereiche unterteilt. Sie faltet ihre Jacke und legt sie ordentlich auf den leeren Sitz. Kommt ihm zuvor. J. ermahnt sich, endlich aufzuwachen. Er wird an diesem Wochenende seine sämtliche Fähigkeiten brauchen; diese Frau ist eine Zivilistin, ein Niemand im Vergleich mit all den großen Fischen, mit denen er in den nächsten Tagen konkurrieren wird.

J. sieht zu, wie die Flugbegleiterin den Metallwagen im Kurz-kurz-lang-Rhythmus des Essenverteilens den Gang entlang-schiebt. Ein Snackflug, bloß ein Katzensprung nach Südosten. Er entriegelt das Tablett und lässt die Handflächen über die makellose industrielle Oberfläche gleiten. Die Flugbegleiterin lächelt darüber und stellt ein in Folie eingeschweißtes, viereckiges Snackpaket und ein nicht alkoholisches Getränk darauf ab. Er dreht das Päckchen so, dass es parallel zu den Tabletträndern liegt, und betrachtet seinen Lunch. Laugenstangen, bestäubt mit orangefarbenem Käsearoma. Am Morgen hat das Hotel auf einem Tisch neben der Registrierkasse Doughnuts und Kaffee angeboten, eine Gratismahlzeit, die er – auch nach den Maßstäben normaler Menschen – ohne Weiteres als Frühstück einordnen konnte: Dies hier ist, weil jemand anders sein Flugticket bezahlt hat, die zweite Gratismahlzeit, und dann gibt es heute Abend noch so etwas wie ein Eröffnungsbankett, Gratismahlzeit *numero tres*. Er wird dieses Päckchen mit Laugenstangen als Lunch betrachten und sich am Buffet vollessen, es ist ganz bestimmt ein Buffet, das ist es immer, und J. nimmt an, dass er es solange aushalten kann. Für eine Gratismahlzeit hält er es immer aus. J. lutscht Käsepulver und Salz von den Laugenstangen und löst die Substanzen durch Zerreiben am Gaumendach auf, ehe er richtig hineinbeißt. Er sieht das milde, wohltuende Karminlicht der Wärmelampe über einer Hochrippe, das fröhliche Blau der Trockenspiritusflammen unter den Metallschalen mit einheimischen Gerichten. Er wischt den orangefarbenen Rest am Sitzpolster ab, das als Schwimmhilfe dient, falls es zu bestimmten Situationen kommt.

Die Frau am Fenster entriegelt das Tablett des mittleren Sitzes und stellt ihr leeres Snackpaket und ihr Plastikglas darauf ab. Runde zwei, stellt J. fest, sie lässt ihre Muskeln spielen. Schickt die Kanonenboote nach Kuba. Sie klappt ihr Tablett wieder hoch und ergibt sich nach gemächlicher Inspektion ihrer Domäne den ungetrübten Zerstreuungen des Bordmagazins.

Die Zeitschrift enthält, zwischen globalen Reiserouten und Kurzinhaltsangaben der an Bord gezeigten Filme verstreut, informative Artikel unterschiedlicher Art. Vor ein paar Jahren hat J. selbst einen Artikel darin untergebracht, eine Empfehlung neuer zairischer Hotels; Präsident Mobutu hatte versucht, ein bisschen Touristenverkehr für dieses oft übersehene Land zu mobilisieren. J. hat während seines Aufenthalts dort keine Blutströme bemerkt. Es war ein Fest für Spesenritter. Jeder Trottel auf der Liste rappelte sich dafür hoch. Ihre Referenzen wurden nie nachgeprüft. Hepatitis ein ständiges Gesprächsthema. Nur J. war so naiv, tatsächlich einen Artikel über die Reise zu schreiben. Er war noch grün damals, machte sich Sorgen wegen der Auswirkungen, klammerte sich tapfer an einen abstrakten Begriff von journalistischer Ethik. Die Regierung ließ kistenweise Alkohol aus Europa einfliegen. Er bekam zwei Dollar pro Wort und kaufte sich eine neue Hose.

J. blickt der Frau über die Schulter und erkennt Tinys Namen unter einem Artikel über das French Quarter von New Orleans. Zum vierten oder fünften Mal hat der Scheißkerl das Ding nun schon verkauft. Mindestens – heutzutage gibt es so viele Verwertungsmöglichkeiten, dass J. schon bei seinen eigenen Artikeln kaum den Überblick behalten kann, von denen seiner Kameraden ganz zu schweigen. Man muss Tinys Unverschämtheit bewundern. Ein Spesenritter unter Spesenrittern. Ob er sich diesmal die Mühe gemacht hat, den Anfang zu ändern? Die Frau bemerkt J.s Aufmerksamkeit, macht ein ungehaltenes Gesicht und bedeutet ihm mit einer Geste, dass jede Rückenlehne mit der neuesten Ausgabe des Bordmagazins bestückt ist.

Nach einer Weile kommt die Flugbegleiterin den Gang entlangspaziert, in der Hand einen weißen Plastiksack mit rotem, in den oberen Rand eingearbeitetem Zugband. Die gleiche Sorte, die er auch zu Hause hat, ein praktisches Modell, das jedes Mal, wenn er eine Schachtel davon kauft, seiner Weitsichtigkeit schmeichelt. J. wirft seinen Abfall und den Abfall vom mittleren Tablett in den Sack. Er stellt sein Tablett wieder in aufrechte Position. Beinahe klappt er auch das mittlere Tablett wieder hoch, doch dann wird ihm klar, dass womöglich schon die Beseitigung ihres Abfalls ein Übergriff war. Sie hat ihre Zone ganz klar auf den leeren Sitz ausgedehnt. Zumindest seine Armstützen sind unangefochten. Bloß um sich zu vergewissern, packt er sie fest. Als das Flugzeug am Gate zum Stehen kommt, grapscht sich die Frau Aktentasche und Jacke und bewegt sich auf ihn zu. Als Rache für ihre Ausgebufftheit während des Fluges bleibt ihm nur, still und geduldig sitzen zu bleiben, während sie neben ihm zappelt, mit der Hand gegen ihren Oberschenkel klopft und mit Blicken das Gepäckfach aufhebelt. An ihm kommt sie nicht vorbei. J. steht auf, als er so weit ist, als sie an der Reihe sind, den Engpass zu verlassen. Ich nehme, was ich kriegen kann, sagt er sich.

Vergiss den Süden. Der Süden bringt dich um. J. besitzt das für den Schwarzen Yankee übliche Maß an Verachtung für den Süden, eine bemühte Geringschätzung, mit der er sich gegen die Vergangenheit zu verhärten sucht. Sie tritt in unterschiedlichem Gewand auf: intellektuelle Herablassung, ein ansehnliches Repertoire von Witzen über das weiße Pack, Dinge dieser Art, ein instinktives Erstarren bei den Worten County Sheriff. Ein Blick auf die Kannibalen, die sich am Ankunftsgate drängeln, und sein Abscheu bekommt neue Nahrung. Die Gesichter sind anders, das empfindet er jedes Mal ganz deutlich, wenn er irgendwo landet, wo er noch nie gewesen ist. Diesmal aber macht sich seine Angst so nachdrücklich geltend, dass er gute Lust hat, die Gangway hinauf in den Schutz seines Platzes zurückzueilen. Er ist in einem anderen Amerika angelangt, in dem er nicht zu Hause ist. Die Nichtklassifizierten, die auf Verwandtschaft warten, drängen aufs Gate zu. Hüfte an Hüfte gedrückt, ergeben die Knitter und Schattierungen ihrer wie in Säure gespülten Jeans die Reliefkarte einer heruntergekommenen Konföderation. Powerline-Kids lutschen Daumen. Zwischen den Säumen übergroßer Shorts und den Bündchen von Kunstfaser-Sportsocken prangen hellrotes Hummerfleisch und knorrige Knie, Dumpfes und Schamloses, maritime Knollengewächse, von keinem bekannten System biologischer Taxonomie katalogisiert. (Davon stimmt natürlich nichts, aber Wahrnehmung ist alles; jeder sein eigener dunkler Kontinent.) Einer hat seinen Bart zu einem dünnen Rattenschwanz geschnitten, alle trinken sie aus dem gleichen verdorbenen Brunnen, es ist einfach beängstigend.

Ein Bild des bevorstehenden Buffets schimmert in der Luft vor ihm, und seine Beklemmung legt sich. Er war ein paarmal in Atlanta, aber Atlanta ist eine Schokoladenstadt, und nie hat man ihm erlaubt, sich vom PR-Zirkus der Schallplattenfirmen zu entfernen. Hat für den Reiseteil einer Tageszeitung in Des Moines über den Mardi Gras berichtet, fühlte sich dabei aber durch die Festtagsverrücktheit beschützt, die gleichermaßen Nischen der Sicherheit wie der Gewalt schafft. Zwischenstopps in Texas, bei denen er jedoch nicht im Traum daran dachte, die Grenzen von Terminal City zu verlassen. Es ist nicht schwierig, seinen Vorlieben zu frönen; Medienereignisse ergeben sich in aller Regel in der Nähe von Medienzentren, und das heißt an den Küsten. Er hat sehr darauf geachtet, sich von der Esse der Geschichte seiner Rasse fernzuhalten. Und jetzt ist er auf Geheiß des United States Postal Service und eines kleinen Kaffs namens Talcott hier in Charleston, West Virginia, um über die Vorstellung einer neuen Briefmarke zu berichten, ein dem Trägheitsmoment gehorchender Lohnschreiber, der Quittungen hamstert, denn er ist auf einer dreimonatigen Spesentour, die zu unterbrechen ihm die Bereitschaft und der Mut fehlen. Wahrscheinlich, denkt er, fressen mich diese Leute auf.

J. hält nach seinem auf ein Stück Pappe aufgemalten Namen Ausschau, kann seinen Fahrer aber weder am Gate noch bei der Gepäckausgabe finden. Schöner Sommertag, wahrscheinlich sitzt der Mann unten am Fischteich. Oder schaukelt in einer zerschlissenen Hängematte. J. beschließt, draußen zu warten.

Ein Durcheinander von Fahrzeugen am Bordstein. J. bleibt nicht viel anderes übrig, als zu warten. Er hat keine Ahnung, wo er hinmuss. Yeager Airport, benannt nach Brigadegeneral Charles E. »Chuck« Yeager, so jedenfalls steht es auf einer blank polierten Bronzetafel. Chuck Yeager ist ein Sohn der Stadt. Kein Wunder, dass er die Flucht ergriffen hat. J. rechnet damit, dass sein Fahrer mit einem roten Pick-up auftaucht, auf der Ladefläche ein Haufen Hühner in einem Gestöber von Federn.

Im Eingangsbereich hängt das nach der sorgfältig abgestimmten Atmosphäre des Terminals besonders furchtbare Kohlenmonoxid auf Knöchelhöhe, schwerer als Luft. Dort drüben lungert ein Haufen schmutziger Wolken. »Was für ein Drecknest«, sagt J. und preist zum zweiten Mal an diesem Tag die Verlässlichkeit von Flughäfen, weil er jederzeit kehrtmachen und woanders hingehen kann.

6. Juni 1996

Amerikanischer Volksheld in Briefmarkenserie gewürdigt

WASHINGTON – Wenn die Stadt Talcott in West Virginia in diesem Sommer zum ersten Mal ihr jährliches »John Henry Days«-Festival veranstaltet, so würdigt sie damit einen von Amerikas beliebtesten Volkshelden; zur gleichen Zeit bringt der U. S. Postal Service seine Briefmarkenserie mit berühmten Volkshelden heraus. Seit den Siebzigerjahren des 19. Jahrhunderts wird John Henry als starker Mann gepriesen, der praktisch mit einem Hammer in den Händen auf die Welt gekommen sei und zehn Stunden am Stück habe Stein bohren können. Während er für die Chesapeake & Ohio Railway am Big Bend Tunnel außerhalb von Talcott arbeitete, sei John Henry, so heißt es, in einem Wettkampf gegen eine Dampfbohrmaschine angetreten und habe seine Hämmer so kräftig geschwungen, dass er die Maschine besiegte. Eisenbahnarbeiter, die beim Bau unseres Schienennetzes schufteten, sangen ganz buchstäblich das Loblied dieses Helden.

Die Stadt Talcott schätzt sich glücklich, einen ihrer berühmten Einwohner ehren zu dürfen. Am Wochenende des 12. Juli 1996 wird sie Gastgeberin des neu ins Leben gerufenen »John Henry Days«-Festivals sein, einer dreitägigen Feier rund um die Geschichte der Eisenbahn und die Kultur der Region. Vertreter des

United States Postal Service werden daran teilnehmen, um die Briefmarkenserie berühmter Volkshelden offiziell vorzustellen, außerdem erwartet man viele Überraschungsgäste, und es sind zahlreiche Veranstaltungen geplant. »Volkshelden wie John Henry sind der Inbegriff amerikanischer Werte«, so Postmaster General Marvin Runyon. »Der U. S. Postal Service ist stolz darauf, ihre Geschichte mit seiner Gedenkserie fortzusetzen.«

Neben John Henry sind Paul Bunyan, Mighty Casey und Pecos Bill Bestandteil der Volkshelden-Serie. Paul Bunyan war der Überlieferung zufolge ein riesenhafter Holzfäller, der mit Babe, dem blauen Ochsen, das Land durchstreifte und Bäume fällte. Er war der Held unzähliger Holzfäller, die Geschichten davon erzählten, wie er riesige Flächen rodete und Legionen von Holzfällern aus dem ganzen Land beschäftigte. Generationen von Kindern haben den Klassiker »Casey at the Bat« gehört, der 1888 im *San Francisco Examiner* erschien. Verfasst von Ernest Lawrence Thayer und populär gemacht von William De Wolf Hopper, erzählt die Ballade die Geschichte eines arroganten jungen Baseballspielers, der »aus« gemacht wird, wodurch seine Mannschaft ein wichtiges Spiel verliert. Seit seine Originalgeschichte 1923 im *Century Magazine* erschien, sind Pecos Bill und seine Abenteuer im Wilden Westen fester Bestandteil unserer nationalen Folklore. Der Volksheld, so will es die Legende, wurde von einem Kojoten aufgezogen und war ein derart rauer Bursche, dass er auf einem Berglöwen reiten und eine Klapperschlange als Lasso verwenden konnte.

Die Marken wurden von dem Künstler Dave La Fleur aus Derby, Kansas, entworfen und werden ab dem 15. Juli landesweit erhältlich sein. »Die Volkshelden werden genauso dargestellt wie in mindestens einer schriftlichen Version ihrer jeweiligen Geschichte«, so der Briefmarkenkünstler La Fleur. »Gezeigt wird der denkwürdigste Moment jedes Helden: Casey kurz vor dem Schlag, John Henry, wie er seinen Hammer, Paul Bunyan, wie er seine Axt, und Pecos Bill, wie er seine Klapperschlange schwingt.«

Der Postal Service wird 113 Millionen Marken dieser Serie in Blöcken zu je zwanzig Marken herausbringen. Der Block wird für $6.40 abgegeben.

Am Freitag, dem 12. Juli, findet im historischen Millhouse Inn ein besonderer Empfang für Vertreter der Medien statt. Zimmerreservierungen sind möglich. Falls Sie an diesem Ereignis teilnehmen möchten, setzen Sie sich bitte mit Arlene im Summers County Visitors Center in Verbindung.

J. sitzt auf dem Rücksitz eines amerikanischen Wagens neuerer Bauart. Am Rückspiegel hängt Jesus Christus und wackelt fortwährend, als versuche er, sein Kruzifix vom Boden hochzuwuchten. Arnie entschuldigt sich erneut dafür, dass er sich mit dem Abholen verspätet hat.

Kein Problem, sagt J. Er sieht zum Rückfenster hinaus und widmet sich wieder seiner in den letzten zehn Minuten gepflegten Beschäftigung, einer gelassenen Betrachtung des Sattelzuges, der ihnen an der hinteren Stoßstange klebt. Eine Plastikplane mit detailgenauer Wiedergabe der Südstaatenflagge beherrscht den Kühlergrill des Lastwagens. J. kann den Fahrer nicht sehen, doch er winkt der schwarzen Windschutzscheibe grüßend zu und dreht sich nach vorn. Um ihn herum verlieren sich die Außenbezirke der Stadt Charleston, Ballungen aus Gewerbegebieten, riesigen Einkaufszentren und ganz neuen Spezies von Parkplätzen, in der Landschaft. Es stellt sich das Problem der horizontalen Ausdehnung. In der Ferne sieht J. Berge, grüne, über den Rand der Welt lugende Aufwerfungen, wo immer ihn die kleineren Gipfel, zwischen denen die Straße eingeschnitten ist, so weit blicken lassen. Ob die Siedler je glaubten, sie kämen an diesen Hängen vorbei, fragt sich J. Zuerst über den Ozean, und dann schaffen sie es so weit ins Landesinnere und machen sich Sorgen, dass es überall so ist wie hier: eine Aneinanderreihung von Steilwänden und Abhängen, als hätte ein auf der anderen Seite der Hügel hockender Kobold die Erde hochgeschoben. Ein Riese auf einen Haufen grünen Teppich eingetreten. Raubeiniges Volk, die Bergbewohner.

»Macht es Ihnen was aus, wenn ich die Nebenstraßen nehme?«, fragt Arnie. Er deutet auf die Fahrspur vor ihm, den sich verdichtenden Verkehr. »Ein paar Meilen weiter verengt es sich auf eine Spur. Bauarbeiten. Dauert vielleicht genauso lang, aber bestimmt nicht länger.«

»Sie kennen sich aus«, antwortet J. Mit etwas Glück folgt ihnen das Ungetüm in ihrem Nacken nicht. J. schätzt Arnie auf Mitte Vierzig, ein Alimentezahler, der nach jahrelangem Sparen sein eigenes Taxi fährt, Teil der fernfahrenden Flotte der New-River-Gorge-Taxis. Wobei Flotte zwei, drei altersschwache Kisten heißt. Arnies strohblondes Haar ist schütter, und seinem Kinn entsprießen goldene Stoppeln. Isst, was er kriegen kann. Im Wagen riecht es, nicht unangenehm, nach einer besseren Sorte von WC-Stein.

Arnie räuspert sich. »Und was machen Sie so, sind Sie bei der Post?«

»Ich bin Journalist.«

»Schreiben Sie einen Artikel über das Festival?«

»Genau.«

Arnie fragt ihn, ob er für Zeitungen und Zeitschriften schreibt, und J. bejaht, obwohl der Artikel für eine neue Reise-Website ist. J. hat keine Lust zu erklären, was das Web ist; der Kerl hier glaubt wahrscheinlich, ein Laptop sei eine neue Sorte von Banjo. Lucien hat die Sache vermittelt. J. hat noch nicht für das Web gearbeitet, wusste aber immer, dass es nur eine Frage der Zeit war: Die neuen Medien sind Sozialhilfe für den Mittelstand. Vor einem Jahr gab es das Web noch gar nicht, und inzwischen hat J. mehrere bislang unvermittelbare Bekannte, die dem Ding ein regelmäßiges Gehalt verdanken. Immer weniger Leute sind nachmittags zu Hause und wollen über das diskutieren, was in Talkshows und Zeichentrickfilmen passiert, und das heißt, die Leute arbeiten. Es war nur eine Frage der Zeit, bis diese umherirrenden Dollars aus der freien Wirtschaft den Weg zu ihm fanden. Er zieht dergleichen einfach an.

J. überprüft noch einmal das Quittungsfach seiner Brieftasche, bloß zur Sicherheit. Er macht eine bewusste Anstrengung, die Landschaft zu genießen. Das fällt schwer: Für ihn sehen alle Bäume gleich aus. Die Straße schlüpft an den Stellen durch, die der Staat freigesprengt hat, zwischen den Hügeln, und vom Straßenrand aus starren die zernarbten Felswände einander grimmig an, nach all den Jahren noch immer voller Groll über ihre Trennung. Den Fels hinab tröpfelt Wasser aus unbekannten Quellen, hoch gelegenen Quellen, wer weiß was, das hier ist Natur, tröpfelt die Hänge hinab über die Wurzeln kühner Bäume und befeuchtet das Gestein wie Schweiß die Stirn eines Boxers. Der Fahrer nimmt Abwege. Abseits der Interstate. J. wird auf Abwege geführt. Lucien hat ihm den Job beschafft, als J. anrief und ernsthafte Zweifel daran äußerte, ob er einen Artikel über eine Scheißbriefmarke unterbringen könne. Es war im Wesentlichen ein akademisches Problem; sie müssen nicht über sämtliche Ereignisse schreiben, die sie besuchen, nur so viel, dass sie nicht wie komplette Soldschreiber dastehen. Kein Mensch will, dass die Sache auffliegt, weder die Spesenritter noch die PR-Leute, die die Reiserouten festlegen. Um den Anschein zu wahren, reicht es meistens aus, zwischen Ausfällen zum Horsd'œuvre-Tisch ein Notizbuch hervorzuholen und etwas hineinzukritzeln. Nach ein paar Jahren hat J. gelernt, nur über solche Ereignisse zu schreiben, bei denen die Spesenhöhe und die Dollarausbeute pro Wort das bloße Reisen unerschwinglich machen. Auswirkungen hat das nie. Die Pressefritzen begrüßen ihn weiterhin herzlich und verteilen Pressemappen, die ungeöffnet bleiben, er staubt scheffelweise Werbegeschenke ab, er isst und trinkt sich satt. Er bleibt auf der Liste.

Aber dieses Briefmarkenproblem. Diese Briefmarkengeschichte war so ungewöhnlich, dass J. sie Lucien als eine Art Herausforderung präsentiert hat: Wer in aller Welt würde sich schon für dieses Ereignis interessieren? Welche Zeitschrift beschäftigte

Redakteure, die es ertragen konnten, sich auch nur mit einem Komma eines solchen Artikels zu beschäftigen, welche Zeitung hatte eine Leserschaft, die ausschließlich aus sabbernden, wehrlosen Anstaltsinsassen bestand? Sie waren schon öfter in Nöten gewesen, Lucien und seine journalistischen Verbündeten, kriegten am Ende aber immer die Kurve, wenn sie mussten, brachten den Artikel über Ronald Mc Donalds Rap-Platte unter (offene Filet-Mignon-Burger und Schokolade-Margarita-Shakes auf dem Presseempfang), trieben den einfühlsamen Chefredakteur auf, der Platz für den plastischen Chirurgen hatte, der auf Hollywood-Kindergärten spezialisiert war (jeder, der an der Pressekonferenz teilnahm, bekam gratis eine Kostenschätzung und ein computergeneriertes, hypothetisches Gesicht zum Mit-nach-Hause-Nehmen). Aber eine Briefmarke? Das kam ihm sogar nach ihren bescheidenen Maßstäben lächerlich vor. Dazu noch in West Virginia. J. wollte einfach nur wissen, ob die Welt an einem Punkt angelangt war, wo man sich so etwas leisten konnte. Er wollte es einfach nur wissen.

Lucien war ganz ruhig und geduldig. Er hielt eine kleine Rede. Er bat J., ein paar Minuten in seinem Hotelzimmer zu bleiben. Ein paar Minuten später rief der für Features zuständige Redakteur der Reise-Website von Time Warner an und sagte, er überlege, einen Artikel über das Festival in Talcott zu bringen, und ob J. interessiert sei. Einfach so.

Jetzt taucht die Straße zwischen Berggipfel ein, vorbei an kleinen Städten, die das Scheitern aller Gründerväterambitionen überdauert haben. Das Gesprenkel aus stillen Häusern und verrosteten Lastern rappelt sich aus dem Dreck hoch, entwickelt eine Kultur und mutiert zu Einkaufszentren, leuchtenden Wucherungen aus Tankstellen und Fast-Food-Läden, ehe es wieder in der Barbarei der schäbigen Hütten und verrosteten Laster versackt. Die Einkaufszentren streben Vollkommenheit an. Jedes Mal, wenn der Wagen die Außenbezirke eines neuen Einkaufszentrums erreicht, fragt sich J., ob die Franchisegeschäfte und die Einzelunternehmer es diesmal richtig hinkriegen, ob die Größenverhältnisse diesmal stimmen und Dichte, Platzierung und Markenname ein neues und endgültiges Produkt erzeugen. Ein einziges schönes Produkt mit genügend Platz und Registrierkassen, mit reichlich Notausgängen und praktischen Öffnungszeiten. Aber jedes Werk ist verkorkst und fehlangepasst, verträgt sich nicht mit den anderen oder ist von morbider Wesensart und ergibt sich unvermeidlich der Stille der schwarzen Landstraße. Und bald verschwinden die Einkaufszentren völlig, und J. sieht ein Ortsschild, ein, zwei an den Hang gequetschte Häuser verdichten sich zu einer Gruppe von Behausungen und lösen sich dann wieder auf. Gleich darauf sieht er das nächste Ortsschild, und dies alles, ohne je an etwas vorbeizukommen, was seiner Definition einer Stadt entspricht. Nicht einmal ein Laden hinter einer Tankstelle. Er ist verwirrt.

Arnie sagt: »Schön friedlich. Kein Vergleich mit der Großstadt, was?« Er geht zu Recht davon aus, dass J. kein Sohn des Südens ist.

»Grün ist es jedenfalls«, sagt J.

»Zum ersten Mal in West Virginia?«

»Ja.«

»Es wird Ihnen gefallen«, versichert Arnie. »›Das Nördlichste des Südens, das Südlichste des Nordens, das Westlichste des Ostens und das Östlichste des Westens.‹ So heißt es, und ich kann es nur bestätigen. Wir haben hier alles. In Beckley kann man einen Großteil des Jahres Ski fahren. Wenn Sie übers Wochenende dazu kommen, sollten Sie sich mal den Fluss ansehen. Man kann da alle möglichen Wildwasserfahrten unternehmen.«

»Ich hab's nicht so mit dem Wasser«, sagt J. Was dem unbedarften Geschwafel eine Zeit lang ein Ende setzt.

Es lebe der Inhalt. Der Mann von der Website, er hörte sich nach einem jüngeren Typ an, sagte, ihnen gehe es um Inhalte. Die

Website solle in ein paar Wochen stehen. Irgendwann solle sie global ausgerichtet sein, aber für den Anfang konzentrierten sie sich darauf, viel regionale Inhalte zu sammeln. So kämen sie an lokale Werbepartner. Übers Telefon konnte J. Computertastaturen klacken hören. Time Warner stecke eine Menge Geld in das Projekt, teilte ihm der Mann mit. Sie wollten damit richtig Wirbel machen. Er lud J. zur Launchparty ein, falls J. in der Stadt sei. J. wusste, dass er bereits eingeladen war: Time Warner ist eine Stütze der Liste. Alles, was J. denken kann, ist *Inhalt*. Das klingt so ehrlich. Keine Storys, keine Artikel, sondern Inhalt. Als wäre das ein kostbares Mineral. Es ist so ehrlich von ihnen.

Arnie und J. fahren nun schon seit über einer halben Stunde auf Nebenstraßen, tanzen über gewölbten Asphalt, vorbei an Erdrutschen und Wildwechseln. Der Fahrer macht erneut einen Gesprächsversuch: »Wie ich Ihren Namen gehört habe, dachte ich, Sutter, was? Hört sich nach Süden an.«

»Vielleicht haben meine Vorfahren ja irgendwem hier unten gehört.«

»Vielleicht …?« Im Rückspiegel treffen sich ihre Blicke, und Arnie kichert. »Das ist gut. Sie sind ja richtig witzig.« Er beginnt, vor sich hin zu summen.

Nach einer Reihe von Kurven schwindet das Licht, während sich die Bäume aneinanderkauern und nach dem Nachmittag krallen. Es sind keine anderen Autos auf der Straße. Jedes Mal, wenn sie eine der bedrohlich auf sie eindringenden Hügelgruppen hinter sich lassen, halten neue purpurgraue Gipfel den Wagen umschlossen. Arnie summt vor sich hin und klopft dazu mit den Fingern auf das Lenkrad. Dieses Aufflackern von Paranoia: was, wenn Caleb hier ihn in die Berge fährt, hinunter an den Fluss, zu einer einsamen Stelle, wo seine Familie irgendwelche Rituale vollzieht. Ihn in einen Kochtopf steckt, ein rituelles Opfer, fördert das Wachstum der Feldfrüchte. J. lugt über den Vordersitz hinweg, wartet darauf, dass die Baumreihe aufreißt. Nebenstraßen, weiß Gott. In ein paar Tagen wird das FBI ermitteln, dass er in dem Flug zum Yeager Airport war, die Frau vom Fensterplatz wird es ohne Begeisterung bestätigen, doch danach keine Spur mehr. Arnies Cousin der Ortspolizist. Vielleicht noch nicht einmal in ein paar Tagen. Kein Mensch weiß, wo er steckt, er weiß es ja selbst nicht. Sein Redakteur wird einfach glauben, er hat den Auftrag geschmissen. Notorische Neigung von Freiberuflern, sich vor dem Ablieferungstermin dünnzumachen. Kochen ihn in einem Topf, während sie sich im Fernsehen Catchen anschauen. Wahrscheinlich hat heutzutage auch die abgelegenste Hütte Fernsehen. Der Kabelanbieter in dieser Gegend bedient eine spezielle Klientel, ganze Sendungen auf öffentlichen Kanälen, in denen es um Rezepte für dunkles Fleisch geht.

Zum Spaß fragt J. beinahe: »Was macht man denn hier so zur Unterhaltung?«, doch dann überlegt er es sich anders. Ich bin eine richtige Großstadtpflanze, denkt er, ein richtig blasierter Scheißer. Irgendwann lassen sie den Wald hinter sich, kommen zunächst an einem verlassenen Stand für einheimisches Kunsthandwerk vorbei, der offenbar schon länger nicht mehr geöffnet war, dann an einer Tankstelle nebst Werkstatt mit einem Sammelsurium von Personenwagen und Pick-ups auf dem Grundstück. Arnie sagt, es sei nicht mehr weit.

Inhalt ist überhaupt das Beste, heißt es. Für den Spesenritter, der bereit ist, Zeit zu investieren, um die entsprechenden Kontakte herzustellen, Gelegenheit, richtig in die Vollen zu gehen. Eine ganz neue Größenordnung.

»Das ist Hinton«, sagt Arnie. Sie haben eine Kurve durchfahren und sind auf die seit geraumer Zeit größte Ansiedelung gestoßen. Hinton liegt mitten im Tal, eine von riesigen grünen Hohlhänden gehaltene Murmel. Der trübgraue Fluss, der das Tal geformt hat, trennt den Wagen von der Stadt. J. sieht die niedrige Brücke, die sie nach Hinton gebracht hätte, wenn sie links abgebogen wären. Am gegenüberliegenden Ufer entlang gruppiert sich ein flacher Teil der Stadt, J. erspäht einen Supermarkt, und darüber schieben sich, immer spärlicher werdend, die Gebäude die Bergwand hinauf, ein Häuflein zwei- und dreistöckiger Häuser, bei denen es sich wahrscheinlich um die ursprüngliche Stadt handelt: vornehme alte Bauten. Arnie biegt nicht links ab. Arnie fährt rechts weiter, in weitem Abstand parallel zur Stadt, auf der Straße, die den Fluss entlangkriecht. Ein Häuflein kleiner Unternehmen thront auf dieser Seite des Ufers, ein Souvenirladen mit Tierpräparaten, das Coast-to-Coast-Motel. Herb's Country Style verheißt gebratenes Hühnersteak. Zwischen den Läden kann J. jenseits des Flusses die andere Hälfte von Hinton ausmachen, die sich wie ein Flüchtling zwischen Bäumen versteckt.

Arnie hat mit Summen aufgehört. »Normalerweise arbeite ich nur montags und dienstags«, sagt er, »aber das Festival zahlt uns fast das Doppelte von dem, was wir sonst kriegen. Wohnen Sie in der Motor Lodge?«

»Weiß nicht genau. Wenn man Ihnen das gesagt hat.«

»Ja, die haben Motor Lodge gesagt, also fahre ich Sie da jetzt hin. Falls sich rausstellt, dass Sie nicht dort untergebracht sind, warte ich einfach und fahre Sie dann dorthin, wo Sie wohnen. Was meinen Sie dazu? Von mir aus können wir bis nach Saskatchewan fahren.« Arnie ist offensichtlich flexibel. »Ich habe gehört, Ben Vereen kommt auch. Stimmt das?«

»Ich weiß nicht genau.«

»Ich finde Ben Vereen toll«, sagt Arnie. »Das Ganze entwickelt sich zu einer richtig großen Party. Könnte in ein paar Jahren größer sein als das Nicholas County Spud and Splinter Festival, heißt es. Tut der ganzen Gegend gut.« Weiter vorn sieht J. den Fluss in üppigen Strömen, wie Haar durch einen Kamm, aus einem riesigen Staudamm schießen, aber sie schwenken vorher ab; Arnie biegt nach links auf eine schwarze Brücke ein, die über das rollende Wasser führt. »Talcott ist ungefähr zehn Meilen von hier«, fährt Arnie fort. »Und da ist John Henry her. Aber wir fahren nicht so weit. Talcott ist ziemlich klein, deswegen findet das meiste an diesem Wochenende wohl auch in Hinton statt. Sind sowieso praktisch Schwesterstädte.«

Nach der Brücke ist die Straße wieder leer. Sie folgt einem anderen Flussarm, und J. blickt in aufgewühltes Wasser hinab. Bis in die Strömung hinein ziehen sich Bäume, und J. stellt sich unter der dunklen Oberfläche einen ganzen Wald vor, das, was da war, ehe der Damm den Fluss aufstaute. Vielleicht schläft dort unten ja eine ganze Stadt. Er fragt sich, ob die Zeitung der untergegangenen Stadt Freiberufler gebrauchen kann.

Bei einem großen Holzschild, das die Talcott Motor Lodge ankündigt, biegt Arnie ab. Das Schild ist erst kürzlich neu gemalt worden. Er hält vor der Eingangstür des Hauptgebäudes, eines gedrungenen roten Baus mit Blechdach. Die Statue eines Lokomotivführers grüßt die Vorbeikommenden durch Antippen der Mütze.

»Da wären wir«, sagt Arnie.

J. bittet um eine Quittung.

Nachdem das Töten vorbei und der Schütze zu Boden geglitten ist, nachdem sich der Pulverrauch ins Unsichtbare verzogen hat, rappeln sich die Zeugen in diese Welt zurück, finden sich, erwachend, in warm zusammengedrängten Grüppchen wieder, wie sie einander in ihrer Menschenhaftigkeit bestärken; blinzelnd, um die Gewalt aus den Augen zu bekommen, betrachten sie ihre Umgebung. Manche kommen rascher zur Besinnung und laufen Hilfe holen. Einige besitzen ein wenig medizinischen Sachverstand, kümmern sich um die Sterbenden und rufen beruhigende Worte, die ebenso sehr den Verletzten wie ihnen selbst gelten. Es herrscht ein Magnetismus zwischen Familienmitgliedern und Freunden, sie werden zueinander hingezogen und untersuchen sich gegenseitig auf Schäden. Die Zeugen danken Gott. Die Zeugen teilen miteinander, was sie gesehen haben, und passen ihre jeweilige Perspektive über ein Tauschsystem von Geschluchztem in eine Gesamterzählung ein. In diesen ersten Minuten prallen tausend verschiedene Geschichten aufeinander; auch dieses Herstellen der Wahrheit ist Gewalt, aus der sich Fakten bilden.

Fakten sind diesen Sommer Joan Acorns Geschäft. Ihre Handtasche und ihren Notizblock hat sie wieder, aber sie kann ihren Stift nicht finden. Plötzlich ist es das Wichtigste in ihrem Leben, dass sie ihren Stift wiederfindet. Es ist ein Bic. Sie muss ihn wohl von sich geschleudert haben, als sie den ersten Schuss hörte und sich flach zu Boden warf, wie es der persönliche Sicherheitsberater beschrieben hat, den ihre Studentenverbindung engagierte, damit er sie in Selbstverteidigung unterrichtete. Unten bleiben, hat er gesagt und dann Statistiken über Schüsse aus fahrenden Autos im Ghetto zitiert. Während sie von der Wohnzimmercouch ihres Verbindungshauses zu ihm aufblickte, stellte Joan sich ihn als die Sorte Mann vor, der die Jungs vom ROTC in Militärkunde unterrichtete. Er war richtig maskulin. Joan fand ihn sexy. Er wusste, wie er den Leuten etwas sagen musste, damit es im Bewusstsein haften blieb. Der Berater war große Mode auf dem Campus, er war ein Prophet der Verbrechensbekämpfung, gekommen, um sie von der Angst vor Vergewaltigung zu erlösen. Als sie den ersten Schuss hörte, ließ sich Joan zwischen die Klappstühle fallen und schleuderte ihren Stift von sich.

Sie sieht ihren Stift ein paar Meter entfernt, neben einer Sandale, die jemand verloren hat. Eine neue Welle von Geschrei erhebt sich; in traumatisierten Schädeln schlägt die plötzliche Erkenntnis des Geschehenen Kapriolen. Joan bemüht sich, das zu tun, was jeder Journalist in dieser Situation tun würde. Die Abschlussveranstaltung der John Henry Days war ihr erster Auftrag, sie lief anders ab als erwartet, und Joan erinnert sich an Merksätze aus der Einführung in den Journalismus im letzten Semester. Damals paukte sie bis spät in die Nacht im Schlafanzug mit einer Freundin, entzifferte für die Abschlussprüfung ihre Aufzeichnungen und mampfte dazu Popcorn aus der Mikrowelle. Joan ist zielbewusst. Sie navigiert zwischen den umgekippten Stühlen hindurch. Alles ist so hell. Leute scharen sich zu Grüppchen zusammen und betasten einander. Sie schwanken, sind in sich zusammengesackt. Joan schiebt sich bis zum Bürgersteig durch. Die Autos auf der Straße summen leise, mit geöffneten Türen, geheimnisvoll und voller Geschichten. Das Ganze erinnert sie an einen Atomkriegsfilm.

Sie nähert sich einem älteren, mit identischen grünroten Jogginganzügen bekleideten Paar. Sie gibt sich als Journalistin der *Charleston Daily Mail* zu erkennen und fragt die beiden, was sie gesehen haben. Die Zeugen deuten zum Musikpavillon hinauf.

Die Zeugen deuten auf die Grüppchen, die sich um die Sterbenden kümmern. Joan spricht die Zeugen an und versucht, an die Geschichte zu kommen. Als sie von dem Telefon vor dem Friseurladen aus anruft, hat sie ein kleines bisschen Mühe damit, sich an die Kartennummer ihrer Eltern zu erinnern.

Joan erreicht die Redaktion und informiert einen Mann über den Amoklauf. Sie sieht einen hellbraunen Polizeiwagen auf den Platz fahren. Der Mann vom Sonntagsdienst zweifelt das von ihr benutzte Wort Amoklauf an und fordert sie auf, ihren Namen zu nennen und langsamer zu reden. Joan ist Volontärin beim Gesellschaftsteil der *Charleston Daily Mail*. Anfang des Frühjahrs war sie schwer begeistert gewesen von der Aussicht, womöglich über Mode schreiben zu können, ein Wunsch, den sie beim Sonntagabendtelefonat gegenüber ihren Eltern geäußert hatte. Ihr Vater telefonierte mit ihrem Onkel. Ihr Onkel, ein erfolgreicher Anwalt mit vielen einflussreichen Freunden, telefonierte mit dem Vertriebschef der *Charleston Daily Mail*, der seinerseits einige Telefongespräche führte. Dann kam es zur Katastrophe. Irgendwann im April fand Joan heraus, dass ihre drei besten Freundinnen im Sommer eine Europareise unternehmen würden. Joan kochte vor Wut; sie wünschte, sie hätten es ihr früher gesagt, immerhin waren sie angeblich ihre besten Freundinnen. Aber sie hatte bereits zugesagt, das Volontariat anzutreten, und ihre Eltern sagten ihr, es mache keinen guten Eindruck, wenn sie abspringe. Außerdem hatten sie ihr im Sommer davor eine Europareise bezahlt und wollten sie nicht verwöhnen. Ein Kompromiss in Form eines neuen Wagens, der ihr das Pendeln zwischen zu Hause und Redaktion erleichterte, stellte den gewohnten Familienfrieden wieder her.

Joan versucht am Telefon langsamer zu reden. Der Diensthabende sagt ihr, sie solle langsamer reden und ihm sagen, was genau passiert sei. Einen Moment lang teilt sich die Gruppe der Männer, die bei dem Journalisten stehen, und sie kann seine blutbesudelte Brust und seinen schlaffen Mund sehen. Der Vertriebs-chef der *Charleston Daily Mail* hat sie am ersten Tag ihres Volon-tariats zum Mittagessen ausgeführt, ihr die Geschichte und die Traditionen der Zeitung geschildert und dabei mit seinen be-haarten Fingern bestimmte Schlüsselmomente pantomimisch untermalt. Zu Joans Aufgaben gehören das Öffnen der Post, das Anfordern von Bildmaterial und die Entgegennahme von Nach-richten. Gelegentlich gibt es Vergünstigungen. Einmal fragte der Filmredakteur, ob jemand Freikarten fürs Kino wolle, und Joan ging mit ihrer besten Freundin aus Kindertagen hin. Im Kino sa-ßen sie neben einem gut aussehenden Nachrichtenmoderator, der schon seit Jahren beim Fernsehen war. Sie machte das Beste aus ihrer Lage. Ihren Freundinnen von der High School erzählte Joan zwischen den Gesprächspausen, die ihre unterschiedlichen Lebenswege deutlich machten, dass sie für die *Daily Mail* schrei-ben würde, doch in Wirklichkeit gelang es ihr kaum, ihren Chef davon zu überzeugen, dass sie etwas Besonderes war. Der Redak-teur des Gesellschaftsteils wirkt nicht sonderlich modern oder trendy. Er ist schon vor Jahren zum Gefangenen von Nebenleis-tungen und gewerkschaftlicher Sicherheit geworden. Er ist grau-haarig und hat Volontäre kommen und gehen sehen, doch Joan ist der perfekte Quälgeist. Sie ist kess und brünett. Aus einer spontanen Regung einfallsreicher Grausamkeit heraus hat er sie beauftragt, zweihundert Wörter über die Vorstellung der Brief-marke zu schreiben, um ihr beizubringen, was alle Journalisten, ganz gleich, mit wem sie befreundet sind, auf sich nehmen müs-sen. Joan war hocherfreut, stand Sonntagmorgen früh auf und fuhr mit ihrem neuen Wagen, der mit einem CD-Spieler ausge-stattet ist, die fünfzig Meilen von Charleston nach Talcott.

Der Diensthabende wiederholt seine Anweisungen für Joan. Sie solle ihm einfach ganz langsam erzählen, was passiert ist. Sie bemerkt, wie sich die Haltung der Männer versteift, die sich um einen der Verletzten kümmern, und fasst dies als Anzeichen für eine Verschlechterung seines Zustandes auf. Sie beginnt zu weinen. Sie bekommt die Worte an den Diensthabenden nicht heraus. Wo, was, wer, denkt sie, das sind die wesentlichen Fragen, die sich ein Journalist stellen muss. Und dann spürt Joan eine Wärme in ihrer Brust und sagt mit der Stimme von jemand anders: »Talcott, West Virginia – Am Sonntagnachmittag eröffnete ein Postangestellter das Feuer auf eine Menschenmenge, die sich zur offiziellen Vorstellung einer Briefmarke versammelt hatte; er verletzte drei Menschen schwer, ehe er selbst erschossen wurde.«

Die Verfasserangabe Dave Brown ist ein Ungeziefer, dessen allmähliche Verbreitung in der Welt der Printmedien sich nur skizzenhaft dokumentieren lässt. Ein erstes Auftreten der Plage lässt sich bis in die späten sechziger Jahre zurückverfolgen; zahlreiche Beispiele für das Vorkommen des Geschöpfs entstammen den Konzertkritiken des *Crawdaddy*. Die Gegenkultur, so eine Hypothese, erwies sich als üppiger Nährboden für das im Aufkommen begriffene Insekt, das von den Brosamen der neuen Popkultur prächtig zu gedeihen schien und sich hinter den Fußleisten des *Rolling Stone* und unter den Kühlschränken alternativer Wochenzeitschriften einnistete. Als blinder Passagier in den Laderäumen des Spektakels versteckt, griff der Organismus auf neue Verlagsimperien über, ein Überlebensinstinkt, der ihm im folgenden Jahrzehnt, in dem eine Verdreifachung der Druckerzeugnisse reichlich Fortpflanzungsmöglichkeiten bot, gut zupasskam. Der Nährboden der expandierenden Medien erwies sich als außerordentlich günstige Umwelt für die Verfasserangabe, deren Auftauchen exponentiell zunahm. Man hat sie über einem Gefängnisinterview mit Sirhan Sirhan im *Playboy* krabbeln und sich in der Blütezeit der Singer-Songwriter träge in der *New York Times* vermehren sehen. Hartnäckig und zäh vermochte sich die Verfasserangabe auch über klimatische Veränderungen des redaktionellen Stils hinweg am Leben zu erhalten, und ihr Fortpflanzungszyklus wurde auch von der unerträglichen Öde der Reagan-Jahre anscheinend nicht beeinträchtigt. Heute bleibt kein Zeitungsstand von der Verfasserangabe Dave Brown und ihrer leicht zu erkennenden, schmucklosen und zweckorientierten Prosa verschont.

Am Nachmittag des 12. Juli 1996 sitzt Dave Brown, die Beine leicht gespreizt, auf einem Gartenstuhl auf dem Parkplatz der Talcott Motor Lodge und sonnt mit dem optimistischen Silber einer Bräunungsfolie sein Gesicht. Er trägt verblichene, abgeschnittene Army-Hosen und hellrote Designer-Freizeitschuhe. Seine grauen, offenen Schnürsenkel sehen aus, als hätte jemand darauf herumgekaut. Dave nickt J. zu und deutet auf seine Thermosflasche. »Willst du was zu trinken?«

»Was hast du denn da?«

»Gin Tonic.«

J. schüttelt den Kopf und stellt seine Reisetaschen ab. Er sieht auf seinen Schlüssel und sucht an den Wänden des Motels hinter ihm nach seiner Zimmernummer. Flach und dick fläzt sich das grüne Motelgebäude; die beiden Stockwerke liegen aufeinander wie zwei Würmer beim Geschlechtsverkehr. J. spürt ein paar Schweißtropfen auf seine Unterarme treten. »Wie lang bist du schon da?«, fragt er, während sein Blick über grüne Hügelkämme streift.

»Ich bin vor ungefähr einer Stunde gekommen«, sagt Dave, den Kopf noch immer schräg in die Sonne gereckt. »Der einzige Flug, den ich kriegen konnte. Ich glaube, wir sind die Ersten.«

J. sieht sich nach den Hotelzimmern um. Er fragt Dave, ob er weiß, wer von ihren Kollegen zu den Veranstaltungen des Wochenendes kommen wird.

»Keine Ahnung«, antwortet Dave. »Das Ganze ist ein ziemlich mickriger Job, da weißt du nie, wer auftaucht. Von Frenchie weiß ich's, weil ich ihn letzte Woche bei dieser *Esquire*-Geschichte gesehen habe, und er hat gesagt, er kommt. Wahrscheinlich auch Tiny, weil er das Essen im Süden mag.« Er nimmt seine Sonnenbrille ab und schüttelt den Kopf. »Ich bin bloß hier, weil ich mir dachte, ich schlage ein bisschen Zeit tot, bevor ich zu der TV-Pressetour nach L. A. fliege. Charleston hat sich als hübsche Zwischenstation zwischen dort und New York angeboten. Bisschen

Landluft schnappen und der ganze Scheiß. Ich weiß auch nicht, was ich mir dabei gedacht habe.«

J. tritt von einem Fuß auf den anderen. Sein Magen beschwert sich wieder. »Was hört man denn so vom Buffet?«

»Ich weiß auch nichts Genaueres. Lokalkultur, schwer zu sagen. Allerdings muss man auch das U. S. Post Office mit einberechnen, und bei staatlichem Fraß weiß man ja nie. Willst du wirklich nichts zu trinken?«

»Wie spät ist es denn?«

»So gegen halb fünf.«

J. geht zu dem trockenen Swimmingpool, der aussieht wie etwas, was man zum Einweichen ins Spülbecken gelegt hat: ein schmutziger, mit verbrannten Blättern und Splitt verklebter Topf. Kein Bademeister im Dienst. Er zieht sich einen Gartenstuhl heran, was ein kratzendes Geräusch auf dem Stein macht, während Dave aus der Thermosflasche in einen Styroporbecher eingießt und etwas Motel-Eis dazugibt. J. nimmt einen tiefen Schluck, und das Summen in seinem Kopf spricht abermals für seinen Hunger. Dave Brown macht außerordentlich starke Gin Tonics. Sie sitzen da und tratschen ein paar Minuten lang darüber, wen sie bei den letzten Veranstaltungen gesehen haben, sind sich darin einig, dass die Liste im Sommer immer ganz sonderbar wird, dünn und abstrus, während sich das Unterhaltungskartell auf den Herbst einstellt. Alle sind in den Hamptons. In L. A. geht natürlich immer die Post ab. So hat J. sein Gegenüber das letzte Mal bei einer sensationellen Hunde- und Ponyausstellung im Sommer, kurz vor dem Memorial Day, gesehen. Schusswaffen und Autounfälle halten alle in Lohn und Brot. Die Marketingleute vom Studio sahen beglückt zu, wie Horsd'œuvre-Zahnstocher blank geleckt und auf Leinentischdecken abgelegt wurden. Reiseartikel zur Veröffentlichung im Herbst sorgen dafür, dass sich die Spesenritter um Malariatabletten und Sonnenschutzmittel drängeln. Aber es gibt eben auch sonderbare Ereignisse wie das hier, merkwürdige Meteore. J. spürt einen Stich im Arm und zerklatscht einen Moskito zu einem blutigen Klecks. Draußen auf dem Lande. Das wird hier ein richtig zäher Job, wenn Dave, Tiny und Frenchie auftauchen. Womit auch er selbst, macht sich J. klar, zum zähen Spesenritter wird. Dave schmiert sich Sonnenlotion ins Brusthaar. Dave, der älteste von ihnen, wahrscheinlich der erste Name auf der Liste. Kein Mensch weiß genau, wer sich die Liste ausgedacht hat, ein, zwei Hauptverdächtigen ist nichts nachzuweisen, aber an irgendeinem Punkt erforderte die Liste eine Inspiration, irgendeine Muse des Schnorrens, und das muss fraglos Dave sein. Der Kopf hinter der Liste sieht Dave Ende der Siebziger auf einer *Battle of the Network Stars*-Gala, und ihm wird eine Vision zuteil. Dave mit seinem übergroßen, auf einen Gnomenkörper aufgeschraubten Kopf, in seiner nach Präsident auf Lebenszeit aussehenden Khakijacke, seinem Markenzeichen, mit prall gefüllten, überquellenden Taschen, die aber in der Öffentlichkeit niemals angefasst werden. Er hat Taschen für seine Taschen. Überlebensausrüstung: ein Kompass, die freiliegende Nadel genau nach Norden ausgerichtet, wasserfeste Stifte, Heilmittel gegen Dschungelfäule und verschreibungspflichtige Säurehemmer. Der Kopf hinter der Liste sieht Dave, vermerkt den Neigungswinkel des Gratisdrinks in seiner Hand, und am nächsten Tag wühlt sich seine Sekretärin tief in sein Rolodex und holt die Namen heraus.

Dave greift in den Motel-Eiskübel und gießt sich nach. »Tja, J.«, sagt er, »was man so hört, bist du auf den Rekord aus.« Er rührt die Eiswürfel mit dem Finger um.

»Quatsch, ich bin einfach auf einer Sause.«

»Ach ja? Wie lang dauert denn diese sogenannte Sause schon, J.? Bist ja ziemlich aktiv.«

»Ungefähr drei Monate. Seit Mitte April. Angefangen habe ich mit dieser Barbie-Geschichte.« Mattel stellte seine neueste Barbiepuppe auf einer die ganze Nacht dauernden Party bei FAO

Schwarz vor. Die neue Barbiepuppe gab es mit Range Rover und Vaginalspalte; J. und Monica, die PR-Frau, befummelten einander, während Spielzeugpanzer mit Selbststeuerung ihre Füße umkurvten.

»Da war ich auch«, sagt Dave und nickt. »Sehr elegant, was die da an Sushi aufgefahren hatten.«

»Genau. Seit damals.«

»Nicht schlecht. Nonstop? Warst du unterwegs, oder bist du in New York geblieben?« Er will damit sagen, dass es für einen von ihnen kein Kunststück ist, jeden Tag an einer Pressekonferenz teilzunehmen, ein, zwei Doughnuts abzustauben und wieder zu verschwinden. Wenn J.s Serie vorwiegend aus leichten Treffern besteht, ist seine Leistung unspektakulär und zeugt womöglich nur von schlechter Kinderstube.

»Ich bin ziemlich herumgekommen«, sagt J. »Ich war zwei Wochen in L. A. auf der Blockbuster-Tour, aber das war der längste Aufenthalt an einem Ort, und ich bin jeden Abend auf einer Veranstaltung gewesen. Ich bin auf einer Sause.«

»Zwei Wochen sind eine Sause, drei Monate sind eine Tournee.« Er zwinkert, ein munteres Wimpernklimpern, das er eines öden Sommers im Jahre 1979 tagelang mühsam einstudiert hat. »Gehst du auch wirklich nicht auf den Rekord aus?«, fragt er erneut. »Denn wenn du schon so lange nonstop auf Spesen unterwegs bist, hast du jedenfalls eine gute Ausgangsposition.«

»Ich habe keine Lust, ein zweiter Bobby Figgis zu werden«, sagt J. Von dem Gin Tonic ist ihm ziemlich schwindelig. Das Getränk, zunächst ein widerlicher Schlick in seinem Magen, hat sich zu einer oktopusartigen Kreatur weiterentwickelt, die an seinem Inneren zupft und zerrt.

»Kein Mensch will ein zweiter Bobby Figgis werden. Immer nur auf Achse. Ich will dir mal was erzählen«, sagt Dave. J. leistet keinen Widerstand. »Ich war mal bei so einer Buchpräsentation für Norman Mailer. Ich weiß nicht, für welches Buch, eben eine seiner blöden Schwarten. Ich glaube, ich sollte es für den *Rolling Stone* besprechen. Oder vielleicht war ich auch einfach nur so da, ich weiß nicht mehr – jedenfalls habe ich mal eines seiner Bücher für den *Rolling Stone* besprochen. Oder war's *People*? Egal, es wird schon spät, und sie haben aufgehört, Essen aufzutragen, also decke ich mich mit Verpflegung ein. Die hatten richtig schön aufgefahren. Ich musste über Capote hinweggreifen, der mit seinen kleinen Rattenpfoten herumfuchtelte und mich abzublocken versuchte. Kannst du mir folgen?«

»Du warst in einen Horsd'œuvre-Krieg mit einem besoffenen Zwerg verwickelt.« In ihrer Branche ein durchaus häufiges Ereignis.

»Wir waren zwei besoffene Zwerge, die sich an Gottes Gaben satt essen wollten«, fährt Dave fort. »Bianca Jagger hat mit mir geflirtet. Koks war in dem Jahr spottbillig, deshalb konnte man nicht mal ins Badezimmer, auch wenn man pissen musste. Du warst damals wahrscheinlich zu Hause und hattest deinen *Krieg der Sterne*-Schlafanzug an. Da kommt George Plimpton auf mich zu und sagt: ›Mögen Sie Pekingente? Schmeckt Ihnen die Pekingente?‹ Ich schaue ihn bloß an. Er quatscht mich in seinem typischen New-England-Tonfall an, als wäre er direkt vom Plymouth Rock runtergestiegen. ›Schmeckt Ihnen die Pekingente?‹ fragt er, und dann erzählt er in allen Einzelheiten die Geschichte dieses Gerichts und von den speziellen Öfen, die sie dafür benutzen, und dass die königlichen Enten in China auf diesem hübschen offenen Gelände gehalten wurden und nur den besten Reis und die besten Körner kriegten. Davon bekommen die Enten ein besonderes Aroma. Das ist so, als würzt man sie schon, bevor sie tot sind. Nur dass sie – das heißt, die Enten – glauben, sie wären was Besseres. Sozusagen der Landadel der, was ist es doch gleich, der Stockenten, die königliche Familie, die das beste Futter kriegt und den besten Lifestyle hat. Sie sehen auf die Bauernenten vor dem Zaun herab. Plimpton benässt mich mit seiner feuchten

Aussprache und grapscht nach der Ente auf dem Tisch, während er mir diese Geschichte erzählt. Dabei haben sie keine Ahnung, sagt er und rammt mir dabei fast einen Cracker ins Auge, dass sie auch nicht besser dran sind als die anderen Enten. Gegessen werden sie nämlich alle. Bloß kriegen manche Enten den besseren Reis.«

»Prima Geschichte.«

»Fand ich auch. Dann rennt er zu irgendeinem anderen Promi im Raum. Und weißt du, was das Komische war? Ich war ihm vorher noch nie begegnet. Er hat mich beim Namen genannt, dabei war ich ihm vorher noch nie begegnet. Ist mir bis heute völlig rätselhaft. Völlig rätselhaft.«

»Das ist irgendeine Parabel.«

»Es ist eine zeitlose Geschichte. Noch was zu trinken?«

J. entschuldigt sich. Er greift nach seinen Taschen und entdeckt etwa in der Mitte des ersten Stocks Zimmer 27. Er hört eine Autotür zuknallen. Noch ein neu angekommener Gast. Sarkophagluft entströmt dem Zimmer, als er die Tür öffnet; er könnte darauf schwören. Das Zimmer ist ein kastanienbrauner Kasten. Als Erstes überprüft J. den Fernseher und stellt fest, dass er über das übliche Aufgebot an Kanälen verfügt. J. riecht feuchten Zement. Er setzt sich auf die Tagesdecke, einen gerippten karminroten Überwurf, der aussieht, als wäre er zum Fischen nach Ködern verwendet worden. Auf der anderen Zimmerseite zeigt ein verblichener Druck einen Eisenbahner, der vor einem Hintergrund schroffer, zurückweichender Schluchtwände auf dem Dach eines Dienstwagens hockt und mit freudigem Zähnefletschen die Hand mit der Mütze durch die Luft schwenkt. Herr des Himmels. J.s Magen hebt sich, und er läuft ins Bad und übergibt sich.

Benny wartet darauf, dass Kies zu Hagel wird. Das Geräusch bedeutet, dass Gäste ein Zimmer brauchen. Der Highway liefert Leute ab. Er ist ein großes, unbegreifliches Meer. Benny hält sie warm, wenn die Heizung funktioniert.

Am Morgen hat er das Gebäude begangen, um sich zu vergewissern, dass alles bereit ist. Josie hat noch geschlafen. Nach all der Arbeit, die sie in den letzten Wochen in das Haus gesteckt haben, hat sie sich ein, zwei zusätzliche Stunden verdient. Benny fuhr mit den Händen durch Dachrinnen und griff Laub, halb geschlüpfte Insekten. Unter ihm knarrte die Leiter und erinnerte ihn an sein Gewicht oder vielmehr an die Zunahme seines Gewichts. Als Benny nervös wurde, setzte das Essen bei ihm an. Er aß nicht mehr, aber es setzte stärker an. Diese Nervosität schlug dann in Sorge um, weil er keine Lust hatte, neue Kleider zu kaufen, und die Sorge wiederum trieb ihn in die Bücherei, wo er Bücher über den Stoffwechsel wälzte. Auf dem Rückweg ins Büro blieb er stehen, um mit dem Schuh einen Ameisenhügel zu zerstören, ein unordentliches Gewimmel, das über Nacht aus dem Boden gewachsen war.

In Zimmer 14 denkt Pamela Street über ihren Vater nach.

Benny sitzt in dem Ledersessel hinter der Rezeption. Aus Gewohnheit greift er zu dem kleinen Gestell hinüber, aber es ist nicht da. Er hat den Fernseher nach hinten ins Büro gestellt, weil er einen guten Eindruck auf seine Gäste machen will. Demzufolge hat er nichts – nicht den Nachmittagsfilm, keine Soap –, womit er sich beschäftigen könnte, außer seiner Warterei. Benny spürt etwas in seinem schütteren Haar und zieht einen kleinen

Zweig heraus, in dem sich ein paar kostbare Strähnen verfangen haben. Er löst sie von dem Zweig und wirft einen kurzen Blick auf die Perlenknötchen der Follikel. Wieder drei weniger.

Benny und Josie haben den Großteil eines Monats damit verbracht, ihre bescheidene Herberge auf Vordermann zu bringen. Sie haben die Zimmer frisch gestrichen, die schlichten Kühlschränke enteist, eine neue Kiste keimfrei gemachter Gläser geöffnet und Fläschchen mit einem Wunderding von Shampoo-Conditioner auf die Duschablagen gelegt. Für den Schimmel brachen schwere Zeiten an. Er und Josie haben neuen Teppich verlegt, sie haben auf den Knien gelegen und sich mit den Silberfischchen befasst. Während Benny im Büro wartet und mit leerem Blick die Sportergebnisse beäugt, hofft er, dass alle, die reserviert haben, auch tatsächlich auftauchen; er hat sich von der Bank in Hinton Geld geliehen, um die ganze Renovierung bezahlen zu können. Wenn alle kommen, wird es das erste Mal sein, dass er und Josie voll belegt sind. Bisher war das »Belegt« im Hotelschild nur ein einziges Mal erleuchtet, nämlich als Benny und Josie aus Anlass ihres Hochzeitstages für sechs Tage und sieben Nächte nach Acapulco fuhren. Um wettzumachen, dass es ihrem Unternehmen an Tradition fehlt, erklärt Josie bestimmte Zimmer willkürlich zu Hochzeitssuiten oder Spukkammern, vergisst jedoch häufig, was was ist, und bringt zuweilen ein glückliches Paar in einem Zimmer mit Gespenst unter, was ihr dann die ganze Nacht zu schaffen macht. Benny hat sie schon mit Gewalt davon abhalten müssen, um drei Uhr morgens an Türen zu klopfen und Gäste zu bitten, zwei Türen weiterzuziehen.

Wegen der zunehmenden Beliebtheit des Staudamms und des Sees gehen die Geschäfte seit ein paar Jahren besser. Das Sandman und das Coast to Coast kriegen den Löwenanteil der Wassersportler ab, weil sie näher bei Hinton liegen, aber ihr Überschuss bleibt bei Benny und Josie hängen. Strategisch günstig aufgestellte Schilder alle fünfhundert Meter reizen und locken.

Einheimische Teenager schießen gern mit Rehposten darauf. Die Talcott Motor Lodge ist ein gemütliches, preiswertes Motel abseits der Route 3, aber den Sehenswürdigkeiten trotzdem so nahe, dass Touristen, die hier absteigen, glauben, sie hätten eine geniale Entscheidung getroffen und höben sich von den anderen Großmäulern des Touristenrummels ab. Verschwitzt und müde, sonnenverbrannt und ausgelaugt, kommen die Sommerurlauber ins Büro gestakst und treten Sand in den Teppich. Immer dieses Detail: In Bennys Fantasie springen die Körnchen wie Flöhe zwischen den Profilzinnen der Schuhsohlen hervor. Hartnäckig sammelt sich der Sand zwischen den Badezimmerfliesen, im Schutz der Teppiche gedeihen, vor Verfolgung sicher, seine Sekten. Die Familien sind laut, ihre Kinder jagen einander um den Swimmingpool und rutschen aus, und Benny kann die Schadenersatzklagen riechen wie bevorstehenden Regen. (Da fällt ihm ein, dass er vergessen hat, den Pool zu füllen, aber das ist jetzt nicht mehr zu ändern, einige der Gäste sind schon eingetroffen.) Sie verlangen Annehmlichkeiten, die er und Josie unmöglich bieten können. Es sind viele, und sie kommen in stetiger Zahl den Kies entlanggeknirscht, aber er hat das Ding nie gefüllt. Heute ist jedes einzelne Zimmer des Hauses reserviert.

In Zimmer 29 sitzt Lawrence Flittings nackt auf dem Bett und massiert sich duftendes Öl in die Haut. Das ist ein Ritual, das er kurz vor dem Vollmond vollzieht und durch das er sich in seinem Körper wohler fühlt.

In Zimmer 12 fährt Alphonse Miggs mit dem Finger über den Boden der Badewanne und betrachtet den Scheuerpulverrest, der seine Fingerspitze überzieht.

Benny gefallen die neuen Poster nicht. Die Handelskammer hat die John-Henry-Poster letzte Woche geliefert, und er hat dafür, wie angewiesen, ein paar Bilder von der New River Gorge – eine lachende Familie auf einem Floß, die große Gorge Bridge, wie sie aufgewühltes Wasser überspannt – im Empfangsbereich abgehängt. Nachdem er sie in den letzten Tagen ausgiebig betrachten konnte, hat sich an seiner ersten Reaktion nichts geändert. Benny findet die Festivalposter ein bisschen zu grell. Er macht durchaus mit; sich nicht vom Optimismus der Stadt anstecken zu lassen fällt schwer, und es bestehen gute Aussichten, dass die Veranstaltungen der nächsten Tage ihm langfristig regelmäßige Gäste für seine Zimmer einbringen werden. Als Jack Cliff ihm auf der Straße begegnete und ihn fragte, ob er mit von der Partie sei, sagte Benny, er freue sich schon darauf. Aber die Poster kommen ihm so krass vor. Die sprühenden Funken, der Schweiß, John Henrys sich krümmender schwarzer Körper. Josie findet sie natürlich toll; sie sind typisch für die Eisenbahnromantik der Stadt. Man kann keine zehn Minuten in irgendeiner Bar sitzen, ohne dass irgendwer davon anfängt, dass sein Großvater bei der Eisenbahn dies oder das gemacht hat. Bei diesem oder jenem Unglück dabei war. Für Benny hat das nichts Glorreiches. Wenn die C & O nicht gewesen wäre, gäbe es die Städte hier nicht, aber beim Schienenlegen durch die Berge sind eine Menge Leute draufgegangen. Die Einstürze und das Dynamit. Seine Nachbarn, seine Frau, die finden alle diese krassen Geschichten toll. Und wozu das Ganze? Was ist inzwischen daraus geworden? Bloß noch Amtrak, die mit ihrer CXS Transportation irgendwelchen Scheiß von Küste zu Küste befördert. Und das auszusprechen muss er sich zehnmal am Tag verkneifen. Bloß noch Amtrak.

In Zimmer 17 spült Dave Brown seine Thermosflasche aus.

In Zimmer 27 schläft J. Sutter und träumt von einem Gestöber von Quittungen, einer Million flatternder Belege, die er mit der Zunge auffängt.

Benny betrachtet sein Schlüsselbrett, erinnert sich, wie er die Haken in den Gipskarton geschraubt hat. Jeder Haken ist ein Zimmer und all die Leute, die eine Zeit lang darin wohnen werden. An diesen Haken laufen Leben zusammen.

Dieses Wochenende ist gut für die Stadt: Der Satz ist gängige

Münze. Vor seiner Pensionierung war Josies Vater dreißig Jahre lang Stationswärter in Hinton. Es sind Eisenbahnstädte, Hinton und Talcott, und jeder, der hier lebt, hat die Eisenbahn in seiner Blutlinie. Nicht so Benny, dessen Familie – aus Gründen, die er bis heute nicht versteht – nach Talcott gezogen ist, als er ein Teenager war. Er fühlt sich fehl am Platze, wenn er mit der Eisenbahnnostalgie der beiden Städte konfrontiert wird, das heißt in fast jedem wachen Moment. Doch während er auf die Ankunft des nächsten Gastes wartet, glaubt er, dass er die Mythologie seiner Wahlheimat allmählich vielleicht verstehen lernt. Er lernt, was es heißt, auf einen Zug zu warten.

Kein Mensch, so scheint es, will nach West Virginia. West Virginia besitzt viele Naturwunder. Die New River Gorge ist spektakulär. Einige der Steinkohlenbergwerke bieten Besichtigungstouren und Dioramen für den neugierigen Besucher. Die historische Station bei Harpers Ferry, um ein weiteres Beispiel zu nennen. Und trotzdem. Erst letzte Woche hätte ein neugieriger Gast in einer Bar in der M Street in Washington, D. C., folgendes Gespräch zwischen zwei Postangestellten mit anhören können:

ERSTER POSTANGESTELLTER:
Gegen Pittsburgh hätte ich nichts. Das ist eine Großstadt. Da wohnt ein College-Zimmergenosse von mir.

ZWEITER POSTANGESTELLTER:
Ich weiß nicht, wie die überhaupt auf John Henry gekommen sind.

ERSTER POSTANGESTELLTER:
Na, wie schon. Die hatten drei Weiße, und heutzutage muss man eben mischen. Nichts gegen John Henry. Ich wünschte bloß, er wäre von woandersher.

ZWEITER POSTANGESTELLTER:
Pecos Bill, Paul Bunyan – wer war noch mal gleich der Dritte?

ERSTER POSTANGESTELLTER:

Mighty Casey.

ZWEITER POSTANGESTELLTER:

(trinkt von seinem Bier)

»Casey at the Bat.« Ich weiß nicht mal, wer Pecos Bill ist.

ERSTER POSTANGESTELLTER:

(die Zähne zusammenbeißend)

Kein Aas weiß, wer Pecos Bill ist. Er hat mit einer Klapperschlange gekämpft.

ZWEITER POSTANGESTELLTER:

Ist auf der Marke mit Paul Bunyan eigentlich auch Babe der blaue Ochse drauf?

ERSTER POSTANGESTELLTER:

Genau das sag ich doch. Was ist Paul Bunyan ohne Babe den blauen Ochsen? Dabei haben wir erst vor ein paar Monaten eine Tier-Serie gemacht.

ZWEITER POSTANGESTELLTER:

(trübselig nickend)

Um was für die Tierfreunde zu tun. Um diese Zielgruppe von Briefmarkenbenutzern nicht zu vergraulen. Nicht in Marvin Runyans Post Office. Wer hat überhaupt die Idee zu dieser Volkshelden-Serie gehabt?

ERSTER POSTANGESTELLTER:

Na, wer wohl?

ZWEITER POSTANGESTELLTER:

Ja.

Und er will, dass ein paar Leute vom Zielgruppenmarketing hingehen. Du weißt ja, das ist im Augenblick sein großes Ding. Keine Ahnung, warum das ausgerechnet ich sein muss, aber so ist es nun mal. Ich weiß jetzt schon, dass die Betten mich umbringen. Ich spüre es schon. Scheiße, mein Rücken bringt mich ja jetzt schon um. Ich könnte glatt –

ZWEITER POSTANGESTELLTER:
(blickt über die Schulter)
Sag's lieber nicht!

ERSTER POSTANGESTELLTER:

Das wollte ich doch gar nicht sagen. Glatt wahnsinnig werden, wollte ich sagen. Ich habe sogar mit dem Bürgermeister von diesem Scheißkaff geredet. Wir haben einen Einschreibbrief von der Handelskammer gekriegt. Die haben einen Einschreibbrief ans Post Office geschickt, als wollten sie uns irgendwas androhen. Ans Post Office! »Pittsburgh mag die Stahlstadt der USA sein«, hieß es da, »aber John Henry ist ein Sohn von Talcott.« Da hat er einen Rückzieher gemacht und sämtliche Veranstaltungen in Pittsburgh, die alle schon fix und fertig geplant waren, abgeblasen. Herrgott noch mal, die Stadt hier ist im Sommer die reinste Kloake.

ZWEITER POSTANGESTELLTER:
Es wird dir guttun, mal aus der Stadt rauszukommen. Gesunde Landluft zu schnuppern.

ERSTER POSTANGESTELLTER:
Warum sagt das nur jeder unentwegt? Landluft, Landluft, egal, wo ich hingehe. Pass auf, als Nächstes ruft mich noch einer aus Minnesota an und sagt, dass wir die gleiche Nummer dort für

Paul Bunyan abziehen müssen. »Eine Regierungsbehörde der Vereinigten Staaten darf sich keinerlei Ungleichbehandlung erlauben blablabla.«

ZWEITER POSTANGESTELLTER:
Ich habe in West Virginia Verwandtschaft, wie es so schön heißt.

ERSTER POSTANGESTELLTER:
(rubbelt über einen von einer Zigarette herrührenden Brand-fleck auf dem Tresen)
Die wollen diese John-Henry-Geschichte dazu benutzen, die Stadt zur Touristenfalle aufzumöbeln. Offenbar hat die Briefmarke sie auf die Idee gebracht. Jede Menge Volksbe-lustigung.

ZWEITER POSTANGESTELLTER:
Traktorziehen. Heuwagenfahren.

ERSTER POSTANGESTELLTER:
Außerdem kommt Ben Vereen.

ZWEITER POSTANGESTELLTER:
(grinst)
Die ziehen ja alle Register. Sieh's doch mal so – du kommst mit den Briefmarkensammlern zusammen.

ERSTER POSTANGESTELLTER:
Toll!

ZWEITER POSTANGESTELLTER:
Darauf kannst du dich freuen.

ERSTER POSTANGESTELLTER:

Die haben immer so feuchte Lippen.

ZWEITER POSTANGESTELLTER:

Die lecken sich ständig die Lippen, weil sie zwar jede Menge Briefmarken haben, sie aber nicht anlecken dürfen.

ERSTER POSTANGESTELLTER:

Wird einem ja schlecht von.

ZWEITER POSTANGESTELLTER:

Die versuchen ständig, sich bei einem lieb Kind zu machen.

ERSTER POSTANGESTELLTER:

Als hätte ich Gratisbriefmarken zu verteilen.

ZWEITER POSTANGESTELLTER:

Als hätten wir Briefmarken in der Tasche, die wir an sie verteilen. Vielleicht ist der Spinner ja auch dort.

ERSTER POSTANGESTELLTER:

Wenn der Spinner dort ist, kann mich Runyan mal, dann kehre ich wieder um.

ZWEITER POSTANGESTELLTER:

Scheiße, ja.
(Mit entsprechender Geste)
Kriegen wir noch eine Runde?

A lles, was er am Leib trug, war gratis. Seine schwarzen Calvin-Klein-Jeans, vor zwei Jahren hart erkämpft auf einer Party zur Feier der Frühjahrskollektion des berühmten Modeschöpfers. Stapelweise Jeans, bis an die Decke, doch relevanter als der Werbeetat der Firma war die Angst, die eigene Größe könnte nicht dabei sein oder ein anderer Journalist könnte sie einem wegschnappen, woraus sich dann der Tumult ergab, der am nächsten Tag auf Seite 6 der *New York Post* geschildert wurde. Sein T-Shirt kam eines Tages mit der Post, zusammen mit einem Vorausexemplar der neuesten Platte von Public Enemy. Micky-Maus-Köpfe zierten seine Socken, Goofy seine Boxershorts. Seine Schuhe eine großzügige Gabe von einer Nike-Wohltätigkeitsveranstaltung mit Michael Jordan, gedacht für benachteiligte Kids, aber da jeder sich bediente, hatte auch J. keine Hemmungen. Sie sind ein bisschen eng und kneifen.

J. durchwühlt seine Reisetasche nach frischen Klamotten. Sie sind von der Wäscherei des Hotels, in dem er vorige Nacht gewohnt hat, gewaschen und auf seine Rechnung gesetzt worden, die wiederum die Schallplattenfirma bezahlt, die ihn dorthin eingeladen hat. Es gibt immer irgendein Wesen an der Spitze, das für alles bezahlt. Während er seine Tasche durchsieht, stößt J. auf einen Bausch Einwickelpapier und faltet ihn auseinander. Es fällt ihm wieder ein: am Ende des Abends hat er sich ein kleines Schinkensandwich eingepackt, das er fürs Frühstück aufheben wollte. Einmal wachte er mit Dutzenden von Papierservietten in den Taschen auf, alle dort hineingestopft. Wie ein Penner, der Zaubertricks vorführt, zog er sich die schmuddeligen Bukette aus der Hose. Das Sandwich sieht so aus, als wäre es noch essbar. J. zupft die vertrockneten braunen Ränder vom Schinken ab, mustert einen Moment lang den verwelkten Eissalat und schiebt sich das Sandwich dann in den Rachen. Allmählich geht es ihm besser.

Stark angeschlagen von dem Gin Tonic und dem grotesken, beunruhigenden Traum, an den er sich nicht genau erinnern kann, fragt er sich, wie spät es ist, wie lange er geschlafen hat. Der Mensch am Empfang hat ihm eine Pressemappe gegeben, als er sich anmeldete, und seinen Namen auf einer Liste abgehakt, aber J. hat sich noch nicht die Mühe gemacht, hineinzusehen, und weiß daher auch nicht, wann es Abendessen gibt. Draußen ist es hell. Irgendwer wird ihn abholen. Aus Langeweile greift er nach der Hochglanzmappe mit dem Pressematerial. In einem goldenen Kreis schlägt John Henry mit einem riesigen Hammer auf einen Schienennagel. Er grinst übers ganze Gesicht. Hinter ihm stehen die anderen Arbeiter über das Gleis gebeugt, klein und menschlich im Vergleich mit dem Schwarzen Titanen im Vordergrund. Wie sie Meile für Meile das Land erschließen. Hier wird eine Nation geschmiedet. So richtig abgeschmacktes Zeug.

Nach dem Klopfen an seiner Tür hört er Lawrence seinen Namen rufen. Widerstrebend öffnet er dem PR-Mann die Tür. Lawrence Flittings ist hochgewachsen und jungenhaft, elegant wie immer in seinem hellblauen Sommeranzug. Der aktuelle New Yorker Stil, direkt aus den Lifestyle-Magazinen; jeden Moment könnte ihm eine Abo-Bestellkarte aus der Bauchfalte herausfallen. Sein blondes Haar ist kompakt und mit einem angesichts der Feuchtigkeit im Süden besonders wirkungsvollen Festiger angeklatscht. Mit einem durchdringenden Blick seiner grünen Augen lächelt er J. an und sagt: »Schön, dass du es einrichten konntest, J. Gute Reise gehabt?«

Lawrence ist leitender Angestellter bei Lucien Joyce Associates, einer der einflussreichsten Werbefirmen des Landes. Haben überall die Finger drin, von der Unterhaltungselektronik über Kosmetikprodukte bis hin zu unabhängigen Filmen, eine interdisziplinäre Gangsterarmee des Hype. Sie würden auch das allererste Zucken einer Bohnensprosse, eines unspektakulären Keimlings auf einem Feld identischer Bohnensprossen, bewerben, wenn die Kohle stimmte. Lawrence ist Luciens neue rechte Hand, der Nachfolger von Chester, der jetzt bei Paramount in der Entwicklung ist. J. läuft Chester immer noch bei diversen Veranstaltungen über den Weg. Chester schwärmt überschwänglich und ausgiebig von seinem neuen Job. Der Mann muss erst noch eines seiner Projekte in die Multiplex-Kinos bugsieren; die betreffenden Drehbücher machen unzählige Bearbeitungen durch, gewinnen Talente, verlieren Talente, finden neue Talente und schleppen sich durch weitere Bearbeitungen. Chester stellt Budgets auf, überarbeitet, überarbeitet abermals, um den neuen Leuten an Bord entgegenzukommen, dann verlieren die neuen Leute das Interesse, und die Budgets werden ein weiteres Mal überarbeitet. Er wird sehr geschätzt und gilt als erfolgreich.

Mit Lawrence muss J. erst noch warm werden. Er sieht ihn immer noch als den Neuen, ein Urteil, das J. irgendwie schmeichelt, weil er schon so lange dabei ist. J. sagt ihm, dass er ohne Zwischenfälle angekommen ist.

»Wie geht's denn so? Ich habe dich seit der Veranstaltung von Maverick Records nicht mehr gesehen.«

»Das Übliche. Viel zu tun.«

»Den Artikel über Whitney Houston fand ich klasse. Du bist richtig gut.«

»Danke, Lawrence.«

»Ich bin nicht der Einzige, der das findet, J.«, legt Lawrence nach. Dann zählt er PR-Leute und Persönlichkeiten auf, deren Veranstaltungen J. auf seiner jüngsten Spesentour besucht hat, diejenigen, die J. in den letzten paar Monaten ernährt und behaust haben. In J.s Augen will ihm der andere damit sagen: Ich weiß, was du im Schilde führst. Eine selbstgefällige kleine Zurschaustellung von Lawrence' Macht, eine flüchtige Andeutung seines Inneren. Und ein erneuter Hinweis darauf, dass Lucien die Liste kontrolliert. Während J. im Türrahmen lehnt und sich Lawrence' Blabla anhört, nimmt er sich vor, diesen Leckerbissen mit One Eye zu teilen, falls One Eye dieses Wochenende auftaucht.

J. hört sich nickend Lawrence' Erklärungen zu dem Pendelbus an, der sie zum Abendessen nach Pipestem, einer Ferienanlage ein paar Meilen weiter südlich, befördern wird. J. gesteht, dass er noch nicht dazu gekommen ist, sich das Pressematerial anzusehen.

»Übrigens«, sagt Lawrence mit beinahe aufrichtig bekümmerter Miene, »habe ich gerade mit Ben Vereens Leuten geredet, und sie haben mir gesagt, dass er leider nicht zu dem Essen heute Abend kommen kann. Er ist anscheinend krank geworden. Aber die Leute von der Stadt haben irgendein lokales Talent aufgetrieben, also wird es schon werden. Es ist natürlich nicht das Puck Building, aber ich denke, du und die Jungs, ihr werdet euch trotzdem amüsieren.«

»Ganz bestimmt. Lucien kommt wohl nicht her, oder?«

Lawrence lächelt. »Doch, er fliegt morgen früh ein. Er möchte unbedingt sehen, wie die Sache läuft. Eine ganze Stadt haben wir noch nie gemacht. Und wir haben zwar schon mit staatlichen Stellen gearbeitet, aber noch nie mit dem Post Office. Wir sind alle sehr gespannt. Ich werde ihm sagen, dass du dich nach ihm erkundigt hast.« Lawrence tut so, als sähe er auf seine Uhr. Aufgabe erledigt, Zeit, sich zu verabschieden. »Ich lasse dich jetzt allein, J., du bist bestimmt ganz erschlagen.«

J. schließt die Tür und stellt enttäuscht fest, dass sie nur zwei Schlösser hat. Dieser Spruch, von wegen er sei erschlagen – war das auch ein Seitenhieb auf seine Spesentour? Tour, Sause, Rutsch. Er kriecht aufs Bett, fegt die Pressemappe auf den Boden. Er kann damit rechnen, dass Dave beim Essen ein paar Bobby-

Figgis-Witze reißen wird. Überall am Tisch Spesenritterwitze und Gekichere. Öffentliche Bloßstellung, um die Werte ihrer kleinen Gemeinschaft zu bekräftigen. Aber hinter den Witzen wird sich ihr sehr reales Unbehagen über das, was er da tut, verbergen. J. wünschte, Lawrence hätte ihn offiziell darüber aufgeklärt, was genau es mit diesem Abendessen auf sich hat.

Er versucht, sich zu erinnern, warum er damit angefangen hat. Er sieht sich selbst, wie er Monica, die PR-Frau auf der Barbie-Veranstaltung, küsst. Sie befanden sich im ersten Stock von FAO Schwarz, in einem Display ferngesteuerter Spielzeuge. Seine Hand bewegte sich die Rückseite ihres schwarzen PR-Kostüms hinunter, und er hörte ein surrendes Geräusch. Die Spielzeuge waren aktiv, ein autonomes Rumoren, hauptsächlich Panzer mit ein paar futuristisch aufgemotzten Wagen als Zugabe. Die Fahrzeuge kollidierten miteinander und sausten davon. Sie prallten unten gegen die Regale und blieben dort stecken, außerstande zu begreifen, warum sie nicht weiterkamen. Sie gaben ein frustriertes Winseln von sich. Monica biss ihn in die Zunge, und er schmeckte sein Blut. Am nächsten Abend ging er zu einer Veranstaltung von TNT für deren neuesten Bürgerkriegsfilm, wo er authentische Rationen der Südstaatenarmee zu essen bekam. Es war kitschig. Alle fuhren darauf ab und machten ironische Bemerkungen. Am Tag danach war er im Palladium, um sich die tolle neue Band aus England anzusehen, und ehe er sich's versah, ging er auf den Rekord aus.

Es ist jetzt sechs Monate her, dass ihr Vater gestorben ist, und mittlerweile glaubt sie, vielleicht so weit zu sein, dass sie Abschied von ihm nehmen kann. Seine Hinterlassenschaft ist eingelagert.

Sechs Monate ist ihr Vater nun schon tot, aber sie ist sich nicht sicher, ob sie imstande ist, den letzten Schritt zu tun und sich um die Sachen im Lagerhaus zu kümmern.

Sechs Monate nach der Beerdigung wird es Zeit, ihren Vater zu begraben. Die monatlichen Lagergebühren sind happig.

Es ist das erste Mal seit zwei Jahren, dass Pamela Street aus der Stadt herausgekommen ist. Sie zieht an der Vorhangschnur, blickt hinaus auf das friedvolle Gras und die Zementfußwege vor der Talcott Motor Lodge, blickt am blauen Streifen des Swimmingpools vorbei auf die Bäume – Bettler, die vor einer Suppenküche anstehen – und empfindet es als willkommene Abwechslung von dem Heulen des Luftschachts vor dem Fenster ihrer Wohnung. Zu dieser Jahreszeit klappert es dort von den Anstrengungen der Klimaanlagen, stinkt nach den Dünsten des chinesischen Schnellrestaurants im Erdgeschoss des Gebäudes. Der Rauch von unten tüncht die gelben Ziegel des Luftschachts schwarz und braun, dekretiert die Fenster de facto zu Nichtfenstern, Bullaugen vor einem Meer von Bratfett. Sie öffnet das Fenster von Zimmer 14 einen Spaltbreit. Herein kommt eine echte Brise.

Die Beerdigung war noch das Einfachste. Für Trauerfälle gab es einen etablierten Mechanismus, das Branchenverzeichnis erwies sich als nützlich. Die Vertreter der Beerdigungsinstitute schwenkten Multiple-Choice-Blätter, Sargmodelle, Aufbahrungsräume jeder Güteklasse, im Anhang Verweise auf Schwesterfirmen, die auf exotische Bestattungsformen spezialisiert waren, falls man die Asche des Verblichenen bei Ellis Island ins Meer oder aus dem Fenster eines über Coney Island kreisenden Flugzeugs streuen wollte. Das war noch das Einfachste, die Vertreter der Beerdigungsinstitute waren freundliche, tüchtige Hirten. Aber Mr. Street starb unpraktischerweise in der letzten Woche des Monats, sodass Pamela nur ein paar Tage blieben, um sich um seine Sachen zu kümmern. Sein Vermieter, ein ausgesprochen unangenehmer Wicht, hatte, so scharf, wie er darauf war, die frei gewordene Wohnung in zwei separate Einheiten aufzuteilen, in diesem Punkt nicht mit sich reden lassen. Pamela zog abermals das Branchenverzeichnis zu Rate, um ein Depot für die Hinterlassenschaft ihres Vaters zu finden.

Mit Bus und Bahn fuhr sie an die Ränder von New York City. Was die Platzierung von Depots angeht, gibt es Regeln, Bebauungsvorschriften. Viele haben sich früher einer Existenz als Lagerhäuser für Industrien erfreut, die es nicht mehr gibt oder die an günstigere Standorte außerhalb der Stadt gewechselt sind. Die umgewidmeten Lagerhäuser dienen nun als Magazine für Sachen von nicht unmittelbarem Nutzen und unendlichem, nicht quantifizierbarem Wert. Wenn man wissen will, was es mit einem Menschen auf sich hat, muss man sich nur ansehen, was er einlagert. Das Veraltete, das jedoch zu teuer zum Wegwerfen ist. Kisten mit illegalen Revolvern. Kinder, die weggezogen sind, um ihr eigenes Leben zu führen, und ihr Herz an neue Gegenstände gehängt haben, sehen die Besitztümer ihrer Kindheit von Eltern eingelagert, die auf ihre Rückkehr warten. Leute ziehen in neue, kleinere Wohnungen und verbannen ihren überzähligen Kram in geduldige Einsamkeit, bis bessere Zeiten kommen. Leute verschwinden in der Welt und lassen, eingelagert, Anhaltspunkte zurück. *Eingelagert* bedeutet Optimismus, alles nur vorläufig und zeitlich begrenzt, *eingelagert* verheißt eine Schicksalswende und spricht zugleich in den dumpfen Silben des Endgültigen, besitzt die Beredtheit eines Friedhofs. Manchmal, an leeren Nachmittagen in ihren neuen Kochnischen, erinnern sich die Leute an einen Gegenstand, suchen danach, bis ihnen aufgeht, dass er eingelagert ist, und wissen, er ist für immer fort. Die Besitztümer der Toten finden ihren Weg in die riesigen, feierlichen Depots von New York City, bestattet von Familien und begleitet von Staub.

Pamela lernte die Verwalter kennen, fette Zigarrenraucher, die keine Zeit für Fragen hatten. Sie behielten die Ladetüren im Auge, begrüßten Möbelpacker, die sie im Zuge ihres gemeinsamen Interesses an anderer Leute Sachen kennengelernt hatten, schnauzten Selbstfahrer an, die verständnislos auf die Tür des Lastenaufzugs starrten. Niemand drängte Pamela, als sie sagte, sie müsse es sich überlegen und werde sich wieder melden; sie begriffen, wer ihr Unternehmen in Anspruch nahm, und wussten, dass nach ihr andere kommen würden, so wie vor ihr andere da gewesen waren. Männer in brauner Kluft zeigten ihr zuvorkommend die Lagereinrichtungen, fragten sie, ob sie drei auf vier oder zwei fünfzig auf eins fünfzig brauche, führten sie dunkle Korridore entlang, knipsten alle paar Schritte Hängelampen an. Sie schoben die Zugschnüre der Lampen zur Seite, als wären es Spinnweben. Die Männer machten Licht in Lagerräumen, die dem Inneren alter Öfen glichen. Manche Räume hatten Türen, die senkrecht auf- und zugeschoben wurden, andere hatten Wände aus Metallgitter, durch die Pamela andere Speicher sehen konnte, den Kram anderer Leute, Fahrräder toter Kinder, Historien von Polstermöbeln, Lampen aus kühneren Jahrzehnten, Dartboards und Familienporträts. Sie konnte keine Räume abschätzen. Sie fragten sie, ob sie ein Studio, eine Einzimmer- oder eine Zweizimmerwohnung einlagern wolle, und sie sagte ihnen, sie wolle ein Museum einlagern.

Nachdem sie sich ein Dutzend Depots angesehen hatte, entschied sie sich für Dalmon, eine Firma, die nur zwei Straßen von ihrer Wohnung entfernt liegt. Nur zwei Straßen weiter verändert sich ihr Viertel. Die Tenth Avenue brütet in der Nähe des Flusses vor sich hin, wo die Stadt andere Prioritäten hat. Dalmon hat vernünftige Preise und bot sogar an, ihr die Sachen kostengünstig zu transportieren. Das ist sehr praktisch. Am Samstag darauf traf sie sich mit den Möbelpackern in der Wohnung ihres Vaters in Harlem. Die Möbelpacker waren zwei junge Dominikaner, die sie während des gesamten Umzugs häufig anlächelten, nette Burschen. Sie zeigte ihnen die Kartons, die das John-Henry-Museum ihres Vaters enthielten, und sie wuchteten Handkarren die Sandsteintreppe hinauf, manövrierten Sackkarren zwischen Türrahmen hindurch, kerbten Wände. Die Möbel, das Geschirr und die übrigen Sachen ihres Vaters wegzuschaffen überließ Pamela dem Vermieter, scheiß auf ihn. Die Möbelpacker fuhren ihren Laster in die Innenstadt und entzogen die Kartons Pamelas unmittelbarer Verantwortung.

Kein Mensch wollte das Zeug. Sie zog ein paar Erkundigungen ein, rief Universitäten an. Tuskeegee, Howard. Sie verlor sich in Voicemail, gab Briefe auf, die nicht beantwortet wurden.

In diesem Frühjahr spielte sie auf Zeit. Sie verdingte sich ziellos als Aushilfskraft, eine Wanderarbeiterin, die im Akkord Worte erntete. Die Agentur rief sie frühmorgens an, wenn man etwas für sie hatte; ansonsten sah sie im Schlafanzug fern und betrachtete die Rechnungen des Depots, die ihren Hass auf John Henry zu einer praktischen monatlichen Kostenaufstellung destillierten.

Regelrecht verfolgt von Gegenständen. Über Sekundennudeln gebeugt, in denselben Kleidern, die sie schon seit Tagen anhatte, fühlte sie sich wie betäubt. Sie trug ein Nikotinpflaster. Sie trug kein Nikotinpflaster. Sie kaute Kaugummi und rauchte zwischendurch. Sie ging nicht oft aus, teils weil sie es sich nicht leisten konnte, teils weil das Ausgehen ihre Stimmung nicht hob. Ihre Freunde waren verständnisvoll, ihre Freunde sagten ihr, das sei ganz normal. Es gehöre zur Trauerarbeit. Therapie verwischt nur:

Jeder kannte den Jargon, die richtige Diagnose. Es sei ganz normal. Es hatte allerdings nichts mit ihrem Vater zu tun, sondern mit John Henry, mit den Originalnoten von Balladen, Eisenbahnhämmern, mit Schienennägeln und Bohrstählen, Programmheften der Broadway-Produktion, Statuen des Mannes und spekulativen Gemälden.

Sie erwog, die Rechnungen nicht zu bezahlen. Wenn Damon den Kram schließlich abstieß (es musste Versteigerungen für solche Sachen geben, eine ganze Kultur, die auf dem Handel mit den Sachen von Toten oder Bankrotteuren fußte, was machten sie eigentlich mit dem, was sie da kauften?), dann würde es so sein, als verkauften sie John Henry, nicht ihren Vater. Aber dieses Argument überzeugte sie innerlich nie so recht. Es ging eben doch um ihren Vater. Sie bezahlte pünktlich die Rechnungen und ging nicht mehr so häufig essen.

Im Mai bekam Pamela einen Anruf von einer Vertreterin der Stadt Talcott, West Virginia. Die Monate nach dem Tod ihres Vaters bildeten die längste Phase ihres Lebens, in der sie diesen Namen nicht gehört hatte. Man plane ein Festival zur Feier der Stadt und von John Henry und wolle sich erkundigen, ob man die Sammlung ihres Vaters kaufen könne. Pamela konnte den Namen Talcott nicht ausstehen und weigerte sich, obwohl es die naheliegende Lösung ihres Dilemmas wäre. Die Frau, eine gewisse Arlene, ließ nicht locker, aber Pamela gab nicht nach. Es war keine Frage des Geldes: die Stadt machte ein großzügiges Angebot. Sie wusste, dass es Gründe dafür gab – wahrscheinlich hatten sie mit der sogenannten Trauerarbeit zu tun –, warum sie ihre Last nicht loswerden wollte.

Die Angelegenheit erledigte sich schließlich dadurch, dass eine freundliche Einladung von der Handelskammer von Talcott kam. Vielleicht würde es ihr helfen, eine Entscheidung zu treffen, wenn sie ein paar Tage aus der Stadt herauskäme.

J. holt Dave Brown auf dem Parkplatz der Talcott Motor Lodge ein. Die Nacht ist klar und nackt und wimmelt von derart vielen eifrigen Sternen, dass es ihm beinahe wie eine Invasion vorkommt, eine himmlische Truppenbewegung, die nichts Gutes verheißt. In den Großstädten ist man sicher, weil es keine Sterne gibt, weil das Licht aus einer Million Wohnungsfenster Schutz bietet: Sie reduzieren die Nacht zu einer riesigen purpurnen Mittelmäßigkeit, die gegen höhere Gedanken abschirmt. J. nickt Dave zu, der in seine unförmige Khakijacke gekleidet ist. »Ich glaube«, fängt Dave an, »ich war in meiner ganzen Zeit als Freiberufler noch nie in West Virginia. Ich war in ganz Europa und Amerika. Ich war dabei, als Ali im Thrilla in Manila Frazier ausgeknockt hat – erinnere mich daran, dass ich dir mal davon erzähle –, ich war einer der Ersten, der Václav Havel interviewt hat – wir haben uns über Lou Reed unterhalten. In der UdSSR, der ehemaligen UdSSR, egal wo. Aber in West Virginia war ich, glaube ich, noch nie.«

»Klare Nacht«, sagt J.

»Jetzt ja«, erwidert Dave. »Aber mit dem Wetter ist es so eine Sache.«

»Was liegt an, Dave? Hey, Bobby Figgis.«

Sie drehen sich um und erblicken Tiny und Frenchie, zwei Söldnerkameraden in ihrem heimlichen Krieg gegen die Schreib- und Lesekundigen Amerikas. Heil, heil. Sie treffen sich an den Zeitungskiosken, reiben sich in den Autorenverzeichnissen von Hochglanzmagazinen aneinander, begegnen sich aber vorwiegend so wie jetzt, am Vorabend des Krieges, hungrig, in der Nase die Witterung von Freikarten und Gratisgaben, dies alles wie Qualm von einem Schlachtfeld der Vergünstigungen am späten Morgen. Die Sache, um die es geht: das amerikanische Urrecht auf freie Meinungsäußerung, die Freiheit, ohne Furcht vor Zensur die Leute so zu verführen, zu verwirren und auf andere Weise abzulenken, dass sie unverdrossen dem Pop huldigen. Ihre Ideale: die heilige Unantastbarkeit der Quittung, zwei Dollar pro Wort, Reisekosten. Die Spesenritter sind Soldaten, und sie begrüßen einander. »Was liegt an, Dave? Hey, Bobby Figgis.«

»Es macht dir doch hoffentlich nichts aus, dass ich Tiny von deiner Strähne erzählt habe«, sagt Dave. »Ich bin ihm vorhin bei der Eismaschine begegnet.«

J. zuckt die Achseln. Er taxiert seine Kameraden. »Tiny, Frenchie. Schön, euch zu sehen.« Das Gesetz des Spitznamens: Gegensatz oder genaue Entsprechung, entstanden aus Zufällen und lebenslang hängen bleibend oder willkürlich und ärgerlich. Tiny ist natürlich alles andere als winzig; eben dadurch hat er sich seinen Spitznamen erworben. Bei dreihundert Pfund Körpergewicht ist der Mann reiner Hunger, ein Schlemmer und Schlinger auf den Gratisfestmählern des Lebens. Wenn es jemand verdient, auf der Liste zu stehen, dann Tiny, ein Geschöpf, das sich zur perfekten Schnorrmaschine entwickelt hat und kein Glas ungeleert, keine Serviette von Hühnchenspießresten unbefleckt lässt. Er verdrückt Gratishappen in einem Bankettsaal, wie sich ein Walfisch ganze Kolonien unglücklichen Planktons einverleibt, ein urzeitlich vollkommenes Beutemachen, derweil seine Augenlider in den unerleuchteten Tiefen der Medien langsam blinzeln. Wie ein Luftschiff folgt er dem Wanderzirkus der Gastronomie- und Reisezeitschriften; man hat es schon erlebt, dass er als Partykunststück Dartpfeile auf eine Weltkarte geworfen, ein fürstliches Gericht der jeweils getroffenen Region genannt und auf Kommando dessen Aroma heraufgerülpst hat, ein archivarischer Schwall aus den Tiefen seines Bauches. Von seiner

71

ganz und gar ungesunden Begeisterung für Curry ganz zu schweigen.

Frenchie seinerseits hat von seiner Internierung in einem französischen Internat während seiner Jugend einen Akzent zurückbehalten. Seine Eltern waren weltreisende Feingeister, die ihren Sprössling die Hälfte des Jahres bei bezahlten Aufpassern abluden; das Migrantenleben steckt ihm im Blut. Hochgewachsen und schlank, stolzer Besitzer einer glänzend schwarzen Mähne, hat dieser lippenlose Wunderknabe ein saturiertes Pariser Flair kultiviert, das ihm beim Füßeln mit den Chefredakteurinnen von Modezeitschriften sehr zustatten kommt. Denn Frenchies Spezialität ist die Welt der internationalen Mode, er weiß, wo es langgeht, und die Klatschpresse hatte ihn mit diesem neuen italienischen Model verbandelt, ehe die Gute ihre Bisexualität entdeckte. Sie schien sich mit jedem Schritt zu verflüchtigen und wurde als großartige Offenbarung eines modernen Typs von Schönheit wahrgenommen. Frenchie nahm seine Verstoßung aus dem Empyreum übel auf; er war vom Berichterstatter zum Gegenstand der Berichterstattung aufgestiegen, sein Name hatte in fett aufgeblähter Schrift in den Hauptbüchern des Klatsches gestanden, und nun ist er wieder zurück in den Schützengräben. Die anderen Spesenritter haben es kommen sehen; diejenigen, über die sie schreiben, sind nicht von ihrem Schlag, und sich mit ihnen einzulassen bringt nur Kummer.

»Noch nichts von dem Bus zu sehen?«, fragt Frenchie. Er blickt betrübt an seinem Anzug hinab, zupft die Spitzen seines Hemdkragens wieder über das Jackett, wo sie wie die Flügel eines leuchtend roten Vogels liegen.

»Müsste jeden Moment kommen«, sagt Dave.

Zu ihnen stößt eine leichtfüßige junge Frau, die eindeutig nicht von hier ist; man erkennt es an ihrem Gang, einem raschen Hüpfen, das sie als New Yorkerin ausweist. Seit seiner Ankunft auf dem Yeager Airport hat J. immer wieder versucht, ein langsameres Tempo einzuschlagen, sich zum Zeichen seiner Offenheit für eine andere Kultur dem Rhythmus dieses Staates anzupassen. Die Frau blickt die Auffahrt entlang und zündet sich eine Zigarette an. Sie wartet, genau wie die Männer, ist aber keine Reporterin. J. und seine Spesenritterkollegen sind in Talcott (oder knapp außerhalb davon, er weiß es nicht), weil sie sich zu einem bestimmten Lebensstil bekennen: Ihr Lebensstil wirft Flüge ab, und sie besteigen Flugzeuge. Aber warum ist sie hier? Sie trägt verblichene Jeans, eine gelbe Bluse mit einer über dem Herzen aufgestickten Blume. Sie tritt von einem Fuß auf den anderen, stampft die nur halb aufgerauchte Zigarette auf dem Boden aus und zündet sich eine neue an, während die Spesenritter miteinander quatschen und sich auf den neuesten Stand bringen.

»Ist er etwa immer noch nicht da?«, wütet Lawrence, der, ein Handy schlaff in der Hand, aus dem Empfangsbüro auftaucht und ohne Zweifel Vergleiche zwischen dem PR-Apparat hier und in New York und L. A. anstellt. Die Leute hier wissen einfach nicht, wie man so etwas aufzieht. »Der Bus hätte schon vor zehn Minuten hier sein müssen.«

»Nur Geduld, Lawrence«, sagt Dave.

Lawrence drückt unter Pieptönen ein paar Tasten auf seinem Handy.

»Wir haben die Geschichte von John Henry im Kindergarten vorgelesen gekriegt«, sagt Tiny. »Die Schulbehörde hat den Erzieherinnen verboten, weiterhin Little Black Sambo zu verwenden, also sind sie zu diesem Bilderbuch über John Henrys Wettkampf übergewechselt. Positive Metaphorik.«

»Hört sich an, als wärst du enttäuscht gewesen«, sagt J. mit einem raschen Seitenblick auf die Frau, um ihre Reaktion mitzubekommen.

»War ich auch, jedenfalls ein bisschen. Ich will ja nicht politisch inkorrekt sein«, sagt Tiny. Er ist die Sorte Mensch, die häu-

fig »Ich will ja nicht politisch unkorrekt sein« sagt. »Aber mir hat
Little Black Sambo gefallen. Meine Mutter hat mir immer Little
Black Sambo vorgelesen, wenn sie mich abends ins Bett gebracht
hat. Im Grunde ist es eine niedliche Geschichte.«

»Und die Sehschlitze in dem Kissen, auf das du dein Köpfchen
gebettet hast, haben dich nicht gestört.«

»Das waren andere Zeiten, J.«

»Weißt du schon, dass ich einen neuen Job habe?«

»Was denn?«

»Bei Scheißegal & Co., und du bist mein erster Kunde.«

»Da kommt er«, sagt Frenchie.

Der ramponierte blaue Kleinbus hält an, auf der Tür in Schab-
lonenschrift die Worte »New River Gorge Taxi«. Er sieht aus, als
wäre er von Wirbelstürmen hin und her geworfen worden. Das
Arbeitspferd des robusten Wagenparks, sagt sich J. Der Fahrer,
ein rotgesichtiger Bursche aus der Gegend, kurbelt das Fenster
herunter und fragt: »Wollen Sie alle zum Millhouse Inn?« Sein
braunes, glänzendes Haar ist hinter die winzigen Ohren geklemmt, ohne richtig Halt zu finden.

»Alle Schreiberlinge nach hinten«, sagt Tiny, der seinen Körper bereits in die hintere Reihe bugsiert. Frenchie steigt neben
ihm ein, macht einen Witz darüber, dass nicht mehr genug Platz
für ihn sei. J. ist zwischen Dave und der jungen Frau eingezwängt.
Sie fährt mit ihnen. Jetzt ist er nicht mehr der einzige Schwarze.
Dafür ist J. dankbar. Wenn in dieser Kannibalengegend irgendetwas passiert, denkt er, wird sie Nachricht davon geben, und die
Geschichte von J.s Märtyrertum wird in der Schwarzen Überlieferung weiterleben.

»Kommst du nicht mit?«, fragt Dave, die Hand an der Tür,
Lawrence.

»Ich habe selber einen Wagen«, sagt der andere.

»Bonze«, murmelt Tiny, als der Wagen anfährt.

Das Geplapper der Spesenritter erfüllt den Kleinbus. Sie reden darüber, wer vor zwei Wochen auf der Party im Fashion Café war, und nicht einer von ihnen kann sich mehr erinnern, welcher Film dort vorgestellt wurde; über den Abend, an dem sie zur Präsentation dieser sensationellen neuen Memoiren gingen – irgendwas über eine schwere Kindheit –, wie sie sich auf den Stapel Rezensionsexemplare stürzten und sich anderntags, über den Zufall lachend, alle im Strand-Buchladen begegneten, wo sie die Rezensionsexemplare gegen Bares verkauften. Tiny brüstet sich damit, wie viel Geld er für die Kochbücher bekommt, die jeden Tag in seinem Briefkasten liegen: *Die Kunst der südindischen Küche, Toskanische Köstlichkeiten, Das große Buch der Crêpes.* Rezepte, sagt er, kann man nicht essen.

Der Ellbogen der Frau bohrt sich in J.s Seite. Sie lächelt entschuldigend, sagt aber nichts. Vielleicht wird er sich beim Essen mit ihr unterhalten: Und was führt Sie aus der Großstadt hierher? Woher wissen Sie das? Hab ich einfach gemerkt. J. schließt die Augen, um sich für die nächsten Stunden zu sammeln. Ein bisschen abzuschalten vor dem, was ihm da an grässlichen Festivitäten bevorsteht. Sein Magen arbeitet laut, und er hofft, dass niemand anders es hört. Dann hört er Gehupe, und der Kleinbus schlingert zur Seite. Ein Blick durch die Windschutzscheibe zeigt J. das Fahrzeug, das sie von der Straße zu drängen versucht, den roten Pick-up seiner Albträume. So viel hängt von einem roten Pick-up voller weißer Kerle ab. Der Pick-up fährt auf der Spur neben ihnen Slalom, schiebt sich immer wieder an sie heran. Der Mann auf dem Beifahrersitz droht ihnen durchs Fenster mit seiner rosigen Faust. Beide Fahrer hämmern wie wild auf ihre Hupen ein. »Scheiße, was soll denn das! Was soll denn das!«, schreit Dave. Der andere ist dabei, sie von der Straße zu drängen. Jetzt ist es so weit, denkt J., so passiert es. Der Kleinbus in einen Graben gekippt. Mach die Tür auf, ich hab gesagt, mach die Scheißtür auf. Was fahrt'n ihr hier mit Niggern durch die Gegend? Wir mögen das hier in Summers County nicht, wenn sich wer mit Niggern abgibt. Raus aus dem Wagen. Vielleicht leistet einer seiner Kameraden ein bisschen Widerstand gegen die Entführung von J. und der jungen Dame. Dann die Stricke, die Gewehre, das Feuer. Der Süden bringt einen um.

»Langsamer, fahren Sie langsamer«, sagt Frenchie. »Alles in Ordnung.«

»Sie spinnen wohl?«, kreischt die junge Frau. Kriegt ja doch den Mund auf, denkt J.

»Nein, ist schon okay«, versichert Dave und deutet zum Fenster hinaus. »Das ist ein Freund von uns.« Und tatsächlich, erkennt J., ist der Mann auf dem Beifahrersitz kein anderer als One Eye, der aus der Kälte kam.

»Sie kennen die Leute?«, fragt der Fahrer.

»Klar, fahren Sie einfach rechts ran«, sagt Dave. »Es dauert nur eine Sekunde.«

»Sie sind der Boss«, sagt der Fahrer und lässt den Wagen auf den Seitenstreifen rollen. Der Pick-up hält vor ihnen, und One Eye hüpft heraus, eine ungelenke Vogelscheuche mit einem kurzen braunen Bürstenschnitt. Er ist gekleidet wie ein Idiot, mit einer Hose aus grauem Tuch, gehalten von roten Hosenträgern über einem weißen Hemd mit Streifen. Eine schwarze Klappe verbirgt sein linkes Auge.

One Eye nimmt seine beiden schwarzen Koffer von der Ladefläche des Pick-ups und verabschiedet sich von dem Mann am Steuer, ehe der rote Pick-up weiterfährt. Er wirft einen Blick in den Kleinbus und wuchtet sich auf den Sitz neben dem Fahrer, der den Kopf schüttelt und die Stirn runzelt.

»Was liegt an, Männer?«, fragt One Eye. »Ich hab Tinys dicken Kalbskopf im Fenster gesehen und gleich gewusst, das müsst ihr sein.«

»Hast dir wohl den Schmadder aus deinem einen Auge frickeln lassen«, sagt Tiny.

»Der große Zyklop«, fügt Frenchie hinzu.

»Mein Flugzeug hatte Verspätung, und mein Fahrer war schon weg«, erklärt One Eye. »Da habe ich mich von Johnson mitnehmen lassen, weil ich mir dachte, bis zur Millhouse Inn würde ich euch schon einholen.«

»Kannst froh sein, dass Johnson in die Stadt fahren musste, um ein paar Besorgungen zu machen«, gluckst Dave. Dave Brown – was kann man mit Dave Brown groß anfangen? Der Name ist träge Masse, liegt einfach nur da, so widerstandsfähig wie die Prosa seines Trägers. Er eignet sich nicht für Verballhornungen, spielerische Abwandlungen.

»Das war ein netter Kerl«, sagt One Eye und lässt die Knöchel knacken. »Was man von euch nicht gerade behaupten kann. Ihr seid vielleicht eine jämmerliche Truppe. Nichts für ungut, Ma'am, Sie habe ich nicht gemeint. Dave, klar, ohne Dave wäre das Ganze nicht komplett. Im Süden zu sein weckt bestimmt Erinnerungen an die Tour mit den Allman Brothers, was? Ja, wir alle vermissen Duane, es war ein schrecklicher Verlust. Tiny ist auch klar, der glaubt, er kriegt hier Alligatorbuletten zu futtern. Tut mir leid, wenn ich dir deine Illusionen rauben muss, Tiny, aber wir sind hier ein kleines bisschen nördlich von Louisiana. Frenchie, alter Scheißkerl, bei dir weiß ich's nicht, aber J., armer J., auf dich hatte ich solche Hoffnungen gesetzt.«

»Er inspiriert uns alle«, wirft Tiny ein.

»Die große Schwarze Hoffnung«, sagt Frenchie.

»Genau. Ich hatte solche Hoffnungen. New York, New York. Wein, Weib und Gesang. Und dann finde ich dich hier.«

»Er ist auf den Rekord aus«, meldet sich Dave.

»Ts, ts«, macht One Eye kopfschüttelnd. »Ihr kriegt das nicht so mit, aber ich bete jeden Abend für die Seele von Bobby Figgis. Sag, dass das nicht stimmt, J.«

J., dessen Name schon in der Kindheit zu einer einzigen Initiale zusammengestutzt worden ist, braucht keinen Spitznamen. »Ich bin auf einer Sause«, sagt er. Es ist ihm ein bisschen peinlich, welchen Eindruck dieses Gequatsche auf die Frau neben ihm macht.

»Nonstop seit April«, sagt Dave, froh darüber, endlich seine kleinen Seitenhiebe vor dem richtigen Publikum loszuwerden. »Drei Monate sind das jetzt.«

»Drei Monate auf Achse«, sagt One Eye abschätzend, »und Figgis war ein Wrack. Du scheinst dich ja ganz gut zu halten.«

»Bloß ne Sause.«

»Hat jeden Tag eine Veranstaltung besucht«, kontert Frenchie. »Er ist auf den Rekord aus.«

»Was macht denn das Buch, Frenchie?« One Eye ist plötzlich auf J.s Seite. Wenn man Frenchie zum Schweigen bringen will, reicht schon ein kleiner Hieb gegen seine Ambitionen. Er hat seinen Vorschuss schon vor Jahren für Klamotten und Lifestyle ausgegeben, ohne auch nur ein Wort seines Manuskripts abzuliefern, und so dafür gesorgt, dass der anfängliche Neid seiner Kameraden zu wohliger Überlegenheit und dann zu wohlberechnetem Spott gerann. Wenn er Mitgefühl will, hätte er niemals die Rubrik »Talk of the Town« für den *New Yorker* – der sichere Tod jeder Freundschaft in der Welt der Freiberufler – schreiben dürfen. Frenchie sagt nichts mehr. One Eyes Spitze hat ihn an den Schauplatz seines jüngsten Fehlschlags zurückversetzt, in das Bett, das er mit seinem verschwundenen italienischen Model teilte, zu ihren langen Beinen.

One Eye hat sein Auge vor ein paar Jahren bei einem tragischen Unfall mit ironischen Anführungszeichen verloren. Während er auf einem Sofa saß und mit einem PR-Mann plauderte, stand vor ihm ein junger Freiberufler und erzählte eine witzige Geschichte über den Sittenkodex von Manhattan, wie er in einer neuen Sammlung von Short Storys des fotogenen jungen Autors, der damals gerade en vogue war, zum Ausdruck kam. Der Barkeeper gab lautstark bekannt, dass die Bar demnächst schließe, und One Eye sprang instinktiv auf, gerade als der Freiberufler seine gekonnte Schilderung durch Anführungszeichen akzentuierte, die er mit Zeige- und Mittelfinger in die Luft schrieb. Die betreffende Pointe war offenbar überaus ironisch und erforderte kräftig gesetzte Anführungszeichen. Im Verein mit One Eyes jäher und heftiger Aufwärtsbewegung trieb die Kraft der Ironie die Zangenfinger des Freiberuflers tief in die Augenhöhle des Spesenritters.

J. langt nach One Eyes Hosenträgern und lässt sie schnappen. »Wo hast du denn die ausgegraben?«

»Das ist meine Huckleberry-Finn-Kluft. Ich versuche, Vertrauen zu erwecken, mich anzupassen.«

»Du siehst aus wie ein Idiot.«

»Ich weiß.«

»Das hier wolltest du dir nicht entgehen lassen, was? Wo kommst du eigentlich her?«

»Florida. Ich habe meine Eltern besucht.«

»War's okay?«

»Florida eben.«

»Hab mir schon gedacht, dass du hier Station machst, um noch ein bisschen Südstaaten-Gastfreundlichkeit zu genießen.«

»Ich bin auf einer geheimen Mission«, sagt One Eye. Sein gesundes Auge zwinkert verschwörerisch. »Eine Mission, die ohne Weiteres den Lauf der Menschheitsgeschichte verändern könnte.«

»Aber streng geheim.«

»Ich erzähle dir später davon«, murmelt One Eye. Er wendet sich wieder der Straße zu. Er macht keine Witze, denkt J.

»Ich kann's gar nicht erwarten, Ben Vereen zu sehen«, sagt Tiny.

»Der hat abgesagt«, teilt J. ihm mit.

»Wieso, künstlerische Differenzen?«

»Nein, er ist krank«, sagt J., und der Kleinbus setzt seine Annäherung an das Millhouse Inn fort.

Die Liste besaß einen Willen und eine Funktion. Sie spürte das Bedürfnis nach ihr, nach einer Ansammlung aussichtsreicher Kandidaten, die die frohe Botschaft verkünden konnten. Nach einer Gruppe von Männern und Frauen, auf die man in Notzeiten zurückgreifen konnte, Menschen mit Köpfchen und gutem Leumund, Menschen, die das Ohr am Puls der Zeit hatten. Und am Puls der *Times*. Die Öffentlichkeit musste über die Dinge Bescheid wissen, die von kompetenten Kreisen geschaffen wurden, die Öffentlichkeit gierte nach der frohen Botschaft, vonnöten war lediglich ein verlässliches System der Informationsübermittlung. Die Liste erkannte die Gesichter, aus denen sie bestand: Sie erschienen bei schlechtem Wetter, müde und hungrig, Abend für Abend. Mal verkündeten diejenigen, die kamen, die frohe Botschaft; mal waren ihnen nur eine Atempause vom Chaos, eine Gratismahlzeit und irgendwelche Kinkerlitzchen vergönnt. Der allem zugrunde liegende Prozentsatz, darauf kam es an, das Verhältnis von Ereignissen, über die berichtet, zu Ereignissen, über die nicht berichtet wurde, darum ging es letztlich.

Die Liste dachte über die Gesichter nach, aus denen sie bestand, und traf ihre Wahl. Die Liste hielt sich über die jüngsten Fortschritte der Informationstechnologie auf dem Laufenden und nahm brieflich, später per Fax, dann per E-Mail Kontakt mit ihren Schützlingen auf, je nachdem, welches Medium am geeignetsten war. Die Männer und Frauen auf der Liste sahen sich zu ihrem Erstaunen per E-Mail angesprochen, obwohl sie ihre E-Mail-Adresse gerade erst eingerichtet und noch nicht vielen Leuten gegeben hatten. Sie beschwerten sich nicht. Falls sie sich über die Funktionsweise der Liste Gedanken machten, so behielten sie ihre Bedenken für sich oder äußerten sie nur leise, im privaten Kreis. Sie fürchteten die Verstoßung. Es hatte ein paar Fälle gegeben, in denen Leute das Privileg missbraucht hatten. Einer war wahnsinnig geworden. Ein anderer hatte aufgehört, Artikel einzusenden, und war nur noch erschienen, um zu tafeln, ohne sich zu revanchieren. Für die Sünde, nicht nach Verbreitungsmöglichkeiten für die frohe Botschaft gesucht zu haben, verschwand er von der Liste und wurde schließlich Redakteur. Er betrachtete seine Kollegen von außen, wurde nur noch zu einem Bruchteil der Ereignisse eingeladen, die er zuvor hatte besuchen dürfen, und keiner vergaß den Ausdruck in seinen Augen.

Die Liste war gerecht. Sie nahm eine Verfärbung an sich wahr, beobachtete, wie die Verfärbung ein Gesicht beschrieb, und das Gesicht wurde auf die Liste gesetzt. Die Leute, die die Liste herausgriff, waren überrascht. Manche waren neu in dem Geschäft, andere alte Hasen, verbittert, weil man sie so lange übersehen hatte. Manche erschienen nur mit viel Mühe, andere ganz selbstverständlich. Manche versuchten dahinterzukommen, welches Ereignis oder welcher Artikel entscheidend gewesen war, wofür sie gesegnet und ausgezeichnet worden waren, wodurch sie sich als würdig erwiesen hatten. Es war sinnlos. Schaumschläger wurden übergangen und die Stillen, Sorgfältigen willkommen geheißen; ebenso oft traf das Gegenteil zu. Die Liste war unerforschlich.

Die Liste hatte sich durch tektonische Kräfte von der Erde abgelöst. Die Liste besaß eine spezielle Schwerkraft, die sich mit wissenschaftlichen Instrumenten messen ließ. Die Liste hatte Gewicht und Volumen.

Die Liste wusste über ihre Schützlinge Bescheid. Sie wusste, ob Autoren umgezogen, von dieser Zeitung zu jener Zeitschrift gewechselt, ob sie gestorben waren oder sich zur Ruhe gesetzt hatten, und sie aktualisierte sich dementsprechend. Die Männer und

Frauen auf der Liste wunderten sich darüber, wie rasch die Liste Korrekturen vornahm, aber nur beim ersten Mal. Nach diesem ersten Mal wunderten sie sich über gar nichts mehr. Namen von Kontaktpersonen wurden mit militärischer Präzision aktualisiert. Nie waren die Mitarbeiterverzeichnisse von PR-Firmen veraltet. Wenn der Rausschmeißer eines Clubs kündigte, in den Knast kam oder zu einem anderen Club wechselte, wurde sein Nachfolger vermerkt und identifiziert, um möglichen Peinlichkeiten vorzubeugen. Die Marotten und Spitznamen der Oberkellner beliebter Restaurants wurden verzeichnet. Eine Harmonie wurde geschaffen.

Und die Liste lohnte es der Welt. Der Prozentsatz wurde aufrechterhalten. Titelgeschichten mit witzigen Schlagzeilen. Kurze und lange Rezensionen auf den hinteren Buchseiten. Porträts von Stars, Großindustriellen und Internet-Genies, tiefschürfende Fragen, alberne Fragen, Fragen, die weitere Fragen erheischten, Zeilenschinderei, Futter für die nächste Auflage der Pressemappe. Die Figuren des öffentlichen Lebens und der Privatbürger wurden belohnt. Wessen Karriere schon mausetot war, der wandelte plötzlich wieder unter den Lebenden, auferweckt von einer Pressemitteilung samt begleitendem Ereignis an einem passenden Ort. Ein Finanzier, der in letzter Zeit nichts Nennenswertes getan hatte, außer Zinsen zu kassieren, gab eine Party, um der Öffentlichkeit mitzuteilen, dass er noch lebte. Zur Zeit der Weihnachtseinkäufe thronte auf dem schwarzen Sockel eine neue technische Spielerei, Produkt eines großartigen Intellekts, ihre Vorzüge aufgezählt von denjenigen, die sie gratis bekommen hatten. Der große Gezeitenstrom der Bedürfnisse, aufgezeichnet und gutgeheißen. Ein Comeback. Ein kometenhafter Aufstieg. Ein Geheimtipp, der in einer Sonderausgabe zum Jahresende um einen guten Platz rangelt. Die zurückgezogen lebende Autorin bricht ihr Schweigen und gibt Interviews, um ihren üppigen Vorschuss zu rechtfertigen. Der frühreife Emporkömmling wird auf

den richtigen Partys gesehen. Hinter den Kulissen der Preisver-
leihung. Die triumphale Rückkehr. Das Innenleben von. Die geheime Welt. Die Geschichten wurden erzählt. Es bestand ein Bedürfnis danach. Die Liste erleichterte alles.

Dieser Einladungserschleicher und Cruditésvernichter, dieser Getränkebonliebkoser und knauserige Trinkgeldgeber, Opportunist der geöffneten Bar, Herr der Gutscheine und sich vordrängelnde Quittungsschinder hört auf den Namen J. Sutter, betrachtet mit Reptilienaugen die Fassade des Millhouse Inn.

Soll er den Laden etwa ernst nehmen? Die Wände des rustikalen Hotels nebst Restaurant bestehen aus irgendeinem industriellen Zeug, das sieht er schon aus mehreren Metern Entfernung, die Furchen und Grate sind von Stein zu Stein identisch. Er kommt nicht dahinter, welchen Stil die Architekten im Sinn hatten, Schnörkel im Kolonialstil stoßen an Holzsäulen aus der Zeit vor dem Bürgerkrieg, moderne Doppelglasfenster sitzen in künstlich verwitterten Rahmen mit abblätterndem Anstrich. Der junge Efeu an den Wänden müht sich wacker, aber was soll's, J. kann den Draht erkennen, der ihn festhält. Die größte Scheußlichkeit allerdings ist das Wasserrad. Die Düsen zwingen Wasser auf Schaufeln, die sich nicht rühren, die kräftige, keiner natürlichen Bewegung entspringende Gischt spritzt in ein Betonbecken, wimmelnd von albern dahintreibenden Plastikwasserlilien, die sich beim Abflussgitter zusammendrängen. An einen Hügel geschmiegt, nagelneu, soll das Haus die Touristenscharen beherbergen, die zu den John Henry Days hierherströmen werden. Hofft man. Jeder junge Hipster, der, im Gesicht mehr Haken als irgendein uralter, nicht zu fangender Fisch, in ausgestellten Hosen aus den Siebzigern durch Soho stolziert, ist stilistisch authentischer als der Laden hier. Was hat er, J., hier verloren? Er geht auf den Rekord aus, während seine Eingeweide von zähen, schweren Flüssigkeiten gurgeln.

Das Wichtigste zuerst, als sie den Veranstaltungssaal betreten. Ziel eins: eine Operationsbasis finden. Die meisten Tische sind schon von den anderen Fraktionen mit Beschlag belegt worden, aber Frenchie geht bereits voraus, watet, ehe die anderen den Saal noch richtig erfasst haben, zielgerichtet zwischen Stühlen hindurch, peilt die Lage, schwankt kurz zwischen zwei Tischen ganz links vom Podium, stellt seine Tasche schließlich bei einem davon ab und winkt die anderen Spesenritter herüber. Vor sich hin nickend, zieht er seine Wahl nachträglich in Zweifel, doch nein, das ist es, dieser Tisch ist definitiv der richtige. Während J. und die anderen zu ihm hinübermarschieren, befassen sie sich schon mit Ziel zwei, den Getränken, lassen ihre Blicke durch den Saal wandern, während sie zu ihren Plätzen vorrücken. In einer Ecke, unter Farnen, betreiben zwei Barkeeper, kaum zwanzig, ihre Alchimie. Die großzügige Einstellungspraxis der John Henry Days nimmt den Fast-Food-Lokalen Arbeitskräfte weg, vermutet J. Die Spesenritter setzen sich und schicken Tiny und Dave Drinks holen. An der Bar stehen ein paar Bürger von Talcott und Hinton herum, aber an der linken Flanke gibt es eine Lücke, eine Bresche, wo Tiny oder Dave sich hineinmogeln und dominieren könnte.

»Ich sehe keine Kasse«, meint One Eye und nimmt einen Schluck Wasser.

»Ich auch nicht«, sekundiert J.

Das sind richtig echte Weiße hier, denkt J. mit einem Blick in die Runde. Diese Leute gehen mit Fotos von CBS-Fernsehstars in Frisiersalons und sagen, was sie wollen. Er fühlt sich fehl am Platze. Er entdeckt das Buffet auf der anderen Seite des Saals. Sieht so aus, als gäbe es zuerst Salat. Wieder knurrt ihm der Magen, aber er beschließt, dass er warten kann, bis die Jungs mit den Getränken zurückkommen. Steht sowieso eine kleine Schlange davor. J. bemerkt, dass sich die Frau, die mit ihnen gefahren ist, für einen anderen Tisch entschieden hat. Vermutlich die richtige Entscheidung, Distanz zu halten.

Die Drinks segeln heran, drehen bei, gehen in aufnahmebereiten Händen vor Anker. Frenchie schnuppert, fragt: »Ist das Gordon's oder was?«

Tiny schüttelt den Kopf. »Nein, heute Abend kommt der gute Stoff auf den Tisch. Ich hab den Typen gefragt, ob er Schwarzgebrannten hat, und er hat mich bloß angeguckt. War das politisch unkorrekt von mir?«

»Offenbar hast du noch nichts vom großen Talcotter Schwarzbrennerkrieg von dreiunddreißig gehört«, sagt One Eye über den Rand seines Glases hinweg. »Du reißt da alte Wunden auf.«

J. hat das Erbrechen am Nachmittag schon vergessen, doch dann riecht er den Gin. Kohlensäurebläschen zerplatzen an seiner Nase. Von dem Schinkensandwich, das er in seiner Reisetasche gefunden hat, hat sich sein Magen vermutlich ein bisschen beruhigt. »Cheers«, sagt er. Alles trinkt bereits.

One Eye ruckt den Kopf nach rechts, zu einer tüchtig wirkenden Frau hin, die sich energischen Schritts, ein Klemmbrett wie einen Panzer vor der Brust, ihrem Tisch nähert. Die Pressetante. Eine Pressetante erkennt man schon von Weitem, und das ebenso leicht, wie die Pressetante sie erkannt hat. Sie stellt sich als Arlene vor. »Ich hoffe, Sie hatten eine angenehme Reise hierher«, sagt sie lächelnd.

Allseitiges Nicken. Tiny rülpst leise. J. meint, sie lächle ihn öfter an als die anderen. »Ich habe den Pressemappen im Hotel auch ein paar Prospekte beigelegt«, sagt sie. »Damit Sie sehen, was das County zu bieten hat. Vielleicht können Sie in Ihren Artikeln ja auch ein bisschen was über den New River schreiben.«

»Artikeln?«, sagt Tiny leise.

»Ich habe mal reingeschaut«, sagt Dave, stets der Beschwichtiger, wenn es um das Spiel geht. »Hört sich ganz so an, als gäbe es viel Schönes in der Ecke hier.«

In der Ecke hier. One Eye und J. sehen sich an: Dave hat überhaupt kein Schamgefühl.

»Sie sollten sich unbedingt einiges ansehen, wenn Sie die Möglichkeit haben«, rät Arlene, schon auf dem Rückzug vom Tisch. »Aber nun amüsieren Sie sich erst einmal; morgen ist ein großer Tag. Falls Sie Fragen haben oder falls Sie mit dem Bürgermeister oder einem der Festivalplaner sprechen möchten, können Sie sich jederzeit an mich wenden.« Sie entfernt sich, nicht ohne zuvor noch einmal J. anzulächeln. Wieso hat sie nur so gelächelt? So etwas wie eine Überkompensation wegen der Sklaverei oder was? J. steht von seinem Platz auf, um sich Salat zu holen, kommt unterwegs an Lawrence vorbei, der grüßend zwei Finger hebt, ohne den Blickkontakt zu dem Mann, mit dem er gerade redet, zu unterbrechen. Der Mann ist ein Profi.

Es ist ein Cafeteria-Salat, ein Allerlei im Vegas-Stil, aber das ist J. egal. Was den Hauptgang angeht, hat er ein gutes Gefühl. Er schnappt sich eine braune Holzschale, versucht sich zu beschränken, indem er die Länge des Buffets gegen das Fassungsvermögen der Schale abwägt (immer diese Notwendigkeit, das Volumen zu berücksichtigen), erspäht ein Stück weiter flüchtig Sellerie und nimmt sich vor, kostbaren Rauminhalt aufzusparen.

»Haben die hier eigentlich noch nie was von Rucola gehört?«, beklagt sich Frenchie mit einem etwas säuerlichen Blick auf die Beilagen.

»Eissalat enthält viele wichtige Mineralstoffe«, sagt J.

Die Gespräche im Saal verstummen, auf dem Podium bittet Arlene um Aufmerksamkeit. Sie kündigt Bürgermeister Cliff an und überlässt das Mikro einem hochgewachsenen Mann mit fransigem grauem Haar und Augenbrauen wie ein Vielfraß. Seine Gesichtshaut ist derb und eingefallen, wie erodiert. Als Nachkomme von Eisenbahnern, mutmaßt J., hat er die Sorge um die Einhaltung des Fahrplans und die Angst vor Zusammenstößen in den Genen. Keiner der anderen Spesenritter schenkt Cliff die geringste Aufmerksamkeit; Dave erzählt gerade einen komplizierten Witz über eine einarmige Hure.

Der Bürgermeister sagt: »Ich freue mich, dass Sie alle heute Abend hierhergekommen sind, um zu feiern, was unsere beiden Städte in der Vergangenheit geleistet haben und was wir mit diesem Wochenende erreichen werden.« Ein Rückkoppelungsgeräusch durchschneidet die Luft, und ein pummeliger Teenager eilt herbei und macht sich an der Lautsprecheranlage zu schaffen. Als das Kreischen verstummt, bedankt sich Cliff bei ihm und fährt fort. »Wir alle haben in den vergangenen Wochen und Monaten hart gearbeitet, und ich weiß, ich bin nicht der Einzige, der sich darüber freut, dass der große Tag endlich gekommen ist. Meine Frau ist auch sehr glücklich darüber, das kann ich Ihnen versichern. Charlotte – stehst du bitte mal auf? Sehen Sie das breite Grinsen in ihrem Gesicht? Das bedeutet, keine Angel mehr, die uns um drei Uhr morgens anruft, um uns ihren neuesten Geistesblitz in puncto Blumenschmuck zu verraten. Kein Martin mehr, der auf unserer Schwelle schläft, um uns gleich beim Aufstehen von der neuesten Katastrophe zu berichten.« Ein Großteil der Zuhörer schmunzelt verständnisinnig. J. seufzt. »Jetzt hat sich das alles bezahlt gemacht. Also trinken Sie aus, holen Sie sich etwas zu essen und amüsieren Sie sich – Sie haben es verdient!«

Cliff trinkt einen Schluck Wasser. »Einige von Ihnen haben vielleicht schon gehört, dass Ben Vereen heute Abend nicht bei uns sein wird. Ich habe vor ein paar Stunden mit seinem Manager telefoniert, und er hat mir erklärt, dass Mr. Vereen sich sehr darauf gefreut hat, nach Talcott zu kommen, leider aber an einer Kehlkopfentzündung leidet und deshalb unmöglich auftreten kann.« J. knabbert an einer Möhre und schüttelt den Kopf. Kehlkopfentzündung – vermutlich muss er sich von dem gewaltigen und wohlverdienten Anschiss erholen, den er seinem offensichtlich geistesgestörten Manager verpasst hat. »Das ist zwar ein herber Schlag – Mr. Vereen ist ein in der ganzen Welt beliebter, großartiger Künstler –, aber wir haben ein heimisches Talent engagiert, das nach dem Essen auftreten wird. Ich möchte noch nicht verraten, um wen es sich handelt, aber ich weiß, dass einige von Ihnen ihn schon gehört haben und dass er uns nicht enttäuschen wird.« J. beschließt, ihn auszublenden. Er braucht sich diesen hausbackenen Quatsch nicht anzuhören; ihm bleibt das ganze Wochenende, um das bisschen Material zu sammeln, das er braucht. Ob er wohl tatsächlich recherchieren muss? Soll wohl ein Witz sein. Aber ein, zwei Zitate zur Abrundung könnte er allemal gebrauchen. Neunhundert bis zwölfhundert Wörter – der Website-Redakteur hat gesagt, sie hätten die durchschnittliche Aufmerksamkeitsspanne des Web-Surfers noch nicht ermittelt und würden seinen Artikel vielleicht kürzen, falls die nächste Marktforschungsrunde das nahelegte. Zwölfhundert Wörter – diese bescheidene Menge kann er mühelos in zwei Stunden absondern, aber ein hübsches Zitat würde der Sache Würze verleihen. Nicht nötig, heute Abend zuzuhören; ihm bleiben noch zwei Tage, um irgendeinem arglosen Festivalbesucher ein anschauliches Zitat zu entlocken.

Cliff ist abgetreten; an seiner Stelle kommt irgendein Typ vom Post Office anspaziert. Könnte auch die Sister, die mit ihnen gefahren ist, nach ihrer Meinung fragen. Sie hat bestimmt etwas zu sagen, glaubt J. Er sieht sie am Nachbartisch, wie sie dem Typ vom Post Office zuhört, umgeben von den Eingeborenen. Genau wie er auch. J. blickt sich im Saal um und überzeugt sich davon, dass sie die einzigen Schwarzen in dem Laden sind. Da ehren die einen Schwarzen Helden, und sie beide sind die einzigen Schwarzen hier. John Henry, der Amerikaner. Er isst den letzten Rest Salat auf, schaut hinüber zum Buffet, um festzustellen, was dort vor sich geht, und sieht das rote Licht.

Er sieht das rote Licht und begreift.

Das rote Licht am Kopfende eines Buffets bedeutet eins und nur eins: Hochrippe. J. hat den ganzen Tag auf diese Bestätigung gewartet. Auf dem Flughafen hat er sie in einer flüchtigen Vision geschaut, und nun ist sie Wirklichkeit geworden. Er sieht sich selbst, wie er in das weiche rote Fleisch schneidet, zuerst die milchige Fettkruste durchtrennt, dann auf das Fleisch trifft und zusieht, wie auf den liebevollen, emsigen Druck seines Messers hin durch tote Poren das Blut austritt. J. sieht das rote Licht des Heizelements am anderen Ufer des Buffets, und sogleich ersteht vor seinem geistigen Auge in Rindfleischsaft zergehender Kartoffelbrei, das flockige Kartoffelrosa von Blut gefärbt und zu noch größerer Reinheit und Weichheit geläutert. Diese Vision ist die Quintessenz aller Buffets, die er je erlebt hat, der eine und wahre, in Stoßgebeten herbeizitierte Geist. J. wartet darauf, dass sie das Essen auffahren, er wartet darauf, Erfüllung zu finden.

Was geht in ihm vor, in diesem Briefmarkensammler? Er kennt sich selbst nicht. Alphonse Miggs sitzt im Veranstaltungssaal des Millhouse Inn, er sitzt stumm wie ein Fisch an einem Tisch für acht Personen, mit sieben Leuten, die er nicht kennt. Zu Beginn des Abends streiften seine Knöchel ein Klümpchen in seiner Jacketttasche. Er zog eine Mottenkugel hervor und schob sie, zutiefst verlegen, dorthin zurück, wo sie hergekommen war. Er war sich nicht sicher, ob irgendwer sein Zeichen der Schande bemerkt hatte. Für den Rest des Abends fühlt er sich mit unsichtbaren Taschen gestraft, und beim Essen können alle seine Schande sehen, die große Naphthalinperle, die ihm anhaftet, die Dünste sozialer Inkompetenz riechen, die von ihm ausgehen. Ihnen in die Nase stechen. Die Frau neben ihm, rümpft sie die Nase, als sie ihn anspricht, beschnuppert sie ihn? Sie ist ungefähr fünfzig, mit einem strahlenden, runden Gesicht und einem sauber zurechtgestutzten Busch roter Haare. Da sie bemerkt, dass er nichts sagt, dass er einer von zwei auswärtigen Besuchern an ihrem Tisch ist, und zwar nicht der Schwarze, stellt sie sich als Besitzerin des Blumengeschäfts in Hinton vor. Sie heißt Angel und trägt, als sie ihn anlächelt, dick mit rotem Lippenstift bemalte Lippen zur Schau. Ihr Akzent dehnt die Worte, ein melodiöser, mit vorgerecktem Kinn erzeugter Klang. Sie deutet auf den fröhlichen Reigen bunter Blumen um das Podium, auf die grünen Girlanden, die sich in durchhängenden Bogen an den Wänden entlangziehen, und teilt ihm mit, dass sie Stunden damit zugebracht hat, sich ansprechende Arrangements für dieses Wochenende auszudenken. Beschnuppert sie ihn? Er macht eine kurze

Kopfbewegung zu der Vase in der Tischmitte hin, zu dem halbherzigen Kunterbunt schlaffer Tulpen. Er sagt, sie seien sehr elegant. Sie bedankt sich und stellt ihm ihren Mann vor, einen mageren Burschen mit von der Sonne zerfurchtem Gesicht, der ihm grüßend zulächelt, ehe er sich wieder dem Gespräch mit seinem Tischnachbarn zuwendet. Sie sei für den gesamten Blumenschmuck zuständig, erklärt Angel, von dem heutigen Abendessen bis zu dem Bohrwettkampf am Samstagnachmittag mit anschließendem Essen, ja sogar für das große Finale am Sonntag, die Briefmarkenpräsentation in der Stadt. Während sie die für jedes Ereignis notwendigen Vorbereitungen aufzählt, scheint ihr Gesicht die mit jeder Anstrengung einhergehende Emotion zu rekapitulieren, den Gänseblümchenstress am Samstag, die Gladiolenhölle des Bohrwettkampfs. Es sei der größte Auftrag, den sie je bekommen habe, ihren Lieferanten habe praktisch der Schlag getroffen angesichts der Größe der Lieferung, der wechselnden Bestellungen und der Lieferdaten. Noch nie habe sie so viele Blumen verarbeitet, das sei eine Wissenschaft, sie könnte ein Buch darüber schreiben, scherzt sie, aber am Ende habe alles prima geklappt, wie jedermann deutlich sehen könne, und der Name ihres Blumengeschäfts stehe im Programm. Was eine gute Reklame sei. Und wo komme er, Mr. Miggs, her?

Die Fahrt von Silver Spring hierher war angenehm. Ganz gleich, wo man wohnt, so Alphonses Überzeugung, man muss sich nur fünf Minuten in jeder beliebigen Richtung von seinem Haus entfernen, und man wird in seinem eigenen Viertel zum Fremden. Fenster, Vorhänge, Türschwellen, Türen, hinter allen verbirgt sich ein Fremder, kein Nachbar, einer aus der großen Anzahl derer, die den Rest der Welt ausmachen. Es braucht nichts weiter als fünf Minuten in jeder beliebigen Richtung, und man findet sich draußen im Lande wieder. Und was findet man erst, wenn man sechs Stunden fährt?

In der Talcott Motor Lodge hat sich Alphonse ausgezogen und

seine Reisekleidung ordentlich gefaltet und separat auf die Tagesdecke gelegt. Reisekleidung: als ob er mit wehendem weißem Schal in einem restaurierten Model T herumkutschieren würde, aber Alphonse Miggs hat Bezeichnungen und Kategorien für seine Welt, Untergruppen und Unteruntergruppen. Die Inventarisierung erleichtert die Navigation durch die Untiefen seiner Tage. Sodann hat er seinen schwarzen Anzug aus dem Kleidersack genommen und an der Badezimmertür aufgehängt, damit der Dampf die Falten glättet. Als er unter die Dusche trat, spürte er Reinigungsmittelrückstände an seinen Sohlen scheuern. Er fuhr mit dem Fingernagel über die Oberfläche der Duschtasse, über die ein Blumenmuster bildenden Rillen des rutschfesten Profils, und betrachtete das weiße Pulver dort. Die abgepackte Seife hatte keinerlei Duft und schäumte nicht. In dem vergeblichen Bemühen, Schaum zu erzeugen, verbrauchte er das ganze Stück.

Er kam als Erster. Alphonse ist generell gern früh dran; er sympathisiert mit Filmgangstern, die mit der Organisation in Konflikt geraten sind und vor der vereinbarten Zeit zu wichtigen Treffen an öffentlichen Orten erscheinen, um ein Gefühl für die Atmosphäre zu bekommen, aber in diesem Fall hat er sich einfach mit dem Beginn der Veranstaltung vertan. Er war eine Stunde zu früh dran. Alphonse betrat den Veranstaltungssaal und machte ein paar unsichere Schritte hinein. Kein Mensch schenkte ihm Beachtung. Eine Blondine bugsierte ihr Klemmbrett durch den Raum, steuerte das Personal per Fernbedienung, klopfte mit ihrem Stift. Zwei Barkeeper mit schwarzen Krawatten rückten auf ihrer Anrichte Flaschen mit Hochprozentigem zurecht, drehten die Etiketten nach vorn, stießen knirschend Bierflaschen in Eimer mit Eis. Alphonse suchte sich einen Tisch aus, der weder zu nahe am Podium noch zu nahe an der Wand war. Er wollte sich im Hintergrund halten, aber er wollte auch etwas von der Veranstaltung mitbekommen. Er setzte sich auf einen

Stuhl, prüfte die Sicht und setzte sich zwei Stühle weiter. Unheilvolles Heulen von den Mikrofonen. Alles fuhr zusammen und starrte den Teenager an, der am Verstärker herumspielte, seine Hände hüpften über Schalter, um das Gekreisch zu zähmen. Dann einen Moment lang Stille, und die Leute machten sich wieder an ihre Arbeit. Ab und zu fing Alphonse den Blick eines von ihnen auf, und sie sahen rasch weg; es war nicht ihre Aufgabe, dahinterzukommen, warum er schon so früh da saß. Ein Mädchen im Teenageralter machte sich über seinen Tisch her, rückte Servietten und Besteck gerade, stupste die Blumen in aufrechte Haltung. Alphonses Gedeck ließ sie aus. Er blickte zu ihr auf und zwang seinem Gesicht ein Lächeln ab. Sie ging weiter zum nächsten Tisch. Alphonse wandte seine Aufmerksamkeit dem Garten vor der Terrassentür zu. Alles grün, üppig und ordentlich da draußen, dunklere Grüntöne traten in den Vordergrund, Schatten brüteten unter Laub, während ein Berg ganz in der Nähe die Sonne verschlang.

Ein korpulenter Mann mit Kochmütze rollte Servierwagen zur Küchentür heraus.

Sein philatelistisches Mitteilungsblatt hat die John-Henry-Briefmarke für dieses Frühjahr angekündigt und dabei wortwörtlich die Presseerklärung des USPS übernommen. Eine Auflage von hundertdreizehn Millionen in Blöcken zu je zwanzig Stück. Früher einmal waren Gedenkmarken tatsächlich etwas Besonderes, ihre begrenzten Auflagen verhießen spätere Seltenheit und steigenden Wert. Mittlerweile aber gab es so viele, und sie kamen so häufig heraus, dass ihre Bedeutung schwand. Alphonse Miggs sammelte Eisenbahnmarken.

Er sah zu, wie die Leute eintrafen. Nun wurde nur noch letzte Hand angelegt – Tonic Water besorgt, Vorhänge zurechtgezupft –, dann kamen die anderen Gäste. Fünf Männer in leichten Sommeranzügen erschienen an der Tür, und die Frau mit dem Klemmbrett stürzte sich auf sie, stellte sich gestenreich vor. Die

Männer sahen nach Großstadt aus. Alphonse vermutete, dass es sich um Mitarbeiter des glorreichen USPS handelte. Sie maßen den Saal mit Blicken, betrachteten die Terrakottafliesen auf dem Boden und den in Hellblau abgesetzten Stuck. Die Frau deutete auf die Tische, auf die Bar: Setzen Sie sich, wohin Sie mögen, bedienen Sie sich. Die Postler entschieden sich für einen Tisch ganz vorn. Einer zog sein Jackett aus, hängte es auf die Rückenlehne, sah dann aber, dass seine Kameraden seinem Beispiel nicht folgten, und zog es wieder an. Sie begaben sich einer nach dem anderen an die Bar, um sich Mineralwasser mit einer Zitronenscheibe zu holen.

Einwohner von Talcott in lebhafter Sommerkleidung hatten ihren Auftritt, wechselten zum zweiten oder dritten Mal an diesem Tag Grüße. Alphonse sah zu, wie die Frau mit dem Klemmbrett ihnen zuwinkte. Sie kannten sich alle. Vielleicht war sie die Frau, mit der er telefoniert hatte, Arlene. Die Ankündigung der John-Henry-Briefmarke hatte ihn neugierig gemacht, und er hatte telefonisch weitere Informationen angefordert, obwohl er sich nicht vorstellen konnte, was ihm eigentlich noch fehlte; die Presseerklärung war sehr ausführlich gewesen. Unter Runyon war der USPS sehr publikumsfreundlich, unterhielt einen Telefonanschluss, um Fragen zu beantworten, im Gespräch zu bleiben. Der Mann, der – nach einer nicht übermäßig langen und durchaus zumutbaren Zeit in der Warteschleife – seinen Anruf entgegennahm, meinte, er, Alphonse, habe ja vielleicht Lust, zu dem Festival nach Talcott, Virginia, zu fahren, wenn ihn die Volkshelden-Serie so sehr interessiere. Er nannte Alphonse eine Telefonnummer und fragte, ob er ihm sonst wie behilflich sein könne. Dabei wird über Beamte ständig hergezogen, dachte Alphonse. Er rief Arlene im Besucherzentrum an, und sie freute sich über sein Interesse, die schwungvolle Unterschrift auf der Visitenkarte, die der Informationsmappe beigelegt war, verriet einen gewissenhaften, engagierten Menschen. Alphonse reservierte.

Ein paar später Kommende hatten keine andere Wahl, als sich zu ihm zu setzen. Gäste markierten Hoheitsgebiete für ihre Freunde, pflanzten Flaggen in Form von Handtaschen und Jacken auf, sicherten sich Plätze, genossen oder verwünschten ihre Position in der Hackordnung, machten aus den Gegebenheiten das Beste. Zwei Paare setzten sich an Alphonses Tisch, auf die andere Seite des Erdballs, so weit von ihm entfernt, wie es der Rand nur zuließ. Einer der Männer nickte Alphonse zu und senkte dann, ohne eine Reaktion abzuwarten, den Blick auf seinen Schoß, während er langsam seine Serviette entfaltete. Alphonse fragte sich, ob sich der Tisch noch füllen oder ob er im ewigen Eis allein bleiben würde. Er nahm winzige Korrekturen an der Lage seines Messers und seiner Gabel vor. Stille Betrachtung der Zinken. Ein weiteres einheimisches Paar setzte sich zwischen ihn und die anderen Leute, begrüßte seine Freunde, schloss den Kreis bis auf den Platz rechts von Alphonse. Alphonse blieb stumm wie ein Fisch.

Ein aufgeregtes Lüftchen kitzelte die Anwesenden im Nacken: Die Salattheke war eröffnet. Die Vorhut stand von ihren Plätzen auf, Köpfe schnellten in die entsprechende Richtung, in Zweier- und Dreiergruppen wurden Stühle geräumt. Alphonse beeilte sich, um nicht so lange anstehen zu müssen. Er ergatterte einen guten Platz im vorderen Drittel der Schlange, und sie schoben sich vorwärts, deuteten und enträtselten die Füße vor ihnen. Eine Schulter senkte sich, und man nahm es als Zeichen. So dicht beieinander, dass sie ihn einfach riechen mussten. War das rote Bete, was er da sah, dieses burgunderfarbene Gelee dort? Alphonse erblickte flüchtig einen Mann auf dem Podium, der seine Papiere durchsah. Der Mann flüsterte »Hallo, hallo« ins Mikrofon. In der Schlange entstand Unruhe. Von gemischtem Blattgemüse auf der andere Saalseite festgehalten, würde man die Begrüßung verpassen. Der Mann ging vom Podium weg, hatte lediglich die Lautsprecheranlage überprüft, doch in der

Schlange beeilte man sich trotzdem. Eissalat, Karottenraspeln, Kichererbsen und eine schöne Portion rote Bete.

Als er an seinen Tisch zurückkehrte, hatte sich eine junge Schwarze, die allein war, auf den letzten freien Stuhl gesetzt. Ihm ging auf, dass er bis jetzt noch nicht viele Schwarze gesehen hatte, und da die anderen am Tisch sie nicht einbezogen, nahm er an, dass sie, wie er, eine Besucherin war. Sie warf einen Blick auf seine Schale und ging zur Salatbar. Er hatte sich zu viel Blauschimmelkäse-Dressing draufgelöffelt. Schwarze heißen heutzutage Amerikaner afrikanischer Herkunft. Alphonse entsann sich wieder, dass die erste Gedenkmarke der Welt – er hatte wiederholt darüber nachgedacht – ebenfalls eine Eisenbahnmarke gewesen war, herausgegeben von Peru im Jahre 1871, zur Feier des zwanzigjährigen Bestehens der Südamerikanischen Eisenbahn. (Das ist ein Zeichen.) Und nun bekam John Henry, ein Eisenbahnheld vom gleichen Kaliber wie Casey Jones, mit dieser Gedenkmarke endlich das, was ihm zustand. Alphonse dachte über das rege Treiben im Saal und über das Programm der nächsten Tage nach. Weshalb er hierhergekommen war. Die Frau links von ihm stellte sich als Besitzerin eines Blumengeschäfts vor. Er hört zu und bleibt stumm wie ein Fisch.

Am Tisch hinter Alphonse geht es störend laut zu. Er dreht sich um und sieht fünf Männer, die offensichtlich nicht aus Talcott sind: Ihre Ausgelassenheit ist hermetisch, hat nichts mit den Vorgängen im Saal, mit dem Anlass zu tun. Sie trinken kräftig; einer von ihnen, ein knallig gekleideter Mann mit einer Augenklappe, kommt von der Bar zurück, in den Händen in fachmännischem Klemmgriff eine Anzahl Gläser, eine neue Runde für sich und seine Freunde, obwohl die Gläser, die vor ihnen stehen, noch gar nicht geleert sind. Angel legt den Kopf schräg und gibt missbilligende Schnalzlaute von sich. Die Schwarze rechts von Alphonse fängt seinen Blick auf und sagt, es seien ein paar Journalisten aus New York City, die viel Radau machten. Sie sagt, sie heiße Pamela.

Ehe sie weiterreden können, klopft die Frau mit dem Klemmbrett Aufmerksamkeit heischend gegen das Mikrofon: Ihre lackierten Fingernägel krallen ins Leere. Salatgabeln werden zur Seite gelegt. Sie stellt sich als Arlene vom Besucherzentrum vor und dankt den Anwesenden für ihr Erscheinen. Alphonse kommt sich natürlich wie ein Hochstapler vor. Er ist zu dieser Veranstaltung eingeladen worden, aber die meisten Leute hier sind Einheimische, haben unmittelbar mit der Planung des Wochenendes zu tun. Der Zweck seines Hierseins tröstet ihn rasch. Er ist undercover. Der Bürgermeister von Talcott löst Arlene am Mikrofon ab und macht ein paar Bemerkungen. Die anderen Leute an Alphonses Tisch lachen über einen Insiderwitz, ein Bröckchen Talcott-Folklore. Bürgermeister Cliff ist hochgewachsen und hager. Auf seinem Kopf ringelt sich, in weichem Kontrast zu den scharfen Graten seiner Wangenknochen, dichtes graues, lockiges Haar. Alphonse hört nicht zu. Heute Abend ist das Aufwärmen, denkt er. Morgen werden die Touristen und der Rest der Stadt, die anderen außer den Honoratioren, im Veranstaltungssaal abgefüttert. Morgen ist die Feier der Öffentlichkeit zugänglich, John-Henry-Veranstaltungen, John-Henry-Grillpartys, die festliche Präsentation am Sonntag und die offizielle Ausgabe der Blöcke an die Öffentlichkeit am Montag. Immer bedeutendere Stadien für die Briefmarke. Er wird seinen Platz einnehmen und auf sein Stichwort reagieren. Das Postamt an Alphonses Wohnort hat seine Schalter erst kürzlich mit schusssicherem Glas ausgestattet.

Alphonse richtet sich auf, als der Name des Post-Office-Vertreters, Parker Smith, fällt. Er sieht zu, wie der Mann seine Kameraden am Post-Office-Tisch allein lässt (Alphonses Einschätzung war richtig) und dem Bürgermeister die Hand schüttelt. In seinem schwarzen Haar, über den Ohren, sitzen zwei akkurate graue Vierecke, fast so groß wie Briefmarken, was Alphonse leicht belustigt. Smith lächelt, und der Abgesandte der Regierung wendet sich an die Leute. »Im Namen von Marvin Runyon, dem Postmaster General, und uns allen vom United States Postal Service«, sagt er mit blinkenden Zähnen, »möchte ich den Menschen von Talcott und Hinton dafür danken, dass sie uns zu diesem wunderbaren Anlass eingeladen haben. Ich weiß, Sie haben bestimmt Hunger und möchten endlich das tolle Essen und die musikalische Unterhaltung genießen, die die Leute von der Handelskammer für euch auf die Beine gestellt haben, deshalb werde ich mich kurz fassen. Habe ich *euch* gesagt? Verzeihung, ich habe natürlich Sie gemeint. Da muss wohl meine Südstaatenherkunft durchgeschlagen sein. So viel Gastfreundschaft habe ich nicht mehr erlebt, seit ich als Kind meine Großeltern in North Carolina besucht habe.«

Wie ein Profi wartet er darauf, dass das beifällige Lachen verstummt. Die Leute sind so eitel, denkt Alphonse. Er sieht zu, wie Smith' Gesicht einen ernsten Ausdruck annimmt. »Eben habe ich mich noch mit ein paar von meinen Kollegen darüber unterhalten, dass man eigentlich gar nicht anders kann, als von der großartigen Geschichte dieser Region gepackt zu werden. Talcott hat in einem bedeutenden Moment in der Entwicklung unseres Landes eine maßgebliche Rolle gespielt – beim Bau einer nationalen Eisenbahn, einem in der Menschheitsgeschichte beispiellosen Unternehmen. Das hat seinen Preis gefordert, wie Sie hier bestimmt nur allzu gut wissen. Wie viele von den Leuten, die mit Amtrak fahren oder Güter erhalten, die von cxs Transportation auf ebendiesen Schienen hier ganz in der Nähe befördert werden, nehmen sich die Zeit, über die Menschen von Talcott und Hinton nachzudenken, deren Großeltern und Urgroßeltern unter den widrigsten Bedingungen Schwerarbeit leisteten, um die Menschen dieses Landes zusammenzuführen?« Nacheinander sucht er Blickkontakt mit einzelnen Gesichtern aus dem Publikum. »Wie oft denkt einer dieser Fahrgäste im Zug über all das Blut und den Schweiß nach, die seine Reise erst ermöglicht haben?

Eines der Ziele, die wir vom Post Office mit der Herausgabe der Volkshelden-Gedenkserie zu erreichen hoffen, besteht darin, ein Bewusstsein für die Mühen von Menschen wie John Henry zu schaffen, unsere Landsleute dazu aufzufordern, ihm nachzueifern. Und dass sie jedes Mal, wenn sie eine unserer Volkshelden-Briefmarken benutzen, an die Männer denken, die ihr Leben dafür hingegeben haben, uns dorthin zu bringen, wo wir heute stehen.«

Redet dieser Kerl eigentlich von einer Briefmarke oder von der Erstürmung eines Strandes in der Normandie? Smith setzt zur Schlussoffensive an: »Aber Sie hier wissen sehr viel mehr als ich über die Opfer, die die Eisenbahnarbeiter gebracht haben« – dies demütig –, »denn es ist Ihre Geschichte. Sie müssen sich nicht anhören, wie ich mich darüber verbreite – Ihre Familien haben sie gelebt. Ich hoffe nur, dass diese Briefmarke und die Feierlichkeiten an diesem Wochenende dazu beitragen, die Geschichte der Opfer zu erzählen, die von Menschen gebracht worden sind. John war ein Afroamerikaner, als Sklave geboren und von Mr. Lincolns berühmter Proklamation befreit. Noch wichtiger aber ist, er war Amerikaner. Er hat dazu beigetragen, dieses Land zu dem zu machen, was es heute ist, und sein großer Wettstreit mit der Dampfbohrmaschine ist ein Zeugnis der Kraft des menschlichen Geistes. Das USPS ist stolz darauf, einen solchen Mann ehren zu dürfen. Ich danke Ihnen.«

Ein paar Minuten später findet sich Alphonse in der Schlange am Buffet neben Pamela wieder. Sie stehen nebeneinander und sagen kein Wort, obwohl beide wissen, dass ein bisschen Proforma-Konversation angemessen wäre. Sie sitzen am selben Tisch, und der Abend ist schon halb vorbei. Doch vielleicht ist Alphonse über das Menuett gesellschaftlicher Umgangsformen bereits hinaus. Er beschließt, dennoch seine Rolle zu spielen – sollen sie später ruhig vergeblich die Hinweise durchgehen –, und fragt die Frau, was sie nach Talcott führt. Ihr Gesicht erstarrt

leicht, und sie sagt, ihr Vater habe John-Henry-Memorabilien gesammelt. Das sei ja interessant, meint Alphonse, denn er sei
ebenfalls Sammler, und zwar sammle er Eisenbahnmarken. Dann
ihr Gesichtsausdruck. Er kennt diesen Gesichtsausdruck. Es ist
die verständnislos abwesende Miene, die Gesichter annehmen,
wenn er Leuten erzählt, dass er Briefmarken sammelt. Er informiert sie darüber, dass die erste Gedenkmarke zufällig auch eine
Eisenbahnmarke gewesen sei, und nun stünden sie heute hier. Sie
schaut verwirrt und greift sich einen Teller. Naphthalindünste
umwehen ihn.

Der alte Witz: Was sagt die junge Dame zu ihrem Briefmarken
sammelnden Verehrer?

Mit Philatelie ist kein Blumentopf zu gewinnen.

Pamela und Alphonse versorgen sich aus den Warmhaltescha-
len und wechseln bis zum Ende des Abends, als der Lärm am
Tisch der Journalisten endlich vorbei ist, kein Wort mehr.

Applaus, Hände schieben sich auf schräg liegenden Gabeln zu, während der Vertreter des Post Office vom Podium steigt und Arlene ankündigt, dass das Essen gleich angerichtet sein wird. Für J. nicht schnell genug. Er blickt zu dem dünnen, duckmäuserischen Mann mit der getüpfelten Krawatte auf, der vor ihrem Tisch steht. Er hat, erbärmlich und lächerlich, einen in Plastik eingeschweißten Presseausweis um den Hals hängen. J. geniert sich für ihn; einen Presseausweis zu tragen ist so daneben. Nachdem der Mann vergeblich darauf gewartet hat, dass Frenchie mit seiner Geschichte fertig wird oder einer von ihnen seine Anwesenheit zur Kenntnis nimmt, räuspert er sich schließlich und sagt: »Arlene hat gesagt, Sie seien Journalisten aus New York City.«

»Genau«, sagt Tiny, »wir dachten, wir sehen uns mal den Schwof hier unten an.«

»Mein Name ist Broderick Honnicut«, erklärt der Mann und klopft auf seinen Presseausweis. »Ich bin Redakteur bei der *Hinton Owl*. Dachte, ich komme mal rüber und sage hallo.«

»Redakteur bei der *Hinton Owl*«, sinniert Frenchie, mit hochgezogenen Augenbrauen an seine Freunde gewandt. »Sieh an, sieh an. Ich glaube, Ihr Name ist mir schon untergekommen.«

»Sie haben doch die Geschichte über diesen Ring von Hühnerklauern gebracht«, sagt Tiny.

»Ring von Hühner ...?«, macht Honnicut.

»Den Hühnerwürgerskandal«, verbessert sich Tiny.

»Stellte sich raus, dass die Vertuschungsversuche bis in höchste Verwaltungskreise hineinreichten«, greift Frenchie das Stichwort auf. »Laut einer hochrangigen Quelle war sogar der örtliche Friseur in die Sache verwickelt.«

»Und der Stadtrat wurde sozusagen in flagranti erwischt«, sagt Tiny.

Muss doch nicht sein, sich mit diesem Kerl anzulegen, denkt J. Er wollte bloß nett sein, und dann kommen sie ihm so. Kann noch eine lange Nacht werden, wenn die Jungs schon so früh so giftig sind. Er dreht sich auf seinem Stuhl, um das rote Licht zu betrachten.

»Angeblich, Tiny«, mahnt Dave, »immer an das ›Angeblich‹ denken.« Er wendet sich lächelnd an Honnicut. J. weiß, dass Dave den anderen gleich auf die Schippe nehmen wird. »Die Jungs machen nur Witze. Sagen Sie: Wie lautet das Motto der *Hinton Owl*?«

»Ich weiß nicht, wovon Sie reden«, sagt Honnicut, zunehmend durcheinander.

»Sie wissen doch, was ich meine«, erklärt Dave. »Jede Zeitung hat ein Motto. Die *New York Times* hat ›Alle Nachrichten, die druckbar sind‹, jede große Zeitung braucht ein Motto. Unter dem Kopf Ihrer Zeitung steht ein Motto, stimmt's? Wie lautet es?«

»Es lautet«, stammelt Honnicut, »es lautet: ›Ein Ruf und ein Schrei: Die *Hinton Owl* sieht alles.‹«

Dave lächelt. »Sehr einprägsam.«

»›Ein Ruf oder zwei, und du tust kein Auge zu‹«, sagt Frenchie, und J. verzieht sich in Richtung Buffet. Weil das rote Licht ihn ruft. Am Ende des Buffets liegen die heiligen Gefilde der ewigen Jagdgründe. Wie eine himmlische Illumination über dem Tranchierbrett angebracht, halten die roten Heizlampen das wohlschmeckende Fleisch warm. Das rote Licht ist ein Leuchtfeuer für den verirrten Wandersmann, eine Wirtshauslaterne nach Stunden in schwärzester Wildnis. In einer unwillkürlichen körperlichen Reaktion auf das rote Licht setzt bei J. Speichelfluss ein. Manchmal passiert ihm das auch im Kino, dass sich beim Anblick des roten Lichts am Ausgang sein Speichelfluss verstärkt. Wie warm die Welt wäre, überlegt er, wenn wir alle nachts unter einem roten Licht schliefen.

Als er mit schwankem Teller, einem von Aromen durchtränkten Babel, zurückkehrt, stellt er fest, dass Honnicut gegangen ist. J. ist froh darüber – er könnte nicht viel mehr in dieser Art ertragen. Er schaut sich nach One Eye um, kann ihn aber nirgendwo entdecken, nicht einmal in der Schlange am Buffet. Egal. J. hat Wichtigeres zu tun. Die Kartoffeln haben seine Einladung abgelehnt, aber er genießt stattdessen den geschmeidigen Duft von leicht verkochten Brokkoliröschen, sternförmigen Karottenscheibchen, vom Kolben gelöstem Mais in perligem Wasser. Und die Hochrippe, die in ihrem eigenen Saft thronende Hochrippe, gesprenkelt mit winzigen, glänzenden Kügelchen von geschmolzenem Fett. Er berieselt das Fleisch mit Salz, als könnte es im Universum nichts Größeres geben als kräftig mit Salz bestreutes Rindfleisch. Er besitzt von der Evolution geschärfte Zähne zum Zerkleinern von Fleisch, ein auf die Auflösung von Fleisch angelegtes Verdauungssystem, und er gedenkt, die Gaben der Natur bis zum Äußersten zu nutzen.

»Vielleicht ist das ja der Neue Süden, aber in manchem sind sie hier Gott sei Dank noch immer hintendran«, sagt Tiny. »Jedenfalls ist das kein vegetarisches Menü.«

»Kannst du laut sagen«, sagt J.

»Ben Vereen wollte hier auftreten?«, fragt Frenchie ungläubig. Sein Teller ist mit leeren Gläsern ummauert, auf deren Böden verstümmelte Zitronenscheiben schmachten.

»Der muss auch von was leben«, sagt J. Er schlingt Fleisch hinunter, erschauert vor Vergnügen, kämpft gegen verräterische Paroxysmen an. Er braucht das Fleisch als Grundlage für die härteren Sachen.

»Wie wollen die das alles eigentlich bezahlen?«

»Indem sie den Stadtsäckel plündern.«

»Keine neuen Basketballtrikots für die High-School-Mannschaft.«

»Nicht die Basketballtrikots!«

»Schreibt eigentlich einer von euch über die Geschichte hier?«, fragt Tiny, in dessen Bart eine gelbe Flüssigkeit glitzert. Er hat zwei Teller mit Buffethügeln von entsetzlicher Symmetrie angehäuft.

»Ich mache es für diese Reisewebsite, die Time Warner ins Netz stellt«, informiert ihn J.

»Die schmeißen einfach Geld raus«, meint Frenchie. »Soll mir recht sein.«

»Ich habe einen Verein namens *West Virginia Life* an der Angel«, beginnt Dave, »ein Job, den sie einmal im Monat hier unten vergeben. Bevor ich den gelandet habe, hatte ich daran gedacht, einen Artikel über den Neuen Süden draus zu machen. Keiner denkt an West Virginia. Vielleicht mit ein paar Zeilen über die Nationalparks und das Wildwasser-Rafting, das es hier gibt. Nach den ganzen Kinogeschichten, die ich gemacht habe, wäre es eine hübsche Abwechslung gewesen, mal was zu machen, was im Trend liegt.«

»Finde ich einen guten Aufhänger«, sagt Frenchie. »Wenn ich darüber schriebe, könnte ich mir allerdings vorstellen, dass ich mich auf die Schiene Industriezeitalter – Informationszeitalter konzentriere. John Henrys Maschinenstürmerei. Das ist immer noch aktuell, die Leute können sich mit seinem Kampf identifizieren, sich in ihn hineinversetzen und diesen ganzen Scheiß.«

»Du hältst es also mit ›Bob ist hip‹?«, will Tiny mit sich hebender Stimme von Dave wissen.

»Warum nicht?«

»Bist du sicher, dass es sich nicht um ›Bob lebt noch‹ handelt?«, zischt Tiny.

Es ist ein alter Streit. Freddie »der Bulle« Mc Ginty hatte vor seinem tragischen Herzanfall drei Grundtypen von Jubelprosa unterschieden, und im Laufe der Zeit hatte die Gemeinschaft der Freiberufler seine Anatomie des Hochjubelns übernommen. Ein Spesenritter der ersten Stunde, studierte der Bulle (so benannt nach seinen riesigen, höhlenartigen Nasenlöchern) das Wesen der Liste im Laufe der Zeit und postulierte, dass zwar jedes Stück Jubelprosa durch ein goldenes Band mit einem Subjekt, sei es tierisch, pflanzlich oder mineralisch, verknüpft sei, der populäre Ausdruck dieses Subjekts sich jedoch auf drei verschiedene Schulen des Hochjubelns zurückführen lasse. Um der Klarheit willen taufte der Bulle das archetypische Subjekt Bob und nannte die drei wesentlichen Manifestationen von Bob wie folgt: Bobs Debüt, Bobs zweiter Auftritt und Bobs Comeback. Jede Manifestation verfügte über ihre eigene gängige Phraseologie und hyperbolische Rhetorik.

Bobs Debüt ist klar. Bob, der begabte Newcomer oder lange um Anerkennung ringende, obskure Künstler, schlägt ein wie der Blitz, sein In-Erscheinung-Treten aufgeladen mit der tiefgreifenden Elektromagnetik der dem Debüt vorausgehenden Publicity und manchmal auch echten Könnens. Ein derart glanzvolles Debüt verdient es, in den Prunksälen der Medien verkündet zu werden. Der aus dem Nichts aufgestellte Rekord des jungen Burschen aus Leeds, die forschende und erstaunlich wortgewandte Stimme des Krabbenfischers in seinem in der zweiten Person erzählten Schlüsselroman, der visionäre Erstlingsfilm, der den Zeitgeist auf den Begriff bringt – alle diese Werke lassen sich Bob zuschreiben, und Bobs Debüt ist eine verlässliche Story, das um Anerkennung ringende Talent wird anerkannt, die unbezähmbare visionäre Kraft gepriesen. Das gibt einen guten Stoff ab und ist die erste Manifestation von Bob.

Dann kommt Bobs zweiter Auftritt. Seine zweite Platte, auf manchen Tracks nur ein zielloses elektronisches Gedudel, der Ruhm ist ihm zu Kopf gestiegen, aber es ist trotzdem noch anhörbar; der zweite Roman, der einige Themen des ersten aufgreift, irgendwie unzulänglich, vom Erfolg ermutigt, hat er sich verhoben; der Regisseur, dem vertraglich die Abnahme des Endschnitts zugesichert ist, überschätzt maßlos seine Instinkte, die Spezialeffekte kommen dazwischen, und er kriegt ihn nicht auf unter zweieinhalb Stunden gekürzt. Über Bobs zweiten Auftritt wird ausführlich berichtet, er ist eine bekannte Größe, die sich Redakteuren leicht schmackhaft machen lässt, aber nicht ohne Fallstricke. Vielleicht kommt er bei seinen früheren Fürsprechern nicht mehr so an, und die langen Produktionszeiten von Monatszeitschriften machen Titelgeschichten zum riskanten Geschäft. Kein Chefredakteur hat Lust, beim Blick auf das Titelblatt seiner Zeitschrift festzustellen, dass man das Porträt eines Promis präsentiert, dessen zweiter Auftritt eine Woche zuvor schwer in die Binsen gegangen ist. Chefredakteure stellen Vermutungen an, halten die Nase in den Wind, setzen auf Bobs zweiten Auftritt und drücken die Daumen, dass die Kassen am Premierenwochenende ordentlich klingeln, dass die verfluchten Kritiker das Vehikel von Bobs zweitem Auftritt nicht so gründlich verrissen haben, dass es unwiderruflich den Säurebädern des Untergangs anheimfällt. Wochen- und Sonntagsbeilagen von großen Tageszeitungen haben den Monatszeitschriften eines voraus: Wenn ein Wunder passiert, können sie auf den Zug aufspringen. Das ist die zweite Manifestation von Bob.

Bobs Comeback ist ein Mirakel. Es kann zwei Jahre nach dem danebengegangenen oder mittelmäßigen zweiten Auftritt eintreten oder auch zwanzig. In der Zwischenzeit kann vieles passiert sein, was Bobs Comeback druckwürdig macht: fünf gekonnte, aber unbeachtet gebliebene Romane haben ihn dem Zwielicht der Zweitrangigkeit überantwortet; drei aufwendig produzierte Flops, zwei davon direkt in den Videoverleih, eine Sitcom und ein paar Softcore-Thriller, die sich nur für die schmuddeligeren Kabelsender eignen, haben Bob zum Charakterdarsteller reifen lassen; fünf sehr merkwürdige Alben haben Bob zum Liebling der Kritiker gesalbt, aber er ist ein Rundfunkparia geblieben. Das lange, ungehinderte Abgleiten in die Vergessenheit. Doch dann das Comeback. Im Pop ändert sich etwas. Es hilft, wenn sie ein Drogenproblem überwunden haben. Testvorführungen positiv, in der Verlagswelt schwirren Gerüchte, die vorab im Radio gespielte erste Single verheißt Gutes. Die PR speit Feuer aus der Höhle, dass den Städtern angst und bange wird, schabend setzen sich schuppige Schenkel zu einem Raubzug durchs Dorf in Bewegung. Alles Schlimme, was die Kritiker gesagt haben, ist vergessen, die Insider des Gewerbes scharen sich um Bob, der Verfasser des »Was macht eigentlich XY?«-Artikels bekommt seine Abschussprämie. Bobs Comeback schafft es auf die Titelseiten. Mit neuem Aussehen, neuem Agenten und neuem Vertrag ausgestattet, ist Bob wieder obenauf. Einen Underdog, eine Erlösungsgeschichte mag jeder. Das ist die dritte Manifestation von Bob.

Die Überlegungen des Bullen wurden von seinen freischaffenden Brüdern gut aufgenommen. Sie brachten Ordnung in ihr Leben. Von Redakteuren verachtet und von neu bekehrten PR-Lakaien beleidigt, machten sich die Spesenritter die kummervolle Klarheit der Trinität zu eigen. Als es J. auf die Liste schaffte, hatten die Spesenritter einen weiteren Typus ausgemacht und sanktioniert. Den Trendartikel. Aufs Tapet gebracht wurde das Phänomen des Trendartikels von einem britischen Musikjournalisten namens Nigel Buttons: Er hatte sich in die Gesellschaftsräume und Clubs von London begeben, war mit DJs und Betreibern winziger, nur über Hintergassen, die Dachkammern der Halbwelt, zugänglicher Etablissements am Fuße von Treppen auf Schmusekurs gegangen und zu dem Schluss gekommen, dass sich die drei herkömmlichen Kategorien um eine neue erweitern ließen: Bob ist hip. Durch die Hinzunahme von »Bob ist hip« ließ sich Bobs anderen Manifestationen neues Leben einhauchen, indem man Bob in eine bestimmte Szene, eine kulturelle Nebenströmung einordnete. Sagen wir, Bob ist ein Ukulele spielender Kerl, der auf der Bühne eine Sonnenbrille trägt. Falls die Belege ausreichen – und selbst wenn sie das nicht tun –, lässt sich Bob als Teil einer expandierenden Szene Ukulele spielender Sonnenbrillenträger verkaufen – sie haben eine Kultur und einen Slang, sie schlafen alle miteinander, die internen romantischen Verwicklungen sind mörderisch. Es handelt sich um eine exotische Subkultur, die näherer Erforschung bedarf. Mit einem Vertrag für mehrere Platten, mehrere Bücher oder mehrere Filme gesegnet und von gut bezahlten Talentscouts mit besonderem Gespür ausfindig gemacht, übernimmt Bob frühzeitig die Führung vor Gleichartigen und ist nun der glorreiche Exponent einer Untergrundbewegung. Unter Umständen verheißt sein hippes Debüt eine spektakuläre, welterschütternde Neuausrichtung des Pop; er findet seine wahre Stimme in seinem hippen Zweiten Auftritt; die richtungslosen Jahre seines Abstiegs, in denen er sich im Wesentlichen nur wieder zu berappeln versuchte, werden von der Hipness seines Comebacks gerechtfertigt. Die »Bob ist hip«-Variante traf anfänglich auf Protest, bis ihre Befürworter zu bedenken gaben, dass einem die Erfindung neuer Schlagworte mit Hilfe der Zusätze »post-« oder »die neue« oder die Schaffung witziger Neologismen zu Berühmtheit verhelfen konnte. Eine Subkultur ist eine Aminosäuresuppe, aus der Buchverträge kriechen. Noch wichtiger aber ist, dass »Bob ist hip« breite Anwendungsmöglichkeiten besitzt. Ein Bluejeans-Hersteller trommelt für seine neue Hose im klassischen Schnitt. Ein Spesenritter besucht das Ereignis und lässt es sich dort gut gehen, hat aber keinen richtigen Aufhänger für die Story. Mit dem Etikett »Der neue Klassiker« und einem allgemeinen Manifest bewehrt, handelt es sich um einen echten Trend, und sei er noch so kurzlebig und isoliert. Bald darauf war »Bob ist hip« eine gangbare Methode des Hochjubelns. Manche Spesenritter rangelten darum, wem das Verdienst zukam, den ultimativen »Bob ist hip«-Artikel geschrieben zu haben, fuchtelten mit ihren Ausschnitten in der Luft herum, die Neologismen unterstrichen und untermauert von konkreten Belegen für ihren Übergang in die Allgemeinsprache, aber der Konkurrenten waren viele, und die Frage wurde nie abschließend geklärt. Bobs Manifestationen waren vier geworden.

Tiny hat die Auseinandersetzung im Veranstaltungssaal begonnen, weil unter den Spesenrittern seit Kurzem eine gewisse Unruhe herrscht. Seit der Zeit Gutenbergs durchwehte, pochend und pulsierend, ein Hintergrundhype die Welt. Von Zeit zu Zeit kühlte ein Teil dieses Materials ab und bildete Körper von dichter Publicity. In letzter Zeit ereignete sich dieses Phänomen häufiger. Alle spürten die Veränderung, sie war greifbar und einschneidend. Sie fanden sich in abstrakten Räumen wieder, bei Ereignissen ohne erkennbaren Zweck. Zwar wurde dort ein Mensch, ein Artefakt, eine Idee zur Schau gestellt und beworben, aber es gab keinen Aufhänger, kein demnächst herauskommendes Produkt, an dem es sich festmachen ließ. Ohne Aufhänger waren die betreffenden Themen den Chefredakteuren von Zeitungen und Zeitschriften nur schwer zu verkaufen. Und dennoch wurden die Artikel gebracht, die Spesen erstattet, die Honorare pünktlich bezahlt. Dem Publikum gefiel es. Aktualisierte Berichte über bekannte öffentliche Figuren, die überhaupt nichts taten, weit von der praktischen Umsetzung entfernte Computerwunder, weit von der Demo-CD entfernte Musiker in Cafés. Die Unentdeckten heuerten Lohnschreiber an, ehe sie welche brauchten; der etablierte Promi, um den es still geworden oder der einfach nur faul war, beauftragte einen PR-Apparat, um die Leute an seine bloße Existenz zu erinnern. Daher die neue, heiß diskutierte Variante namens »Bob lebt noch!« oder »Schlicht Bob«. Das goldene Band war durchtrennt worden, von Erscheinungsdaten losgelöst, machte sich Jubelprosa an den Zeitungsständen breit. Schlicht Bob. Klatschkolumnisten, wandten manche ein, hätten sich schon seit Jahren in Richtung »Schlicht Bob« betätigt. Der Promi, der in einem Club oder Restaurant gesehen wird, den Shar-pei auf der Fifth Avenue Gassi führt, in einem Modegeschäft in der Innenstadt herumstöbert: solcher Beschäftigungen wurde in Fettdruck in den täglichen Klatschspalten gedacht. Da die Spesenritter mittlerweile aber immer häufiger an den Tafeln von Nichtereignissen mampften und ihre Reportagen sogar veröffentlicht wurden, schien eine Ergänzung der inzwischen verknöcherten Varianten von Bob bevorzustehen.

J. hat dazu weder so noch so eine Meinung. Er ist daran gewöhnt, in vier Varianten von Bob zu denken, und seine Arbeit wird sich nicht ändern, wenn die Spesenritter als Ganzes »Bob lebt noch!« ratifizieren und verabschieden. Er wird weiter die raue See der Polemik abwettern. Jubelprosa ist Jubelprosa; es ist Jubelprosa. Er wird die Debatte als unbeteiligter Zuschauer verfolgen, warten, bis sich der Rauch verzogen hat, und weiter seiner Aufgabe nachgehen, wie er es nun schon seit vielen Jahren getan hat. J. säbelt ein Eckchen Hochrippe ab und steckt es sich in den Mund. Noch ein Stück übrig. Er beschließt, zuerst den schlaffen Brokkoli aufzuessen und sich das letzte Stück Rindfleisch bis zum Schluss aufzuheben.

Tiny schimpft über »Bob lebt noch!«. »Ich war auch gegen ›Bob ist hip‹«, erinnert er die anderen knurrend. »Meiner Meinung nach hätten wir nie in diese Richtung gehen dürfen. Das ist zu diffus – die Sache hier ist ein prima Beispiel.«

»Ich kann mich noch an dein Gejammer erinnern«, erinnert sich Frenchie.

»Und jetzt willst du auch noch diese ›Bob lebt noch!‹-Geschichte mit hereinbringen. Lebt Talcott überhaupt noch?«

»Ich habe vom Neuen Süden gesprochen«, korrigiert Dave. »Das ist ein Trendartikel. Ich kann die verbesserten Beziehungen zwischen den Rassen mit hereinbringen. Das wäre ›Bob ist hip‹. Talcott ist hip, die haben einen Schwarzen Helden. Ich kann Atlanta mit hereinnehmen. Ich kann eine Menge Zeug mit hereinnehmen. Houston – Houston ist mittlerweile der Renner, das schafft eine Menge Vielfalt.«

»Ich persönlich würde Debüt nehmen«, sagt Frenchie.

»Debüt?«, fragt Dave. »John Henry gibt's doch schon seit Jahren, die Stadt ist eine feste Größe, die eine Geschichte hat. Mich persönlich interessiert diese Geschichte zwar nicht, aber es gibt sie ganz bestimmt. Ich finde, Trend ist genau das Richtige.«

»Seht ihr, was ich meine?«, donnert Tiny, und von seinem Bart sprühen Tröpfchen irgendeiner Substanz, wie bei einem Hund, der Regenwasser abschüttelt. »Man könnte für Talcott als Debüt, Comeback, Zweiten Auftritt oder Hip argumentieren. Mittlerweile geht das alles völlig durcheinander. Ich bin an vier Varianten von Jubelprosa gewöhnt, und mir gefällt das so. Vier Elemente, vier Körpersäfte, vier Jahreszeiten, vier Varianten von Jubelprosa. Warum bräuchte man sonst überhaupt Kategorien? Warum nicht gleich alles zu einer Kategorie machen? Eine Form von Jubelprosa für jeden Fliegenschiss.«

»Das haben wir doch schon«, wirft One Eye ein. »Das nennt man Zeitschriften.« One Eye war den ganzen Abend still, senkt den Blick nun wieder auf sein Essen und stochert im Mais. J. fragt ihn, ob irgendwas nicht stimme.

»Ich denke nur nach, das ist alles«, sagt One Eye.

»Über deine geheime Mission?«

»Was?«

»Hast du im Bus gesagt. Eine Mission, die den Verlauf der Menschheitsgeschichte ändern könnte.«

One Eyes Auge wird schmal. Er hatte vergessen, dass er davon gesprochen hat. Dave, Tiny und Frenchie setzen ihre Diskussion fort. One Eye beugt sich zu J. herüber und flüstert: »Ich nehme meinen Namen von der Liste. Und zwar für immer.«

»Du widersagst dem Satan und allen seinen Werken? Wie willst du denn das anstellen?«

»Ich habe alles genau geplant, mein Lieber, alles genau geplant.« Sein Gesicht nicht zu deuten. »Ich habe mir dieses Ereignis schon vor einiger Zeit in meinem Filofax rot angestrichen.«

Ehe er One Eye weiter befragen kann, sieht J. Arlene zum Podium gehen. Die musikalische Unterhaltung. Das rote Licht lockt. Er beschließt, sich lieber noch einen Nachschlag von der Hochrippe zu holen, ehe das Buffet dichtmacht, wirft seine Serviette auf den Stuhl und beeilt sich. Kein Provinzler wird ihn um seine Beute bringen. Hastig strebt er dem roten Licht zu. One Eye macht ein enttäuschtes Gesicht, aber J. nimmt an, dass er das Gespräch später fortsetzen kann. Arlene schildert die Sangeskünste eines der Söhne von Talcott, eines Jungen, der es noch weit bringen werde. Diesmal nimmt J. kein Gemüse. Er bittet um fünf stolze Scheiben Hochrippe. Von einem Tisch in der Nähe des Podiums steht ein junger Mann auf, ein stämmiger Teenager mit glattem, rundem Gesicht. Sein Babyspeck ist nie weggegangen; er hat das Wachstum des Teenagers Zentimeter für Zentimeter begleitet, hat Schritt gehalten, ist entsprechend aufgeschwollen. Am Tisch des Jungen sitzen eine ältere Frau und ein älterer Mann – Mutter und Vater, vermutet J. Sie waren ihm noch gar nicht aufgefallen. Damit sind fünf Schwarze im Saal. Wer behauptet, dass Integration nicht funktionieren kann, fragt er sich.

J. kehrt zum Tisch zurück, vor sich den Teller, die Rubine des Rajas auf samtenem Bett. Dave und die anderen sehen zu, wie der Junge am Podium sich sammelt. Er trägt einen schwarzen Sonntagsanzug und eine knallige rote Krawatte, die zu einem dicken, unförmigen Knoten gezurrt ist. Augen und Mund, beides winzig, verschwinden in seinem weichen Gesicht wie die Knöpfe eines Plüschsofas. Der Junge wirkt ein wenig nervös, doch dann fängt er zu singen an, und aus den Tiefen seines Körpers dringt ein prachtvoller Bariton – wie ein Schwarm blitzender Vögel stiebt er von den Verstärkern auf. Der Junge singt die »Ballade von John Henry«. Der Junge singt:

John Henry was just a baby,
When he fell on his mammy's knee,
He picked up a hammer and a little piece of steel,
Said: »This hammer will be the death of me, Lord, Lord,
This hammer will be the death of me.«

John Henry was a very small boy
Sitting on his father's knee,
Said: »The Big Bend Tunnel on the C&O road
Is gonna be the death of me, Lord, Lord,
Is gonna be the death of me.«

John Henry went upon a mountain
And came down on the side;
The mountain was so tall, John Henry was so small,
That he laid down his hammer and he cried: »Lord, Lord«,
That he laid down his hammer and he cried.

Das unhöfliche Gerede, das die Redner vorhin gestört hat, verstummt. Lord, Lord: Er schlägt wie mit dem Beil auf eine Urwahrheit, hackt Worte ab, und die Männer und Frauen empfinden Sehnsucht. Verzückt sie alle, mit vor Seligkeit offenen Mündern und ganz schlaff vor Freude über die geschmeidige Phrasierung des Jungen. Außer J. macht sich über die Hochrippe her. Er ist noch nicht satt. Er schneidet ein von einer geschwärzten Fettkruste eingefasstes Stück ab und steckt es sich in den Mund. Es ist ein großes Stück, ein ordentlicher Brocken Fleisch, er weiß nicht, um welche Zeit er morgen etwas zu essen bekommt, und er braucht das Fleisch. Mit den Zähnen zerkleinert er Fleischranken, schichtet sie mit der Zunge um, zerkleinert sie weiter. Er schluckt rasch, hat schon das nächste Stück auf seine gnadenlose Gabel gespießt, und der Brocken bleibt ihm im Halse stecken. Er bekommt keine Luft mehr.

Der Junge singt:

John Henry told his captain:
»Captain, go to town
And bring me back two twenty-pound hammers,
And I'll sure beat your steam drill down. Lord, Lord,
And I'll sure beat your steam drill down.«

John Henry told his people:
»You know that I'm a man.
I can beat all the traps that have ever been made,
Or I'll die with my hammer in my hand, Lord, Lord,
Or I'll die with my hammer in my hand.«

The steam drill set on the right-hand side,
John Henry was on the left.
He said: »I will beat that steam drill down
Or hammer my fool self to death, Lord, Lord,
Or hammer my fool self to death.«

Er geht einfach nicht runter. J. versucht noch einmal zu schlucken, aber der Brocken tut ihm den Gefallen nicht. Es ist ein unnachgiebiger, unversöhnlicher Fleischbrocken. J. versucht noch einmal zu schlucken, seine Panik steigert sich. Er wird doch wohl nicht ersticken? Der Brocken geht einfach nicht runter. Er wird auf einer Sause sterben. Das ist vielleicht eine abgedrehte Scheiße, eine verdammt ironische Art, den Löffel abzugeben. Verwendet er das Wort »ironisch« unkorrekt? Die Redakteure werden ihm aufs Dach steigen. Was den falschen Gebrauch des Wortes »ironisch« angeht, verstehen sie keinen Spaß, es ist genau wie bei dieser weltweiten Verschwörung von Kommaprüfern und Bandwurmsätzen und Fragmenten. Ein Dröhnen in seinen Ohren. Warum geht das Ding nicht runter? J. findet es unvorstellbar, dass keiner merkt, was mit ihm los ist. Sie schauen auf den Jungen und lauschen seinem Gesang. J. hat ein Problem damit, um Hilfe zu bitten. Er möchte nicht als Schwächling dastehen. Und vielleicht ist es ja auch gar kein Notfall. Bestimmt ist es gleich überstanden. Das Fleisch will einfach nicht so wie er. Er könnte aufspringen, auf den Tisch hauen, ihre Gratisdrinks umschmeißen, dann würden sie ihn schon beachten. Stattdessen sitzt er da und erstickt, erstickt, ohne zu mucksen. Ist das sein typisches Verhaltensmuster? Das hört sich nach einer Diagnose an. Und wenn er eine Selbstdiagnose stellen kann, kann er sich auch selbst therapieren. Auf dem Gebiet hat er Übung. Aber mit verstopfter Kehle geht das nicht. Von einer roten Illumination verführt. Zack, wimmer, scheiß drauf.

Der Junge singt:

> *John Henry dropped the ten-pound hammer,*
> *And picked up the twenty-pound sledge;*
> *Every time his hammer went down,*
> *You could see that steel going through, Lord, Lord,*
> *You could see that steel going through.*

> *John Henry was just getting started,*
> *Steam drill was half way down;*
> *John Henry said: »You're ahead right now,*
> *But I'll beat you on the last go-around, Lord, Lord,*
> *I'll beat you on the last go-around.«*

Was singt der Kerl da? J. erstickt an dem störrischen Fleischbrocken. John Henry, John Henry. Er arbeitet bei der C & O Railroad. Er verhökert Jubelprosa, er geht auf den Rekord aus. Bestimmt springen ihm schon die Muskeln aus der Haut. Das Ding rührt sich nicht, es sitzt ihm wie eine Kugel im Hals. Für mich keinen Sauerstoff, vielen Dank, ich habe genug. Luke Cage, der Superheld aus den Marvel Comics, hatte kugelsichere Haut. Irgendwann hatte J. mal ein Sammelalbum, in das er Bilder von Marvel-Comics-Superhelden klebte, sie sprangen einen förmlich an, dynamisch, Avengers Assemble und das alles, mit deutlich definierten Muskeln, Luke Cage, der Exsträfling mit den starken Sprüchen. So was kommt dann. Angeblich läuft das ganze Leben wie im Zeitraffer vor einem ab, und bei mir kommt so was. Tritt ins Licht. Rotlicht? Was war eigentlich mit diesem gelben Hemd los, das er anhatte, irgendein Schmierlappen in einer Disco, der die Bräute vollsülzt, Luke Cage. J. findet es unglaublich, dass er in dieser Spanne des Zusammenbruchs und Untergangs Zeit hat, diese Gedanken zu denken. Aber es heißt, das Leben laufe wie im Zeitraffer vor einem ab. Ich bin ein kultivierter Schwarzer aus New York City, und ich werde hier unten sterben. Zum Zirpen der Zikaden, die haben doch wohl Zikaden hier, oder? Ich will Kakerlaken, richtige krümelfressende Mistviecher aus dem Abfluss.

Der Junge singt:

John Henry told his shaker:
»Big boy, you better pray
For if I miss this six-foot steel,
To-morrow will be your burying day, Lord, Lord,
To-morrow will be your burying day.«

The men that made that steam drill
Thought it was mighty fine;
John Henry drove his fourteen feet,
While the steam drill only made nine, Lord, Lord,
While the steam drill only made nine.

John Henry went home to his good little woman,
Said: »Polly Ann, fix my bed,

I want to lay down and get some rest,
I've an awful roaring in my head, Lord, Lord,
I've an awful roaring in my head.«

Müsste er nicht irgendwas tun? Ihm ist, als stürze er aus großer Höhe herunter. Ihm fällt nichts ein. Er kann zwölfhundert Wörter in zwei Stunden absondern, und trotzdem fallen ihm keine letzten Worte ein. Wie wär's mit einem Grabspruch? Er kommt nicht über seinen Namen und die einschlägigen Daten hinaus. Er haut auf den Tisch, um die anderen auf sich aufmerksam zu machen. Ihre Gläser wackeln. Er sieht ein Restaurantschild, gelb und dunkelblau, an der Wand eines Restaurants, an den Wänden unendlich vieler Restaurants. Wer hat schon Lust, auf dem Bild derjenige zu sein, der blau anläuft? Laufen Schwarze blau an? Achte auf die anschaulichen Schilder. Piktogramme. Öffentliche Hinweise wie Straßen- und Flughafenschilder brauchen jedenfalls eine einfache Sprache. Einfache Botschaft, einfache Sprache. Ist das ein journalistisches Axiom? Er weiß es nicht mehr, dabei hört es sich so offiziell an. Keiner nimmt von seinem Tod Notiz. Gefühl des Fallens. Wer will schon der blau Angelaufene auf dem Erstickungsbild an der Wand eines billigen Restaurants sein? Wo ist in diesem Laden das Schild? Es muss Gesetze über die Anbringung der Schilder geben, Esslokale müssen sie an passender Stelle anbringen. Ein Bundesgesetz, aber vielleicht ist das auch von Staat zu Staat unterschiedlich geregelt. Einzelstaatsrechte! Einzelstaatsrechte, diese Leute lieben ihre Einzelstaatsrechte, Zeichen an Brunnen, hinten im Bus, Rosa Parks. Das Kaff wird ihn umbringen. Er hätte es wissen müssen. Ein Schwarzer hat hier nichts verloren, hier ist einfach zu viel Übles, zu viel Geschichte gelaufen. Die Flucht in den Norden, genau: wir wollten nichts wie weg hier. Genau das wollen sie, sie wollen uns tot sehen. Genau wie es in dem Lied heißt.

Der Junge singt:

John Henry told his woman:
»Never wear black, wear blue.«
She said: »John, don't ever look back,
For, honey, I've been good to you, Lord, Lord,
For, honey, I've been good to you.«

John Henry was a steeldriving man,
He drove in many a crew;
He has now gone back to the head of the line
To drive the heading on through, Lord, Lord,
To drive the heading on through.

Er fällt nicht mehr. Sein Körper zerplatzt, und er wird vom Stuhl hochgerissen. Unwillkürliche körperliche Reaktion: die Schilder, die Leute auf ihrem Rasen anbringen, um Einbrecher abzuschrecken? Er fährt vom Stuhl hoch. Bestimmt quellen mir die Augen wie einem Comic-Waschbär aus dem Kopf. Seine Hände zeigen auf seinen Hals. Sehen denn diese Leute nicht, was los ist? Der Junge singt weiter. Der Schmerz steckt in seinem Hals, im Halsbereich, und er möchte, dass sie ihm ein Ende machen. Alle diese Kerle schauen zu mir hoch, schauen am Baum hoch. Keiner tut was, sie glotzen bloß. Einem Nigger beim Sterben zusehen, damit kennen sie sich aus.

ZWEITER TEIL

MOTOR
LODGE
NOCTURNE

Der erste Schlag zertrümmerte dem Jungen die Hälfte der Knochen in seiner Hand, der zweite zertrümmerte den Rest. Er konnte unmöglich verhindern, dass sein Hammer ein zweites Mal herabsauste. Er holte schon zum nächsten Schlag aus, ehe der erste den Bohrstahl traf. In jener Nacht sagte jemand im Arbeiterlager, man habe den Schrei des Jungen vom Berggipfel bis hinunter in die Schächte hören können, lauter als den Knall einer Sprengung. Die Hand des Jungen war völlig zermalmt. Der Doktor würde sie abnehmen müssen. Der schiefergraue Staub legte sich auf das Blut und verschmolz damit wie verfrühter Schnee. Der andere Bohrhauer ließ seinen Vorschlaghammer fallen, und sein »Shaker« schickte einen der Wasserträger Hilfe holen. Sie hatten aufgehört zu singen. Das brachte den Zeitplan des Obersteigers durcheinander.

John Henry blickte auf den Jungen hinab. Kräftig gebaut war er, aber man sah gleich, dass er kein »Shaker« war. Dafür hatte er zu viel Schiss. Der Boss hatte ihm gesagt, der Junge sei »Shaker« am Westende und werde ihm zugeteilt, um für L'il Bob einzuspringen. L'il Bob hustete seit ein paar Tagen schwer und brauchte einen Tag an der frischen Luft, um die Brust freizubekommen. Für das, was er ausspuckte, hatte er einen Eimer neben seiner Pritsche stehen. Niemand sprach von der Bergmannsschwindsucht, der Lungenfäule, die von der schlechten Luft kam. Angesichts des Qualms der Talg- und Schmierölkerzen, des Steinstaubs und der Schießdämpfe war es ein Wunder, dass sie nach einem Jahr im Tunnel nicht allesamt krank waren. Noch war Zeit. L'il Bob wollte sich nicht beim Husten erwischen lassen und den Bohrstahl aus der Hand geben müssen. Wie sich herausstellte, war der Junge nicht »Shaker« am Westende gewesen; er hatte Wasser getragen, und das erst seit einer Woche. Man musste sichere Hände haben und schnell sein, am meisten aber brauchte man Vertrauen. Der Hammer sauste herab und trieb den Bohrstahl ins Gestein, der »Shaker« musste den Stahl zwischen den Schlägen drehen, um den Bohrstaub im Loch zu lockern, und ihn für den nächsten Schlag gerade halten. Zwei rasche Rüttelbewegungen und eine Drehung, und der Steinstaub stob aus dem Loch. Man musste sichere Hände haben und schnell sein, aber man brauchte auch Vertrauen. Man musste wissen, dass der Bohrhauer nicht danebenschlug und einem die Hände zerschmetterte. Man musste den Stahl gerade halten. John Henry und L'il Bob verstanden einander, und deshalb hatte John Henry auch keine Lust, einen neuen »Shaker« anzulernen. Man musste den Stahl gerade halten, oder man hielt nie mehr irgendetwas mit der Hand fest. Einen halben Tag lang stellte sich der Junge ganz geschickt an, doch dann merkte John Henry, wie er träge oder unaufmerksam wurde; vielleicht ging ihm aber auch nur auf, wie verrückt diese Arbeit war. Das Kerzenlicht war trübe und nutzlos. Manchmal erloschen die Kerzen in ihren Haltern plötzlich, der Herr blies sie aus, und im Dunkeln sauste mit Macht der Hammer herab. Wenn das passierte, konnte man nur hoffen, dass der »Shaker« die Hände dort hatte, wo er sie haben musste. Wenn der Bohrstahl stumpf oder das Loch für einen Sechs-Fuß-Stahl zu tief wurde, sodass man einen Acht-Fuß-Stahl brauchte, musste der »Shaker« ihn austauschen, ohne den Bohrhauer zum Aussetzen zu zwingen. Der Rhythmus war alles. L'il Bob machte seine Arbeit gut. Der Junge stellte sich lange Zeit ganz geschickt an. Doch dann passte er nicht auf, nur dieses eine Mal, und der Bohrstahl war nicht gerade. Keine Frage, dass er seine Hand verlieren würde.

Er blickte auf den Jungen hinab. An ein Pulverfass gelehnt und den Blick auf seine Hand gerichtet, saß der Junge auf dem Boden und schrie wie am Spieß. George, der andere Bohrhauer, kümmerte sich um ihn. Er schlang dem Jungen ein Seil ums Handgelenk, um die Blutung zu stillen. John Henry blickte auf die beiden hinab. Sie waren staubgeschwärzt und ölig von Schweiß, gelb und braun im Kerzenlicht. Das brachte den Zeitplan von Johnson, dem Obersteiger, durcheinander. Jeden Abend kam Johnson mit seinem Maßband, um den Tagesvortrieb zu messen. Er begann am Westende des Tunnels, nahm Maß und kam dann um den Berg herum zum Osteinstich, um erneut Maß zu nehmen. Er hätte auch einen der Vorarbeiter schicken können, aber er machte es selbst. Johnson hatte einen Zeitplan für den Durchstich, für den Moment, wo die letzte Sprengung den Berg zweiteilen würde. Jeden Morgen wechselten die Vorarbeiter die Holzbrettchen an dem Schild vor dem Einstich aus. Sie zeigten an, wie weit man gekommen war. John Henry sagte dem Jungen, er solle mit dem Geschrei aufhören. Er war nicht der Erste, den er verstümmelt hatte.

Er betrachtete seine Hände, die großen, plumpen Arbeitstiere am Ende seiner Arme. Sie machten, was sie wollten. Handflächen wie Kontinente. Es war dumm. Die Zeit, die der Läufer brauchte, um zum Tunnel hinauszukommen, die Zeit, die verstrich, bis Hilfe kam, war verlorene Zeit. John Henry bückte sich, lüpfte den Jungen vom Boden und warf ihn sich wie einen Sack über die Schulter. Er marschierte Richtung Osten, und das schneller, als es je Richtung Westen ging. Sie schafften zehn Fuß pro Tag, in Zwölf-Stunden-Schichten. Aus dem Berg hinaus ging es stets schneller als in den Berg hinein. Er marschierte auf den Schwarten. Bei jedem Schritt wirbelte Staub unter den Schwarten hervor. John Henry stieß mit dem Fuß eine Zündkapsel aus dem Weg, und sie schlitterte in einen Haufen stumpfer Bohrstähle, die die Läufer an der Seite hatten liegen lassen. Das Loch, das sie an diesem Tag bohrten, war acht Fuß tief; wahrscheinlich würde der

Schießtrupp morgen früh das Nitroglyzerin einfüllen und ein paar Fuß Vortrieb heraussprengen. Er sagte dem Jungen, er solle still sein oder er würde ihn auf der Stelle fallen lassen, und der Junge wimmerte und verstummte dann. Er fragte den Jungen, woher er sei. Der Junge nannte eine Stadt in Virginia, nicht weit von der Plantage der Reynolds, wo John Henry geboren worden war. Dann fing er wieder zu schreien an, und John Henry ließ ihn. Sie waren eine Viertelmeile tief im Gestein, und John Henry konnte spüren, wie der Berg sich über ihm atmend hob und senkte. Er blickte auf und sah die eine Felsenzacke, die ihn jedes Mal, wenn er vorbeikam, von der Tunneldecke herab zu verhöhnen schien. Er erinnerte sich an den Tag, an dem die Sprengung die Felsenzacke freigelegt und er sie zum ersten Mal gesehen hatte, wie sie ihn anfeixte, ein gehässiger Schieferschnabel, der die armselige Arbeit der Hauer verlachte, der ihn verlachte. Vier Tage lang arbeitete er unter der Felsenzacke, und jede Minute verwünschte sie ihn. Er war froh, als sie den Tunnel schließlich weiter vortrieben, und hoffte, dass eine Ladung sie zerstören würde. Doch als sie den Tunnel wieder betraten, nachdem der Rauch sich verzogen hatte und kein herausgelöstes Gestein mehr von der Tunneldecke fiel, war die Zacke immer noch da, zornig und unversöhnlich, und John Henry verfluchte sie jedes Mal, wenn er vorbeikam. Die Felsenzacke kannte ihn.

Der Tunneleingang glich, je näher sie ihm kamen, einem sich öffnenden Auge. John Henry schmeckte die Veränderung in der Luft. Unter seinen Füßen und um ihn herum bebte der Boden. Sprengung im Westende. Von der Tunneldecke fielen ein paar kleine Schieferstücke, aber nichts Großes. Diesmal nicht. John Henry spürte, wie sein Hemd am Rücken vom Blut des Jungen feucht wurde. Gestern hatte eine Sprengung im Westeinstich ein großes Stück Deckengewölbe im Ostvortrieb herausgelöst, und bei dem Einsturz hatte ein Stein einem Bohrläufer – Paul – den Schädel eingeschlagen. John Henry hatte nie mit ihm geredet, aber er wusste, Paul kam von weiter südlich, aus Georgia. Sie begruben ihn bei den anderen am Fuß des Hügels. Keiner wusste, ob er Angehörige hatte. John Henry sah das Licht im Dämmer schweben, und als er aus dem Tunnel heraustrat, kam er sich vor wie Jona, der aus dem Bauch des Leviathans ausgespien wird. Er wusste, der Berg würde ihn irgendwann kriegen, aber der Herr hatte beschlossen, dass es heute noch nicht so weit war.

Die Grobschmiede am Tunneleingang legten die Eisen, die sie gerade schärften, aus der Hand, und starrten John Henry und den Jungen an. Sie standen mit ein paar Hauern und Maultiertreibern zusammen, und alle glotzten sie sie an. Er sah den Wasserträger, der Hilfe holen gegangen war, beim Boss stehen. Der Wasserträger war außer Atem und deutete auf sie beide. Der Vorarbeiter runzelte die Stirn und sagte John Henry, er solle den Jungen auf einen der Maultierkarren legen. John Henry legte ihn auf einen Karren neben einer leeren Nitroglyzerinkiste und sah die Augen des Jungen. Er hatte aufgehört zu schreien und zu wimmern und zitterte am ganzen Leib, die Augen himmelwärts geöffnet. Der Vorarbeiter sagte, der Doktor sei in der Stadt und einer der Männer werde den Jungen hinfahren müssen. John Henry ging vom Karren weg zu einer Zisterne. Er schöpfte sich einen Becher, zwei Becher und schüttete das Wasser in sich hinein. Mit dem Finger hielt er sich ein Nasenloch zu und schnaubte kräftig, warf Staub und Rotz aus und wiederholte den Vorgang dann mit dem anderen Nasenloch. Die Sonne war fast untergegangen. In tiefen Schlucken trank er die Luft in sich hinein.

Der Vorarbeiter fragte ihn, was er da herumstehe.

John Henry sagte, er brauche einen anderen »Shaker«.

Der Vorarbeiter spuckte auf den Boden und nickte. An Niggern hatte es keinen Mangel.

In Nächten wie dieser, wenn sie weit weg von zu Hause waren, hatten sie die Gewohnheit, sich Geschichten darüber zu erzählen, was sie auf ihren Reisen erlebt hatten. Denn sie verstanden einander auf eine Weise, wie kein Außenstehender sie je verstehen konnte. Die Geschichten vertrieben ihnen die Zeit und halfen ihnen durch die Nacht.

So kommt es, dass sich Dave Brown, Tiny und Frenchie, nachdem der Kleinbus sie an den Herd der Talcott Motor Lodge zurückbefördert hat, auf ein Zimmer begeben, um zu trinken und sich Geschichten zu erzählen. Frenchie hat zwei Flaschen Tonic geklaut, während die Barkeeper den Alkohol wegräumten, Dave Brown gibt von seinem Ginvorrat ab, und Tiny stellt für die Zusammenkunft sein Zimmer zur Verfügung. Nachdem man die Drinks herumgereicht und jeder seinen Durst gelöscht hat, sagt Dave Brown, das, was J. passiert sei, erinnere ihn an etwas, was er vor Jahren erlebt habe, als er noch jung gewesen sei. Seine Kameraden beugen sich vor, um seiner Geschichte zu lauschen, und Dave Brown beginnt zu erzählen.

»Sie waren die größte Rock-'n'-Roll-Band der Welt – versteht ihr, was ich meine, wenn ich das sage? Sie waren etwas Unwiederholbares. Diese Zeiten sind vorbei. Heutzutage haben die Plattenfirmen diese Form von Hysterie zur Wissenschaft perfektioniert. Es geht nur darum, die demographischen Unterschiede zu erfassen, Mann, aber das Besondere an der damaligen Zeit ist, dass es keinen demographischen Unterschied gab. Wir waren alle gleich. Mick hat von Sachen gesungen, die wir alle machten. Mit Mädchen auf dem Rücksitz herumvögeln, die Straßen rauf und runter fahren, auf der Suche nach etwas, was wir nicht genau benennen konnten, aber erkannten, wenn wir es sahen. Satisfaction. Wir waren alle Kriegskinder. Mick und Keith wussten, was es hieß, in den Fünfzigern aufzuwachsen. Das war dort drüben genauso wie hier bei uns. Sie hatten die gleichen Eltern. Sie waren die Kriegsgeneration, und wir waren die neue Generation.«

»Flower-Power.«

»Da müsstest du mich eigentlich besser kennen. Ich sage doch, es war anders. Alles schien möglich. Das sieht mir eigentlich nicht ähnlich, aber so kam es mir vor, und die Stones gehörten dazu. Ihretwegen bekam ich Lust, über Musik zu schreiben. Wisst ihr, was ich meine? Egal, mit welchem Rock-Journalisten von damals man spricht, sie reden alle von den Stones. Man kann stundenlang über das Apollinische und das Dionysische diskutieren, aber das Dunkle setzt sich jedes Mal durch, also scheiß auf die Beatles, scheiß auf sie, jedenfalls perspektivisch. Auf lange Sicht. Jeden Tag nach dem College saß ich in meiner Bude vor meinem kleinen Plattenspieler, die Hand am Tonarm, und schrieb ihre Texte mit. Ich habe ein ganzes Notizbuch mit Stones-Texten und meinen Anmerkungen gefüllt – aus welchem Bluessong Keith welches Riff hatte, welchen Text Mick von wem geklaut hatte. Bevor sie ihre eigene Stimme entwickelten. Und ich betrachte das noch immer als mein erstes Buch. Ihr könnt ins Museum of Television and Radio in New York gehen und euch ihre frühen Auftritte ansehen, dann wisst ihr, was ich meine. *Ready, Steady, Go*, vierundsechzig. Die Mädchen kreischen, mein Gott, man kann ihre Schlüpfer riechen. Dieser Wahnsinnsduft. Könnt ihr euch vorstellen, wie es für Eltern gewesen sein muss, wenn sie das mit ihren Kindern im Fernsehen sahen und ihnen klar wurde, dass ihre blühenden Töchter mit dieser räudigen Vogelscheuche auf der Bühne vögeln wollten? Nicht knutschen und schmusen, sondern wirklich und wahrhaftig mit Mick Jagger vögeln wollten. Mann, ich wollte ja selbst mit ihm vögeln, und ich bin so hetero, wie es nur geht. In diesen alten Schwarz-Weiß-Museumsstücken spürt man das immer noch. Ich habe sie mir letztes Jahr angesehen, als ich diese Geschichte für GQ recherchiert habe. Ich hatte ein bisschen Zeit totzuschlagen, da habe ich mir die Bänder von *Ready, Steady, Go* und *T. A. M. I.* geben lassen. Und das alles war so gut wie eh und je. Einer der Museumsangestellten kam vorbei, und ich dachte, es wäre mein Vater, der mir gleich sagt, ich soll es leiser drehen.

Das waren also die guten alten Zeiten. Im Sommer neunundsechzig hatten dann alle diese kreischenden Mädchen aufgehört, sich die Haare zu schneiden, und vorbei war's mit den Bubiköpfen. Sie verbrannten ihre kurzen Söckchen, trampten mit schmutzigen Füßen durch die Gegend und waren von zu Hause weggelaufen, um sich dem fabelhaft fetzigen Freak-Karneval anzuschließen. Seit ein paar Jahren fanden die meisten Fernsehauftritte der Stones in den Nachrichten und nicht bei Ed Sullivan statt – sie wurden immer wieder wegen irgendwelcher Drogengeschichten hochgenommen. Meistens ein bisschen Pot, aber so war das eben damals. Wenn einer wegen einem bisschen Gras hochgenommen wurde, war das eine große Nachricht. Brian Jones war damals schon eine Leiche. Er war immer der zerlumpte Prophet der Gruppe, der mit diesem weggetretenen Ausdruck in den Augen hinter Mick stand, und irgendwann packte er es dann nicht mehr. Ich halte es für eine der verdammt noch mal größten Tragödien meines Lebens, dass ich den Mann nie kennengelernt habe. Sie haben seine Leiche in einem Swimmingpool gefunden, und das war die erste üble Geschichte, glaube ich. Da hätte jeder wissen müssen, dass der Gig gelaufen war.

Um die Zeit hatte ich schon mit Schreiben angefangen und wurde auch veröffentlicht. *Crawdaddy* hat mir regelmäßig Arbeit auf den hinteren Seiten gegeben, und ich habe ein paar Artikel über die Szene von San Francisco im *Rolling Stone* untergebracht, deshalb hielt ich mich für eine große Nummer. Es waren bloß kleine Texte, aber ich dachte, ich hätte das große Los gezogen. Deshalb saß ich erste Reihe Mitte, als die Stones zu ihrer ersten Tournee seit drei Jahren nach Amerika kamen. Sie hatten Mick Taylor, diesen blöden Arsch, als Ersatzmann für Brian angeheuert und fürs Vorprogramm B. B. King und Ike und Tina geholt. Ich habe sie in Los Angeles gesehen, am Anfang der Tournee, und bin sogar in die Party reingekommen, die in den Hollywood Hills für sie stattfand. Ein Typ, den ich kannte, hatte denselben Dealer wie der Typ, der die Party geschmissen hat, und wir sind einfach reinmarschiert.«

»Hast du sie eigentlich kennengelernt?«

»Erst später. Ich war ein kleiner Fisch, hab ich doch gesagt. Mick habe ich später in New York kennengelernt, zur Zeit von Studio 54. Aber das war der ältere Mick. Er war damals schon der große alte Mann, der gesetzte und etablierte Rockstar. Nichts mehr von ›Jumpin' Jack Flash‹. Ganz anders als damals. Live habe ich sie das erste Mal im Forum gesehen, beim Start der Tournee 1969. In L. A., ich bin extra hingefahren. Sie waren natürlich sagenhaft. Sie hatten sich eine Zeit lang rar gemacht, und ihre Herde wartete auf sie. Die größte Rock-'n'-Roll-Band der Welt. Sie kamen in rotem Scheinwerferlicht auf die Bühne und legten sofort mit ›Jumpin' Jack Flash‹ los. Mick hatte diesen Uncle-Sam-Hut auf und einen rotweißblauen Umhang, tanzte wie der Teufel, klatschte zu diesem Tanz, den er immer bringt, in die Hände, streckte wie ein Huhn den Hals raus und wuppte mit den Hüften, als würde er eine unsichtbare Möse vögeln. *It's a gas, gas, gas*. Das war zu Zeiten von ›Let It Bleed‹, und Mick bot den Leuten seine satanische Nummer in Perfektion, und alle waren begeistert. ›Sympathy for the Devil‹ – auf einer bestimmten Ebene lief das dem Feeling zuwider, das unter den Kids herrschte, aber sie schluckten es trotzdem alle. Er kanalisierte damit das Gegenteil dieser Stimmung, es war die Antimaterie, aber es funktionierte. Keith sah damals noch halbwegs menschlich aus, er hatte diesen verrückten schwarzen Haarwust, der aussah wie zwei Krähen beim Vögeln. Mit seinen langen Spinnenarmen hielt er die Gitarre beim Spielen so weit wie möglich vom Körper weg, als hätte er einen Topf dampfenden Teer in den Händen, der ihm zu heiß war. Er knallte die Songs raus und schaute bloß manchmal zu Mick rüber, um mitzukriegen, wie sie es angingen. Links stand Bill Wyman mit seinem langen Frauengesicht, er machte nicht viel, aber das wie üblich, und Charlie Watts guckte bloß auf seine Schießbude runter, sein Falkengesicht halb von dieser braunen Mähne verdeckt, so trug man das damals, jeder trug das so. Und Mick stelzte auf seine typische Art über die Bühne, animierte die Leute mit den Händen, feuerte sie an. Stülpte seine berühmten Lippen vor und spreizte sich wie eine Nutte, die auf der Tenth Avenue Blowjobs anbietet. B. B. King und die Ikettes hatten uns schon den ganzen Abend angeheizt, und Mick hat diese ganze aufgestaute Scheiße genommen und uns davon befreit. Es war eine wilde Nacht. Ich weiß noch, wie dieser Typ neben mir stand – sah aus wie ein Bulle vom Rauschgiftdezernat –, und als die Stones auf die Bühne kamen, hat er mir so einen stinkigen, angekokelten Joint gegeben. Ich war schon ziemlich high und hatte das ganze Konzert über ernsthaft geglaubt, dieser Typ, dieser Lehrer da neben mir, wäre vom FBI. Und würde bloß darauf warten, mich hochzunehmen. Scheiße, ich kam den ganzen Abend nicht davon runter. Er sagte das ganze Konzert über nichts, und er rührte sich nicht, nicht mal dann, als die Ikettes uns was mit ihren Titten vorwackelten. Er gibt also den Joint an mich weiter, und ich schaue ihm in die Augen, und seine Pupillen sind so groß wie Vierteldollars. Er hatte ein paar Tabletten eingeworfen, weiß der Geier, was, so sah es jedenfalls aus, und er versuchte verzweifelt, den Durchblick zu behalten. Dann kamen endlich die Stones auf die Bühne und rissen ihn raus, und er kehrte in die Wirklichkeit zurück, jedenfalls beinahe. Wer weiß, was er da oben gesehen hat, aber es riss ihn raus.

Dort fing die Tour an, und sie führte durchs ganze Land, und die Konzerte waren überall ausverkauft. Insgesamt verdienten sie ungefähr eine Million Dollar daran, und deshalb kriegten sie dann auch Ärger. Es war die Zeit der Gratiskonzerte und Gratisfestivals, und genau das war es, was die Kids wollten. Sie verlangten es. Es war ihr Recht. Klar, dass sie das alles umsonst wollten – sie waren Amerikaner. Woodstock und Hyde Park und die Isle of Wight – das war es, was lief. Also hängte sich die Rockpresse in die Sache rein. Ralph Gleason vom *Chronicle* schrieb einen Artikel, in dem er die Stones runtermachte, weil sie die Kids ausnahmen, ohne dafür etwas zurückzugeben. Ralph fand, sie müssten etwas zurückgeben, und warf ihnen praktisch vor, sie wären Absahner. Ich habe Ralph immer gemocht – er war einer der letzten Moralisten. Der *Rolling Stone* gab dann auch noch seinen Senf dazu, und das stank den Stones gewaltig. Da waren sie auf ihrer Comeback-Tour – sie hatten die Drogengeschichten und Brians Tod überstanden –, und nun wurden sie von ihren Fans schlechtgemacht. Oder vielmehr von der Presse. Auf jeder Pressekonferenz hieß es: ›Wann gebt ihr denn jetzt ein Gratiskonzert, wann tut ihr endlich was für die Kids?‹ Ich will damit sagen, dass bei diesem Konzert von vornherein das Feeling nicht stimmte. Es ergab sich eher aus PR-Gründen als aus Sympathie für das, worum es den Kids ging.«

»Du bist von ›wir‹ zu ›die Kids‹ übergegangen.«

»Ach ja? Das Ganze ist ja auch schon lange her. Vielleicht spreche ich im Moment ja auch als Journalist. Ich versuche, objektiv zu sein.«

»Dabei hörst du dich mehr nach Hippie an als sonst.«

»Ich rede immer so.«

»Da hat er recht – er redet immer so.«

»Aber du bist doch auch auf diesen ganzen ›Love and Peace‹-Kram abgefahren, oder? Jedenfalls redest du unentwegt davon.«

»Ich versuche bloß, ein bisschen Objektivität in meinen Bericht reinzukriegen, wenn du nichts dagegen hast, Tiny.«

»Ich habe die Rolling Stones vor ein paar Jahren auf einer ihrer Abschiedstourneen gesehen. Einer ihrer vielen Abschiedstourneen. Mir fällt es schwer, damit klarzukommen. Ich versuche es, aber ich schaffe es nicht.«

»Du hättest dabei sein müssen, Frenchie. Das war eine ganze Ära, und sie gehörten dazu.«

»Nun geh nicht gleich an die Decke, ich meine doch nur. Ich selber bin sowieso eher ein Hootie-and-the-Blowfish-Fan.«

»Schon gut, schon gut. Am Ende der Tour also kündigen die Stones an, dass sie ihr Gratiskonzert geben wollen, und zwar in San Francisco. Nur verlangen die Stadtväter diese irrsinnig hohe Sicherheitsleistung für den Golden Gate Park, der sich als Veranstaltungsort anbietet, und deshalb müssen sie einen anderen Ort finden. Sie engagieren Melville Belli, diesen Gangsteranwaltstyp alter Schule, damit er sich um alles kümmert. Zu der Zeit hatte Belli gerade die Verteidigung von Manson in L. A. übernommen. Reizend, was? Er fliegt nach San Francisco, feilscht und bauchpinselt ein bisschen und sichert sich den Altamont Speedway, die alte Stockcar-Rennbahn in der Wüste, ungefähr vierzig Meilen außerhalb von San Francisco. Und im Dezember 1969 findet es dann statt.

Wir sind frühmorgens mit Andy Farbers altem Mustang hingefahren. Andy habt ihr vermutlich nie kennengelernt – er hat den ersten richtig guten Artikel über Pilze geschrieben –, denn er hat Anfang der Siebziger zu schreiben aufgehört und ist nach Alabama gezogen, um eine Hühnerfarm aufzumachen. Während der Fahrt tranken Andy und ich aus einem großen Krug kalifornischen Roten und rauchten Joints, und es war ein fantastischer Morgen. Sonnig. Wir hatten die Nacht in der Bude von einem Freund von ihm durchgemacht, und nun machten wir einfach weiter. Wir fahren also hin, und ab und zu überholen wir einen Kleinbus oder sonst einen Wagen voller Hippies, und sie hupen und winken, und wir winken zurück, das Ganze macht richtig

Spaß. Da war eine Wahnsinnsenergie zwischen uns, wir würden einfach nur abhängen, Musik hören, ein bisschen Gras rauchen und vielleicht ein bisschen vögeln, und das Ganze würde super werden.«

»Hast du darüber geschrieben?«

»Vorgehabt hatte ich es nicht, aber nach dem, was ich dort erlebt habe, konnte ich gar nicht anders. Ich habe erfahren, dass der *Rolling Stone* dabei war, eine größere Sache daraus zu machen, und machte mich an die Arbeit. Leider wurde ich am Tag nach dem Konzert krank, und das wuchs sich zur Lungenentzündung aus, weil ich nicht im Bett blieb, und deshalb kam ich damit nicht zu Potte, was blöd war. Aber ich habe es später in mein Buch *Rock 'n' Roll Memories* aufgenommen. Ich habe dir ein Exemplar gegeben, weißt du noch?«

»Ich bin mir nicht sicher, ob ich so weit gekommen bin.«

»Aha. Da steht es jedenfalls drin. Es ist das Herzstück meines Kapitels über den Tod der Sechziger, und das hat nach wie vor als letztes Wort zu dem Thema Bestand, wenn ihr mich fragt. Wir überholen also Leute, und auf der Straße dort raus drängten sich immer mehr Kids, und wir kriegten ziemlich bald mit, dass die Autos am Straßenrand, dass das keine Leute waren, die mal eben anhielten, um einen durchzuziehen – nein, die parkten da. Wir dachten, wir wären früh dran, dabei hatten manche wegen dieser Geschichte die ganze Nacht im Freien kampiert. Vor Ort gab's zum Parken überhaupt keinen Platz mehr, und mittlerweile musste man meilenweit entfernt parken und dorthin wandern. Andy quetschte sich also in eine winzige Lücke, und wir marschierten los. Es war die reinste Karawane. Tausende von Pilgern waren unterwegs. Cliquen von Kids, die aus dem ganzen Land hierhergefahren waren, Körbe und Kühltaschen mitschleppten, zerknautschte Joints rumgehen ließen. Barfuß zum Berg gingen. Man marschierte einen braunen Hügel hoch, nur um dann noch zwei Hänge vor sich zu haben, und auf allen wimmelte es von

Leuten. Und wenn man sich umschaute, sah man noch mehr, nämlich die, die noch später als man selbst in die Gänge gekommen waren, und sie rückten von hinten nach. Leute, die Tamburine schlugen und herumhüpften. Es war die Versammlung der Freaks. Keiner ahnte etwas.

Und als wir dann endlich da waren, war das Chaos natürlich noch viel größer. Es waren eine Viertelmillion Menschen da. Eigentlich konnte man meilenweit nur Köpfe sehen, mehr nicht. Natürlich konnten diese Leute die Verstärker nicht hören, sie wollten einfach nur dabei sein. Die Leute setzten sich im braunen Gras auf ihre Indianermatten und Decken und knäuelten ihre Schlafsäcke zu Kissen zusammen. Oder sie tanzten einen kleinen Hippietanz auf einem Bein und hörten dann plötzlich auf, so drauf waren sie. Die Mädchen stelzten mit nacktem Oberkörper durch die Gegend, von ihren verrückten Bewegungen hüpften ihnen die Titten. Überall hüpfende Titten – es war ihnen egal. Langes wallendes Haar. In diesem Moment war das der Ground Zero der weltweiten Gegenkultur. Sie waren von New York hergepilgert, hey, auf geht's, Mann, sie hatten auf dem Boden von Kleinbussen geschlafen oder waren vielleicht auch die ganze Strecke getrampt. Sie sehnten sich danach, bei dieser Sache mit dem Gratisfestival, diesem neuen Happening, von dem sie gehört hatten, dabei zu sein. Es war gleichzeitig bewegend und entsetzlich lächerlich. Nach und nach kriegte man die üblen Horrortrips mit. Einer zum Beispiel stand mit nacktem Oberkörper und ausgestreckten Armen da und starrte in die Sonne. Und dann fing er an, den Mund zu bewegen, und er sah völlig verwirrt und geschockt aus, als wäre ihm gerade das Schlimmste auf der Welt bewusst geworden. Solche Leute wurden von ihren Freunden zu den Rotkreuzzelten gebracht, die total überlaufen waren. Später habe ich erfahren, dass Owlsey dort gratis Acid verteilt hat, ich weiß zwar nicht, ob es daran lag, aber jedenfalls machte dort eine Menge schlechtes Acid von der Straße die Runde, und das richtete schwere Schäden an. Und überall waren diese mageren, unterernährten Hunde, das weiß ich noch. Sie strichen in der Gegend herum. Die Kids hatten die Hunde auf der Straße aufgelesen und zu sich genommen. Streuner, die Streuner zu sich nahmen. Sie konnten sich nicht mal um sich selber kümmern und nahmen Hunde zu sich. Bei allem, was da so abging, war es eine anregende Atmosphäre; jeder spielt gern mit einem Hund, und die Hunde kamen mit den Kids klar, aber man hatte das Gefühl, sie waren nur einen Tag von totaler Wildheit entfernt. Sie schnupperten im Abfall und im Dreck herum, als witterten sie, was uns bevorstand, und passten sich bereits an. Als wären sie drauf und dran, wild und fies zu werden, wie es die Natur von vornherein für sie vorgesehen hatte Es war schon übel genug. Und dann allmählich sah ich die Angels.

Die Angels fungierten seit ungefähr einem Jahr als Ordner für die Dead. Jerry und die Jungs fanden es toll, mit ihnen rumzuhängen – weil sie harte Kunden waren, Figuren, die für einen Schuss Realität sorgten, jederzeit imstande, mit dem ›Up against the walls, motherfuckers‹ ernst zu machen. Als die Stones das Konzert in San Francisco festklopften, brachte Rock Skully, der Manager der Dead, sie mit den Hell's Angels zusammen. Damit die Geschichte nicht aus dem Ruder lief. Also, ich habe nie an diesen Angels-Nimbus geglaubt. Ich wusste schon vor Altamont, was das für Typen sind, und ich weiß es heute noch. Es war eine dumme Entscheidung. Die Stones mieteten die Ortsgruppen von Oakland und San Francisco für fünfhundert Dollar in Form von Bier – Budweiser, bestimmt hatten die sich das ausgesucht. Den Ersten habe ich gesehen, als wir uns hingesetzt hatten. Andy und ich hatten einen Platz neben einer Gruppe Fünfzehnjähriger belegt, Andy pennte sofort ein, und ich lehnte mich zurück, um zu sehen, was so lief. Wir waren ziemlich weit von der Bühne weg, und man konnte ganz aus der Ferne Santana spielen hören, aber ich hatte es nicht eilig damit, näher ranzugehen. Dann hörte ich dieses Motorengeräusch, dieses furzende Fehlzündungsknattern, das ihre Hobel immer von sich geben, und ich guckte hin und sah Leute, die auszuweichen versuchten. Ich sah den Angel auf mich zukommen, mit seinem langen, dunklen, fettigen Haar, seiner dreckigen Ledermontur, rittlings auf diesem riesigen Ofen. Der Scheißkerl fuhr mit seiner Maschine ganz langsam mitten durch die Menge und ließ alle paar Meter den Motor aufheulen, um den Kids Angst zu machen. Unter der Lippe hatte er so ein kleines schwarzes Haarviereck, das fast, aber nicht ganz, ein Hitlerbärtchen war, aber er hatte es offensichtlich so geschnitten, dass einem als Erstes Hitler einfiel, wenn man es sah. Wegen seiner Spiegelglasbrille konnte ich seine Augen nicht sehen, aber ich erkannte, dass wir ihm im Weg waren und er überhaupt keine Anstalten machte auszuweichen. Ich versuchte, Andy zu wecken, aber der reagierte überhaupt nicht. Wir hatten die ganze Nacht durchgemacht, und er war total weg. Sein Mund offen, wie bei einem toten Fisch. Ich versuchte, ihn mit Ohrfeigen wachzukriegen, aber er reagierte immer noch nicht. Ich drehte mich immer wieder zu dem Angel um, der immer noch auf uns zuhielt, langsam, wie ein Hai, und dann nickte der Angel ganz leicht und bog rechts ab. Im Vorbeifahren lächelte er und zeigte mir seine kaputten braunen Zähne oder was davon noch übrig war. Bei jedem anderen wäre das – an diesem Tag, in dieser Szene oder auch sonst wo – schlichte Freundlichkeit gewesen, aber ich schaute ihm auf die Zähne und wusste, er wollte uns sagen, dass er uns hätte überfahren können oder auch nicht und dass es für ihn das Gleiche gewesen wäre.

Ich ließ Andy dort liegen und fing an, ein bisschen herumzugehen, und so langsam kamen einem die Geschichten über die Angels zu Ohren. Die Angels wurden gewalttätig. Sie griffen einzeln und in Gruppen an. Jemand brauchte sie nur zufällig zu streifen, und schon zogen sie ihm einen Billardstock über – sie hatten Baseballschläger und Billardstöcke bei sich, die sie mit

Blei ausgegossen hatte.. Diese Dinger landeten auf Schädeln. Oder irgendwer wirbelte zufällig ein bisschen Staub auf, den einer ihrer Öfen abbekam, und wurde dafür verprügelt. Wenn ein Angel irgendwas anfing, kamen immer sofort noch zwei, drei andere angestürzt und machten mit und halfen das arme Schwein verprügeln, das gegen die blöden Anstandsregeln dieses weißen Packs verstoßen hatte. Sie sahen alle gleich schmierig aus, hatten die gleichen wilden Augen. Die fanden das toll – der Dreck, den sie am Leibe hatten, war die natürliche Weiterentwicklung von der sicheren, kleinbürgerlichen Hippie-Anarchie zur totalen Anarchie, der Anarchie im Naturzustand. Wenn sie eins der Kids auslachten oder an einem Blumenkind oder einem Paar ihr Mütchen kühlten oder irgendeinem Kid auf Horrortrip ihre Budweiser-Dosen an den Kopf schmissen, wussten sie genau, was sie da taten. Sie gaben den Kids zu verstehen, dass sie, die Angels, der wahre Jakob waren. Die Kids waren Kids, die etwas spielten, und die Angels waren dieses Etwas im Erwachsenenzustand.«

»Jetzt bist du von ›wir‹ zu ›sie‹ und dann zu ›die Kids‹ übergegangen. Warst du denn nicht im gleichen Alter?«

»Ich war damals sechsundzwanzig. Ein bisschen zu alt, um das Ganze so ernst zu nehmen wie, sagen wir, mein jüngerer Bruder. Darüber war ich knapp hinaus.«

»Du hast das also nicht alles geglaubt.«

»Doch, schon, zumindest wollte ich es – läuft auf das Gleiche raus, oder?«

»Und diese ganzen Leute haben heute reguläre Jobs, oder? Regieren das Land und so weiter?«

»Vermutlich ja.«

»Dann ist das also die Elegie auf den verlorenen Babyboomer.«

»Wie gesagt, ich habe Andy liegen lassen, der völlig hinüber war, und bin ein ein bisschen in der Wüste herumgelaufen. Die Besitzer des Altamont Speedway hatten sich bereit erklärt, das Konzert zu veranstalten, weil sie praktisch pleite waren. Das Ding lag mitten im Nirgendwo, meilenweit im Umkreis nichts als verdorrtes Gras, aber jetzt hatten sich die Freaks darauf breitgemacht. Die riesigen Verstärkergerüste ragten zwanzig Meter hoch in die Luft, und die Kids kletterten daran hoch wie Küchenschaben. Ich habe gesehen, wie einer halb hochkletterte, in seinem Drogennebel den Halt verlor, noch einen Moment da hing und dann in die Menge hinunterfiel, wo ich ihn zwischen den vielen Köpfen aus den Augen verlor. Ab und zu kam ich an liegen gebliebenen Stockcars vorbei, durchgerostet und total demoliert. Teenies ließen sich darin häuslich nieder, breiteten ihre Indianerdecke über den Rücksitz und bumsten. Manche hatten nicht so viele Hemmungen und kugelten in Schlafsäcken oder ganz im Freien herum. Betuchte weiße Bräute aus Marin machten die Runde, sammelten für den Panther Defense Fund und hielten Reden über den Kampf. Als wären sie Kriegerwitwen. Was auf der Bühne abging, verpasste ich größtenteils, aber das war mir egal. Da würde ich schon auch noch hinkommen. Ich war selber ziemlich hinüber und weiß eigentlich nicht, warum ich so viele abfällige Bemerkungen über die Kids mache, aber ich hatte noch nie so viele Leute mit Problemen auf einem Fleck gesehen. Das Straßenacid forderte seinen Tribut. Ich wurde von einem LSD-Freak mit Fransenlederjacke angequatscht, der mich durch eine Peter-Tork-Sonnenbrille anlinste. Er hielt sich an mir fest, getrocknetes Gras im Haar, und laberte mich so voll, dass ich ihn schließlich niederschlagen musste. Er hat bloß zu mir hochgeguckt, gelächelt und gesagt: ›Du hast es kapiert, Mann, du hast es kapiert.‹ Alles hechelte in einem einzigen gemeinsamen, barfüßigen Wahnsinnstrip. Der Himmel war grau geworden. Die Sonne war nicht mehr zu sehen, und die Luft wurde kühl. Über Lautsprecher wurde vor schlechtem Acid gewarnt, und es wurde bekannt gegeben, wo man verloren gegangene Kinder abholen konnte und wie man zu den Rotkreuzzelten kam. Ich sah eine junge Frau mit Blut an ihrem Batikhemd und fragte sie, ob sie

Hilfe brauche. Sie sagte: ›Es ist wunderschön, Mann, ich habe gerade geholfen, eine Frau zu entbinden.‹ Es ist wunderschön. Sie wankte davon, und ich dachte nur, was für eine Frau, die kurz vor der Geburt steht, geht zu so was in die Wüste? Ist das wunderschön? Es gab Schwerverletzte. In den Tagen nach dem Konzert hieß es immer wieder, vier Menschen seien gestorben und vier Babys seien auf die Welt gekommen, als wäre das so etwas wie eine Gleichung, die all das Negative wettmacht. Aber so war es nicht. Vier Babys auf die Welt gekommen, zwei Leute von Autos überfahren, während sie in ihrem Schlafsack schliefen, einer in einem Bewässerungsgraben ohnmächtig geworden und in einer Pfütze ertrunken, und dann natürlich noch das, was beim Auftritt der Stones passierte. Das gleicht sich nicht aus.

Die Angels machten weiter bei jedem Auftritt Randale. Als Jefferson Airplane mit ›Revolution‹ anfing, sprang Marty Balin von der Bühne, um bei einer Prügelei dazwischenzugehen – die Angels hatten angefangen, einen Schwarzen vorn an der Bühne zu malträtieren, und Marty ging dazwischen, um sie zu trennen. Da fielen die Angels über ihn her und schlugen ihn bewusstlos. Sie schlugen den Leadsänger von Jefferson Airplane bewusstlos. Ich war noch immer weit von der Bühne entfernt, aber ich hörte, wie Paul Kantner – der Gitarrist – das Mikro nahm und anfing, die Angels zu beschimpfen. Da schnappte sich einer von denen ein Mikro und sagte ihm, er solle die Fresse halten. Sie beherrschten das Ganze. Ich persönlich mochte Marty nicht – er hatte mich ein paar Monate vorher auf einer Party ziemlich kurz abgefertigt, und obwohl ich es ihm später heimzahlte, indem ich ein paar unfreundliche Sachen über ihn schrieb, war ich noch immer sauer auf ihn –, aber die Geschichte war offensichtlich außer Kontrolle geraten. Sie hatten einen Rockstar verprügelt, verdammt noch mal. Aber die Show ging weiter. Die Angels beherrschten die Nacht.

Als ich aufwachte, war es dunkel. Ich hatte ein bisschen mehr

Durchhaltevermögen als Andy, aber dann machte sich schließlich doch bemerkbar, dass ich die Nacht davor durchgefeiert hatte, und ich kroch in eines der Schrottautos und schlief ein. Daran kann ich mich noch vage erinnern. Beim Aufwachen spürte ich sämtliche Polsterfedern, die sich mir in den Rücken bohrten. Ich stieg aus dem Wagen und fragte einen, ob ich die Stones verpasst hätte, und er sagte mir, sie warteten alle darauf. Die Leute hatten die Rennbahnumzäunung niedergerissen, um Feuer zu machen, sodass alles ein bisschen beleuchtet war, und ich konnte im orangefarbenen Schimmer Leute nackt tanzen sehen. Ihr wisst schon, *burn, baby, burn.* Scheiße. Und die Beleuchtung der Filmcrew tat ein Übriges. Die Maysles-Brüder filmten das Konzert – Mick war neidisch, weil er in dem Woodstock-Film, der ein paar Wochen später anlief, nicht vorkam, deshalb hatte er die Maysles beauftragt, sein Gratiskonzert zu filmen. Die Leute sangen Stones-Songs, als würde das die Stones aus ihrem Trailer rauslocken, und dann glitt jedes Mal ein Angel vorbei und übertönte sie mit seinem Motorrad. Aber auf einmal verstummte das Motorengeräusch nicht mehr. Es wurde immer lauter, das Menschenmeer teilte sich, und ein Keil von Angels kam wie ein Pfeil durch die Leute herangefahren. Und zwischen ihren Motorrädern kamen die Stones, von ihren fiesen Bodyguards vor der Menge beschützt. Das Geschrei wurde unheimlich laut. Ich hielt mich im Kielwasser der Harleys und schob mich nach vorn zur Bühne. Ich spürte die Tausende in meinem Rücken, wie sie hinter mir gierten. Als die Angels den Stones auf die Bühne halfen, sah ich, dass sie voller Menschen war. Angels, ihr Anhang, jeder, der noch stehen konnte und seinen Körper in der Gewalt hatte, war da oben. Es war lachhaft, Mann. Ich habe mich nach rechts durchgeschlängelt und hatte einen ziemlich guten Blick. Irgendwann zoomte sogar einer der Kameraleute auf mich, aber in den Film habe ich es dann doch nicht geschafft.

Die großen Scheinwerferbatterien tauchten die Bühne von

oben in ein höllisches rotes Licht. Vor lauter Scheiß-Angels war auf der Bühne kaum Platz genug für die Band, aber die Stones nahmen Aufstellung. Ich sah einen Schäferhund, der den Angels gehörte, um die Mikros herumstreichen, mit Augen, so gierig und hungrig wie die seiner Herren. Hinter mir drängten die Menschenmassen vorwärts. Es war der Moment, auf den sie alle gewartet hatten. Der Moment der Erlösung. Es war Nacht, und die größte Rock-'n'-Roll-Band der Welt würde sie endlich belohnen. Und dann ging es los – Keith fing an, seine Klauen über die Saiten zu ziehen, und Mick ließ sein schwarz-orangenes Cape herumwirbeln, und sie legten mit ›Carol‹ los. Ganz plötzlich flutete die Menge vorwärts – wir standen so dicht gedrängt, wie es nur ging, und sie wollten mehr. Mehr Leute wollten dichter ran. Darauf lief es letzten Endes hinaus, dachte ich. Ein paar Meter entfernt stolperte so ein trendiger Typ in einer Nehrujacke – Nehrujacke, Scheiße – gegen einen der Öfen der Angels, weil die Menge ihn vorwärts schob, und natürlich prügelten zuerst ein und dann zwei Angels auf ihn ein. Ich wurde von der Bewegung in der Menge weitergeschoben, deshalb verlor ich das Ganze aus den Augen. Das Letzte, was ich von ihm sah, war ein Wirbel von Billardstöcken, der wie ein Gewitter auf seinen Kopf herunterprasselte. Die Stones müssen gewusst haben, dass es zu brutal zuging, als dass sie noch hätten spielen dürfen, ich weiß mit Sicherheit, dass sie wussten, was los war, aber sie spielten trotzdem weiter. Dabei war es noch nicht mal so ein toller Auftritt. Total uninspiriert. Die ganze Energie, die sie in L. A. gehabt hatten, hatte sich am Ende der Tour restlos verflüchtigt. Sie zogen ihre Show ab, sie taten, was sie am besten beherrschten, aber sie konnten nicht darüber hinwegtäuschen, dass die paar Monate sie ganz schön geschlaucht hatten. Vielleicht stellten sie sich nicht entschiedener gegen die Angels, weil sie es einfach hinter sich bringen wollten. Sie wollten einfach ihr letztes Konzert geben und dann so schnell wie möglich aus Amerika abhauen. Sie hatten sich von den Erwartungen der Presse und der Öffentlichkeit unter Druck setzen lassen, die Stimmung hatte sich verändert, und sie waren in die Sache hineingedrängt worden. Vielleicht hatten sie auch Angst vor den Angels, vor dem, was sie da angerichtet hatten, und wenn es so war, hätten sie nie und nimmer ›Sympathy for the Devil‹ spielen dürfen. Das war schlichtweg dumm. Mick in seiner Satansnummer bat die Menge: ›Please allow me to introduce myself‹, ganz rot erleuchtet vor der schwarzen Wüstennacht, und die Angels machten sich bereit. Die Angels ließen ihren Zorn an den Hippies aus, droschen mit ihren Baseballschlägern und Billardstöcken auf die Köpfe der Kids ein. Die Kids strampelten sich wie wahnsinnig ab, um nach vorn auf die Bühne zu kommen, sie rannten auf die Tore zu, und die Angels prügelten auf sie ein. Mick versuchte dem ein Ende zu machen, und die Stones brachen den Song ab. Mick sagte, hört auf damit, lasst das. Als hätte er das Ganze immer noch unter Kontrolle. Die Angels zerrten ein paar Leute weg, und alles beruhigte sich ein bisschen. Mick scherzte: ›Immer wenn wir mit diesem Song anfangen, passiert irgendwas Komisches‹, als ob er glaubte, man könnte den Zauberspruch sagen und dann überrascht tun, wenn man Schwefel roch.

Ich war erschöpft. Andy und ich hatten, schon bevor wir hierhergekommen waren, viel zu lange durchgemacht, um das Konzert noch genießen zu können, ganz gleich, wie es dann am Ende lief. Aber sich das hier anzutun, völlig dehydriert und mit Wahnsinnskopfschmerzen vom Rotweinkater? Scheiße, Mann. Es war total unwirklich. Und es wurde nur noch schlimmer.

Ich hatte ihn schon gesehen, als die Stones mit den Angels erschienen und alle anfingen, vorwärts zu stürzen. Ein großer, magerer Schwarzer Typ in einem hellgrünen Anzug mit schwarzem Hemd – er fiel auf. Er hatte sich an mir vorbeigedrängt und stand zwei, drei Plätze vor mir, näher an der Bühne. Und direkt vor diesem Teil der Bühne standen zwei, drei Angels, und ich beobachtete schon länger, wie sie Budweiser in sich reinkippten und Leute wegschubsten, die zu nahe kamen. Sie lachten und zeigten mit dem Finger auf Leute im Publikum, die sie komisch fanden – eindeutig Kerle, denen man aus dem Weg gehen musste. Ich war so nahe rangegangen, wie ich wollte, und ganz zufrieden mit meinem Platz; ich hatte es in den Bereich geschafft, wo man einen Platz ergattert und dann die Füße in den Boden stemmt, um nicht abgedrängt zu werden, und ich war froh, zwischen mir und den Angels noch einen menschlichen Puffer zu haben. Ich sah, wie die Angels immer aggressiver wurden, als die Stones anfingen. Das war das Schrecklichste. Ich sah es kommen. Ich sah, wie sie sich auf diesen Schwarzen Typ konzentrierten und ihn vormerkten. Ich weiß nicht, woher ich das wusste, aber ich wusste, sie hatten ihn vorgemerkt, bevor es zu Gewalttätigkeiten kam. Der Schwarze Typ bewegte den Kopf auf und ab und tanzte, und ich sah den Ausdruck in den Augen der Angels und wusste Bescheid.

Oben auf der Bühne fingen die Stones mit ›Under my Thumb‹ an. Nach dem, was bei ›Sympathy‹ passiert war, redeten sie sich wahrscheinlich ein, sie könnten diesen Song hinter sich bringen, ohne dass es Ärger gab. Deshalb spielten sie während dem, was dann geschah, unentwegt weiter und behaupteten später, sie hätten nicht gemerkt, dass irgendwas passiert war. Genau wie ein Vietnamsoldat, der behauptet, er habe nicht gewusst, dass in der Hütte, die er gerade abgefackelt hat, Kinder gewesen seien.

Ausgelöst wurde die Sache dadurch, dass ein Angel ihm ins Haar fasste. Einer der Angels trat auf diesen Schwarzen Typ zu, lachte und griff sich ein dickes Büschel von seiner Afrofrisur. Seine dreckige Pratze langte einmal hin, der Typ zog den Kopf weg, worauf der Angel grinste und es noch mal machte, und diesmal fuhr der Scheißkerl dem Typ mit der Hand tief ins Haar. Der Typ riss den Kopf weg und schlug mit der Rechten nach dem Angel, schickte ihn allerdings nicht zu Boden, sondern schleuderte ihn nur ein paar Schritte zurück. Die anderen beiden Angels waren sofort bei ihrem Kumpel, um auch ihren Spaß zu haben – es ging alles ganz schnell –, und der Schwarze Typ ging runter, duckte sich kurz, und als er wieder hochkam, konnte ich die Knarre in seiner Hand sehen, einen kleinen, verchromten Revolver, den er aus der Tasche gezogen hatte, was weiß ich. Er schnellte vom Boden hoch und hatte eine Knarre in der Hand. Und dann sah ich das Messer. Der Typ sah die Angels an, die auf ihn losgegangen waren, aber den Angel hinter seinem Rücken, der aus der Menge geschossen kam, den sah er nicht – dieser schmierige Widerling kam von hinten, packte ihn am Arm, um ihn besser treffen zu können, und rammte ihm das Messer in den Rücken. Und er setzte noch nach und stieß den Schwarzen Typ nach vorn, und ganz plötzlich fraßen ihn die Wölfe einfach auf, sie zerrten ihn weg. Die Mädchen schrien. Ich stürzte nach vorn, um ihnen zu folgen, und wo sie ihn zu Boden geworfen hatten, hatte sich ein Kreis gebildet, und ein halbes Dutzend Angels standen um ihn herum. Schon waren seine Klamotten blutüberströmt. Er sagte – und das waren seine letzten Worte –: ›Ich hätte nicht auf euch geschossen‹, und einer der Angels hob eine Mülltonne hoch über seinen Kopf und schmetterte sie ihm ins Gesicht. Dann machten auch die anderen Angels mit, traten ihn mit ihren Motorradstiefeln gegen den Kopf und den Körper, fielen über diesen Schwarzen Typ her, als wollten sie ihn regelrecht auslöschen, als wollten sie ihn und seinesgleichen an Ort und Stelle ausrotten. Und wir standen drumherum und sahen zu. Neben mir stand einer, ein Teenager mit rotem Kraushaar und einem affigen Banditenhut aus Wildleder auf dem Kopf, der eingreifen wollte, und ich hielt ihn am Arm fest und sagte: ›Du kannst nichts machen.‹ Die Angels hätten ihn umgebracht und mich auch, wenn wir es gewagt hätten, irgendwas zu tun. Wir begriffen, dass wir nichts machen konnten, und standen nur da und sahen dieses schreckliche Ereignis mit an. Die Nacht gehörte den Angels.

Es war schrecklich, und wir sahen es mit an. Die ganze Negativität des Tages, des ganzen Jahres, mündete in die Gewalttat, die wir hier miterlebten. Und die Tausende hinter mir, die nicht unmittelbar dabeistanden und es sahen, konnten es spüren. Die Angels taten, was die Leute verlangten, auch wenn ihnen nicht bewusst war, dass sie es verlangten. Sie gehorchten der allgemeinen Strömung. Sie traten und stampften auf ihn ein, bis er nur noch Brei war, und als er sich nicht mehr rührte, hörten sie auf. Er lag platt auf dem Rücken im Dreck, die Ellbogen in die Erde gebohrt, sodass die Hände wie Pflanzen nach oben standen, und ich konnte ihm in den Schädel sehen. Ich konnte sein Gehirn sehen. Ein junger Typ machte Anstalten, ihm zu helfen, und der Angel mit dem Messer sagte ihm, er solle verschwinden. Er stirbt sowieso, es ist zu spät, sagte der Angel, und man konnte überhaupt nichts machen. So standen wir eine Zeit lang da, der Angel ließ niemand an sein Opfer heran, und dann hauten die Angels ab. Zwei Typen kamen und brachten den Mann zum Rotkreuzzelt. Seine Freundin, eine Blondine aus Berkeley, folgte ihnen unter hysterischem Schluchzen. Sie hatte ein gehäkeltes Kleid an. Gehäkelte Kleider sieht man heutzutage nicht mehr. Und auf der Bühne spielten die Stones vor Hunderttausenden ›Under my Thumb‹, einen Song darüber, wie man seine Freundin unterdrückt, während die Angels ihr Opfer darbrachten.«

»Wem oder was brachten sie dieses Opfer dar?«

»Der Kultur. Die Kids hatten etwas Neues in die Welt gebracht, aber noch nicht dafür bezahlt. Und bezahlt werden musste dafür.«

»Wieso hatte der Typ eine Knarre?«

»Selbstschutz, nehme ich an. Und den konnte er gut gebrauchen. Er starb im Rotkreuzzelt. Er hatte zu viel Blut verloren, und sie hätten ihn ohnehin nicht mehr rechtzeitig ins Krankenhaus bringen können. Die Rolling Stones flogen im Hubschrauber weg und ließen uns in der Wüste stehen. Und wir fanden zu unseren Autos zurück und fuhren nach Hause.«

»Der Typ ist also so was wie der Crispus Attucks der Siebziger.«

»So habe ich das noch gar nicht gesehen.«

»Und wer weint um die verlorene Gegenkultur?«

»Ja, wer?«

»Wie hieß er eigentlich?«

»Wie er hieß? Das weiß ich nicht mehr.«

»Und was war mit Andy?«

»Den habe ich erst am nächsten Tag wiedergesehen. Ein paar Kids aus Haight-Ashbury haben mich mitgenommen.«

»Und die Angels?«

»Die Angels sind abgehauen.«

Manchmal passiert es. Nichts, was er genau benennen könnte, ein Effekt in etwa wie die Umkehrung einer Sprengung: Lärm und Feuer, weißes Licht, dies alles aber nicht auseinander-, sondern zu etwas Kompaktem zusammenstiebend. Er selbst, an einem Nachmittag. Wie er die Trümmer wieder zu ihrem ursprünglichen Zustand zusammenfügt. Was sieht er, wenn er auf die vergangenen Stunden zurückblickt: einen Extrastreifen Speck zum Frühstück, eine halbe Stunde weniger Schlaf, eine Spanne von wenigen Sekunden, in denen er über das tote Rotkehlchen neben der Birke am Rand der Straße, die ihn hierhergeführt hat, nachdachte. Nichts im Grunde, und dennoch fühlt er sich anders. Die Eigentümlichkeiten dieses Vormittags sammeln sich, sie dauern fort, lagern sich auf sonderbare Weise seinem Ich an wie Eisenspäne einem Magneten, von unsichtbaren Kräften angezogen. Aufgeladen, diesen Tag und dieses Leben an sich ziehend, sitzt er auf einem Baumstumpf und schreibt seinen Song.

Eine austrocknende Pfütze, von Mücken wimmelnd; Zweige wie Eidechsenbeine, nichts als Knie; eine Spinnwebe auf seiner Stirn. Eine Brise.

Er ist auf der Hügelkuppe. Er muss die Melodie herauslassen, die er nun schon seit Tagen unbewusst vor sich hin summt. Man probiert eine Zeile aus und lässt sie in der Luft hängen. Als Erstes kommt das letzte Wort der nächsten Zeile, es leuchtet, klar und eindeutig, neu vorhanden, und der Rest der Zeile pirscht sich daran heran. Schon steht eine halbe Strophe da. Wie Taschendiebstahl. Manchmal denkt er, Reimen ist Betrug. Der erste Mensch, der aus Reimen eine ganz neue Welt errichtete, gehört dem Mann gleichgestellt, der den Ziegelstein erfunden hat. Er stiehlt den Song ja praktisch; es ist nicht sein Song, aber er kann ihn greifen, und damit ist schon viel gewonnen.

Wo kommt dieser Akkord her? Irgendein Mann wie er, der vor Hunderten von Jahren auf einem Stein sitzt, die Arthritis heute nicht ganz so schlimm, aus dem Nirgendwo erhebt sich ein Wind und vertreibt die Wolken, dann dieser Akkord in seinen Fingern, war schon die ganze Nacht in seinen Fingerspitzen, zupft den Akkord auf seiner Mandoline oder sonst einem Instrument, das er bevorzugt. Zebrasehnen, straff über einen Holztorso gespannt, aus dem Töne dringen. Hört sich gut an. So gut, dass er glaubt, er habe das erfunden, er sei der erste Mensch in der Geschichte, der das tut.

Wenn er sich wie heute fühlt, ist er nichts als er selbst. Nichts als ein Mensch.

Er kann immer nur ein Stück weitergehen, ehe er wieder zum Anfang zurückgehen muss. Ihn sich einprägen muss, dem verlorenen Wort in der Strophe nachjagen muss, die er sich gerade ausgedacht hat, es finden und sie immer wieder singen. Strophe, Strophe, Strophe, die Geschichte des Mannes weiterführen und sie heute Nachmittag aufschreiben, ehe er sie wieder vergisst.

Nimm die Liebe einer guten Frau mit hinein. Ein Held braucht eine Frau. Nenn sie Polly Ann, nach ihr.

In Kneipen hält er seinen Hut hin, wenn er gesungen hat, die Münzen regnen hinein wie ein silberner Wasserfall. Er wird diesen Song heute Abend ausprobieren. Irgendwo hat er aufgehört, sich im Osten zu fühlen. Er ist den Gleisen gefolgt, immer darauf bedacht, was er einer Stadt abgewinnen kann, ehe er zur nächsten weiterzieht. Die Gleise führen nach Westen. Doch mittlerweile hat sich die Luft verändert, und er muss sich damit abfinden. Mittlerweile ist er weiter westlich als östlich, er ist im westlichen Territorium. Er glaubt nicht, dass er noch sehr viel weiter gehen will. Irgendwer hat ihm einmal erzählt, dort draußen gebe es ein ganzes Land voller Songs, der Kerl, der ihm den Krug reichte, nachdem sie Melodien ausgetauscht hatten. Vielleicht stimmt das ja. Aber dieser Song heute, die Leichtigkeit, mit der er ihm zufällt, haben etwas an sich, das bedeutet, dass es vielleicht doch nur diesen Song gibt. Klopft dabei mit dem Fuß, um den Takt zu halten.

Gewicht der Hosenträger auf seinen Schultern, wo sein Schatten von ihm abfällt, und das Blatt halb im Schatten. Nichts eigentlich, und trotzdem.

Vielleicht ist es das *Lord, Lord*, weswegen es heute funktioniert. Das da in der Strophe sitzt, ein Anker. Vergiss Big Bend. *Lord, Lord* ist der eigentliche Berg in diesem Song, aus dem Fels hochgeschleudert ragt er auf. Es erinnert ihn an etwas, das er von sich selbst weiß. Und wenn er sich die Zeit nähme, könnte er heute vielleicht jedes seiner Worte nehmen und es mit etwas verbinden, was ihm einmal passiert ist. Von manchen Wörtern würde er gar nicht wissen, woher sie kommen. Könnte Jahre dauern, womöglich bis an sein Sterbebett. Hinter das alles zu kommen. Vielleicht ist es aber auch die ganze Sache insgesamt, die das alles wichtig macht.

Dann. Alles, was sich in ihm angesammelt hatte, ist abgefallen. Was ist eigentlich passiert? So ist das eben. Das Gefühl halb erschöpft, der Zauber halb aufgebraucht und nicht gewusst, dass er dem Ende näher war als dem Anfang. Zu beschäftigt, um zu trauern. Und jetzt ist der Tag nicht mehr aufgeladen, und alles, was er hat, ist sein Werk. Zweige bloß Zweige, Pfützen bloß Pfützen. Verbraucht.

Ist der Song fertig? Noch nicht. Das weiß er. Wie ein Dollarschein geht der Song durch viele Hände. Andere werden ihn hören, eine Strophe hinzufügen, den Rhythmus beschleunigen und verlangsamen, je nach Stimmung und Temperament, je nach der Resonanz, die die Anordnung des Geschirrs auf dem Küchentisch an diesem Morgen in ihnen erzeugt hat. Das Gleiche, was er auch getan hat: abgetretene Schuhe, eine alte Gitarre, im zuneh-

menden Nachmittag so geruhsam wie das Dösen in einer Hängematte, den ganzen Tag Zeit für einen Song. Er war nicht dabei am
Big Bend. Das hier ist sein eigener John Henry, den er sich als
einen Mann wie er selbst denkt, der einfach nur zurechtzukom-
men versucht. Und wenn der Mann, der ihm den Song bei-
brachte, seinen eigenen John Henry hat, soll er ruhig. Der nächste
wird wieder seinen eigenen haben. Jemand anders wird seine
Strophen umdichten, und der John Henry von heute wird verschwunden sein oder wie eine Erinnerung in geänderten Zeilen
verborgen.

Heute Abend wird er den Song ausprobieren. Nächste Woche
wird ihn jemand, der sich nicht genau daran erinnert, erneut singen. Vielleicht sogar im selben Moment, in dem er seine Version
in irgendeiner anderen Stadt an den Gleisen singt, sodass ihrer
beider *Lord, Lord* zur selben Zeit fällt, wie bei zwei Bohrhauern,
die nebeneinander im Tunnel arbeiten.

Benny sagte, er wolle sowieso nicht hin, weshalb ihn die ausgebliebene Einladung auch nicht stören würde, und er tat Josies Sondierungen bezüglich des sogenannten Affronts mit einer roboterhaften Abwärtsbewegung der Hand ab, der immer gleichen Bewegung, sie hatte sie hundertmal gesehen. Seit ein paar Wochen war er so beschäftigt, dass er sich um nichts kümmern konnte, es sei denn, es hatte mit den »Vorbereitungen« zu tun oder es ging darum, den UPS-Laster abzupassen, der neue Kartons mit Toilettenpapier brachte, oder mit Bob und Franks Hotel- und Motelbedarf über die Frage der Ersatzschlüsselanhänger zu verhandeln, die als verpfuschte blaue Plastikrhomben mit dem darauf eingravierten Schriftzug »Titcut Motor Lodge« geliefert worden waren. Letzteres Problem und die unbeantworteten Voice-Mail-Nachrichten trieben ihre Telefonrechnung in ungeahnte Höhen. Bob und Franks Hotel- und Motelbedarf schickte ihnen eine Kopie der Originalbestellung der Schlüsselanhänger, auf der Bennys unleserliches Gekrakel mit gelbem Textmarker hervorgehoben war. Es war nicht zu bestreiten: Es sah tatsächlich so aus, als habe er Titcut geschrieben, und der Firma widerstrebte es offenbar, die Bestellung kostenlos noch einmal auszuführen. Benny besaß nicht die gleichen Fähigkeiten im Umgang mit Menschen wie Josie, deshalb fiel es ganz selbstverständlich und stillschweigend ihr zu, dem jeweiligen Vertreter der Firma – Bob, Frank, Frank jr., wer gerade das Pech hatte, ans Telefon zu gehen – wegen der Schlüsselanhängeraffäre in den Ohren zu liegen, die Hölle heiß zu machen oder sonst wie zuzusetzen. Angesichts der vielen Einzelheiten, die seine Aufmerksamkeit erheischten, angesichts der ihn in schneller Umlaufbahn umkreisenden Ephemeriden der Vorbereitungen hatte er weder Zeit noch Lust, endlos über die Frage der ausgebliebenen Einladung zu diskutieren, die in seinen Augen schon geklärt war. Er hatte sie selbst geklärt. Er hatte mit Bürgermeister Cliff darüber geredet, und der hatte ihm versichert, dass die ausgebliebene Einladung ein Versehen und weiter nichts sei; der Politiker machte sogar eine scherzhafte Anspielung auf das Fred Letter Office, wie das Post Office wegen der legendären Inkompetenz des früheren Postamtvorstehers vor Jahren genannt worden war. Mr. und Mrs. Scott seien zum Eröffnungsbankett im Millhouse Inn eingeladen, versicherte er Benny; Benny und Josie hätten dazu beigetragen, dieses Wochenende zu etwas Besonderem zu machen, und würden erwartet. Doch als Josie dahinterkam, dass Charlotte Cliff beim Versenden der Einladungen geholfen hatte, wusste sie genau, warum die ihre es nicht bis zu dem ramponierten roten Briefkasten geschafft hatte, der altjüngferlich am unteren Ende des Parkplatzes wachte. Natürlich konnte sie ihrem Mann nicht sagen, warum; alles, was sie tun konnte, war, den Fall wiederholt und geradezu zwanghaft aufs Tapet zu bringen, ihn in ihrem Wohnzimmer gleichsam in die Luft zu werfen und dann zuzusehen, wie er tot auf dem Boden landete, als wäre sie ein Kind, das an einem verregneten Nachmittag zu planlosem Spiel im Haus verurteilt ist. Sie wusste Bescheid. Und sie hatte keine Lust, hinzugehen.

Was Benny nur recht war. Der Beginn der John Henry Days ging ohne Probleme vonstatten, die Gäste kamen an, die Zimmer wurden belegt, kein Ärgernis mit Ausnahme des schmutzigen Swimmingpools, ach ja, und der Liegestühle, die die Journalisten aus New York auf dem Parkplatz hatten stehen lassen und die Benny zurücktragen musste, damit sie nicht von einem unaufmerksamen Fahrer pulverisiert wurden. Freitagabend: Er wollte nichts weiter, als sich bei Bucky auf seinen angestammten Hocker setzen und mit seinen Kumpels einen trinken. Er hatte keine Lust, mit anzusehen, wie seine Mitbürger auf vornehm machten, sich selbst auf die Schulter klopften und überhaupt so taten, als wäre ein Teller lauwarmer Fraß im Millhouse ein gesellschaftliches Ereignis.

Benny fährt nach Hinton, und Josie bereitet sich ein Päckchen Makkaroni mit Käse zu. Im Vergleich mit ihrer Mahlzeit stellt das Essen im Millhouse auf der kulinarischen Leiter zweifellos einen Schritt nach oben dar, aber sie ist mit ihren Makkaroni völlig zufrieden und macht es sich mit einem Liebesroman von Judith Krantz, den ein Gast in seinem Zimmer vergessen hat, in ihrem Bett gemütlich. Das Buch klappt ganz von selbst bei den gewagten Stellen auf und bietet so einen übersichtlichen Ausblick auf die Schäferstündchen der Heldin. Josie weiß, wie weit sie sich durch langweilige Passagen pflügen muss, sie sieht die schlüpfrigen Stellen vor sich. Sie liest und wirft zuweilen einen Blick auf die Klingel über ihrem Bett, auf den Signalgeber, der mit dem schmutzig gelben Knopf vor dem Empfangsbüro verbunden ist. Einst von ansprechendem Perlweiß, überziehen den Knopf mittlerweile die schmierigen Ablagerungen der Pilger; von den Eingangstüren rund um die Uhr geöffneter Tankstellen, von Kaffeekannen, durch viele Hände gegangenem Geld und fest umklammerten Lenkrädern findet die Substanz ihren Weg zum Klingelknopf des Motels. Doch heute Nacht hält das BELEGT-Schild die Leute fern, und sämtliche Gäste sind im Millhouse. Niemand läutet. Sie fährt jedes Mal zusammen, wenn es läutet. Zur Erkennungsmelodie der *Tonight Show* schläft sie ein.

Bennys Schnarchen weckt sie Stunden später, und sie muss wieder an den Geist denken.

Josie glaubt, dass sich ihre Erkenntnisse über den Geist ihrem täglichen Rundgang durch die Zimmer verdanken. Sie spürt sein Kommen und Gehen; als lebenslange (und mehr als lebenslange)

Bewohner der Gegend verbindet sie beide etwas miteinander. Sie ist eine Tochter Hintons und dem Ort durch Herkunft und Geschichte verhaftet, so wie der Geist durch seinen Bergtod dem Berg verbunden ist. Kein Wunder, dass Benny das Gespenst nicht spüren kann; ihr Mann wohnt zwar schon lange hier, kommt aber nicht *von* hier. Er will nicht einsehen, dass ihr am Fuße eines Berges voller Geister zwischen den Städten Hinton und Talcott gelegener Außenposten ein Ort ist, auf den ein Geist ganz selbstverständlich verfallen würde, um sich darin einzunisten. Was hat ihr Mann sich eigentlich dabei gedacht, dass er sich dieses Gelände aussuchte? Es ist ein ehrwürdiger Winkel zwischen den Orten, die sich die Leute zum Leben ausgesucht haben. Wie wär's mit einer Stelle bei der Three Rivers Bridge?, hat sie ihn gefragt. Zu nahe am Coast to Coast, hat er gesagt. Und näher bei Talcott, nur ein kleines bisschen näher, nicht ausgerechnet hier im verdammten Bauchnabel von Big Bend? Zu weit vom Touristenverkehr des New River, hat er gesagt. Und jetzt haben sie einen Geist.

Das Gästeverzeichnis ist komplett. Benny Scott ist ein gründlicher und penibler Buchhalter. Er hat lange gebraucht, um sich die Verzeichnisse aus dem Bürobedarfskatalog auszusuchen, und er ist sehr zufrieden mit seiner Wahl: Irgendwie passen der schwarze Kunstledereinband und die großzügige Linierung zu einer niemals artikulierten Vorstellung vom wesentlichen Charakter seines Motels. Oder vielmehr ihrer beider Motel. Es wäre also durchaus möglich, wenn auch ein bisschen zeitaufwendig, eine Konkordanz zwischen Josies Archiv von Spukzimmern und den jeweils letzten Bewohnern besagter Zimmer herzustellen. Was für Leute in der Nacht, bevor der Geist das Zimmer heimsuchte, dort geschlafen hatten. Vierköpfige Familien beispielsweise oder allein reisende Männer auf Ausflügen, junge Paare auf dem Rückweg aus dem Nationalpark. Es wäre ganz einfach, Josie zu befragen und die Daten und Zimmer mit Bennys Gekrakel im

Gästeverzeichnis abzugleichen. Ein solcher Vorstoß in Josies Mentalität ergäbe, dass die von ihr verzeichnete Spur des wandernden Geistes innerhalb der Talcott Motor Lodge, ohne dass es ihr bewusst wäre, mit bestimmten Indizien korrespondiert, die sie auf ihrer morgendlichen Runde findet: in Kleenex gewickeltes Material auf dem Boden des Abfalleimers im Bad; ein bestimmter Geruch, der ihr entgegenschlägt, wenn sie nach der Abreise der Gäste die Türen aufmacht; die fleckigen Laken. Eine unbewusste Gleichung. Vielleicht ist es nur angemessen, dass Josie aufgrund von Nichtgesehenem auf die Bewegungen des unsichtbaren Geistes schließt.

Als Benny ihr strahlend, im Gesicht dieses nette, dämliche Grinsen, sagte, dass sie für das Wochenende des 12. Juli, das Wochenende der John Henry Days, komplett ausgebucht seien, dachte Josie als Erstes, dass sie es auf jeden Fall mit dem Geist zu tun bekämen. Das Spukzimmer würde belegt werden. Benny, was bleibt ihm auch anderes übrig, nimmt Josies Geistergeschichten mittlerweile von der scherzhaften Seite, selbst dann, wenn er sie in den dunklen Morgenstunden an den Armen festhalten muss, damit sie nicht zur Wohnung hinausmarschiert, um einen Gast zu warnen, er solle sich in Acht nehmen, sich vor einem tanzenden Schimmer hüten, ins Zimmer nebenan umziehen oder bei eingeschaltetem Licht schlafen und ein Gebet sprechen. Ihm bleibt gar nichts anderes übrig, als darüber zu witzeln. Ja, gab sie einmal zu, das Spukzimmer wechselt, es ist nicht immer dasselbe, aber dafür kann sie nichts; der Geist liebt nun einmal die Abwechslung. Die Zimmer des Motels sind im Wesentlichen gleich; wenn Benny, versuchte sie zu erklären, an der Stelle des Geistes wäre, durch Geisterkontrakt an den Big Bend und aus praktischen Gründen und aus Geisterlaune an das Motel am Fuße des Berges gebunden, würde er dann nicht auch ab und zu das Zimmer wechseln, die Daguerreotypie der Hinton Station in Zimmer 13 gegen die strahlende Heiterkeit von Chessie der Katze, dem Maskottchen der C & O, in Zimmer 26 eintauschen wollen? (Dies eine dünn verschleierte Anspielung darauf, dass Benny niemals etwas satt bekommt und mit einem gewissen dumpfen Aplomb jeder Bemühung seiner Frau widersteht, die gemeinsame Wohnung zu renovieren.) Finde ich ziemlich wählerisch für einen Geist, sagte Benny. Vielleicht ist er Mitglied des Automobilclubs, hat er gesagt, vielleicht entspreche eines der Hotels, die sie dort empfehlen, eher seinem Stil. Josie breitete hilflos die Hände aus. Wenn der Geist sich von Zimmer zu Zimmer bewege, könne sie auch nichts dafür. Falls Benny mit ihr tauschen, die Betten machen und hinten in den je nach Laune funktionierenden Waschmaschinen die Bettwäsche waschen wollte, würde er mit dem Kommen und Gehen des Geistes gründlich vertraut werden. Darauf wusste er nichts mehr zu sagen, der Witzbold. Angesichts der hohen Nichtbelegungsrate des Motels fällt es leicht, Josies Verfügungen, wo ein Gast schlafen und wo er nicht schlafen kann, zu entsprechen. Aber wenn sie komplett ausgebucht sind, können sie sich solche Faxen nicht leisten. Irgendwer wird einen unerwarteten Zimmergenossen haben.

Keiner der Gäste hat sich je über den Geist beschwert, wenn er zufällig die Schlüssel zu dessen aktueller Bleibe bekam. Sie haben Glück gehabt, überlegt Josie, weil das Wesen Mitleid hatte: Der Geist schläft friedlich neben ihnen, zieht ihnen höchstens gelegentlich die Decke weg und hinterlässt bloß einen kaum wahrnehmbaren Abdruck auf dem Kissen, oder er wandert weiter ins nächste Zimmer, erspart sich den Ärger des Erscheinens und die damit verbundenen Ungelegenheiten. Aber heute Nacht. Sie hatte am Vormittag Erschöpfung vorgetäuscht, um nur ja nicht das Gesicht des Unglücklichen sehen zu müssen, der im Spukzimmer schlafen würde. Sie hatte den Donnerstag mit einem Vernichtungsfeldzug gegen den Geruch von Schimmel und Feuchtigkeit verbracht, hatte im Erdgeschoss und im ersten Stock tödliche Mengen von Rosenspray ausgebracht, am Ende des Tages über ihren schmerzenden Abzugsfinger geklagt, und Benny hatte sie ausschlafen lassen. Den ganzen Nachmittag mied sie das Empfangsbüro, und Benny hielt ihre Beklommenheit für Eingeschnapptsein wegen der ausgebliebenen Einladung. Sie ließ ihn in dem Glauben. Für ihn war ihre Angst ein Witz. Er kennt den Geist nicht so, wie sie ihn kennt.

Der erste Geist, von dem jedes Kind der Gegend hört, ist John Henry. Jedes Mal, wenn am Bahnhof von Talcott ein Zug abfährt und in den Big Bend Tunnel hineinrast, lässt der Lokführer für den alten John Henry, den armen John Henry, die Pfeife ertönen. Sein Triumph war der Triumph des menschlichen Geistes, hat ihr Vater ihr erzählt, und wenn du dich in den Tunnel hineintraust, kannst du seinen Hammer singen hören. Das ist die Unsterblichkeit des menschlichen Geistes, hat ihr Vater ihr erzählt, die Finger in ihren blonden Zöpfen, die vom drauf Herumkauen feucht waren. Im Big Bend wimmelt es von Menschengeistern. Jeden Tag verschlingt der Berg die Sonne und liefert die Stadt der Geisterwelt aus. Ihr Vater war der Stationsvorsteher von Hinton und wusste das alles; sein Vater war Lokführer gewesen und hatte ihm das alles erzählt, als er so jung gewesen war wie sie. Ihre Mutter hat ihm gesagt, er solle ihr keine Angst machen, und er hat gelächelt. Wenn sie alt genug ist, um länger aufzubleiben, als sie's eigentlich dürfte, hat er gesagt, dann ist sie auch alt genug für die Geschichten vom Big Bend. Im Tunnel sind Menschen gestorben, hat er gesagt. Sein Vater habe beim Einsturz von 1883 geholfen, die Leichen zu bergen, die Leichen von Männern, die er kannte, und was glaube sie, wo die Seelen von Menschen hinkämen, die eines gewaltsamen Todes starben? Sie blieben zornig zurück. Und ob sie gerade die Pfeife gehört habe, hat ihr Vater gefragt, und sie hat genickt. Das sei der Lokführer, der gepfiffen habe, um den Berg zu bitten, dass er sein Leben verschone, dass er den Zug durch sein großes steinernes Herz lasse.

Sie ist der Situation ausgewichen, aber das geht nun nicht mehr. Sie steht vom Bett auf, braucht sich keine Sorgen darum zu machen, dass sie Benny aus seinem Ginschlaf weckt. Josie war in ihrem verblichenen rosafarbenen Bademantel eingeschlafen; sie schlüpft in ihre Pantoffeln und verlässt die Wohnung, um das Gästeverzeichnis zu lesen. Bestimmt sind die Gäste mittlerweile vom Millhouse zurück. Sie liest den Namen des Gastes von Zimmer 27 und geht J. Sutter vor der Rache des Geistes warnen. Zum Schutz vor der Nacht zieht sie den Bademantel mit zitternden Händen enger um sich und geht die Treppe hinauf. Benny wird wütend auf sie sein, aber er braucht es ja nicht zu erfahren. Sie tappt die Treppe hinauf. Sie klopft dreimal an die Tür. Sie kann den Lichtschimmer hinter den geschlossenen Vorhängen sehen und weiß daher, dass der Mann wach ist. Sie wartet und klopft erneut. Sie überlegt, ob sie den Schlüssel holen, sich Zutritt verschaffen und ihm einen Zettel hinterlassen soll, entscheidet sich dann aber dagegen. Darüber wäre Benny wirklich sauer. Sie wartet fünf Minuten auf eine Reaktion und kehrt schließlich in ihr Bett zurück.

Benny schnarcht immer noch. Samstagsmorgens, nach den Freitagabenden bei Bucky, ist Benny jedes Mal gereizt, bis der Kaffee seine Wirkung tut. Er wird ihr erzählen, wen er in der Bar getroffen hat, Rob, Nelson, Arm. Sie wird ihm erzählen, dass sie zu Zimmer 27 gegangen ist, und er wird einen Witz darüber machen. Und vielleicht wird sie ihm einen Witz erzählen, den Arm ihr einmal erzählt hat, einen Witz, den er seinem Freund ganz bestimmt nie erzählt hat. Als Armand Cliff und Josie in der High School miteinander gingen (was Charlotte Cliff ihr nie verziehen und wovon weder Arm noch sie selbst Benny je etwas gesagt hat, denn das war vor seiner Zeit in Talcott), hat er sie einmal in den Big Bend Tunnel mitgenommen, zu einer Stelle knapp hinter dem Eingang. Sie standen in einer Pfütze und küssten sich. Sie fürchtete sich plötzlich vor dem toten Raum, hörte in der Dunkelheit den Hammer herabsausen, dies beharrliche Pochen, und sie fragte Arm, was mit John Henry sei. Du willst John Henry?, sagte Arm und führte ihre Hand zwischen seine Beine. Was Josie nach all den Jahren noch immer für einen gelungenen Witz hält, aber sie glaubt nicht, dass Benny ihn zu würdigen weiß.

Bobby Figgis begann seine Karriere als Beobachter des Aktienmarktes beim *Wall Street Journal*. Er besaß einen Abschluss der Harvard University in Betriebswirtschaft und beschloss, Journalist zu werden, um über die Spielchen und die Strategie seiner Kommilitonen zu berichten. Er hatte seit jeher Ambitionen gehabt, und nun, da er durch die Reifen gesprungen war, die ihm seine Eltern hingehalten hatten, würde er sie zu verwirklichen suchen. Er schrieb kleine Artikel über Marktschwankungen, die von seinen Vorgesetzten gelobt wurden.

Bobby Figgis lernte eine Redakteurin der Zeitschrift *New York* kennen und blendete sie mit seinen Zähnen. Sie schlug vor, er solle einen Artikel über die neue Klasse der jungen Städter in gehobenen Berufen schreiben. Das lag nahe. Bobby kannte die betreffenden Leute von der Universität. Er setzte sich mit seinen alten Bekannten in Verbindung. Er wies die Fotografen an, welche Wohnungen in der Upper East Side sie fotografieren sollten. Sein Artikel schaffte es auf die Titelseite der Zeitschrift, und auf einer Party lernte er noch andere Leute kennen, die ihn baten, für sie zu schreiben. Eine Zeit lang hatte er eine Affäre mit der Redakteurin der Zeitschrift *New York*, aber sie machte Schluss. Sie betrachtete ihn als ihre Entdeckung und hatte etwas gegen die Aufmerksamkeiten derer, die sie als ihre Konkurrenten wahrnahm.

Bobby Figgis gab seinen Job beim *Wall Street Journal* auf und wurde Freiberufler, um über die Welt der neuen Wall-Street-Krieger zu berichten. Er befand sich im Einklang mit seiner Zeit. Er hatte einen festen Bestand von Adjektiven und kannte die Rausschmeißer verschiedener trendiger Nightclubs in Downtown. Er kannte sie mit Namen. Eines Tages fand er sich plötzlich auf der Liste wieder. Das überraschte ihn, denn er hatte zwar schon Geschichten von der Liste gehört, glaubte aber nicht, seine Schuldigkeit schon getan zu haben. Er hatte noch immer diese Macke von wegen seine Schuldigkeit tun, eines der vielen abstrakten Ideale, die seine Eltern ihm eingeimpft hatten, und es fiel ihm schwer, sie loszuwerden.

Bald hatte Bobby Figgis Zugang zu den besten Partys in der Stadt. Pressepartys, Filmpartys und aufwendige Modepartys, auf denen er sich, nicht ohne Grund, Sorgen wegen seiner Schuppen machte. Er erweiterte sein Spezialgebiet. Er heiratete eine Börsenmaklerin, mit der er an der Universität etwas gehabt hatte. Damals hatte es nicht funktioniert, aber diesmal funkte es. Sie sah gut aus an seiner Seite, sie hatte abgenommen, und sie stürmte gern jeden Morgen ins Büro, um ihren Kollegen von der Party zu erzählen, die sie am Abend zuvor besucht hatte. Das war keine Aufschneiderei, sondern sie erzählte lediglich von ihrem Leben, wie es andere auch taten. Wegen der ausländischen Märkte musste sie um sechs Uhr morgens zur Arbeit erscheinen und konnte bald nicht mehr so viele Veranstaltungen besuchen. Er fing an herumzuvögeln.

Eines Tages wettete Bobby Figgis mit jemandem, der auch auf der Liste stand, dass er ein Jahr lang jeden Tag eine Veranstaltung wahrnehmen könne. Bobby war mittlerweile ein ziemlicher Quatschkopf geworden, und sein Spesenritterkollege schlug vor, ein bisschen Geld zu setzen. Am nächsten Tag erinnerte sich Bobby an die Wette und gelobte, ab sofort nur noch am Wochenende zu trinken, nicht mehr unter der Woche, aber er vergaß diesen Schwur, sobald er gegen zwei Uhr nachmittags etwas zu essen bekam. Er aß, besuchte am selben Abend eine Party der Elite Model Agency und brachte so den ersten Tag seiner Wette hinter sich.

Die erste Woche bewältigte Bobby Figgis problemlos. Eine

Woche allabendliches Spesenrittertum war kein Kunststück. Publicityzyklen unterlagen Schwankungen, alle Spesenritter zogen ab und zu eine volle Woche durch. Das gehörte zum Job. Nach zwei Wochen jedoch bekam er es über. Abend für Abend, so schien es ihm, gab es das gleiche Essen. Sein Kollege erinnerte ihn an die Wette, und er machte weiter, verfluchte das Nachmittagslicht, wenn es ihn weckte.

Als der dritte Monat von Bobby Figgis' Wette begann, kam in den Köpfen der Spesenritter fast gleichzeitig ein Gedanke auf: dass es sich hier um so etwas wie einen Rekord handeln könnte. Die jüngeren Spesenritter konsultierten die älteren, und es stellte sich heraus, dass Bobby Figgis in neue Gefilde vorgestoßen war. Er hatte die längste Runde von Spesenrittertum hingelegt, an die sich irgendwer erinnern konnte. Bobby Figgis war in neue Gefilde vorgestoßen.

Sie fragten ihn, ob er einen Tag blaugemacht habe, und er verneinte. Sie fragten ihn, ob er über all die Produkte, Menschen oder Konzepte schrieb, für die mit den Veranstaltungen geworben werden sollte, und er gab zur Antwort, dass er die übliche Menge von Artikeln einsende. Die Sache wurde offiziell. Man stellte Regeln für künftige Angriffe auf den Rekord auf. Spesenritter begannen, auf den Ausgang der Wette zu wetten. Alles fragte sich, wie lange er durchhalten konnte. Seine Frau redete schon seit einiger Zeit nicht mehr mit ihm. Sie bestrafte sich für die fixe Idee ihres Mannes, indem sie sich mehr Arbeit aufhalste. Bobby Figgis hielt an der Wette fest und brach jeden Nachmittag oder Abend zu einer oder mehreren Veranstaltungen auf, die auf der jeden Mittag per Fax eintreffenden Liste aufgeführt waren.

Bobby Figgis nahm ab und schien nicht mehr der alte zu sein. Das passierte im sechsten Monat der Wette. Er interviewte das Starlet der betreffenden Woche in ihrer Suite im Sherry Netherland Hotel und beantwortete sich seine Fragen zum Teil selbst. Er besuchte Computermessen und fragte die jungen Genies von Silicon Valley, ob ihre Datenkomprimierungsprogramme auch etwas anderes als Daten speichern konnten. Seine schon immer abgeschmackten Witze wurden vollends fade und schienen auf einer neuen Art von Humor zu basieren. Einem merklichen Mangel an Affekt. Seine Kollegen warteten darauf, dass er das Handtuch warf. Er hatte nichts mehr zu beweisen. Der Mann, mit dem er gewettet hatte, teilte ihm mit, dass die Vereinbarung nicht mehr gelte. Er könne seine Odyssee schon vor dem vereinbarten Jahr ehrenvoll beenden. Er beendete sie nicht.

Im neunten Monat besuchte Bobby Figgis eine Messe für Videospiele. Eine Zeitschrift für Kindervideospiele, die nur eine Ausgabe lang währte, schickte ihn nach Arizona. Zu einer Symphonie elektronischen Piepsens, Pfeifens und Schießens ging er die Reihen der Messestände entlang. Männer mittleren Alters zielten mit elektronischen Maschinengewehren auf Bildschirme und dezimierten in einem vom Justizministerium empfohlenen Spiel Straßenkriminelle. Von Joysticks gelenkte Schwertklingen hieben auf dunkelhäutige Kreaturen ein. Die Monster zerplatzten in lebhaft gepixeltem Tod und wurden durch identische Monster ersetzt. Die Monster nahmen kein Ende. Sie kamen aus dem Inneren der Maschinen. Bobbys Haut fühlte sich an, als brenne sie. Die Männer mittleren Alters lockerten ihre Krawatten und zielten. Bobby blieb vor einer seltsamen Maschine stehen. Ein junger Technikfreak legte sein Sandwich aus der Hand und nötigte Bobby in einen schwarzen, mit Sensoren ausgestatteten Bodysuit. Bobby zog Handschuhe an und stülpte sich einen schweren schwarzen Helm über. Er trat in das Gyroskop und sagte, er sei so weit. Der Technikfreak drückte einen Knopf, und das Gyroskop begann sich zu bewegen. Der Bildschirm im Helm leuchtete ihm strahlend in die Augen und bildete in hoher Auflösung einen Traum ab, der nicht zu enden schien.

Am nächsten Tag kehrte Bobby Figgis nach New York zurück. Er sandte keinen Artikel über die Videospielmesse ein. Er sandte überhaupt keine Artikel mehr ein. Er ließ sich zwar noch bei Veranstaltungen blicken, gab aber jede Verstellung auf. Bobby Figgis hatte einen Rekord in Nonstop-Spesenrittertum aufgestellt, den niemand anzugreifen wagte. Er roch schlecht. Einige der regelmäßigen Beiträger der Liste schlossen ihn von ihren Veranstaltungen aus. Das war allen ein bisschen peinlich. Bei Filmpremieren hing an der Kasse sein Bild nebst einem Eintrittsverbot. Es kursierten weiterhin Geschichten. Seine Frau war längst weg. Bald besuchte er nur noch die unterirdischen Veranstaltungen, die der Schrecken aller Spesenritter sind, Veranstaltungen ohne Namen an Orten ohne Adresse. Er verschwand. Man sah ihn nie wieder. Nach einer gewissen Zeit strich ihn der Listenführer. Der Pop hatte ihn verschlungen.

Ja, ihr Vater wäre begeistert gewesen und hätte wahrscheinlich das Podium gestürmt, um eine Rede zu halten. Und vielleicht hätten sie ihn sogar gelassen. Zuerst der Bürgermeister, dann der Mann vom Post Office, und dann geht ihr Vater aufs Podium, um ein paar Bemerkungen loszuwerden. Sie hat jeden Satz schon einmal gehört, vor zehn oder fünfzehn Jahren, er näht die steifen Fäden alter Lieblingstiraden zu einem trostlosen Leichentuch für John Henry, den Menschen und seine Zeit zusammen. Er überschreitet die vorgesehene Zeit, und die Leute rutschen unruhig auf ihren Stühlen hin und her und würgen die Hälse von Serviettenvögeln auf ihrem Schoß. Mr. Street hat sich dem, worauf er auch immer hinauswill, noch nicht einmal genähert. Angesichts von ein, zwei wiederholten Sätzen, den verschwommenen Rändern bestimmter Ausdrücke fragen sich die Leute, ob er betrunken ist und hören nach diesen Fehlleistungen genauer hin – ist er betrunken oder verrückt? John Henry liegt ihm offenbar sehr am Herzen, aber der Abend hat ein bestimmtes Tempo: wann man trinkt, wann man isst, wer spricht und dann noch der Junge am Ende, der singt. Der Bürgermeister fragt sich, ob sie die Sammlung dieses Mannes wirklich so dringend brauchen, wie er geglaubt hat. Vielleicht kann man ja jemanden engagieren, der Sachen aus Gips herstellt, die man dann Nachbildungen der Originale nennt. Die Touristen werden ihr Eintrittsgeld ohnehin schon bezahlt haben, und Touristen fühlen sich an Touristenorten sowieso nie komplett geschröpft, ganz gleich, wie sehr man sie irreführt. Die Touristen sind froh, von zu Hause wegzukommen, und das Echte ist heutzutage so schwer zu finden, dass sie für derartige Täuschungen Verständnis haben und damit rechnen. Vielleicht, wenn das Küchenpersonal das Essen bringt, stehen die Gäste ja langsam auf, um sich etwas zu holen, und Mr. Street kapiert es.

Die Beine übereinandergeschlagen, den linken Ellbogen in die rechte Hand gestützt, sitzt Pamela auf einem Plastikstuhl vor ihrem Motelzimmer und stößt in regelmäßigen Abständen Rauchsäulen aus ihrem Mund aus. Der Rauch schwebt ins Dunkel hinaus und wirbelt unter dem Einfluss bestimmter Kräfte in diasporahafter Zerstreuung davon. Sie senkt den Blick auf den Folienschlund ihres Päckchens und zählt die Zigaretten, wägt ihre Nervosität und die daraus resultierende Gier nach Zigaretten gegen deren schwindende Zahl und ihr Eingesperrtsein im Motel ab. Sie sitzt bis zum Morgen im Motel fest, wogegen nichts einzuwenden wäre, wenn sie schlafen könnte. Aber sie kann nicht schlafen, obwohl sie das Bild von John Henry, wie er ein Gleis entlanggeht, zur Wand gedreht hat. Anstatt zu bewirken, dass sie sich wie zu Hause fühlt – ihr Elternhaus war vollgestopft mit derartigen Kitschbildern –, hat das Motelbild sie zu ruinösen Selbstbekenntnissen genötigt. Sie hat sich vom leeren Pool einen Stuhl herangezogen und sitzt vor ihrer Tür, raucht, sieht mal dem knisternden blauen Tod von Insekten in den Spiralen der Mückenfalle, mal dem Schwinden ihrer Zigarettenglut zu Asche zu. Manchmal tritt ihr das Bild des würgenden Mannes beim Abendessen vor Augen, der zuckende Körper, die hervorquellenden Augen, und sie schaudert.

Talcott. Sie hatte den Namen im Laufe der Jahre Tausende von Malen gehört, ihr Vater hatte ihn je nach Laune zum Paradies, Ort der Bewährung oder bloßem Kaff auf einer Landkarte stilisiert. Wie weit ist sie eigentlich von der Stadt entfernt? Sie hat sie immer noch nicht gesehen. Die Motor Lodge liegt außerhalb, und das Millhouse Inn gehört zu Pipestem. Die Schwarzen Arbeiter der C&O durften nicht in die Stadt, dieses kleine Faktum aus den Vorträgen ihres Vaters hat sie sich gemerkt, sie wohnten in Baracken in der Nähe der Arbeitslager und durften nur freitagsnachmittags für eine Stunde in die Stadt, um Vorräte zu kaufen. Sie hat sich gefragt, ob noch etwas von ihrer Barackenstadt übrig und ob sie in die Festlichkeiten des Wochenendes einbezogen ist. Machen Sie einen Spaziergang durch John Henry Town! Hier die Originalhütte des Mannes, bitte beachten Sie die Abstände zwischen den Brettern, die im Sommer für eine schöne Querbelüftung sorgten, und die Teerpappe auf dem Dach, die volle 35 Prozent der Behausung vor Regen und Schnee schützte. Nein, es gibt sie nicht. Wenn es sie gäbe, hätte ihr Vater sie längst auf einen Sattelschlepper geladen und zu ihrer Wohnung gefahren, um sie seiner Sammlung einzuverleiben. Hätte wahrscheinlich sogar darin geschlafen, ein bisschen Scotch in einen Tonbecher gegossen, nachts darin gesessen, mit dem Fuß den Takt zu irgendeinem alten Worksong geklopft und dazu am Schwarzgebrannten genippt. Die Hütten, in denen sie lebten, nachdem sie, von einem Magistrat unterschriebene Stücke Papier in der Hand, die Plantagen verlassen hatten, um Tabak und Baumwolle gegen die Währung des industriellen Südens einzutauschen. Kohle und Stahl. Und das Gleiselegen.

Gleiselegen wurde, aus dem Munde ihres Vaters, zur Allzweckfloskel, die ein Gleichgewicht in der Welt bezeugte, ob es nun um eine existenzielle oder eine alltägliche Frage ging. Den Zeh angestoßen? Gleiselegen. Die Chemieprüfung bestanden? Gleiselegen. Liebeskummer im Sommer, eine verstopfte Toilette, eine leichte Lungenentzündung, ein Lottogewinn von drei Dollar. Gleiselegen, Mädchen. Ganz gleich, was du gemacht hast, du hast Gleise gelegt, bist durch Staub getrottet, bis du zu ihm zurückkehrtest.

Wie die meisten Obsessionen begann es als harmloses Interesse. Sie war sechs und befand sich mit ihren Eltern auf der Rückfahrt von einem Besuch bei ihren Großeltern in Delaware, als ihre Mutter am Straßenrand einen Antiquitätenladen bemerkte. Sie hielten an. Es war ein guter Platz, um sich die Beine zu vertreten. Während Pamela ohne Erfolg den zernarbten alten Kater ärgerte, der, einen zeitlos vorwurfsvollen Felidenblick in den grünen Augen, auf einem Fass hockte, und ihre Mutter durch einen gläsernen Ladentisch hindurch ein Sammelsurium betrachtete, das man nur als die Erbstücke der Verdammten bezeichnen konnte, entdeckte ihr Vater etwas in den muffigen Tiefen des Ladens, jenseits einer Sammlung von ihren Rümpfen getrennter Straßenschilder, die die Namen in Nordamerika heimischer Bäume trugen. Es handelte sich um eine Keramikfigur, knapp einen Meter hoch, der Sockel ein kurzes Stück Eisenbahngleis, darauf ein gebeugter Schwarzer, einen Hammer zum Schlag auf einen Schienennagel erhoben, der vorwitzig aus dem Gleis ragte. Ihr Vater umschlich den Gegenstand wie ein Ringer. Teile davon, ein Eckchen vom Schädel, ein halbmondförmiges Stückchen an der Wange, waren abgesplittert, sodass das grobe weiße Material darunter zu sehen war. Ihr Vater rief Pamela und ihre Mutter in diesen Winkel des Antiquitätenladens an der Straße, wo sich Gartenzwerge unterschiedlichster Mienen und Posen mit müden Armen versammelt hatten. Die Gestalt von John Henry, wie er Gleise legte, war rundum von kleinen Männern in roten Trachten umgeben, die, seltsame Last, Goldringe hochhoben. Das unmittelbar bevorstehende, aber verzögerte Zusammentreffen des Hammers mit dem Nagel hatte etwas unheimlich Präsentes, und Pamela verspürte einen Schauder: Es war ein Fragment von etwas Größerem, von oben Herabgefallenem, ewige, einen flüchtigen Moment lang erblickte Kräfte. Sie fragte ihren Vater, was das sei. Er sagte ihr, das sei John Henry, und John Henry saß den ganzen Weg zurück nach Harlem neben ihr auf dem Rücksitz, in ihre rote Lieblingsdecke, ihre Decke, gewickelt.

Sie stößt Rauch in die Nachtluft aus, zielt auf eine Ansammlung von Mücken ein paar Meter entfernt. Es handelt sich also um Geschwisterrivalität, denkt sie. John Henry hat ihr ihre Decke weggenommen. Damit hat es angefangen. Zunächst machten sie und ihre Mutter sich über die kleine Figur lustig. Ihr Vater stellte sie im Flur auf, neben dem Schirmständer, sodass sie das Erste war, was man zu Gesicht bekam, wenn man die drei Schlösser öffnete, jene Sicherheitsmaßnahme Punkt für Punkt aufhob, die schwere Tür aufstieß und die Wohnung betrat. Manchmal sprachen sie auch mit seiner Stimme, ein tiefes »Wie geht's?«, und kicherten über ihren albernen Scherz. Das Haushalts- und Eisenwarengeschäft blühte, es lag an einer verkehrsreichen Ecke und hatte einen großen Kundenkreis. Mr. Street hatte seinen Laden zur rechten Zeit und am rechten Ort aufgemacht, und er scherzte mit den Gelegenheitsarbeitern, die in der Gegend dies und das taten, er stürzte sich auf die Hausbesitzer und Mieter, wenn sie die Gänge entlangtrödelten und nach etwas suchten, um den Abfluss frei zu machen oder das renitente Scharnier abzustrafen, und er merkte genau, wenn sich in ihrer Körperhaltung die Kapitulation vor den langen, gutbestückten Regalen von Street Hardware andeutete. Ein Mann seines Alters, der so viel Erfolg hatte, konnte ein Hobby gebrauchen. Modellflugzeuge, Briefmarkensammeln oder John Henry: Er hatte sich den Trost verdient, sich auf andere Gedanken bringen zu lassen. Und während Mrs. Streets Familienbilder abgehängt wurden, um Platz zu schaffen für gerahmte, verblasste Notenblätter, Fotos vom Big Bend Tunnel und Holzschnitte eines Helden, dachte sie, der Mann hat es sich verdient.

Ein Stück weit die Zimmerreihe entlang hört sie Gelächter. Es ist ein Uhr morgens. Pamela bricht die Regeln der Zigarettenrationierung, die sie vor fünf Minuten aufgestellt hat, und zündet sich eine neue Newport an, während sie noch den Rauch von deren Vorgängerin ausstößt. Wie verfolgt man eigentlich den Verlauf einer Sucht zurück? Die Sucht ist ein Kind. Sie nährt sich von Hege und Pflege, lernt krabbeln, lernt, schlau zu sein, und ist plötzlich ein eigenständiges Geschöpf, halsstarrig und jede Sekunde aufs Überleben bedacht.

Das Hobby gewann an Bedeutung. Die Spuren seiner Entwicklung wurden von Mr. Street ausgekostet und überhöht, er sprach mit den Artefakten, wenn niemand in der Nähe war oder wenn er glaubte, dass niemand in der Nähe war oder dass alles schlief und er John Henry für sich allein hatte. Chroniken technischer Produktion. Vergilbte und zerfledderte handschriftliche Entwürfe von Balladen, angenagte und vergilbte veröffentlichte Versionen der Balladen für Salondilettanten, frühe Tonaufnahmen – über hundertzwanzig Versionen des Songs. Um Mitternacht von hoffnungsvollen Verseschmieden unter Laternengeflacker in Papier gekratzte Tinte; Yellen & Company Music druckten Noten, in manchen Gegenden ein Kneipenfavorit; die Aufnahmen, Ausdruck der geschriebenen Noten, stapelten sich, nach Regionen unterteilt, in alphabetischer Reihenfolge in ihren Hüllen. Dicke 78er, die das Gekrächze von Bluessängern, Chronisten des Showdown am Big Bend Tunnel der C & O, bewahrten, zierliche 45er englischer Bands der Sechziger, die die Legende mit fernöstlichen Akkorden und der frenetischen Sitar des psychedelischen Sounds garnierten, Achtspurtonbänder von Johnny Cash, wie er unter Tabletteneinfluss von John Henry singt, illegal mitgeschnittene C-60-Kassetten von Johnny Cash, wie er unter Tabletteneinfluss von John Henry singt. Die für das Abspielen besagter Aufnahmen um drei Uhr morgens erforderliche Anlage.

Am Wochenende unternahm Mr. Street Pilgerfahrten zu Antiquitätenausstellungen und -messen, er schrieb knapp gefasste Postfachadressen im Anzeigenteil obskurer, an keinem Kiosk erhältlicher Zeitschriften an. Er fügte John Henry zusammen. Ein Theaterprogramm der Broadway-Show und die Originalpartitur. Originalhose und -hemd, die Paul Robeson während der von Schwierigkeiten begleiteten, verkürzten Laufzeit der Show getragen hatte. Widerstand Mr. Street der Versuchung, die Kleider ab und zu zu tragen? Pamela hielt es für ausgeschlossen. Hämmer. Zehnpfünder und Zwanzigpfünder, immer paarweise. Mit einem ihrer alten T-Shirts rieb er, der das Holz ebenso liebte, wie man es John Henry nachsagte, braunes Öl in die Stiele, um sie geschmeidiger zu halten, damit sie die Wucht jedes Schlages dämpfen konnten. Eines Samstagabends tauchte ein grauhaariger alter Opa in ihrer Wohnung auf und öffnete einen Koffer, der fünf Bohrstähle enthielt, die, so behauptete er, tatsächlich von den Hauern im Big Bend Tunnel verwendet worden seien, lange, rostige Speere mit zermalmten Köpfen. Ihr Vater kaufte sie alle, die neuen Schulkleider konnten warten, und hängte sie über dem Kaminsims auf, fünf Finger einer Eisenbahnhand.

Irgendwann, bei einer Schüssel grüner, von aufgequollenen Speckscheiben umflochtener Bohnen, erklärte er seine Artefakte zur größten John-Henry-Sammlung der Welt. Es meldete sich niemand, der diesen Anspruch in Frage stellte. Manche Häuser rochen nach Hunden oder Katzen. Der Haushalt der Streets roch nach der modrigen Manie ihres Vaters und dem säuerlichen Mief des erstickten Lebens von Pamela und ihrer Mutter. Er versuchte, eines von Palmer Haydens berühmten Gemälden von John Henry, ein Beispiel der Harlem Renaissance, zu erwerben. Die Besitzer ließen sich nicht erweichen. Als ob er das Geld gehabt hätte. Er gab sich mit einem Poster zufrieden, und fortan lag John Henry im Esszimmer tot auf dem Rücken, umringt von den Zeugen seiner Großtat, die Arme wie Christus weit ausgebreitet und in der Hand seinen Hammer, er starb mit seinem Hammer in der Hand. Einmal verschwand ihr Vater für zwei Wochen, um in den Adirondacks einen alten Einsiedler, von dem er gehört hatte, aufzuspüren und von seinen sabbernden Lippen eine Variante der Ballade von John Henry aufzunehmen, die dieser von seinem Vater gehört hatte, der angeblich mit John Henry am Big Bend geschuftet hatte. Für die Reise hatte ihr Vater die Kasse des Geschäfts geplündert und Pamela und ihre Mutter ohne Geld zurückgelassen, sodass die weiblichen Streets zwei Wochen lang von Thunfisch, Makkaroni und Käse leben mussten. Die Bandaufnahme erwies sich als unverständlich, der alte Einsiedler murmelte nur Schwachsinn, doch wenn man genau genug hinhörte, und das tat ihr Vater nach Kräften, konnte man den Namen des großen Mannes hören.

Die Luft ist kühl. Man ist hier auf dem Land. Sie hört Schritte den Zementpfad entlangkommen. Pamela sieht, dass es der Journalist ist, der, der beim Essen fast erstickt wäre. Er geht langsam und zaghaft, wie auf einem krängenden Schiffsdeck. Vom Boden aufblickend sieht er sie, hebt eine Hand. »So spät noch wach?«, fragt er.

»Wie geht es Ihnen?« Sie bläst Rauch durch die Nase aus.

»Besser«, murmelt er. Er hebt die Limonadendose. »Das hier müsste helfen«, sagt er. Er klingt nicht so, als glaube er daran.

»Das war ja ziemlich beängstigend.«

Sein Blick senkt sich wieder. »Tja, der Typ hat gesehen, was los war, und kannte sich aus.« Sie nennen einander ihren Namen, und er entschuldigt sich für das Benehmen seiner Kollegen im Kleinbus. Er sagt ihr, sie seien manchmal ein bisschen überdreht.

»Kein Problem«, sagt sie. »Im College habe ich neben einem Verbindungshaus gewohnt.« Darüber lächelt er, und sie bietet ihm eine Zigarette an.

»Mein Hals«, sagt er und schüttelt den Kopf. Er fragt sie, was sie hierherführt.

»Mein Vater hat John-Henry-Materialien gesammelt«, sagt sie. »Das war sein Hobby. Sie wollen die Sammlung für ein geplantes Museum kaufen.« Sie ist vollkommen ehrlich.

»Muss eine große Sammlung sein«, sagt der Journalist.

»Ist es auch«, antwortet sie und zündet sich erneut eine Zigarette an. Ein paar Zimmer weiter geht eine Tür auf, und der Mann mit der Augenklappe steckt den Kopf heraus. Er ruft den Namen ihres Gegenübers und macht dazu kreisende Armbewegungen.

»Vielleicht sehen wir uns morgen«, sagt der Journalist.

»Wahrscheinlich.«

Morgen ist sie mit Bürgermeister Cliff verabredet, um sich seinen persönlichen Appell anzuhören. Sie hat bereits beschlossen, ihnen die Sammlung nicht zu überlassen.

Bald wird es Zeit für den Nachtfahrer, seine Reise anzutreten. Sein Kopf ist voller Dampf. In seinem Kopf spürt er den Druck, den er aufgebaut hat, um Kolben zu bewegen, er erkennt an den wenigen übrig gebliebenen Tropfen in der braunen Flasche Quint's Elixir, dass sein Kessel gut beschickt ist. Bald wird sich der Wagen in Bewegung setzen.

Er hat den Salonwagen vom Rangierbahnhof zu sich nach Hause befördern lassen, die Arbeiter zogen den Waggon das leichte Gefälle zum Südrand seines Grundstücks hinunter, wo das herabhängende Gezweig der Trauerweiden nachts vielleicht wie vorbeisausende Landschaft anmuten würde. Um Mitternacht fläzt er sich auf den Plüschpolstern des Salonwagens, eines klassischen Modells der Wagner Palace-Car Company, gut ausgestattet, elegant, von großzügigem Komfort für den Fernreisenden. Jedes Mal, wenn er in den Wagen einsteigt, ist er aufs Neue entzückt von dem dicken Florteppich, der erlesenen Plüschpolsterung der Sessel und Sofas, dem herrlichen Fall der seidenen Vorhänge, den französischen Spiegeln mit schräg geschliffenen Kanten. Er sieht zu, wie das Laternenlicht im Kronleuchter spielt und sich in schwarzen Walnusstäfelungen und Einlegearbeiten spiegelt, die der Erste-Klasse-Kabinen von Fluss- und Ozeandampfern würdig wären. Keine Spucknäpfe: die unerquickliche braune Schmiere, die heutzutage die Böden zu vieler Waggons befleckt, wird in seinem Heiligtum nicht geduldet. Er zieht die Handwerkskunst von Wagner derjenigen Pullmans vor, dabei hat Pullman das Ganze natürlich gründlicher durchdacht, er hat das Bedürfnis nach Luxus und Annehmlichkeit verstanden, und seine derzeitige Überlegenheit auf diesem Gebiet ist unbestritten. Das ist die Frucht der Konkurrenz, und er möchte es auch gar nicht anders haben. Trotzdem, die Wagners hatten eine ganz eigene Klasse, auch wenn er schließlich einen Schlafwagenschaffner von Pullman abwerben musste, damit er sich um seinen Privatwagen kümmerte. Der Schaffner kommt jeden Morgen nach seinen Nachtfahrten, staubt ab und räumt auf, entfernt die leeren Laudanumflaschen, die Flaschen mit dunkler Opiumtinktur, aus dem Abfalleimer und wischt gelegentlich Erbrochenes im Waschbecken der Toilette weg. Der Salonwagen befördert nur einen Fahrgast, und der bekommt den besten Service.

Vom Teich hört man es platschen. Seine Frau hat den Teich vor Kurzem neu mit Karpfen besetzen lassen, und vielleicht platschen sie im Wasser herum, spüren seine Vorfreude, die bevorstehende Abfahrt. Mit schwimmendem Kopf zückt er seinen Chronometer, denn wenn er sich nicht täuscht, wird es Zeit, dass sein Salonwagen sich in Bewegung setzt.

Alles einsteigen! Der Lokführer wirkt seinen Zauber, und der Salonwagen beginnt über das Gelände zu kriechen. Auf der Wiese winken die Zurückbleibenden der Lokomotive – sie winken dem abfahrenden Zug mit Hüten und Taschentüchern, während um sie herum große, tosende Dampfwogen aufwallen. Die Pfeife gellt durch die Luft.

Man nennt sie die Große Verbindung, diese Route durch den Grimm der Allegheny Mountains, die den Strömungen des Mississippi die Gezeitenwasser des Atlantiks erschließt. Das ist, denkt er, die Zeit für alle möglichen Verbindungen, für Strecken zwischen Menschen und für Dinge. Er speist die großartige, gefräßige Verbindung und sieht ihr beim Wachsen zu. Die Transkontinentale ist komplett, die Ozeane sind miteinander verbunden: geschafft. Er war nicht dabei, als die Verbindung sich schloss, er hatte sich um anderes zu kümmern, aber er kennt die Einzelheiten des Rennens um den einhundertsten Meridian, des Zusammentreffens bei Promontory Point, wo die bezopften Chinesen der Union Pacific auf die irischen Paddys der Central Pacific trafen und mit silberbeschlagenem Hammer die letzten zeremoniellen Schienennägel aus Gold eingeschlagen wurden, sodass die Nation verbunden war. Der Telegrafist sendete ein einziges Wort: »Geschafft«. Und das war es auch. Und seine Arbeit ist diese Arbeit *en miniature*, er verbindet Virginia Central mit Cincinnati, bis dreiundsiebzig will er in Huntington sein, und das wird er auch schaffen. Seine Jungs werden sich ranhalten müssen, aber er wird es schaffen.

Der Waggon ist schnell, so schnell wie ein dahinjagender Schemen. Er hat die Gleise des westlichen Vortriebs der C & O gefunden oder vielmehr die Stelle, wo die Gleise verlaufen werden, wenn der Durchstich erfolgt. Die Leute, die vorher noch nie mit der Bahn gefahren sind, neigen sich zu den Fenstern hin, nehmen die Landschaft von Virginia auf, erleben, was Geschwindigkeit ist, sammeln Eindrücke, um sie den Leuten zu Hause mitzuteilen, wenn ihre Reise auf dem Stahlross zu Ende ist. Er liebt die Abwechslung. Heute Nacht sieht er zwei kleine Mädchen, Zwillinge in blauen Röckchen, einen Baumwollspekulanten mit Kneifer, per Post bestellte Bräute, die ihre Welt in dunkelkarierten Reisetaschen umklammern. (Wen er heraufbeschwört, hängt von seiner Stimmung ab, die ihrerseits auf der Konzentration der Mischung in der jeweiligen Nacht beruht, auf der Anzahl der Tropfen, die er in das Glas Wasser gegeben hat. Ein auf den Rand des Glases gesteckter Zitronenschnitz, von seinen eigenen Zitronenbäumen. Gesichter kann er nicht so gut: Die Augen fehlen, außerdem Lippen und Zähne.) Er nähert sich einem würdevollen Herrn, der in stummer Gemessenheit die Landschaft vor dem Fenster betrachtet. Er spricht auf seiner Nachtfahrt gern mit seinen Fahrgästen. Und wohin geht die Reise, Sir? Nach Cincinnati, Verwandte besuchen. Sehr schön, sehr schön. Und wie gefällt Ihnen die Fahrt? Doch, sehr angenehm. Ihre erste Eisenbahnfahrt?

Ach, Sie sind schon einmal mit der Erie gefahren. Hat es Ihnen gefallen? Jaja, die Susquehanna ist schön anzusehen und ein bemerkenswertes Stück Ingenieurskunst. Davon habe ich auch schon gehört, von den Verspätungen, aber angesichts der jüngsten Auseinandersetzungen zwischen Vanderbilt und der Erie-Bande ist es kein Wunder, dass der Service nachlässt. Haben Sie schon gehört, dass man dort die gesamte Strecke neu verlegen muss? Man hat dort oben eine Spurweite von sechs Fuß, und das ist das Problem. Es passt nicht. Unsere gesamte Strecke hat normale Spurweite, sie entspricht der amerikanischen Norm. Sie wird die Zeit überdauern. Das ist sehr nett, Sir, sehr freundlich, dass Sie das sagen. Überhaupt nicht holprig, nicht wahr? Der Streckenverlauf wurde von unseren Landvermessern peinlich genau geplant, ehe wir auch nur einen Zoll Schiene verlegt haben. Sie werden merken, dass man hier in den Kurven nicht so durchgeschüttelt wird, wie man es bei der Erie und einigen kleineren Linien erlebt. Wir haben alles durchgeplant.

Da kommt der Zeitungsverkäufer. Was haben Sie denn? *Harper's, Munsey's*, die neueste Ausgabe des *Punch*. Für mich nichts, danke, aber vielleicht braucht der Herr hier etwas. Sie verstecken doch keine erotische Literatur unter diesen Zeitschriften, will ich hoffen? War nur ein Scherz, machen Sie weiter. Sie sind ein braver Bursche. Die Union News Company stellt nur die besten und aufgewecktesten jungen Männer ein. Viele von ihnen bleiben bei der Eisenbahn, Sir, ich habe es erlebt. Sie bekommen das Eisenbahnfieber und werden Fahrkartenverkäufer, Lokführer und sogar Schaffner. Ich habe es immer wieder erlebt. (Seine Frau hat ihn nie so gesehen, seine emotionale Starre spielt eine nicht geringe Rolle bei ihrer jüngst aufgetretenen Neurasthenie. Beispiele ihrer exzentrischen, in die Brüche gehenden Beziehung sind – unter anderem – wortlose Mahlzeiten, bei denen die leisen Schritte der Dienstboten und das Suppeschlürfen seiner trockenen Lippen die einzigen Geräusche sind; gewaltsam vollzogene eheliche Pflichten, die Sonntagspredigten über die Schwächen des Fleisches entsprechen; seine strenge Order, dass er in seinem Salonwagen nicht gestört werden darf, und ihre Angst, die so groß ist, dass sie nicht einmal einen flüchtigen Blick auf das Gefährt zu werfen wagt. In seinem Salonwagen kann er einer aus der Masse sein, geschwätzig und zuvorkommend gegenüber seinen opiumerzeugten Phantomgästen. Ein ziemlich wirkungsvolles Gebräu, Quint's Elixir, und bis vor Kurzem noch in der Apotheke zu bekommen.) Ihre Frau ist nach wie vor nicht überzeugt? Fährt mit der Kutsche und trifft sich in Cincinnati mit Ihnen? Haha. Tja, Sie werden einige Tage früher da sein. Ich verstehe vollkommen. Meine eigene Mutter weigert sich, einen Fuß in einen meiner Züge zu setzen, und das trotz meiner Beteuerungen. Sie hält das für Teufelswerk. Man muss natürlich auch berücksichtigen, wann sie zur Welt gekommen ist. Möglicherweise hätten mir die ersten Lokomotiven mit ihrem Rußgestöber und ihren lauten Maschinen auch Angst gemacht. Aber wir sind moderne Menschen, Sie und ich, wir wissen, wo die Zukunft liegt, nicht wahr?

Ich bin oft in Atlanta gewesen. Die Verbindungen nach Atlanta haben sich stark verbessert, und ich kann Ihnen eine angenehme Fahrt garantieren. Haben Sie dort geschäftlich zu tun? (Und er widersteht der Versuchung, den Krieg zu erwähnen. Er kann sich an die besonderen Merkmale, mit denen er dieses Phantom ausgestattet hat, nicht mehr erinnern, also schneidet er das Thema besser nicht an. Er könnte ihm sagen, dass er weiß, warum die Konföderierten den Krieg verloren haben. Simple Mathematik. Dank der Baldwin Iron Works von Philadelphia und der Triade der Rogers, Danforth und New Jersey Iron Works von Paterson konnte die Union pro Tag mit einer neuen Lokomotive und mehreren Meilen Schienen rechnen, während die Konföderierten die Tredegar Iron Works auf Rüstungsproduktion umstellen mussten. Er hat erst letzte Woche die Baldwin Iron Works besucht; man ist sich dort seiner Pflicht bewusst. Die Rebellen haben ihre kostbaren Gleise herausgerissen, um Panzerplatten für ihre Schiffe und Granatenhülsen herzustellen, während die Bahngesellschaften des Nordens ihre Strecken ausbauten, die Nachschublinien offenhielten und aus Lincolns Kriegskasse dafür bezahlt wurden, dass sie Truppen und Fracht transportierten. Großzügig dafür entschädigt wurden, dass sie ihre patriotische Pflicht taten. Es war simple Mathematik, für ihn liegt es auf der Hand, aber er kennt seinen Gast nicht gut genug, um sein Wissen mitzuteilen, er will nicht an alte Wunden rühren.) Textilien. Tja, ich hoffe, Sie werden eines Tages Gelegenheit haben, die C&O geschäftlich zu nutzen. Unsere Expressverbindung hat nicht ihresgleichen, das kann ich Ihnen versichern. Unsere Lieferungen erfolgen stets pünktlich. (Er bedient sich selbst der Expressverbindung seiner Linie, um sich Päckchen von Quint's Medicinal Service schicken zu lassen. Sie ist gewissermaßen seine Connection.) Ist das nicht großartig? Wir binden alle unsere isolierten Städte in das Gesamtgefüge unseres Landes ein. Es ist viel über die Bedeutung der Transkontinentalen gesagt worden – und es ist ja auch eine Leistung –, aber noch größer ist der Segen, glaube ich, für die Orte dazwischen, die kleineren Städte und Bahnhöfe, die wir passieren, während wir uns hier unterhalten. Ich habe einen englischen Freund, der sich über das, wie er es nannte, Faible unseres Landes für das Schienenlegen durch Gebiete, die noch gar nicht besiedelt sind, sehr zu amüsieren pflegte. Er nannte es einen Eisenbahnbau von Nirgendhausen nach Nirgendheim. Er machte sich darüber lustig. Aber sehen Sie sich heute nur einmal um. Die Menschen kommen. Zum Beispiel diese Stadt hier, Talcott, die Sie vor dem Fenster sehen können. Vor zehn Jahren war das hier noch Wildnis. Und sehen Sie es sich heute an. Zuerst kommt ein Bahnhof, und am nächsten Tag ist es eine Gemeinde. Und dort braucht man alles Mögliche. Die Getreidestaaten können ihre Produkte nach Philadelphia schicken, und eine Frau in Kansas kann sich ein neues Kleid aus New England bestellen. Haben Sie gewusst, dass man unsere Linie als die Große Verbindung bezeichnet? Wir haben dem Mittleren Westen den Atlantik erschlossen. Stellen Sie sich das vor. Die Eisenbahn ist immer noch, wie man so sagt, das Beförderungsmittel des Volkes und wird es auch in Zukunft sein, aber stellen Sie sich diese neuen Möglichkeiten vor. Die Zukunft der Eisenbahn besteht darin, sich um die Bedürfnisse der Menschen zu kümmern, und ich spreche wohlgemerkt nicht nur von ihren Beförderungsbedürfnissen. Das ist der Ansporn arbeitenden Kapitals, mein Lieber. Aber Sie sind Geschäftsmann, Sie verstehen das ganz bestimmt. Die Viehstädte von Santa Fe werden Ihre schönen Waren haben wollen, Sir. Und wir werden Ihnen helfen, sie dorthin zu bringen.

Am besten schließen Sie jetzt das Fenster. Wir nähern uns dem Big Bend Tunnel, und die Luft ist dort nicht die beste. Die Dämpfe verdichten sich, verstehen Sie. Wir haben fast drei Jahre gebraucht, um uns durch den Berg zu sprengen. Wir hätten ihn auch umgehen können. Aber das hätte die Reise um kostbare Zeit verlängert, und Zeit ist alles. Ein mühsames Geschäft natürlich, aber mit den neuen Dampfbohrmaschinen gehen die Grabungsarbeiten sehr viel schneller und rationeller vonstatten. Gott schuf die Berge, und der Mensch schuf die Dampfbohrmaschine. Die reinsten technischen Wunder, Sir. Wenn Sie je Gelegenheit haben, eine dieser Maschinen zu sehen, werden Sie nicht enttäuscht sein. Aber jetzt sollten wir die Fenster schließen, ich kann ihn schon sehen.

Die Spesenritterfolklore behauptet, dass One Eye, als er sein Auge verlor, Einsicht in andere Spektren gewann. Von der Ironie der Zeiten geblendet, konnte er einen Blick in Reiche tun, die dem Durchschnittsmenschen verschlossen bleiben, Reiche, in denen Ursache und Wirkung keine Gültigkeit haben, die Logik keine Autorität besitzt und die einzigen Gesetze die verschwommenen Verfügungen des Übernatürlichen sind. Leider legt One Eye keinerlei nützliche hellseherische Fähigkeiten an den Tag. Er weigert sich wahrzusagen. Er kann weder die Kassenerfolge des Wochenendes prophezeien noch die Bestsellerliste von *Publishers Weekly* vorausahnen. Wenn ihn der Zufall vor eine Sitcom setzt, liegt es außerhalb seiner Macht, wahrzunehmen, welcher Schauspieler besoffen ins Trudeln geraten und alles ausplaudern wird, oder festzustellen, wem es bestimmt ist, in einem bunt bebilderten Infomercial Sprechblasen abzusondern, oder wer James Dean durch die Dead Man's Curve folgen wird. Er vermag nichts dergleichen, und er tut auch nicht so. Aber was Einäugige mit Augenklappen angeht, projiziert man nun einmal, denkt J. Heutzutage verlangt man eben Magie. Zauberinnen und orakelnde Hexen, die Eidechsen in blubbernde Kessel rühren, fallen nicht einfach so von den Bäumen, also nimmt man, was man kriegen kann.

»Ich wollte dein Intermezzo nicht unterbrechen«, sagt One Eye und neigt den Kopf in Richtung Pamela.

»Hab mich bloß unterhalten«, antwortet J. »Ich musste mir eine Limo für meinen Hals holen.«

»Wie geht's ihm denn?«

»Ist wund.« Seinen Hals durchzieht ein zitternder Schmerz. Hinterher – nach dem Tumult, nach Anwendung des Heimlich-Handgriffs, dem nachfolgenden Katapultstart des heimtückischen Rindfleischpfropfens aus seiner Position in der Speiseröhre, sodass sich ein Kondensstreifen aus Speichel durch den Veranstaltungssaal zog – stellte sich ihm jemand als Arzt vor. Der hiesige praktische Arzt, auch er ein Sohn der Eisenbahn, ausgestattet mit einer Brille mit Drahtgestell und pockennarbigen roten Wangen. Seinen Namen hat J. vergessen, aber warum nicht Dr. Willoughby? Dr. Willoughby war freundlich, kannte die heimlichen Narben der Stadt, hatte die Daumen kauzig hinter seine grünen Hosenträger gehakt. Durchaus passend. Doc Willoughby riet ihm, sich ins Krankenhaus zu begeben. Nach schweren Erstickungsanfällen, sagte er, könne die Traumatisierung des Gewebes im Hals manchmal dazu führen, dass es noch Stunden später anschwelle und so die Atemwege blockiere. Erstickung nach einem Erstickungsanfall. Vorsicht sei besser als Nachsicht. J. lehnte natürlich ab.

»Warum hast du uns nicht schon eher darauf aufmerksam gemacht, was los war?«, fragt One Eye zugleich ärgerlich und kleinlaut.

»Ich hab's ja versucht. Ihr habt es nur nicht mitgekriegt.«

»Ich wusste nicht, dass du keine Luft mehr kriegst. Zuerst hast du so friedlich ausgesehen, dass ich dachte, du lässt heimlich einen fahren, um ehrlich zu sein.«

»Gott sei Dank hat es jemand mitgekriegt.«

»Ist er Briefmarkensammler?«

»Er sammelt Eisenbahnbriefmarken.«

»Ach du Schande.«

»Du musst gerade was sagen.« J. senkt den Blick auf seine Limonadendose und wischt etwas Kondensat davon ab. Ich bin jedenfalls froh, dass der Briefmarkensammler da war, sagt er sich.

One Eye strafft sich, und sein Gesicht nimmt wieder den Ausdruck an, den es im Kleinbus und im Millhouse Inn getragen hat. »Das war ein Zeichen, J.«

»Ein Zeichen dafür, dass ich vor dem Hinunterschlucken sorgfältiger kauen muss.« J. weiß nicht recht, ob er im Moment zu einem Gespräch aufgelegt ist. Er möchte zwischen seine muffigen Laken kriechen und zu den Wasserflecken an der Decke hochstarren, bis sie sich zu Schlaftümpeln verdichten, in die er eintauchen kann.

»So kannst du das auch sehen, wenn du willst.«

»Irgendwas Spezielles, worüber du reden willst, One Eye? Eigentlich müsste ich schlafen.«

One Eye winkt ihn in sein Zimmer. J. blickt kurz den Fußweg entlang zu der Stelle, wo Pamela gesessen hat, aber sie ist verschwunden. Er setzt sich auf den mit limonengrünem Vinyl bezogenen Stuhl am Schreibtisch und legt die Hände auf die Knie. »Keine Lust auf Dave und die Jungs?« Bei Jobs wie diesem verlangt der Brauch einen oder drei Absacker bei jemandem auf dem Zimmer, wo man dann gegen die Dunkelheit antrinkt. J. hat eine plausible Entschuldigung, ein beinahe tödlicher Unfall ist eine völlig plausible Entschuldigung, aber wieso hängt One Eye solo in seinem Zimmer herum? Normalerweise ist er kein Kind von Traurigkeit.

One Eye schiebt einen Wust von Papieren von seinem Bett und setzt sich. »Was ich dir heute Nachmittag über die Liste gesagt habe«, sagt er, sein eines Auge entsprechend der hypnotischen Masche, die er ab und zu gerne einsetzt, tief und ausdruckslos. Um des Effektes willen. Diesmal hat er es noch ein Stück weit in Richtung durchdringend gesteigert. »Das war kein Witz.«

»Du willst dich selbst von ihr streichen«, dies verächtlich. »Da könntest du genauso gut den Papst um einen Sonderdispens bitten.«

»Ich meine es ernst. Ich weiß, wer sie kontrolliert. Es ist Lucien.«

»Woher willst du das so genau wissen?«

»Ich denke schon seit Monaten darüber nach. Zuerst habe ich gedacht, es wäre ein Konsortium. Wir haben darüber geredet, weißt du noch?« Ab und zu, vor Plastiktellern in altmodischen Ballsälen und auf Sofas an den Wänden blutrot tapezierter, innerstädtischer Hoteleingangshallen, bringt One Eye seine Nachforschungen aufs Tapet. Er teilt seine Vermutungen über die Architekten der Liste mit: Handelt es sich um ein Konsortium von Werbefirmen oder um einzelne, übel gesinnte Visionäre? J. hält das Ganze für ein Spiel. Etwas, womit man sich während der zahlreichen langweiligen Momente bei Veranstaltungen die Zeit vertreibt. Als One Eye die Vorstellung eines Konsortiums mit der Begründung aufgab, die Liste besitze eine ästhetische Reinheit und bösartige Logik, zu der ein Komitee niemals imstande sei, nickte J. mit dem Kopf und knabberte Hühnersaté von einem Spieß. Genauso gut könnte man Rauchwölkchen über einem grasigen Hügel interpretieren. Und als One Eye zu dem Schluss kam, dass die wahrscheinlichsten Kandidaten Lucien Joyce Associates und Patricia Klein Public Relations waren, pflichtete J. ihm bei und befasste sich weiter mit seinem Bier. Das ist Gerede, um Zeit totzuschlagen. Im Grunde interessiert das kein Aas. Überlegen sich die Leute etwa, wie Fernseher, Videorekorder und Computer funktionieren, oder liegt ihnen lediglich daran, dass sie funktionieren, dass sie gut sind, dass gute Leute in weißen Kitteln sich Geräte ausgedacht haben, die uns über unsere Unglücksstunden hinweghelfen? Die Liste hält ihn und seine Kollegen in Lohn und Brot, und das ist das Entscheidende. J. sagt, er erinnert sich an ihre vielen Gespräche über das Thema.

»Es ist nicht PKR«, sagt One Eye, zu einer Haltung vorgebeugt, die man, wenn man ihn nicht kennt, als Ernsthaftigkeit hätte bezeichnen können.

»Du hast dich also endlich für Lucien entschieden.« Dies zeitgleich mit der Hälfte eines halben Gähnens.

»Patricia Klein hat mich einfach nicht überzeugt«, fährt One Eye fort und versucht, J.s schlaffen Gesichtsausdruck zu ignorieren. »Die sind zu spezialisiert. Sie haben zwar Kunden mit großen Namen, aber sie sind nicht diversifiziert genug. Und außerdem bezweifle ich ehrlich gesagt, dass Patricia die nötige Gerissenheit für ein solches System hat. Ich hatte mich schon weitgehend auf Lucien festgelegt, als ich mit Chester geredet habe.« One Eye zittert förmlich; er muss es unbedingt jemandem erzählen: Das ist sensationell. »Ich bin Chester bei einer Benefizveranstaltung für Tierschutz in Beverly Hills auf die Pelle gerückt. Ich fand, es war an der Zeit, ihn mal ein bisschen auszuhorchen. Die Veranstaltung stand nicht auf der Liste, ich habe weder Spesenritter noch die üblichen Pressefritzen gesehen, und Chester war schon seit zwei Jahren nicht mehr dabei. Das war letzten Monat. Er hat die Runde gemacht und Hände geschüttelt, und ich bin ihm auf die Pelle gerückt. Er hat sich gefreut, mich zu sehen.«

»Der gute alte Chester«, sagt J. und nickt. »Der wusste, wie man Leben in die Bude bringt.«

»Noch ist er nicht tot.‹

»Man sieht ihn nicht mehr bei Veranstaltungen. Läuft aufs Gleiche raus.«

»Ja. Es war wie früher. Um ehrlich zu sein, ich weiß nicht recht, ob Chester da draußen in Hollywood glücklich ist. Die haben dort einen anderen Stil, und Chester ist ein kleines bisschen zu …«

»New-York-mäßig.«

»Genau, jedenfalls für die. Ich habe ihn abgefüllt und es aus ihm rausgeholt. Was Sache ist. Es hat drei Martinis und eine kräftige Dosis des berühmten One-Eye-Blicks gebraucht, aber irgendwann hab ich's aus ihm rausgekriegt.«

»Dann lass mal hören.‹ J. schaut auf der Digitaluhr neben dem Bett nach der Zeit. Mittlerweile sind die Dinger in Hotelzimmern häufiger als Bibeln.

»Es ist Lucien«, sagt One Eye. »Und er war's von Anfang an. Er kannte das Spiel schon, bevor er seine eigene Agentur aufgemacht hat, und zwar von damals, als er zu Discozeiten noch Partyveranstalter war. Er kannte das Spiel von der Straße. Er kannte sämtliche Spieler aus der Zeit, als er bloß ein Möchtegern war, der in Clubs Einladungen auf den Tischen verteilte. Er hatte eine Perspektive. Chester sagt, Lucien hätte ihn über die Liste ins Bild gesetzt, nachdem er einige Jahre bei LJA war. Lässt ihn in sein Büro kommen, macht ein großes Gesums von wegen Vertrauen verdient und zeigt ihm die Liste. Und dann hat Chester die routinemäßige Führung der Liste übernommen, du weißt schon, Adressen und Telefonnummern. Lucien hat nach wie vor die Namen ausgesucht, aber Chester hat für das reibungslose Funktionieren gesorgt.«

»Jedenfalls bis zu seiner Kündigung. Ist er eigentlich geflogen oder hat er selbst gekündigt?«

»Er hat selbst gekündigt. Er wollte nach Hollywood. Auf nach Hollywood. Und Lucien hat das gar nicht gepasst. Er ist eine ziemliche Glucke, was seine Jungs angeht, und mag es gar nicht, wenn sie das Nest verlassen und er sie nicht mehr unter der Fuchtel hat. Vor ein paar Monaten – sagt Chester – hat Lucien ihn ohne Grund von der Liste gestrichen. Um der alten Zeiten willen ist er in L. A. immer noch gern zu Veranstaltungen gegangen. Seither haben sie nicht mehr miteinander geredet.«

»Mami hat es nicht gefallen, dass er sich mit losen Hollywood-Starlets rumgetrieben hat. Also hat Chester geredet.«

»Chester hat geredet, und da wären wir nun.«

J. denkt über seinen Hals nach. Schwillt er zu? One Eyes Enthüllung ist auf abstrakte Weise interessant, aber J. ist außerstande, sich näher damit zu befassen. Er ist zu erschöpft und entnervt. »Bleib doch einfach von den Veranstaltungen weg«, sagt J. »Kein Mensch zwingt dich hinzugehen.«

One Eye schnalzt vorwurfsvoll mit der Zunge. »Du hast es auf den Rekord abgesehen und erzählst mir so was.« J. gibt keine Antwort. »Es geht hier nicht um Willenskraft. Das geht über Willenskraft hinaus. Meinen Namen zu streichen hat eine symbolische Kraft, die meine Entscheidung stützt.«

»Sie setzen dich einfach wieder drauf. Sie merken es und setzen dich wieder drauf.«

»Ich fange jedenfalls erst mal damit an.«

J. steht auf, um zu gehen. Die Sache kann bis morgen warten, falls er nicht vorher an seinem eigenen Hals erstickt. In den schmerzhaften Minuten, die der Rettung durch den Briefmarkensammler folgten, barg Tiny den Rindfleischpfropfen und fragte ihn: »Willst du das noch essen?« Vielleicht hätte er es als Souvenir aufheben sollen. Es bronzieren lassen. Heben nicht auch Soldaten die Kugeln und Granatsplitter, die ihnen aus dem Fleisch geschnitten werden, als Souvenirs auf? Soldatenkinder spielen damit. »Und wie gedenkst du diese Houdini-Nummer zustande zu bringen?«, fragt J.

»Als Erstes brechen wir in Lawrence' Zimmer ein.«

»Was?«

»Um festzustellen, ob er die Liste hat. Wir nehmen uns sein Exemplar vor und dann das von Lucien.«

»Dafür wandere ich in den Knast, und du gehst frei aus«, sagt J. skeptisch. »Weiße können mit so was durchkommen, aber Schwarze nicht. Jedenfalls nicht hier. Wir werden erwischt, und wenn sie mich nicht aufhängen, kriegen sie mich dran, weil ich dem Richter frech gekommen bin oder sonst was. Du lachst, aber ich mache keine Witze. Ich sehe mich schon in einer Sträflingskolonne Straßen pflastern.«

»Das ist hier nicht Mississippi in den Fünfzigern«, sagt One Eye und legt den Kopf schräg.

»Es ist immer Mississippi in den Fünfzigern«, antwortet J. »Red weiter.«

»Ich habe alles gecheckt. Lawrence fährt mittags weg, um Lucien in Charleston abzuholen. Seinem Herrn und Meister Pantoffeln und Pfeife bereitzulegen. Fünfundvierzig Minuten hin, fünfundvierzig Minuten zurück, das reicht dicke, um an sein Exemplar der Liste ranzukommen. Lucien traut keinem außer seinem Assistenten, deswegen nehmen sie sie überallhin auf ihren Festplatten mit. Mailen und faxen sie von ihren Laptops aus.«

»Und es gibt kein Exemplar in Luciens supergeheimem Schließfach?«

»Chester sagt, Lucien bewahrt in seinem Büro eine Sicherungskopie auf, aber die überschreibt er von seinem Laptop-Exemplar aus. Was wir an Veränderungen vornehmen, kommt am Montag auf die Sicherungskopie.«

J. schüttelt den Kopf. Er mag den anderen, aber Chester ist nicht ohne Weiteres zu trauen, nicht bei diesem wie gestrichelten Schnurrbart in seinem Gesicht. Andererseits, fällt J. ein, hat Chester den Flaum abrasiert oder wegradiert, weil er in Los Angeles nicht so ankam. Das war ja immerhin etwas. »Und wie kommen wir in sein Zimmer?«

»Das gefällt mir, J. Das heißt, du bist schon dabei, die Sache mit deinem schlauen Verstand auszubaldowern. Du machst also mit.«

»Du hast mir keine Antwort gegeben.«

»Als du die Quittung gebraucht hast, um diese Party abzudecken, die du bei der Game Expo fünfundneunzig auf deinem Zimmer gegeben hast, zu wem bist du da gekommen?«

»Zu dir.« In einem Geschäft für Restaurantbedarf hatte One Eye die nötige Ausrüstung zum Fälschen von Quittungen gekauft und gegen zehn Prozent Beteiligung seinen Amigos ausgeholfen, wenn die Umstände eine kleine Gaunerei mit der Spesenabrechnung erforderten.

»Als du für ein paar Recherchen in letzter Minute eine Kopie der Nexis-Software und ein Passwort gebraucht hast, wen hast du da angerufen?« Bekommen hatte es One Eye von einer Praktikantin, die er vor ein paar Sommern in einem Besenschrank in der Redaktion der *Washington Post* entjungfert hatte.

»Ich hab's kapiert.«

»Denk mal darüber nach. Wäre es nicht toll, Lucien auflaufen zu lassen? Es ist sein Baby. Du weißt doch, wie er darauf abfährt. Die Affen tanzen zu lassen. Die Fäden zu ziehen.«

»Aus dem Herzen der Hölle führe ich die Lanze gegen dich, Baby.«

»Vielleicht.«

»Du willst mehr Zeit mit deiner kleinen Tochter verbringen«, meint J. »Zusehen, wie sie aufwächst. Du warst zu lange weg.«

»Ich habe keine kleine Tochter.«

»Ich weiß, aber das könntest du immerhin als Erklärung für diese Geschichte anführen.«

»Das ist einfach kein Leben für einen Erwachsenen.«

J. schluckt und denkt dabei erneut an die Warnung des Arztes. Seit dem Missgeschick mit dem Rindfleischbrocken ertappt er sich immer wieder dabei, dass er heftig schluckt, um das Anschwellen beziehungsweise Nichtanschwellen seines Kehlkopfgewebes zu überprüfen, gewissermaßen Testballons ausschickt, um die Schmerzwitterung dort unten festzustellen. Die Dose Ginger Ale, von der er in festgelegten Abständen trinkt, wird ihm bei diesem Experiment helfen. In den Stunden nach dem Erstickungsanfall ist es weder besser noch schlechter geworden; sein Hals tut schlicht und ergreifend weh. Er hat Wasser aus Plastikmotelgläsern getrunken, die so dünnwandig waren, wie es die Physik nur zuließ, Wasser mit einem Hauch Schwefel. Wer weiß, mit welchem Sumpf die Rohre verbunden sind? Dismal Swamp. Er hat beschlossen, zu Ginger Ale überzugehen. »Du willst mir weismachen, dass viel auf dem Spiel steht. Dabei ist es nur ein Spiel. Wie bist du nach so langer Zeit überhaupt darauf gekommen?«, fragt J.

»Ich habe schon ein Auge verloren. Ein Auge – was kommt als

Nächstes? Ich schlage eine Pressemitteilung auf, schneide mich am Papier, der Schnitt infiziert sich, und ich sterbe, weil Antibiotika nicht mehr wirken. Ich kriege eine Lebensmittelvergiftung von verdorbenen Erbsen bei einem Buffet. Oder ich könnte an Würstchen im Schlafrock ersticken, was? Außerdem will ich denen zeigen, dass ich es kann.«

»Und was willst du damit beweisen?«

»Zumindest wäre es ein toller Scherz. Eine geheime Mission. Was meinst du?« One Eye kneift sein eines Auge zu.

»Lass mich darüber nachdenken.«

»Das ist doch schon ein halbes Ja. Ich wusste, dass du es draufhast, J. Seit ich gesehen habe, wie du bei dieser Random-House-Fete die Flasche Stoli geklaut und unter dein Jackett gesteckt hast.«

»Gute Nacht, One Eye.«

»Du bist also dabei?«

»Wir müssen morgen darüber reden, One Eye. Lass mich erst mal meinen Kram auf die Reihe kriegen, morgen reden wir dann darüber.«

Alphonse Miggs liegt halb nackt auf seinem Bett und betrachtet die Risse in einer Mottenkugel. Seine gestreiften Boxershorts reichen bis fast zu den Knien, die oberen Ränder seiner Socken reichen bis fast zu den Knien, aus seinem T-Shirt ragen glatte fischbauchweiße Arme. Er hat seine Schuhe noch nicht ausgezogen. Mit den Schuhen auf dem Bett liegen ist etwas, das er zu Hause niemals tun würde, nicht einmal auf dem Bettsofa im Keller, wo er mittlerweile schläft. Es ist ein Luxus. Er befindet sich in Zimmer 12 der Talcott Motor Lodge, in einem Museum der Kratzer und Scharten früherer Gäste, froh darum, einen Ort zu haben, den er sein Eigen nennen kann.

Die Oberfläche der Mottenkugel ist zu zernarbt und mitgenommen, als dass sie wegkullern könnte.

Selten ist er seiner Erinnerung nach in jüngster Zeit so glücklich gewesen wie in dem Moment, als er seine Kleider auspackte. Und nach eigenem Gusto auf Schubladen verteilte. Diese Aufgabe (einen besonderen Hochgenuss) hat er sich für nach dem Bankett aufgehoben. In die oberste Schublade legte Alphonse sorgsam seine Unterwäsche nebst Socken, in die zweite seine Hemden und in die letzte seine Hosen. Eins, zwei, drei. Er fasst jedes Kleidungsstück behutsam an, als habe er es mit hochempfindlichen Nitroglyzerinpäckchen zu tun. Auf das Bord über dem Waschbecken stellte er ordentlich seinen Waschbeutel. Eleanor war nicht da, um ihn davon abzuhalten oder seine Entscheidungen rückgängig zu machen, und jedes Mal, wenn seine Hand eines seiner Besitztümer losließ, spürte er einen Hauch von Freiheit. Eine aufrichtige Empfindung.

Kleider nach eigenem Gusto in Schubladen zu legen kommt ihm wie eine politische Tat vor, denn in jüngster Zeit hatte sich im Hause Miggs, 1244 Violet Lane, ein kalter Krieg um Räume entwickelt. Das passiert selbstverständlich in jedem Haus, jemand sucht sich einen Lieblingssessel oder Lieblingsplatz auf der Couch aus; jemand trifft seine Wahl erst im Laufe der Zeit oder sofort – dann wird der neue Sessel an dem Tag beansprucht, an dem er ins Haus kommt. In Alphonses Heim hat das übliche Muster der häuslichen Grenzziehung die Erscheinungsform eines Krieges samt der entsprechenden Gewieftheit in puncto Drohgebärden, Truppeneinsatz und geheimer Strategie angenommen. Von verletzten Gefühlen auf beiden Seiten ganz zu schweigen.

Alphonse und Eleanor heirateten aus den üblichen Gründen: Angst vor dem Tod, Angst vor dem Alleinsein, dem Zwang, die Fehler und Katastrophen der Ehe ihrer jeweiligen Eltern zu wiederholen. Es war eine Feier im kleinen Kreis; Eleanors sechsjährige Nichte fing den Brautstrauß auf, was zu Scherzen auf Kosten von Eleanors unverheirateter älterer Schwester führte, bei der jeder so tat, als wäre sie nicht lesbisch. Auf der Kreuzfahrt in ihren Flitterwochen schliefen sie mehrmals kurz miteinander, und zwar zum ersten Mal bei eingeschaltetem Licht, da es bis auf die Geschöpfe, die die Dunkelheit vor dem Bullauge bevölkerten, niemanden gab, der sie sehen konnte. Irgendwann kauften sie ein Haus.

Das Fertighaus in der Violet Lane 1244 war im ursprünglichen Zustand mit zahlreichen Nischen und Winkeln ausgestattet. Das waren bestimmte Stellen in Zimmern, die das Auge beleidigten, wenn nicht irgendein Ding oder Gegenstand sie einnahm. Diese Ecke im Wohnzimmer. Dieser ziemlich beängstigende leere Fleck im Foyer. Der Kaminsims mit seiner glatten Fläche, die von göttlichem Auftrag sprach. Das waren Stellen, die gefüllt werden mussten, damit sich nicht etwas anderes, Ungewolltes, dort breitmachte, eine negative Empfindung oder Wahrnehmung. Eine gewaltige Flut von Flüchtlingen aus Nippesland errichtete sich an passender Stelle Unterkünfte, heimatvertriebene Kitschfiguren erwarben das Bürgerrecht. Künstliche Blumen schlichen sich in die schmale Nische zwischen den Erkerfenstern im Esszimmer ein, und Zierdeckchen akzeptierten ihren Auftrag mit einer grimmigen Entschlossenheit, die ihre gerüschten Ränder Lügen strafte. Die Trophäe, die Alphonse im letzten College-Jahr für seinen zweiten Platz im Hundert-Meter-Lauf bekommen hatte, posierte im Foyer auf einem dreibeinigen Tisch, dessen Radius Gegenstände ausschloss, die größer als schlanke Vasen oder kleine Bilder waren, und der sich von daher ausgezeichnet für die nicht gerade majestätischen Proportionen des Spritzgussgegenstandes eignete. Ob die Architekten des Hauses diese Nischen aus einem weitsichtigen Sinn für Notwendiges oder aus bloßer Verdrehtheit einbauten, lässt sich nicht sagen, aber Alphonse und Eleanor bestanden den Test mit fliegenden Fahnen, und das Haus wirkte rasch bewohnt. Gemeinsam entschieden sie, wo was hinkam.

Ein Ehealltag bildete sich heraus. In den ersten Jahren brachte Alphonse ungewöhnlich viel Zeit damit zu, seine Hände zu betrachten. Lebenslinien mit ihren Geheimnissen kreuzten sich und endeten in seinen Handtellern. Seine Nagelhäutchen zogen sich Kerben und Defekte zu, die mit der Zeit heilten, und er beobachtete diesen Vorgang. Er versuchte, etwas daraus herauszulesen, ein, zwei Hinweise. Er betrachtete diese Beschäftigung als Symptom der Unvollständigkeit, ungeachtet dessen, was der äußere Anschein ihm sagte. So hatte er beispielsweise einen guten Job; das mittlere Management war nur eine bessere Krawatte entfernt. Das Haus um ihn herum war in ausgezeichnetem Zustand, nachdem sie den Ratschlägen der Inneneinrichtungszeitschriften allmählich entwuchsen. Manchmal luden sie Ehepaare aus ihrem Bekanntenkreis zum Essen ein, um sich über die Tagesfragen zu unterhalten. Aber trotzdem. Dann stieß Alphonse eines Nachmittags, als er in der Praxis seines Arztes auf seine jährliche Untersuchung wartete, auf einen Artikel über Hobbys. Dieser Artikel erging sich über ein psychologisches Bedürfnis, das bei den meisten Menschen auftrete, eine Lücke, die gefüllt werden müsse. Das Briefmarkensammeln sei ein gesunder Zeitvertreib, der sich für den Anfänger eigne, für den erfahrenen Sammler jedoch gleichermaßen lohnend sei. Er zeigte den Artikel Eleanor, die nickte, worauf er sich von einer der Philateliefirmen, die in dem Artikel empfohlen wurden, ein Anfänger-Set schicken ließ.

Der Keller erwies sich als der perfekte Ort für dieses neue Interesse. Er eignete sich hervorragend als Lagerraum und würde eines Tages eine gute Bleibe für Waschmaschine und Trockner abgeben, diente in der Anfangszeit ihrer Ehe aber lediglich als Behausung für den Sicherungskasten, zurzeit der Wirbelstürme häufig Gegenstand von Gebeten. Dann kamen die Briefmarken. Er wuchtete einen Tisch die Treppe hinunter, entwirrte ein Verlängerungskabel, um die Lampe mit Strom zu versorgen, und schuf sich einen Platz nicht weit weg vom Boiler. Über ihm, in einem Labyrinth gebogener Kupferrohre, woben Spinnen Sekrete zu Fallen. Der Keller wurde zu einem Ort, der ausschließlich ihm gehörte, anders als die gemeinschaftlichen Nischen, Schränke und Schubladen in der Wohnung, Räume, die ihr gemeinsames Bemühen bezeugten, sich zusammen ein Heim zu schaffen. Sie einigten sich darauf, wo die Vase, wo das Porzellaneinhorn hinkam, sie ratifizierten gemeinsam die Platzierung des Hochzeitsbildes, aber der Keller gehörte ihm. Ein Ungleichgewicht entstand. Es handelte sich um ein volles Drittel des umbauten Raums, und er beanspruchte es für sich. Es war ein Ort, wo er masturbieren, über die Welt nachdenken, seine Briefmarken einsortieren und sich an seiner Sammlung von Eisenbahnmarken freuen konnte.

Briefmarken möchten auf eine bestimmte Weise angefasst werden. Man weiche sie gründlich ein, um sie von Briefumschlägen abzulösen, und wenn sie feucht genug sind, muss man sie ganz vorsichtig handhaben. Mit einer Pinzette. Das ist sein Hobby. Und so ging das jahrelang. Eleanor kam nie nach unten. Doch dann schlug sie zurück. Es dauerte Jahre, aber es passierte.

Bei Eleanor kam es in jüngster Zeit zu einer explosiven Zunahme von Clubmitgliedschaften. Es ist fast so, als hätte er eines Tages aufgeblickt und sie hätte das Branchenverzeichnis durchforstet oder jede Telefonnummer von jedem Aushang in jedem Waschsalon der Stadt abgerissen. Aber vielleicht führt auch eine Clubmitgliedschaft zur nächsten, ein Lawinenprinzip von Interesse und Hobby. Sie freundet sich mit jemandem an, und diese Freundin wiederum bildet ein Verbindungsglied zu einer anderen Freundin in einem anderen Club. »Es ist einfach nur ein Zeitvertreib«, sagt sie, wenn er sie bittet, das neueste Requisit in ihrem Repertoire zu erklären, das nächste Kuriosum, ob eine Clubsatzung oder aufklärende Literatur. Wenn sie das sagt, zahlt sie ihm damit die Briefmarken-Ausrede heim, und das ist beiden durchaus bewusst.

Mittlerweile ist sie im Vorstand von zwei, vielleicht auch drei wohltätigen Vereinen. Dann der Buchclub. Jeden Monat kommt von der örtlichen Niederlassung ein weiteres Hardcover zum Sonderpreis. Er hat noch nie von den Büchern gehört, wie er feststellt, wenn er sie in die Hand nimmt und die Klappentexte liest. Sie scheinen von Frauen zu handeln, die Hindernisse überwinden oder an etwas leiden, und dann ist da immer ein leise triumphierender Unterton am Ende. Eleanor schlägt jedes Mal, wenn er eine simple Frage nach den Büchern stellt, einen gewollt gereizten Ton an. Manchmal, etwa wenn er in einer philatelistischen Zeitschrift liest und aufblickt, sieht er, wie Eleanor ihn über den Rand des Hardcovers hinweg mustert, als käme er auf dessen Seiten vor. Zu kochen scheint sie neuerdings nur noch, um das Fassungsvermögen des jeweils neuesten Behälters auszuprobieren, den sie in ihrem Plastikclub erworben hat. Voraussetzung für die Mitgliedschaft in diesem Club ist, dass man gern mit anderen zusammenkommt, um Plastikbehälter zur Nahrungsmittelaufbewahrung zu tauschen. So öffnet er nach einem langen, allzu langen Arbeitstag die Haustür, und ihm weht ein Duft entgegen, wie er zur Küche eines richtig schicken Restaurants passt, eines Restaurants, das sie zu einem besonderen Anlass – wenn sie zum Beispiel ihren Hochzeitstag noch feiern würden – besuchen könnten. Der Esstisch aber zeigt nichts als den edlen Glanz der Möbelpolitur. In der Küche ist das große Festmahl bereits in Eleanors Plastikbehältern bestattet, in flachen Rhomben, schlanken Zylindern, tiefen Quadern mit gerundeten Ecken. Ein halber Liter, ein Liter, zwei Liter und Zwischengrößen. Die Deckel sind in vielen verschiedenen Farben erhältlich, und alles lässt sich praktisch ineinanderstapeln. Das Plastik ist undurchsichtig, und er kann den Inhalt kaum erkennen. Er kippt einen Behälter und sieht zu, wie sich in der tiefer liegenden Ecke eine braune Flüssigkeit sammelt. Eleanor hält sich mit einem Buch im Wohnzimmer auf, während er einen Behälter nach dem anderen in Augenschein nimmt. Die Dinge in den Plastikbehältern sind keine Reste im strengen Sinne, denn sie sind eigens zur Einlagerung zubereitet worden. Am nächsten Tag wirft Eleanor sie weg, um für die nächste Konfiguration von Behältern gerüstet zu sein. Manchmal kommt er während des Reinigungsrituals zufällig in die Küche. Bestimmte orangefarbene Fettklümpchen widerstehen der weichen Seite des Schwamms und zwingen Eleanor, die scheuernde Seite zu benutzen. Dann wird das Plastik sauber.

Die Aufbewahrungsbehälter erforderten, dass Eleanor Mitglied in einem Rezepteclub wurde, damit sie an neue Nahrungsmittel kam, mit denen sie ihre Behälter füllen konnte, was wiederum den Kauf von Kochbüchern notwendig machte. Exotische Rezepte aus fremden Ländern erzwangen den Kauf seltener Kräuter, Zutaten, die nie wieder benutzt werden würden, gleichwohl aber noch mehr Aufbewahrungsmöglichkeiten erforderten. Alphonses Frühstücksflocken wurden an einen weniger günstigen Platz verbannt, verdrängt von Karmonpulver (zur Färbung) und limonengrünen Soßen (zur Erzielung eines scharfen Nachgeschmacks). Eines Tages ging er nach unten und stellte fest, dass seine im Zweiten Weltkrieg spielenden Spionageromane, der gesamte in zwanzig Jahren zusammengetragene Bestand, in Kisten auf dem Kellerboden gestapelt waren; ihre angestammte Heimat war von Kochbüchern besetzt worden. Daneben stand seine Leichtathletiktrophäe; verdrängt worden war sie von einem Gruppenfoto der Organisatoren des Wohltätigkeitsdinners der Aktion Kleider für Waisenkinder. Mittlerweile hat er keine Ahnung mehr, wo Dinge, die er womöglich benötigt, aufbewahrt sein könnten. Eine Schere, Klebeband, die Speisekarten von Lokalen, die Essen anliefern, alles ist durch Eleanors diverse Materialien ersetzt worden und nicht mehr auffindbar. Wie sollte er das sonst verstehen, wenn nicht als Rache für den Keller?

Vielleicht haben sie in letzter Zeit mal ein vernünftiges Gespräch geführt, aber worüber, weiß er nicht mehr.

Vielleicht ginge es ihm besser, wenn sie blaue Flecken an der Innenseite ihrer Oberschenkel hätte oder ständig Überstunden machte oder ihm dauernd mit fadenscheinigen Ausflüchten käme, aber stattdessen sind es diese Clubs. Als Geste guten Willens – nein, es war mehr, es war der Versuch einer Deeskalation – sagte er, sie könne seinen Computer im Keller benutzen, aber Eleanor bestand darauf, selbst einen zu bekommen. Stattdessen nahm sie sein anderes, anderthalb Jahrzehnte zuvor gemachtes Angebot an, das Gästezimmer als Arbeitszimmer zu nutzen, und richtete darin ein Clubhaus für ihre Clubs ein. Ihr neuer Computer stellt im Handumdrehen Einladungen, Broschüren und Mitteilungen her. Die neuen Textverarbeitungsprogramme machen jeden zum Desktop-Publisher. Allmählich lernte sie Schriftarten beherrschen. Sie hatten das Schlafsofa im Gästezimmer seit Jahren nicht mehr benutzt; sie stellte an seiner Stelle einen Schreibtisch auf, und eine ihrer Clubfreundinnen half ihr eines Nachmittags, das Sofa in den Keller zu tragen. Dort schläft Alphonse jetzt nachts. Körperlich waren sie einander schon lange überdrüssig und hatten mit dem Sex aufgehört. An manchen Abenden zeigt er sich nur zum Essen.

Die Schubladen in Zimmer 12 gehören unbestritten ihm.

Ab und zu hört er Gelächter aus einem der Zimmer weiter hinten. Wahrscheinlich diese Journalisten. Sie haben ihren Spaß, und er hat seinen. Seit ungefähr einer Stunde starrt er nun schon die Mottenkugel an. Den kleinen Mond auf dem Nachtschränkchen. Von etwas weiter weg sieht sie glatt aus, aber je länger er sie betrachtet, desto deutlicher kommen die Unregelmäßigkeiten zum Vorschein. Sein Blick bohrt sich zwischen die Körnchen, dringt so weit wie möglich in das Ding ein und erklimmt dann den nächsten Grat. Er hat beschlossen, es zu seinem Glücksbringer zu machen. Bestimmt gibt es einen Grund dafür, warum er sich diesen Anzug als letzten Anzug ausgesucht hat und warum die Mottenkugel beschlossen hat mitzukommen.

Heute Abend hat er einem Menschen das Leben gerettet. Er hat als Erster die Symptome des Erstickungsanfalls erkannt, die er im Schlaf hersagen kann, nachdem er jahrelang in Restaurants an die Wand gestarrt hat, wenn er allein dort aß, seine Zeitung schon gelesen hatte und der Teller mit seiner fettigen Mahlzeit noch immer halb voll war. In solchen Momenten gibt es wenig anderes zu betrachten als die Sofortmaßnahmen gegen Erstickung und die deprimierten Gesichter der übrigen Gäste. Alphonse hat als Erster bemerkt, dass der Schwarze keine Luft mehr bekam. Vor zwei Jahren hat er im Chew Shack einer Frau das Leben gerettet, nachdem diese sich allzu begeistert über einen Teller All-You-Can-Eat-Shrimps hergemacht hatte. Er wusste, was zu tun war. Aber er ertappte sich dabei, dass er den Schwarzen anstarrte. Es schien, als würde jeder Zug in dem vom Luftmangel entstellten und verzerrten Gesicht des Mannes zu etwas Gesondertem, vom Rest Getrennten. Seine gewölbte linke Augenbraue ein Objekt, sein zuckendes rechtes Nasenloch Teil von etwas anderem. Alle diese Dinge ließen sich sammeln und in einem seiner Briefmarkenalben in getrennte Taschen auf jeweils eigenen Seiten einsortieren. Eine Sonderausgabe. An einem besonderen Platz auf einem Bord im Keller. Erst als ihm klar wurde, dass es ihm gleichgültig war, ob der Mann überlebte oder starb, sprang Alphonse auf, um zu helfen. Der Mann bedankte sich nicht, aber angesichts der Aufregung konnte Alphonse ihm das nicht verdenken.

Er stützt sich auf die Ellbogen, blickt am weichen, fremdartigen Abhang seines Körpers entlang, fixiert seine Knie, die schlaffe, wie zu hässlichen Klumpen erstarrte Haut. Dann endlich zieht er seine Schuhe aus. Die Fersen seiner mit blauen Spitzen versehenen Socken sind steif von Blut. Er hat sich eigens zu diesem Anlass neue Schuhe gekauft und muss sich ihnen ebenso sehr anbequemen wie sie sich ihm. Seine Fersen sind wund, aufgerissen und mit getrocknetem Blut verkrustet. Er hat den Schmerz nicht gespürt, denn seit seiner Ankunft in Talcott spürt er nichts als dieses Gefühl der Unvermeidlichkeit.

Müde und von Schmerzen gequält, unter seinem Körper das Auf und Ab der ungezähmten Wellen der Matratze, liegt J. auf seinem Bett in Zimmer 27 der Talcott Motor Lodge und versucht, seinen Kram auf die Reihe zu bekommen. Ihm bleiben noch ein paar Minuten, ehe er seinen Hals wieder testen muss. So weit, so gut. Ist er fast gestorben? Und das, wo noch ein Artikel von ihm aussteht. Den Artikel wird er wohl am Sonntag auf dem Flughafen schreiben und dem Redakteur der Website mailen. Folgen wird eine blutlose Redaktion, ein Hin und Her von E-Mails, und eines Tages wird im Webmorast ein elektronisches Geblubber mit seinem Verfassernamen aufsteigen, ein kleines Inhaltsbläschen, das er nie zu Gesicht bekommen wird. Furz in einer Badewanne. Die Innovation des Internet, das die schon hochgradige Abstraktheit seines Jobs noch einmal steigert, gefällt ihm. Er liefert und bekommt einen Scheck. Er schickt Quittungen ein, die mit einer Büroklammer an einer Spesenabrechnung befestigt sind, und bekommt eine Rückerstattung. Bei einem Start-up ist das immer ein bisschen kitzlig. Vielleicht nehmen sie seine Spesenabrechnung genau unter die Lupe und stellen jeden Posten in Frage oder sie sind völlig chaotisch und nicken sie unbesehen ab. J. tendiert stets zur Vorsicht und macht bei seinem ersten Auftrag für ein Unternehmen nicht zu viel geltend; am besten verdient man sich zuerst Vertrauen und missbraucht es später.

Er bekommt Aufträge. Er ist ein erfolgreicher Freiberufler.

Seine Gedanken streifen sein Exposé, er schleicht an seiner Gezeitenmarke entlang und stupst das vertrocknete Quallending mit dem Zeh an. Ein Literaturagent hat ihn letztes Jahr angerufen, nachdem in einer Musikzeitschrift ein großer Artikel von ihm erschienen war, ein gonzohafter Bericht über ein Wochenende, das er mit einer Truppe notorischer Gangsta-Rapper in Compton verbracht hatte. Kein Journalist wollte mehr mit ihnen reden, nachdem es zu einem Zwischenfall gekommen war, bei dem sie einen Autor krankenhausreif geprügelt hatten, weil er in ihrer Garderobe ohne Erlaubnis am Hähnchen eines Bandmitglieds genagt hatte. Jemand von der Zeitschrift rief bei J. an, und er sagte, klar, er werde ein Wochenende mit ihnen verbringen, wenn jemand es bezahle. Er wusste natürlich, dass es immer jemanden gibt, der bezahlt. Das Wochenende verlief ereignislos – die Rapper brachten gerade ein neues Album heraus, und weil sie älter waren, praktischer dachten und um die kurze Halbwertszeit einer Popgruppe wussten, waren sie auf ihre Freunde in den Medien angewiesen –, aber aufgemotzt mit Teenie-Slang, einem Tupfer Marihuanaduft hier und da und einer hübschen Szene, in der einer aus dem Umfeld der Gruppe J. seine Waffensammlung zeigte, strotzte der Artikel mit praller Milieuhaftigkeit. Er begeisterte die Redakteure und kam bei den weißen Vorstadtjungs aus besseren Familien, die die Leserschaft der Zeitschrift bildeten und die Platten der Gruppe kauften, hervorragend an, denn J.s authentische Einzelheiten lieferten Material für ihre Übungen vor dem Badezimmerspiegel; ein Literaturagent, der auf trendige Themen setzte, rief ihn an und fragte, ob er irgendwelche Ideen für ein Buch habe. J. dachte einen Moment lang nach und erwähnte ein, zwei Dinge, die ihm seit einiger Zeit durch den Kopf gingen, und der Agent sagte, das sei alles schön und gut, aber wie es denn mit irgendwas über Rap wäre? In Gedanken umkreiste J. die Idee. Er gab zu, dass er in jüngeren Jahren einmal eine Sozialgeschichte des Hip-Hop habe schreiben wollen. Der Agent gab ein paar ermutigende Worte von sich, bat um nähere Erläuterung. Sie unterhielten sich noch ein paar Minuten, und J. erklärte sich bereit, ein bisschen was zu Papier zu bringen. Die Musik sei-

ner Teenagerjahre. Kool Herc interviewen, die alten Basketball-
plätze in der Bronx besuchen, wo der Vater der DJs Ende der Siebziger seine Jams veranstaltete, bewaffnet mit seinem berühmten
Monster-Soundsystem, seinem selbst zusammengebastelten, von
Isolierband zusammengehaltenen Soundsystem; J. würde sich an
den Maschendrahtzaun lehnen und sich fragen, wie es wohl gewesen wäre, auf Ground Zero zu sein. Die Majestät eines durch
einen Maschendrahtzaun gesehenen Spielfeldes oder Sportplat-
zes, eine von Drahtrauten gerasterte Welt. Der Beginn von etwas.
Das war seine Idee gewesen, als er noch jünger war. Der Agent
rief ein paar Monate später an, um sich nach seinen Fortschritten
zu erkundigen, und fragte, wie es mit der Gangsta-Kultur aus-
sehe, er wolle mehr von dem, was J. in diesen Artikel eingebaut
habe, den er gelesen hatte. Die gewalttätige Subkultur von Menschen, die wie Outlaws lebten. J. sagte, er werde ein Exposé
schreiben. Er redete sich ein, dass es in ihm reifte. Es reifte monatelang, ehe er begriff, dass er mittlerweile zu alt war. Sowohl er
als auch die Musik sind zu verbraucht. Sie sind zusammen erwachsen geworden, und nun sind sie zu alt, um so zu tun, als
gäbe es etwas anderes als Publicity.

Er liegt auf seinen Gratislaken auf seinem Gratisbett und
denkt, noch kein Geld verloren. Nach drei Monaten Spesentour
sagt er sich, dass es ihm prima geht. Von dem Zwischenfall früher
am Abend abgesehen, hat sich J. perfekt auf den Rhythmus der
Veranstaltungen eingestimmt, hat einen Ausgleich zwischen seinem Leben, wie es vorher war, und seinem Leben als Rekordjäger
gefunden. Sie ringen miteinander, gewinnen jeweils kurz die
Oberhand, aber keine Seite gewinnt ihn für sich. Weder hat er
Lust, nach Hause zu fahren und ein paar Tage freizumachen,
noch will er sich besinnungslos dem Fluss der Veranstaltungen
ergeben. Dachte Bobby Figgis das zu diesem Zeitpunkt auch?
Dass er alles unter Kontrolle hatte, ehe der Pop ihn verschlang.
One Eye hat angedeutet, dass er aussteigen wolle, und J. soll ihm

helfen, sich unter der Mauer durchzugraben. Auf einmal tut One Eye so, als sei es ihm doch nicht gleich. Vielleicht meint er es ja ehrlich. Angeblich ist ihm alles scheißegal; deswegen wurde er überhaupt erst auf die Liste gesetzt. Zweck der Liste ist es, über eine verlässliche Gruppe von Leuten zu verfügen, denen alles scheißegal ist, die Sachen gratis haben wollen. Die Liste will typische Amerikaner. Und die Spesenritter sind Amerikaner schlechthin, denkt J. Sie wollen etwas, sie wollen es sofort, und jemand anders zahlt die Rechnung. Dermaßen vorbildliche, exemplarische Bürger, dass die Leute auf das hören, was sie zu sagen haben. Sie folgen unseren Vorgaben.

J. nimmt einen weiteren Schluck Ginger Ale und wartet. Noch atmet er. Langweilt er sich schon so sehr, dass er tatsächlich gezwungen ist, Pressematerial zu lesen, um einschlafen zu können? Da ist John Henry auf dem Hochglanzcover der Pressemappe. Zum ersten Mal hat er in der fünften Klasse von ihm erfahren, aus einem Zeichentrickfilm. Mrs. Goodwins Jungen und Mädchen zappelten jedes Mal voller Vorfreude, wenn sie zu Beginn des Unterrichts den Projektor hereinrollte, Mitteilungen in kindisch optimistischem Code wurden die Reihen entlanggeschmuggelt, kleine Hälse reckten sich, um das weiße Schild um den Rand der Blechdosen zu entziffern, denn wenn dieser kastenförmige graue Wagen mit dem darauf hockenden Frosch ins Zimmer rollte, wusste jeder, dass sie einen großen Brocken von einer Stunde verbrauchen würden. Mrs. Goodwin war eine junge Frau. Sie war wohl ungefähr so alt gewesen wie J. jetzt. Das hieß, sie hatte überhaupt keine Ahnung, ganz gleich, wie alt und weise sie damals wirkte. Gegen Ende jenes Frühjahrs wurde ihr Bauch allmählich immer dicker, und zum Ende des Schuljahrs, der New Yorker Sommer klopfte schon an die Fenster, sagte sie den Jungen und Mädchen, dass sie im nächsten Jahr wegen des Babys nicht wiederkommen werde. Sie fühlten sich alle verraten. Sie lächelte und sagte den Kindern, sie sollten nicht vergessen, dass sie auch die siebte Klasse unterrichte und wiederkommen werde: In der Junior High würden sie sich wiedersehen, um den letzten Teil von *Warriner's Grammar* durchzunehmen. Sie kam nie mehr zurück, doch mittlerweile waren ihre früheren Schützlinge zu neuen Zerstreuungen übergegangen und fühlten sich Lehrern, ganz gleich wie mütterlich sie waren, nicht mehr so verbunden.

An dem Tag, an dem der Projektor hereinrollte, sagte Mrs. Goodwin ihnen, sie würden nun einen Film über einen großen amerikanischen Helden zu sehen bekommen, der dazu beigetragen habe, Amerika aufzubauen. (Rückblickend stellt J. die Zuständigkeit des Faches in Frage. Mrs. Goodwin unterrichtete Englisch, aber gehörte diese Story eigentlich in Englisch, in Geschichte oder in Sozialkunde? Und wo genau verläuft eigentlich die Demarkationslinie zwischen Geschichte und Sozialkunde?) Mrs. Goodwin – deren freundliche Art im Laufe des Jahres nach und nach jeden Schüler dazu hinriss, sie Mami zu nennen, was jedes Mal dankbares Gelächter der anderen Kinder hervorrief, die froh waren, dass an diesem Tag nicht ihnen dieses peinliche Versehen unterlaufen war – wies Madeline Moss an, die gelben Jalousien herunterzulassen, diese alten, breiten und krummen Stäbe, die ihrerseits Anschauungsunterricht in den Anfangsgründen des Drecks boten. Alex Minkow machte das Licht aus, und Andrew Schneider erbot sich, den Projektor zu bedienen, wobei er sich in diesem Moment für sein Lebenslos entschied. Die Hand des jungen Andrew machte sich an dem starren Apparat zu schaffen, zunächst widerstand der störrische Projektor seinem Gefummel, dann endlich begann der Film.

Als Erstes erinnert sich J. an die kräftigen Farben und die klobigen Gliedmaßen der Figuren. Heute bringt er sie mit Malewitsch in seiner bäuerlichen Periode in Verbindung, sieht die ihren Armen, Beinen und Gesichtern innewohnenden Grundformen von Kegel und Rechteck, die unumstößlich ihrer Haut eingeschriebenen Sozialsysteme, doch damals wirkten die Figuren einfach nur stark. Urmenschen. In der Lichtbahn des Projektors wirbelten wie Plankton Myriaden von Staubkörnchen. Woran erinnert er sich noch? Dass er zum ersten Mal in einem Zeichentrickfilm eine Schwarze Mutter und einen Schwarzen Vater sah. John Henrys Eltern hielten ihn am Tag seiner Geburt im Arm, und John Henry war ein großes Kind, vierzig Pfund, und schon gleich nach der Geburt der Sprache mächtig. Er verlangte etwas zu essen, zwei Schweine, eine Unzahl von Hühnern, ganze Felder von Kohlgemüse, scheffelweise Yams und einen Topf Bratensaft, um alles hinunterzuspülen. Er schlang das Essen in gewaltigen Happen hinunter (von der Höhe der Talcott Motor Lodge aus fragt sich J., wer der kleine Junge im Klassenzimmer ist, der genauso heißt wie er, und wo sie das ganze Essen hernahmen. Er wurde als Sklave geboren. Seine Eltern waren Sklaven. Woher nahmen sie das Essen?), er aß alles auf, rülpste und teilte seinen Eltern mit, er werde im Big Bend Tunnel der C & O Railroad sterben. Ganz beiläufig, einfach so. Und das von einem Jungen, der einen Tag alt war. Das Kind J. akzeptierte das alles unbesehen. Schließlich nahmen sie auch die griechischen Götter durch, und wohin man auch schaute, tauchten weissagende Hexen auf, huschten um die dorischen Säulen wie Ratten. Flüche, böse Vorzeichen, ab und zu ein Schwan als Vergewaltiger: Sie waren so alltäglich wie Räumungsbefehle, überfällige Rechnungen, wegen Nichtzahlung abgestellte Strom- oder Wasserversorgung. Die Götter begegneten einem auf Schritt und Tritt, warum also nicht auch in der schimmernden Hütte dieses Trickfilms, von den Zeichnern dargestellt als warmes, in goldenes Licht getauchtes Refugium, wo ein junger Schwarzer mit einem Hammer in der Hand auf die Welt kam. (Beinahe hätte J. dieses Detail vergessen, den wichtigsten Aspekt seiner Geburt, stimmt's? »John Henry kam zur Welt, einen Hammer in der Hand.« Eine Warnung an schwangere Frauen, bei ihrer Ernährung auf den Eisengehalt der Speisen zu achten. Vielleicht fragte sich Mrs. Goodwin an dieser Stelle, was da eigentlich in ihrem Bauch so stieß.) John Henrys Mutter, eine fleischige Frau mit schokoladenbrauner Haut und pausbäckigem Gesicht, forderte ihr hüpfendes Baby auf, still zu sein: kaum auf der Welt und schon vom Sterben reden. Da hatte man es. Noch feucht vom Mutterleib und schon belastet mit dem Wissen um sein Schicksal und dazu verurteilt, es zu erfüllen. (Wenn das kein Ballast war.)

Der Zeichentrickfilm bot den Kindern eine Montage der Heldentaten, die der zum Untergang verurteilte Mann als Heranwachsender vollbrachte. Schon mit sechs so groß wie ein ausgewachsener Mann, rannte er schneller als Pferde, warf mit Felsbrocken, hüpfte spielerisch über Schluchten. (Eine Hormonstörung, die ein spektakuläres, unnatürliches Wachstum hervorrief, stellt J. fest und reibt sich den Hals, außerdem eine Hyperaktivität, die eine Behandlung mit Ritalin erforderlich macht.) Aber er liebte stets seinen Hammer. Er zerschmetterte Felsblöcke, hieb Bäume um, ließ mit einem Schlag seines mächtigen Hammers Flutwellen in stillen Seen aufschäumen. (Krimineller Unfug, sich an der Umwelt, der wichtigsten Ressource unseres Landes, zu vergreifen.) Und natürlich eignete sich das Medium des Trickfilms hervorragend für diese Faxen. Die Kinder feuerten ihn an, er erinnerte sie an ihren Nachmittagstermin mit Tom und Jerry und andere Koryphäen von Looney Tunes und Hanna-Barbera. Katastrophen in Primärfarben. John Henry fetzte tierisch los, richtete auf eine Weise Chaos an, die den Söhnen und Töchtern des Fernsehens vertraut war.

Und dann kam für John Henry der Tag, an dem er in die Welt hinausziehen musste. Er sagte seinen Eltern Lebewohl und folgte den Bergen in die Ferne, den imposanten Fäustel wie einen getreuen Falken auf der einen Schulter und auf der anderen, am Ende eines Stocks, seine zu einem ordentlichen Bündel geschlungenen Habseligkeiten. (Und wie kam eigentlich dieser Topos in die Welt: die in ein rotes Tuch gewickelten und am Ende eines

Stocks festgeknoteten Habseligkeiten des Hobos? Der unbeschwert in das amerikanische Abenteuer zieht.) Er ging der Sonne entgegen. Frei. Von Sklaverei kein Wort. Das war ein Zeichentrickfilm für Kinder. Jahraus, jahrein mussten sie eine Seite lange Aufsätze über das Leben von Martin Luther King jr. schreiben und wurden streng angewiesen, nicht aus Lexika und den üblichen Texten abzuschreiben. So lernten sie paraphrasieren. Niemand wollte das Kind sein – normalerweise Marnie Pomerantz –, das gefragt wurde, ob seine Eltern ihm bei den Hausaufgaben geholfen hatten. Weniger Punkte, wenn man vergaß, den Marsch auf Washington zu erwähnen. Wenn die Lehrerin die Sklaverei erwähnte – kursorisch und normalerweise nur in den Begriffen von Mr. Lincolns Proklamation, als wäre diese merkwürdige Einrichtung erst mit ihrem Ende entstanden –, drehten sich unweigerlich zwei, drei weiße Kinder zu J. um, in den kittfarbenen Gesichtern etwas schwer zu Deutendes, Neugier oder Mitgefühl, er wusste es nicht, sie sahen jedes Mal weg, wenn ihre Blicke sich trafen, und ihm wurde warm. (Oder starrte er geradeaus, den Blick auf den Hefter auf dem Pult der Lehrerin fixiert, und nahm sie nur unscharf am Rande seines Gesichtsfeldes wahr? Welche Version schmeichelt dem Jungen, der er gern sein möchte?) Aber kein Wort von Sklaverei in dem Zeichentrickfilm. Erwartete man etwa von ihnen, dass sie seinen Weggang aus dem Elternhaus auf der Suche nach seinem Schicksal als Weggang des Sklaven von der Plantage interpretierten? Nein, die Kinder sollten in John Henrys kleiner werdenden Gestalt und den Tränen seiner Eltern ihre eigenen Erfahrungen wiederfinden: wie Mom die Tür schließt, nachdem sie sie abends zugedeckt hat, der erste Schultag, der Blick aus dem alten Schulbus, der sie ins Sommerlager bringt. Diese amerikanischen Eigenheiten, weil John Henry ein Amerikaner war. J. liegt auf seinem Bett in der Talcott Motor Lodge. Er gelangte aus einer Sklavenwirtschaft in eine Industriewirtschaft, das zwanzigste Jahrhundert zeichnete sich bereits ab, menschenmordende Maschinen, dampfspeiende Maschinen. In jeder Klasse gab es ein Schwarzes Kind. Das in Mrs. Goodwins fünfter Klasse hieß J. Von den Kindern, die ihn ansahen, wenn von Sklaverei die Rede war, hieß keines Jason oder Patrick, deren Eltern sie gut erzogen hatten und sich freuten, dass sie Schwarze Freunde zum Spielen mit nach Hause brachten, sie unterhielten sich abends im Bett darüber, während sie sich Johnny Carson ansahen, ehe sie sich dem brennenderen Problem zuwandten, dass das Haus in Eigentumswohnungen aufgeteilt werden sollte.

Der Projektor spulte Bilder ab, vierundzwanzig pro Sekunde, und schuf damit Bewegung auf der weißen Leinwand, die aus einem über der Tafel angeschraubten Rechteck heruntergezogen wurde. Die Glühbirne raste durch die Bilder, Commodore Andrew Schneider, wie er, die Hand am Ruder, auf bevorstehendes Unheil wartet. John Henry fand Arbeit bei der Eisenbahn, der Chesapeake & Ohio, die von Washington, D. C., nach Cincinnati fuhr, ebender C & O, die der Bohrhauer bei seiner Geburt genannt hatte. Er war froh, dass er den Job bekam. Der Obersteiger hieß ihn willkommen und hielt ihm die Hand hin. (In einer weniger bunten Welt arbeiteten diese befreiten Sklaven für einen Hungerlohn und zogen auf der Suche nach Verhältnissen, wie sie der gute Mr. Lincoln in seiner Proklamation verheißen hatte, von Job zu Job. Die Eisenbahnen stellten die Nigger für Hungerlöhne ein; einem Nigger konnte man auf ganz andere Weise als einem Iren sagen, was er tun sollte, ganz gleich, in was für einer verzweifelten Lage der Einwanderer war.) In vierfarbiger Pracht arbeitete John Henry beidhändig, ließ einen Hammer auf einen Nagel herabsausen, während der andere in ekstatischem Bogen emporflog und in rot und orange explodierenden Schauern Funken stoben; er machte Feuer, er ließ die anderen Arbeiter im Staub zurück, während er westwärts zog, immer westwärts, in den Händen als Kompass zwei unfehlbare Hämmer. John Henry lächelte immerzu. Auch wenn die Funken aufstoben und das Bild beherrschten, sein Lächeln schien durch. (Was einen oft übersehenen Aspekt seines Mythos bezeugte: prachtvolle Zähne, die die primitive Zahnheilkunde seiner Zeit überstanden.) In dem Zeichentrickfilm waren die anderen Eisenbahnarbeiter weiße Männer, die in verblüffter Bewunderung ihre Hämmer aus der Hand legten, während John Henry sie übertraf, sie übertrumpfte, mit dem, was er in den Armen hatte, das Schicksal ihres Landes erfüllte.

Adam Horning bekam Nasenbluten, riss sich von einem Stück liniertes Papier ein Stück ab und steckte es sich in die Nase. Er hätte auch auf die Toilette gehen und dort, seiner Gewohnheit entsprechend, eine Weile herumlungern können, aber heute bekamen sie einen spannenden Zeichentrickfilm gezeigt. John Henry schmetterte die Nägel in den Boden, trieb eine Mythologie in den Boden, als würden, wenn er sie Buchstabe für Buchstabe in die Erde hieb, die Träume von Menschen wahr. Alle bewunderten seine Kraft und sein Durchhaltevermögen, und wenn der große Mann dunklen Gedanken über sein Schicksal nachhing – dessen Bild seit jenem ersten Licht vor den Beinen seiner Mutter in seinem Kopf gestrahlt hatte, er nahm mit seinem ersten Atemzug seinen Tod in sich auf –, wer wusste das schon? Er lächelte und schwang seinen Hammer. Und all die Kinder in ihren Privatschuluniformen misstrauten sofort dem Mann von der Maschinenbaufirma in seinem weißen Anzug, kosmopolitische Korruptheit saß in den Nähten seiner schicken Kleider, die so ganz anders waren als das derbe Tuch, das John Henry und seine fröhlichen Kameraden trugen. Dieser Großstadtscharlatan kam mit Yankeelügen in den Süden und behauptete, seine Maschine könne schneller bohren als jeder lebende Mensch. Was hielten J. und seine Klassenkameraden von diesem Gebrauchtwagenverkäufer, der da mit seiner Maschine prahlte? Die Zeichner jedenfalls hatten sich damit erkennbar köstlich amüsiert. Die Maschine war lächerlich und so groß wie eine Scheune, teils aufgemotztes Auto, teils Staubsauger, ein verworrenes Monstrum, das ihnen aus den Bauplänen von Wile E. Coyote vertraut war. Eine Schrottplatzmaschine, deren Zweck sich trotz all ihrer Größe schließlich in einem bescheidenen kleinen Viereck offenbarte, das sich auf und ab bewegte, als der Marktschreier sie einschaltete. Dieser kleine, viereckige Klotz sollte John Henrys Hammer übertrumpfen? Dampfwolken entwichen Röhren, das Metallding wackelte heftig, dies alles zu einem albernen Refrain von Hupen und Pfeifen. Es war der törichte Traum eines verrückten Wissenschaftlers, und dennoch erstarrten die Eisenbahnarbeiter vor Ehrfurcht. Vor Angst. Außer unserem John Henry, der in diesem komischen, komplizierten Gefüge die nahtlose Konstruktion seines Schicksals erkannte. John Henry spuckte in die Hände und sagte, er könne es mit jeder von Menschenhand stammenden Maschine aufnehmen und jederzeit schneller bohren als dieser Haufen Schrott. (Hybris, die Sünde der Griechen. Jedenfalls eine davon.) Er lasse sich nicht von irgendeiner Großstadtteufelei verdrängen.

Der Wettkampf wurde an einem sonnigen Nachmittag ausgetragen. Der Schiedsrichter trat mit einer Stoppuhr vor, die Brust mit schwarzen und weißen Streifen gemustert, ein anachronistischer Scherz, der Mrs. Goodwins Fünftklässlern nicht entging. John Henry stand breit lächelnd da, den Hammer zum Schlag erhoben, und der Gebrauchtwagenverkäufer kletterte die Maschine hinauf und setzte sich oben auf den Traktorsitz. Er betätigte einen Hebel, und die kleinen, verstaubten Lautsprecher des Projektors erfüllten das Klassenzimmer mit einer Mischung aus Tuten, Stampfen und Tuckern. Die Dampfmaschine gewann rasch einen Vorsprung vor John Henry, der winzige Metallblock trieb die bereitgehaltenen Stäbe mit beachtlichem Tempo in den Boden. John Henry ließ den Hammer herabsausen, aber er konnte nicht aufholen. Sein Lächeln war verschwunden, Schweiß strömte ihm in den vor Anstrengung verzerrten Mund. Die Zuschauer sorgten sich um ihren Lokalmatador, während der Yankee auf der Maschine höhnisch grinste und seinen Schnurrbart zwirbelte. (Und diese Leute mit den rosigen Wangen sind die Vorfahren seiner Gastgeber – die, die beim Dinner zugesehen haben, wie er keine Luft mehr bekam –, die arbeitsamen Gründer von Talcott haben zugesehen, wie John Henry verlor.) Die Maschine gewann weiter an Vorsprung, schon schien es, als wäre alles verloren. Die Kinder wie gebannt auf ihren Plätzen, kein einziges Papierkügelchen klatschte gegen einen Hals, Kringel blieben unbemalt. Die Uhr über der Klassenzimmertür, der erste Liebhaber dieser Kinder und der beste, trotz tausend heimlicher Stelldicheins in der Stunde jedem treu, blieb unbeachtet. Und dann sahen sie John Henry lächeln. John Henrys Lächeln kehrte zurück, und sein Hammer trommelte auf die Erde ein. Kleine schwarze Aktionswellen voller Kraft gingen vom Boden aus, und bald übertönte das Hämmern das alberne Gepfeife der Maschine. Dieser erderschütternde Mann. Die Hersteller des Zeichentrickfilms hatten sich ganz auf den Hammer konzentriert. (Billig und simpel, einige wenige Zelluloidvorlagen immer wieder zu verwenden.) Das Geräusch, der Herzschlag des Mannes, wurde immer lauter. Gab keine Maschine, die den Mann besiegen konnte. Das Gesicht des Schiedsrichters füllte die Leinwand, die über ein an die Tafel geschriebenes Satzdiagramm gezogen war, er blickte auf seine Stoppuhr und blies mit geblähten Backen seine Pfeife. John Henry schlug den letzten Stab ein, blickte zurück auf das ächzende Ungetüm, das er so weit hinter sich gelassen hatte, die versagende Maschine, und stürzte zu Boden. Die Zuschauer hüpften auf und ab, und der Vertreter schleuderte seinen Großstadtzylinder auf den Boden und sagte: Verdammt! Wieder nichts. Die Siegesmusik (die übliche Siegesmusik, die J. schon damals, vor ihren ungezählten Wiederholungen in Kino- und Fernsehfilmen im Laufe der nächsten zwei Jahrzehnte, vertraut war, die Jungen lernten rasch und gründlich reagieren) schwoll in symphonischem, knisterndem Mono an und verstummte – John Henry rührte sich nicht mehr. Er lag platt auf dem Rücken im Staub. Ein Arzt mit einem Stethoskop um den Hals eilte herbei. John Henry hob den Kopf: Habe ich sie besiegt? Der Arzt bejahte und ergriff das Handgelenk des Helden. (Dieser Zeichentrickfilmarzt ließ sich herab, Niggerfleisch anzufassen, von allen Ärzten des Südens im neunzehnten Jahrhundert nahm sich dieser Mann aller Gotteskinder mit gleicher Sorgfalt an, solcherart ist die Magie von Talcott.) Der alte Doc schüttelte den Kopf. John Henry war tot. Er starb mit einem Hammer in der Hand, genau wie er es am Tag seiner Geburt vorausgesagt hatte. Er besiegte die Maschine und fand dabei den Tod.

Die Leinwand wurde wieder weiß, und das Ende der Rolle schlackerte, bis Andrew Schneider das Gerät abschaltete. J. ist überzeugt, dass Mrs. Goodwin nach Ende des Zeichentrickfilms eine Diskussion über die Moral der Geschichte und ihr doppeldeutiges Ende geführt hat, aber er kann sich nicht mehr daran erinnern. Mrs. Goodwin, warum ist er am Ende gestorben? Mrs. Goodwin, wenn er die Dampfmaschine besiegt hat, warum hat er dann sterben müssen? Hat er gewonnen oder verloren?

DRITTER TEIL

ÜBER DIE AUSWIRKUNGEN DER LANDLUFT

Mit dem wöchentlichen Lohn brachte der stellvertretende Zahlmeister die Ankündigung des Wettkampfs. Er ging durchs Lager. Er redete mit den Männern. Er warf einen Blick in sein Buch, blickte jedem Mann in die Augen und gab ihm seinen Lohn. Der stellvertretende Zahlmeister zählte langsam Münzen ab, als hätten die Männer keine Vorstellung davon, was Löhne waren. Als wüssten die Männer nicht, wie man Geld zählt und was sie mit ihrer Arbeit verdient hatten. Es war Zahltag, und alle Männer wussten, dass er kam. Sie hatten gelernt, nicht auf ihn zuzustürzen und sich um ihn zu drängeln wie bettelnde Hunde. Er bezahlte die Männer der Liste nach, die keiner anderen Ordnung als seiner eigenen folgte. Maßgebend war weder das Alphabet noch die Lohnhöhe noch die Beschäftigungsdauer. Maßgebend war das Gutdünken des stellvertretenden Zahlmeisters, und im Laufe der Zeit hatten die Männer gelernt, an welcher Stelle sie kamen. John Henry stand hinten auf der Liste und wartete mit stumpfer, sturer Geduld in seiner Hütte auf den stellvertretenden Zahlmeister. Als stärkster Bohrhauer bekam er den höchsten Lohn. Die meisten Männer neideten ihm seinen Lohn nicht, weil sie wussten, dass sie ihn nicht übertrumpfen konnten und dass daran nichts zu ändern war. Einige allerdings nahmen ihm das übel. Der stellvertretende Zahlmeister gab John Henry seinen Wochenlohn und sagte ihm, dass Johnson, der Obersteiger, morgen einen Wettkampf wolle.

Die Gesellschaft konnte dem Gerede über die Todesfälle kein Ende setzen. Man hatte die Männer angewiesen, nicht über das Leben am Berg zu reden, und sie hatten mit eigenen Augen gesehen, wie man Männer von der Baustelle verwiesen hatte, weil sie sich über die Arbeitsbedingungen, die Verletzungen, die Arbeitszeiten und die Todesfälle beklagt hatten. Aber weder Johnson noch seine Vorarbeiter konnten die Männer daran hindern, nachts über den Berg zu reden. Mit Drohungen bei Tageslicht ließ sich das Lagerleben nicht zähmen. Die Nacht war eine Befreiung vom Berg im Schatten des Berges, unterhalb seiner Silhouette vor dunkelblauer Nacht. Sie tranken und wetteten und erzählten Geschichten, und wenn sie tranken, lockerten sich ihre Zungen, und sie sprachen von der Unmenschlichkeit. Nachts wurden Scherze schnell schal, und in letzter Zeit hatten es die Männer von dem Einsturz am Westeinstich. Er glich einem üblen Streich, der Berg. Der Schiefer widerstand Hämmern, Stahl und Sprengstoff, gab aber Regen und Wind nach. Wasser vom Himmel schmolz das Felsgestein des Berges, und das Regenwasser stand rot auf dem Boden. Nach dem Regen waren ihre Stiefel mit rotem Matsch aus den Pfützen verkrustet. Am ersten Tag nach dem Regen der vergangenen Woche gab das Hangende am Eingang des Westeinstichs nach, krachte durch das Druckgewölbe und erschlug fünf Planierer, die dort Schutz vor der Sonne gesucht hatten. Es war ein übler Streich. Im Schatten des Einstichs sauste der Berg auf sie herab wie ein Hammer und erschlug sie. Ein Schrei stieg empor. Die anderen Männer räumten das Gestein beiseite und zogen die Leichen heraus. Sie wussten, dass die Männer tot waren, aber sie beeilten sich trotzdem. Als der Arzt kam, betrachtete er die verkrümmten Körper und sprach mit Johnson. Sie sprachen miteinander, und Johnson deutete auf einen der Vorarbeiter. Die Männer begruben die Toten in der Aufschüttung am Westeinstich, und keine Warnung vonseiten der Gesellschaft konnte dem Gerede im Lager ein Ende setzen.

Mit seinem Lohn in der Hand trat John Henry in die Sonne hinaus. Die Hochstimmung des Zahltags belebte die Männer im Lager. Wer seinen Lohn rasch vertrank und ein, zwei Tage ohne

Whisky hatte auskommen müssen, trank. Schulden wurden zurückgezahlt. Einige, die Familie hatten, überschlugen, wie viel Geld sie nach Hause schicken sollten. John Henry befingerte die Münzen in seiner Hand und dachte, wie schlau Johnson war. Ein Wettkampf hob die Stimmung der Männer, auch wenn sie alle wussten, wer gewinnen würde. Eines Tages würde John Henry besiegt werden. Manche wetteten auf den Herausforderer, manche auf John Henry. Die Spannung, das wusste John Henry, würde die Gedanken der Männer von dem Einsturz abbringen. Bis zum nächsten Unfall. Der Wettkampf würde der im Lager herrschenden Unzufriedenheit abhelfen.

L'il Bob kam angehastet und überlegte laut, wer wohl seinen Partner herausfordern würde. John Henry hatte keine Ahnung. Als ein paar Stunden später bekannt gegeben wurde, dass es O'Shea war, wunderte ihn das nicht. Er hob nur leicht die Augenbrauen, das war alles. Er wusste, es schmeckte dem Iren nicht, dass er weniger Lohn bekam als ein Nigger. Aus ebendiesem Grund setzte Johnson ihn auch am Westeinstich ein. Er wollte nicht wissen, was passieren würde, wenn der Ire jeden Tag neben John Henry arbeiten müsste. Vielleicht würden die Hammerschläge des Schwarzen auf Stahl für ihn wie Münzen klingen, das Geräusch von Münzen, die ihm aus der Tasche fielen. Er könnte beschließen, seinen Hammer auch noch für etwas anderes zu verwenden als dafür, sich in den Berg hineinzufressen. Einen Schlag führen. O'Shea hatte Arme wie Ofenrohre. Dennoch war vermutlich Johnson auf die Idee gekommen, dass die beiden Männer in einem Bohrwettkampf gegeneinander antreten sollten. Der Gewinner bekam fünfzig Dollar; wahrscheinlich würde O'Shea einen Bonus bekommen, wenn er den Schwarzen schlug. Die Weißen würden auf O'Shea setzen, die Schwarzen auf John Henry. Der Wettkampf zwischen den Rassen würde sie nur noch stärker von der Bösartigkeit des Berges ablenken. Wenn der Schwarze gewann, würden die Männer sich besser vorkommen und den Berg eine Zeit lang vergessen. Wenn der Weiße gewann, würde ihnen das in Erinnerung rufen, wohin sie gehörten, und der Hass würde sie bei der Arbeit antreiben. Die Arbeit ging auf jeden Fall voran. Johnson hatte einen Zeitplan.

An diesem Abend sagte L'il Bob, der Ire sei verrückt, und John Henry zuckte die Achseln. Die irischen Arbeiter standen eine Stufe über den Schwarzen, was aber nicht viel hieß. Niedrig konkurrierte mit noch niedriger. Am Zahltag war L'il Bob ein glücklicher Mensch. Er dachte sich Verse aus, die er zum morgigen Wettkampf singen konnte, und sagte sie seinem Partner. Er sang: *Shake the drill and turn it 'round, I'll beat that white man down.* John Henry legte den Kopf schräg. L'il Bob sagte: *Shake the drill and turn it 'round, I'll beat that Irishman down.* Wie ist das? Besser, sagte John Henry. O'Shea und seiner Sippschaft würde das nicht gefallen, aber die Vorarbeiter würden nicht wütend werden und es tagelang an ihnen auslassen. L'il Bob erzählte Witze, die er sich ausdachte, während er John Henry den Bohrstahl hielt. Manchmal, wenn John Henry den Mann in der Dunkelheit des Tunnels anblickte, sah er den Schlitz eines Lächelns auf seinen Lippen. Das war dann ein Witz, den er später zu hören bekam. Am Zahltag erzählte L'il Bob seine Witze beim Kartenspielen. Er sorgte dafür, dass seine Mitspieler den Überblick über ihr Blatt verloren, und am Ende des Spiels kassierte er ihr Geld: Full House. Ford, der Grobschmied, fragte L'il Bob, ob sein Mann den Iren morgen schlagen würde oder ob er sein Geld auf den Außenseiter setzen solle. Dabei sah er John Henry an, um zu sehen, wie er darauf reagierte. Der Bohrhauer sagte nichts, und L'il Bob fragte Ford, ob er den Verstand verloren habe. Er musste verrückt sein – Karten spielen tat er jedenfalls, als wäre er verrückt, aber vielleicht verschenkte er ja auch einfach nur gern sein Geld. Ford knurrte nur und machte seinen Einsatz.

John Henry ging an diesem Abend früh zu Bett. Noch nie hatte ihn der Hammer eines anderen Mannes besiegt, aber Stolz

ist eine Sünde. Er legte sich schlafen. Die lärmenden Zahltags-
saufereien hielten ihn eine Zeit lang wach, aber dann zwang er
sich einzuschlafen und träumte von dem Wettkampf als einem
Faustkampf zwischen dem Weißen und dem Schwarzen um die
Aufschüttung am Westeinstich. Von ihrem Platz unter dem Ge-
stein aus sahen die Toten dem Wettkampf zu. Er sah durch ihre
Augen, wie sie zu ihm aufstarrten, während er dem Weißen das
Gesicht zerschmetterte. Dazu brauchte er seinen Hammer nicht.

Die Sonnenbrille: wo ist sie? Eine Sonnenbrille verhindert, dass man wegen fahrlässigen Blickewerfens festgenommen wird.

Da ist sie.

So bewaffnet, derart gestärkt, überquert J. die unbestimmte Grenze zwischen Parkplatzkies und der mühsam in Schach gehaltenen Erde des Seitenstreifens der Landstraße, umkämpftes Gebiet, jeder Regen bricht mit ungestümem Vorstoß den Waffenstillstand, jedes von der Talcott Motor Lodge weg- oder zu ihr hinrollende Rad stört, Einmischung von außen, das Gleichgewicht der Kräfte. Die Grenze ein sandiger Streifen, zwei Schritte breit, zwei Schritte, und er steht auf der Straße, noch vor Mittag, einen Berg zur Linken und einen Fluss zur Rechten. Er fühlt sich gar nicht schlecht heute Morgen, nicht verkatert und auf halbmast, alles scheint in Ordnung, die Synapsen übertragen zügig, die Informationen werden weitergeleitet, und die Gratissonnenbrille stumpft das Rapier des Sonnenlichts ab, das durch das Laub stößt. In Sicherheit mit einer Sonnenbrille, und sein Hals tut überhaupt nicht weh.

Zwischen den abgezehrten Bäumen hindurch blickt er hinüber zum anderen Flussufer, wo sich Gleise wie ein eiserner Saum um den Fuß eines weiteren grünen Berges ziehen. Folgt einer Biegung der Straße und spürt mit der Richtungsänderung das Motel, sein Zimmer, seinen Kram hinter sich entschwinden. Nur er allein im Wald, wie er einen der drei aufmüpfigen Wege nimmt, die die Berge bedrängen: Straße, Fluss und Gleise. Die Straße, auf der er geht, hat es am schlechtesten erwischt, denkt er. Eingeklemmt zwischen zwei missgünstigen Nachbarn und zu wenig in der Tasche, um woandershin zu ziehen. In Asphaltpantoffeln schleicht die Straße auf Zehenspitzen um einen Berg, der ihr aus großen Höhen ständig Müll in den gepflasterten Hinterhof wirft, Laub, Dreck und Behälter von Fertiggerichten, während der Fluss auf der anderen Seite immerzu versucht, die Grenze zu verschieben, hier und da ein Stück Ufer frisst und sich jedes Frühjahr unter dem Vorwand, den Garten auf Vordermann bringen zu wollen, an der Trasse vergreift. Kümmern Sie sich nicht um mich, mein Lieber, ich stutze bloß die Hecken da. Mit seinen vor uv-Licht geschützten Augen folgt J. dem flachen Höcker eines fernen Hügelkamms und spürt, wie ihm der Schweiß ausbricht. Der Tag ist heiß und wolkenlos. Das hier ist überhaupt nicht J.s Umgebung. Überall um ihn herum Auseinandersetzungen, aber keine davon geht ihn etwas an, und das ist ihm sehr recht.

Bloß auf der Durchreise, vielen Dank. Er lebt in unwahrscheinlichen Zeiten, spaziert durch das Tal eines unwahrscheinlichen Samstagmorgens. Auf der Unterseite seines Planeten oder tief unter seiner Oberfläche. Talcott, West Virginia: die Welt, auf der Sie jeden Tag gehen, ohne zu wissen, dass es sie gibt. Er fühlt sich gut, das Knirschen des Bodens unter seinen Sneakers ist ein verlässliches, zuzuordnendes Geräusch, etwas ganz anderes als Bürgersteig, Hotelfliese oder Ballsaalteppich, eine gekonnte Synkopierung zum beständigen Rauschen des Flusses. Ab und zu macht ein Vogel mit, ein Trompeter, der das Lokal dieses Tages betritt, um zu sehen, was abgeht. J. holt tief Atem und wendet sich Richtung Westen. Einer seiner Kameraden – Dave Brown oder Frenchie – hat frühmorgens an seine Tür geklopft und irgendwas von dem Taxi gerufen, das sie zum Frühstück befördern würde. J. hat ihn weggebrüllt und weitergeschlafen – fünf Minuten oder eine Stunde, es war egal, und er wusste es nicht; er zog sich die Laken um den Hals, als wären sie dünne Mantelaufschläge in einem plötzlichen, kräftigen Regen, er stand erst auf, als er wirklich so weit war. Nach seinem eigenen Zeitplan. Er zog sich Gratis-klamotten an, er ließ sich Zeit dabei und machte seine Zimmer-tür erst auf, als er sich bereit fühlte. Verzichtete sogar auf eine Gratismahlzeit, so groß ist der Zauber dieses Vormittags.

Er findet es komisch, dass er Richtung Westen geht, in die Stadt, um Vorräte zu kaufen. Ich nehme einen Sack Mehl und zwei Ellen Tuch für die Missus, danke, Clem, und zahle dafür mit Kassenscheinen der Eisenbahngesellschaft. Die Eisenbahn hatte sämtliche Bürger von Talcott und Hinton in ihrem monopolisti-schen Griff, sie war Besitzerin des Gemischtwarenladens und verlangte gesalzenere Preise als jeder Schuppen in Brooklyn. So lief das doch damals, er hatte in einem Dokumentarfilm auf PBS irgendwas in der Richtung gesehen. Bevor es Gewerkschaften und flugblätterschwenkende Rote gab. Ein erfolgloser Aufstand, niedergeschlagen von auswärts angeheuerten Pinkerton-Typen, die in bedrohlicher Zeitlupe abends mit dem Sieben-Uhr-Zug kamen, einen roten Lichtschimmer in den Falten ihrer langen Le-dermäntel, verdächtige Wölbungen, wo normalerweise Revolver-halfter hängen. Die Unruhestifter sehen ihre Hütten niederge-brannt, und alle lernen aus der Lektion, halten das Maul, und der Gemischtwarenhändler stapelt Spielzeuggeld. Sirup für das Baby mit Koliken. Nerventonikum für die konfuse Dame des Hauses. Um die Monatsbeschwerden zu lindern. Der Gemischtwaren-händler gibt die Waren umsonst ab, Falschgeld mit dem Emblem der C & O lässt alles wie eine Gratisgabe wirken. J. beschließt, dass er sein Frühstück selbst bezahlen wird, wenn er in die Stadt kommt.

Zwischen den Bäumen am Flussufer taumelt ein orangefarbe-ner Schmetterling hervor, der J. erschreckt und seinen großstäd-tischen Verrückte-Tauben-Reflex auslöst: Eine Hand hebt sich, um seinen Kopf vor Vogelscheiße zu schützen, die andere streckt sich zum Karateschlag. Aber es ist bloß ein Schmetterling, eine von unsichtbaren Bumpers und Flippers hin und her geworfene

Silberkugel, die davonrikoschettiert. Er ist hier auf dem Land, in Sicherheit. Er fühlt sich gut, ruft er sich ins Gedächtnis zurück, gut, und es ist am besten, seine angestammten Neigungen zu unterdrücken und mit der Strömung zu schwimmen. Sogar unsterblich fühlt er sich. Wenn man knapp dem Tod entgangen ist, so erscheint es ihm, ist man eine Zeit lang unbesiegbar. Sofern man sich nicht im Schützengraben befindet, ist die Wahrscheinlichkeit, dass man zweimal binnen weniger Tage beinahe stirbt, gering. Geradezu verschwindend gering. Autos werden von ihm abprallen, Schüsse aus vorbeifahrenden Fahrzeugen werden seinen Schattenriss an der Wand hinter ihm durchlöchern. Er hat die Nacht überstanden, nichts kann ihm etwas anhaben. Und wenn die brennende Scheune mit dem Wurf junger Kätzchen darin auftaucht; J. ist bereit.

Um vier Uhr morgens ist er, zwischen Schluckversuchen, schließlich weggedämmert und hat traumlos geschlafen. Aufgestanden ist er ohne die übliche Steifheit (dieses eigenartige Sich-Ankurbeln, das ihn immer an einen Achterbahnwagen erinnert, der zur ersten großen Abfahrt des Tages hinauftackert) und Desorientiertheit im Hinblick darauf, wo er sich befand, in welchem Hotel und bei welchem Auftrag. Seine Stimmung verflog beinahe, als er sich zum Empfang hinunterbegab, um sich nach einer Fahrtmöglichkeit in die Stadt zu erkundigen, und die Frau dort ihn ansah, als hätte sie einen Geist (eine dunkle Gestalt) gesehen. Sie zog sich den Bademantel enger um den Hühnerhals und fragte ihn, ob er in Zimmer 27 wohne. Er bejahte und beantwortete ihre zögernde Erkundigung danach, wie er geschlafen habe, mit einem übertrieben begeisterten Lächeln, das an das vertraute Bild wonniger Babys in ihren Bettchen denken ließ. Sie wirkte erleichtert, dann angesichts seiner Reaktion neuerlich besorgt, und als ihre dünnen Augenbrauen sich jäh senkten, lenkte J. das Gespräch rasch wieder auf die Frage der Fahrgelegenheit. Wie sich herausstellte, sollte das New River Gorge Taxi erst später am Vormittag wieder eine Fuhre machen; J. hatte die Fahrt zum Frühstück verpasst. Er fragte sie, wie weit es in die Stadt sei.

Hinter ihm kommt ein Auto, das erste Auto seit seinem Aufbruch, und er wehrt sich gegen die Vorstellung, die seine Paranoia ihm eingibt: Der Laster macht genau auf seiner Höhe einen Schlenker nach rechts und schleudert seinen Körper in den Fluss, Wochen später wird seine Leiche flussabwärts an einem flachen Uferstreifen angetrieben, wo auch immer der Fluss endet, sobald er die Berge hinter sich gelassen hat. Niemand da, der diese anonyme Gewalttat bezeugen und niemand, der seine Leiche identifizieren könnte, die Fische haben seine Ausweispapiere gefressen. (Die Umweltverschmutzung hat sie auf den Geschmack an knackigem Plastik und Magnetstreifen gebracht.) Doch dann fällt ihm seine Unbesiegbarkeit wieder ein und seine heutige Abneigung gegen die üblichen Szenarien. Exhaliere dein Großstadt-Ich in diese kühle Landluft, die Gegend hier kann dich und noch viel mehr komplett absorbieren. Es ist gar kein Lastwagen, sieht er, als das Ding um die Kurve biegt, sondern ein Chevy Nova von flotter grüner Farbe, mit Radkappen aus herumwirbelndem Rost. Die Fahrerin eine Brünette mittleren Alters, die im Vorbeifahren an einer Zigarette zieht und mit zusammengekniffenen Augen durch den Rauch späht; vom Beifahrersitz aus starrt ein kleines Mädchen mit rundem Mondgesicht J. an und dreht sich um auf dem Sitz, um ihn entschwinden zu sehen, während sie zur Stadt weitersausen. Und vielleicht beunruhigt ihr sonderbar scharfer Blick ihn einen Moment lang, doch dann sind sie fort, und er ist wieder allein in der paralysierten Landschaft. Na bitte, kein Grund zur Sorge hier.

Gehen Sie die Straße entlang bis zur Brücke und biegen Sie links ab, hat die Frau am Empfang ihm gesagt, es sind ungefähr vier Kilometer. Dafür braucht er zu Fuß eine Dreiviertelstunde, hat er gerechnet, und jetzt ist er unterwegs, gar nicht mal schlecht, obwohl ihm ein solcher Gedanke normalerweise nicht käme.

Eine quittungslose Zeitspanne. Was hat der Briefmarkensammler gestern Abend eigentlich noch aus ihm herausbefördert? Dass es ihm so geht wie jetzt. Er macht eine Liste der relevanten Phänomene. Der Luftmangel hatte ihn im Nu nüchtern gemacht, hatte ihm ebenso heftig Alkohol entzogen, wie sein Blut blauem, erschöpftem Blut Sauerstoff abzuringen versuchte. Er hat auf die Sauferei in Tinys Zimmer verzichtet, und das Ginger Ale hat ihn nach ein paar Tagen schwerer Spesenritterei samt den entsprechenden Nebenwirkungen wieder rehydriert. Er hat zwar nicht sehr lange geschlafen, immerhin aber nach seinem eigenen Zeitplan und nicht dem der Publicity. Was die Motor Lodge an Komfort bietet oder vielmehr nicht bietet, hat ihn gezwungen, zwecks Nahrungsaufnahme sein Zimmer zu verlassen. Und nicht zuletzt bekommt er frische Luft. In den letzten zwölf Stunden also eine ernst zu nehmende Abweichung von seinen üblichen Gewohnheiten an allen Fronten. Vielleicht sogar noch mehr als das. Wenn er zurückdenkt, hat er sich seit Monaten nicht mehr derart klar gefühlt. (So ausgeprägt ist seine nächtliche Haltungsschwäche, dass er ständig der Neigung zum Saufen nachgibt.) Sein Körper dankt es ihm. Muss sich irgendwann richtig bei dem Briefmarkensammler bedanken.

J. kommt an eine Stelle, wo sich der Seitenstreifen verbreitert, und erspäht zwischen den Bäumen und zischelndem Unterholz eine Lücke, die sich bis zum Fluss hinunterzieht. Hier parken die Leute und gehen angeln, vermutet er, Großpapa bringt dem kleinen Jimmy alles über Köder und das Leben bei. Oder Teenager rauchen Joints, werfen Bierdosen in den Fluss und bumsen: Er sieht ein paar sonnengebleichte Zigarettenstummel und am Rand des Parkplatzes etwas, bei dem es sich um große Boxershorts zu handeln scheint. Ein Spaß: der Pfad zum Fluss ist steil, und er steigt langsam zum Ufer hinunter, schiebt Erde vom oberen Teil des Hangs in den vorzeitigen Ruhestand am Wasser ab, hangelt sich von festem Pappelzweig zu festen Halt bietendem Hemlock, bis er die dreißig Meter Gefälle zu dem halbkreisförmigen Sand-streifen geschafft hat.

Er sieht keinerlei Anzeichen von Zivilisation, außer den Eisen-bahngleisen am anderen Ufer. Und den silbernen Ring eines al-ten Dosenverschlusses im Sand, aber sonst nichts. Dem Sonnen-licht in den Schatten der am Ufer kauernden Bäume entkommen, spürt J., wie sein Körper abkühlt, und gleitet in eine noch tiefere Stille, obwohl der braune Fluss lauter ist als die leere Straße. Welt-entrückte Zeit. Ein Stück weit flussabwärts schießt das Wasser über ein Sims von Felsbrocken, das weiße Vorhänge wehen und wirbeln lässt. Einen Moment lang sieht sich J., wie er sich an ei-nem dieser Felsbrocken festklammert, kommt aber nicht dahin-ter, ob dieses Sekundenbild schwer errungene, endgültige Sicher-heit oder nur einen Aufschub im Kampf gegen das Ertrinken bedeutet. Er hat nicht wenig Lust, sich hinzusetzen, beschließt stattdessen aber, einen Schwur abzulegen, eine mit Stentor-stimme vorgetragene Selbst- und Willenserklärung. Tut man das nicht an solchen Orten, in der Natur, außerhalb des Rummels, wo einen niemand hört außer denen, die nicht tratschen: einen Schwur ablegen? Hervorschleudern. Das Gleiche, wie wenn man eine Straße asphaltiert oder Eisenbahngleise an gefrorenem Bo-den festnagelt, so ist es auch, wenn man einen Schwur ablegt, man sagt: *Ich bin.* Und wenn seine Gastgeber an diesem Wochen-ende das können, kann er es ja wohl auch. Scheiße, er ist schließ-lich Amerikaner, er hat in ebendiesem Moment seine Sozialver-sicherungskarte in der Tasche.

Ihm fällt nichts ein. Er überlegt volle fünf Minuten lang und beschließt dann, stattdessen zu pinkeln.

Er sieht sich ein letztes Mal um und kraxelt die Böschung wie-der hinauf. Er nähert sich der Stadt und pfeift dabei, ohne dass es ihm bewusst wird, das Lied, das er am Abend zuvor bei dem Din-ner gehört hat.

Guy Johnson braucht nicht lange, um sich klarzumachen, dass er das Insekt ist. Unter dem rostbraunen Panzer des Geschöpfs wachsen Gliederfüße hervor, die von winzigen Sporen starren. Vom Kopf neigen sich in abfallender Parabel weiche Antennen, halb so lang wie der Körper. Wahrscheinlich hat das Insekt das Zitronendrops mit Hilfe seiner Antennen entdeckt, aber das ist reine Vermutung, denn Entomologie ist nicht Guys Fach. An der Universität ist die Entomologie von den Geisteswissenschaften aus gesehen auf der anderen Seite des Campus untergebracht, und er hat nie einen Anlass, dorthin zu gehen. Guy beobachtet das Insekt nun schon eine ganze Weile. Plausible Handlungsabläufe zu rekonstruieren ist dieser Tage Guys Geschäft, und das gilt sogar für seine Ruhepause, während er auf der harten Matratze sitzt und auf den Boden starrt. Das Insekt hat sich durchs Zimmer geschnuppert, ehe es seinen momentanen Standort ein paar Zentimeter von Guys Bett entfernt, über einer schmierigen Ritze zwischen zwei Bodendielen, erreicht hat; was es getan hat, bevor Guy es bemerkt hat, entzieht sich seiner Erkenntnis. An dem Bonbon knabbernd und schnuppernd, das er vor ein paar Minuten hat fallen lassen, kommt das Insekt, wie auch er schon, dahinter, dass die verlockende Entdeckung in Wirklichkeit ein Reinfall ist und man eine pelzige Zunge davon bekommt. Dennoch tut es sich daran gütlich.

Er überlegt, ob das richtige Wort Mundwerkzeuge und nicht Zunge ist. Wenn man übereilte Schlüsse zieht, verfälscht man sein Forschungsergebnis. Ein falscher Schritt, und man geht einem vollkommen irrigen Ansatz nach. Er schnürt einen Schuh auf, legt im klassischen Insektenvernichtungsgriff die Finger darum und hält ihn nicht ohne einen Anflug von Sadismus über das neugierige Insekt. Er schlägt nicht zu, sondern beobachtet. Er wartet darauf, dass das Insekt ermüdet oder seinen Fund satt bekommt. Das Zitronendrops ist zu groß, es ist schlichtweg unmöglich, dass das Insekt es komplett verschlingen kann. Aber es ermüdet nicht. Es knabbert, macht für das Auge nicht wahrnehmbare Fortschritte, und Guy zieht sich den Schuh wieder an. Ihm geht auf, dass er das Insekt ist. Beide tun, was sie müssen.

Als er heute Morgen aufbrach, waren seine Papiere gemäß dem Prinzip, nach dem er sein umfangreiches Material ordnet, im Zimmer verteilt, das heißt, sie waren überhaupt nicht geordnet, sondern ganz und gar der Unordnung seines Projekts unterworfen. Transkribierte Versionen der Ballade kauerten unter Briefen seiner Informanten, in einem flüchtigen Moment der Inspiration hingekritzelte Notizen verbargen sich in einem Bündel aus Teilen, die überhaupt nichts miteinander zu tun hatten. In Stapeln zankten sich bernsteingelbe Zettel, widersprachen einander mit schwindenden Kräften; eine Hälfte einer Gesprächsmitschrift drückte sich in einem Stapel herum, während die andere in einem anderen Stapel auf der anderen Seite des Zimmers vor sich hin brütete. Er hatte eine Herde gewiefter Ausreißer zusammenzuhalten. Wenn er morgen stürbe, wäre kein Mensch imstande, aus seiner Untersuchung schlau zu werden. Ihm blieb keine andere Wahl, als seine Forschungsarbeit ihren eigenen Gang gehen zu lassen. Wenn alles, was er angesammelt hatte, richtig geordnet wäre, in genau beschrifteten Heftern und zusammenhängenden Gruppen, wäre das eine Lüge, denn er würde damit erklären, er habe diesen Drachen bezwungen. Das ist nicht der Fall. Er steigt einfach nicht dahinter. Natürlich kann er ein, zwei Triumphe auskosten. Er hat die Geschichte John Henrys von der Geschichte John Hardys geschieden und ihrer beider Vermischung in bestimmten Varianten der Ballade nachgewiesen. Er hat die aus regionalen Versionen hervorgegangenen falschen Hinweise eliminiert, die Alabama State Southern und die Norfolk & Western von der Chesapeake & Ohio geschieden. Alle diese Stränge ungeheuer verschlungen. Trotzdem hat er sich geweigert, sein Material entsprechend zu organisieren. Der Wirrwarr hindert und lähmt ihn, und als er von den Gesprächen heute Morgen zurückkam und sah, dass Mrs. Thompson nicht nur sein Bett gemacht und den Boden gefegt, sondern aus seinen überall verstreuten Papieren einen einzigen hoch aufragenden, unangreifbaren Stapel errichtet hatte, ging sein anfänglicher Zorn rasch in Dankbarkeit über. Sie hatte ihn daran erinnert, dass er noch immer keinen Weg in den Berg gefunden hatte.

Dabei hatte es als ganz bescheidenes Vorhaben begonnen: dem Ursprung und der Überlieferung einer der Balladen nachzugehen, die er und Howard für *The Negro and His Songs* und *Negro Workaday Songs* gesammelt hatten. Er hatte sich alle Mühe gegeben, Negerlieder für die Nachwelt zu bewahren; nun würde er sich auf ein einziges konzentrieren, »The Ballad of John Henry«, die regionalen Varianten erforschen, die irischen und schottischen Einflüsse von den Neger-Derivaten trennen und sogar noch tiefer graben und feststellen, ob es den berühmten Bohrhauer tatsächlich gegeben hatte. Hätte er nur damals schon gewusst, auf welche Reise er sich da eingelassen hatte! Sie hatte ihn in der ersten richtigen Sommerhitze gewissermaßen bis zur Mündung des Nils geführt. Gegen Ende des akademischen Jahrs war ihm die Reise hierher wie die reinste Wohltat erschienen. Sie war mit Arbeit verbunden, gewiss, aber die Aussicht, ohne Unterbrechung in North Carolina zu bleiben, deprimierte ihn. Er hatte die Vorarbeiten abgeschlossen. Die Post, die er in alle Winkel des Landes – von den größten Großstadtzeitungen bis hin zur kleinsten Provinzgazette – schickte und mit der er um Informationen über John Henry, ganz gleich, wie geringfügig oder ungenau erinnert, bat, hatte Hunderte von Zuschriften erbracht. Hauer aus

Mississippi antworteten mit persönlichen Lieblingsversionen, pensionierte Lokführer längst eingegangener Linien berichteten, was sie von dem alten Worksong noch behalten hatten, Nachkommen von Eisenbahnern, ehemalige Hobos und Hafenarbeiter, die Beredten ebenso wie die Ungebildeten, lieferten kostbare Hinweise. (Niedergeschlagen betrachtet er den Turm auf dem Boden und schüttelt den Kopf.) So geht man vor, wenn man Folklore sammelt, man trägt zusammen, siebt, verfolgt mit unzureichendem Vergrößerungsglas die Fußabdrücke von Geistern. Aber er hatte nicht mit der Vielfalt und Fülle der Berichte gerechnet. Nein, das wahre Ausmaß dieses Abenteuers hat er nicht im Entferntesten vorausgesehen.

Ein Mann gegen den Berg widersprüchlicher Belege! Drei Tage ist er jetzt schon hier. Drei Tage, und er meint, ein wenig Einblick in John Henrys Dilemma gewonnen zu haben: je weiter er fährt, desto tiefer die Dunkelheit, die er um sich herum erzeugt. »The Ballad of John Henry« hat von jedem Arbeitslager, Kai und Wirtshaus in diesem Land Fracht aufgenommen; ihre Strecke verläuft, wo immer Männer arbeiten und leben, und mittlerweile sind ihre Waggons randvoll mit dem, was die Männer an Bord gehievt haben: ihre Leidenschaften und Träume. Ganze Kisten voller Namen, die Namen von Frauen, die sie geliebt, und Städten, in denen sie geschuftet haben. Er hat den ganzen Wust durchgesehen, und gefunden hat er den Big Bend Tunnel in Talcott, West Virginia. Nun, da er hier ist, bleiben ihm nur noch die menschlichen Antwortgeber, und sie sind eine Enttäuschung. Mit jedem Gespräch, das er führt, wird der Sachverhalt weniger fassbar, wie ein Boxer, der ausweicht und fintiert. Ob er auf einen Brief hin nachfasst oder aufs Geratewohl alteingesessene Bürger und Veteranen befragt, er bekommt keine zwei übereinstimmenden Geschichten zu hören. Ein Gesprächspartner behauptet, der Wettkampf habe nie stattgefunden, eine andere schwört Stein und Bein, ihr Großvater habe sie auf den Schoß genommen und ihr die Geschichte als wahres Ereignis erzählt. Einer beharrt darauf, dass die Chesapeake & Ohio in dieser Gegend niemals eine Dampfbohrmaschine eingesetzt habe, und der Nächste beteuert, er habe dem Vertreter von Burleigh persönlich geholfen, die Bohrmaschine für den Wettkampf aufzubauen, kann sich aber nicht einmal mehr an seinen eigenen Namen erinnern. Manche haben die Ballade schon so oft gehört, dass sie ihre Zuschauerrolle erfinden und Zeilen aus dem Song stehlen, mit denen sie ihre Augenzeugenberichte garnieren.

Jedes Mal, wenn Guy ihnen in die milchigen Augen schaut, ihre langsamen, erschöpften Bewegungen beobachtet, wenn sie ihn an der Tür begrüßen, wird er aufs Neue an sein Problem erinnert. Er ist zu spät gekommen. Unter seinen Befragungen fallen die Berichte in der ersten Person einer nach dem anderen zu Berichten in der zweiten Person oder, schlimmer noch, kompletten Fabrikationen zusammen. Der Wettkampf (wenn es denn einen Wettkampf gegeben hat, korrigiert er sich) fand vor über fünfzig Jahren, entweder 1871 oder 1872, statt. Manche benebelten Bewohner von Hinton und Talcott allerdings datieren den Bohrwettkampf auf die Achtziger- oder Neunzigerjahre des neunzehnten Jahrhunderts, lange nach Fertigstellung des Big Bend, und widersprechen damit den historischen Belegen, was sofort einen Schatten auf alle ihre Aussagen wirft. Noch ärgerlicher ist, dass sie ihr schriftliches Zeugnis oftmals komplett widerrufen und sich ganz anders an die Ereignisse erinnern, sobald Guy auf ihrer Schwelle steht. In einem Brief behauptete ein Mann, er habe das Ereignis mit eigenen Augen gesehen; als Guy ihn persönlich befragte, gab der Mann zu, er habe am Westeinstich, nicht am Osteinstich gearbeitet und die Geschichte lediglich von jemand anders gehört. Guy öffnet seine Aktentasche und präsentiert zur Widerlegung ihre Antworten auf seine Zeitungsanzeigen, worauf sie nur die Achseln zucken oder verwirrt die Köpfe schütteln können und zugeben, dass ihr Gedächtnis sie manchmal trügt.

Er fügt die Gespräche von heute Vormittag dem Stapel von Mrs. Thompson hinzu. Was bedeutet es schon, wenn man noch eine Schaufel Erde auf einen Berg wirft?

Bald wird der Junge an seine Zimmertür klopfen, um ihn abzuholen. Ohne Hubert als Führer wäre er aufgeschmissen. Davon haben ihn seine Abenteuer bei seiner Ankunft überzeugt. Die Zugfahrt von Chapel Hill war ohne besondere Vorkommnisse, wenn auch von zahlreichen Verzögerungen begleitet, aber sobald er sein Gepäck geholt hatte und auf den ausgebleichten, abgetretenen Brettern des Bahnsteigs der Hinton Station stand, nahmen seine Prüfungen ihren Anfang. Der Stationsvorsteher, ein stämmiger Weißer mit dichtem Schnurrbart und durchdringenden Augen, warf einen einzigen Blick auf Guy, und Gereiztheit entstellte seine Züge; auf die Frage, wo das Mc Creery Hotel zu finden sei, deutete er vage über seine Schulter und widmete sich dann wieder seinen Fahrplänen. Guys Erkundigungen bei anderen Weißen blieben ähnlich erfolglos. Schließlich wurde ihm klar, was er gleich nach dem Aussteigen hätte tun sollen, und er trat auf einen der Neger zu, die auf der anderen Straßenseite auf den wackligen Stühlen vor Riff's Mercantile saßen. Der Mann stellte sich als Al vor und versicherte Guy, dass es unter den gegebenen Umständen das Beste sei, wenner ihn persönlich zu Mc Creery's bringe. Schon damals hätte Guy sich fragen müssen, was das für »Umstände« waren; eigentlich hätte er es schon wissen müssen. Er gab seiner Besorgnis Ausdruck, dass er den Mann von seinem Gespräch abhalte, und die anderen schmunzelten.

Er war der Bursche aus der Großstadt. Während Al ihm sein Gepäck tragen half und ihn die Third Avenue entlang zum Hotel brachte, fragte er Guy, was ihn hierherführe. »Ich erforsche die Legende von John Henry«, erwiderte Guy und dachte in einem Moment der Selbstüberhebung, dass das den Mann vielleicht beeindruckte, weil seine kleine Arbeit dazu beitragen würde, die Namen Hinton und Talcott und ihre Bedeutung für eine amerikanische Legende bekannt zu machen. Al sah ihn mit einem sonderbaren Gesichtsausdruck an. »Komische Beschäftigung«, murmelte er, packte mit kurzem Ruck die Taschen fester, und sie schwiegen, bis sie beim Hotel anlangten, wo Guy anbot, ihn für seine Mühe zu bezahlen.

Al schüttelte den Kopf. »Wollen Sie wirklich hier wohnen?«, fragte er. »Es gibt andere Möglichkeiten, wo Sie vielleicht –«

Guy schnitt ihm das Wort ab, bedankte sich und wurde gleich darauf vom Besitzer des Mc Creery abgewiesen, der ihm mitteilte, dass es nicht zu seinen Gewohnheiten gehöre, Niggern ein Zimmer zu geben. Al wartete immer noch draußen und hielt eifrig ein Streichholz an seine Maiskolbenpfeife, als wäre es das erste Mal, dass er sich an dieser Prozedur versuchte. Er nahm eine von Guys Taschen und führte ihn zu Mrs. Thompsons Haus. Sie vermiete Zimmer, sagte er. Guy schleppte sich ihm nach. Natürlich hatte man bei Mc Creery aufgrund des Briefpapiers der Universität, auf dem er um eine Zimmerreservierung gebeten hatte, angenommen, er sei ein Weißer. Sein inniger Wunsch, nach Hinton zu fahren, verbunden mit den zahlreichen Sendungen, die er unter der weißen Maske wissenschaftlicher Forschung verschickt hatte, hatte ihn vergessen lassen, wie eisern Jim Crow sein Volk nach wie vor in der Gewalt hatte. Kaum zu glauben, ja, aber hier war er, mit Schweiß im Nacken und stummer Verlegenheit im Gesicht.

Er steht vom Bett auf, schiebt den staubigen braunen Vorhang zur Seite und sieht Mrs. Thompson zu, wie sie die Wäsche auf die Leine hängt. Er erkennt das Hemd, das er heute Morgen auf seinem Bett hat liegen lassen; er hat sie nicht gebeten, es zu waschen, aber dort bläht es sich im Wind. Guy hat schon zu viel von ihrer Freundlichkeit genossen. Sie hat ihn in ihr Haus aufgenommen, ohne einen Moment zu zögern. Ihr Preis war mehr als angemessen, Guy würde dadurch, dass er Mrs. Thompsons Gastfreundschaft in Anspruch nahm, sogar noch einen erheblichen Betrag für Kost und Logis einsparen. Wenn er nicht über John

Henry nachgrübelte, verwendete er seine Energien darauf, sich über sein Budget Sorgen zu machen. Es war schwer genug gewesen, die Fakultät vom Wert seiner Forschungen zu überzeugen, und er macht sich Gedanken darüber, dass die Summe, die man ihm schließlich zugebilligt hat, nicht ausreichen könnte. Er führt peinlich genau Buch über seine Ausgaben, um sich nur ja keine Blöße zu geben, die einer seiner böswilligeren Kollegen ausnützen könnte. In der akademischen Welt muss ein Neger ein doppelt so guter Wissenschaftler und ein doppelt so guter Taktiker wie seine weißen Kollegen sein.

Mrs. Thompson war eine grobknochige Frau mit raschem Schritt und von energischer Rührigkeit; Guy stellte sich vor, wie sie im Haus erbarmungslos tüchtig von einer Arbeit zur anderen eilte. Sie habe selten Gelegenheit, einen Mieter aufzunehmen, erklärte sie, während sie ihn an sepiafarbenen Fotos ihres Clans vorbei die Treppe hinaufführte, aber wenn, dann genieße sie jedes Mal die Gesellschaft. Guy werde im Zimmer ihres Sohnes wohnen, sagte sie ihm; ihr Junge war nach Chicago gezogen, wo er einen guten Job als Fleischer in einem Schlachthof hatte, und er hatte kürzlich geheiratet. Das Zimmer enthielt nichts außer Bett und Kommode; der junge Thompson hatte bei seinem Umzug nach Norden alles mitgenommen, was ihm gehörte. Sobald Guy sich eingerichtet hatte, setzte er sich zu ihr in den Salon, und nach Anwendung der üblichen Methoden, einem Informanten die Befangenheit zu nehmen, fragte er sie nach John Henry.

»Das ist eine alte Geschichte«, sagte sie bloß, und ihr Gesicht gab nichts preis.

Er hatte zuvor schon festgestellt, dass ihr Vater ein paar Jahre nach Fertigstellung des Tunnels für die Chesapeake & Ohio gearbeitet hatte, und erkundigte sich, ob er je irgendetwas über die Geschichte erzählt hatte.

»Man kann gar nicht hier leben, ohne von dem alten John Henry zu hören«, räumte sie ein, sagte aber nichts weiter.

Er brachte sozusagen den Vortrieb kein Stück voran. Er drängte sie, redete um das Thema herum, ehe er es erneut zur Sprache brachte. Sie erzählte ihm von ihrem Mann, der vor einigen Jahren bei einem Eisenbahnunfall ums Leben gekommen war, erzählte, wie heiß es hier im Sommer wurde und wie oft der Eisverkäufer vorbeikam, aber wenn Guy versuchte, John Henry aufs Tapet zu bringen, sagte sie lediglich: »Man kann gar nicht hier leben, ohne die ganzen alten Geschichten zu hören«, und zeigte ihm nur wieder dieses verschlossene Gesicht. Dann ging sie, um das Essen zu machen, das aus gebratenem Fisch und Brötchen bestand, ein köstliches Mahl, das den Professor nach seiner langen Reise tröstete. Beim Essen unterhielten sie sich über das Leben in der Kleinstadt und über die Beziehung zwischen Hinton und Talcott, das auf der anderen Seite des Berges vor sich hin döste, aber er bekam nichts aus ihr heraus, was mit seiner Untersuchung zu tun hatte.

Sein erstes Gespräch am nächsten Morgen brachte ihn auf ganz ähnliche Weise zur Verzweiflung. Eine der vielen Antworten, die er auf seine Anzeige im *Hinton Independent* bekommen hatte, hatte mit ihren Verheißungen seine Fantasie entflammt. »Sehr geehrter Herr«, begann der Brief. »Ich schreibe Ihnen im Namen meines Vaters, der als Junge Wasserträger der C & O am Big Bend war und mit eigenen Augen den Kampf zwischen ›Big‹ John Henry und der Dampfbohrmaschine gesehen hat, nach dem Sie sich erkundigen. Da mein Vater bei schlechter Gesundheit und in geschwächtem Zustand ist, hat er mich gedrängt, Ihnen zu schreiben, um Sie von seinem Wissen in Kenntnis zu setzen. Gegen ein geringes Honorar, das ihm helfen würde, die Arztrechnungen und Kosten für Medikamente zu tragen, wäre er bereit, dieses Wissen mit Ihnen zu teilen. Er hat mir immer seine Geschichten aus der Zeit des Big Bend erzählt ...« Ab hier schweifte der Verfasser in einen Bericht aus zweiter Hand ab, der mit den üblichen Details der Legende ausgeschmückt war, aber das machte er dadurch wett, dass er nicht nur in Hinton wohnte, sondern auch unmittelbar mit jemandem verwandt war, der an dem Bauwerk mitgeschuftet hatte und, was am wichtigsten war, noch unter den Lebenden weilte. Sobald Mrs. Thompson ihm bestätigt hatte, dass der Mann in der Stadt und nur einen kurzen Fußmarsch entfernt wohnte, beschloss Guy, als Erstes bei ihm vorbeizuschauen. Rückblickend interpretierte er den Gesichtsausdruck falsch, den sie bei seinem Weggang trug.

Die Begegnung verlief, um das Mindeste zu sagen, enttäuschend, womit ihn nur ihre Kürze versöhnte. »*Sie* haben mir geschrieben?«, fragte Mr. Mc Laugherty durch das Fliegengitter hindurch. Zwischen seinen dicht mit Sommersprossen übersäten Wangen weiteten sich seine Nasenlöcher, als schlüge ihnen ein widerlicher Geruch entgegen.

»Wegen John Henry, ja«, meinte Guy. »Das ist der Brief, den Sie mir geschickt haben.«

»Zeigen Sie mal her.« Er streckte eine schwielige Hand zur Tür hinaus und überlas den Inhalt des Briefes, wobei er alle paar Zeilen zu Guy aufblickte. »Ich weiß nicht, wo Sie das herhaben, aber ich hab zu dem Brief jedenfalls nichts zu sagen, Junge.« Er schloss energisch die Innentür, nicht ohne eine letzte Einschätzung von Professor Johnson anzubringen, ehe er sich abwandte: »Ist doch schon lange her, dass ich in North Carolina war.« Später kam Guy der Gedanke, dass es, von Mr. Mc Laughertys offenkundigen Rassenvorurteilen abgesehen, vielleicht nicht die angenehmste Vorstellung für den Mann war, einen Neger um Geld gebeten zu haben. Am meisten aber ärgerte ihn, dass Chappell, wenn er kam, Zugang zu Mc Laugherty und seinesgleichen haben würde.

Bei seiner Rückkehr in Mrs. Thompsons Haus fand er dort einen Negerjungen vor, der im Wohnzimmer auf ihn wartete. »Sir, ich heiße Herbert Standard«, sagte dieser mit ausgestreckter Hand. »Mrs. Thompson hat mir gesagt, Sie bräuchten jemand, der Sie herumführt.« Von der Küchentür her nickte Mrs. Thompson, trocknete sich die Hände an einem fadenscheinigen Küchenhandtuch und konnte sich ein Lächeln nicht verkneifen.

Herbert war zwölf Jahre alt und besuchte die Schule für Farbige. Guy kam rasch dahinter, dass der junge Mann einen flinken Verstand und außergewöhnliche Manieren besaß, ganz zu schweigen von einer geduldigen Wesensart, einer Eigenschaft, die angesichts von Guys offenkundiger Unfähigkeit, sich bei der einheimischen Bevölkerung beliebt zu machen, für das Unternehmen höchst gelegen kam. Außerdem stellte sich bald heraus, dass der Junge in der Gemeinde, bei Weißen wie Negern und in Hinton ebenso wie in Talcott, wohlgelitten war, und mit ihm als Lotsen würde Guy imstande sein, seinen Vortrieb voranzubringen.

Guy sieht auf seine Uhr. Er hat noch zehn Minuten Zeit, ehe sie in den Karren der Standards steigen und zu den nächsten geplanten Gesprächen nach Talcott aufbrechen. Ihm bleiben noch zwei Tage, ehe er zurückfahren muss. Dabei ist noch viel zu tun; er sagt sich zwar, dass er auf das bisher Erreichte stolz sein kann, aber die gewohnten Wohlgefühle, die mit Zufriedenheit einhergehen, bleiben aus. In den Zeitschriften stößt Cox' John-Hardy-Hypothese im Augenblick auf nicht geringes Interesse, doch was Guy von seinen Informanten erfahren hat, entkräftet die Theorie, dass Hardy der Bandit und Henry der Bohrhauer ein und dieselbe Person gewesen seien. Aus Guys größerer Auswahl von Varianten ergibt sich, dass die John-Hardy-Songs zwar zahlreiche Textzeilen mit den populärsten John-Henry-Songs gemeinsam haben, aber mehr Ähnlichkeiten mit irischen und schottischen Balladen als mit Nigger-Workaday-Songs aufweisen. Allen Belegen zufolge beschränken sich die Hardy-Songs auf das Gebiet der Appalachen und werden von Weißen gesungen, wohingegen die Henry-Songs von Neger-Wanderarbeitern, die den Song von Arbeitslager zu Arbeitslager beförderten, überall verbreitet wurden; der Song gelangte auf den Schienen weiter, mit den Männern, die die Schienen legten, von Staat zu Staat, und er lagerte Substanz von allen an, die ihn irgendwann hörten und sangen. Vom Problem der Datierung ganz zu schweigen. Hardy wurde 1894 für seine Verbrechen aufgehängt; John Henrys verhängnisvoller Wettkampf dagegen soll 1871 stattgefunden haben. Cox mag Informanten aufgetan haben, die behaupten, der Mann, der die Dampfbohrmaschine besiegte, und der Schurke, der 1894 in Welch gehängt wurde, seien ein und dieselbe Person, aber damit wäre Henry ein Bohrhauer mit einem unwahrscheinlich langen Leben gewesen. Die meisten Gesprächspartner von Guy – er hat weit mehr Informanten zusammenbekommen als Cox – veranschlagen John Henrys Alter, als er zum Big Bend kam, auf Mitte Dreißig; es ist, vorsichtig ausgedrückt, ziemlich unwahrscheinlich, dass derselbe Mann nach vierzig Jahren als Bohrhauer imstande gewesen sein soll, die Untaten zu begehen, die Hardy zugeschrieben werden. (Man kann sich jederzeit darauf verlassen, dass Weiße leicht durcheinanderkommen, wenn es darum geht, das Alter von Farbigen anzugeben.) Wenn Guys Buch erscheint, wird es, wenn schon nichts anderes, zumindest diesen Beitrag zur Untersuchung der Songs enthalten: John Hardy ist ein weißer Song und John Henry ein farbiger. Wenigstens diesen einen Beitrag! Dennoch ist er ein wenig neidisch auf Cox, denn John Hardy hat ohne Zweifel wirklich existiert. Sein bewegtes Leben, seine Großtaten als Glücksspieler, seine diversen kriminellen Aktivitäten und der Mord, der ihn an den Galgen brachte, sind belegt und aus Zeitungsberichten verifizierbar. Exgouverneur Mc Corkle, der das Todesurteil unterzeichnete, ist noch am Leben und lässt sich befragen. Im seltsamen Fall von John Henry dagegen ist Guy ausschließlich auf das angewiesen, was die Leute den Jahren abringen können, mühevoll gewonnener Kleckerkram.

Wenn das Buch erscheint. Guy ist nicht der Erste, der hierherkommt, um Folksongs wissenschaftlich zu untersuchen – vor ihm waren schon zwei da –, aber er ist der Erste, der John Henry und seiner Legende eine Gesamtdarstellung widmet. Bis Chappell kommt, denkt er und korrigiert sich damit. Das Rennen darum, als Erster hier zu sein, hat er gewonnen, aber Chappell besitzt die besseren Referenzen. Als Guy bei seiner Fakultät zum ersten Mal diese Reise beantragte, war er sich sicher, dass hinter der anfänglichen Ablehnung Chappell steckte, der seit Jahren von seiner eigenen John-Henry-Untersuchung spricht, aber erst noch selbst hierherkommen muss. »Auf dem Gebiet der Negersongs ist schon gearbeitet worden«, sagte Professor Asbell zu ihm und schwenkte dabei seine Brille, als wolle er eine Maus verscheuchen. »Glauben Sie wirklich, diese Liedchen sind ein angemessener Forschungsgegenstand? Zumal für einen jungen Gelehrten, der versucht, sich einen Ruf aufzubauen?« Es erforderte monatelanges Beschwatzen und Beackern; am Schluss musste Guy sämtliche Briefe vorlegen, die ihm auf seine Anzeigen zugegangen sind, um das bisschen Unterstützung zu bekommen, das er jetzt hat.

Wer soll den Bestand der Negerfolklore denn sonst vor dem Vergessen bewahren? Etwa die Weißen? Er erinnert sich daran, wie er Milton Reeds Vortrag auf der Tagung in New York gehört hat. Guy dankt Gott dafür, dass Reed keine ausführliche wissenschaftliche Arbeit über John Henry plant; der Mann gibt sich offenbar mit seinem Papier über die »zotigen« Versionen der Ballade zufrieden. Reed fasst die Geschichte von John Henry als Gottes Wahrheit auf – sie deckt sich mit seiner Romantisierung des Negers, die den Farbigen Eigenschaften zuschreibt, die Reed bei seinen Leuten nicht finden kann. Als Reed sein Papier in New York vortrug, wand sich Guy innerlich, während Reed sich an den vulgäreren Versionen der Ballade delektierte – deren Verse dem Bohrhauer eine unersättliche Fleischeslust zuschrieben und zügellose geschlechtliche Ausschweifungen schilderten –, und der Ausdruck in Reeds Augen hatte ihm nicht gefallen. Er glich einem Jahrmarktsschreier, der mit seinen geifernden schmalen

Lippen und wilden Augen genüsslich den Unterleib der Hotten-totten-Venus beschreibt. Reeds Forschungen stellten die Legende von John Henry als wahr dar und nahmen dies zum Ausgangs-punkt; in den Songs fand er eine Bestätigung seiner Vorstellun-gen von den animalischen Seiten des Negers. Für Guy ist die Frage, ob die Legende von John Henry auf einem wahren Sach-verhalt beruht, letztlich unwichtig. Ganz gleich, wie man sie be-antwortet, fest steht, dass die Legende selbst eine Realität ist, et-was Lebendiges, dem im Volksleben des Negers eine Funktion zukommt.

Warum also, fragt er sich, während er zusieht, wie Mrs. Thomp-son sich um ihre Wäsche kümmert, hofft er weiterhin bei jedem neuen Informanten, den positiven, unwiderlegbaren Beweis für John Henrys reale Existenz zu erhalten?

Mit Herberts Hilfe hat er große Fortschritte gemacht. Herbert stellt Guy und sein Projekt vor, und dass einer aus ihrer eigenen Gemeinde für diesen bebrillten, farbigen Fremden bürgt, der be-hauptet, College-Professor zu sein, scheint den Unwilligen die Zunge zu lösen und die Redelust der schon Auskunftsbereiten zu steigern. Sie haben alle Hände voll zu tun; Hinton hat fünftau-send Einwohner, Talcott weitere zweihundert. Die meisten be-haupten natürlich, aus erster Hand von dem Ereignis zu wissen, und obwohl Guy dank der jetzigen und ehemaligen Arbeiter der C&O, mit denen er sich in Verbindung gesetzt hat, an weitere he-rankommt, bleibt die Aufgabe monumental. Wenn er nur früher hierhergekommen wäre! Schon vor Jahrzehnten. Er findet nur wenige Menschen, die schon zurzeit des Tunnelbaus hier wohn-ten und noch unter den Lebenden weilen, und sie geben ihre fan-tastischen, ausgefallenen Geschichten zum Besten; die Jahre ha-ben einen Schleier über ihre Erinnerung gezogen. Gelegentlich versucht sein Verstand, ihm einzureden, dass er sich noch nicht einmal am richtigen Ort befindet, aber er macht diese ruchlosen Ränke seines Intellekts zunichte. Er befindet sich am richtigen

Ort – bei den falschen Hinweisen der unzähligen Varianten, in denen vom Cruzee Tunnel, der Alabama State Southern Railroad oder sonst einem Schauplatz die Rede war, handelte es sich schlicht um Örtlichkeiten, die dem Wohnort des jeweiligen Auskunftgebers am nächsten lagen: Big Bend ist der Tunnel, der in drei Viertel der Balladen genannt wird. Oder in siebzig Prozent, um genauer zu sein. Gestern hat ihn Herbert zu dem Ort selbst geführt, zu dem Ort, wo John Henry sein Waterloo erlebte. Guy konnte sich einer leiser Enttäuschung nicht erwehren. Er hatte sich nach so langer Zeit eine ungeheure Höhle, ein Tor in die Abgründe der Hölle vorgestellt. Wie er da stand und zur grauen Wölbung des Eingangs emporschaute, hätte er auf der Schwelle jedes beliebigen Eisenbahntunnels in jedem beliebigen Teil des Landes stehen können. Seiner äußeren Gestalt nach war er wenig bemerkenswert, dennoch war seinem fruchtbaren Boden ein so reicher Sagenschatz entsprungen. Bei den Negerarbeitern ist John Henry zum Inbegriff, zu einem Synonym für übermenschliche Kraft und Ausdauer geworden. Er ist ihr Vergleichsmaßstab, sie reden und singen von ihm, wenn sie arbeiten und wenn sie faulenzen. Aber hier, flüsterte er vor sich hin, kann ich nur einen Berg sehen, nichts weiter. Ich kann die Legende untersuchen, aber keine Vorstellung von dem Menschen gewinnen.

Hier ergibt sich das hübsche Problem der Abwägung des Beweismaterials und der Entdeckung der Wahrheit, die Herausforderung, vor die er sich selbst gestellt hat. Er sieht die Regeln dieses speziellen Wettbewerbs ein. Wenn jemand wie Mr. Curry, ein alteingesessener Bewohner von Hinton, der fast von Anfang bis Ende als Maschinenbauingenieur auf der Baustelle gearbeitet hat, brieflich behauptet, es sei keine Dampfbohrmaschine eingesetzt worden, um dann, als sie auf seiner Veranda sitzen und Tee trinken, einen Rückzieher zu machen, dann sieht Guy ein, dass ein solcher Rückschlag zu erwarten ist. Wenn man bedenkt, welchen Abnormitäten und Irrtümern das menschliche Gedächtnis unterworfen ist, zumal wenn es sich mit etwas weit Zurückliegendem und dramatisch Angehauchtem beschäftigt, sind solche Vorkommnisse zu erwarten, und zwar mit Sicherheit. Trotzdem sinkt ihm der Mut. Herberts Großvater ist ein einschlägiger Fall. Guy suchte den farbigen Gentleman in dessen Haus sechs Kilometer östlich von Talcott auf. Sein Cottage ging auf den Greenbrier River, und Guy fand, der Mann könne sich wahrhaft glücklich schätzen, an einem derart idyllischen Ort mitten im Schoß der Natur zu wohnen. »John Henry«, begann Mr. Standard, ehe sich seine Stimme wieder verlor, »John Henry?« Er schien die Worte an den Fluss und nicht an seinen Besucher zu richten. Er war ein dermaßen zierlicher Mensch, dass sein physischer Körper unter seinen Kleidern zu verschwinden schien; seine Knochen glichen Zeltstangen, die sein Hemd und seine Hose an Ort und Stelle hielten. »Von welchem John Henry möchten Sie denn was wissen?«, murmelte Mr. Standard. »Ich hab so viele John Henrys gekannt.«

»Von dem, der im Big Bend Tunnel gearbeitet hat«, meinte Guy. Er wartete geduldig, den Stift flach gegen das Notizbuch gedrückt.

Worauf Mr. Standard sich darüber verbreitete, wie klein Talcott gewesen sei, als es ihn vor fünfzig Jahren, um den Tag herum, an dem in Hinton der Lokomotivschuppen niedergebrannt war, hierherverschlagen habe, und was für Fische um diese Jahreszeit im Greenbrier stünden. Als es Guy schließlich wieder gelang, das Gespräch auf den Bohrhauer zu lenken, sagte Herberts Großvater: »Ich kenne keinen John Henry. Wer ist das?«

Auf der Rückfahrt in die Stadt entschuldigte sich Herbert für seinen Großvater und erklärte, dieser habe ihm noch vor wenigen Jahren ständig John-Henry-Geschichten erzählt, habe mittlerweile aber Schwierigkeiten, sich überhaupt noch an irgendetwas zu erinnern. Wenn Guy diese Reise nur schon vor Jahren unternommen hätte. Schon ein Jahr hätte so viel ausmachen können. Jedenfalls, was mündliche Zeugnisse angeht. Dokumente sind unauffindbar, damals wie heute. In diesem Papierturm neben der Tür gibt es keinen Beleg dafür, dass hier eine Dampfbohrmaschine verwendet wurde. Ein paar positive Belege, ja, in Berichten aus zweiter Hand, aber nichts Schriftliches. Johnson, der Bauleiter, ist vor Jahren gestorben und hat keinerlei Journale oder sonstige Papiere über seine Arbeit am Big Bend hinterlassen. Die betreffenden Akten der Chesapeake & Ohio wurden bei einem Brand vernichtet – was der Eisenbahngesellschaft angesichts ihres schlechten Rufs in puncto Sicherheit durchaus recht gewesen sein dürfte. Unbestritten ist, dass die C & O 1871 beim nahe gelegenen Lewis Tunnel eine Dampfbohrmaschine eingesetzt hat. Unbestritten ist, dass die Maschine trotz ihrer Unzuverlässigkeit kostengünstig war – etwa 5,5 Cent pro Zoll im Gegensatz zu 11,2 Cent pro Zoll für menschliche Arbeitskraft. Bei dreien der insgesamt vierzig Dampfbohrmaschinen, die die Burleigh Rock Drill Company verkauft hat, ist der Verbleib ungeklärt; unterstellt man, dass der Bohrwettkampf stattfand, als ein Burleigh-Vertreter kam, um die Leistungsfähigkeit der Maschine zu demonstrieren, und dass ein Kauf dank John Henrys Erfolg unterblieb, erscheint es plausibel, dass es keine schriftlichen Belege gibt. Und angesichts der Störanfälligkeit der Maschine – *Your hole's done choke and your drill's done broke*, wie einige Versionen der Ballade spotten – ist es möglich, dass ein Mann sie hätte besiegen können. Wieder ruft er sich zur Ordnung. Ob der Mann tatsächlich existiert hat, ist für seinen Auftrag hier von keinerlei Bedeutung.

Herbert klopft an die Tür, und Guy gibt zur Antwort, dass er gleich nach unten kommt. Herbert ist wirklich ein aufgeweckter Junge; Guy wünscht, es gäbe in dieser Stadt mehr Möglichkeiten für ihn. Er sucht den Boden nach dem Insekt ab, aber es ist verschwunden und hat das Zitronendrops im Stich gelassen. Zu viel zu verdauen. Herbert und Guy wollen heute Nachmittag noch einmal nach Talcott fahren. Mr. Arnett, ein pensionierter Schaffner der C & O, hat Guy gestern erzählt, sein Großonkel sei Vorarbeiter am Big Bend gewesen und habe den Wettkampf mit – was sonst – »eigenen Augen« gesehen. Er hat Herbert den Weg beschrieben; der Schilderung seines Verwandten nach ist der Mann so etwas wie ein Einsiedler. »Die ganzen Leute hier in der Gegend reden vom Tag des Wettkampfs, dabei haben sie ihn gar nicht mit eigenen Augen gesehen. Wenn ihn jemand gesehen hat«, beharrte Mr. Arnett, »dann mein Großonkel.« Guy ist erschöpft, seine Moral am Ende, aber was bleibt ihm übrig? Das ist mein Beruf, ermahnt er sich. Er zieht seine Jacke an, greift sich seine Aktentasche, und seine Hand langt nach dem Türknauf. Aber er hat etwas vergessen. Er klappt seine Brieftasche auf und entnimmt ihr den Zettel. Jeden Morgen, ehe er seine Wohnung verlässt, liest er, was er darauf geschrieben hat, um sich auf seinen täglichen Kampf mit den Universitätsintrigen vorzubereiten. Seit seiner Ankunft in Hinton konsultiert er ihn jedes Mal, wenn er sich zu einem weiteren Vorstoß ins Feld anschickt. Er liest: *Wir machen unsere eigenen Maschinen und ersinnen unsere eigenen Wettbewerbe, in denen wir sie einsetzen.*

Er schließt die Tür hinter sich und denkt: Vielleicht ist er ja derjenige.

Auch wenn er gar nicht will, hört Bobby den Song. Seit dem Tag, an dem er geboren wurde. Immerzu und besonders heute.

Gerade will er das Haus mit heraushängendem Hemd verlassen, als seine Mutter ihn aufhält und ermahnt. So kann er nicht aus dem Haus gehen, nicht heute.

Wenn er nicht in der Werkstatt seines Vaters ist, ihm seine Werkzeuge reicht und sie wieder an den Haken hängt, wenn sein Vater sie benutzt hat, geht Bobby manchmal hinten raus zu dem kleinen Teich und sieht den Fröschen beim Hüpfen zu.

Manchmal geht er auch in die Bücherei und guckt sich das Schlangenbuch an. Er weiß genau, wo auf dem Regal es steht. Normalerweise fährt ihn von dort irgendwer nach Hause, weil alle ihn kennen, das ist gar nicht schlecht.

Aber heute tut er nichts dergleichen. Bei dieser Hitze kommen die Frösche erst heraus, wenn der Schatten aufs Wasser fällt, und heute findet der große Jahrmarkt statt, deshalb ist die Bücherei geschlossen, genau wie wenn Miss Fletcher krank ist und auf dem Schild an der Tür »Geschlossen« steht. Heute geht er zu dem Baum.

Manchmal geht er auch in den Tunnel und hört den Hämmern zu, aber im Moment tut er das nicht. Später vielleicht, allerdings hat er seine neuen Schuhe an, und der Tunnel ist voller Pfützen, und er wird die Schuhe verderben. Es hat ein bisschen Ärger gegeben, weil er gestern Nacht, als er nach Hause kam, so müde war, dass er sich einfach in seinen guten Kleidern aufs Bett gelegt hat und wie nichts eingeschlafen ist. Als seine Mutter dann am

Morgen kam, um ihn anzuziehen, sagte sie, er solle das ja nicht noch mal machen.

Aber bei dem großen Essen gestern Abend waren nette Leute da, und nachdem er den Song gesungen hat, hat er ein Extrastück Kuchen bekommen. Dem Mann da hat der Song so gefallen, dass er aufgesprungen und hingefallen ist, deswegen hat Bobby weitergesungen, weil es dem Mann so gefallen hat. Wenn man was versteht, verhält man sich manchmal so komisch. Manchmal bringt einen John Henry dazu, dass man so komische Sachen macht. Alles hat auf die John Henry Days gewartet, und heute ist es so weit.

Er findet den Weg ganz leicht, er ist da, wo er immer ist. Man sieht ihn nicht, wenn man nicht weiß, wo er ist, er fängt zwischen den beiden Bäumen dort an. Schon nach knapp einem Meter drängen sich die Kiefern wie zwei große Männer zusammen. Bobby quetscht sich zwischen ihnen durch und ist im Wald. Der Pfad windet sich um die Bäume herum. Äste kann man zur Seite schieben, aber Bäume nicht.

Er ist gewachsen seit damals, als er anfing, hierherzukommen. Zweige, die früher auf Augenhöhe nach ihm stachen, treffen nun seine Brust; Zweige, die sich früher in seinem Haar verhedderten, versuchen nun, ihn in den Bauchnabel zu piksen. Schon groß auf die Welt gekommen, sagt sein Vater, und er ist einfach immer größer geworden. Als er dreizehn wurde, hat er aufgehört zu wachsen, weil er schon so groß war wie ein Mann. So erklärt es ihm sein Vater, wenn Bobby sich manchmal ein T-Shirt von ihm ausleiht, das ihm zu klein ist. Es gefällt ihm, wenn er mit seinem Vater zur Arbeit fährt und sie zusammen im Laster sitzen und er ein T-Shirt seines Vaters anhat.

Es gibt schlanke Kiefernzapfen und große, dicke Kiefernzapfen. Gras wächst hier keines, anderswo schon, aber nicht hier. Jeden Sonntag muss Bobby die Einfahrt sauber machen und die Kiefernnadeln wegfegen. Aber im Wald muss er das nicht, und es kommen immer mehr braune Kiefernnadeln herunter, sodass er den Boden schon gar nicht mehr sehen kann. Es sind alles braune Kiefernnadeln und Kiefernzapfen, die langsam ihre Nussfarbe verlieren und grau werden, während sie zur Natur zurückkehren. Die muss er auch nicht aufsammeln.

Als er bemerkt, dass seine Schnürsenkel offen sind und um seine Schuhe schlackern, bleibt er stehen, um sie sich zuzubinden, und das dauert fünf Minuten. Wenn er den Waldboden anschaut und sich konzentriert, kann er normalerweise Ameisen und Käfer dazu bringen, dass sie herauskommen. Zuerst vielleicht einen schwarzen, dann zwei schwarze, und dann sind um ihn rum plötzlich ganz viele Käfer. Heute kniet er so lange da und beschäftigt sich mit seinen Schnürsenkeln, dass sie herauskommen, ohne dass er überhaupt an sie denkt und sich konzentriert. Da ist ein roter mit schwarzem Hinterteil, als wäre seine Mutter schwarz und sein Vater rot gewesen und sie hätten Rassenmischung betrieben. Sie werden Ärger kriegen, wenn das rauskommt.

Dann ist da noch das andere, was passiert, wenn er still ist. Er hört die Musik besser. Seine Mutter hat gesagt, sie hat ihm den Song vorgesungen, als er noch in ihrem Bauch war, und daran erinnert er sich. Daran liegt das. Aber er glaubt, es hängt damit zusammen, dass der Song irgendwie in der Luft liegt, dass er einem durch die Fingerspitzen kommt, wenn man die Hand an einen Baum legt oder Erde berührt. Dann spürt man ihn besonders. Sein Vater schüttelt den Kopf, wenn Bobby ihm diesen Gedanken zu erklären versucht.

Es hat ihn gefreut, dass er ihnen gestern Abend mit John Henry eine Freude gemacht hat. Sie finden es immer schön, wenn er das singt, es ist der einzige Song, den er kennt. Zum ersten Mal gehört hat er ihn als kleiner Junge, im Radio; er hat gleich angefangen, mit der Stimme im Radio mitzusingen, und seine Mutter hat gesagt, nun hör dir das an! Sie hat gesagt, er hätte eine echte musikalische Begabung. Er hatte ihn schon vorher ständig gehört, jeden Tag, aber damals hörte er zum ersten Mal den Text. Aber wenn sie ihn dazu bringen wollten, auch andere Songs zu singen, sang er einfach den Text von John Henry zur Musik. Da war zum Beispiel »The Star Spangled Banner« oder »Swing Low Sweet Chariot«, und er sang dazu den Text von John Henry. Sie wurden nicht wütend oder so was, aber sie versuchten auch nicht mehr, ihn dazu zu bringen, dass er andere Songs sang. Er mag nur John Henry singen. Seine Mutter sagte zu seinem Vater, man weiß nie, was dem Jungen alles einfällt.

Heute Morgen hat sein Vater gesagt, dass sie ihn gefälligst bezahlen sollen, wenn sie wollen, dass er für sie singt. Bobby arbeitet bei seinem Vater in der Werkstatt, reicht ihm Werkzeuge und holt ihm Sachen, und als Lohn bekommt er Taschengeld. Mit dreizehn hat er aufgehört, zur Schule zu gehen. Er war größer als die anderen Kinder, und seine Mutter hat gesagt, Gott hätte andere Pläne mit ihm. Seither geht er mit seinem Vater zur Arbeit, und jeder kennt ihn. Die Kasse darf er nicht mehr anfassen, seit er es einmal getan hat und sein Vater den ganzen Weg zu Mr. Beechers Haus hinausfahren musste, um das Wechselgeld wiederzukriegen. An jenem Abend sagte seine Mutter zu seinem Vater, was erwartest du denn, dem Jungen fallen eben manchmal so Sachen ein. Heute ist das Festival, sein Vater wird also nur fahren, wenn er einen Anruf kriegt, dass jemand einen Abschleppwagen braucht.

Er ist fast an der Stelle, wo es eine kleine Lichtung gibt und drum herum Bäume mit weißer Rinde, die bis ganz oben kahl sind und dann kleine Zweige mit kleinen Blättern haben. Er kommt an dem alten Baum vorbei, der vor Jahren umgestürzt und mittlerweile vor lauter Moos ganz grün ist. Einmal ist er draufgetreten, bloß um zu sehen, was passieren würde, und das alte Holz rieselte heraus wie Sand. Mittlerweile wächst Moos in dem Loch, das er gemacht hat, denn es ist schon lange her. Er hat seinem Vater beim Essen davon erzählt, und sein Vater hat gesagt, der Baum kehrt zur Natur zurück. Alles kehrt zur Natur zurück, hat er gesagt. Zur Lichtung hin wird es heller auf dem Pfad, und die dunkelgrünen Blätter werden hellgrün. Auf der kleinen Lichtung angekommen, geht er zu dem Baum hinüber, der das Zeichen trägt, das er in die Rinde eingeschnitten hat. Wenn die anderen Leute kommen, wird ihnen das Zeichen gar nicht auffallen, weil es wie ein Kratzer aussieht. Er weiß, dass andere Leute hierherkommen, weil er manchmal über einen Stein stolpert, auf dem Buchstaben sind. Die anderen Leute ritzen Initialen in die Steine, aber er nicht. Er hat sich vorgesehen, als er das Zeichen gemacht hat. Er hat sich vorgesehen, als er den Hammer ausgeliehen hat.

Er hat ihn im Besucherzentrum ausgeliehen, als Miss Carmine nicht da war. Vielleicht war sie gerade auf dem Klo. Als er ins Besucherzentrum kam, war es zum ersten Mal leer, seit er beschlossen hatte, den Hammer auszuleihen, also ging er zur Wand, wo der Hammer mit einem kleinen Schildchen darunter an Nägeln aufgehängt war, und nahm ihn. Er versuchte ihn sich unters Hemd zu stecken, aber er war zu groß, also rannte er los. Er rannte die Temple hinauf, dann die Third Street hinunter, und dann verlangsamte er seinen Schritt. Er steckte ihn sich unter die Jacke, und der Griff stand heraus, aber niemand sah ihn im Vorbeigehen komisch an. Er kam sich vor wie ein Insekt, wenn die Frösche es angucken.

Wenn er zum Teich kommt, kriegen die Frösche Angst, hüpfen übers Wasser, das Kreise wirft, oder tauchen unter. Wenn er still steht, kommen sie wie durch Zauberei wieder zurück. Er steht dicht am Rand und sieht, wie ein Frosch Augen und Maul herausstreckt. Es sieht aus wie Laub, aber es ist ein Frosch. Sie haben dort die gleiche Farbe, aber die Beine des Frosches sind braun und sehen aus wie Stängel. So kann sie niemand sehen. Irgendwann ist dann ein ganzer Haufen Frösche da, die bloß den Kopf über Wasser haben, und alle versuchen so zu tun, als wären sie

Laub. Dann sieht Bobby ein fliegendes Insekt, zum Beispiel eine Libelle, in ihre Nähe kommen und sagt, pass auf, gleich erwischt's dich. Wenn das fliegende Insekt ihnen zu nahe kommt, springen die Frösche danach und versuchen, sie zu erwischen. Sie lauern die ganze Zeit auf Insekten, die sie fressen können. Das machen sie den ganzen Tag. Manchmal tauchen sie unter, aber meistens warten sie auf fliegende Insekten. Deswegen ist er sich wie ein Insekt vorgekommen, als er den Hammer bei sich hatte. Er hätte ein fliegendes Insekt sein können, nach dem die Leute Ausschau hielten.

Der Hammer war nicht schwer. Bobby war nicht John Henry, aber den Hammer konnte er mühelos tragen. Er ging in den Wald. Bei der Lichtung angekommen, scharrte er mit seinen Schuhen die braunen Kiefernnadeln auseinander und grub dann mit den Händen, bis das Loch tief genug war. Dann legte er den Hammer hinein und häufte Erde und Kiefernnadeln darüber. Als seine Mutter ihn fragte, was er gemacht hatte, sagte er, nichts. Hätte ihn jemand gefragt, ob er den Hammer genommen hatte, hätte er Ja gesagt. Aber es fragte niemand.

Er wischt die Erde vom Hammer. Es ist ein Hammer, wie John Henry ihn hatte. Seit er im Boden liegt, ist das Holz des Stiels feucht geworden und fühlt sich klamm und kühl an, als er es anfasst. Das Holz des Stiels hatte schon einen Sprung in der Mitte, als er ihn ausgeliehen hat. Im Wald wird der Stiel alt und mürbe werden wie die anderen Bäume und Äste am Boden. Vielleicht kriegt er auch Termiten. Der Kopf des Hammers hat kleine Dellen und viele Kratzer. Vielleicht wird er im Wald rosten wie das Metall der Autos hinter der Werkstatt von Bobbys Vater. Wenn der Hammer hier draußen ist, kann er alt und älter werden und in die Erde zurückkehren. Er kann wieder Teil des Waldes und des Berges werden. Es wird lange dauern, aber schon jetzt kann Bobby mit dem Fingernagel etwas von dem Holz abkratzen, weil es weich ist. Er bedeckt den Hammer wieder mit Erde. Er macht sich auf den Rückweg. Heute sind die John Henry Days, und alle werden hingehen. Seine Mutter hat gesagt, dass man dort lauter lustige Sachen machen kann.

Wenn man ihn fragen würde, warum er den Hammer genommen hat, würde er sagen, weil der Hammer zur Natur zurückkehren will. Und seine Mutter würde sagen, man weiß nie, was dem Jungen so alles einfällt.

Jeder Tag in dem Laden hat seine Vorstellungen reduziert. Am ersten Tag reduziert durch die dicht an dicht in den Deckenpaneelen sitzenden Leuchtstoffröhren; zurückgestutzt durch das fahlgrüne Licht auf den neutralen, vorgefertigten Stellwänden der Kabuffs und vollends kleingemacht durch die Rechtschaffenheit der kratzfesten Schreibtische, auf denen nichts zu sehen war von den Artefakten der legendären Gegenkultur, wie etwa zinnoberrot gefärbten, mit einem harzartigen Belag verkrusteten Bongs oder Regenbogenpostern, die die berühmten Gigs der psychedelischen Toten auflisteten, ja nicht einmal eine auf Irrwege geratene Schabe, irgendein kleines Etwas, das unterm Druck des Redaktionsschlusses den guten alten Gehirnstamm in Schwung brachte. Stinknormale Firma, dachte J., als er zum ersten Mal die Redaktion der *Downtown News* betrat, der ältesten und größten alternativen Wochenzeitung der USA, die er jede Woche als höchste Autorität in Sachen Hipness konsultierte. Keine Aufkleber, die in bedeutenden Fragen wie dem Fortbestand der Wale oder der gewerkschaftlichen Organisation der Erntearbeiter Vernunft predigten – sie waren verboten, wie er später erfuhr –, nirgendwo war ein witziger Cartoon mit einem gelungenen Wortspiel über Uncle Sam angepinnt. Ruckzuck reduzierte Vorstellungen, als er das Kalkül hinter Höhe und Platzierung der dünnen Kabuffwände erkannte, die Ungestörtheit vorgaukelten, in Wirklichkeit aber von überallher der Zudringlichkeit, der beliebigen Beobachtung durch diejenigen im Mastkorb Vorschub leisteten. An jenem ersten Tag riskierte J., als sein Chef, der Lokalredakteur Winslow Kramer, Mittagessen ging, einen Anruf bei Freddie, um festzustellen, in welcher von den Bars, die minderjährige Gäste duldeten, ja auf sie angewiesen waren, sie sich später treffen würden. Und ob irgendwelche Bräute mitkamen. Es stellte sich heraus, dass der Montag im Blue and Gold, wie Freddie einfiel, Gretas Abend war, und das war eine launische alte Ziege, die es durchaus fertigbrachte, einem ein Bier zu verkaufen und bei der zweiten Runde, wenn man es sich gerade gemütlich gemacht hatte, den ganzen Tisch nach dem Ausweis zu fragen und rauszuschmeißen, nachdem offenbar jeder seinen Führerschein zu Hause gelassen hatte. Sie waren gerade dabei, sich auf ein anderes passendes Lokal zu einigen, als J. den Blick des Mannes auf sich spürte. Es war ein kleiner weißer Bursche mit angeklatschtem schwarzem Haar, gekleidet in ordentlich gebügelte Khakihosen und ein hellblaues, von roten Hosenträgern eingezwängtes Oxfordhemd. Der Mann musterte J. und wusste natürlich, dass er ein Privatgespräch führte, und das, während sich in der schutzlosen Stadt eine Million Storys abspielten, die nur darauf warteten, erzählt zu werden. Leise vor sich hin nickend ging er weiter, und bestimmt nahm er sich vor, Winslow Kramer in Sachen Fleiß und Ehrgeiz von Praktikanten aufs Dach zu steigen. Hastig beendete J. sein Telefongespräch und dachte, hier geht's zu wie beim Großen Bruder. Sie lebten im Jahr des Buches, und wenn man sich umsah, konnte man sehen, dass es alles stimmte.

War dieser zugeknöpfte Mann, der so etepetete aussah, der Herausgeber?, fragte sich J. Der Schnapsmagnat Reinhart Becker, der aus finanzieller Langeweile oder aus fiskalischer Trägheit die kränkelnde *News* gekauft hatte, um sein Imperium auf das Reich des gedruckten Wortes auszudehnen. Laut dem wachsamen Medienkolumnisten der Zeitung, der im Namen der Rede- und Pressefreiheit regelmäßig gegen den Mann vom Leder zog, wollte Becker seine Neuerwerbung ein paar Jahre lang halten und sie dann, wenn der Markt günstig war, mit einem hübschen Profit verkaufen. Oder war der Mann, der die Runde durch die Kabuffs drehte, Jimmy Banks, der neue Chefredakteur? Jimmy Banks, der schon in der legendären Frühzeit der *News* in den Fünfzigern zur Redaktion gehört, dann bei diversen großen Tageszeitungen auf allen wichtigen Märkten gearbeitet und sogar eine längere Phase bei der *Time* durchgestanden hatte, ehe er, da man seine erste Liebe nie wirklich verlässt, wieder zu seiner ersten Liebe, der *Downtown News,* zurückgekehrt war. J., den ein schwindelerregender Anfall von Anfängerparanoia gepackt hatte, ging zum Süßigkeitenautomaten hinüber, um sich ein Snickers zu holen. Im ersten Szenario kennzeichnete die umsichtige Art des Mannes ihn als Bauern, der den Hühnerstall inspiziert und die Eier zählt, die er demnächst zu Markte tragen wird. Im zweiten Szenario besagte seine müde, leicht abwesende Gelassenheit, dass er das alles schon erlebt hatte, Praktikanten lassen nach, das gehört zum Geschäft und spielt im Grunde auch weiter keine Rolle, solange nur die Zeitung pünktlich fertig wird. So oder so, J. hatte das Gefühl, er habe es verbockt, und machte sich wieder daran, Telefonnummern für den Rechercheur zu sammeln, der für den Artikel über den Parkuhrenskandal die Fakten überprüfte.

»Ich habe mir das alles ganz anders vorgestellt«, sagte J. am Dienstag zu Winslow Kramer, und Kramer antwortete, das sage jeder: Jeder denke, hier würden auf dem Klo riesige Joints geraucht. Er erklärte, dass dies die neuen Redaktionsräume seien. Die *News* sei nach dreißig Jahren in der Vierzehnten Straße erst kürzlich hierhergezogen, und hier laufe es anders. Das Gebäude gehöre Becker Destilleries, und der Konzern habe die Zeitung gezwungen, hier einzuziehen, weil man trotz des Wirtschaftsaufschwungs in jüngster Zeit Schwierigkeiten gehabt habe, einen Mieter zu finden. Nun kassiere man endlich Miete für das Haus.

»Er ist ein richtiger Drecksack«, sagte Kramer, »aber er lässt uns zufrieden.« J. erinnerte sich noch an den Boykott, zu dem die

Mitarbeiter vor zwei Jahren, am Vorabend des Verkaufs, aufgerufen hatten. Am Ende jeder Kolumne und Kritik forderte der jeweilige Verfasser die Leser auf, die Zeitung in der kommenden Woche nicht zu kaufen, falls der Verkauf über die Bühne gehe, um der Geschäftsleitung zu zeigen, dass sie keine Zeitung lesen wollten, deren Herausgeber ein Schnapsfabrikant sei, der Werbekampagnen organisiere, um den Alkoholkonsum unter Minderjährigen anzukurbeln, und in Wohngegenden mit ethnischen Minderheiten riesige Reklametafeln aufstelle: einfach schlechte Vibes, wie man es auch betrachtete, und wer wusste schon, was für Veränderungen dieser Förderer verschiedener konservativer Gruppierungen der Vorhut der Linken womöglich aufzwingen würde. Der Verkauf ging über die Bühne, und in der darauffolgenden Woche sanken die Verkaufszahlen am Kiosk, aber nicht sehr, sondern in der Größenordnung allenfalls vergleichbar mit bestimmten Hitzewellen im Sommer, wenn die in der Stadt Gebliebenen zu schlapp zum Lesen waren, oder Schneestürmen im Januar, die die Bürger daran hinderten, das Haus zu verlassen und sich über die diversen Machenschaften im Rathaus zu informieren.

J. hatte in den vergangenen Jahren keinerlei Veränderung an der Zeitung bemerkt. Er war ein eifriger Leser der *News;* er sauste jeden Mittwoch los, um die Zeitung zu kaufen, wandte sich in der Anfangszeit seiner Ausbildung zuerst den Musik-, dann den Filmkritiken zu und fand sich nach einer gewissen Zeit mit einer Taschenlampe im Souterrain des vorderen Heftteils wieder, wo er stückchenweise hinter das geheime Komplott der Demokratie kam und wie sie die Menschen in Schach, in Unwissenheit und Unterwürfigkeit hielt etc. Das waren Sachen, die er in den Zeitungen, die seine Eltern lasen, nicht fand: Marionettenregimes südlich des Äquators, Schmiergelder an die Spezis des Bürgermeisters, mit Bleifarbe verunreinigte Kartoffelchips für die Kinder in den Sozialwohnungssiedlungen. Irgendwelches Zeug im Trinkwasser, eine Chemikalie, deren Namen sich J. nie merken konnte, der *News*-Reporter hatte Geheimdokumente entdeckt. In Mittelamerika wurden Journalisten ermordet, und die geistigen Väter des Panafrikanismus starben bei »Flugzeugunglücken«. Seine Eltern, so war ihm klar geworden, machten sich aufgrund ihrer zutiefst verwerflichen Kleinbürgerlichkeit mitschuldig. Sie waren selbstzufrieden, und eine faschistische Regierung brauchte Menschen, die selbstzufrieden waren, die wegsahen. Das alles las er.

Er hörte zu. Er war jetzt ein Insider. In der Redaktion herrschte, durch das Labyrinth der Kabuffs weitergetragen, die Meinung vor, dass Reagan nächste Woche mit Sicherheit wiedergewählt werden würde; die Zeitung hatte ihr Möglichstes für Mondale getan, aber die Sache war aussichtslos, im Lande wimmelte es von Dummköpfen, die einfach nichts kapieren wollten. Doch davon ließ sich J. nicht abhalten; er wurde genau am Wahltag achtzehn und würde zum ersten Mal wählen. In einem Artikel des Blattes, dem er mittlerweile angehörte, hatte er mit tiefem Zorn die Statistiken über die Wahlbeteiligung von jungen Erwachsenen und Minderheiten gelesen, er bedachte die jämmerlichen Zahlen mit Unmutslauten, weil er erkannte, dass die Apathie ein Haupttrumpf der Unterdrücker in Washington war, er sagte Ja und Amen zu dem missbilligenden Ton des Artikels, er schüttelte ernst den Kopf, als der Verfasser hervorhob, dass die Zahlen, so traurig das sei, mit Sicherheit auf die Auswirkungen von Entrechtung, institutionellem Rassismus und dem völligen Versagen des Bildungssystems zurückzuführen seien. Amen.

Der Name des Verfassers war Andy Halloran, und J. hoffte, ihn in den kommenden Monaten kennenzulernen. Es war unmöglich zu erkennen, wer er sein könnte. Keiner in der Zeitung sah aus, wie J. ihn sich vorgestellt hatte, Winslow Kramer beispielsweise trug nicht die schwarze Lederjacke und die schmutzigen Jeans, in denen ihn J. nach jahrelanger Lektüre seiner Musikkritiken erwartet hatte. J. hatte den Artikel ausgeschnitten, den Kramer über einen verrückten Abend mit den Ramones im CBGB geschrieben hatte; damals war Dee Dee so zugedröhnt gewesen, dass er mitten in einem Stück umgekippt war. Kramer war auf die schäbige Bühne gestiegen, hatte Dee Dees Bass aufgehoben und war für den Rest des Konzerts für ihn eingesprungen. Die *News* hatte den besten Musikteil von allen Zeitschriften, die J. kannte, und J. suchte jedes Mal im Inhaltsverzeichnis nach dem Verfassernamen Kramer. Früher jedenfalls. Der Mann hatte schon eine ganze Weile nichts mehr geschrieben. Als Kramer ihn anrief, um ihm zu sagen, dass er die Praktikantenstelle bekommen hatte, war J. überrascht, dass der Rockfan das Lokalressort leitete, für das J. sich beworben hatte und wo die eigentlichen Schlachten geschlagen wurden. Noch überraschter war er, als Kramer ihn bat, kein Rasierwasser oder Eau de Cologne zu benutzen. Seit seiner Überdosis vor anderthalb Jahren, so erklärte er, leide er an einer Überempfindlichkeit gegen Chemikalien; die Düfte des modernen Lebens verursachten ihm Schwindel und Atemnot, und dann brauche er jedes Mal einen Inhalator. In Person lief Kramer an jenem ersten Tag mit dem Topfhaarschnitt eines Büßers herum und trug neue dunkelblaue Jeans und ein ausgebleichtes grünes T-Shirt ohne Slogan oder Bandnamen. Braune Sommersprossen tüpfelten seine eingefallenen Wangen wie ein Schwarm von Insekten, der ihn von innen zerfraß. Auf seinem Schreibtisch stand ein in irgendeiner Downtown-Gasse aufgenommenes Foto von Kramer und einer trübäugigen Patti Smith, aber sonst nichts, was den Mann mit J.s Vorstellungen verband.

Am ersten Tag sagte J.: »Der Artikel über das Gang-of-Four-Konzert, den Sie vor einer Weile geschrieben haben, hat mir gefallen. Ich fand, Sie haben das richtig gut getroffen. Die Atmosphäre.«

Kramer sah J. abwesend und ein bisschen ängstlich an. »Danke«, flüsterte er.

»Ich war an dem Abend dort, in der Danceteria.« Die Altersgrenze war achtzehn, aber J. und Freddie hängten sich an ein paar schöne Frauen mit platinblonden Warhol-Perücken dran und kamen so rein. Sie schlängelten sich nach vorn zur Bühne durch, vor die blasierte Menge, und schnappten sich nach dem Konzert die an den Mikrofonständer geklebte Songliste. J. und Freddie stritten darum, wer die destillierte Essenz des Konzerts mehr verdiente, wer der größere Fan war, aber J. nahm sie schließlich mit nach Hause.

Kramer sagte: »Ach ja?« und ging mit ein paar Papieren zum Fotokopierer.

Trotzdem, der Laden hier war eigentlich verdammt cool. Neben Kramers Schreibtisch stand ein kleiner Stuhl, und sie saßen dicht nebeneinander in dem winzigen Kabuff. Kramer sprach mit leiser, sanfter Stimme und hatte jeden Nachmittag einen Termin außerhalb der Redaktion – beim Akupunkteur, bei seinem Analytiker, bei Narcotics Anonymous –, sodass J. Muße hatte, die Tageszeitungen auf vielversprechende Artikel zu durchforsten oder fehlende Artikel in der Mainstream-Berichterstattung über bestimmte Ereignisse zu finden, über die sie sich hermachen könnten. Er nahm Anrufe entgegen und sagte Autoren und Informanten, dass Kramer kurz weggegangen sei, aber gleich wieder zurückkomme. Auf der Suche nach Kramer schauten Leute vorbei, und dann fragte sich J., ob das Lynn Fields, ob das Ron K. C. Speath, ob dieser magere Bursche Billy Pagels war, der diesen hervorragenden Artikel über Grandmaster Flash and the Furious Five geschrieben hatte. J. war ein Glückspilz, davon war er überzeugt, und dieser Meinung waren auch seine Freunde, die es ihm zwischen den Besäufnissen in ihren College-Wohnheimen bestätigten. Die *Downtown News* war die einzige Zeitung, die überhaupt über Rap-Musik berichtete und Singles von Whodini und Run DMC besprach. James Baldwin hatte für dieses Blatt Leitartikel geschrieben, Lorraine Hansbury einen kurzen Essay über

Tendenzen des Schwarzen Theaters verfasst. J.s Eltern waren froh, dass er außer der Arbeit in dem Elektronikgeschäft noch etwas anderes machte; sie wollten, dass er Anwalt wurde, und es passte ihnen überhaupt nicht, dass er das College um ein Jahr aufgeschoben hatte. Sie glaubten, er würde überhaupt nicht aufs College gehen, Examen machen, ihrem Plan folgen, sondern stattdessen bei ihnen zu Hause herumlungern und fernsehen, bis er dreißig war, es nie weiterbringen würde als bis zum Plattenverkäufer bei Crazy Eddie's. Das Praktikum zeigte ihnen, dass er nicht nur rumhing, obwohl er jede Nacht mit Freunden loszog; manchmal vergaß er seinen Schlüssel und weckte seine Eltern um zwei Uhr morgens mit einer Budweiserfahne. Jedenfalls hoffte er, dass das Praktikum seine Eltern in dieser Hinsicht beruhigte.

Donnerstagabend, beim Essen, machte er ein großes Trara. »Habt ihr die Sache mit Eleanor Bumpurs gehört?«, attackierte er seine Eltern zwischen zwei Bissen Lake-Tung-Ting-Shrimps, die ihnen Minuten zuvor von ihrem lokalen Lieblingsrestaurant ins Haus geliefert worden waren. Gratisglückskekse und eine Orange.

»Natürlich«, antwortete sein Vater, »es stand heute in der *Times*.«

»Das ist nur ein weiteres Beispiel für systematische Polizeiübergriffe gegen die Schwarze Bevölkerung«, sagte J.

»Ich dachte, sie war geisteskrank«, sagte J.s Mutter und riss die Ecke eines Plastikbehälters mit Sojasoße auf.

J. war auf den Artikel gestoßen, als Kramer früh am Morgen verschwand, um den Allergologen aufzusuchen. Eleanor Bumpurs war eine neunundsechzigjährige Afroamerikanerin, die von der Emergency Services Unit umgebracht worden war, als diese versucht hatte, sie zur Räumung ihrer Wohnung zu zwingen, die der Stadt gehörte. Der Artikel stand weiter hinten im Lokalteil der *Times*, ein kleines, knappes Schriftviereck. Sechs Cops, die man zuvor darauf aufmerksam gemacht hatte, dass die Frau un-

ter psychischen Problemen litt, waren in die Wohnung eingedrungen. Nachdem man die Tür aufgebrochen habe, so die Polizei, sei die knapp drei Zentner schwere Mrs. Bumpurs mit einem
Messer auf sie losgegangen, worauf die Männer, die speziell für
den Umgang mit Geisteskranken ausgebildet worden seien, sie
getötet hätten. Officer Sullivan hatte zweimal mit einem Gewehr
auf sie geschossen.

»Ja, sie war krank, aber das haben die Cops gewusst, bevor sie
reingegangen sind«, hob J. hervor. »Die nennen sich *Emergency
Services,* es ist ihr Job, mit solchen Sachen fertig zu werden.«

»Eine schreckliche Geschichte«, sagte J.s Mutter, während ein
graues Fleischklößchen aus seiner Teighülle kullerte. »Reichst du
mir bitte das Salz, Andrew?«, sagte sie mit einer Handbewegung
zu ihrem Mann hin.

»Neunundachtzig Dollar pro Monat. So hoch war ihre Miete.
Ist das ein Menschenleben wert? Dahinter steckt System«, beharrte J. Er hatte den Artikel ausgeschnitten und ihn Kramer
gezeigt, als dieser schnüffelnd und mit einer Apothekentüte in
der Klaue vom Allergologen zurückkam. Kramer rief Noah Blumenthal, seinen Minenhund für solche Fälle, an, und am Ende
des Tages, nach Verhandlungen im Büro des Chefredakteurs (irgendwo da draußen, den Flur runter), war das Lokalressort die
Sache los, und sie war bei Sonderbeiträge gelandet. J. hatte das
Gefühl, er habe den Skandal für die Zeitung aufgedeckt, er habe
seinen ersten Beitrag für die *Downtown News* geliefert. Beim
Essen gab er einen Teil des Gesprächs zwischen Kramer und
Blumenthal wieder, um seinen Eltern zu demonstrieren, wie be-
rechtigt der Aufschub seiner Ausbildung war. »Die Cops bekommen von Koch und Reagan vermittelt, dass Schwarze nicht wichtig sind«, teilte J. seinen Eltern mit. »Könnt ihr euch vorstellen,
was los ist, wenn Reagan nächste Woche wiedergewählt wird?
Dann werden die Schwarzen nach allen Regeln der Kunst fertiggemacht.«

»Schade, dass Mondale so ein Schlappschwanz ist«, sagte J.s Vater.

»Genau das ist die Vorstellung, die wir den Cops vermitteln: dass es okay ist. Eleanor Bumpurs in ihrer eigenen Wohnung umgebracht! Michael Stewart von U-Bahn-Cops erwürgt – jeder könnte der Nächste sein«, wütete J., während er sich über die Brokkoli auf seinem Teller hermachte und, seine Strategie bei diesem speziellen Gericht, die Shrimps bis zum Schluss aufhob.

»Deswegen sagen wir auch immer, sieh zu, dass du Geld für das Taxi nach Hause übrig behältst. Nachts ist es in der U-Bahn nicht sicher«, sagte J.s Vater.

»Stimmt. Aber trotzdem – das ist ein Polizeistaat, in dem wir hier leben.« Das Taxigeld schmälerte sein Kneipenbudget. Er nahm immer die U-Bahn nach Hause. Simple Ökonomie.

Am Freitag sah Kramer blass aus und sagte den ganzen Vormittag nicht viel. Noch weniger als sonst. Er blieb lange auf der Toilette, und als er herauskam, sagte er, er müsse sofort zum Arzt. (Später entsann sich J., dass er am Morgen ein Spray gegen Pilzbefall benutzt hatte.) Für zwölf Uhr war eine Schlagzeilenbesprechung angesetzt, also würde J. an seiner Stelle hingehen müssen. Jimmy Banks hatte den Bumpurs-Artikel gesehen, aber vielleicht ergaben sich ja unvorhergesehene Fragen, und für diesen Fall sollte J. Informationen liefern, so gut es eben ging. Kramer rieb sich den Hals. »Diese Besprechungen sind halb so wild«, sagte er mit pfeifendem Atem. »Wahrscheinlich musst du gar nichts machen, keine Sorge. Brauchst einfach nur dabeizusitzen.«

J. würde das innere Heiligtum der Zeitung betreten. Donnerstag war er zum Büro des Chefredakteurs gegangen, um für einen von Kramers Autoren ein Spesenformular abzuliefern, aber die Tür war zu, und die Sekretärin hatte gesagt, er solle es ihr geben, das sei schon in Ordnung. J. hatte den Artikel von Noah Blumenthal gelesen; wie bei allem, was der Mann schrieb, hallte zwischen den Zitaten und Fakten rechtschaffener Zorn wider, als seien sorgfältige Recherche und die journalistische Methode alles, was ihn davon abhielt, zum amoklaufenden Mörder zu werden. Ohne Rücksicht auf die politischen Vorgaben der jeweiligen Ressorts und anscheinend vorsätzlich. Als Mensch war Blumenthal, wie sich herausstellte, als er in die Redaktion kam, um irgendwelches Recherchematerial abzuliefern, still und nervös. Kramer erzählte J. später, er wohne bei seiner Mutter in Queens und habe erst kürzlich eine U-Bahn-Phobie überwunden. Vor der Schlagzeilenbesprechung las J. den Artikel noch einmal, um nur ja jede eventuell auftauchende Frage beantworten zu können, ob nun im Hinblick auf die ein, zwei fehlenden Zitate, die Blumenthal am Montag noch einfügen sollte, oder den fehlenden Satz, mit dem der dritte Absatz anfing und über den Kramer und Blumenthal noch stritten. Wer wusste schon, was sie fragen würden. Er wollte vorbereitet sein.

Das war genau die Arbeit, die ihn interessierte, dachte J., während er den Ausdruck überflog und mit dem Finger die Nadeldruck gewordene Empörung unterstrich. Das waren echte Geschichten. Er hatte eine behütete Kindheit gehabt, war darauf programmiert worden, etwas zu werden, aber da draußen lag eine ganze Stadt, in der es drunter und drüber ging und die sich einen Scheißdreck darum kümmerte, was für Pläne man hatte. Und er wollte seinen Platz darin einnehmen. Er wollte wissen, wo Reporter ihre Statistiken über Kriminalitätsraten herhatten und wie sie an Geheimakten herankamen, die die Regierung und das Großkapital der Öffentlichkeit vorenthalten wollten. Der Geheimorden, der etwas bewegte. Blumenthal hatte die Vorschriften der Emergency Services über die Anwendung tödlicher physischer Gewalt gelesen und Eleanor Bumpurs' Sozialarbeiterin befragt. Außerdem hatte der Reporter Officer Sullivans neunzehn Berufsjahre bei der Polizei nachrecherchiert und darin ein Muster erkannt. Er stellte Dinge fest, die aus verschiedenen Teilen der Stadt an einem bestimmten Ort und zu einem bestimmten Zeitpunkt zusammenkamen wie Menschen in einer U-Bahn, und das Ergebnis war Gewalt. J. fühlte sich als Miturheber des Bumpurs-Artikels, er hatte Kramer auf die Sache aufmerksam gemacht, und es war zwar nur ein kleiner Schritt, aber es war sein erster, und so lernt man nun mal laufen, dachte er.

Ein paar Minuten vor zwölf rief Freddie ihn aus seinem Zimmer im Studentenwohnheim der NYU an, um ihm zu sagen, was abends lief. Sophie's war angesagt: Sie würden die Nacht in der Avenue A verbringen, vielleicht würde Julia ein paar von ihren Freundinnen mitbringen, darüber werde noch verhandelt, und dann schaute J. auf die Uhr und sah, dass er zu spät zu der Besprechung kam.

Er rannte zwischen den Kabuffs hindurch nach links und rechts, schlitterte über den blau gefliesten Boden. Die Tür zum Büro des Chefredakteurs war geschlossen. Er hatte sich verspätet. Kramer würde ihn umbringen. Die Sekretärin blickte zu ihm auf und hob fragend die Augenbrauen. »Ich soll an der Besprechung teilnehmen«, sagte J.

»Dann gehen Sie mal rein«, sagte sie und langte nach dem Eingangskorb.

Er drehte langsam den Türknauf.

Wie sich herausstellte, war der Weiße mit den Hosenträgern Jimmy Banks, der Chefredakteur, und er saß, die Hände ineinander verschränkt, an einem Schreibtisch aus schwarzem Metall. Hinter ihm an der Wand hingen in paralleler Autorität gerahmte Titelblätter der ersten Ausgaben der *Downtown News*, um die Anwesenden an eine über jeden Vorwurf erhabene Tradition in solidem Schwarz-Weiß zu erinnern, Mementos kurioser Skandale einer unkomplizierteren Stadt. Es waren noch zehn andere anwesend, diejenigen, die für J. im Laufe der Jahre durch ihren Verfassernamen und ihre journalistischen Feldzüge Kontur gewonnen hatten, aber er wusste nicht, welches Gesicht zu welchem fesselnden persönlichen Essay, welchem Exposé, welchem nächtlichen Abstieg in den Abgrund von Downtown auf der Suche nach dem ersten Artikel über die neue Modedroge gehörte. Mit aufgeschlagenen Notizbüchern fläzten sie sich träge auf Sesseln, lümmelten auf dem Boden, den steifen grauen Polstern der Couch an der hinteren Wand, und tranken Kaffee oder Diätlimonade. Sie sahen J. an, sagten aber nichts. Er setzte sich an der hinteren Wand auf den Boden, neben eine dünne Frau mit schwarz lackierten Fingernägeln, schwarzem Kleid und schwarz gefärbten, ölig glänzenden Haaren. Er hatte nicht vor, etwas zu sagen, es sei denn, man wandte sich direkt an ihn. Er hörte den alten Hasen der *Downtown News* zu, um mitzukriegen, wie die Sache funktionierte.

»Bumpurs – ich versuche, damit zu spielen.«

»Cops und Bumpurs. Bum, bum, Bumpurs. Wenn es morgens bum macht.«

»Bums, rums, stumm, krumm …«

»Die Cops klopfen an die Tür, und …«

»Knockin' on Heaven's Door.«

»Vielleicht sollten wir uns auf die Cops konzentrieren.«

»Klopf, klopf. Wer da? Cop. Was für'n Cop? Cop, der dich kaltmacht.«

»Wie wär's mit ›Schießstand in High Bridge‹? Die haben da doch so Räume im Keller des Reviers, für Schießübungen.«

»Hat eigentlich außer den Cops noch jemand gesehen, dass sie ein Messer hatte, oder haben nur die das gesehen? Das wäre nämlich was. Das wäre ein Ansatzpunkt.«

»Schießstand in High Bridge. Zielschießen.«

»Bumpurs Bumpurs Bumpurs …«

»Endgültig geräumt.«

»Laut ihrer Familie kann sie die Polizisten unmöglich angegriffen haben, sie war nämlich herzkrank. Und hatte Arthritis.«

»Shotgun, High Bridge, blablabla.«

»New Yorker Cops – die Geheimpolizei der Stadt?«

»Macht was mit Nazi – Geheimpolizei, Gestapo, irgendwas in der Richtung.«

»New Yorker Cops – die Gestapo der Stadt?«

»Die Gestapo von der 174th Street.«

»Das ist doch hier kein Sidney-Lumet-Film.«

»Wumm, Mumm, Trumm … ich hab's gleich.«

»Knobelbecher in der 174th Street.«

»Franklin, du wirst von der weiteren Teilnahme an der Besprechung ausgeschlossen. Und ihr anderen konzentriert euch auf den Aspekt des Rassismus. Ich denke, das ist es.«

»Mit dem Namen lässt sich nicht viel anfangen.«

»Was habt ihr gegen ›Endgültig geräumt‹?«

»Von Menschen und Mieten.«

»Der Teufel und Officer Sullivan.«

»Der Fall Officer Sullivan.«

»Sind Sie der Nächste?«

»Wie wär's mit ›Eine Geschichte aus zwei Städten‹? High Bridge wäre sozusagen eine Stadt und Chelsea die andere, dann können wir den Fall Raymond mit hineinnehmen und die unterschiedlichen Reaktionen –«

»Ich dachte, den Artikel hätten wir gekippt. Ich dachte, wir waren uns einig, dass wir den Artikel kippen.«

»Aber jetzt haben wir einen neuen Aufhänger. Er ist wieder aktuell. Uptown, Downtown, die beiden unterschiedlichen Maßstäbe –«

»Vergiss es. Blumenthal hat nichts dergleichen erwähnt. Wo ist eigentlich der Cop her?«

»Italiener, von irgendwo in Queens. Forest Hills.«

»Räumung auf Italienisch.«

»Ist Sullivan nicht ein irischer Name?«

»Bumpurs Bumpurs Bumpurs …«

»Konzentriert euch auf das Opfer.«

»Tödliche physische Gewalt.«

»Hat jemand gestern Abend *Cheers* gesehen?«

»Für eine Handvoll Dollar.«

»Aha.«

»Das Gesetz des Vermieters.«

»Geräumte Träume.«

»Was zum Teufel soll denn das heißen?«

»Keine Ahnung.«

»Rückstand beglichen.«

»Tödlicher Rückstand.«

»Scheiße, warum ist das denn so schwierig? Vielleicht sollten wir es erst mal lassen und später noch mal probieren.«

»Überfällig. Abgeschrieben. Sind New Yorker Cops die neuen Schuldeneintreiber?«

»Nun komm endlich mal von dieser dämlichen Schlagzeile mit dem Fragezeichen runter! Heb dir das für den Untertitel auf, Herrgott noch mal.«

»Niemand hat gestern Abend *Cheers* gesehen?«

»Hab's gleich, ich hab's gleich.«

»High Noon in High Bridge. Showdown in der 174th Street. Wurde Eleanor Bumpurs kaltblütig niedergeschossen?«

»Das Lied des Henkers.«

»Kaltblütig.«

»Das hatten wir letzte Woche erst. Und du – du kommst schon wieder mit so einer blöden Schlagzeile.«

»Schwarz und Blau! Sie ist Schwarz, die sind blau!«

»Jaja, wir haben's kapiert.«

»Bumpurs Bumpurs Bumpurs.«

»Diesmal das Feuer, paraphrasieren wir doch mal Baldwin! Die haben doch die Bullen am nächsten Tag mit Müll beworfen, von den Dächern aus – diesmal das Feuer.«

»Aber es war kein brennender Müll.«

»Ich habe gehört, es waren Molotowcocktails.«

»Es war ein Sack Müll.«

»Ist doch egal. Ich finde trotzdem, ›Diesmal das Feuer‹ haut hin.«

»Vielleicht machen sie ja Randale.«

»Schießerei in der 174th Street.«

»Mord in der 174th Street.«

»Vielleicht sollten wir uns übers Wochenende von irgendwem einen Kommentar schreiben lassen. Um den Schwarzen Aspekt herauszustellen.«

»Von wem denn?«

»Keine Ahnung, was ist denn mit unserem Malefi?«

»Der ruft mich seit schon einiger Zeit nicht mehr zurück.«

»Wieso denn nicht?«

»Zu viel zu tun?«

»Was denn zu tun, wechselt er vielleicht gerade mal wieder den Namen? Wie wär's denn mit dem Typ, der vor zwei Wochen den Graffiti-Artikel geschrieben hat? Den haben wir auf der Titelseite gebracht. Ist er …«

»Du meinst, ob er …«

»Ja, ob er Schwarz ist, Afroamerikaner, was glaubst du denn, was ich meine?«

»Nein. Er ist Professor an der NYU.«

Jimmy Banks schaute zu J. herüber. J. hatte die Arme in Hockstellung um die Knie geschlungen. »Du da«, sagte Banks und zeigte auf ihn. »Wie heißt du?«

»J. Sutter«, antwortete er. »Ich bin der Praktikant, ich bin Winslow Kramers Praktikant.« Er umschlang seine Beine fester. »Er hat mich gebeten, an der Besprechung teilzunehmen, falls Sie irgendwelche Informationen brauchen. Über den Artikel.«

»Praktikant«, sagte Banks, nickte und senkte den Blick auf seinen Schreibtisch. »Wahrscheinlich ist es für einen Kommentar sowieso schon zu spät.« Er nickte noch ein paarmal und gab seinen Gedanken dann auf. »Jetzt lasst euch mal was einfallen, sonst nehmen wir ›Blutbad in der 174th Street‹.«

»Ich finde ›Von Menschen und Mieten‹ immer noch gut.«

»Vielleicht sollten wir einfach ›Blutbad in der 174th Street‹ nehmen.«

»Noch jemand? Okay, wir nehmen ›Blutbad in der 174th Street‹.«

»Bumpurs Bumpurs Bumpurs.«

Wer im Staate Maryland eine Schusswaffe erwerben will, muss eine siebentägige Wartefrist auf sich nehmen, und für manchen ist das vielleicht der schwierigste Teil des Antragsverfahrens. Die zehn Dollar Antragsgebühr, die an den Superintendent der Maryland State Police weitergeleitet werden, dürften kein Problem sein; falls es dem Antragsteller an Kleingeld mangelt, lässt sich der Fehlbetrag durch Grabungen zwischen den Polstern der Wohnzimmercouch beschaffen. Als kleine Hürde erweist sich das Ausfüllen der Zeilen und Ankreuzen der Kästchen hinsichtlich Name, Adresse, Beruf, Geburtsort und -datum, Größe, Gewicht, Rasse, Augen- und Haarfarbe sowie die Unterschrift, aber diese Angaben haben sich im Laufe der Zeit wahrscheinlich größtenteils eingeprägt, und vielleicht ist der Waffenhändler in der Lage, hier Hilfestellung zu leisten, ohne gegen geltendes Recht zu verstoßen. Einige wenige scheitern vielleicht an dem Teil, in dem es um Vorstrafen wegen Gewaltverbrechen geht (das Übliche: Entführung, Brandstiftung, Einbruch ersten, zweiten und dritten Grades, Entweichenlassen gefährlicher Stoffe, Menschenraub, rechtswidrige Tötung mit Ausnahme versehentlicher Tötung, schwere Körperverletzung, Mord, Vergewaltigung, Raub, Raub mit einer tödlichen Waffe, Carjacking, Sexualdelikte ersten Grades und widernatürliche Unzucht sowie rechtswidriger Angriff mit der Absicht, irgendeine sonstige Straftat zu begehen, die mit einer Haftstrafe von über einem Jahr bedroht ist). Das Ankreuzen der falschen Kästchen bei Fragen nach gewohnheitsmäßigem Trinken, Rauschgiftsucht oder gewohnheitsmäßiger Einnahme von Narkotika, Barbituraten oder Amphetaminen sowie nach einem Aufenthalt von mehr als dreißigtägiger Dauer in einer medizinischen Einrichtung zwecks Behandlung einer psychischen Erkrankung (es sei denn, dem Antrag ist ein binnen dreißig Tagen vor Antragstellung ausgestelltes ärztliches Attest beigefügt, in dem bescheinigt wird, dass der Antragsteller in der Lage ist, ohne Gefahr für sich oder andere eine Pistole oder einen Revolver zu besitzen) kann zur Ablehnung des Antrags führen, sofern das Schicksal es nicht gut meint und der Antrag bei der State Police kurz vor Feierabend oder vor Beginn einer Bürofete bearbeitet wird, mit der man einen geschätzten Kollegen, vielleicht jemandem mit Namen Sal, in den Ruhestand verabschiedet. Der Antragsteller muss, hier gibt es keine Ausnahmen, mindestens einundzwanzig Jahre alt sein, und Justizflüchtigen wird die Erlaubnis aus naheliegenden Gründen verweigert. Dies alles steht in Artikel 27, Absatz 442 des Waffengesetzes von Maryland. Rorschach-Tests sieht der Antrag ebenso wenig vor wie Fragen danach, ob das Glas halb voll oder halb leer ist, oder nach der Neigung, nur mit einer Unterhose bekleidet Scheinprozesse abzuhalten, bei denen der Wert der Menschheit von einem aus der Plüschtiersammlung des Antragstellers bestehenden Geschworenengericht beurteilt wird. Es gibt viele Fragen, die in den Waffengeschäften des Staates Maryland nicht gestellt werden, aber das Schwierigste an dem Antragsverfahren dürfte für manche die siebentägige Wartefrist sein. Für manche dürfte das die reinste Hölle sein.

Hat der Betreffende die Waffe erworben, darf er sie in seinen Wohn- oder Geschäftsräumen aufbewahren. Der neue Waffenbesitzer mag den Drang verspüren, bewaffnet in der Stadt herumzulaufen, aber das geht nicht. Er kann nicht einfach mit einer Schusswaffe in der Tasche herumlaufen; das ist gesetzlich verboten. Die Waffe darf zwecks Reparatur zu einem Waffengeschäft transportiert werden, ferner vom Ort des legalen Erwerbs zum Aufbewahrungsort, vom Aufbewahrungsort zu einem offiziellen oder inoffiziellen Wettschießen oder einer Schießsportveranstaltung, zur Ausübung der Jagd oder der Fallenstellerei, zur Jagdhundausbildung oder -prüfung oder zu militärischen Übungen, wobei die Waffe entladen und in einem geschlossenen Futteral oder Halfter befördert und die Munition in einem gesonderten, geschlossenen Behälter aufbewahrt werden muss. Aber mit einer Waffe herumlaufen? Das ist Polizeibeamten und Angestellten von Sicherheitsfirmen oder Detekteien vorbehalten und bedarf einer Sondererlaubnis. Der Antrag auf die Genehmigung zum Führen einer Waffe ist ein bisschen aufwendiger und macht zuweilen richtig Kopfzerbrechen.

West Virginia ist unter Waffenschiebern beliebt und liegt, pro Kopf gerechnet, unter den ersten fünf Staaten, wenn man die Anzahl der dort erworbenen Schusswaffen zugrunde legt, die pro hunderttausend Einwohner des Herkunftsstaates bei außerhalb des Staates begangenen Straftaten Verwendung finden. Irgendwann lernen Leute, die in West Virginia zwecks Ausfuhr Waffen kaufen wollen, die Abkürzungen kennen, düsen einfach über die Staatsgrenze, legen Bargeld auf den Tisch und kommen wieder zurück. Dagegen finden bei Straftaten innerhalb der Grenzen von West Virginia relativ selten Waffen Verwendung, die außerhalb des Staates erworben worden sind. Und dennoch kommt es ab und zu vor. Zu den unwahrscheinlichsten Zeiten und mit den unwahrscheinlichsten Tätern, aber es kommt vor.

Gelehrte Menschen behalten die Zahlen im Auge, nehmen Untersuchungen vor, stellen Thesen auf. In diesem von Seltenheitstälern zerspaltenen und von Wahrscheinlichkeitsgipfeln gezackten Zahlenmassiv gibt es Marksteine. Eine außerhalb des Staates erworbene Schusswaffe, bei einem öffentlichen Ereignis mit tödlichen Folgen benutzt, eine Tat, die nicht als Verbrechen aus Leidenschaft oder aus Gewinnsucht einzustufen ist, begangen von einem Menschen, der nicht dem üblichen Profil eines Gewalttäters entspricht. Solche Vorfälle verzerren das Bild. Sie ziehen die Aufmerksamkeit der Medien stärker auf sich als der alltägliche Überfall auf eine Tankstelle oder der zigste Raubzug gegen die Würde des bescheidenen Lebensmittelladens. Gegen derart banale Verbrechen ist die Öffentlichkeit abgestumpft. Sie entlocken ihr nur ein Gähnen. Doch das spektakuläre Verbrechen kann zu Seelenforschung Anlass geben, seine Erwähnung macht Tischgespräche, die in eine Flaute geraten sind, wieder flott, in den Häuserreihen der Reißbrettsiedlungen beargwöhnt man seine Nachbarn. Ein solcher Fall bildet einen Markstein in einem Strom von Statistik und wird eine Zeit lang hervorstechen. Eine Zacke im Schaubild. Aber sobald die Namen gelöscht, die Besonderheiten im Namen der Wissenschaftlichkeit getilgt worden sind, mag ein solcher Fall zwar das Bild verzerren, geht aber gleichwohl im Durchschnitt auf. Die Statistik verschluckt die Abweichung, sofern die Abweichung die siebentägige Wartefrist aushält.

En gros eingekauft, streben die Platzdeckchen von Herb's Family Style nach der Perspektive von Berggottheiten und halten ein Jahrhundert mühsamer menschlicher Errungenschaften in angemessener Form auf dem durchsichtigen Papier fest. Die Karte ist grob gezeichnet, schlecht reproduziert, bloße Skizze. Unbestimmte, gewundene Linien schlängeln sich zwischen geraden, Flüsse wetteifern mit von Menschen geschaffenen Straßen und Strecken. Pamela kann die Freunde des Lokals ohne Weiteres ausmachen. Ihre Namen stehen fett gedruckt auf der Karte, zwei Häuser weiter bietet das Coast to Coast Kleines Gratisfrühstück Kaffee auf dem Zimmer 25" TV mit Fernbedienung Pool; Herrliche Bootsfahrten zum Bluestone Dam zu buchen gleich südlich von hier, hinter der Stelle, wo zwei Flüsse abzweigen, Lowell Hardware im Historischen Viertel führt Ihren kompletten Bedarf an Campingausrüstung (und einigem, von dem Sie noch gar nichts wissen), während die Mc Keever Lodge in Pipestem Luxus in die Ohren der weniger Zünftigen raunt und eine große Auswahl internationaler Speisen, wie zum Beispiel Meeresfrüchte nach italienischer und einheimischer Art, ankündigt, die man dann in den 25 mit allem Komfort ausgestatteten Luxuscottages verdauen kann. Die letzte Anzeige sitzt in der rechten Ecke, Buchstaben in altem Stil drängen Pamela zu einem Besuch des John Henry Monument und der beiden Big Bend Tunnels. Eins der beliebtesten Ausflugsziele von Summers County.

In der oberen linken Ecke, neben einer braunen Kaffeetasseneklipse, zeigt eine Harpune namens N von ihr weg. Ihr Motel sieht sie nicht. Route 3 zieht sich ostwärts und von der Karte herunter in gesprenkeltes Resopalterrain. Sie hat ihren Teller verschoben, weil sie sie nicht sehen wollte. Bis auf zwei Bratkartoffelbröckchen am Rand einer Ketchuppfütze hat sie ihren Teller leer gegessen. Pamela kann die Bröckchen nicht essen, weil sie sie an die Prügelei vor einer Woche vor dem Haus, in dem sie wohnt, erinnern und wie ausgeschlagene Zähne aussehen. Sinnlos, sich nach dem Anlass zu fragen: zwei Crackheads, die sich um Gott weiß was prügelten, und sobald der Zuschlagende sah, welchen Schaden er dem Getroffenen zugefügt hatte, half er seinem Freund auf die Beine, und sie machten sich davon, ehe die Cops kamen. Als Pamela ihre Wohnung verließ, um nach Talcott zu fahren, war noch immer getrocknetes Blut auf dem Bürgersteig zu sehen.

Herb's Family Style liegt in einer Gegend, in der es friedlicher zugeht als in ihrem Viertel – kein Sirenengeheul von Krankenwagen, keine schimmernden Crackfläschchen oder Nadeln, keine lebenden oder toten Obdachlosen, über die man hinwegsteigen muss –, aber trotz dieser Unterschiede wird dem universellen Coffeeshop-Protokoll auch hier, in internationalen Gewässern, Geltung verschafft. Während die Kellnerin regelmäßig Pamelas Tasse nachfüllt, spielen sie sich auf einen stillschweigend funktionierenden Austausch von Eingießen und gemurmeltem Dank ein, und als J. sich zu Pamela an den Tisch setzt, folgt die Kellnerin der üblichen Vorgehensweise. Sie fragt: »Getrennte Rechnungen?«

Pamela wird zu einer Einheimischen, als J. die Tür aufmacht; beim Klang der Glocke drehen sich sämtliche Köpfe Richtung Eingang, um die Identität des Neuankömmlings festzustellen, und Pamela, die bei diesem Spiel von sich selbst absieht, macht begeistert mit. J. sieht energiegeladener aus als gestern Nacht vor dem Motel, sein Schritt ist nicht mehr unsicher. Die Einheimischen taxieren ihn, um festzustellen, wo sie ihn hinstecken können, ob sie ihn kennen, dann machen sie sich wieder über ihr Essen her, nicken oder zwinkern in gemeinsamer Einschätzung ihren Tischnachbarn zu. Pamela verspürt einen Anflug von Neid: Es muss schön sein zu wissen, wo alles hingehört. Er ist nicht von hier, nicht in diesem Hemd und nicht mit dieser Sonnenbrille. In dieser Haut. Sie erwägt, ihn an ihren Tisch zu bitten, und kommt, noch ehe der Gedanke zu Ende gedacht ist, zu dem Schluss, dass sie zum Reden keine Lust hat. Sie muss sich auf ihr Gespräch mit Bürgermeister Cliff vorbereiten. Als Tarnmanöver fischt sie eine weitere Zigarette aus ihrem Päckchen, aber da steht J. schon an ihrem Tisch und fragt, ob er sich zu ihr setzen darf. »Nur zu«, macht ihr Mund.

Er rutscht auf das rote Vinyl ihr gegenüber, und sie schaut durch das Glas hinaus. In der eigentlichen Stadt ist Pamela noch nicht gewesen; bis jetzt hat sie seit ihrer Ankunft immer die gleiche Aussicht gehabt. Es kommt ihr vor, als wäre alles, was sie bisher gesehen hat, stark gefährdet. Nach hinten geht Herb's auf den Fluss, doch hier, nach vorn hinaus, bietet sich der vertraute Anblick eines auf die Straße eindringenden Berges, eines Hangs aus Grau und Grün, der sich nach oben dem Blick entzieht. Ganz ähnlich wie bei Wolkenkratzern, denkt sie; irgendwo da oben ist der Himmel.

»Ich habe das Taxi verpasst«, sagt J., und seine Hand fährt auf die Plastikspeisekarte hinter dem Serviettenständer zu.

»Ihre Freunde sind gerade gegangen«, antwortet sie. Sie hat auf der Hinfahrt den Kleinbus mit ihnen geteilt, und sie haben gemeinsam das Lokal betreten. Sämtliche Köpfe haben sich zu ihnen hingedreht und wieder abgewandt. Das Ritual der Glocke. Pamela hat sich den Journalisten nicht angeschlossen, sondern sich allein an einen Tisch am Fenster gesetzt. Sie hat die Kellnerin gefragt, ob es hier auch Zigaretten gebe, und ist an die Tankstelle nebenan verwiesen worden. Als sie mit einem Vorrat von mehreren Päckchen zurückkam, stand ihr Essen schon auf dem Tisch, einfach so. Und auch ihre Rechnung wartete schon, mit der bedruckten Seite nach unten. »Geht es Ihnen heute besser?«, fragt Pamela. Er sieht besser aus.

»Och, ich könnte Bäume ausreißen.«

Vielleicht verbirgt seine Sonnenbrille dunkle Ringe, aber seine Stimme ist nicht so leise und heiser wie die seiner Freunde heute Morgen im Kleinbus. Er ist der Einzige von ihnen, der nicht verkatert aussieht. »Als ich in der dritten Klasse war«, beginnt Pamela, »war da ein Junge, der wäre fast an einem Hotdog erstickt. Der Lehrer kam und hat den Heimlich-Handgriff angewandt, und ein kleines Stückchen Hotdog schoss ihm aus dem Mund. Es sah aus wie eine Zigarre.«

»Hieß er Frank?«

Sie versucht sich zu erinnern. Ist das etwa wieder eine Bestätigung des Satzes von der kleinen Welt? »Ich habe seinen Namen vergessen.« Erst eine Stunde später fällt bei ihr der Groschen.

Die Kellnerin füllt ihre Tasse nach und nimmt J.s Bestellung entgegen. Pamela zündet sich eine Zigarette an, sieht, dass sie schon eine brennen hat, und drückt die überzählige aus. Sie ertappt J. dabei, wie er das beobachtet, und denkt, er ist der Letzte, der sich ein Urteil erlauben kann, so wie er und seine Freunde sich aufgeführt haben. Zwanghafte Trinker, zwanghafte Raucher. Und alle wie kurz vor dem Ausrasten. Er fragt sie, ob sie das erste Mal in West Virginia ist.

»Mein Vater ist oft hierhergekommen, um Sachen für seine Sammlung zu finden, aber er hat uns nie mitgenommen.« Jetzt kann sie den ganzen Kram dorthin zurückschaffen, wo er hergekommen ist. Bis zu ihrem Treffen mit dem Bürgermeister hat sie noch zwei Stunden totzuschlagen. Nach seiner Rede gestern Abend zu urteilen scheint der Bürgermeister ziemlich umgänglich zu sein. »Und Sie?«, fragt sie.

»Zum ersten Mal«, antwortet er. »Das ist nicht mein übliches Revier. Ich bin hier, um einen Reiseartikel für eine neue Website zu schreiben.«

»Für das Internet.«

»Wir ziehen den Begriff Datenautobahn vor. Und was machen Sie so?«, fragt er, und sie kommt sich vor wie in New York.

»Ich bin Zeitarbeiterin.«

»Wie ist das so?«

»Haben Sie schon mal Zeitarbeit gemacht?«

»Nein.«

»Wenn ja, würden Sie nicht fragen. Normalerweise Tippen und Ablage. Man wird angerufen und zieht los.«

»Genau wie bei mir.«

»Die Agentur schickt mich nicht an Orte wie den hier. Die haben da strenge Prinzipien.«

»Die sollte die Agentur vielleicht mal überdenken. Der Laden hier könnte eine gute Korrekturleserin gebrauchen« – er tippt auf die Speisekarte –, »es sei denn, ›Gerillter Fisch‹ ist irgendeine hiesige Delikatesse, die ich nicht kenne.«

Sie fragt ihn, wie lange er schon Journalist ist, und denkt, schwul? Die Art, wie er redet, erinnert sie an Royce. Jedes Mal, wenn sie mit Royce ausgegangen ist, hat er sich im Raum umgesehen und die unentschiedenen Heteros ausgeguckt. Die Neugierigen oder die Heimlichen. Jedenfalls behauptete er das mit einer gewissen Autorität. Nicht, dass er keinen Beweis für seine diesbezüglichen Fähigkeiten geliefert hätte; sie hatte ihm verziehen, was passiert war, als sie ihm den Neuen vorstellte, mit dem sie damals seit Kurzem ging. Hatte beiden verziehen: ja, Glück muss man haben! J. sieht gar nicht so schlecht aus. Das Hawaiihemd ist ziemlich grell, und er fällt dadurch noch stärker auf, als er es ohnehin schon tut. Nach dem, was sie bisher gesehen hat, sind die Schwarzen hier eher ein bisschen hinterwäldlerisch. In welchem Zimmer wohnt er? Nicht auf ihrer Etage: irgendwo im ersten Stock. Reise morgen sowieso ab. Wie lange her, seit ich das letzte Mal gevögelt habe? Allerdings wohnt er in New York. Sie schüttelt den Kopf. Solche Gedanken führen zu nichts. Außerdem hat er wahrscheinlich ein Alkoholproblem. Steht auf Blondinen oder ist schwul. Kann ihn vielleicht Royce vorstellen, wenn sie wieder in New York sind, damit er seinen Trick abzieht.

(Sie braucht ungefähr vier Sekunden, um sich diesen Gedankengang zurechtzulegen.)

Die Kellnerin stellt mit einer Hand J.s Teller auf sein Platzdeckchen und füllt mit der anderen Pamelas Kaffeetasse nach. Ihre Bewegungen beim Bedienen sind ausgefeilt, delikat, und würde nicht jeder einzelne Gegenstand in seinem Blickfeld diesen Eindruck widerlegen, könnte er sich bei einer Ballettvorführung befinden und einer Meisterin zusehen. Das Platzdeckchen zeigt eine grob gezeichnete Karte von Hinton. Er hat sie betrachtet, als er sich setzte, froh darum, der Hitze entronnen zu sein und die körperliche Bewegung hinter sich zu haben. Ein riesiger Stern kennzeichnet den Standort von Herb's; das Restaurant befindet sich hart am Ufer des New River. Ein Stück weiter nördlich (ist das Ding eigentlich maßstabsgetreu?) überquert eine Brücke den Fluss und endet am Fuße der Stadt. Sechs, sieben, acht Häuserblocks lang und fünf »Avenues« breit. Er ist weit weg von zu Hause. Südlich des Hauptteils der Stadt zieht sich noch ein kleiner Streifen mit Straßen am Flussufer entlang. Dort sind nicht so viele historische Stätten verzeichnet, muss der neuere Teil der Stadt sein; als J., schon ganz in der Nähe von Herb's, über den Fluss schauen konnte, hat er dort drüben einen großen Supermarkt gesehen. Dann sind unten noch lauter einfallslose Anzeigen, Touristenfallen. Sein Motel kann er auf der Karte nicht sehen. Er ist nicht direkt müde, hätte aber nichts dagegen, sich zurückfahren zu lassen. Sieht die Anzeige für das John Henry Monument und fragt: »Gehen Sie heute Nachmittag zu diesem Wettkampf?«

»Glaub schon.«

»Das ist doch eine Neuinszenierung des Wettkampfs von John

Henry, oder?« Die Trantüte macht den Mund nur auf, um eine Zigarette reinzustecken. »Zwei Typen hauen Nägel in den Boden, und gewonnen hat, wer schneller ist?«

Mit geübter Lässigkeit setzt Pamela eine Miene von vollendeter Langeweile auf. Sie stößt Rauch durch die Nase aus und sagt: »In Wirklichkeit hat John Henry nicht Gleise gelegt. Das denken zwar alle, aber er hat eigentlich etwas anderes gemacht. Er hat im Tunnel gearbeitet. Einer hielt einen Bohrstahl waagrecht, ungefähr so, und der Bohrhauer hat ihn in den Fels gehämmert, um ein Loch zu machen. Wenn das Loch tief genug war, hat man es mit Dynamit gefüllt und dann gesprengt, um den Tunnel vorzutreiben. Dann hat man wieder von vorn angefangen.«

»Ich dachte, John Henry wäre eine Erfindung, aber die Leute hier nehmen ihn richtig ernst.« Er steckt sich ein Stück Schinken in den Mund.

»Genaues weiß man nicht. Der Big Bend Tunnel ist der Ort, der in den meisten Balladen genannt wird, und er liegt drüben in Talcott. In den Songs ist ausdrücklich von der C & O Railroad die Rede, und die haben die Strecke gebaut. Es liegt also schon nahe, dass das Ganze auf einer wahren Geschichte basiert.«

»Aber das heißt doch nicht, dass er wirklich stattgefunden hat – der Wettkampf selbst. Wie war das noch mal, er kriegt einen Herzanfall, nachdem er die Maschine besiegt hat? Oder wird von oben niedergestreckt.«

»Sie wollen sich wohl vor der Veranstaltung drücken, was?«, sagt sie und fängt zu grinsen an. »Es gibt zwei Bücher darüber. Mein Vater hatte die Erstausgaben, was sonst … Zwei Volkskundler – Louis Chappell und Guy Johnson – sind in den Zwanziger oder Dreißiger Jahren hierhergekommen, um Leute zu befragen und festzustellen, ob es ihn wirklich gegeben hat. Sie haben einige Leute ausfindig gemacht, die gesagt haben, es hat ihn gegeben, und einige, die gesagt haben, es hat ihn nicht gegeben«, dies mit einer Kopfbewegung zu den Ortsansässigen an den anderen Tischen, den repräsentativen Einheimischen, hin. »Einige von den Leuten, die im Tunnel gearbeitet haben, haben gesagt, sie hätten den Wettkampf selbst gesehen, einige haben gesagt, er hätte niemals stattgefunden. Ihr Großvater hat ihnen erzählt, John Henry hätte im Big Bend gearbeitet, oder er hätte nicht dort gearbeitet. Die meisten Zeitzeugen waren schon tot, als die beiden hierhergekommen sind, deswegen stammte das meiste sowieso aus zweiter Hand.«

»Aber worauf läuft es denn nun hinaus?«

»Einer der Autoren, der Weiße, Chappell, glaubte, dass der Wettkampf tatsächlich stattgefunden hat, und der andere, Guy Johnson – der ein Schwarzer war –, fand, dass es nicht genügend Beweise gab. Sie haben im Abstand von ein oder zwei Jahren dieselben Leute befragt und unterschiedliche Geschichten von ihnen gehört. In Talcott und Hinton glaubt man offenbar, dass er wirklich existiert hat. Mein Vater hat das auch geglaubt.«

Der Weiße glaubt und der Schwarze nicht. J. schiebt ein paar Bröckchen auf seinem Teller herum. Die Eier schmecken nicht schlecht, aber man sollte doch meinen, dass sie ihre Zigarette ausmacht, solange er isst. Aus reiner Höflichkeit. Vielleicht will sie ihm damit aber auch sagen, dass sie ihn nicht an ihrem Tisch haben wollte. »War er Akademiker?«, fragt J. Stimmt das Tempus? Sie spricht in der Vergangenheitsform von ihrem Vater.

»John Henry war einfach sein Hobby«, sagt sie. »Er hatte ein Haushalts- und Eisenwarengeschäft. Und irgendwann hat er eben angefangen, alles zu dem Thema zu sammeln, was er finden konnte. Einfach alles, was er auftreiben konnte. Memorabilien.«

»Und wie sehen Sie das Ganze? Glauben Sie, er hat existiert?«

»Sind Sie im Moment am Arbeiten? Ist das ein Interview?«

»Wenn Sie das so sehen wollen.«

»Sie schreiben ja gar nichts auf.«

»Ich habe ein gutes Gedächtnis. Wenn Sie wollen, kann ich so tun, als schriebe ich es auf. Haben Sie einen Stift?«

Die Türglocke ertönt. Sie wenden die Köpfe und sehen einen Mann mit Pferdeschwanz, der mit geübter Gewandtheit in einem Rollstuhl hereinfährt. Pamela sagt: »Mich zu interviewen lohnt sich nicht. Ich bin bloß hierhergekommen, um den Kram meines Vaters loszuwerden.«

»Wie viel hat er denn gehabt – wie groß ist seine Sammlung?«

»Zig Kisten.«

»Sentimental sind Sie ja nicht gerade.«

»Ich kann nichts mit dem Zeug anfangen. Es nimmt bloß Platz weg, und ich muss dafür bezahlen.«

Ein Geniestreich wäre es jetzt, das Thema zu wechseln. Er sieht ihr schon eine ganze Weile zu, wie sie die Bogenränder des Platzdeckchens abzupft und zu Kügelchen dreht. Das macht sie, wenn sie nicht vor sich hin qualmt. Sieht allerdings trotzdem ziemlich gut aus. Er wird jetzt das Thema wechseln. »Kann ein Mann tatsächlich eine Dampfbohrmaschine schlagen?«

»Bin ich Ihre Hauptquelle für diesen Artikel?«

»Das ist alles wahnsinnig nützliche Hintergrundinformation. Sie sind Expertin.«

Sie blinzelt. »Die ersten Bohrmaschinen waren nicht besonders gut konstruiert. Die Bohrer wurden schnell stumpf, die Maschinen sind ständig kaputtgegangen. Und bei solchem Gestein – die ganzen Berge hier bestehen aus weichem Schiefer – fraßen sie sich ständig in dem ganzen Staub fest.«

»Geologin und Historikerin.«

»Sie haben ja keine Ahnung«, sagt sie. Ihr linker Mundwinkel senkt sich zweideutig, ohne sich aber auf einen interpretierbaren Ausdruck festzulegen. Scheint jedenfalls einige Probleme zu haben, denkt J. »Die Bohrmaschinen waren so unzuverlässig«, fährt Pamela fort, »dass ein wirklich kräftiger Bohrhauer sie unter günstigen Bedingungen wahrscheinlich schlagen konnte – wenn man die Geschwindigkeit berühmter Bohrhauer und die Geschwindigkeit der ersten Bohrmaschinen miteinander vergleicht.

Und wenn der Wettkampf nicht zu lange dauerte. Der Wettkampf war zeitlich begrenzt. Es liegt jedenfalls im Bereich des physisch Möglichen.«

»Die Macht des positiven Denkens.«

»Das ist alles Spekulation. Aber kein Beweis dafür, dass er es nicht geschafft hat.«

»Oder dass er es geschafft hat.«

»Das würde ich hierherum lieber nicht so laut sagen, wenn Sie verstehen, was ich meine.«

J. blickt über ihre Schulter, sucht nach Proleten und Provinzlern, nach jemandem, der ihm Unbehagen bereitet, sieht aber bloß Männer in karierten Hemden, die an gebratenem Huhn herumsäbeln. Als er ihr wieder ins Gesicht sieht, lächelt Pamela; sie sagt: »Ich glaube nicht, dass Sie sich hier wegen irgendwas Sorgen machen müssen. Die beiden Professoren – Chappell und Johnson – haben versucht, die Personalakten der C & O für dieses Gebiet zu finden, aber man hat ihnen gesagt, sie seien bei einem Brand vernichtet worden. Hier sind viele Männer gestorben, und die Eisenbahngesellschaft wollte jedes Aufsehen darüber vermeiden. Es war eine Eisenbahnstadt, deswegen haben die Zeitungen die Unfälle nicht dokumentiert. Kann sein, dass die Akten bei einem Brand vernichtet oder absichtlich verbrannt worden sind, jedenfalls gab es eine Menge Gründe für sie, die Akten nicht aufzubewahren. Und selbst wenn die Gesellschaft Unterlagen über ihre Schwarzen Arbeiter führte, John und Henry waren die häufigsten Namen für befreite Sklaven, wenn der Name also irgendwo belegt wäre, hieße das noch nicht, dass es sich um *den* John Henry handelt.«

»John Henry ist Bob Smith.«

»John Doe.«

Anders als gestern Abend trägt sie das Haar nicht zu einem Knoten geschlungen, und das durch die Fenster einfallende Licht hellt die Spitzen der Strähnen zu einem schimmernden Kupferrot auf. Ihr Vater war fixiert auf John Henry. Manche Sechziger-Jahre-Typen kriegen das nationalistische Fieber, werden von Frantz Fanon radikalisiert, sparen für ein Dashiki, revolutionäres Bewusstsein. Klammern sich an den Bohrhauer als ein Ideal Schwarzer Männlichkeit in einem kastrierenden Land. Probleme, Vaterprobleme. Das letzte Ereignis der John Henry Days findet morgen Nachmittag statt, womit für einen eventuellen Annäherungsversuch noch anderthalb Tage bleiben. An ihre Zimmertür klopfen: Ich habe noch Licht brennen sehen. (Verkneif dir das Grinsen, sie sitzt dir direkt gegenüber.) Aber sie wohnt ja auch in New York, also könnte er im Lauf des kommenden Tages vielleicht einfach nur die Grundlage legen. Er hat einen berechtigten Vorwand, er arbeitet an einer Story. Und wie weiter in New York? Ist sie bloß deprimiert über den Tod ihres Vaters – keinerlei Anhaltspunkte, wann er gestorben ist – oder ganz allgemein deprimiert? Jeden Tag von früh bis spät, eine regelrechte Fallgeschichte, John Henry. Eindeutig irgendwelche Probleme, und die greifen zwangsläufig aufs Schlafzimmer über. Sie sieht gut aus und alles, aber er hat keine Zeit für noch so eine New Yorker Bekloppte. Ist er überhaupt ihr Typ? Er hat sowieso keine Zeit für eine Beziehung, die über das Arrangement mit Monica hinausgeht. Ich bin nicht zu haben, ich gehe auf den Rekord aus. (Er braucht ungefähr fünf Sekunden, um sich diesen Gedankengang zurechtzulegen.)

So toll ist sie auch nicht, aber mal angenommen, da ist eine Story zu holen, sagt sich J. Sie verhält sich komisch, ist im Augenblick von kleinen Papierkügelchen umgeben und in blauen Dunst gehüllt, aber mal angenommen, da ist eine Story zu holen. Er fängt an, sich Nachfassfragen auszudenken, die er ihr später stellen kann.

Die Art, wie die Limousine durch diese Täler gleitet, hat etwas Friedlich-Teilnahmsloses, das Lucien auf den Gedanken bringt, alles sei von Anfang an so bestimmt gewesen. Dass die Gletscher im Ausklingen der Eiszeit zurückwichen und sich zwischen den Bergen hindurchfraßen, um den Bau dieser modernen Highways zu erleichtern; dass der letzte und höchste Verwendungszweck des äonenlang angesammelten, zermahlenen Gesteins darin besteht, Schotter für Highway-Bankette zu liefern; die Abfolge von Flüssen, die sie passieren, bestätigt lediglich, wie Meilensteine, dass sie vorwärts kommen, und der Wasserkreislauf ist bloß eine kleine Beigabe. Er ist zu der Überzeugung gekommen, dass das Ziel der geologischen Dynamik der moderne Komfort ist. Das gilt eigentlich für alles, für alle diese uralten Mechanismen. Irgendwie bilden sich vier Finger als praktischste Anordnung heraus – der opponierbare Daumen und dieser ganze Kram –, und an diesem Tag steuert der Fahrer das Luxusgefährt mit geübten Fingern über gehärteten Asphalt. Gibt es eine Flüssigkeit, der sich die Klimaanlage verdankt, so wie das für Freon in Kühlschränken gilt? Diese Substanz, die nach epochenlanger Öde ihren Daseinszweck im Einsatz gegen die Feuchtigkeit des Südens, für die Verhinderung von Schweißflecken auf Luciens Anzug, abgewartet hat. Die unerbittliche Orientierung aller Dinge auf ein Ziel hin.

Verwegene Gedanken eines PR-Agenten an einem Samstagmorgen.

Lawrence Flittings, seine rechte Hand, sein verlässlicher Stellvertreter, sitzt links von ihm und beantwortet mit Bedacht seine

Fragen. Lucien betrachtet die vorbeiziehenden Hügel und erkundigt sich nach dem Stand der Vorbereitungen, ohne Lawrence' einstudierten Antworten zuzuhören. Er weiß, dass Lawrence sich um jedes kleine Detail gekümmert hat, versteht aber, dass der Mann seine Tüchtigkeit auch unter Beweis stellen muss: daher dieses Spielchen. Von allen tüchtigen schwulen Assistenten, die Lucien je gehabt hat, kommt Lawrence dem Ideal des tüchtigen schwulen Assistenten am nächsten. Lucien fragt, wie das Hotel ist, wie das Essen gestern Abend war, welche Spesenritter angereist sind.

Eigentlich aber will Lucien wissen, ob Lawrence die Namen der Bäume weiß. Den Berghang entlang bis ganz hinauf zu den gezackten Gipfeln lassen sich die Bäume durch das Gefälle nicht beeindrucken und stehen trotz der Einflüsterungen der Schwerkraft ganz gerade. Sie müssen starke Wurzeln haben, die im Boden miteinander verflochten sind. Sie arbeiten zusammen, um sich auf dem Hang zu halten, um für eine beruhigende Einführung in die Naturschönheiten West Virginias zu sorgen, die Lucien genießen kann. Das Hotel ist klein, aber komfortabel, sagt Lawrence, das Essen gestern Abend hat allen gefallen, die üblichen Verdächtigen aus dem Medienpool sind anwesend, und jetzt gibt ihm Lucien eine harte Nuss auf: Weißt du, wie diese Bäume heißen, Lawrence?

Sein Laptop und sein von Post-it-Zetteln umrahmtes Klemmbrett enthalten nichts, was ihm hier hilft. Lawrence sagt rasch: »Nein, keine Ahnung«, und Lucien nickt, ohne den Blick vom Fenster abzuwenden. Falls der Fahrer mit ein bisschen einheimischer Pflanzenkunde aufwarten kann, sagt er es nicht. Lucien muss Lawrence auf Zack halten. Er blickt in die Zukunft: Bei der nächsten Veranstaltung außerhalb von New York wird Lawrence die gesamte dortige Flora und Fauna nachrecherchieren, bloß für alle Fälle. Aber beim nächsten Mal wird Lucien nicht fragen. Lawrence wird auf die Frage warten, aber sie wird nicht kommen, dann wird er versuchen, sein neu erworbenes Wissen irgendwie ins Gespräch einfließen zu lassen. Hör mal das Rotkehlchen, Lucien, sie haben jetzt Paarungszeit, und das ist ihr Paarungsruf.

Diese Bäume verstellen sich nicht. Sie verhalten sich ihrer Natur entsprechend, wie Lucien. Wahrscheinlich hat Lawrence an seinem ersten Tag im Büro gedacht, er arbeite für einen Mike Ovitz oder einen Hersteller von Sommerkinohits. Einen postmodernen Barnum in einem schlank machenden italienischen Anzug. Jeder, der Lucien kennenlernt, erwartet das, es entspricht nun einmal, zu Unrecht, seinem Ruf. Bestimmt hat er Lawrence gleich in den ersten Tagen (es kann gar nicht anders sein) mit seiner Bescheidenheit und seiner sanften, bedächtigen Redeweise überrascht. Gewiss, hin und wieder brüllt er auch, aber nur gegenüber denen, die auf Gebrüll ansprechen und keine andere Sprache verstehen. Bestimmt hat er Lawrence mit seiner Aufrichtigkeit überrascht. (Er zählt hier seine Lieblingsmerkmale auf.) Anders als viele glauben, ist Lucien kein Blender. Ein solches Etikett impliziert Vorsätzlichkeit und deutet an, dass der innere nicht mit dem äußeren Menschen übereinstimmt und dass Fälschung im Spiel ist. Aber er ist kein Fälscher. Ab und zu, wenn die Lichter gelöscht sind und der trübe Schein der Straßenlaternen sein Schlafzimmer erfüllt oder wenn er auf gut besuchten Veranstaltungen zwischen Händeschütteln und Small Talk plötzlich in der Menge allein ist, ehe er über seine nächste strategische Interaktion entschieden hat, findet sich Lucien in seiner Landschaft nicht mehr zurecht. Wie er hierhergeraten ist, welchen Wegweiser, der ihn in diese introspektive Sackgasse führte, er falsch interpretiert hat, ist nicht wichtig, wichtig ist nur, dass er Auge in Auge seinem Charakter gegenübersteht und rechtfertigen muss, was aus ihm geworden ist, und in solchen Momenten zuckt er nicht zurück. Er kann den Mann, den er vor sich sieht, mit erbarmungsloser Genauigkeit beschreiben, kann die gebeugte, geschrumpfte Kreatur genau erkennen, und dann kommt es vor, dass er ohne Widerwillen oder Ekel die Arme ausstreckt, um sein wahres Ich an sich zu ziehen. Und es gibt keinen Widerspruch zwischen Lucien in jenem Moment plötzlicher Konfrontation und Lucien in ebendiesem Moment, bei der Arbeit, mit gestempelter Stechkarte, unterwegs zu seinem neuesten Auftrag. Keine falsche Fassade, er verstellt sich nicht, er ist genau so, wie er erscheint.

Die Kilometer ziehen vorüber. Lawrence sagt, dass es nicht mehr weit ist, und Lucien denkt, alle diese Bäume sind für mich da. Um sein Auge zu erfreuen. Er fragt sich, ob die natürliche Richtung seiner Gedanken ihn zum Narzissten macht, versichert sich dann aber, dass er die Menschheit als Ganzes lediglich durch den Begriff Lucien ersetzt. Zur Vereinfachung. Er denkt an die ganze Menschheit, nicht bloß an sich selbst. Die Sache mit dem Dschungel, der vier Finger und einen opponierbaren Daumen hervorgebracht hat, und daher ihre zügige Fahrt an diesem Morgen: Alle drei, Lucien, Lawrence und der Fahrer, genießen sie das Glück des Affen. Und außerdem jeder auf der Straße vor und hinter ihnen, auf allen Straßen, die zu diesem Highway führen und von ihm abzweigen.

Luciens Ich ist ein demokratisches Tier, vielköpfig, mit gespaltener Zunge. Im Neolithikum haben Werkzeugmacher Pfeilspitzen geformt, diese Fähigkeiten haben sich im Laufe der Zeit weiterentwickelt, und nun hat der Chromtürgriff dieses Wagens genau die Form, die er hat. Die Großartigkeit der Chromtürgriffe widerlegt Luciens Narzissmus ein für alle Mal. Überall auf dem Globus sind Millionen und Abermillionen von Chromtürgriffen in Gebrauch, von Bauern und Königen gleichermaßen betätigt, durch perfektionierte Herstellungsprozesse ermöglicht, Millionen, die, zwischen Handteller und Mittelhandknochen geschmiegt, ein rasches und müheloses Aussteigen aus Fahrzeugen erlauben. Er ist nicht der Einzige, dem die Gaben der neolithischen Werkzeugmacher zugutekommen. Schließlich machen Leute überall Türen auf.

Die Kilometer bleiben zurück, und Lawrence sagt erneut, es sei nicht mehr weit. Bald werden sie in Talcott sein. Lucien stellt sich die Stadt als Patchwork vor, als Flickwerk der Popkultur. Er hat mehr als einmal Elemente dieser Vorstellung geborgt, um etwa die klassischen Vorzüge einer neuen, wie selbst gemachten Limonade hervorzuheben oder die Plattitüden eines beschränkten Prominenten in jene volkstümlichen Lebensweisheiten umzumodeln, auf die Journalisten anspringen und die sie ihrerseits an die Leute weitergeben. Um Dinge in einer bestimmten Form zu präsentieren. Die Leute springen sehr rasch auf solche Versatzstücke an. Als er in diesem Geschäft anfing und seine Fähigkeit, Leute etwas glauben zu machen, begreifen lernte, dachte Lucien, der damals sehr von der Sprache seines Therapeuten angetan war, er zapfe das kollektive Unbewusste an. Mittlerweile glaubt er, dass es schlicht die Atmosphäre ist. Die Luft ist eine Mischung aus Stickstoff, Sauerstoff und diversen anderen Gasen, und eines dieser Gase ist das amerikanische Klischee, das wir mit unserem ersten Atemzug einatmen. Im Geist überbrückt Lucien die noch zurückzulegenden Meilen und stellt sich Talcott vor, und er sieht den hohen Turm der Kirche, eine Schar Gemeindemitglieder, die den Pfarrer am Sonntagmorgen überschwänglich begrüßen, ein blondes Kind in einem hellen, gestreiften Hemd, wie es am 4. Juli eine Wunderkerze und einen mit Kondensat beperlten Krug Limonade schwenkt. Wir wissen, dass die Limonade selbst gemacht ist, weil auf dem Boden des Kruges Kerne herumwirbeln. Talcott ist eine amerikanische Kleinstadt und besitzt Vorzüge.

Wenn man eine Stadt macht, denkt Lucien, besteht der Trick vielleicht darin, die Sache zur Idee zu machen. Er hat noch nie eine Stadt gemacht.

Er denkt zurück. Er hat Bürgermeister Cliff behandelt, wie er jeden anderen Kunden behandeln würde. Er hat nicht von oben herab mit dem Mann geredet, bloß weil er aus einer anderen Ecke kam und nicht wusste, was es hieß, den besten Tisch zu bekommen. Kein Kunde ist dümmer als der andere; es sind alles bloß Kunden. Bürgermeister Cliff kam gerade aus der Frühvorstellung einer beliebten Broadway-Show und hatte vor, von der Aussichtsplattform des Empire State Building den Sonnenuntergang zu betrachten. Er hatte das Programmheft zu einer schmuddeligen Röhre gerollt, und während des Gesprächs rollte es sich ab und zu auf, und er rollte es wieder zusammen. Der Bürgermeister erklärte, seine Frau sei noch nie im Big Apple gewesen und die Reise sei eine wunderbare Gelegenheit, das Angenehme mit dem Nützlichen zu verbinden. Seine Frau mache gerade Einkäufe, sagte er, während er den Reißverschluss seiner violetten Trainingsjacke öffnete, unter der ein T-Shirt mit witzigem Spruch zum Vorschein kam. Der Witz entging Lucien. Irgendetwas mit Waldmurmeltieren. Dieses Stück fehlgeschlagener Kommunikation, dieses Symbol ihrer kulturellen Differenz, bewog Lucien nicht dazu, seine vorbereitete Ansprache abzuändern, obwohl es ihn vielleicht ein wenig traurig stimmte, dass Mrs. Cliff nicht auch mitgekommen war, denn dann hätte das Paar hinterher über das von ihm Gesagte sprechen können, und ihm, Lucien, hätten ein, zwei Stunden später die Ohren geklungen.

Lucien sagte zu dem Bürgermeister: »Das hier ist mein Büro, und das ist mein Gästesessel. Wir haben einen bestimmten Vorgang zu absolvieren, und ich möchte, dass Sie es bequem haben. In dem Stadium, in dem ich den Kunden kennenlerne, verhält es sich so, dass Sie Fragen haben und beruhigt werden möchten. Ihre Zeit ist wertvoll, deshalb will ich ehrlich zu Ihnen sein: Ich verkaufe Glühbirnen. Jawohl. Es dauert gemeinhin eine gewisse Zeit, bis die Stimmigkeit dieser Analogie begreiflich wird, deshalb möchte ich Sie fragen, ob Sie wissen, wie empfindlich Glühbirnen sind. Es ist immer der Glühfaden, der zuerst kaputtgeht, vor dem Glas. Sie haben schon Lampen umgeworfen, ich habe schon Lampen umgeworfen, Lampen umwerfen ist die Nebenbeschäftigung jedes Amerikaners. Glühbirnen sind sehr empfindlich. Es liegt am Glühfaden. Glüh-fa-den. Klingt wie ein Wort, das man benutzen würde, um einen Gott zu beschreiben. ›Tausend herrliche Glühfäden fielen ihr über die göttlichen Schultern.‹ Sie sind empfindlich, und trotzdem beleuchten sie die ganze Welt. Diese winzigen Metalllöckchen. Betätigen Sie den Schalter, und eine Million Elektronen springen vom Glühfaden in die Dunkelheit und beleuchten das Zimmer. Das sind winzige Elektronen, die voller Energie sind.

Ich muss ein wenig ausholen, um zu erläutern, worauf ich hinauswill. Ich gehe, und was bin ich? Ich bin ebenfalls Energie. Sagt Einstein, nicht ich. Eben gerade. Jetzt bin ich wieder da. Sehen Sie sich meine Hand an. Ihre täte es genauso gut, aber sehen Sie sich meine Hand an. Die Knöchel hier verraten, dass das die Stelle ist, wo die Knochen aufeinandertreffen, also habe ich Knochen. Hier verlaufen die Sehnen, also habe ich Muskeln unter meiner Haut. Wenn ich meine Fingerspitze so zusammenkneife, wird sie weiß, weil ich die Blutzufuhr unterbreche. Ich habe Kapillaren und Adern, und darin fließt Blut. Sie verstehen, worauf ich hinauswill. Es gibt immer kleiner werdende Systeme, bis hin zu den Blutzellen und den winzigen spezialisierten Teilchen darin, und wenn wir es noch kleiner wollen, landen wir bei den Atomen. Blutzellen und winzige Atome, die Sie und ich zum Leben brauchen, und das ist Energie. Spalten Sie das Atom, und Sie erhalten Energie. Energie, um eine Stadt zu zerstören oder zu beleuchten oder um eine Sonne erstrahlen zu lassen. Das sind natürliche Vorgänge. Die Fenster meines Büros sind getönt, um das UV-Licht abzuhalten – zu viel davon, und Sie bekommen Krebs, aber der springende Punkt ist, die Sonne ist eine riesige Glühbirne. Ich bekräftige noch einmal, was ich einleitend gesagt habe. Sie besteht aus einer Serie atomarer Explosionen, aus einer

Milliarde sich spaltender Atome. Das Sonnenlicht braucht ein, zwei Tage, um uns zu erreichen, das hat mit der universellen Konstante zu tun, aber es ist da. Die Sonne ist eine große Kugel aus sich spaltenden Atomen, die Leben auf der Erde ermöglicht, und in meiner Hand habe ich Atome, ich habe eine Sonne. Wir alle haben Sonnen in unseren Händen, ein inneres Licht, jeder Gegenstand hat das, und alles, was sie brauchen, ist ein kleines Etwas, um die Reaktion in Gang zu setzen. Deswegen sage ich, ich bin in der Glühbirnenbranche. Ich versuche einfach, dieses kleine Etwas herauszulassen.

Ich habe mit Prominenten zu tun. Ich habe mit glänzenden neuen Autos aus Europa zu tun. Die Namen dieser Autos, dieser Importe aus Europa, haben eine Macht, weil sie für amerikanische Ohren exotisch klingen, und deshalb wollen die Leute sie praktisch vom Schiff weg, und das macht meinen Job ein bisschen leichter. Ihnen entströmt schon Licht, ehe ich sie überhaupt in die Finger kriege. Schauen Sie mir in die Augen. Dann wieder bekomme ich es mit Dingen zu tun, die trübe sind, und muss mich an die Arbeit machen. Sonst bleibt es glanzlos. Je trüber etwas ist, desto trüber fühlt man sich, und da muss ich dann nachhelfen. Ich habe mit Organizern, Toastern und Politikern zu tun gehabt. Veranstaltungen für sie organisiert, bei denen man sozusagen Spiegel aufstellt, die ihr inneres Strahlen möglichst vorteilhaft reflektieren. Nein, von meinen politischen Kunden kann ich niemanden nennen. Ich habe mich vertraglich zur Verschwiegenheit verpflichtet, und so etwas ist heilig, aber seien Sie versichert, Sie haben das Licht auf den Zähnen meiner politischen Kunden blitzen sehen und für sie gestimmt, mein Lieber. Einmal ist eine Firma, die Rasensprenger herstellt, an mich herangetreten, und heute noch verspüre ich die Zufriedenheit, die von guter Arbeit herrührt, wenn ich durch die Vorstädte im Norden fahre, um Freunde oder Kunden zu besuchen, und im Wasserspray der Rasensprenger einen Regenbogen sehe.

Das ist Missionsarbeit. Ich habe Pilotfilmen von Fernsehserien den Weg geebnet. Manche davon laufen heute noch, während wir uns hier unterhalten. Eine Radkappe habe ich noch nie gemacht, aber ich hoffe von ganzem Herzen, dass ich eines Tages Gelegenheit dazu habe. Auf einige habe ich schon ein Auge geworfen, und es kommt jetzt nur noch darauf an, mit den Herstellern Verbindung aufzunehmen. Pro bono. Es klingt lächerlich, aber für Außenstehende ist Liebe oft lächerlich. Nehmen Sie den Fahrstuhl zur Straße runter, und warten Sie fünf Minuten, bis ein lächerliches Paar vorbeikommt, was haben die beiden an, irgendwas Lächerliches, nicht zueinander passende Socken, vielleicht bringt Sie das zum Schmunzeln, aber um die nicht zu übersehende Liebe in ihrem Lächeln werden Sie sie von ganzem Herzen beneiden. Nun zu dem, worauf ich hinauswill: ich habe noch nie eine Stadt gemacht, Sir, und ich möchte schrecklich gern. Der Welt Ihr Licht schenken.

Ich habe vor, die Markendominanz von Talcott für alles zu etablieren, was mit Talcott zu tun hat. Der Name Ihrer Stadt, Talcott, Tallll-cott, geht einem glatt von der Zunge, und das ist schon die halbe Miete. Meine Arbeit besteht zur Hälfte darin, etwas zum Klingen zu bringen. Egon. ›Ein Couchtisch ist kein Couchtisch, wenn es kein Egon-Couchtisch ist.‹ Wie oft haben Sie diesen Satz schon gehört? Klingt so gut und richtig, dass man meinen könnte, Salomo hat das gesagt, es stammt aus der Bibel und ist durch sie überliefert worden. Ich habe ihn nicht erfunden, ich wünschte, es wäre so, aber das ist keine Werbeagentur, was ich hier betreibe, die Büros und Arbeitsplätze, an denen Sie draußen vorbeigekommen sind, sind nicht die Büros und Arbeitsplätze einer Werbeagentur, sondern ich habe dabei geholfen, die Wahrheit der Egon-Couchtische zu den Leuten zu bringen, und jetzt kennen Sie diese schlichte Wahrheit über Couchtische genauso gut, wie Sie den Mädchennamen Ihrer Frau kennen. Ihr Mädchenname ist das, was sie vorher war. Jetzt ist sie etwas anderes. Denken Sie je darüber nach? Ich spreche hier von den Trennungslinien zwischen Ihren verschiedenen Stadien. Das naheliegende Bild ist der Kokon. Glühbirnen, Kokons, ich komme wieder auf Glühbirnen, nur die Ruhe. In Wirklichkeit aber spreche ich von dem präzisen Moment zwischen Kokon und Schmetterling, dem Moment der Veränderung, dem präzisen Augenblick, in dem das Potential ins Licht freigesetzt wird, denn genau davon reden wir im Moment. Genau da sind wir jetzt mit Ihrer Stadt. Möchten Sie ein Glas Wasser?

Ein Couchtisch ist kein Couchtisch ... ich habe das nicht erfunden. So einfallsreich bin ich nicht. Aber ich habe meinen bescheidenen Beitrag dazu geleistet, dass Egon-Couchtische im ganzen Land in Wohnzimmern stehen, die es verdient haben. Sie sind robust und kratzfest und lassen sich ohne Weiteres in jeden schon vorhandenen oder nicht vorhandenen Einrichtungsstil integrieren, sie stechen nicht hervor, sind unaufdringlich, aber sie haben ihre eigene, subtile Ausstrahlung. Sie leuchten aus sich selbst heraus. Ich kenne Sie nicht. Ich kann Ihr Leben nicht beschreiben, aber ich kenne die Welt. Die Welt ist voller unentdeckter Schätze, die nur darauf warten, ihr wahres Licht zu zeigen. Sind Sie ein freundlicher Mensch? Sind Sie ein versöhnlicher Mensch? Ich weiß es nicht, ich habe Sie gerade erst kennengelernt, Sir. Ein paar Dinge sind mir aufgefallen. Sie schlagen ein Bein über das andere und nehmen es wieder herunter, und dann ist da noch das, was Sie mit Ihrem Kinn machen. Ich habe bemerkt, dass Sie ein aufmerksamer Zuhörer sind, aber wenn ich sagen würde, ich kenne Sie, würde ich lügen, also werde ich Sie nicht dadurch beleidigen, dass ich sage, ich kenne Sie. Aber ich kenne die Welt, und sie ist voller Licht. Hier und da sickert es hervor, und da beginnt meine Arbeit. Lichtströme über Lichtströme. Talcott ist voller Licht. Es ist ein stiller Stern. Es ist ein ultraheißer Sonnenofen, der noch dunkel ist und darauf wartet, Licht zu werden. Sie haben Pläne und

Ideen. Ich werde sie der Welt schenken. Ich tue nichts anderes, als Strahlung freizusetzen. Es geht um Glühbirnen, Sir, und deswegen sage ich, ich bin in der Glühbirnenbranche. Es geht um Glühbirnen.«

Man kommt sich vor, als wohnte man in der Blechtasse eines Pennbruders; wenn irgendwas klappert, klappert alles mit. Im Moment hört er alles, bloß nicht die Worte, an die er sich angestrengt zu erinnern versucht, die aschgrauen Gesichter seiner sämtlichen Nachbarn umdrängen ihn, aber das verhüllte Gesicht damals im Schnee, als er zitterte und sein Gesicht zerschlagen war, kann er nicht ausmachen. In diesem Gebäude klingt es Tag und Nacht, wie wenn man einen Pavian vor ein Klavier setzt. Vor Mickey waren es die Mailers, man hörte, wie sie stritten und ihre billigen Sachen auf die Böden ihrer Mausefalle rumsten, wenn er sie verprügelte. Der Krach dauerte eine Stunde, und er hat die ganze Zeit kein einziges Wort zu Papier gebracht. Morgen wird man die Blutflecken, die sie nicht aus ihrem Schürzenkleid herauskriegt, draußen auf der Leine sehen, an jene grinsenden Münder aus Wäsche geheftet, die sich, einer pro Stockwerk, über die Fassade jedes Mietshauses ziehen, durchhängende Schnüre, an denen ins Graubraune spielende Bettlaken, Unterwäsche, Schlafanzüge hängen. Liebe und Hass und Tratsch hingen dort draußen. Prügeleien und Pubertät. Wenn es einem nicht schon das verdammte Geschrei verrät, muss man bloß nach Babykleidern auf der Wäscheleine schauen, und man weiß, wer gerade entbunden hat. Die vertrauten Kleider der Toten verschwinden plötzlich. Der Krach der Mailers hört schließlich auf, und dann ist es Mickey, der mit lautem Knall die Eingangstür aufstößt und sein Quantum Fusel wankend die Treppe hinaufbefördert, nachdem man ihn schließlich aus der letzten Spelunke des Abends hinausgeworfen hat, Mickey, der jede Wohnungstür mit seiner verwechselt. Er wohnt ganz oben, ergo von Stockwerk zu Stockwerk Verwechslungen. Jeder, an dessen Schloss er nacheinander seine Schlüssel ausprobiert, sagt, geh weiter, Mickey, und dann tappt er weiter zur nächsten Wohnung. Jake denkt, dass »Move Along, Mickey« vielleicht einen guten Kneipensong abgäbe; er wird es mal versuchen, wenn er die Ballade von John Henry aus sich herausgeholt und zu Papier gebracht hat. Wenn Mickey sich dann endlich in seiner Wohnung befindet, ist es eine Gruppe Betrunkener, die die Essex entlanggrölt, dann ein Baby oder eine Horde von Babys oder die armen Teufel, die im Keller wohnen. Wenn alle anderen Belästigungen aufhören, sind da immer noch diese rheumatischen armen Teufel im Keller, die in bemerkenswerter Lautstärke irgendwelches Zeug aus ihren Lungen heraufhusten, Zeug, bei dem es sich, so wie sich's anhört, um Stühle oder Schränke handeln muss. Er hat sie nie gesehen, lediglich das Schaben gehört, mit dem sich die schwere Kellertür hinter ihrem Getrippel schloss, weshalb er sich nur aufgrund ihres qualvollen Hustens vorstellen kann, wie sie aussehen. Ruth sagt, es seien Zigeuner. Alles ist beengt. In der dröhnenden Mietskaserne, in ihren beiden Zimmern, blickt Jake auf sein Notenpapier, die Hände Stöpsel an seinen Ohren, und er drückt kräftig, bis er nur noch seinen eigenen Herzschlag als Basstrommel in seinem Schädel hört. Aber der Text fällt ihm nicht ein. Ein Song ist bloß Text auf Papier, bis er gesungen wird, heißt es im Büro immer, aber nicht einmal so weit kommt er. Jede Minute, die er damit zubringt, gegen die Disharmonie seiner Welt anzukämpfen, ist verschenktes Geld; in seinem Beruf ist der Samstag der wichtigste Abend. Um diese Zeit platzen die Tanzsäle und Bierkneipen und Vaudevilletheater aus allen Nähten, das ist die Zeit, auf die er die ganze Woche wartet. Nach einem Jahr voller Samstagabende geht sein Puls um diese Zeit ganz selbstverständlich schneller, und er denkt an all die Leute, die in die Lokale und aus ihnen herausströmen, zwischen grellen Schildern nach dem Schlüssel zu diesem Abend suchen. Aber Mr. Yellen fährt am Montagmorgen zur Geschäftsstelle nach Philadelphia, und wenn Jake ihm das Manuskript nicht vor seiner Abreise zukommen lässt, muss er wieder eine Woche warten. Das geht nicht. Uptown, im Cunningham's, hat Rosie Clifford den ersten Auftritt ihres einwöchigen Engagements, und eigentlich müsste er dort sein und Reklame machen. Müsste Handsome Boy Morton und seiner Band Bier spendieren und Zettel mit dem Refrain verteilen. Stattdessen ist wahrscheinlich Slim an seiner Stelle dort und trommelt für den neuesten Song von Ames Bros., wahrscheinlich ein Trinklied, wie man den Laden kennt, ein weiterer Versuch, ein zweites »Down where the Wurzburger Flows« zu landen. Und wenn sie sich noch so sehr abstrampeln, Ames Bros. bringt einfach nichts mehr zustande, seit Dolzier und Finch zu Patriot gewechselt sind, und das weiß auch jeder. Solche Songs entstehen nicht einfach, solche Verkaufsschlager. Ja, Jake müsste heute Abend dort sein und für den alten Yellen trommeln, Song für Song mit seinen Konkurrenten mithalten, stattdessen ist er hier, ein Blatt mit einer totgeborenen Melodie auf dem Schoß, mit einem Text, der sich verflüchtigt hat, der nirgendwo zu finden ist. Jetzt klingt es, als würde draußen jemand umgebracht. Die Cops drehen Däumchen, anstatt auf der Straße zu sein und die Bürger zu beschützen. Im Büro in der Achtundzwanzigsten wäre es ruhiger, aber dort sind womöglich ein paar von den echten Vertragskomponisten im Gegensatz zu aufstrebenden Songwritern wie ihm und verpesten das Labyrinth aus kleinen Kabuffs mit Zigarrenrauch, und sie würden über ihn witzeln. Was machst du denn da am Klavier, Tastenquäler? Zumal, wenn sie Whist spielen und dazu einen heben. Er würde einiges einstecken müssen. Für die ist er bloß ein Laufbursche, auch nach einem Jahr noch. Sie sind die Künstler, und er könnte genauso gut einer von den Negern sein, die die Kisten mit den Noten in den Kramläden abliefern. Als ob sich ihre runtergehauenen Songs von allein verkaufen würden. Wo sich Dutzende von Musikverlegern jeden Tag und jede Nacht in denselben Läden rumtreiben, um dasselbe Talent auf sich aufmerksam zu machen, das Ohr des Publikums zu gewinnen suchen, als ob sich ihre Songs davon allein verkaufen würden. Die meisten sind sowieso bloß Schreiberlinge, reimen *Herz* auf *Schmerz* und *Mondenschein* auf *nie allein*, das dämlichste Zeug, versuchen jeweils den Song zu kopieren, der letzte Woche groß herausgekommen ist. Wenn diese Woche Kinderlieder gefragt sind, denken diese Schreiberlinge an Little Sally und ihren roten Ballon, an Abstinenzler-Songs, wenn es das ist, worüber die Zeitungen diese Woche schreiben, und in der nächsten Woche an Songs übers Biertrinken. Kupfern komplett die Melodie des neuesten Gassenhauers ab, tauschen bloß Molly gegen Dolly aus, aber stopfen Zeitungspapier in ihre Klaviere, damit es nicht so laut klingt, weil sie glauben, ihre Kollegen nebenan wollen von ihnen klauen. Eine Bande von Dieben. Nur eine Stufe über den Lumpensammlern, so wie sie nach irgendwelchem Krempel herumstöbern, den sie verkaufen können. Und die haben die Frechheit, auf ihn herabzusehen. Immerhin versucht er mit seinem John-Henry-Song, falls er ihm wieder einfällt, etwas Unerwartetes zu machen, nach all dem aufgepeppten Ragtime-Zeug, das heutzutage jeder macht, mal wieder eine Ballade zu bringen. Der Two-Step ist im Kommen, also müssen sie Songs produzieren, zu denen man Two-Step tanzen kann. Es ist das reinste Karussell. Er schaut zu dem Klavier in der Ecke hinüber. Wenn er auf den vergilbten Tasten herumklimpern könnte, würde die Nacht, in der er den John-Henry-Song gehört hat, vielleicht wiederkommen. Aber er darf es nicht anrühren, wenn Victoria im Haus ist, das hat er gelernt. Von Haus und Straße kann noch so viel auf sie eindringen, sein Baby schläft, aber Jake braucht nur eine Note auf dem Klavier zu spielen, und schon gehen ihre Augen auf, reißt sie den Mund auf, und los geht das Geheul. Selbst wenn er zwecks Dämpfung Zeitungspapier zwischen die Saiten klemmt, wie sie es im Büro machen, und so leise wie möglich spielt, fängt sie an zu weinen. Kakophonie auf Kakophonie in dieser Bruchbude, und sein kleines Mädchen kann nicht einen einzigen Ton richtiger Musik ertragen. Es könnte ein Verkaufsschlager werden, es könnte genau das sein, was überall in jeder Kneipe ankommt, wenn die Leute es erst mal hörten, und seine Kleine schreit wie am Spieß. Das Klügste wäre sowieso, das verdammte Ding zu verkaufen. Big Danny kommt nicht wieder. Damals, als die Polizei Mc Ginty's dichtgemacht hat, weil Man Mc Ginty dem Syndikat nicht den ihm zustehenden Anteil an dem Pharospiel im Hinterzimmer gab, ist Big Danny am nächsten Tag, am helllichten Tag, in die Kneipe eingebrochen und hat das wackelige Klavier geradewegs zur Tür hinausgerollt. Für ausstehenden Lohn – Big Danny hatte vier Monate lang die Tasten geschlagen und nur für zwei Geld gekriegt. Geblieben war er, weil es den Alkohol umsonst gab, aber alles hat seine Grenzen. Sobald er das Klavier draußen auf dem Bürgersteig hatte, wusste er nicht, wohin damit, weil es in der Absteige, die er sein Zuhause nannte, zu den Hausregeln gehörte, dass jedes einzelne seiner Besitztümer gestohlen werden würde, sobald er die Räumlichkeiten verließ, und er hatte es satt, die Regale der Pfandleihe an der Ecke zu durchstöbern, um seinen geklauten Kram zurückzukaufen. Also rief er von der Straße aus hoch, Jake schaute hinab ins Gewühl der Essex, und ein paar Stunden später erklärte er Ruth, warum dieses ramponierte Klavier in ihrer winzigen Zweizimmerwohnung kostbaren Platz wegnahm. Victoria war damals noch nicht auf der Welt, aber seit sie da war, brauchten sie eigentlich sämtlichen Platz, den sie kriegen konnten, und dieser Haufen Gerümpel war verstimmt und im Weg. Das Klügste wäre, ihn zu verkaufen. Er hat Big Danny noch einmal gesehen, nachdem der das Klavier hergeschafft hatte. Sah aus, als hätte man ihn aus dem Hudson gezogen. Big Danny sagte, ich habe Songs bei jedem Spitzenmann im Tony Pastor's untergebracht, und schau mich jetzt an. Jake gab ihm ein paar Scheine. Mc Ginty mochte mit Bargeld knickrig gewesen sein, aber niemand anders würde Big Danny anheuern, jedenfalls kein koscherer Laden, nicht bei diesen Opiumaugen. Es hieß, Big Danny wäre in einer Opiumhöhle in der Pell Street verschüttgegangen, wäre dort bei den Orientalen verschüttgegangen, und das war Monate her. Am besten, er verkaufte das Ding und kaufte Sachen für Victoria, bezahlte endlich den Arzt. Er hat ein furchtbar schlechtes Gewissen dabei, so an Big Danny zu denken, Big Danny ist derjenige, der ihn eingearbeitet hat, nachdem der alte Yellen ihn eingestellt hatte. »Die Puste hast du«, sagte Yellen zu Jake an dem Tag, an dem er ihn aus dem Chor herauspickte, »hast du auch Arbeitspapiere?« Er hatte Arbeitspapiere, er hatte einen ganzen Koffer voller Krawatten. Jakes erster Job hatte darin bestanden, Krawatten für einen Freund seines Vaters zu verkaufen, aber nachdem Yellen an jenem Tag gekommen war, hatte Jake keinen Fuß mehr in den Krawattenladen des Freundes seines Vaters gesetzt, sowenig wie in die Synagoge seines Vaters, wenn er es recht bedenkt. Dort war er damals sowieso nur noch hingegangen, weil er eine Möglichkeit zum Singen bekam. Und wenn dann einer reinkommt und sagt, er kann mit der Singerei Geld verdienen, was braucht er da noch in die Synagoge zu gehen? Wo er nichts dafür kriegt. Jake trat in eine altehrwürdige Tradition der Schlagerindustrie ein, wie er später herausfand. Sämtliche Musikverleger grasten auf der Suche nach kräftigen Stimmen, die sie den Chören abjagen konnten, die Synagogen der Lower East Side ab. Wenn du einen neuen »Plugger« brauchst, kommst du nach Downtown. Yellens Anzug fiel Jake gleich auf, das war kein billiger Kram aus der Orchard Street; jemand, der einen so schönen Anzug trug, würde sich nicht auf Jakes billige Krawatten stürzen, das wusste er gleich – nach all den vielen Türen, die man ihm vor der Nase zugeknallt hatte. Der Mann hatte etwas aus sich gemacht. Hinter einer der Türen, die man Jake nicht vor der Nase zugeknallt hatte, war allerdings Ruth zum

Vorschein gekommen (sie sagte, ihr Vater sei nicht zu Hause, aber ihn bekam Jake dann natürlich ausgiebig zu sehen, als er anfing, ihr den Hof zu machen), also hat er dem Job immerhin das zu verdanken. »Kannst du Noten lesen?«, fragte ihn Yellen, als sie nach draußen kamen. Klar konnte er Noten lesen, er war schließlich nicht blind. Außerdem war es das letzte Mal, dass er seinen abgetragenen Sabbatanzug trug; als er zum ersten Mal Geld bekam, empfahl ihm einer der Vertragskomponisten einen Schneider in der Vierunddreißigsten Straße, zu dem alle gingen. Natürlich konnte Jake Noten lesen. Er bekam den Job, und noch in derselben Nacht fand seine Einführung in New York bei Nacht statt. Mit Big Danny als Führer. Auf Anweisung des alten Yellen trafen sie sich um acht Uhr vor dem Alhambra. Jake war früh dran, beobachtete die Paare, die Arm in Arm durch die schönen Türen schwebten, um sich vom Licht der kugelförmigen Lampen verschlingen zu lassen. Die Nacht war noch jung, und die Paare strebten auf der Suche nach allen möglichen Abenteuern, nach einem vielversprechenden Lokal, der Vierzehnten Straße zu, die Männer in schräg sitzenden braunen Melonen und engen karierten Anzügen, die Frauen in kneifenden Korsagen, die sich zu langen Kleidern weiteten, die Gesichter zu kokettem Erröten geschminkt, mit Hüten, auf denen nur eine einzige lange Feder schwankte. Er war nie im berühmten Alhambra oder einem der anderen Lokale in dieser wimmelnden Straße gewesen. Ein Gorilla klopfte ihm auf die Schulter und stellte sich vor – Big Danny. Big Danny sagte, er habe gerade eine Runde Grünschnabelsuchen gespielt, und siehe da, er habe gewonnen. Damals war er noch kräftig, man konnte ihn leicht mit einem Schläger verwechseln, und Lungen hatte er, nicht zu glauben. Er hatte eine richtige Röhre, und wenn er mit einem Song loslegte, hörte man ihn über dem ganzen Kneipenlärm. Konnte ein komplettes Orchester sein, das einen Marsch spielte, und Danny hörte man trotzdem noch. Big Danny, Jakes Führer für die Nacht, zeigte ihm, wie der Hase lief, und behandelte ihn nur manchmal von oben herab, wenn er eine blöde Frage stellte oder eines der Revuegirls einen Moment zu lange anstarrte (sie warfen die Beine so hoch). Noten zu Banknoten, sagte Big Danny, so lautet die Parole, und wir sind die Leute, die die Songs hier rausbringen. Du musst wissen, in was für einem Laden du arbeitest. Wenn es ein Tanzsaal ist und du hast es mit Paaren zu tun, die sich amüsieren wollen, machst du Reklame für Rag, irgendwas, was sie alle dazu bringt, Two-Step zu tanzen. Wenn du den Bandleader kennst und deine Firma hat einen Ruf, reicht es vielleicht schon, dass du ihm einen Drink spendierst, damit er den Song als Nächstes spielt. Vielleicht musst du auch der ganzen Band Drinks spendieren, also merk dir, was jeder trinkt, ob ihnen eher Bier oder eher Whisky schmeckt. In einem Tanzsaal ist es ein Rag, also ein Instrumentalstück, und du musst keine Claqueure bezahlen, damit sie den Refrain mitsingen, sondern einfach nur im Takt in die Hände klatschen, damit die Leute tanzen. In einer Kneipe dagegen musst du, sobald du dem Bandleader oder der Sängerin den Song in die Hand gedrückt hast, die Zettel mit dem Refrain an die Leute verteilen und ein Geldstück auf den Bierdeckel legen, damit sie den Refrain mitsingen. Und auch hier musst du dir wieder merken, ob sie Geld oder was zu trinken wollen. Manche von den Blödmännern machen es schon für einen Klaren. Sobald die Band zum Refrain kommt, röhrst du los. Du fängst an, laut mitzusingen. Lauter als die Sängerin, wenn's sein muss, aber du musst das Publikum auf deine Seite bringen. Die Leute, denen du die Zettel gegeben hast, die singen auch mit. Was glaubst du, was der Rest des Publikums dann macht? Mitsingen und sich dran erinnern. Kann sein, dass der Song zum ersten Mal öffentlich gespielt wird, dass er erst morgens aus der Druckerei gekommen ist, aber sie sehen dich und einen Haufen Claqueure singen und denken, es ist ein Schlager. Alle kennen den Song, bloß sie nicht. Daran musst du übrigens auch glauben – dass der Song ein Hit ist. Es könnte »Lost

Little Child« mit leicht verändertem Text sein, oder vielleicht hat es einer von den Jungs auf langsam getrimmt, oder vielleicht ist es auch der zehnte Negersong, für den du an diesem Tag Reklame machst. Aber du musst fest daran glauben, dass es ein Hit ist, sonst glauben die es auch nicht. Das treibt sie in die Musikläden und die Kaufhäuser, wo sie sich dann die Noten kaufen. So machen wir das mittlerweile. Mittlerweile gibt es ständig Millionenseller, und hier nehmen sie ihren Anfang, bei uns, mein Kleiner. Wir machen dafür Reklame, wir sorgen dafür, dass die richtigen Leute sie in die Hände kriegen und spielen, und die Leute kaufen sie. Er stieß eine Wolke beißenden Zigarrenrauchs aus. Jake war schwindelig, er fühlte sich, als wäre er zehn Nummern hintereinander auf der Tanzfläche gewesen. Wenn er Krawatten verkaufen konnte, konnte er vermutlich auch Songs verkaufen. Big Danny nickte dem Rausschmeißer zu, und sie gingen hinein. Jacob sah nur zu und spielte Claqueur. Im Alhambra wartete Big Danny, bis der Schmachtfetzen zu Ende war (es war der Schlager des Sommers, »No Flowers for Amelia«, mit umgearbeiteter Melodie und einem zusätzlichen Refrain, ein typisches Whitman-Bros.-Machwerk), dann ging er mit gedruckten Notenblättern von Yellens neuestem Trinklied zu dem Bandleader, und zehn Minuten später sang Big Danny den Refrain, und von der anderen Seite des Saals aus unterstützte ihn augenzwinkernd Jacob, der den Text vom Refrainzettel ablas. Eine halbe Stunde später, im Cunningham's, schloss Big Danny die Headlinerin zwischen ihren Auftritten ungestüm in die Arme – sie sah aus wie ein welkes Gänseblümchen, das von einem Gorilla gepackt wird (er kenne sie schon lange, behauptete er später) –, und sie sang den Song gleich als Erstes, als sie wieder auf die Bühne kam, eine Schnulze vom armen Schlucker, der zum reichen Mann wird, mit einem Refrain, der so einfach war, dass das Publikum ihn auch gelernt hätte, wenn Danny und Jake ihn nicht mitgeröhrt hätten. Aber sie röhrten mit, und Jake konnte sich das Lachen nicht verbeißen. Es war eine neue Art des Singens; er kam sich vor wie ein Zeitungsjunge, der eine blutrünstige Schlagzeile rausschreit, oder einer von diesen Schwindsüchtigen, der eine Reklametafel für das neueste Medikament spazierenträgt, das er sich selbst nicht leisten kann. Im Arabian Nights wurde Jake vom Schlussrefrain so mitgerissen, dass er gegen einen Kerl aus der Bowery stieß und eine Ladung abgestandenes Bier und Erdnussschalen ins Gesicht bekam. Er hatte noch Glück, dass das alles war. Aus dem Leary's wurden sie rausgeschmissen, das erste, aber nicht das letzte Mal, dass Jake von der Geschäftsleitung ohne guten Grund wie ein Eimer Schmutzwasser vor die Tür befördert wurde. In Bob Preston's Variety spendierte Big Danny der ganzen Band Bier, aber sie legten ihn rein, steckten die Notenblätter (ganz schlicht, ohne Kinkerlitzchen, ohne die gefällige Einbandgestaltung, die die Leute ansprach, und ohne die üblichen billigen Anzeigen für Nerventonikum und Schaukelpferde auf der Rückseite) unter die Noten ihrer geplanten Nummern und spielten Yellens Song einfach nicht. Big Danny knüllte die Refrainzettel zu Kugeln und warf sie durch den Saal, während die Leute zu den Songs der Konkurrenz tanzten. So was kommt vor. Sie sind den Musikern auf Gedeih und Verderb ausgeliefert. In einem Laden nach dem anderen, von der Kneipe zum Varietétheater und wieder zurück, mit Bestechung und gutem Zureden, mal mit, mal ohne Erfolg, brachten sie die Musik auf moderne Weise an den Mann, die kleinen Leute der neuen Industrie. Am nächsten Morgen war Jacob zu Jake geworden, und er stutzte auch seinen Nachnamen zu einem schlichten Rose. Seine Eltern fanden das gar nicht gut, o nein, aber wir leben schließlich in Amerika, wir leben im zwanzigsten Jahrhundert. Man muss sehen, dass man vorwärtskommt. Sein Vater macht ihm deswegen immer noch Vorwürfe, aber Jake macht ihm ebenfalls Vorwürfe, wenn er ihn dabei ertappt, wie er sich über die Kleine beugt und in dieser toten Sprache mit ihr spricht, obwohl er ihm doch gesagt hat, er will nicht, dass er sie in Victorias Nähe spricht. Der Alte umschwebt seine Kleine wie ein Geist aus der alten Welt. Wir leben im zwanzigsten Jahrhundert, und sein trübsinniger Vater versucht, ein litauisches Dorf in Jakes zwei winzige Zimmer zu verpflanzen. Victoria ist ein klasse Name, ein königlicher Name, und etwas Königliches kann keinen Bauernkram gebrauchen, der ihr wie ein Klotz am Bein hängt. Jedes Mal, wenn Jake sagt, wir leben im zwanzigsten Jahrhundert, gibt sein Vater einen unbestimmten, der alten Welt entstammenden Laut von sich, der überhaupt nicht musikalisch ist. Zum Teufel damit, Jake hat keine Zeit dafür. Hat ja an manchen Tagen kaum Zeit genug für die Sonne. Er gewöhnte sich an, am Nachmittag zu schlafen, sobald sich der Rhythmus eingependelt hatte. Er wurde mit dem Fluss des New Yorker Abends vertraut, in welchen Läden um welche Zeit am meisten los war, er unterschied die Trinkschuppen von den Tanzschuppen, prägte sich die Namen der Rausschmeißer und die Taktiken der mit ihm konkurrierenden Plugger ein. Er drehte seine Runden, lief Schuhe ab, die sein Cousin ihm kostenlos neu besohlte, wenn Jake ihm Geschichten von Bordellen und was sich darin abspielte, erzählte. Er brachte die Songs in guter Stückzahl unter die Leute. Jeden Abend, wenn er im Büro in der Achtundzwanzigsten Straße den neuesten Schub abholte, hörte er, wie sich die Vertragskomponisten in ihren Kabuffs an ihren ramponierten Klavieren als Alchimisten versuchten, und dachte bei sich, sie sollten ihr Gewerbe nicht deshalb Tin Pan Alley nennen, weil ihre Krachmacherei wie das Geschepper von Blechtöpfen klingt, sondern weil das, was sie da zusammenschustern, meistens nur Blech und nicht das Gold eines echten Hits ist. Er brauchte nicht lange, um dahinterzukommen, dass man, wenn man einen Vertrag als Texter oder Komponist bekam, ein anständiges Gehalt plus Tantiemen bezog. Man braucht nur ein paar populäre Songs rauszuhauen, und man braucht keinen Handschlag mehr zu tun. Er sieht sich diese Säufer im Büro an, wie sie ihre plagiierten Liedchen herunterhämmern, und denkt, die Hälfte hat als Plugger angefangen, wie er, und sie haben ihm nichts voraus. Aber er ist das kleinste Rädchen in der Maschine. Die Frauen arbeiten tagsüber, führen die Songs in Musikgeschäften und Kaufhäusern vor, und die Männer arbeiten nachts und klappern die Tanzsäle ab. Die Songwriter hauen sie raus, und über ihnen verbraten die Erfolgskomponisten ihre Tantiemen. Und der Verleger an der Spitze hat es am besten. An den Wänden von Yellens Büro hängen dicht an dicht gerahmte Exemplare von Verkaufsschlagern, und über dem Namen des jeweiligen Songwriters steht sein Name, größer als alles andere. Bevor Big Danny opiumsüchtig wurde, bevor er rausflog, sagte er, sobald man das System durchschaut, ändert es sich, man kann kaum mithalten. In manchen Läden stehen Musikmaschinen, mechanische Klaviere, die fest eingestellte Songs spielen, und wenn man eine Maschine dafür hat, braucht man keinen Plugger mehr. Man hat keine Verwendung für einen Musiker, der lebt und atmet, wenn man dafür eine Maschine hat. Manche Läden haben jetzt Kinetoskope, die bewegte Bilder zu den Texten zeigen, man muss sich also nicht mehr vorstellen, wovon ein Song handelt, man kriegt es da oben an der Wand im Bild gezeigt. Zuerst waren es Einschiebbilder, jetzt sind es Kinetoskope. Von da, wo wir sind, von da draußen, wo wir von Kneipe zu Kneipe tingeln, haben wir keinen Gesamtüberblick. Frag Yellen nach dem Vertrieb, und er wird dir sagen, dass dieser neue Druckapparat tausend Exemplare pro Tag schafft, und wie lange es dauert, sie mit der Bahn von hier nach Chicago und Philadelphia zu befördern, und wie viel er an den Anzeigen hintendrauf verdient, und wie viele Leser, wenn *Harper's* einen Song abdruckt, ihn die Woche drauf kaufen. Wir sind bloß zu zweit, Jake. Allein in der Alley gibt's über zwanzig Musikverleger, und die großen, die Uptown zugange sind, zum Beispiel Von Tilzer, sind da noch gar nicht mitgerechnet. Wir sind bloß zwei Plugger, und über uns gibt es ein komplettes System. Jake sagte, wir leben halt im zwanzigsten

Jahrhundert. Big Danny sagte, was du nicht sagst. Jetzt schlägt draußen jemand auf sein Pferd ein. Wie soll man bei dem Krach zu irgendwas kommen. Er weiß nicht, wie Ruth und Victoria dabei Nacht für Nacht schlafen können. Sie haben auch geschlafen, als er verprügelt wurde, das war nur zwei Straßen weiter. Er reibt sich seine schiefe Nase und fährt mit dem Finger über die Einbuchtung in seiner Wange. Mit seinem zerschlagenen Gesicht sieht er aus wie irgendein Schläger aus der Bowery. Kein Chorknabe mehr. Das hat die Stadt mit ihm gemacht. Von welcher Bande sie waren, wusste er nicht, aber sie besorgten es ihm gründlich, kamen unter einer der Streben der Hochbahn hervor und schlugen ihn mit einem Ziegelstein nieder. Es hatte zum ersten Mal in diesem Winter kräftig geschneit, und er hatte seine Tour abgekürzt, weil kein Mensch ausging, aber spät war es trotzdem. Das Gesicht in den aufgehäuften Schnee gerammt, konnte er trotzdem den Pferdemist darunter riechen. Sie schnitten ihm ohne viel Federlesens die Taschen aus der Hose und griffen sich seine paar Scheine. Ließen die Songs dieser Nacht mit einer Windbö davonwirbeln. Aber vielleicht hatten seine Frau und sein Kind ihn nicht gehört, weil der Schnee seine Schreie verschluckte. Sie ließen ihn im Schnee liegen, mit einem anderen Gesicht, einer anderen Nase und zertrümmerten Wangen, Zeugen von Gewalt vor dem gleichgültigen Schwurgericht der Passanten, und nur wer ihn vorher schon kannte, sagt, seine Tochter sehe ihm ähnlich. Die Stadt ist ein Verbrechen. Er stemmte sich aus dem Schnee hoch und lehnte sich gegen einen Pfeiler der Hochbahn, auf einem der seltsamen Vorsprünge, die der Wind geschaffen hat, weil er mit Hochbahnen nichts anzufangen weiß, er lag in einer angedeuteten Landschaft aus Schneeverwehungen und Schneeabbrüchen. Da wird der Bürgermeister dank eines Reformprogramms gewählt, und trotzdem beherrschen die Banden die Straßen, und die Cops drücken ein Auge zu. Stephen Foster hat zehn Dollar für »Oh! Susanna« bekommen, hat seinem Verleger Millionen eingebracht, hat selber alles versoffen und ist vollkommen pleite in einer Absteige in der Bowery, gleich da drüben, gestorben. Er versuchte, sich hochzurappeln. Man kann in der Stadt hinfallen, und kein Mensch wird einen je finden. Wenn der Schnee schmilzt, wird man seine Leiche und einen Haufen erfrorener Säufer entdecken, die niemand vermisst hat. Er wischte sich gefrorenes Blut aus dem Gesicht und spähte in den Schnee. Er kam sich vor wie auf dem Boden eines Stundenglases, so kräftig kam es jetzt herunter. Der Mann kam singend die Straße herauf. Sein Gesicht konnte Jake nicht erkennen. Er musste Jake oder wenigstens die wie dunkle Schwingen um ihn ausgebreiteten Blutflecken gesehen haben. Aber er blieb nicht stehen. Keiner kümmert sich um seinen Mitmenschen. Er ging vorbei und sang dabei diesen John-Henry-Song, kam genau zwischen den Gleisen über ihnen die Straße entlang. Erst als Jake sich schließlich durch den Schneesturm nach Hause geschleppt und Ruth sein Gesicht gesäubert hatte und er ins Bett fiel, als wäre es eine Kohlenrutsche, war er zu dem Gedanken fähig, dass das ein ziemlich guter Song war. Jemand wie er hört so eine Melodie und denkt, wird nicht leicht an den Mann zu bringen sein. Der Song besitzt nicht den synkopierten Schwung eines Ragtime, die ausgelassene Großspurigkeit eines Kneipensongs. Er beschreibt nicht die Rettung des Waisenmädchens vor dem sündigen Leben, als der Millionär sich in sie verliebt und bei Carnegie mit ihr Tee trinkt. Aber er hat eine Kraft. Der Song von dem Pferd, das geschlagen wird, erinnert ihn daran, wie er geschlagen wurde, und nach und nach fällt ihm ein Teil des Textes wieder ein. Er muss ihn zu Papier bringen, ehe er wieder weg ist, auch wenn er ihm in dieser Nacht eingehämmert wurde. Er berührt seine Narbe, und ihm fällt ein, wie er sich aus dem Schnee hochgerappelt hat. *John Henry went home to his good little woman, Said, Polly Ann, fix me my bed, I want to lay down and get some rest, I've an awful roaring in my head, Lord, Lord, I've an awful roaring in my head.* Ruths winzige Hände wrangen den Lappen ins Becken aus, und das klare Wasser verfärbte sich rosa. Wer weiß, was der Mann bei diesem Wetter draußen machte. Marschierte in den Wind hinein, unter der Hochbahn, vielleicht waren es die Schienen, die ihn auf den Song brachten. Jake schlug nach, bis jetzt hatte noch niemand eine Version der Ballade veröffentlicht. Fragte einen der Hauskomponisten danach, der Kerl sagte, ja, ich kenne den alten Song, was willst du denn mit diesem langsamen Zeug? Jake dachte, wo alles der neuesten Mode nachjagte, würde eine Ballade mit durchrutschen. Yellen kommen die Negersongs schon zu den Ohren raus, und auf keinen Fall wird Jake zum einmillionsten Mal *küsse dich* auf *vermisse dich* reimen, und wenn es das Publikum noch so sehr zu Tränen rührt. Er und Ruth und das Kind sind in diese beiden Zimmer gezogen, und das war besser, als neben dem Luftschacht zu wohnen, der Victoria Gott weiß welche Krankheitskeime in die Lungen blies. Bei dem ganzen Müll, den die Leute da runterwerfen, ist es kein Wunder, dass die Zigeuner im Keller krank sind, aber seiner Kleinen wird das nicht passieren. Jetzt haben sie ein Wohnzimmer, und ihr Schlafzimmer geht auf die Straße, und wenn es wärmer wird, können sie sich auf die Feuertreppe setzen. Sie haben jetzt Luft, aber das kostet Geld. Dieser John Henry wird kein Verkaufsschlager werden, aber er wird dem Alten immerhin zeigen, dass Jake Initiative hat. Irgendwo muss man ja anfangen. Wir leben im zwanzigsten Jahrhundert, und jeder ist seines Glückes Schmied.

Gelegenheitsdiebe alle beide, wohl wissend, dass sie deutlich zu sehen sind, *sans excuses*, ohne Zugangsberechtigung, von One Eyes Zimmer aus die Treppe hinauf, auf Zehenspitzen an den Mahlgeräuschen der Eismaschine vorbei bis vor die Tür von Zimmer 29 der Talcott Motor Lodge.

J.

Das ist doch Schwachsinn.

ONE EYE

(in Betrachtung eines Schlüsselrings Augenhöhle und Auge gleichermaßen zusammenkneifend)
Du versaust mir meinen ganzen Film.

J.

Wir haben unsere Uhren nicht synchronisiert.

ONE EYE

(nach erfolgloser Erprobung zweier Schlüssel zum nächsten übergehend)
Ich habe genug Zeit für uns beide. Bis die von hier nach Charleston und wieder zurück sind, das reicht dicke. Mann!

J.

(blickt über seine Schulter)
Ich dachte, du hast gesagt, du kriegst es auf.

ONE EYE

(mit John-Henry-hafter Hybris)

Ich kriege jedes von Menschenhand stammende Schloss auf.
Mit dem, was ich hier habe. Sei bloß froh, dass die hier noch
nicht diese elektronischen Kartendinger haben.

J.

Für wen hast du eigentlich den Artikel geschrieben?

ONE EYE

Locksmith Today. Ich habe den Redakteur auf einer Tagung
kennengelernt. Wir haben – Scheiße – den Lobstersalat ge-
mampft, den die dort aufgefahren hatten, und er hat gesagt,
er würde mir mal einen Auftrag geben. Einen Monat später
ruft er mich dann an und sagt, der älteste noch aktive Schlos-
ser der Welt geht in den Ruhestand, und sie wollen ein Interview. Das Finanzamt war wegen irgendwelcher Verfehlungen
hinter mir her, keine Ahnung, wie ich überhaupt wieder in
die Mühle geraten bin, und wie sie mich aufgespürt haben,
weiß ich bis heute nicht, jedenfalls habe ich Geld gebraucht.
Bin nach Jersey gefahren und habe mit dem Kerl geredet.
Mann!

J.

(mit halbherzig zur Schau gestelltem, halbherzigem Sarkasmus)

Anscheinend haben wir den ganzen Tag Zeit.

ONE EYE

Ich schaffe das schon. Er hat seinen Laden aufgelöst, wir haben
einen getrunken, und er schenkt mir einen Satz von seinen
Generalschlüsseln. Hat gesagt, er hätte bei der Armee einen
einäugigen Kumpel gehabt, damals im Zweiten Weltkrieg.

J.

Der großen Zeit. Warte mal – da kommt ein Auto.

ONE EYE

Wer ist es?

J.

(erkennt das Logo einer führenden Paketzustellungsfirma)
Bloß Federal Express. Komischerweise, ich weiß auch nicht
wieso, habe ich aus irgendeinem Grund meine Meinung über
die Geschichte hier geändert.

ONE EYE

(stemmt sich nach Art von Herkules gegen das Palasttor)
Na bitte.

J.

(betritt die Höhle des Ali Baba)
Mach zu.

ONE EYE

*(äußert sich, nicht zum letzten Mal, zum repetitiven Charakter
der Existenz und zur beunruhigenden Universalität der Erfahrungen des modernen Menschen)*
Ich glaube, das Zimmer hier ist mit meinem genau identisch.

J.

(ein Grammatiker)
Das ist redundant. Identisch allein reicht völlig.

ONE EYE

(ganz wie ein Seemann)
Verschon mich bloß mit deinem Sch…

(betont sachlich)
Ich sehe ihn nicht. Und wenn er ihn nun mitgenommen hat?

ONE EYE

(etwas kleinlaut)
Daran hab ich überhaupt nicht gedacht. Was sagt man dazu?

J.

(nachdenklich, sich mit dem Zeigefinger ans Kinn tippend)
Jemand wie Lawrence, wenn der in einem billigen Motel irgendwo in der Pampa sitzt und einen Computer dabeihat,
würde er das Ding, so wie ich ihn kenne –

ONE EYE

*(entsinnt sich pubertärer Verfahrensweisen beim Verstecken von
Pornografie)*
Er ist unterm Bett.

J.

(dito)
Wahrscheinlich ist er unterm Bett.

ONE EYE

(hält ihn triumphierend hoch)
Okay.

J.

Mich musst du nicht angucken, ich arbeite mit Mac.

*(wiewohl menschliches Bemühen durch den technischen Fort-
schritt vereinfacht wird, harrt des unerschrockenen Erfinders
dennoch so manches Dilemma)*
Das ist nicht das Problem. Wir müssen warten.

J.

*(trotz der Härten eines gewaltigen journalistischen Ausstoßes
immer noch zu anschaulicher Metaphorik imstande)*
Siehst du, wie lang das dauert, ihn hochzufahren? Anscheinend wird das Ding von einem Hamsterrädchen angetrieben.

ONE EYE

(Lobbyist des freien Unternehmertums)
Hör bloß auf. Ihr Künstlertypen mit euren kostbaren Macin-
toshs. Ihr müsst der Realität ins Auge blicken. Das sehe ja sogar ich, und ich habe bloß –

J.

Jaja, du hast bloß ein Auge. Wir warten allerdings immer noch.

ONE EYE

(mit dem beiläufigen Aplomb eines Alleskönners)
Okay. Jetzt müssen wir nur noch die Datei finden. Laufwerk
C …

J.

(mit prüfendem Blick)
Was sind das denn alles für Fläschchen?

ONE EYE

Was ist denn dieser ganze … he, sieht so aus, als arbeitet Lawrence an einem Buch.

J.

(in jähem Entsetzen über die vergeudeten Jahre, all die verlorene Zeit)
Ja?

ONE EYE

Ich glaube, es sind Memoiren. Hier: »Ich war ein kränkliches Kind ...«

J.

(wie zwischen den üppig bestückten Gängen einer glamourösen neuen Parfümerie in Staunen versunken)
Der hat hier tonnenweise Haargel.

ONE EYE

(abermals von der beunruhigenden Universalität der Erfahrungen des modernen Menschen angezogen)
»Oftmals pflegte ich ans Fenster zu treten und einigen Jungen aus der Nachbarschaft zuzusehen, wie sie sich den für dieses Stadium der Kindheit typischen Beschäftigungen hingaben. Ach! Wie gerne hätte ich mitgespielt.«

J.

Der hat hier so richtig schweineteures, superedles Haargel.

ONE EYE

(denkt über Klassenunterschiede nach)
Hier steht was über eine erotische Bindung zu seinem Kindermädchen.

J.

Suchst du jetzt bitte einfach nur die Datei?

317

Nein, ja. Du stehst Schmiere.

(nachsichtig)

Trotzdem, es ist gar nicht mal schlecht, wenn man so was mag. Hmm. Okay, hier sind seine Arbeitsdateien. Hat richtig Ordnung in seinem Kram, der kleine Scheißer.

J.

Also dann.

ONE EYE

Sie ist da sicher drin. Ich muss bloß den Dateinamen finden …

J.

(blickt zwischen Vorhang und Fensterrahmen hinaus)

Versuch's mal mit Gründlinge, Nassauer …

ONE EYE

Muss das hier eben durchsehen …

J.

(wie ein zweiter Linné)

Kletten, Pilotfische, Blutegel …

ONE EYE

Mal das hier versuchen …

J.

(Was hat das Aus-dem-Fenster-Schauen an sich, dass es bei sensiblen Naturen zum Nachsinnen über innere Rätsel führt?)

Wegelagerer … Weißt du, heute Morgen beim Aufwachen habe ich mich so gut gefühlt. Das war wie eine Offenbarung. Jedenfalls fast. Ich bin einfach aufgewacht –

ONE EYE

(entdeckt mit Hilfe der Passatwinde die Route nach Indien)
Na also! Da sind wir alle, guck mal. Die ganze Bande – he,
Dave und ich haben den gleichen zweiten Vornamen –

J.

(ein Skeptiker)
Zeig mal.

ONE EYE

(an ein unsichtbares Publikum gerichtet)
Bleib am Fenster, Mann. Hier steht, sie ist gestern das letzte
Mal aktualisiert worden. Mann, da stehen alle drin. Ich hab gar
nicht gewusst, dass Abe einer von uns ist, klar, er ist zwar immer dabei, aber ich hab gedacht, er hängt sich bloß an. Er arbeitet total undercover. Das ist ja verrückt. Was für ein diabo-
lischer …

J.

(o weh)
Scheiße! Da kommen sie!

ONE EYE

(beruhigend)
Was machen sie? Kommen sie hier rauf oder melden sie Lucien an?

J.

(beunruhigt)
Sie … Mann, sie teilen sich. Lawrence kommt hier rauf. Wir
kommen nicht mehr raus, du verdammter Idiot.

ONE EYE

(verzichtet auf ein lautes Heureka)

Wir verstecken uns.

J.

Schließ die Tür ab!

ONE EYE

(mit einem ontologischen Beiseite)

War sie denn abgeschlossen, als wir reingekommen sind?

J.

Weiß ich nicht. Du bist derjenige, der sie aufgemacht hat.

ONE EYE

(eine Rückkehr in den Mutterleib zu diesem Zeitpunkt unmöglich)

Leg alles wieder so hin, wie es war.

J.

(mit scharfem Auge für Symmetrie)

Ich glaube, das lag ein bisschen weiter links.

ONE EYE

Dann mach du das, ich hab's ja nicht mal in der Hand gehabt.

J.

Wir klettern zum Badezimmerfenster raus.

ONE EYE

(zur Beschaffenheit eines mit Farbe verklebten Fenstergriffs)

Das ist eines von den Dingern, die nur fünf Zentimeter weit aufgehen.

J.

Herrgott noch mal, ich verstecke mich nicht da drin, spinnst
du?

ONE EYE

(steigt in die Badewanne)
Zieh den Vorhang vor, zieh ihn vor.

J.

Pst! Rück mal ein Stück, so habe ich keinen – Und wenn er –

ONE EYE

Duscht wahrscheinlich fünfmal am Tag …

J.

Halt die Klappe, er ist an der Tür.
(Sotto voce, wie zu sich selbst, in düsterem Ton)
Dabei habe ich mich so gut gefühlt, als ich heute Morgen auf-
gestanden bin.

Auszug aus *Hamm's Stamp Gossip*, »Das Jahr im Rückblick«:

Immer gleich reinstecken, wenn ihr eine habt, Leute! Es ist mal wieder die Jahreszeit, in der GOOD OLD HAMM DER MARKEN-ONKEL auf die vergangenen zwölf Monate zurückblickt, die Pinzette rausholt und fragt, war 1996 ein gutes oder ein sehr gutes Jahr? Tja, die Fachleute sind sich alle einig – 1996 war fast perfekt! Ich weiß ja nicht, wie's euch geht, Freunde, aber ich bin immer noch ganz hin und weg von dem supertollen neuen Rekord, der aufgestellt wurde, als DER SCHWEDISCHE TRE-SKILLING-FEHLDRUCK unter den Hammer kam. 2,2 Millionen Dollar, man traut sich kaum, es auszusprechen. Bei so viel Knete weiß man wenigstens, dass man's nicht mit einer SELBSTKLEBENDEN JAGD-GEBÜHRENMARKE zu tun hat. Für das Briefmarkensammeln war es der sprichwörtliche »Schuss, der in der ganzen Welt zu hören war«. Mit Sicherheit das Ausrufezeichen (oder soll ich sagen Wasserzeichen?) in einem Jahr, in dem viele seltene Marken zu Rekordpreisen den Besitzer wechselten. Hey, kann mir jemand da draußen 2,2 Millionen Dollar leihen? Er kriegt es garantiert zurück.

Verrückte Philatelie! Ist der USPS dieses Jahr eigentlich durchgeknallt oder was? Was raucht MARVIN RUNYON denn da drüben – klein geschnippelte ALTE BÖGEN? War nur ein Witz, Marv! Aber er hat uns jedenfalls alle in Trab gehalten – dieses Jahr hat das Post Office 89 GEDENKMARKEN, 22 DAUERSERIENMARKEN, 13 SONDERMARKEN UND 1 VORZUGSPOSTMARKE herausgebracht. Wie soll man denn da noch mitkommen? Als beliebteste Marke erwies sich (Trommelwirbel, bitte!) die JAMES-DEAN-GEDENK-MARKE, was für die schönen Damen im Briefmarkenreich, die sich seit ihrer Ankündigung gar nicht mehr einkriegten (ja, ihr seid gemeint!), kaum überraschend kommen dürfte. Mal wieder ein Beispiel für die Genialität hinter dem neuen, »offenen« Auswahlverfahren des Postal Service.»… denn sie wissen eben doch, was sie tun!«

Und was ist mit STAMPGATE? Die Welt der Sammler ist noch immer tief erschüttert vom sogenannten »NIXON-FEHLDRUCK«, 160 Marken der RICHARD-NIXON-Ausgabe, bei denen der rot gedruckte Name des ehemaligen Präsidenten auf dem Kopf stand. Hoppla! Als später herauskam, dass die fraglichen Marken bloß Druckerabfall waren, musste Tricky Dick zugeben: »Ich bin kein echter Fehldruck.« Ich selber halte es noch immer mit MCGOVERN.

Aber es war nicht alles Jubel, Trubel, Heiterkeit. Man hat darüber spekuliert, ob die traurigen Ereignisse in der Stadt Hinton in West Virginia anlässlich der Vorstellung der JOHN-HENRY-Briefmarke am 14. Juli womöglich den Preis der Ausgabe beeinflussen. Jeder weiß, dass eine Briefmarke mit einer »Geschichte« bei den Philatelisten in aller Regel die schlimmsten Seiten zum Vorschein bringt, aber ich habe mich ja schon öfter über die »Leichenschänder« verbreitet, deshalb will ich euch die Predigt jetzt ersparen. Am Ende wird die Zeit weisen, ob die morbide Geschichte der ALLGEMEINEN AUSGABE 3083–3086 den Wert der John-Henry-Marke oder der GESAMTEN VOLKSHELDEN-SERIE in die Höhe treibt.

benteuer, als sie die Brücke betritt. Sich aus dem Allerlei am linken Ufer davonstiehlt, jenen zählebigen Häusern in Fernglasweite zum Hauptort, wo Imbiss-, Benzin- und Schmuckverkäufer fingertrommelnd auf Touristen, diese bunte Kost, warten. Hinter der genieteten Schwelle der Brücke liegt vor ihr ausgebreitet das Bankett der Zivilisation, sie kann es sehen, die Stadt Hinton. Die Brücke ist ein knapp zweihundert Meter langes Fasten aus Beton über wildbewegtem Wasser. Sie schaut über das Geländer nach unten. Schaut sich nach Zeugen um, spuckt aus, sieht, wie ihr Tropfen Wasser kleiner wird und verschwindet, ehe er sich mit dem anderen Wasser verbindet. Sie steht über Fliehendem.

Idyllisch ist das Wort, das einem jedes Mal einfällt. Ein Stück weiter sieht sie die amerikanische Spirale einer Friseurladenstange. Das erste Gebäude, das ihrem Auge begegnet, als sie die Straße überquert, ist die First Baptist Church, und sie sieht das Schild: Temple Street. Keines der Gebäude ist höher als fünf oder sechs Stockwerke – warum sein Glück forcieren, wenn man sich schon für gottverlassenes Land entschieden hat. Es gibt ein paar ebenerdige Häuserblocks mit Geschäften und anderen kommerziellen Unternehmen, ehe die Stadt sich den Berg hinaufschiebt und zur Wohngegend wird, bis die Steigung dem ein Ende macht. Pamela sieht keine Zigarettenstummel auf dem Bürgersteig oder im Rinnstein, nimmt das zur Kenntnis, befingert ihr Päckchen. Auf den Straßen herrscht Betrieb. Die wenigen Verkehrsampeln stellen ihre Daseinsberechtigung unter Beweis, lenken Menschenherden. Kleinkinder strecken Patschhändchen nach elterlicher Sicherheit aus, und an Kreuzungen werden die Jungen von

Autos ferngehalten. Bummler deuten in Schaufenster, alle Geschäfte sind geöffnet, und Pamela spürt, dass diese Betriebsamkeit ungewöhnlich ist. Die Stadt vibriert von der Verheißung der John Henry Days.

Sie schaut auf ihren Stadtplan, wie es andere auch tun, bloß eine Touristin, die auseinanderfaltet und betrachtet und das, was sie in der Sonne sieht, mit dem zur Deckung bringt, was die Handelskammer schreibt. Wie sich herausstellt, steht sie genau vor dem Gebäude, in dem sie sich einfinden soll.

Auf dem Schild steht »Geschlossen«, aber die an schweren Angeln sitzenden Türflügel schwingen weit auf. Wo ist das schusssichere Glas? Sieht nach einem Kinderspiel für Bankräuber aus, einem Stillleben des Vertrauens. Nur Holzlamellen trennen die Kunden von den Kassierern, breit genug, um eine Hand hindurchzustecken. Pamela kann einfach nicht anders. Sie ist keine Diebin, aber die in Generationen des Wohnens in der Großstadt ausgebildete Wachsamkeit und Paranoia führen häufig dazu, dass sie umgekehrt auch ein Auge für Gelegenheiten hat; jahrelanges An-sich-Drücken ihrer Handtasche und Zwischen-die-Füße-Klemmen ihrer Einkaufstüten in der U-Bahn haben ihr die Augen für Unbeaufsichtigtes geöffnet.

»Sie müssen Miss Street sein«, erklärt eine Stimme. Den Marmor entlanggetappt kommt eine dünne, alte weiße Dame in einem John-Henry-T-Shirt und Khakishorts, vor deren Busen eine Sonnenbrille baumelt. »Ich bin Janet«, sagt sie und streckt einen gebräunten Arm aus. »Jack kommt sofort. Heute werden wir noch wahnsinnig hier.«

Janet führt sie zu einem der Schreibtische im hinteren Teil der Bank, und Pamela setzt sich auf den Kundenstuhl, als müsste sie darum bitten, dass man ihr nicht den Kredit kündigt. Janet verschwindet hinter Schaltern und sagt hastig, in dicht gedrängten Silben: »Heute werden wir noch wahnsinnig hier, ich weiß überhaupt nicht, wo mir der Kopf steht.«

Pamela sieht keinen Aschenbecher.

Sie fragt sich, ob sie zu früh dran ist. Sie vergleicht ihre Uhr mit den schlanken schwarzen Zeigern der Wanduhr, stellt fest, dass sie übereinstimmen. Wenn man der Uhr einer Bank nicht trauen kann.

Auf dem Schild steht »Direktor«. Die Tür geht nach innen auf, setzt die stumpfen Buchstaben dem Sonnenlicht im Büro aus, sodass sie auflodern und verglühen. »Ich komme bald«, tönt die Stimme des Bürgermeisters, während er, in hellblauer Hose, kurzärmeligem Oxfordhemd und gestreifter blauer Krawatte, in Sicht kommt und seinem Besucher, einem rundlichen, in einem engen Lokführeroverall steckenden Mann, die Tür aufhält, »muss nur noch einiges erledigen.« Cliff lächelt Pamela an und sagt: »Da sind Sie ja.«

Der Mann im Overall, selbst für Pamelas verstädterten Blick offensichtlich kein echter Lokführer, zieht im Vorbeigehen seine Mütze vor ihr, sodass sich auf seinem Hinterkopf ein Fächer brauner Haare aufstellt.

Cliff führt ein kurzes Telefongespräch, nachdem er Pamela bedeutet hat, in einem braunen Ledersessel Platz zu nehmen, »Sekunde noch«. Lyndon B. Johnsons Gesicht mit dem Ausdruck eines geprügelten Hundes lenkt ihren Blick auf eine Wand voller Bilder. Neben Lyndon hängt ein Foto in verblassenden Grautönen, die sich zum Rahmen hin in weißen Dunst auflösen. Die Bildlegende verrät ihr, dass es sich um den C & O-Bahnhof, Hinton, ca. 1900, handelt; sechs Männer in dunklen Röcken lungern in unterschiedlichen Posen unter dem Vordach des Brettergebäudes herum. Cliff sagt: »Sag denen, dass wir nicht dafür bezahlen, wenn es nicht bis um drei da ist.« Pamelas Blick senkt sich auf ein Bild von einer alten Lokomotive, einem C & O-Gleisarbeitertrupp, der C & O-Cafeteria. »Wieso nur zwei Prozent brutto?« Wahrscheinlich Bürgermeister Cliff und Frau, wahrscheinlich sein Sohn, auf einer weiß gestrichenen Veranda, Cliff hält eine

Urkunde hoch, die sie nicht lesen kann. Sein Sohn im Football-trikot, den Arm in Charles-Atlas-Pose gebeugt. Bürgermeister Cliff und Frau, sein Sohn im Rollstuhl, die Veranda nun mit einer Rampe versehen. »Danke, dass Sie gekommen sind«, sagt Cliff zu Pamela.

»Das ist eine schöne Stadt. Es ist schön, mal aus New York herauszukommen.«

»Ich war erst neulich dort. Prächtig amüsiert, ich und meine Frau. Die tollste Stadt der Welt. Aber leben könnte ich dort auf keinen Fall, nichts für ungut.«

Pamela nickt.

»Tja, ich darf doch annehmen, dass Sie sich bei dem Essen gestern Abend gut unterhalten haben? Tut mir leid, dass ich Sie nicht persönlich begrüßen konnte, aber ich hatte die ganze Zeit furchtbar viel um die Ohren. Natürlich hätte ich es gern hier stattfinden lassen, aber wir haben im Augenblick einfach nicht den, äh, passenden Veranstaltungsort. Hat sich Arlene gut um Sie gekümmert?«

»Was die Sammlung meines Vaters angeht –«

»Ich bin sicher, Sie werden heute Nachmittag feststellen, was für eine Bereicherung sie für unsere Gemeinde sein wird. Es gibt natürlich noch das Denkmal, das seit fünfundzwanzig Jahren über dem Tunnel steht, es wurde zur Jahrhundertfeier errichtet, die Ruritans hatten einen kleinen Stand dort oben, aber für unser Konzept von dem Museum wäre die Sammlung Ihres Vaters ein echtes Plus. Ich habe die Bestandsliste gelesen, die Sie Arlene gefaxt haben, es ist ziemlich eindrucksvoll, was er im Laufe der Jahre zusammengetragen hat. Hatte er dort in New York sein eigenes Museum?«

»Er hatte die Sammlung in seiner Wohnung aufgebaut. Hatte draußen ein kleines Schild angebracht, und es war so gedacht, dass die Leute einfach von der Straße hereinkommen.«

Das Telefon klingelt. Cliffs Blick geht von dem Apparat zu Pamela, er lässt es klingeln, legt die Hände auf die Oberschenkel. »Aha. Hier bekäme sie ein schönes Zuhause. Ich könnte Ihnen die Pläne zeigen, die wir haben entwerfen lassen, aber wir haben sie zurückgeschickt an ... Der Architekt, den wir beauftragt haben, hatte den vorgesehenen Standort nicht gesehen und ist von einem ganz anderen Zuschnitt des Grundstücks ausgegangen, aber er arbeitet daran. Vielleicht lasse ich Ihnen trotzdem eine Kopie ins Motel schicken, damit Sie es sich einmal anschauen können. Es ist dort, wo früher die A.M.E.-Kirche war, sie ist vor ein paar Jahren abgebrannt, und seither ist das Grundstück ungenutzt. Mittlerweile gehört es der Stadt, und es liegt nicht allzu weit von hier. Talcott ist einfach zu klein, keine selbstständige Gemeinde, deshalb springen wir hier ein, die Stadt Hinton, meine ich.« Das Klingeln ist das Klingeln von Bürotelefonen der achtziger Jahre und hört sich für Pamela altertümlich, fast prähistorisch an. Unten an dem Apparat ist eine Reihe Knöpfe angebracht, durchscheinende Vierecke, die sich mit gelbem Licht füllen und blinken, wenn ein Anruf eingeht. Das Klingeln verstummt. »Die haben dort einfach nicht die Mittel«, fährt Cliff fort, »und wir haben gleich um die Ecke die Route 20 und den Verkehr vom Nationalpark. Eigentlich ist es genauso, wie wenn man eine Glühbirne anmacht. Wir brauchen bloß den Schalter anzuknipsen, und schon kommen hier alle möglichen Besucher durch. Hat Arlene mit Ihnen über das Geld gesprochen?«

»Den Betrag finde ich völlig in Ordnung. Er ist sehr großzügig.«

»Aber Erinnerungen, wie es so schön heißt, sind nun mal unbezahlbar, stimmt's?«

Janet steckt den Kopf herein. »Sorry, Jack, das war Bob, er sagt, er trifft dich dann dort.«

Angesichts der Störung runzelt Cliff die Stirn. »Natürlich treffe ich ihn dort, wenn ich den Anruf hätte annehmen wollen, hätte ich abgenommen ...« Er lächelt Pamela rasch zu, dann fällt ihm etwas von seiner Liste zu erledigender Dinge ein, und er fragt: »Hey, Janet, ist das okay?« Er schaut an seiner Kleidung hinunter, zupft an Nähten.

»Es ist gut, sieht prima aus«, sagt Janet und zieht sich zurück.

Cliff nickt vor sich hin. Der Antrag ist angenommen, die Ratifizierung seines Ensembles erhebt sein Herz. Er sagt: »Tut mir leid. Also … hier bekommt das alles ein hübsches Zuhause, da können Sie sicher sein. Wir haben schon eine Menge Sachen, schließlich ist das hier die wahre Heimat von John Henry, und wir haben eine Menge Sachen, die über Generationen weitergegeben worden sind. Wir sind hier alle Eisenbahner, und der Vater gibt es an den Sohn weiter. Es gehört hierher. Sie hätten mal hören sollen, was wir dem Post Office erzählt haben, als die die Briefmarke in Pittsburgh vorstellen wollten. Wir haben ihnen geschrieben, liebe Leute, das hier ist John Henrys Heimat. Und als wir von der Sammlung Ihres Vaters gehört haben und weil wir ohnehin schon daran dachten, das Ganze jährlich im Juli stattfinden zu lassen, haben wir uns die Bestandsliste angesehen, die Sie uns geschickt haben, und wussten sofort Bescheid. Es war, als wäre in unseren Köpfen eine Glühbirne angegangen. Glühbirnen. Sie haben doch keine anderen Angebote dafür gekriegt, oder?«

»Sie sind der Erste, der sich dafür interessiert, deshalb bin ich auch hierhergekommen. Im Augenblick zahle ich nur Lagerraum dafür, um die Wahrheit zu sagen.«

»Sie haben das Museum also aufgelöst, als Ihr Vater gestorben ist?«

»Es ging nicht, ich habe einfach nicht die Zeit dafür.«

»Ich verstehe das vollkommen, Sie sind jung, haben Ihr eigenes Leben in New York. Verzeihung – die Hotline, das muss ich annehmen … Hallo, Schatz. Nein, tu einfach alles, was nicht passt, in den Kühlschrank, wir können es dann später herausnehmen … hast du Arm angerufen und gefragt, ob wir ihn mitnehmen sollen?«

Pamelas Aufmerksamkeit richtet sich erneut auf die Wand mit den Fotos, auf deren Konstellation von Zuneigung. Ihr Blick huscht zwischen den Gesichtern von Vater und Sohn hin und her. Nase und Ohren werden zwischen den Generationen weitergegeben. Was wird sonst noch weitergegeben? Ähnlichkeit ist nur der Anfang. Das meiste spielt sich unter der Haut ab. Es gibt noch anderes, man verschleudert es, braucht auf, was gut ist, ohne zu wissen, dass es gut ist, bevor man alles aufgebraucht hat. Was bleibt einem dann noch? Nase und Ohren.

Nun kommt, willkommene Unterbrechung dieses Gedankengangs, Cliff herüber und setzt sich auf die Schreibtischkante, näher zu Pamela, sodass er einen Sichtschutz zwischen ihr und den Fotos bildet. Er sagt: »Tut mir leid. Wo … richtig, Ihr Vater. Deswegen sind wir auch so froh, dass Sie gekommen sind. Wir versuchen nämlich das Gleiche. Die Leute über John Henry zu informieren, ihnen etwas von der Geschichte der Region und der Geschichte von Hinton und Talcott zu vermitteln. Wenn Sie sehen, was wir für heute auf die Beine gestellt haben, werden Sie einen Riesenspaß haben. Wir haben zwei Männer aus der Stadt, die in einem Bohrhauerwettbewerb gegeneinander antreten, außerdem viel Musik und so, wir haben da eine Band aus Charleston engagiert, ich kenne sie zwar nicht, aber sie wird in den höchsten Tönen gelobt, spielt eine Menge Musik aus der Gegend, so viel ich höre.«

Schaut sie womöglich ein bisschen zu ausdruckslos drein? Cliff schürzt die Lippen und schlägt einen anderen Ton an. »Aber wir wollen Sie nicht drängen«, sagt er lächelnd. »Amüsieren Sie sich einfach dieses Wochenende und genießen Sie, was alles geboten wird. Wir haben auch gar nicht erwartet, dass Sie uns die Sachen auf der Stelle übergeben. Deswegen haben wir Sie eingeladen, damit Sie selbst sehen können, was wir hier machen. Stellen Sie sich einfach vor, dass wir das gute Werk Ihres Vaters fortsetzen, das, was er mit seinem Museum zu erreichen versuchte, ehe er starb.

Keine Anfragen von Universitäten oder dergleichen wegen seiner Sammlung?«

»Es ist ja nun auch nicht unbedingt so, dass die Leute sich darum reißen.«

»Na ja, es ist schon etwas Spezielles.«

»Was wollen Sie eigentlich dafür verlangen?«

»Ich dachte, Arlene hätte schon mit Ihnen über den Betrag gesprochen«, murmelt Cliff und strafft sich mit der Miene eines Menschen, der seine Brille verlegt hat. »Wir haben uns ziemlich eingehend damit beschäftigt, denke ich –«

»Nicht zahlen, ich meine verlangen.« Etwas für sie Neues in ihrer Stimme. Was geht sie das an? Und doch fragt sie. »Für das Museum. Wie viel Eintritt Sie von den Leuten verlangen wollen, damit sie John Henry sehen können.«

Er entspannt sich. »Ach so. Das ist noch nicht spruchreif, aber wenn Sie sich deswegen Gedanken machen, das müssen Sie nicht, es wird nicht wenig kosten, ich meine, es wird nicht viel kosten. Die meisten Leute, die hier durchkommen, sind Familien auf Urlaub, Familien mit Kindern und so. Der größte Teil der Eintrittsgelder würde in den Unterhalt fließen. In die Anlage, den, äh, Erhalt des physischen Zustandes der Ausstellungsstücke. Und eine erstklassige Alarmanlage wollen wir auch einbauen. Weiß nicht, ob Arlene Ihnen erzählt hat, dass jemand ins Besucherzentrum eingebrochen ist und sich mit einem der Fäustel davongemacht hat, die wir dort ausgestellt hatten. Wahrscheinlich bloß irgendwelche Jugendliche, die sich einen Spaß gemacht haben, und das kann ich auch verstehen, ich habe selbst einen Sohn, und der war ein ziemlicher Teufelsbraten, aber der Fäustel gehörte einem Privatbürger, der ihn uns geliehen hat, damit die Besucher ihn sehen können, daher liegt uns das Sicherheitsproblem sehr am Herzen. Deshalb fließen die Eintrittsgelder unter anderem in den Schutz der Ausstellungsstücke, damit den Sachen, die Ihr Vater mit so viel Mühe ... Kommt es Ihnen da sehr darauf an, auf das Eintrittsgeld? So sehr, dass die Sache daran scheitern könnte, meine ich?«

»Nein, ich – ich habe mich das nur einfach gefragt. Mein Vater hat keinen Eintritt verlangt. Ich glaube, er wollte bloß Gesellschaft, um die Wahrheit zu sagen. Aber das Schild, das er angebracht hat, man musste praktisch schon danach suchen, um es überhaupt wahrzunehmen.« Ihr Kopf ruckt zu den Fotos an der Wand hin. »Ist das da Ihr Sohn?«

»Das ist Armand.« Die jäh sich senkenden Augenbrauen und das Auftauchen von Verwerfungslinien in seiner Stirn kennzeichnen eine Emotion, die rasch unter Kontrolle gebracht wird, ehe sich über der Aufgewühltheit breit und siegreich sein Lächeln behauptet. »Vor dem Unfall ein ziemlich guter Footballspieler. Sie hätten ihn spielen sehen sollen.«

»Sie sind da!« Janet schräg in der Tür, ihr Gewicht vom Türknauf aufgefangen.

»Wird auch langsam Zeit. Bring doch mal einen Karton rein, damit wir sie uns ansehen können.« Er wendet sich wieder Pamela zu. »Sie werden von einem Taxi abgeholt und zum Veranstaltungsgelände gebracht, nicht wahr?«

»Ja.«

Der Karton ist sperrig, aber Janet hat trotz ihrer Schmächtigkeit keine Mühe damit. Ein Karton voller Federn. Cliff stellt ihn auf seinen Schreibtisch und schlitzt ihn oben mit einem gravierten Brieföffner auf. Sie wühlen in den Styroporkügelchen, der Bankdirektor und seine Assistentin, Schatzsucher über Pappklappen. »Ach, sind die schön«, seufzt Janet.

»Ziemlich gut, wenn du mich fragst.« Er wirft Pamela ein Zellophanpäckchen in den Schoß. »Was meinen Sie?«

Es ist ein Hammer, ein grüner Hammer, geformt aus mehliggrünem Schaumstoff. Sie biegt ihn mitsamt der Verpackung, und er schnellt gehorsam in seine ursprüngliche Form zurück. Sie blickt zu dem Duo auf und nickt.

»Behalten Sie ihn«, sagt Cliff erfreut. »Wir werden die Dinger verteilen, an die Kinder. Es ist ein Andenken.«

Draußen auf dem Bürgersteig, im Sonnenlicht, reißt Pamela mit den Zähnen das Zellophan auf und nimmt den Hammer heraus. Sie sieht keinen Abfalleimer und steckt das Plastik in ihre Gesäßtasche. Sie packt den Stiel mit der Hand, und er lässt sich dank seiner Poren zusammenquetschen. Sie denkt, Zehn-Pfund-Fäustel, Zwanzig-Pfund-Fäustel. Sie nimmt ihn zwischen ihre Hände und presst ihn zu einer Kugel zusammen, lockert ihren Griff und sieht zu, wie er sich raupengleich windet. Zwei kleine weiße Kinder sausen an ihr vorbei, um ihre Eltern einzuholen. In der kurzen Zeit, die sie in der Bank gewesen ist, hat sich die Anzahl der Leute auf dieser schmalen Straße verdoppelt. Sie denkt an die Karte in Herb's Family Style zurück, und in ihrem Kopf entsteht ein unheimliches Bild von ameisenhaften Pünktchen, die über ein Gitternetz mit der Bezeichnung Hinton wimmeln. Menschen gehen an ihr vorbei in alle Richtungen. Zwischen den Dahineilenden steht sie still. Sie wird angerempelt und überlegt, wo sie im Moment eigentlich sein müsste.

Die Stadt wird beherrscht von den John Henry Days.

J. und Monica die PR-Frau vögelten alle zwei Wochen miteinander oder auch nicht. Zuweilen schliefen sie alle zwei Wochen, ineinander verknäuelt und verschwitzt, auf dem Bett von Monica der PR-Frau ein, in ihren Ausgehkleidern, die Schuhe in Laken verheddert. Sie hatten ein Arrangement. Oft stellten sie morgens fest, dass der Schlüssel die ganze Nacht von außen in der Wohnungstür gesteckt hatte, eine Aufforderung, sie auszurauben oder umzubringen, während sie, vom Suff erschöpft, vor sich hin dämmerten. Wer immer sich von der Morgensonne, die ihnen ins Gesicht schien, stärker gestört fühlte, stand auf, um die Jalousien herunterzulassen. Nach einer gewissen Zeit riss der Radiowecker am Bett sie mit Verkehrsmeldungen von Highways, die sie niemals befuhren, aus dem Schlaf. Monica die PR-Frau musste um neun bei der Arbeit sein und erlaubte J. nicht, in ihrer Wohnung zu bleiben. Was er im Übrigen auch gar nicht wollte. Sie duschte und zog sich zur Arbeit an, während J. dem Morgen noch möglichst viel Schlaf abzugewinnen versuchte, für ein paar Sekunden aufwachte, wenn Monica auf der Suche nach passender Unterwäsche eine Schublade aufzog oder wenn sie einen Hahn aufdrehte, und dann wieder einschlief. Wenn Monica mit ihren Vorbereitungen für einen weiteren Tag in der Publicity fertig war, versetzte sie J. einen Klaps, er schlüpfte in seine Schuhe, und sie verließen die Wohnung. Am Zeitungskiosk in der U-Bahn kaufte sich Monica einen Kaffee medium, und J. kaufte sich die Tageszeitungen. Dann trennten sie sich mit einem flüchtigen Kuss. Mit der Bahn, die Monica zur Arbeit brachte, käme J. auf dem direktesten Weg nach Hause, aber sie wollten einander so rasch wie möglich los sein, deshalb nahm J. den Zug am Bahnsteig darunter, sodass er gezwungen war, zweimal umzusteigen, ehe er die U-Bahn-Station in der Nähe seiner Wohnung erreichte. Es vereinfachte alles, dieses stillschweigende Arrangement.

Wenn sie sich nach diesen zweiwöchentlichen Zusammenkünften das nächste Mal sahen – bei einer Veranstaltung einen Abend oder eine Woche später – und wieder einmal deutlich wurde, dass sie Teil eines größeren Ganzen, Rädchen im Getriebe waren, wechselten sie kein Wort miteinander. Monica machte ihre Runde, unterhielt sich mit den an diesem Abend anwesenden Schlüsselfiguren, ihrem Boss, dem Kunden, den Journalisten, und ging J. aus dem Weg; er unterhielt sich mit seinen Spesenritterkollegen, sprach kräftig dem Alkohol zu, schlug sich den Bauch voll und schenkte Monica keinerlei Beachtung. Es brauchte Zeit, sich aufzubauen, ihr Bedürfnis. Wenn sie sich das zweite Mal bei einer Veranstaltung sahen, sagte einer von ihnen hallo; damit wechselten sie sich ab, damit keiner das Gefühl bekam, der andere hätte die Oberhand. Das zweite Mal nach ihrer zweiwöchentlichen Zusammenkunft unterhielten sie sich minutenlang miteinander, um sich darüber zu informieren, was in ihrem Leben passiert war, seit sie zuletzt miteinander ins Bett gegangen waren. J. hatte einen Ablieferungstermin eingehalten oder nicht eingehalten, hatte Krach mit der Redaktion gehabt, hatte einen großen Auftrag bekommen. Monica hatte eine Veranstaltung geplant, die gut gelaufen war, hatte es nicht geschafft, für eine günstige Presse zu sorgen, hatte einen wichtigen Kunden gewonnen. Sie freuten sich, einander zu sehen, stellten häufig von entgegengesetzten Seiten des Saals Blickkontakt her und teilten in diesen Blicken vieles mit. Aber es war erst das zweite Mal. Sie gingen getrennt nach Hause. Das dritte Mal nach ihrer zweiwöchentlichen Zusammenkunft, wenn zwei Wochen verstrichen waren, verbrachten sie so viel Zeit wie möglich miteinander, hielten Händchen, ein Ausdruck von Wärme, und tanzten, wenn es auf der jeweiligen Veranstaltung angemessen war. Sie machten Witze über die anderen Anwesenden, küssten sich, wenn niemand hersah, kamen sich dabei wagemutig vor und machten sich wieder mit dem Geruch ihrer Körper vertraut. Es war schön, sich wiederzusehen. Wenn der Abend zu Ende war, fuhren sie uptown, jedes Mal uptown in die Wohnung von Monica der PR-Frau, und fielen in ihr Bett.

Es war kein Liebesnest; sie wohnte dort. Sie wohnte in einem neuen Gebäude aus dunklem Glas und Stahl, in einer Zweizimmerwohnung mit beigefarbenen Wänden und beigefarbenem Teppichboden. Sie hatte nie etwas im Kühlschrank außer verwelktem Gemüse und Behältern von chinesischen Schnellrestaurants mit verschimmeltem Inhalt. Sie besaß einen Wasserentgifter, der sich wie eine bösartige Geschwulst am Wasserhahn der Küchenspüle vorwölbte. Die Jalousien gehörten zur Wohnung; die Putzfrau sorgte dafür, dass sie ihr schimmerndes Weiß beibehielten. Monica hatte noch immer die Gläser, die sie beim Einzug in ihre erste Wohnung vor ein paar Jahren gekauft hatte, und sie waren ihr ein Trost, Stücke von beruhigender Beständigkeit. Manchmal trank J. mitten in der Nacht Wasser daraus, um einen Kater zu bekämpfen. Ein Jahr nachdem sich ihr Verhältnis mit seinen simplen Regeln eingespielt hatte, fielen ihm die Bilder auf dem Tischchen neben ihrem Bett auf. Sie identifizierte ihre Familienmitglieder für ihn. In regelmäßigen Abständen bemerkte er sie zum ersten Mal und fragte Monica danach. Dann antwortete sie ihm, sie habe ihm schon vor Monaten gesagt, wer das sei, und er sagte, eben falle es ihm wieder ein, obwohl das nicht stimmte. Ab und zu, in plötzlich neu aufflammendem Zorn über eine Äußerung ihres Bosses am Vormittag oder aus Verärgerung über J.s Tonfall, verbannte sie ihn auf die Couch, und manchmal schmollte er dort aus seinen eigenen unerfindlichen Gründen. Er legte sich auf den Mehrsitzer, ohne Laken, Opfer der umgewälzten Luft.

Nachdem J. das Gebäude, in dem die Wohnung von Monica der PR-Frau lag, ein paarmal betreten hatte, begann ihn der Türsteher zu grüßen. Tag, mein Bester, sagte er, ein Auge zukneifend, und zog mit weißen Handschuhen rasch an den polierten Türgriffen. Er hatte J.s Auftauchen mitbekommen, und er hatte vermutlich so seine Theorien; er hatte die anderen Männer gesehen, die Monica mit nach Hause genommen hatte, er sah Monica in den vielen Nächten, in denen sie allein nach Hause kam, und er hatte vermutlich so seine Theorien. Dann wurde er von einem Mann abgelöst, der nichts von J.s Auftauchen in dem Komplex wusste, und dieser neue Türsteher blieb denn auch stumm. Im ersten Stock gab es einen Fitnessraum, und man konnte sich für den Whirlpool im zweiten Stock eintragen.

Natürlich verachteten sie einander. Andere Liebhaber tauchten auf, wurden zum Abendessen ausgeführt, begleiteten sie zu Veranstaltungen, verflüchtigten sich wieder. Diese kurzen Liebesbeziehungen mit den Aasgeiern und Abstaubern der Großstadt überschnitten sich mit dem Arrangement von J. und Monica der PR-Frau, ohne es jedoch zu stören. Es hatte nichts von Verheimlichung, von bewusstem Vorenthalten, aber beide verschwiegen ihren neuen Liebhabern ihren zweiwöchentlichen Partner; Geständnisse waren auch nicht nötig, zwei Nächte im Monat waren schließlich kein besonders großer Zeitanteil, würden erst nach vielen Monaten Verdacht erregen, und die jeweiligen Beziehungen dauerten niemals lange genug, um den kritischen Augenblick der Offenbarung zu erzwingen. Im Übrigen waren es diese Möchtegernerlöser von dem Arrangement gar nicht wert, dass man bei den zweiwöchentlichen Stelldicheins über sie sprach. Da war der Börsenmakler, der unbedingt Prominente kennenlernen wollte und Monica mit einem Wodka Gimlet in der Hand stehen ließ, um an der Toilettentür um die Gunst des nigerianischen Unterwäsche-Models zu balzen; da war die Zeit, als J. sich mit der berechnenden neuen Rekrutin aus der Recherche zeigte, die sich nach einem Cosmopolitan auf schreckliche Weise verwandelte und an die Luft gesetzt werden musste, dumme Sache, die Kollegen rissen noch wochenlang Witze darüber. Manchmal sahen J. oder Monica diese Neuankömmlinge auf einer Veranstaltung, und sie widerstanden dem Drang, das intensive Gespräch bei den Canapés zu unterbrechen (wirkte sein Gesicht jemals so lebendig, wenn sie mit ihm sprach, schien ihr Gesicht jemals so von innen zu leuchten, wenn er ihr eine Geschichte erzählte, nein, natürlich nicht, sie hatten ein Arrangement), widerstanden dem Drang, sich mit Getränkegutscheinen auf den vierzehntäglichen Partner zu stürzen und ihn mit einer lasziven Anmache loszueisen. Das war nicht nötig. Die Veranstaltungen kamen und gingen, genauso wie die neuen Leute.

Ab und zu sagte einer von ihnen, vom anderen Kissen her mit einem dünnen, weichen Laut bestätigt, ich liebe dich, und wenn das passierte, brauchten sie jedes Mal eine Weile, um einzuschlafen.

Anfänglich Leidenschaft, als es so aussah, als könnte sich ihre Beziehung eines Tages mit den herkömmlichen Idealen decken. J. sah Monica das erste Mal, als sie eines Nachts an der Garderobe Pressemappen verteilte. Er fand sie hübsch. Monica lernte ihn ein paar Veranstaltungen später kennen, als sie herüberkam, um einen Spesenritter bauchzupinseln, mit dem er sich gerade unterhielt. Wie bei Veranstaltungen gewohnt, stellte sie sich vor, weil sie nie wusste, wie ein Fremder in den allgemeinen Ablauf hineinpasste. Ein paar Veranstaltungen später küssten sie sich dann schließlich, ein freundschaftlicher Gutenachtkuss auf die Wange, der rasch an Rasanz gewann. Etwas, was sie nie wieder taten, sobald das Arrangement sich durchsetzte: sie taten, was man eben so tat, gingen ins Kino und aßen in Restaurants. Das Essen bezahlte Monica mit ihrer Firmenkreditkarte, weil J. Autor war und auf Spesen ging. Er kaufte ihr Blumen. Ihre Kameraden in der Branche, auf beiden Seiten des Veranstaltungszirkus, fanden, sie gäben ein hübsches Paar ab. Sie waren ein gut aussehendes Paar, und außerdem, wie sollte man in dieser Branche jemand Soliden kennenlernen. In jenen ersten Monaten brachten die Taxifahrten zur Wohnung von Monica der PR-Frau häufig den Fahrer in Verlegenheit, aber J. gab großzügig Trinkgeld, und man hatte in einem Taxi schon Schlimmeres erlebt.

Einer von ihnen wollte Schluss machen, und der andere setzte sich nicht zur Wehr. Keiner wusste mehr genau, wer damit angefangen hatte; sie hatten beide ihre eigenen Motive. Neben ihren individuellen Gründen hatten sie noch einen, den sie mit vielen Bürgern der Metropole teilten: Sie glaubten, dass es in der Stadt noch etwas gab, was darauf wartete, entdeckt zu werden, etwas, was nur für sie bestimmt war. Sie gingen als Freunde auseinander. J. hatte nie irgendeinen Gegenstand in dem dunklen Gebäude zurückgelassen, und das vereinfachte die Sache. Das Ganze hatte sich verbraucht, solche Sachen verbrauchten sich eben, und dann konnte man nichts anderes tun als weiterziehen. Die Stadt war groß. Zwei Wochen später waren sie wieder in Monicas Bett, und zwei Wochen danach ebenfalls.

Natürlich liebten sie einander. An der Decke über dem Bett funkelte ein ganzes Universum von Ereignissen, sie griffen die vertrauten Konstellationen heraus und benannten sie, um ihrem Lebensschicksal einen Sinn zu geben. Ganze Mythologien dort oben, verschiedene Pantheons. Dort glitzerte der Doughnut, ja dort, der lockere Sternenring, benannt nach einer bestimmten Art von Veranstaltungen, die in ehedem hippen Läden stattfanden, die sich durch die letzten Tage ihres Niedergangs schleppten, Läden, in denen der Salsa fade und seiner Wurzeln beraubt und das Blattgemüse unvermeidlich schlaff und verkocht war. Dort, ein Quadrant darunter, war der Greenstein-Gürtel, benannt nach dem Schönheitschirurgen aus der Park Avenue, dessen Klienten große Festsäle in den schickeren Hotels mieteten, um das gleichnamige Parfüm zu verhökern, Säle, deren morbides

Licht die Narben der Designerchirurgie als hässliche Reliefs hervortreten ließ. Dort, der Wirbel dort, war Ursus, dessen ferne, gezackte Sterne PR-Veranstaltungen kennzeichneten, auf denen die literarischen Schwergewichte, die ihre besten Werke in den Fünfzigern geschrieben hatten, Zigarren rauchten, sich darüber in die Wolle gerieten, an wen man sich in sechzig Jahren noch erinnern würde, und über feministische Attacken auf ihren stark behaarten Korpus rätselten. Sie kamen rasch und stets ohne Laut, lösten sich voneinander und plauderten über ihre privaten Konstellationen, rasch trocknete öde Langeweile ihre Sekrete, sie griffen sich Sterne heraus, bis einer bemerkte, dass der andere schon eine ganze Weile nichts mehr gesagt hatte und sie allein waren.

Vierzehntäglich, und das jahrelang. Sie hatten Kräche, wie jedes Paar. In einem Frühling legte Monica ein gereiztes Gebaren an den Tag, knabberte ungehalten an Keksen, kam bei Veranstaltungen spät und ging früh wieder. Sie wartete darauf, dass J. sich zur Veränderung ihres Verhaltens äußerte, denn sie fand, es war offensichtlich, dass sich in ihrem Inneren ein Wandel vollzog, und deshalb übertrieb sie die Symptome, um seine Aufmerksamkeit zu gewinnen, und als er nichts dazu sagte, erzählte sie ihm eines Nachts in ihrem Bett, dass sie aus dem PR-Zirkus aussteigen wolle. Sie habe eine Freundin mit einem Bauernhof und sei eingeladen worden, ein paar Monate dort zu verbringen, um ihre Gedanken zu klären, ihre Prioritäten neu zu ordnen, was auch immer, es sei eine gesunde, nahrhafte Umgebung mit frischer Luft und Tieren. J. kicherte und sagte, das wolle er sehen. Er schlief für den Rest der Nacht auf der Couch, sah seine Avancen vierzehn Tage später zurückgewiesen und begleitete Monica nicht zu ihrer Wohnung. Ihr Arrangement wurde zwei Wochen später fortgesetzt, aber es waren diverse Präzedenzfälle geschaffen worden. Als J. ein halbes Jahr später eine gewisse Hohlheit beklagte, die er in sich wahrnehme, und gestand, dass er überlege, das alte Buchprojekt wiederaufzunehmen, schnaubte Monica verächtlich und sagte, das wolle sie erleben. Zwei Wochen später ließ er sie abblitzen, wiederum zwei Wochen später machten sie weiter, und damit waren sie quitt.

In einer Stadt der Verträge und Abmachungen, der Pakte und Kompromisse, war ihr Arrangement mit Sicherheit nicht das wackeligste. Es hatte etwas für sich. Mit Sicherheit hatte die Stadt Verbindungen gestiftet, die übler waren als ihre, Allianzen ausgehandelt, die profaner und hinfälliger waren. Sie hatten Bestand, sie hielten einander, stürzten durch Moden und Düfte des Monats, durch ein Universum von Veranstaltungen und darüber hinaus, in fiebriger, zweiwöchentlicher Umarmung, tief in kalten Pop.

In einer anderen Welt vielleicht. Wenn er Soldat statt Söldner wäre und sie eine Heilerin statt einer PR-Frau. Die Umstände hatten sie zusammengebracht, das Leben unterm Pop hatte sie gezwungen, Trost zu finden, wo immer sie konnten. Er war Soldat in dem französischen Dorf, er brachte ihr Schokolade und Nylonstrümpfe, echte Schätze in diesen Zeiten des Mangels. Sie war eine Krankenschwester, die die Wunden unserer Jungs versorgte, sie brachte ihm bei, dass es reichte, den Tag lebend zu überstehen, dass man auch als Mann ruhig weinen durfte. Stets das Geräusch der Granateneinschläge, das sie daran erinnerte, wohin es mit der Welt gekommen war. Nach dem Waffenstillstand würden sie getrennte Wege gehen, in ihr früheres Leben zurückkehren. Aber dieser Krieg war eigenartig. Er würde nicht enden, er entdeckte jeden Tag neue Märkte, die Kämpfe griffen jeden Tag auf neue Bevölkerungsschichten über, niemand konnte in diesem Konflikt neutral bleiben, und keine Seite konnte je gewinnen. Und so ging er weiter, und der Soldat und die Krankenschwester trösteten einander. In einer anderen Welt vielleicht.

Sieh mal, da ist Paul Robeson am Broadway, Winter 1944, in seiner Garderobe im Theater in der Vierundvierzigsten Straße. Er ist John Henry. Für eine Vorstellung jedenfalls noch, sie haben die Show nämlich abgesetzt. Alle finden sie grässlich. Es heißt, sie wäre miserabel. Und das spricht sich herum. Vor ein paar Wochen lief sie kurze Zeit in Philly, und die Kritiker fanden sie grässlich. Die Normalsterblichen auch. Sie haben daran herumgebastelt, sämtliche Ritzen mit Kaugummi verklebt und letzte Woche hier in New York erneut die Leinen losgemacht, aber sie stehen trotzdem bis zur Hüfte in Schlagwasser, um sie herum dümpeln gute Absichten zusammen mit anderem Treibgut. Deshalb legen sich die Geldgeber an Bord der *John Henry* Rettungswesten an. Alle Mann von Bord!

Schuldzuweisungen: Verbrochen hat das Ganze ein gewisser Roark Bradford, das Musical ist eine Bearbeitung seines 1931 erschienenen Romans. Damals ein Bestseller. Wie sie so im Buchladen standen und überlegten, brauchte es bloß einen Blick auf die Autorenbio, und sie wussten, sie waren in guten Händen. »Roark Bradford ist ein ausgewiesener Kenner des Negers«, heißt es dort. »Er hatte eine Negerin als Kindermädchen, und er hat als Kind mit Negern gespielt. Er hat Neger auf den Feldern, beim Dammbau und auf dem Fluss arbeiten sehen. Er kennt sie von ihrem häuslichen Leben, von der Kirche, von ihren Picknicks und ihren Beerdigungen her.« In der Tat sehr eindrucksvolle Referenzen. Besonders die mit den Picknicks. Er könnte genauso gut einen Doktor in Negerkunde haben. Seine Beherrschung des Negeridioms ist ganz erstaunlich. Der Leser darf John Henry dabei begleiten, wie er großspurig durch eine Reihe pikaresker Abenteuer walzt, zum Beispiel beim Baumwollpflücken (»Mach deine Fingers bisscher krumm, und dann fährste mit'n Hänn' über die Bäusche, und wennse Niggerblut in'n Fingers has', bleibde Baumwolle dran klehm«), beim Verladen von Baumwolle auf einen Dampfer (»Eis' doch Baumwollstauer auf der *Big Jim White*, also schaffse runter. Da's Baumwolle un' du bis'n Nigger. Also schaffse runter, Junge!«) und beim Schweinetreiben (»Antret'n, ihr Großmäuler, und runter mi'm Hemd! Wennich nämmich gleich die Schweine aus'm Koben lass', werter glau'm, 's regnet Schweine auf euern mühn Rück'n«). Die Seiten blättern sich wie von allein um.

Zwischen den dicken blauen Deckeln findet sich nicht nur Action, sondern auch Romantik. Die Handlung wird nach Louisiana, in die farbige Welt des Lebens am Fluss verlegt, und dort besteht John Henrys große Prüfung in seiner Beziehung zu Julie Ann. Es ist Liebe auf den ersten Blick, und sie haben vieles gemeinsam. »Sechs Fuß groß binnich auch«, schnurrt sie, »un' ich hab' blaues Zahnfleisch un' graue Aung.« Was sie uneingeschränkt empfiehlt. Wenn Julie Ann bloß die Finger von diesem Nigger Sam lassen könnte, diesem Prachtexemplar eines Tunichtguts aus der Halbwelt von N'Orleans. Sie lungern auf der Pier herum, schnupfen Koks, trinken Whisky. Am Ende der Chronik sucht John Henry, über Julie Anns jüngsten Flirt mit Sam gekränkt, den Hafen ab und kommt dahinter, dass sein Obmann sich der Dienste einer Dampfwinde versichert hat, die »Baumwolle laden kann wie zehn Nigger«. Ob er sich aus Liebeskummer auf einen Wettkampf mit der Maschine einlässt oder weil sie seine Körperkraft in Frage stellt, bleibt offen, so rätselhaft ist die Wirkung von Bradfords Prosa. Jedenfalls kratzt er mittendrin ab. Julie Ann beeilt sich, den Wettkampf an seiner Stelle zu Ende zu bringen, und kratzt ebenfalls ab, sodass die unglückseligen Liebenden im Tode vereint sind. Das Buch verkaufte sich wie warme Semmeln. Natürlich würde sich ein prima Musical daraus machen lassen.

Paul Robeson sitzt in seiner Garderobe. Bald hat er seinen Auftritt. Die Zuschauer draußen überprüfen noch einmal die Nummern der Sitzplätze und werfen einen Blick in die Programme. Am nächsten Tag werden unzählige Kisten mit unbenutzten Programmen die Gasse hinter dem Theater verstopfen. In diesen Momenten vor der Vorstellung hält er alle Worte ganz fest. Die Leute da draußen, die vom Orchestergraben bis zum Balkon aufgereihten, geneigten Köpfe sind nicht sein erstes Publikum. Zwanzig Jahre in dem Geschäft, da hat man schon eine gewisse Erfahrung. Bei einem Debattierwettbewerb in der High School stand er vor seinen Lehrern und zitierte etwas von Toussaint-L'Ouverture. Als Napoleon ein Heer von dreißigtausend Mann nach Haiti schickte, um den Aufstand niederzuschlagen, sagte L'Ouverture zu seinem Volk: »Meine Kinder, Frankreich kommt, um uns zu versklaven. Gott hat uns die Freiheit gegeben; Frankreich hat kein Recht, sie uns zu nehmen. Brennt die Städte nieder, vernichtet die Ernten, pflügt die Straßen mit Kanonen um, vergiftet die Brunnen, zeigt dem weißen Mann die Hölle, die er schaffen will!« Die Haitianer gaben den Franzosen Saures; Paul Robeson belegte bei dem Debattierwettbewerb den dritten Platz. Er sagte, er verstehe nicht, was die Worte bedeuteten, was es hieß, diese Worte zu Weißen zu sagen, er finde es einfach eine gute Rede. Das war, bevor er selbst Reden hielt. Außerdem spielte er um diese Zeit zum ersten Mal den Othello, seine Paraderolle, die er sein Leben lang immer wieder gab. Mit der Vorstellung sollte Geld für eine Klassenfahrt nach Washington, D. C., beschafft werden. Er war umwerfend gut. Dass er die Klassenfahrt nicht mitmachen konnte, weil das Hotel es nicht zuließ, dass Schwarze mit der Bettwäsche in Berührung kamen, machte nichts. Später, als er etwas zu sagen hatte, ließ er Vorstellungen in Theatern mit Rassentrennung platzen, aber das war vorher.

Was sind schon schlechte Kritiken, Verrisse, wenn man körperlich auseinandergenommen und fertiggemacht worden ist. Auf der Rutgers spielte er Football. Er war ein ziemlicher Brocken, also bot sich das an. Beim ersten Training gingen sie auf ihn los, warfen sich zu mehreren auf ihn, brachen Knochen. Er stand auf. Das waren seine eigenen Mannschaftskameraden. Beim nächsten Training trieb ihm einer die Stoßplatten seines Schuhs durch die Hand. Sie ließen ihn zufrieden, sobald die Saison begann, und dann war die Reihe an den gegnerischen Mannschaften, ihn blutig zu schlagen, falls sie überhaupt antraten und nicht lieber verloren, als den Platz mit einem Schwarzen zu teilen. Er gab ihnen Saures. Er machte Punkte. Er gewann Spiele für sie, aber was er dort draußen auf dem Rasen für ein Gesicht macht, ist schwer zu erkennen, geschweige denn zu deuten. Was er denkt.

Sie glaubten, aus ihm würde ein zweiter Booker T. Washington. Aus einem gescheiten Farbigen wie ihm. Für die Bühne gab er die Juristerei auf. Machte sich einen Namen, als er in *Alle Kinder Gottes haben Flügel* und *Kaiser Jones* mit Eugene O'Neill zusammenarbeitete. In *Kinder Gottes* verkehren die Rassen miteinander. In einer Szene berührte ihn eine weiße Schauspielerin an der Hand, und sie dachten, es gäbe Krawall. Es gab keinen Krawall. Das kam erst später. Größtenteils gute Kritiken, obwohl es auch negative gab; manche weißen Kritiker fanden, das Stück sei eine Beleidigung für die weiße Rasse, manche Schwarzen Kritiker fanden, es sei eine Beleidigung für die Schwarze Rasse. Um diese Zeit begannen sich Teile der Schwarzen Presse auf ihn einzuschießen, weil er den »unbeholfenen Trottel« und den »faulen, gutmütigen, Schwarzen Tagedieb« spiele. Nicht das letzte Mal, dass sie darauf herumritten. Um diese Zeit kam auch seine Karriere als Sänger richtig in Schwung; in seinen Konzerten mischte er Schwarze Spirituals mit weltlichen Liedern und entwickelte dabei einen ganz neuen Stil. In *Show Boat* sang er »Ol' Man River« und schöpfte dabei tiefe ooos aus tiefen schwarzen Brunnen. Sang im ganzen Land und dann auch in anderen Ländern. Besuchte Afrika, Europa. Sang in der Albert Hall in Merry Old England vor ausverkauftem Haus. Blieb den USA zehn Jahre lang nach Möglichkeit fern.

Auf seinen Reisen begann er sich zu verändern.

Vor seiner Garderobe die Geschäftigkeit der Vorbereitungen, Verteilung der Requisiten.

In Moskau dinierte er mit dem Ministerpräsidenten. Eingeladen hatte ihn Eisenstein; wie sich herausstellte, beschäftigte er sich ebenfalls mit Toussaint und wollte einen Film über ihn drehen. Die Welt war klein. Wahrscheinlich tranken sie Tee aus einem Samowar, als sie darüber sprachen. Er mochte die Sowjets, und sie mochten ihn. Eines Abends im Theater rannte ein kleines Kind auf Paul Robeson zu, umschlang die Beine des großen Mannes und flehte ihn an dazubleiben, sagte, er werde glücklich, wenn er am Busen von Mütterchen Russland bliebe. Kleines Kerlchen. Ziemlich bewegend. Er zog weiter. Trieb sich während des spanischen Bürgerkrieges bei den Loyalisten herum. Die Soldaten verehrten ihn. Es kam nicht alle Tage vor, dass eine internationale Berühmtheit an der Front auf Tournee ging. Er machte die Runde, winkte aus dem Fenster des Buick. Ab und zu sausten Granaten über seinen Kopf hinweg. In der Welt vollzog sich eine Veränderung, und in ihm auch. Er sagte: »Ich gehöre einer unterdrückten, diskriminierten Rasse an, die nicht leben könnte, wenn der Faschismus in der Welt triumphierte.« All die Menschen, die dort drüben starben, starben hier, in ihm. Er sagte: »Ich habe festgestellt, dass die Leute, ob sie nun weben, bauen, Baumwolle pflücken oder unter Tage schuften, überall dort, wo sie denselben Kräften unterworfen sind, auch die gemeinsame Sprache von Arbeit, Leid und Protest verstehen.« Der Schwarze Kleinpächter, der walisische Bergmann, der slawische Bauer. Er sagte: »Die Volksmusik geht genau wie eine Sprache aus einer Menschenmasse hervor. Ein Mensch steuert einen Ausdruck bei. Dann noch einer – und wenn ich, als Sänger, aus der Masse heraus auf die Bühne trete und den Menschen die Lieder vorsinge, die sie geschaffen haben, spüre ich eine große Einheit.« Wir sind unsere Lieder. Er sagte: »Ich habe es satt, tumbe Diener und Wilde mit Leopardenfell und Speer zu spielen.«

Er kam als neuer Mensch nach Amerika zurück.

Heute Abend ist er John Henry. Schon im Kostüm. Dunkelblaue Latzhose, um die Taille einen breiten braunen Ledergürtel. Ärmelloses Unterhemd, brauner Cowboyhut. Der Dialog ist fürchterlich, die Figuren rassistische Klischees, die ganze Situation entsetzlich, aber in John Henry, einem Mann vom Lande, sieht Paul Robeson das Volk. Die Massen. Er möchte die Erfahrungen des Durchschnittsmenschen darstellen. Diesem Volksmärchen entfließt, wenn auch in abgeschmackten Bahnen, die Wahrheit über Männer und Frauen. Sie opfern und geben. Es gelang nicht so, wie er sich das vorgestellt hatte. Irgendein Kritiker schrieb, nicht einmal Robeson könne »800 Pfund schlechtes Theater schultern«. Aua. Aber er versucht es wenigstens. Er wird an den Broadway zurückkehren und sie mit *Othello* von den Sitzen reißen.

Jemand klopft an seine Tür, hey, noch fünf Minuten bis Vorstellungsbeginn, Mr. Robeson.

Dies ist ein Wendepunkt. Keine Donnerkeile vom Himmel und auch keine die Neuronen durchrasende Epiphanie, nichts Spektakuläres, aber irgendetwas ging in ihm vor. Wo war Amerika, als das Blut der Loyalisten in Strömen floss? Wo war Amerika, als das Blut der Gelynchten in Strömen floss? Er trat bei Demonstrationen für die Kommunistische Partei, bei Wohltätigkeitsveranstaltungen für die sozialistische Sache auf. Kein eingetragenes Mitglied, aber trotzdem. Sie wurden alle in einen Topf geworfen. In D. C. legte Hoover eine Akte an. Er legte ständig Akten an. Würde eine Akte über eine Kiste Kirschen anlegen, weil sie zu rot waren.

Die Akte wurde dick, wie FBI-Akten das so an sich haben. Paul Robeson tritt weiter auf, dreht Filme, feiert am Broadway mit *Othello* erneut große Erfolge, aber er hält auch Reden. Verteidigt die Sowjetunion, Vorsicht. 49 in Paris sagte er: »Es ist undenkbar, dass amerikanische Neger im Namen derer, die uns seit Generationen unterdrücken, gegen ein Land in den Krieg ziehen, das unser Volk binnen einer Generation zur vollen Menschenwürde erhoben hat.« In Wirklichkeit sagte er das gar nicht, aber Associated Press legte ihm die Worte in den Mund, und schon war es passiert. Wie kommt dieser Neger eigentlich dazu, so daherzureden? Da versuchen wir, den Kalten Krieg in Gang zu kriegen, und der Kerl quatscht uns mit seiner Menschenwürde die Ohren voll. Vor den Ausschuss für unamerikanische Aktivitäten zitiert, gab er nicht klein bei. Im Protokoll stand: »Wir wollen, dass er weiter singt und Paul Robeson bleibt.« Sie erkennen den Mann nicht wieder.

Jungejunge, ist das kalt draußen. Die erbarmungslosen New Yorker Winter gehen einem in die Knochen. In der Garderobe scheppert die Dampfheizung.

Ein paar Monate später gab es in Peekskill Krawall. Das in New Jersey. Einen gegen Paul Robeson gerichteten Krawall. Diese linke Künstlergruppe bittet ihn, ein Wohltätigkeitskonzert zu geben, und die Hölle bricht los. Nicht in unserer Stadt. Schlägertrupps zogen durch die Straßen, heißblütige Amerikaner mit zahlreichen Schimpfworten und einer einzigen Hautfarbe. Dreckiger Roter, Dreckiger Nigger, Dreckiger Jude. Der Mob zerlegte die Bühne zu Kleinholz, was dem- oder denjenigen, die später ein Kreuz verbrannten, gut zupass kam. Sie prügelten Robeson-Fans, diverse Mitläufer krankenhausreif. Die Cops sahen mit verschränkten Armen zu: Hörst du irgendwas? Nee. Du? Nee.

Danach ist es nicht mehr so, wie es war. Konzerttourneen abgesagt. Theaterbesitzer hassten rote Brüder oder fürchteten Weiterungen. Bei Solidaritätsveranstaltungen konnte er aufgrund von Drohungen nicht auftreten. Was bleibt einem übrig, wenn man mitten in der Nacht einen Anruf kriegt und Familie hat. Er konnte sich seinen Lebensunterhalt nicht mehr verdienen. Ein Auftritt in Eleanor Roosevelts NBC-Show wurde abgesagt, womit er der erste Amerikaner war, der Fernsehverbot bekam. Wenn sein Land dem Wahnsinn anheimgefallen war, würde es in Übersee vielleicht besser sein. In Übersee liebte man ihn. Aber nun kam das Schönste – das State Department zog seinen Pass ein. Weil es »den Interessen der Regierung der Vereinigten Staaten abträglich« wäre, wenn er ins Ausland ginge und über die Rechte der Schwarzen spräche. Er sei »einer der gefährlichsten Männer der Welt«. Wenn er schriftlich erklärte, keine Reden zu halten, wäre alles in Butter. Aber er weigerte sich.

Und damit saß er hier fest. Ein Verbannter im eigenen Land, ging er langsam vor die Hunde. Ein Mann mit einer solchen Stimme, und er darf nicht einmal den Mund aufmachen. Er begann, über die pentatonische Tonleiter zu reden. Er hatte eine Theorie über die pentatonische Tonleiter. Die allgemeine Verbreitung der pentatonischen Tonleiter in der Volksmusik der ganzen Welt war ein Beweis für die Gemeinschaft der Menschen. Das Studium der pentatonischen Tonleiter gewährt uns Einblick in menschliche Wahrheiten. Den gemeinsamen Kern. Pentatonische Tonleiter hier, pentatonische Tonleiter da. Wenn man über den Bettvorleger stolperte, war's die pentatonische Tonleiter. Von geistigen und körperlichen Problemen geplagt, verlor er den Halt. Nach ein paar Jahren entspannte sich die Lage, aber die Zeit der Isolation hatte ihren Tribut gefordert. Als die Einziehung seines Passes im Jahre 58 schließlich für rechtswidrig erklärt wurde, ließ er sich in England nieder, wo mehrere Nervenzusammenbrüche seiner Karriere schließlich ein Ende machten. Selbstmordversuche, Elektroschockbehandlungen, hoch dosierte Medikamente. Er war ein Wrack. Als die Bürgerrechtsbewegung Früchte trug, saß er auf der anderen Seite des Ozeans, weit weg von der Front, und nur wenige erinnerten sich noch an ihn. 64, bei seiner Rückkehr nach New York, weidete sich die Presse an seinem Niedergang. Seht ihn euch an, den gefesselten Goliath. DESILLUSIONIERTER SOHN DES LANDES, lautete eine Schlagzeile. Ein Mann schrieb daraufhin einen Leserbrief. Darin hieß es: »Es ist John Henry selbst, den Sie da beleidigen.«

Vielleicht hätte er Bäcker werden sollen. Sein Ururgroßvater wurde als Sklave geboren, kaufte sich seine Freiheit und wurde Bäcker. Er buk Brot für die Revolutionsarmee, und es heißt, George Washington habe sich für seinen patriotischen Beitrag höchstpersönlich bei ihm bedankt. Also hätte er vielleicht Bäcker werden sollen.

Hey, Mr. Robeson. Hey, Mr. Robeson, tönt eine Stimme vor der Garderobentür. Es wird Zeit. Die Leute warten schon.

Heute Abend ist er John Henry.

Ich bin's. Wollte nur wissen, ob du wieder da bist. Ruf mich bitte an. Ich bin auf der Arbeit.

Hier ist Gene von der Recherche, ich rufe wegen Ihres Artikels an. Hab nur noch ein, zwei Fragen, es wäre schön, wenn Sie mich heute noch zurückrufen könnten.

Hey, J., hier ist Marshall, heute ist Freitag, so gegen halb vier. Hey, Mann, es ist mir wirklich unangenehm, dass ich dich schon wieder wegen des Vertrages nerve, aber du musst ihn zurückschicken, sonst können wir dir dein Honorar nicht zahlen, also ... schick ihn bitte! Schönes Wochenende wünsch ich dir.

Hier ist deine Tante Jennifer, ich rufe wegen des Geburtstages deines Vaters an. Ich bin den ganzen Abend zu Hause.

Schon wieder Gene von der Recherche. Wahrscheinlich haben Sie gestern keine Zeit mehr gehabt, mich zurückzurufen. Die Rechtsabteilung hat ein paar Fragen wegen Ihres Artikels, und zwar geht es um den letzten Absatz, wo Sie schreiben: »Es ist so einfach, dass sogar ein Minderbemittelter es fertigbringt.« Haben Sie dafür eine Quelle, für die Sache mit dem Minderbemittelten? Steht das so in deren Pressematerial, oder haben Sie das einfach, wo haben Sie das her, möchte ich gerne wissen. Danke.

Er löscht alles. Der Hersteller des Anrufbeantworters hatte an prominenter Stelle mit dem wichtigsten Merkmal seines neuen Produkts geworben – Hören Sie per Fernabfrage die bei Ihnen eingegangenen Anrufe ab, und ferner als jetzt kann J., wie er findet, gar nicht sein. Er drückt einen Knopf und ist frei. Das ist moderne Technologie. Einmal vergaß er seine ATM-Nummer und war kein Mensch mehr, wurde durchsichtig, fuchtelte anderen Menschen mit den Händen vor dem Gesicht herum, aber sie konnten ihn weder sehen noch hören. So jedenfalls kam es ihm vor. Ein paar Stunden lang irrte er ohne Bargeld und Identität durch die Straßen, bis ihm seine ATM-Nummer ebenso plötzlich wieder einfiel, wie sie ihm zuvor entfallen war. Es war so etwas wie ein existenzielles Dilemma gewesen, sehr beunruhigend, aber es war seither nicht wieder vorgekommen.

Hier ist Herb von der Buchhaltung von Saturn Publishing. Ich warte immer noch auf Ihre Sozialversicherungsnummer, Sir, wir können Ihnen Ihr Honorar erst auszahlen, wenn Sie uns Ihre Sozialversicherungsnummer geben. Ich gehe mal davon aus, dass Sie eine haben.

Das Abhören seiner Anrufe erinnert ihn an den Rekord, und er überlegt, wie er nächste Woche die Voraussetzungen erfüllen wird. Da ist diese Organizer-Geschichte am Dienstag, das wäre also abgehakt. Wahrscheinlich kann er sich an diesem Tag das Mittagessen sparen, das Frühstück wahrscheinlich auch, weil Sharp für seine Produkte jedes Mal kräftig auffährt, und wenn der neue Organizer nur halb so gut ist, wie man munkeln hört, werden sie sich richtig ins Zeug legen ... Er ertappt sich dabei, dass ihm bei dieser Vorstellung das Wasser im Munde zusammenläuft, und gibt One Eye dafür die Schuld. One Eyes verrücktes Vorhaben, sich selbst von der Liste zu streichen, hatte all die gute Arbeit zunichte gemacht, die J. am Vormittag geleistet hatte. Ein paar Stunden lang hatte er seine Konditionierung abgeschüttelt, und das hatte viel Anstrengung, Entsagung, mühevolles Anzapfen von Reserven gekostet. Die reinste Bußübung, das heute Vormittag. Dann hatte er sich einfach so für diese dämliche Geschichte keilen lassen, stand in der Badewanne und wartete darauf, dass Lawrence wieder abzog. Sie hatten Schwein, dass sie nicht erwischt wurden. Er glitt allzu leicht wieder ins Gewohnte ab.

Hallo, J., hier ist Elaine. Der Artikel liest sich prima. Ich habe nur ein, zwei Sachen geändert, deshalb faxe ich dir jetzt die neue Version, bitte lass mich wissen, was du dazu meinst. Wir haben in einer halben Stunden Redaktionsschluss, es wäre schön, wenn du mich vorher zurückrufen könntest.

Er geht ins Badezimmer und uriniert. Fühlt sich hier so zu Hause, dass er vergisst, seinen Hosenladen zuzumachen. Ihm bleibt noch eine halbe Stunde, bis das Taxi sie zu einer weiteren Fahrt zum Veranstaltungsgelände abholt. Pamela wird auch da sein. Er klappt die Pressemappe auf, um in der Lage zu sein, sich an Gesprächen zu beteiligen.

Hier ist Margaret von Legend, Sie hatten mich angerufen. Was diesen Scheck angeht, muss ich mit jemandem von der Bearbeitung abklären, was mit Ihrem Scheck passiert ist. Meine Assistentin kann sich erinnern, dass sie das Anforderungsformular gesehen hat, also müsste es eigentlich eingegangen sein, und der Scheck müsste rausgegangen sein, deshalb weiß ich nicht, was da passiert ist.

Er liest: »Die C & O Railroad bot den durch Mr. Lincolns Proklamation befreiten Sklaven eine großartige Gelegenheit. Sie bezahlte jedem befreiten Schwarzen, der arbeitswillig war, die Fahrt nach West Virginia, und so mancher bekam dort zum ersten Mal in seinem Leben Lohn. Die Arbeiter kamen von überallher, das Einzugsgebiet reichte von New Jersey im Norden bis zum Panhandle von Florida im Süden. Als die Arbeit am Big Bend Tunnel abgeschlossen war, blieben viele für den Rest ihres Lebens bei der Eisenbahn. Sie waren stolz darauf, der C & O-Familie anzugehören.«

Ich bin's noch mal. Ich weiß nicht, ob du sauer bist oder was, keine Ahnung. Ruf bitte an, wenn du diese Nachricht bekommst.

Er hält inne. Und wenn er nun nicht zu der Organizer-Geschichte am Dienstag geht oder die Veranstaltung am Montag (er muss nachsehen, worum es sich dabei handelt) sausen lässt? Es ist ja nicht so, dass er mit irgendwem gewettet hätte, dass er es schaffen könnte. Auf den Rekord ausgehen. Es ist ein Wettkampf, den er mit sich selbst austrägt. Oder mit der Liste. Je nachdem, wie man es betrachtet. Er hatte mit sich selbst gewettet, dass er es schaffen konnte. Oder nicht? Rückblickend kommt es ihm so vor, als hätte er gerade erst damit angefangen und das Ganze ergäbe einen gewissen Sinn und deshalb machte er weiter. Es war noch nicht einmal besonders schwierig, auf den Rekord auszugehen. Wenn er den Scheck einreicht, der mittlerweile gekommen sein müsste, dauert es fünf Tage, bis er verrechnet ist. Die Firma sitzt in New York, es ist einer der größten Zeitschriftenkonzerne von New York, aber ihre Bank sitzt in Idaho, und es dauert fünf Tage, bis ihre Schecks verrechnet sind. (Wie schnell seine Waggons aus den Schienen springen und entgleisen.)

J., lange nicht gesehen, hier ist Jane Almond von Hotshot Media, ich rufe noch mal wegen dieser Veranstaltung im Haze am Dienstag an, es geht um den neuen Organizer, den Sharp auf den Markt bringt. Ich setze dich samt einer Begleitperson auf die Liste, aber du solltest früh da sein, ich weiß nämlich, dass sich eine Menge Leute angesagt haben. Bis dann!

Er wirft einen Blick auf den digitalen Wecker, den getreuen Verbündeten in einer Vielzahl von Hotelzimmern, und liest weiter. »Zwar war die Arbeit gefährlich, aber die C & O wandte die fortschrittlichsten Sicherheitsverfahren der damaligen Zeit an, um für ihre Leute die gesündesten Arbeitsbedingungen zu gewährleisten.«

J., hier ist Mark. Jemand von der Buchhaltung hat einen Teil deiner Spesenabrechnung für die Reise nach L. A. moniert. Ich habe es hier auf dem Schreibtisch liegen, du hast zum Beispiel einmal Lunch abgerechnet, aber auf der Quittung, die du eingereicht hast, stehen drei Margaritas. Du weißt ja, wenn's nach mir ginge, aber die sind bei so was ganz scharf, seit wir aufgekauft worden sind, also.

Er überspringt Text. »Wer behauptet, John Henry sei eine bloße Legende, läuft Gefahr, sich den Zorn der Einheimischen zuzuziehen. Viele der älteren Einwohner können sich noch erinnern, dass sie die Geschichte vom großen Wettkampf von Großvätern oder -onkeln gehört haben, die Angestellte der C & O waren und das Ereignis mit eigenen Augen sahen.« Ein Glück, dass er heute Morgen in diesem Diner keine Prügel gekriegt hat.

J. – gute Nachrichten. Hier ist Victor. Wie es aussieht, bringen wir jetzt endlich den Artikel über diesen Luxustürknauf. Im entsprechenden Teil ist ein bisschen Platz frei geworden, weil sich einer unserer Autoren vom Acker gemacht hat. Ich weiß, es ist schon eine Weile her, aber hast du noch irgendwelches Faktenmaterial, das du mir schicken könntest? Ich hoffe, das hier ist noch die richtige Nummer.

»Der Vorarbeiter und der Bohrmaschinenvertreter beeilten sich, die Ergebnisse in Augenschein zu nehmen. Als der Schiedsrichter den Schuss abfeuerte, der das Signal zur Beendigung des Wettkampfs gab, hatte John Henry insgesamt vierzehn Fuß tief gebohrt. Die arme Dampfbohrmaschine hatte es jedoch nur auf neun Fuß gebracht. John Henry hatte über die schändliche Maschine triumphiert!«

Hey, J. – hey, das reimt sich. Ähm, hier ist Evelyn, und ich schicke dir heute das Ausfallhonorar, aber ich glaube, ich habe nicht gesagt, dass es voll ausgezahlt wird. Wenn du dir den Vertrag anschaust, wirst du sehen, dass es jetzt auf alles fünfundzwanzig Prozent Ausfallhonorar gibt, seit wir den neuen Chefredakteur haben. Tut mir leid. Ruf mich an.

Ihm geht auf, dass er stundenlang nicht an den Rekord gedacht hatte und sich erst wieder damit beschäftigt, seit er in sein Zimmer zurückgekehrt ist. Der Anblick des Zimmers, die Rückkehr in das Zimmer erinnerten ihn daran, dass er hier nur vorübergehend Gast ist. Er ist nur einer in einer ganzen Reihe von Leuten, die den Schlüssel bekommen, und dieser Auftrag hier ist nur einer in einer ununterbrochenen Reihe von Aufträgen. Am besten, man hält sich das stets vor Augen, erwartet nicht allzu viel von wie immer gearteten Begegnungen mit Pamela und plant die Spesentour der nächsten Woche.

Noch mal Gene von der Recherche. Bitte … rufen Sie mich an, wenn Sie zu Hause sind.

»Manche sagen, der große Bohrhauer sei mit seinem geliebten Hammer in der Aufschüttung am Osteingang des Tunnels zur letzten Ruhe gebettet worden. Andere beharren darauf, John Henry schlafe auf dem Gipfel des Big Bend Mountain, wo dereinst eine Holzkirche stand. Aber wenn man die Alteingesessenen fragt, werden sie einem sagen, dass die Gebeine des legendären Helden auf dem alten Negerfriedhof liegen, der immer noch auf dem Nordhang zu besichtigen ist.«

Hey, hier ist Jane von Hotshot. Ich weiß nicht mehr, ob ich dich wegen dieser Organizer-Geschichte angerufen habe, aber sie ist immer noch für Dienstag angesagt, und du stehst mit einer Begleitperson auf der Gästeliste. Bis dann!

Er sieht sich selbst mit Zuckerwatte in der Hand auf dem Festival, wie er zu Pamela sagt: »Wissen Sie, es gibt keinen Zweifel, dass der große John Henry auf dem Nordhang begraben liegt. Auf dem alten Negerfriedhof, Sie wissen schon«, und dies wie eine geistvolle Bemerkung auf einer großstädtischen Cocktailparty zum Besten gibt. Wahrscheinlich werden ihn die anderen ziemlich hochnehmen, wenn er da herumsteht, mit Pamela redet und sichtlich scharf auf sie ist. One Eye wird bestimmt etwas sagen. Am besten meidet er seinen Freund vorläufig. Unmittelbar nach ihrer Eskapade, sobald sie aus der Badewanne heraus und auf dem Parkplatz in Sicherheit waren, versuchte sein einäugiger Freund, ihn für das nächste Unternehmen zu gewinnen: in Luciens Zimmer einzubrechen, sich den Meister höchstpersönlich vorzunehmen. Er roch den heißen Asphalt, während One Eye rief: »Es ist Lucien, dieses Schwein! Ich habe gewusst, dass er es ist. Wir gehen rein, wir löschen einfach unsere Namen, klick, klick, damit die mal sehen.«

»Es ist eine Sache, ob du wissen willst, wer die Liste führt. Schön und gut«, sagt J. »In gewisser Weise ist es sogar eine elegante Idee, eine Maschine, die die mediengesättigte Gesellschaft auf Trab hält. Hätte ein Patent oder wenigstens einen Konzessionsvertrag verdient, damit andere Städte auch mitmachen können. Jetzt weißt du also, wer sich das Ganze ausgedacht hat. Brav, hier hast du einen Lutscher. Aber es ist erstens dämlich, diesen Trick noch mal zu probieren und zu glauben, man würde nicht erwischt, und zweitens, wenn du keine Lust hast, zu Veranstaltungen zu gehen, dann lass es einfach. Kein Mensch zwingt dich dazu. Keiner drückt dir eine Pistole ins Kreuz. Und wenn Lucien reinkommt, kannst du hundertmal sein Kumpel sein, dann ruft er wahrscheinlich die Bullen, um dir eine Lektion zu erteilen.« Diese Weißen, denkt er, glauben, sie können alles auf ihre großkotzig-weiße Tour machen. Als hätte es keine Konsequenzen.

»Ich rede hier von Symbolik. Symbolik ist wichtig. Viele wichtige Ereignisse der Menschheitsgeschichte haben aufgrund einer bestimmten Symbolik stattgefunden. Nimm nur mal die Boston Tea Party, in den Hafen mit dem Scheiß, schön, das dreckige Wasser, es gibt allen möglichen Scheiß, zum Beispiel, dass man den Indianern mit Pocken verseuchte Decken schenkt. Unser Land ist auf Symbolik aufgebaut. Hör zu, beantworte mir eine Frage. Warum gehst du auf den Rekord aus?«

»Wofür sind denn mit Pocken verseuchte Decken ein Symbol?«

»Für Verachtung, Verachtung. Wir kommen in Frieden und versuchen, sie mit Höflichkeit auszurotten. ›Dann kuschelt euch mal schön in diese harmlos aussehenden Decken, Häuptling, kein Mensch wird bei diesen hübschen gesteppten Dingerchen an was Böses denken.‹ Warum beantwortest du nicht einfach die Frage?«

»Weil ich wissen will, ob ich es kann. Weil ich beweisen will, dass ich es kann.«

»Wem willst du was beweisen?«

»Es ist zwar ein Zirkelschluss, aber trotzdem, ich will mir selbst beweisen, dass ich es kann.«

»Für dich ist es ein Symbol, auch wenn du nicht weißt, wofür. Wieso gönnst du mir also nicht meine Privatsymbolik, ganz gleich, wie lächerlich sie dir erscheinen mag, wo du doch genau das Gleiche tust? Du kommst mir vor wie der Symbolik-Schiedsrichter, der mich vom Platz stellen will.«

»Lösch dich meinetwegen. Aber halt mich da raus.«

»Du hast deine Maschine, die du besiegen willst, und ich habe meine.«

Dabei ließen sie es bewenden.

J., habe eben noch eine Frage zu Ihrem Artikel. Möchten Sie Minderbemittelter als zwei Wörter, also klein minder, neues Wort, groß Bemittelter, oder möchten Sie es in einem Wort, also groß Minderbemittelter? Ich streite mich deswegen schon die ganze Zeit mit dem Korrektor herum, aber wir können uns nicht einigen. Rufen Sie mich doch bitte zurück.

Vielleicht war es unvermeidlich, auf den Rekord auszugehen, seit er festgestellt hat, dass er auf der Liste steht. Diese Jahre davor. Als hätte dieser Wettbewerb die ganze Zeit auf ihn gewartet und er hätte es bloß nicht gewusst.

Das ist eine Nachricht für J. Sutter. Hier ist Mr. Ardin von der Buchhaltung. Ich habe Ihre Nachricht vom Sechsten wegen Ihres Schecks erhalten und weiß nicht genau, mit wem hier Sie vorher gesprochen haben, aber was das Verfahren angeht, hat man Sie falsch informiert. Wenn Sie für einen Artikel das falsche Honorar bekommen haben, müssen Sie ein Formular 199 bei uns anfordern, das müssen Sie uns dann zusammen mit dem Scheck zu meinen Händen schicken, und wir stellen Ihnen dann einen Scheck über den korrekten Betrag aus. Die Bearbeitung dürfte zwischen sechzig und neunzig Tage dauern.

Ihm bleiben noch ein paar Minuten, und er beschließt, draußen auf das Taxi zu warten. Auf der Straße herrscht sehr viel mehr Verkehr, alles fährt Richtung Westen, wo er selbst vermutlich auch hinmuss. Caravans und Kompaktwagen, Landkarten auf dem Armaturenbrett ausgebreitet, Limonadenbecher in ausklappbaren Getränkehaltern aus Plastik untergebracht, Antiradargeräte in Zigarettenanzünder eingestöpselt, sodass unsichtbare Wellen von Bergkämmen und Gipfeln zurückgeworfen werden. Ein roter Range Rover saust vorbei, im Schlepptau bunte Kinderballons, die von der Geschwindigkeit auf und nieder gewirbelt werden. Der Berg ist vor ihm. Vielleicht ist es der Big Bend. Er überlegt, wie es gewesen sein muss, ehe die Straße irgendeinen x-beliebigen Hügel daraus machte, wie es gewesen sein muss, ihn anzusehen und zu denken, ich bohre mich durch diesen Berg. Dann verflüchtigt sich dieser Gedankengang und er wünscht halb, er hätte ein Bier.

Wir nehmen jetzt Minderbemittelter in einem Wort. Ein Wort, Minderbemittelter. Rufen Sie an, wenn das ein Problem ist.

Ziehe eine Linie unter dem Wort heroisch und führe sämtliche Bedeutungen auf. Keine Einzige trifft auf ihn zu.

Es ist seltsam, weil nur er und L'il Bob im Tunnel arbeiten. John Henry und sein Partner arbeiten immer mit einem zweiten Gespann. Das sorgt für eine hohe Produktivität. Je zwei Männer, die zwei Löcher in den Berg bohren und zu ihrer Arbeit singen. Das Geräusch des Hammers ist das Schlagzeug, jeder Schlag ein Schritt in den Berg hinein, zur anderen Seite. Aber heute weiß er nicht, warum sie in der Dunkelheit allein sind und warum sie nicht singen. Er kann L'il Bobs Gesicht nicht sehen und auch den Mund nicht bewegen, um mit ihm zu reden. Um herauszufinden, was da vor sich geht. Es ist, als könnten sie beide nicht aufhören. Ihre Arbeit zerrt an ihnen wie ein Strom, und sie haben alle Mühe, über Wasser zu bleiben. Es scheint, dass sie schon ewig in diesem Loch sind. Irgendwie kriegt er den Bohrstahl nicht tiefer hinein. Der Berg ist härter geworden. Sie sind auf das Herz des Berges gestoßen, und der Berg bietet seinen ganzen uralten Willen auf, um ihre Gewalt gegen sein Innerstes abzuwehren. Er arbeitet gegen sie. Dann spürt John Henry bei einem Schlag etwas nachgeben, und beim nächsten sinkt der Stahl tief ein, tiefer, als er ihn je zuvor hineingetrieben hat. John Henry denkt, wir sind auf den Westeinstich gestoßen. Die zwei Enden des Tunnels sind aufeinandergestoßen. Schon will er in Jubel ausbrechen. Sie haben sich Johnsons Prämie verdient. Da kommt das Blut.

Das Blut ist schwarz, bis das Kerzenlicht darauf fällt, dann wird es tiefrot. Durch das Loch hätte Licht vom Westeinstich kommen müssen, aber es kommt Blut. Der schwarze, dann rote Strahl bricht unter dem Bohrer hervor. John Henry weicht zurück.

Noch immer kann er nicht sprechen. Er blickt L'il Bob an und sieht, wie sein Partner den Kopf dreht. L'il Bob blinzelt durch das Blut auf seinem Gesicht, dann grinst er. John Henry kann nicht verhindern, was der andere gleich tun wird. L'il Bobs Finger öffnen sich, der Stahl schießt aus dem Loch, und der Blutstrahl wird zum Geysir. Die Kraft des Blutes schleudert John Henry rückwärts. Er stürzt auf die Holzplanken, und als er sich die Augen freigewischt hat, ist L'il Bob verschwunden. Das Blut des Berges strömt in den Einstich. Nach Osten. Ihm ist, als bewegten sich die Planken unter ihm auf und ab, und dann schaut er genauer hin und sieht, dass der Fels um ihn herum jetzt Fleisch ist. Der rote Schiefer glänzt wie Tierfleisch. In den vom Sprengen zurückgebliebenen Graten zeichnen sich Sehnen ab. Venen und Arterien. Der Berg lebt und atmet, und er, John Henry, befindet sich in seinem zornigen Leib. Das Herz des Berges gießt sich über ihn aus. Das Blut steht ihm bis zum Hals. Dann blendet ihn der Blutschwall erneut, und er ist wach.

Als er aufwachte, war er einen Moment lang dankbar, dann fiel ihm auf, dass es noch dunkel war. Er hatte sich die ganze Nacht durch eine Reihe von Fieberträumen bewegt. Sie waren aneinandergekoppelt wie Eisenbahnwaggons. Er wusste, dass der Bremswagen den Morgen enthielt, und hoffte jedes Mal, wenn er einschlief, ihn diesmal zu erreichen. Doch dann machte er die Tür zum nächsten Waggon auf und trat erneut in einen Albtraum. Er wusste nicht, wie spät es war. Im Lager war es still. Alle anderen ruhten sich von ihrer Arbeit aus. Zwei Tage lag er nun schon auf der Nase und bekam keinen Lohn. Er schaffte es gerade mal, zur Latrine zu kriechen, und die Latrine stank nach seinem Gestank. Er zitterte, und seine Decke war feucht von Fieberschweiß. Er konnte machen, was er wollte, ihm wurde einfach nicht wärmer, und die Decke brachte ihn noch mehr zum Frösteln. Er lag mit Fieber auf der Nase. Es war die längste Nacht, an die er sich erinnern konnte. Er betete, es möge Morgen werden.

Er erwachte zum Rumoren der anderen Männer, die sich bereit machten, wieder in den Berg zu gehen. L'il Bob kam mit besorgtem Gesicht in seine Hütte. Er brachte einen Eimer Wasser und seine Decke mit; John Henry konnte sie benutzen, solange er selbst arbeitete. Er fragte seinen Freund, ob er heute wieder zur Arbeit komme, und John Henry versuchte, sich aufzusetzen. Sein Kopf platzte von einem Gewimmel von Würmern, und ihm war schwindelig, er fiel aufs Bett zurück wie ein gefällter Baum. L'il Bob deckte seinen Freund zu und sagte ihm, er werde dem Vorarbeiter sagen, dass John Henry immer noch krank sei. Er beklagte sich über Jesse, John Henrys Ersatzmann. Er sei dumm und langsam, sagte L'il Bob zu seinem Freund. Du bist doppelt so schnell, sagte er. John Henry schloss die Augen, und seine Augen rollten unter den Lidern, und als er wieder aufwachte, erkannte er am Sonnenstand, dass es gegen Mittag war. Er war froh, dass er nicht wieder geträumt hatte.

Krank wurde er an dem Tag, nachdem Tommy gestorben war. Die Sonne war gerade hinter dem Berg verschwunden. Von der letzten Sprengung kam kein Rauch mehr aus dem Tunnel, und es war Zeit, wieder hineinzugehen, um festzustellen, wie weit die Sprengung den Einstich vorangebracht hatte. John Henry saß auf einer Kiste und rieb den Stiel seines Hammers mit Talg ein. Er wartete auf den Glanz, der ihm verriet, dass er ihn genügend gefettet hatte. Am Morgen hatte er gespürt, wie ihm die Schläge durch die Arme bis in die Schultern fuhren, und gewusst, dass der Stiel steif wurde. Er musste ihn geschmeidiger machen, sonst würde ihm alles wehtun, wenn er sich abends hinsetzte, die Schmerzen würden über ihn kriechen wie Flutwasser über ein Ufer. Als Tommy sagte, er gehe wieder hinein, um das Gestein von der Sprengung abzuräumen, betrachtete John Henry den Stiel seines Hammers. Er war noch nicht fertig, und Tommy machte sich auf den Weg. John Henry sah seinen Freund in den Einstich hineingehen und spürte das erste Frösteln seines Fiebers. Der Alte führte einen Maultierkarren in den Tunnel, und das war das letzte Mal, dass John Henry ihn lebend sah. Er rieb das Schafsfett in das Holz, während Mann und Maultier von dem lockeren, herabfallenden Gestein erschlagen wurden. Als John Henry nachsehen ging, wunderte es ihn nicht, dass es in der Nähe der Felsenzacke passiert war, die ihn nicht losließ. Der Schieferschnabel war immer noch da, spottete, sagte ihm irgendetwas. Sie begruben Tommy und das Maultier zusammen in der Aufschüttung am Osteinstich. In dieser Nacht war John Henrys Frösteln nach Mitternacht zum Fieber geworden.

Er war krank, und er hatte Angst. Das Fieber wird vorübergehen, aber der Berg nicht. Er zog sich die Decken über den Kopf. John Henry hörte das Klirren von Hämmern auf Bohrern, er war zu weit weg, um sie wirklich zu hören, aber er hörte sie trotzdem. Manchmal entsprach das Klirren eine volle Minute lang seinem Herzschlag, dann gingen sie wieder auseinander. Die Rhythmen glichen sich einander wieder an, wenn er am wenigsten damit rechnete, und es war, als wäre er eins mit der Arbeit. Der Arzt kam und sagte, Johnson habe ihn beauftragt, nach John Henry zu sehen. Er riss einen Beutel auf, schüttete das weiße Pulver in Wasser und gab es dem Fiebernden. Morgen müsstest du wieder arbeiten können, sagte der Arzt. Die Eisenbahn kann es sich nicht leisten, Leute zu behalten, die nicht arbeiten können, sagte er. Dann verschwand er ins Nachmittagslicht. John Henrys massiger Körper zitterte.

Dass der Berg ihn umbringen würde, wusste er gleich, als er ihn das erste Mal sah. Die Eisenbahn gab bekannt, dass sie Männer brauchte, um einen Tunnel zu graben, und hängte einen Plattformwagen für Neger an einen Zug Richtung Westen. Die Männer gingen nacheinander in den alten Waggon und setzten sich auf Plätze, die aus Nagelfässchen gemacht waren. Im Waggon der Negerarbeiter taxierten die Männer einander und sprachen über die Fahrt. Es war für alle das erste Mal, dass sie mit der Eisenbahn fuhren. Sie spuckten Tabak auf den Boden. Der Zug brachte sie so weit, wie die Gleise reichten, und ein Fuhrwerk beförderte sie den Rest des Weges bis zum Berg. Als das Fuhrwerk im Lager ankam, sah John Henry den Berg, der sich himmelwärts türmte, und wusste gleich, dass er gelogen hatte. Er hatte Abby gesagt, nach seiner Rückkehr würden sie heiraten. John Henry würde seinen Lohn sparen und als reicher Mann zurückkommen. Jedenfalls reich genug, um ein gemeinsames Leben mit ihr anzufangen. Als Sklave hatte er in den Bergwerken Wasser geschleppt. Die Bergwerksgesellschaft hatte ihn von Reynolds gemietet, als er sechs Jahre alt wurde. Zu dieser Zeit konnte ein Sklavenbesitzer seine Sklaven nicht mehr versichern lassen, weil in den Bergwerken zu viele starben und die Versicherungsgesellschaften sich weigerten, weiterhin Sklaven zu versichern. Reynolds wollte seine Investition nicht verlieren, deshalb vermietete er nur Kinder an die Bergwerksgesellschaft, unter der ausdrücklichen Bedingung, dass seine Sklaven keine gefährlichen Arbeiten verrichten durften. Sie durften Wasser tragen oder das Handwerk eines Grobschmieds erlernen, aber sonst nichts. Vor der Proklamation schleppte John Henry Wasser für Bergleute, und als er von der Arbeit am Tunnel hörte, war er entschlossen, dorthin zu gehen. Im Berg zu sein, die Kühle im Fels, das war ihm vertraut. Aber als er an jenem ersten Tag den Berg sah, wusste er, dass der hier anders war. Er wird ihn umbringen.

Er schlief wieder ein und wachte wieder auf. Er mochte zwei Minuten oder zwei Stunden geschlafen haben. Wenn sein Hammer keinen Talg gebraucht hätte, wäre er mit Tommy hineingegangen. Sie hätten nebeneinandergestanden, und John Henry wäre ebenfalls erschlagen worden. Tommys Tod war eine Botschaft. Gott forderte ihn auf, sich vorzubereiten. Der Berg wird ihn sich holen. Früher oder später. Morgen würde er wieder arbeiten gehen.

Nach der Schicht kam L'il Bob nach John Henry sehen. Er

brachte etwas zu essen und Wasser mit. Zum ersten Mal seit Tommys Tod war ihm nach Essen zumute, und er schlang alles hinunter. L'il Bob beklagte sich über Jesse. Heute hätte ihn der Schwachkopf fast getroffen. Und zwar nicht nur einmal, sondern zweimal. L'il Bob hatte ihm sagen müssen, er solle gefälligst aufpassen. John Henry sagte, er werde morgen wieder im Berg sein und er solle sich wegen Jesse keine Gedanken mehr machen. L'il Bob erzählte, heute sei so ein Stadtmensch in Stadtkleidern in Johnsons Büro gekommen. Sie hätten lange miteinander geredet, dann sei der Stadtmensch wieder gegangen. Er sei von einer Maschinenbaufirma und wolle Johnson eine von deren Dampfbohrmaschinen aufschwatzen. Einer der Vorarbeiter habe gesagt, diese Dampfbohrmaschinen schafften so viel wie ein ganzes Gespann von Bohrhauern und seien außerdem billiger. Die Dampfbohrmaschine ist besser, schneller und billiger. Bald wird sie alle Männer ersetzen, sagte L'il Bob, glaubst du das? Glaubst du, Johnson besorgt sich eins von den Dingern?, fragte L'il Bob.

VIERTER TEIL

DIE TUNNELBAU-THEORIE DES LEBENS

Sie steigen aus Autos Aus Fahrzeugen, erhitzt von Sonnenlicht und Motoren. Knackend kühlen Karosserien ab. Die Parkerei ist mühsam. Nase an Nase. Im Unkraut, fast schon im Graben, auf bröckligen Asphaltterrassen, die nicht fest sind, weil Regenwasser die Erde darunter ausgewaschen hat. Mitfahrer werden von anderen Mitfahrern ermahnt, die Fenster hochzukurbeln. Der Vater überwacht alles und befiehlt dem Sohn, die Kamera unter den Sitz zu legen. Schlösser werden verschlossen, werden noch einmal überprüft, manchmal per Fernbedienung mit Pieptönen. Irgendwer hat irgendwas im Wagen vergessen, Sonnenbrillen sind über den Ohren ins Haar gebettet. Schmutzfänger. Die Autos fahren langsam, es sind zu viele Leute auf der Straße, kleine Kinder, die nicht darauf achten, wohin sie gehen, alles kommt nur im Kriechtempo vorwärts. Diejenigen, die einen Parkplatz gefunden haben, betrachten die noch Fahrenden ein wenig von oben herab. Dann gehen sie ein paar Schritte und verlieren sich im Jahrmarkt.

Tragbare Ausrüstungsgegenstände sind aufs Gelände geschleppt worden. Ein Blick auf die Schlange vor den Toilettenwagen, und man überlegt sich, ob man auch wirklich muss. Die Schlange vor der Männertoilette ist stets kürzer, von der Schlange vor der Damentoilette deutlich zu unterscheiden und Anlass zu vielen identischen Bemerkungen über biologische Unterschiede, die im Laufe des Tages von vielen verschiedenen Menschen wiederholt werden. Manche Männer verziehen sich in den Wald. Beim Musikpodium, zur Mitte des Geländes hin, rattert ein Generator. Die Verstärker sind bereits getestet worden. Man hat jemanden nach Isolierband geschickt, um das orangefarbene Industriekabel an den Stellen am Boden festzukleben, wo ein Kind darüber stolpern oder eine alte Dame sich den Oberschenkelhals brechen könnte. An den Seiten des Musikpodiums hat man schwarze Planen hochgezogen, damit niemand das zerbrechlich wirkende Gerüst sieht. Später, als niemand hinsieht, werden sich ein paar Jugendliche dahinter verstecken und durch Ritzen die Leute begucken. Vierhundert Meter Drahtzaun trennen die Gleise vom Veranstaltungsgelände, und in dem Raum dazwischen patrouilliert den ganzen Tag Wachpersonal, wie mit der Eisenbahngesellschaft vereinbart. Niemand möchte, dass es zu einem bedauerlichen Unfall kommt.

Tags zuvor haben angemeldete Standinhaber Platznummern mit markiertem Territorium verglichen und die Hackordnung gelernt. Mit einer gewissen Vetternwirtschaft ist natürlich zu rechnen, und wer sich spät angemeldet hat, wird mit einer weniger als optimalen Platzierung bestraft. Diejenigen mit erstklassigen Plätzen verspüren etwas, was sich zur Zufriedenheit aufschwingt. Mancher versucht sich Möglichkeiten auszudenken, das System zu überlisten. Es ist schon etwas, wenn man am Tag davor dasteht und sieht, wie das Gelände, in drei langen Reihen, mit Schnüren und Pflöcken aufgeteilt ist. Kaum zu glauben, dass der Tag kurz bevorsteht. Die Leute, die am nächsten Tag kommen, werden sich von Bude zu Bude schieben. Es ist wichtig, ein auffälliges Schild zu haben, um sie anzulocken, und am nächsten Tag werden einige Standinhaber mit Farbe auf der Haut wiederkommen, die dem Terpentin widerstanden hat. Viele von ihnen kennen sich noch nicht und wechseln Grüße, während sie die Waren ihres Nebenmannes mustern. Keiner will neben einer Bude sein, bei der es den Leuten vergeht. Da macht man sich all die Mühe, und dann passiert etwas, worauf man keinen Einfluss hat. Mancher Budenbesitzer bedient sich irgendeines Tricks, um die Leute anzulocken, und seine Nebenleute denken, warum ist mir das nicht eingefallen. Es geht überwiegend freundlich zu, doch auf einer bestimmten Ebene ist es ein Kampf aller gegen alle.

Fast kommt es zu einer Schlägerei. Kühlere Köpfe setzen sich durch. Ein Mann streitet mit seiner Frau darüber, wer zuletzt die Schlüssel hatte, sie stecken in seiner Gesäßtasche, wo er sie nie hintut. Das Baby will nicht einschlafen, und das Liedchen, das sonst immer funktioniert, tut es heute nicht. Sie giften sich abwechselnd an. Kinder kriegen zu viel Zucker ab und werden plötzlich quengelig. Nacheinander geht Kindern das Geld aus, und sie machen sich auf die Suche nach ihren Eltern. Kinder hantieren mit Leuchtfarben. Tagsüber hält sich die Wirkung in Grenzen. Kinder legen Charakterzüge an den Tag, die sich als dauerhaft erweisen werden. Ein Mädchen isst ihre Süßigkeiten langsam, damit sie ihr nicht ausgehen, und stellt später fest, dass sie noch ein paar hat, die sie sich unters Kopfkissen legen kann. Ein Junge hat vergessen, dass ihm von Fahrbetrieben, die sich das Prinzip der Zentrifugalkraft zunutze machen, übel wird, sodass spätere Erlebnishungrige glitschige Metallstufen vorfinden. Beim Tilt-a-Whirl benutzt man ein System, bei dem es gegen Geld rote Tickets gibt. Das Aufsichtspersonal hat nur noch eine Rolle und improvisiert, indem es die Tickets mehrfach verwendet. Am Ende des Tages ist die Pappe klebrig und verbogen, als könnte man die Maschine durch Deformieren der Tickets zum Abbremsen zwingen.

Die Vorsitzende und die stellvertretende Vorsitzende der weiblichen Hilfstruppe lächeln über Kekse und Brötchen hinweg. Zur Tarnung mischen sie die weniger geglückten Kontingente unter die guten. Bei den Fässchen lungert eine Bande Verdächtiger herum. Aus Bechern Überlaufendes befeuchtet die Erde. Ausgelassenheit bei den Heliumbehältern, ein Chor von Kastraten. Man sieht einen Ballon in Spiralen aufsteigen, bis er verschwindet. Landet erschöpft drei Staaten weiter. Prima Wochenende für den einheimischen Verkäufer kleiner amerikanischer Flaggen.

Schludrige Arbeit, fadenscheiniger Stoff, aber die Wochenendeinnahmen werden irgendwann an den Hersteller weitergereicht, und das Ganze hat kein Nachspiel. Hüfttaschen beherbergen Wertsachen, Ausweispapiere. Das Ratschen von Klettverschlüssen wetteifert mit fernen Grillen um Aufmerksamkeit. Irgendwo außer Sicht ertönt ein vielstimmiger Überraschungsschrei, und die Leute beeilen sich, um festzustellen, was sie da verpassen. Oder behalten ihre Geschwindigkeit bei, im Vertrauen darauf, dass die Darbietung weitergehen wird. Er redet auf seine Freundin ein und entdeckt, als sie keine Antwort gibt, einen Fremden neben sich. Sie hat passendes Kleingeld, aber ihre Hände sind zu verschwitzt, ihre Hosen zu eng, als dass sie drankäme. An seinem wackelbeinigen Klapptisch wischt sich ein Versicherungsvertreter die Stirn über Kleingedrucktem. Es ist ein hartes Geschäft, aber er hat einen Gimmick: Kugelschreiber mit Monogramm, die über kurz oder lang schmieren. Jeder wird zum Opfer.

Auf Gummilatschen sonnen sich Niednägel. Zuerst landet ein, dann noch ein Becher auf dem Boden. Am Ende des Tages werden die Reihen zwischen den Buden mit weggeworfenen Pappbechern übersät sein. Ameisen finden die rote Plörre appetitlich und verbreiten die Neuigkeit. Die Mülleimer, es gibt nie genügend Mülleimer, quellen über. Behutsam schichten die Leute ihren Abfall auf bereits überquellende Behälter und hoffen, davonzukommen, ehe alles herunterfällt. Die Pappbecher lassen sich zu ganz bestimmten beliebten Buden zurückverfolgen. Gelöste Schnürsenkel schleifen im Matsch. Weit und breit gibt es keine Bank, und manche verzweifeln. Die Leute haben Hunger und können sich nicht entscheiden, was sie essen sollen. Sie verschmähen Solides, spazieren weiter, wollen die seltene Gelegenheit zum Snobismus nutzen, stellen fest, dass sie zu hungrig sind, um weiterzugehen, und begnügen sich mit Drittklassigem, mit etwas Totem an einem Spieß. Der Grill des italienischen Wurststandes ähnelt dem Boden einer Garage. Senf überdeckt Fettklümpchen. Senf macht den Schnurrbartträgern zu schaffen. Keine Anweisung eines hilfreichen Zweiten, ganz gleich, wie prägnant, führt die Serviette an die richtige Stelle.

Abstraktes Grauen für die Schnellgehenden, wenn sie hinter Trödlern nicht weiterkommen. Schimpfworte, Schmähungen. Man manövriert sich schließlich vorbei und stellt fest, dass der Verursacher der Verzögerung gebrechlich, behindert, schuldlos ist. Man trennt sich. Man muss am vereinbarten Treffpunkt warten und hasst seinen Begleiter. Überall in den Reihen werden Entschuldigungen ausgesprochen. Man sieht einen Mann etwas in der Hand halten, was man selbst gern hätte, und fragt sich, wo er es herhat, von welchem Stand. Sie möchte, dass er ihre Hand hält, und er findet ständig Vorwände, sie loszulassen, sucht nach Kleingeld, sieht auf seine Uhr. Alles auf dem Präsentierteller hier draußen. Eine Mutter züchtigt ihr Kind, die Umstehenden sprechen von Misshandlung, aber was sollen sie machen. Leg das hin, komm hierher, lass die nette Dame in Ruhe. Die Limonade enthält zu wenig Kohlensäure. Knausert mit Bläschen. Man hätte selbst gehen sollen, man hat um Cola gebeten, und sie bringen einem Orangenlimonade. Niemand begreift das Martyrium derjenigen, die freiwillig den Gang zur Imbissbude auf sich nehmen. Argwohn wird wach, was die Absichten des Nächststehenden angeht, will er sich vordrängeln? Wenn der Verkäufer fragt, wer der Nächste ist, lügen die Leute. Need a penny, take a penny, have a penny, leave a penny. Die einsamen Tiefen des Trinkgeldbechers. Jemand sagt, ich will mich hier nur einen Moment verschnaufen. Bis zum Nachmittag haben bestimmte Verkäufer Leute satt, die Fragen stellen, Sachen in die Hand nehmen, über das Preisschild die Stirn runzeln, die Sachen wieder zurückstellen. Die Leute sagen, sie kommen später wieder, um die Sachen zu kaufen, stehen ganz dreist da und lügen wie gedruckt. Die Verkäufer erkennen den Typ schon von Weitem und verdrehen die Augen, wenn so jemand herbeigeschlendert kommt.

Guck mal, das T-Shirt von dem da, steht ein witziger Spruch drauf. Verlangen blitzt auf. Die Frau im roten Tanktop hinterlässt Kielwasser. Eine Frau denkt, wenn ich bloß einen einzigen Tag Single sein könnte, und streicht geistesabwesend mit dem Finger über ihre Kaiserschnittnarbe. Hey, Moment mal. Alle sagen, hey, Moment mal. Sie gleiten dahin. Am Informationsstand werden verloren gegangene Kinder traumatisiert. Zuckerwatte besänftigt die eher praktisch Veranlagten. Ihr Freund ist sehr groß und in der Menge leicht auszumachen, wenn sie sich verlieren. Nach einer gewissen Zeit prägen sich die Leute das T-Shirt ihres Begleiters ein, damit sie wissen, wonach sie Ausschau halten müssen, wenn sie sich verlieren. Mal dort rüberschlendern. Man sieht denselben Typ immer wieder, man landet ständig bei denselben Buden. Am Eisstand wechseln Eltern mitfühlende Blicke, während unten ihre Sprösslinge betteln. Minderjährige versuchen an Bier zu kommen, verraten sich gegenseitig Tricks. Man schickt immer den Größten, außerdem hat er Bartflaum. Teenie-Jungs sehen Teenie-Mädchen an. Und umgekehrt. Immer, wenn er den Mut aufbringt, ein Mädchen anzuquatschen, kommen die Freunde seiner Eltern auf ihn zu. Passiert jedes Mal. Grasflecken auf Knien. Einer verkauft Steine, die er in Pastellfarben bemalt hat. Abwaschbare Tattoos. Ein Junge klemmt ein Päckchen Schokoladenzigaretten unter seinen T-Shirt-Ärmel und versucht, hartgesotten auszusehen.

Die billig aussehenden Lose kommen einem jedes Mal so vor, als wären sie Bestandteil irgendeiner Trickbetrügerei, nicht wahr? Hot dogs und Hamburger. Die alte Dame fächelt sich mit dem Prospekt. Sie wünscht, er würde nicht so viel Bier trinken. Je älter sie wird, desto fetter wird sie. Die Leute würden sich wundern, wie viele Leute die gleichen unschönen Gedanken denken. Die Leute werfen längere Schatten, als es dem Sonnenstand entspricht. Oben am Rücken hat er bereits Sonnenbrand, einfach so. Man empfiehlt Aloe. Für die nächtliche Ernte werden Argumente gedüngt. Man weiß nicht, ob man den Kerl mit den Narben im Gesicht ansehen soll oder nicht, weiß nicht, was schlimmer ist. Alle sind sich einig, dass es glatter Raub ist, für eine Flasche Wasser so viel zu verlangen. Er hat gedacht, er wäre der Einzige mit so einem Hemd, aber als er sich umsieht, haben alle so eins an. Die Leute begegnen schlechten Coverversionen ihrer Lieblingsbekannten. Mehr als ein Verkäufer verrechnet sich beim Tagesbedarf an Kleingeld und muss bei Konkurrenten fragen, ob sie ihm einen Zwanziger wechseln können. An die Heimfahrt denken. Immer kauft sie diesen Mist. Sie bittet ihn, einen Moment lang ihre Handtasche zu halten, und sein Gesicht wird heiß, wie sieht das denn aus, wenn er hier mit einer Handtasche rumsteht. Es ist heiß. In der Turnkbude macht er Sprüche. Sie wollen ihn umbringen, begnügen sich aber damit, ihn zu tunken. Heute Nacht werden sie alle ein bisschen ruhiger schlafen, nachdem sie den unverschämten Jungen ins Becken befördert haben. Er ist ein Sündenbock mit Schwimmbrille. Er bietet an, das Paar zu fotografieren, kommt aber mit der Kamera nicht zurecht. So ein neues japanisches Ding. Zu viele Knöpfe dran. Der Blitz wird nicht ausgelöst. Er wartet darauf, dass die Leute aus dem Weg gehen, aber sie laufen ihm ins Bild, als hätte man sie dazu aufgefordert. Zu viel in flüchtigen Blickkontakt hineininterpretiert. Hör mir gefälligst zu, wenn ich mit dir rede.

Sie liest aus der Hand, von irgendwas muss man schließlich leben. Die Leute machen ihr Komplimente über ihren Scharfsinn. Man kann sich hier nirgendwo die Hände waschen. Steinchen schmuggeln sich in Schuhe ein, als wären sie zielbewusste Geschöpfe. Sie veranstalten keine offiziellen Treffen, aber diejenigen, die mit Steinchen in den Schuhen herumlaufen, und diejenigen, die sofort Steinchen daraus entfernen, bilden unauffällige Grüppchen mit Philosophien. Es ist seine Schuld, dass sie zusammenstoßen, aber der andere entschuldigt sich. Man versucht, aneinander vorbeizukommen, aber beide wollen immer wieder in die gleiche Richtung losgehen, dreimal passiert das, und man entschuldigt sich kichernd. Mitten im Gewühl beißt sich der Mann auf den Knöchel und murmelt, wenn ich bloß dieses Fieber loswürde. Auf Schildern steht selbst gezogen und selbst gemacht. Sie küssen sich unentwegt in aller Öffentlichkeit, wodurch sich andere zu gekünstelten Gesten der Zuneigung verpflichtet fühlen. Was ist bloß aus der Leidenschaft in ihrer Ehe geworden. Geruch nach Kohle. Der Seniorenverein hat einen Stand, wo sie alle mit Sonnenblenden herumsitzen. Die Verkäufer lösen sich ab, einer geht sich den Jahrmarkt ansehen und lässt den anderen zurück. Sie kommen mit Sachen von anderen Ständen wieder und geben, um keinen Neid aufkommen zu lassen, verworrene Wegbeschreibungen zu dieser oder jener Zerstreuung. Man hört ein seltsames Umpa-umpa, und sie treten zur Seite, um der Marschkapelle der High School Platz zu machen. Fotografieren Sie dieses Beispiel authentischer Lokalkultur. Der Junge spritzt versehentlich einen Erwachsenen nass, als das andere Kind sich duckt. Die Tombola rückt näher, man kann ein Boot gewinnen. Der Rauch von den Knallfröschen treibt vorbei, als sie sich von ihrem Schreck erholt haben. Sie machen sich über ihn lustig, weil er Unterwäsche und Socken verkauft, die man überall kriegen kann, aber wirf mal einen Blick in die Kasse. Die Säurehemmer sind im Handschuhfach. Jemand muss zum Auto zurück, um etwas zu holen. Er nimmt sich einen Moment Zeit und raucht eine Zigarette. Alle bleiben zu lang. Es ist Jahrmarkt.

Nachts trifft man auf der South Side von Chicago nicht viele Weiße, deshalb denkt Moses, als er den Weißen am Tresen lehnen sieht, dass er fremdgeht und von Downtown gekommen ist, um eine schöne Nacht mit einer Schwarzen zu verbringen. Der Barkeeper scheint den Mann zu kennen oder weiß zumindest seine Trinkgelder zu schätzen, daher vermutet Moses, dass der Kerl Stammgast im Rudy's ist und jedes Wochenende wegen der Musik und einem kleinen Fick hierherkommt. Dann fällt ihm mitten im Set auf, dass der Kerl sich Notizen macht. Dass er nicht mal versucht, eine von den Ladys anzuquatschen, sondern irgendwas auf ein Blatt Papier schreibt. Schütteres braunes Haar, schweißnass und Schlangenaugen, die durch eine Brille mit Drahtgestell spähen. Hat kein Jackett an, die Ärmel aufgekrempelt, nicht gerade der richtige Aufzug, um Frauen anzuquatschen. Er ist auf etwas anderes aus.

Er bietet eigentlich gar keinen so seltsamen Anblick, aber Moses ist nicht mehr ganz bei der Sache und vergisst, den Witz mit dem Maultier zu erzählen, nicht dass sein Auftritt damit steht und fällt, aber er mag den Witz, und das städtische Publikum ist jedes Mal begeistert davon. Er kennt die Hälfte der Zuhörer, Scheiße, die meisten sind bis vor Kurzem noch barfuß rumgelaufen; sie haben das Landleben nicht vergessen, haben keinen Tag vergessen, warum sie in den Norden gezogen sind, möchten ab und zu aber auch daran erinnert werden, wo sie herkommen. Sie können noch so vornehm tun, sich noch so sehr als Stadtbewohner aufspielen und wie die Weißen mit der Hochbahn fahren, sie sind trotzdem Landeier. Rudy's ist der große Gleichmacher, könnte eine Musikkneipe in Mississippi sein, solange man nicht zur Tür rausblickt und die Mietshäuser auf der anderen Straßenseite sieht. Und keine Notiz davon nimmt, dass kein Sägemehl auf dem Boden liegt – Rudy bildet sich ein, das wäre ein piekfeiner Laden. Moses wird den Blues spielen und diese Leute in die alte Heimat zurückversetzen. Dafür bezahlen sie. Er ist Himmel, unverstellter Himmel, das Blaue kitzelndes Gebüsch auf einer Hügelkuppe und eine Sonne.

Er fängt mit »Queen of Spades« an und taxiert die Paare. Es ist sein erster Abend in Chicago, und seiner Gewohnheit entsprechend sucht er nach der hässlichsten Frau im Raum. Sie zu finden macht selten Schwierigkeiten: Die hässlichste Frau in einem Raum sticht hervor wie der höchste Baum oder der größte Felsbrocken. Sie bildet einen krassen, schroffen Gegensatz zum Rest ihrer Geschlechtsgenossinnen, einen Markstein der Reizlosigkeit. Wenn er in Kleinstädten singt, hält er in dem jeweiligen Laden (einer Holzbude, die auf Stelzen über einem Sumpf verrottet, einer Musikkneipe mit Blechwänden, die an einer einsamen Straße vor sich hin zittert) nach Unschönem Ausschau, bis er schiefe Zähne, ein das Zahnfleisch entblößendes Lächeln, schielende Augen oder Haare wie ein Spinnennetz findet. Er stellt Blickkontakt zu der Frau her (weil sie schielt, legt er den Kopf schräg, was das Publikum für eine Masche von ihm hält) und singt den nächsten Song, »Sweet-Hearted Woman« für sie, wirft ihr jedes Wort wie eine Rose zu. Bricht nacheinander die Dornen davon ab. Alle anderen im Raum treten in den Hintergrund, bis sie begreift – zuerst wie von Sinnen vor Freude, dann ungläubig, dann hingerissen –, dass es nur um sie und ihn geht, dass er von ihrem süßen Herzen singt. Kein Mann hat sie je so geliebt, wie er das jetzt tut (seine umwerfenden Honigaugen, er weiß, wie er es anstellen muss, dass seine Augen umwerfend und nach Honig aussehen), und als der Song vorbei ist, befürchtet sie, dass nur das trübe Licht in der Kneipe sie gerettet hat, einen Zauber auf ihn ausgeübt hat, der sich verflüchtigen wird, sobald der Set vorbei ist und er sie aus der Nähe sieht. Im Laufe der Jahre hat sie Techniken entwickelt, um die Unzulänglichkeiten der Natur zu kaschieren: Von aufdringlichen Blicken und derben Bemerkungen genötigt, neigt sie dazu, die Augen niederzuschlagen, wenn sie angesprochen wird, sie murmelt nur, damit man die Lücken nicht sieht, wo ihre Mutter ihr vor ein paar Jahren die Zähne ausgeschlagen hat, und spürt es überdeutlich, wenn Blicke über ihre Defekte huschen und sich dann rasch abwenden. Aber nach dem Set hebt ihr der Sänger mit seiner rauen Hand das Kinn und säuselt. Seine Songs haben nicht gelogen. Er ist ein ganz besonderer Mensch und erkennt, anders als der Rest der Welt, dass sie gut und anständig ist und dass sie dem, der ihren Schatz entdeckt, viel Liebe schenken kann.

Für einen Mann, der so viel herumzieht und herumfährt wie er, eine Überlebenstaktik, die sich eines Abends in Mississippi aufdrängte, als sein Blick ins Publikum absegelte und gleich darauf an einem Riff gewaltiger Titten Schiffbruch erlitt, Titten von so üppiger Stimmigkeit, dass das verpfuschte Gesicht der Frau, zu dem sie gehörten, ihn nicht störte. Er kam nicht von den Titten los. Er stellte sich ihre Warzenhöfe vor, zählte jede makellose kleine Erhebung, sie wirbelten und kreisten um die Warze wie getreue Vasallen. Ihr Gesicht nahm er überhaupt nicht wahr, und als sich sein Mund später in der Nacht zwischen ihre Brüste presste und er kaum Luft bekam, merkte er an ihrer Feuchtigkeit und ihrer Gier nach ihm, dass sie lange nicht mehr gevögelt worden war. Sie war dankbar. Und in diesem Moment fasste er seinen Plan, immer die hässlichste Frau im Publikum zu finden. Eine rein praktische Überlegung. Diese Frauen waren dankbar und wollten es einem unbedingt recht machen. Sie hatten nie einen Kerl, der womöglich mit dem Messer auf einen losging oder einen mit runtergelassener Hose zum Schlafzimmerfenster hinausjagte. Sie merkten sich immer, wann er wieder in die Stadt kam, und dann saßen sie an einem Tisch ganz vorn, in einem neuen roten Kleid und mit einer neuen Frisur, ihre sämtlichen Narben und Defekte von erwachendem Selbstbewusstsein und der Verheißung einer Nacht mit Moses überpudert. Er hat von hier bis Galveston sichere Häuser, unterhalten von hässlichen, aber anständigen Frauen, die kein anderer Mann will. Sie sind allesamt gute Köchinnen, ausgezeichnete Köchinnen, und manchmal, wenn er sich an die Zeit mit ihnen erinnert, fällt ihm als Erstes das Essen ein. Vielleicht macht er es überhaupt nur wegen des Essens. Wegen Schweinsfüßen, die einem auf der Zunge zergehen.

An diesem Abend beschließt Moses, sein Repertoire zu ändern. Er ist für eine Woche in Chicago und fühlt sich vom Glück begünstigt. Heute Abend sind so viele schöne Frauen im Publikum, vielleicht kann er ja machen, was er will. Muss gar nicht auf Nummer Sicher gehen. In der ersten Reihe fächelt sich eine junge Lady in einem blauen Kleid mit Spitzenkragen, und er kann Schweiß aus der Mulde an ihrem Hals rinnen sehen. Das leckt er trocken, denkt er, muss unwillkürlich grinsen und freut sich auf diesen künftigen Geschmack. Auch sie lächelt zu ihm auf, kein Mann an ihrem Tisch, heute Abend ist sie mit zwei süßen, wunderbar drallen Freundinnen unterwegs. Sie alle zusammen in einem großen Bett. Wie sich ihre Hintern anfühlen werden, wenn er sie mit seinen Gitarrenhänden drückt. Sie wie Teig knetet. Seine Augen schweifen weiter, während er Eindrücke sammelt. Oh, die Frau im roten Kleid, die am Tresen lehnt, wie ihr Bein auf der Fußstange steht, er kann den Schwung ihrer Wade sehen. Es ist eine erotische kleine Wölbung, nun verdeckt von einem Gast, der auf einen Drink heranschlurft, aber sie vibriert in seinem Kopf und zittert von lasziven Tönen. Er wird sie anquatschen, die Hässliche muss heute Abend sehen, wo sie bleibt. Er ist auf der South Side von Chicago, und er hat ein, zwei Songs geschrieben, die den Unfug schildern, den er heute Nacht anstellen wird.

Wade hin oder her, es kommt anders. Er beendet seinen Auftritt, schüttelt ein paar Hände und stakst zur Bar hinüber, um die Frau mit der Wunderwade anzuquatschen (so ein kleines Wunder deutet bestimmt auf weitere, von dem selbst genähten Kleid verborgene Wunder hin), aber ehe er bei ihr ankommt, schneidet ihm der Weiße den Weg ab. Mr. Moses, sagt er, putzt dabei mit einem Taschentuch seine Brille und blinzelt, das war ein starker Auftritt. Könnte ich Sie einen Moment sprechen, ich möchte Ihnen etwas Geschäftliches vorschlagen. Moses, von seinen Songs außer Atem und mit den Gedanken bei seinen eigenen geschäftlichen Vorschlägen, denkt, ich brauche keine Bibeln. Hat das nicht Zeit?, fragt er, und der Mann sagt, er sei Scout für American Music und würde gern eine Aufnahme von Moses' Songs machen.

Am Tresen, eine Armlänge entfernt und trotzdem ganz weit weg, lacht die Frau im roten Kleid und nimmt den Arm eines Mannes mit scharfen Zügen, der einen steifen Nadelstreifenanzug trägt. Er lächelt sie mit seinem blauschwarzen Gesicht an und bemerkt Moses' Blick, und der fahrende Bluessänger weiß, dass er der Wade kein Stück näher kommen wird, in seinen Träumen vielleicht, aber ganz bestimmt nicht heute Nacht. Der Weiße drückt sich jetzt ein Taschentuch an die Stirn. Es ist zwar heiß hier drin, aber so heiß nun auch wieder nicht, denkt Moses, der Kerl schwitzt, als wäre er im Dschungel. Haha. Wenigstens ist er kein Kriminaler, der wegen dieser anderen Geschichte was von ihm will. Ich heiße Andrew Goodman, sagt er und gibt Moses seine Karte. Sind schon einmal Aufnahmen von Ihnen gemacht worden? Moses sagt Nein, obwohl vor einem Jahr an einer Straßenecke unten in Jackson (ein flauer Nachmittag, keiner von diesen Landnegern wollte sich für den Sänger von seinem Geld trennen, ums Verrecken nicht) Spier mit dem gleichen Vorschlag auf ihn zugekommen ist. H. C. Spier, der Kerl, der Tommy Johnson und Ishmon Bracey bei Columbia untergebracht hat, und der, wie Moses gerade gehört hat, Charlie Pattie fünfzig Dollar pro Platte gezahlt haben soll. Spier hat ihn auf einen Stuhl gesetzt, ihm ein bisschen Rye gegeben und vier Demosongs aufgenommen. Moses hat nie wieder was von ihm gehört, anscheinend haben die Songs die Jungs von Columbia nicht überzeugt, also sagt Moses, nein, nie Aufnahmen gemacht worden. Der Kerl braucht schließlich nicht zu wissen, was bei Moses läuft. Er sagt, er kommt morgen zu dem Kerl in den Laden, und vergisst das Ganze dann ein paar Stunden lang.

Der gute alte Rudy kommt auf Moses zu und dankt ihm dafür, dass er gekommen ist, ihr Händedruck schließt gemeinsame Nächte, zusammen verbrachte Zeit ein, was zu einem Drink, dann zu weiteren Drinks und zu einer Partie Poker in Rudys Büro führt. Nachdem der Stenz im Nadelstreifenanzug Moses dazwischengefunkt hat, bietet sich das Kartenspiel als naheliegender Zeitvertreib für die Nacht an. Nicht, dass Rudy zuließe, dass er sich davor drückt. Er weiß, dass er einen Teil von Moses' Gage, vielleicht sogar alles, zurückgewinnen kann. Die anderen Spieler witzeln, aber nicht sehr: Stammgäste bei Rudys Spiel, behalten sie die Karten im Auge. Moses gießt sich Rye ein, und einer der Typen fragt, hast du davon deine Stimme gekriegt? Davon und von Brennspiritus und Antiseptikum, wenn er nichts anderes kriegen kann. Rudy gewinnt sein Geld vom Star des Abends zurück. Die Karten sind gezinkt. Moses blickt zur fleckigen Decke auf; er hatte es gar nicht mitgekriegt, als der Lärm unten aufhörte. Sie spielen Poker über einer menschenleeren Kneipe. Bis vier Uhr morgens hat Rudy auch noch die halbe Gage für den nächsten Abend gewonnen.

Als Moses aufsteht, um zu gehen, fragt er Rudy, ob der Weiße ehrlich ist. Rudy sagt, er ist jedes Mal da, wenn ein Blueskonzert ansteht. Rudy kauft seine Platten im Laden des Mannes, drüben in der Dreiundvierzigsten. Er ist in Ordnung, sagt Rudy, ein bisschen still vielleicht.

Als er aufwacht – das zwischen Lamellen einfallende Sonnenlicht macht Streifen auf seinen Körper –, weiß er nicht, wo er ist. Niemand liegt neben ihm, und das Zimmer ist so klein, dass er allein sein muss. Falls sie sich nicht unterm Bett versteckt. Seine erste Nacht in Chicago, und er ist allein. Er erinnert sich, dass er seine Gage beim Pokern verloren und wie er im Morgengrauen den mürrischen alten Hotelmanager geweckt hat. Hat er ihm eine gelangt, oder hat er ihn bloß angebrüllt, er solle ihm die Tür aufmachen (seine Schlüssel schimmern auf der Kommode, wo er sie hingelegt hat, ehe er zu seinem Auftritt losgezogen ist)? Da an der Wand ist seine Gitarre, schräg gestellt, damit ihr nichts passiert. Die hat er nicht verloren. Die verliert er nie. Es ist wie ein Fluch. Er stellt die Füße auf den Boden und betrachtet seine scheußlichen Zehen. Hat er was da und sei's nur ein Tropfen? Von der vorletzten Stadt liegt noch eine braune Flasche in seinem zernarbten Koffer. Sie beruhigt ihn.

Er ist ein Trottel. Er hat kein Geld. Aber inzwischen geht es ihm besser, und vielleicht schaut er bei dem Plattenheini vorbei. Nach Rudys Okay zu dem Mann, nach den Spielverlusten gestern Nacht in Rudys Büro hört sich fünfzig Dollar pro Platte schon glaubhafter an. Nichts als eine Bahnfahrkarte in seiner Tasche. Er denkt an Spier zurück, von dem er nie wieder gehört hat; beim Gedanken an die verpasste Gelegenheit fühlt er sich, wie wenn er an einer Ecke Musik macht und einfach zusieht, wie alle vorbeigehen und keiner stehen bleibt, um einen Dime in seinen Gitarrenkasten zu werfen. Als wäre er gar nicht da. Der Kerl hatte ein Gesicht wie eine Handvoll Schotter. Wenn er hört, dass Ish und Skip James' Platten verkaufen und die Leute sagen, Moses, warum gibt's von dir nicht auch eine, sagt er, Scheiße, mit 'nem Nigger wie mir lassen sich die Kerle lieber nicht ein. Knallhart, als wäre es ihm egal. Auf einer Hausparty oder einer Tanzveranstaltung in irgendeinem Kaff im Delta bittet ihn irgendein Blödmann mit schrundigen Ellbogen, was zu spielen, was er auf irgendeiner Platte gehört hat. Man spielt keine Sachen von jemand anders. Man klaut sie, das schon, aber man spielt sie nicht einfach so, bloß weil irgendein krausköpfiger Blödmann darum bittet. Diese Kerle haben was, aber es ist nichts, was Moses nicht auch hätte. Manchmal. An einem guten Abend. Vor einem guten Publikum, mit schönen Frauen ganz vorn, die er angucken kann, und wenn er nicht zu viel getrunken hat. Spier hat sich nicht wieder gemeldet, also vergiss ihn. Mal sehen, was dieser Goodman zu sagen hat.

Goodman's Records ist der Laden an der Ecke, und verglichen mit den anderen Geschäften in der Straße sind die Schaufenster so sauber, dass er den ganzen Häuserblock aufrechtzuerhalten scheint, so wie ein Stück Holz einen wackligen Stuhl stabilisiert. Moses rülpst, spürt einen Gallefinger im Hals. Er senkt den Blick auf den schwarzen Griff des Gitarrenkastens, der in seinen Handteller einschneidet wie ein Schnitt, mit dem man Blutsbrüderschaft schließt. Zeit, den Mann zu treffen, sagt er, stößt die Tür auf und erweckt damit Glöckchen zum Leben.

Viele von den Leuten kommen vermutlich vom Land, fahren samstagnachmittags in die Stadt und kaufen alles ein, was sie brauchen, um die Nachbarn neidisch zu machen. Ellenweise schönen neuen Stoff, neue Töpfe, wie man sie nur im Sears-Katalog sieht, und vielleicht eine neue Bibel. Staub in ihren Aufschlägen, ausgefranste Säume, Stiefel für den Acker. Wo sie wohnen, gibt's keine Möglichkeit, Black-Music-Platten zu kaufen, deshalb ist Goodman's wie eine Telegrafenleitung zum Rest der Negerwelt. Er ist ein schlauer kleiner Weißer: hat einen Laden auf der South Side aufgemacht, wo andere Weiße zu viel Schiss haben, um den Leuten zu verkaufen, was sie brauchen. Wo es Kundschaft und eine Nachfrage gibt. Rechts an der Wand sieht er vier Hörkabinen, und in einer davon verschwindet gerade ein magerer Bursche, irgendeinen tollen Song unter den Arm geklemmt. Im Allgemeinen hält sich Moses von Plattenläden fern; die Namen seiner Songschreiberkollegen an der Wand oder schräg in Kisten, wie ein vom Wind gescheiteltes Getreidefeld, deprimieren ihn. Er sieht die Namen von Männern, mit denen er gespielt, Melodien ausgetauscht, Frauen geteilt hat. Ihre Songs sind ausgezeichnet worden. Eine junge Frau, das Gesicht von der herunterhängenden Krempe ihres Hutes verdeckt, schnappt sich eine Platte von James aus einem Kasten; Moses erkennt das Label: Paramount. Paramount und Decca und Lonely Moon. Lemon Jefferson ist schon seit Jahren tot, aber sie wollen nicht, dass die Leute das mitkriegen. Sie bringen nacheinander den Vorrat an Aufnahmen heraus, damit die Leute denken, er lebt noch. Moses liest: *Schallplatten von Paramount werden mit dem neuesten elektrischen Verfahren aufgenommen. Große Lautstärke, verblüffend klarer Ton. Immer die beste Musik – zuerst auf Paramount!* An der Kasse steht ein schmales Hemd von einem Jungen, aber Moses kann Goodman nirgendwo sehen. Schweiß strömt aus ihm heraus. Er zieht den dicken Knoten seiner Krawatte fester und sieht die Instrumente hinten im Laden. Geigen und Banjos an kleinen Haken an der Wand, wie Familienbilder, reihenweise Noten, Folksongs und Scott Joplin. Er sieht die Gitarren. Nagelneue Stellas und Nationals für neun Dollar und neunundneunzig Cents. Bedauert seine zerschrammte alte Stella, die fast so zerschrammt ist wie er selbst und sich, wie er, alle Mühe gibt. Haben Sie schon die neuen Tri-Cone Nationals gesehen?, fragt Goodman, der gerade aus dem Hinterzimmer kommt. Mit einer Kopfbewegung deutet er nach oben auf etwas Schönes, das Moses gar nicht sieht; Moses sieht ein Hundertfünfundzwanzig-Dollar-Preisschild, und an seiner alten Stella sind Saiten gerissen. Schön, dass Sie gekommen sind, Moses, sagt Goodman. Der Mann nickt dem mageren Jungen an der Kasse zu und bedeutet ihm mit einem Blick, nur ja aufzupassen, dass niemand etwas mitgehen lässt.

Im ersten Stock von Goodman's stapeln sich Kisten mit Platten bis an die Decke und verstellen staubige Fenster. Dort oben steht die Luft. Vom Treppensteigen wird ihm leicht schwindelig, und rote, sich windende Schlangen zerplatzen an seinen Augäpfeln. Sie können sich auf den Hocker da setzen, sagt Goodman. Moses plumpst auf den Hocker wie ein Taucher. Die Idee ist mir gekommen, als ich für meine Kunden Platten auf Bestellung gemacht habe, sagt der Weiße. Für fünf Dollar habe ich ihre Lieder für sie aufgenommen. »Happy Birthday, Annie«, was immer sie wollen. Dann ist irgendwann ein Mann von American in den Laden gekommen, der nach Black-Music-Platten gesucht hat, und wir haben uns unterhalten. Angeblich war er für die Black Music der Firma zuständig, aber er hatte keine Ahnung, wen es so alles gab. Kannte keinen Einzigen.

Wie viel krieg ich dafür?

Ich kann Ihnen vierzig Dollar pro Platte anbieten.

Ich hab gehört, für solche Arbeit kriegt man sechzig, siebzig Dollar die Platte.

Wer zahlt sechzig?

Gehört hab ich das jedenfalls.

Hören Sie, ich weiß ja noch nicht mal, ob American Ihr Zeug gut findet. Wissen Sie, wie viel die verkaufen müssen, bloß um ihre Unkosten reinzubekommen? Fünfhundert. Ich weiß ja noch nicht mal, ob das, was wir aufnehmen, verwendbar ist.

Haben Sie irgendwas, damit ich in Gang komme?

Was meinen Sie?

'n bisschen was.

Ach so. Klar. Goodman überlegt, wie viel Whisky er in den Blechbecher gießen soll, und gibt dann noch etwas hinzu. Er war scheint's vorbereitet, denkt Moses. Er weiß, wie er die guten Leute behandeln muss. Goodman macht einen Eisschrank im hinteren Teil des Raums auf und nimmt eine einen Zoll dicke Wachsplatte heraus. Er sagt, die Hitze kann sie verderben, deshalb muss ich die Matrizen da drin aufbewahren.

Weiß ich. (Schon mal gesehen.)

Von dem Mikro da geht ihre Musik zur Schreibnadel, und die schneidet sie ins Wachs. Eigentlich ziemlich einfach.

Vom Kater und von der Hitze geschafft, fühlt sich Moses nach einem Schluck Rye besser. Der Blechbecher zittert in seiner Hand. Noch vor einer Minute hätte er sich die Seele aus dem Leib kotzen können, aber jetzt ist er ganz ruhig. Komisch, wie seine Hände morgens zittern, aber nie, wenn er eine Saite spürt, sie an den Bund zieht und den Pfeil fliegen lässt. Goodman will die Songs, die er bei Rudy gespielt hat. Spier hat damals gesagt, spiel, wozu du Lust hast. Aber Goodman starrt ihn an, als Moses sich zum Mikrofon rüberbeugt. Er gibt Anweisungen.

Machen wir den einen Song über das alte Haus.

»My Baby's House«.

Machen wir »My Baby's House«, aber diesmal ohne das »Uh-huh«, wenn Sie zum Chorus kommen. Lassen Sie das weg.

Das »Uh-huh« kann ich nicht weglassen. Das ist der ganze Song.

Bloß für diese Aufnahme. Ich möchte mal hören, wie es ohne das klingt.

Goodman bedeutet Moses zu spielen. Er erzählt ihm fortwährend, wie er seinen Kram zu machen hat. Bei verschiedenen Stellen in den Songs nickt er, ein kurzes Zucken, aber er tut es an Stellen, die Moses nicht für wichtig hält. Aus dem, was Moses macht, hört er Sachen heraus, die Moses gar nicht bewusst sind.

Sie haben den Refrain verändert. So haben Sie das gestern Abend nicht gespielt. Fuchtelt ihm, der nichts mehr zu melden hat, mit seinen Notizen von dem Konzert gestern Abend vor der Nase herum. Als hätte er jetzt das Sagen.

Ich wechsle ganz gern ab. Spiel manchmal das und ein andermal das. (Das hat seinen eigenen Willen.)

Sie machen sechzehn Songs, die Platte wird beidseitig beschrieben, während die Hitze Schweiß aus ihm heraus und in seinen Anzug presst. Goodman sagt, er soll morgen wiederkommen, und vor lauter Angst, dass er sich seine Chance wieder vermasselt hat, sagt Moses Ja und fragt noch nicht einmal, wann er sein Geld kriegt. Der Mann gibt durch nichts zu erkennen, ob es ihm gefallen hat oder nicht. Einfach nur: können Sie morgen zur gleichen Zeit wiederkommen?

Auf halbem Weg zu seinem Hotel bleibt Moses stehen. Ein unbebautes Grundstück auf der anderen Straßenseite lässt die Sonne auf ihn herabknallen, ein Hitzeschwall dringt durch die Lücke. Er stellt seinen Gitarrenkasten ab und fängt an, ein paar Songs zu spielen. Spielt sechs, sieben Songs, und kein Aas wirft in Anerkennung seiner Technik und Meisterschaft, seiner Art, Songs zu formen, Münzen in seinen Kasten. Mit ihren ausgebeulten Taschen oder beschlagenen Flaschen gehen sie schwitzend an ihm vorbei, eilen durch den Flecken Sonne zurück in den Schatten. Dann wird ihm plötzlich bewusst, dass er gar nicht spielt, sondern bloß keuchend dasteht, die Gitarre in den Händen, und ins Sonnenlicht starrt.

Er ist durcheinander.

Er geht in sein Hotelzimmer zurück und schwitzt vor dem Gig ein paar schlechte Träume aus.

Moses verschläft und schafft es gerade noch rechtzeitig zu Rudy's. Im Raum drängen sich mehr Leute als am ersten Abend. Es hat sich herumgesprochen. Er hat seit gestern nichts gegessen. Rudy gibt ihm ein Glas Whisky, und Moses stellt es neben seinem Hocker ab. An manchen Abenden schafft er es nur gerade, sich von Song zu Song zu schleppen, als stapfe er durch Gräben, bringt mit Mühe und Not den Auftritt hinter sich. Dann gibt es Abende wie diesen. Am zweiten Abend im Rudy's wiederholt er im ersten Song zufällig eine Strophe – natürlich merkt es keiner –, aber es funktioniert. Der Song wird dadurch besser. Der Text musste zweimal gesungen werden, damit die Leute aufhorchen, damit sie kapieren, schaut gefälligst nicht weg, schaut mich an, wenn ich mit euch rede. Der Rest des Songs profitiert von dem Versehen, als hätte er Gewicht abgeworfen und könnte nun höher schweben, über Rudy's und der gesamten South Side. Menschen in Kanada blicken auf und sehen ihn über den Großen Seen. Und von da an wird es nur noch besser.

Ein glückliches Missgeschick. Er legt besonders viel Ausdruck in den Schluss.

Er beobachtet die Frau den ganzen Abend und geht zu ihr an den Tisch, als sein Auftritt zu Ende ist. Sie sitzt mit einem Paar zusammen, das fünfte Rad am Wagen. Er fragt sie, wie hat Ihnen das Konzert gefallen, und der Mann am Tisch, so ein großer, schwerer Bursche in braunem Anzug, sagt, das waren wirklich ein paar gute Songs. Moses hat mitgekriegt, dass es ihm gefallen hat; der Blödmann ist ein halbes Dutzend Mal von seinem Stuhl aufgesprungen und hat mit seinen schinkendicken Armen herumgefuchtelt. Die Frau hat volle rote Lippen und einen breiten, ausdrucksvollen Mund. Darf ich mich zu Ihnen setzen, fragt Moses, ich frag die Leute, die kommen, immer gern, was sie von den Songs halten. Der Mann sagt, ich heiße Al, das ist meine Frau Betty, und das ist Mabel. Darf ich Ihnen was zu trinken spendieren, sagt er, und Mabel sagt, mir hat der Song von der Frau mit dem süßen Herzen gefallen (der Song, bei dem er ihr in die Augen gesehen hat). Er sagt ihr, er habe ihn an einem todunglücklichen Abend geschrieben, als er wegen einer Frau weinte, die nicht halb so hübsch gewesen sei wie sie. Mabel, Mabel, sagt er zu ihr, er habe eine Tante namens Mabel, und für ihn sei das schon immer der hübscheste Name gewesen.

Al ist Arzt. Er und Betty müssen früh raus, zum Gottesdienst, sagt Al. Betty und Mabel besprechen sich. Sie träfen sich morgen früh in der Kirche, versichert Mabel ihrer Freundin. Mabel ist Kellnerin in Clement's Luncheonette und kann zweifellos kochen.

Sie hat ein sauberes Zimmer in einem sauberen Gebäude, gar nicht weit von Rudy's entfernt. Auf der Treppe torkelt Moses leicht, aber er ist hinter ihr (ein Mordshintern) und glaubt nicht, dass sie es bemerkt. Sie lässt ihn in ihr Zimmer und geht dann ins Bad am Ende des Flurs, sagt, sie kommt gleich wieder. Moses hängt sein Jackett an einen Bettpfosten und lehnt seine Gitarre an die Wand. Er geht zum Grammophon hinüber und sieht eine Lemon-Jefferson-Platte auf dem Teller. Er betrachtet den Silbernippel, der durch das Herz der Platte stößt, und schließt den Deckel. Zwischen der Wand und dem kleinen Ständer des Grammophons hat sie zwanzig Platten gestapelt; er sieht das und zieht sich wieder in die Zimmermitte zurück. Er ist total geschafft und setzt sich aufs Bett. Lockert seine Krawatte noch etwas mehr.

Das sind meine Krankenpflegebücher, sagt Mabel, als sie wiederkommt, und deutet auf die Bücher, auf denen seine Hand liegt. Er hatte sie gar nicht bemerkt; er hat gedacht, seine Hand liege auf der Matratze. Ich lerne Krankenschwester.

Aha.

Bedienen ist ganz nett, aber Krankenschwester zu sein ist doch was ganz anderes. Deshalb habe ich mir in der Bücherei die Bücher da geliehen. Al ist Arzt, er hat gesagt, er bringt mich mit ein paar Leuten zusammen, die jemand Tüchtigen brauchen.

Ab und zu hört er, wie sie ihren Akzent unterdrückt, er schleicht sich ein, eine undichte Stelle in ihrem Großstadtgeprahle, auf die sie rasch den Finger hält. Sind deine Eltern immer noch im Süden?, fragt er. Wo bist du gleich noch mal her?

Sie wohnen unten in Pacolet. In South Carolina. Sie denken immer noch, die wird bald wieder da sein. Sie haben immer noch die gleiche Einstellung, aber ich gehe nicht mehr zurück, außer vielleicht, um sie zu besuchen.

Warum bist du denn von dort weg? Er streift sich die Hosenträger von den Schultern.

Er sieht, wie die Erinnerung oder sonst etwas sie kurz schaudern lässt, ehe sie sagt, ich hab's sattgehabt, für die Fusselköpfe zu arbeiten.

Fusselköpfe?

Sie hießen Fusselköpfe, weil's dort eine Baumwollspinnerei gab, und wenn sie von der Arbeit gekommen sind, waren sie voller Fusseln. Sie haben siebzehn Cents die Stunde gekriegt, waren bettelarm, hatten aber immer noch mehr Geld als wir. Und sie haben keine Neger in der Spinnerei arbeiten lassen. Also haben sie uns dafür bezahlt, dass wir ihnen den Haushalt machen und ihre Kinder versorgen. Sie haben von morgens sechs bis abends sechs gearbeitet, und in der Zeit mussten wir da sein. Meine Schwestern, wir alle haben in den Häusern in der Liberty Street gearbeitet, alle meine Cousinen mütterlicherseits. Man hat seine Schwarzen Hände überall reinstecken dürfen, hat seine Schwarzen Hände zum Brotbacken in ihren Teig stecken dürfen, man hat sich mit seinem Schwarzen Körper zum Mittagsschlaf mit den Kindern in ihre Betten legen dürfen, aber zur Vordertür reinkommen, das durfte man nicht. Das hab ich fast zwei Jahre lang mitgemacht, und dann hab ich gesagt, ich gehe nach Chicago. Sie haben mich nicht davon abbringen können. Sie haben's versucht, aber ich wollte unbedingt nach Chicago.

War auch bestimmt richtig so.

Bei uns gab's eine Schule für Farbige. Ich hab lesen können, also bin ich gegangen.

Du hast bestimmt 'ne ganze Menge in deinem hübschen kleinen Kopf.

Sie schläft ein, nachdem er ihr (und zwar in allen Einzelheiten) gezeigt hat, wie es die Leute dort machen, wo er herkommt, sie schnarcht an seinem Arm, und er denkt, was ist das bloß, was ist das? Er hat das Gefühl gehabt, er müsste sich nach der Session am Nachmittag erst wieder fangen. Was ist das? Es könnte seine einzige Chance sein. Fünfzig Dollar die Aufnahme, sein Name auf den Platten an der Wand von Goodman's, sein Name an der Wand, sodass ihn alle sehen können. Heute Abend hat er's hingekriegt. Als hätte er einen Wettkampf mit sich selbst ausgetragen und hätte jeden Song weitertreiben müssen. Den ganzen

Abend hat er nach etwas gesucht, und dann vertauschte er »Long Time Blues« mit »John Henry«, und das war es, er überlegte es sich anders, keine Ahnung, warum, und eine halbe Sekunde bevor er den ersten Akkord hinausjagte, wusste er, dass er es getroffen hatte. Er beginnt einzuschlafen und denkt, er hat keinen Wettkampf mit sich selbst ausgetragen, sondern er wollte die Maschine schlagen. Den Kasten im ersten Stock von Goodman's, die Diamantnadel, die seinen Ruhm in Wachs ritzte. Die Leute könnten ihn für fünfundsiebzig Cents kaufen, nach dem Zahltag, er liegt in Zimmern auf angezahlten Grammophonen, er und seine Gitarre schweben durch Fliegengitter in die Nachtluft von Natchez und Meridian, irgendeine scharfe Braut lauscht ihm, wiegt sich schwitzend und kommt auf Ideen.

Als er aufwacht, ist sie weg, und er weiß nicht, wo er ist. Dann fällt es ihm wieder ein, ihm fällt ein, dass sie gesagt hat, sie muss zur Kirche und ob er noch da ist, wenn sie wiederkommt. Im Schlaf hat er irgendwas gemurmelt, und sie hat ihm diesen Mund auf die Stirn gedrückt und ihm einen Kuss gegeben, der ihn tief in den Schlaf zurückgestoßen hat. Er blickt sich um und denkt, kein Frühstück. Sie hat ihm kein Frühstück gemacht. Was sind das eigentlich für Frauen hier? Wacht allein auf – hätte genauso gut allein ins Bett gehen können, wenn das hier so läuft. Seine Schläfen pochen wie Hämmer, als er den Kopf vom Kissen hebt. Großer Gott. Er stöbert in ihrem Zimmer herum und findet eine kleine Flasche, ein Viertel voll mit Rum, wie er durch kurzes Schnuppern feststellt. Er nimmt die Flasche und denkt, als er geht, Scheiße, sie soll froh sein, dass er nicht noch mehr mitnimmt. Das nächste Mal hält er sich wieder an die Hässlichen. Nie könnte er hier leben. Die Leute hier haben ganz neue Ideen im Kopf.

Das schmale Hemd an der Kasse sagt ihm, er soll nach oben gehen, Goodman wartet schon auf ihn.

Er packt Platten aus einer großen Kiste mit der Aufschrift *Columbia* aus. Die neue Patton-Platte geht richtig gut, sagt er.

Fangen wir an, sagt Moses.

Sekunde noch.

Hab nicht den ganzen Tag Zeit.

Goodman runzelt die Stirn und bereitet die Apparatur vor. Moses sagt seinen Fingern, diesmal krieg ich's richtig hin.

Wie wär's, wenn wir mit diesem John-Henry-Ding anfangen, das Sie gestern Abend gesungen haben?

Gefällt Ihnen das?

Es hatte eine schöne Stimmung.

Schön würde Moses das nicht nennen. Er würde es anders nennen. Die meisten Leute, von denen er John-Henry-Songs gehört hat, neigen dazu, von dem Wettkampf und dem Tod des Mannes zu erzählen. So eine Version hat er auch ein paarmal gesungen, aber für ihn hat sie nie richtig gestimmt. Die Worte »nothing but a man«, nichts als ein Mann, haben ihn auf den Gedanken gebracht: Nach seinem Gefühl wäre es naheliegend, davon zu singen, was der Mann empfand, als er am Morgen des Wettkampfs in seinem Bett aufwachte. Wusste, was er zu tun hatte, und wusste, dass es sein letzter Sonnenaufgang war. Sein letztes Frühstück, von allem das Letzte. Das konnte Moses nachvollziehen, fast jeder müsste nachempfinden können, wie das war. Moses jedenfalls verstand es: dieses kleine Grauen beim Aufwachen, eine halbe Sekunde lang, werde ich heute sterben? Bin ich schon tot? Jeden Morgen, wenn Moses aufwachte, musste er angestrengt nachdenken, wo er war, in welcher Stadt und in wessen Bett. Aber diese Angst nur einen Moment lang zu empfinden, dachte er, war etwas ganz anderes, als sicher zu wissen, dass heute dein letzter Tag ist. Deshalb, fand er, konnte sein Song genauso gut da anfangen. Bei dem, was ein toter Mann denkt.

Er singt ihn nur ab und zu. Meistens in Städten. Aus irgendeinem Grund reagieren die Leute in größeren Städten besser darauf. Er spielt ihn immer als vorletzten Song, damit sie über die Nacht nachdenken, die vorbeigeht und fast schon vorüber ist, über das, was sie miteinander geteilt haben und was zu Ende geht, diesen Verlust, ehe er zu »Little Snake Man« überleitet, was sie richtig zum Kochen bringt. Wenn er diese beiden Songs so hintereinander spielt, kriegt er immer eine Reaktion. Als ob John Henry sie dazu brächte, über das Grab nachzudenken, und bei den Abenteuern des Snake Man sagen sie dann, Scheiß drauf, ich will mich amüsieren. Sie gehen mit. John Henry packt sie langsam, legt sich über sie wie ein Schatten, und ihre Köpfe beginnen in dem Takt zu nicken, den Moses mit seinen alten Schuhen und seinen abgebrochenen Fingernägeln am Körper der Gitarre schlägt, er schlägt sie wie eine Trommel mit der Hand, und dann zieht es ihre Hände auf die Tischplatten, im Takt mit dem langsamen, tödlichen Rhythmus. Es breitet sich von Tisch zu Tisch aus, und das ist das Beste: wenn er weiß, dass der Song sie gepackt hat und sie wissen, dass sie es sind, über die er singt. Das hat Moses fertiggebracht. Er hat die Stimmen hinten im Raum mit ihrem Gerede von Löhnen und Frauen zum Schweigen gebracht, hat die Hände von Liebenden unterm Tisch voneinander gelöst und sie in den Takt gezwungen. Seine Mutter hat immer gesagt, James, du hättest Prediger werden sollen.

Er singt nicht auf Wunsch, aber auf Goodmans Wunsch geht er ein, und er tut, was er für Geld tut: Er singt.

Wie kriegt man das alles unter einen Hut? Nach all den Jahren endlich beim Denkmal, ist sie gezwungen, das von den Geschichten ihres Vaters suggerierte Bild zu löschen, gezwungen, zu verwerfen, was sie aus ihrem Vorrat abgestandener Wahrnehmungen schöpft. Unmöglich, Einigkeit darüber zu erzielen, wie er ausgesehen hat. Er war jedermann. Jeder befreite Sklave, der unter dem verbreitetsten Namen für befreite Sklaven reiste. Er war ein sechs Fuß großer Schrank von einem Kerl, dunkel wie Schokolade, noch dunkler. Er war ein Schwindler von drahtiger Gestalt, der von seiner Schlauheit lebte, ganz offensichtlich etwas weißes Blut hatte, sanft, hinterhältig. Wenn sich schon die Professoren, die hierherkamen, um die Legende zu untersuchen, nicht darüber einigen konnten, wie er aussah, welche Chance hatte dann dieser Bildhauer? Der Künstler war gezwungen, sich auf die Wirkung zu verlassen, die die Geschichte auf ihn gehabt hatte. Er betrachtete die Fußabdrücke, die die großen Schritte des Bohrhauers in seiner Psyche hinterlassen hatten, und versuchte zu rekonstruieren, wie ein solcher Mann aussehen könnte. Alle hier sind zum Jahrmarkt zusammengekommen, überlegt sie, all die Leute unten, und sie alle gehen von einem unterschiedlichen Schnappschuss aus. All die Leute, die den Song im Radio gehört oder die Geschichte aus einem Kinderbuch vorgelesen bekommen haben, sie alle haben ihren eigenen John Henry. Man beschwört ihn aus Strophen herauf, und er schwingt seinen Hammer mit den Armen herab, die man ihm gibt. Man stellt sich vor, es hat ihn wirklich gegeben, und er wird menschlicher; versieht sein Gesicht mit einem Lächeln und lässt ihm

Schweißperlen oder Tränen über die Wange laufen. Stellt sich vor, er ist eine Legende, und in fantastischen Gliedmaßen arbeiten Muskeln, und jedes Mal, wenn der Hammer herabsaust, erschauert der Berg und Vögel fliehen Zweige. Sein Todesschauer ist ein zitterndes Ausatmen oder ein Erdbeben, man kann es sich aussuchen. Der Künstler, der die Statue geschaffen hat, hatte eine große Aufgabe. Sie empfindet mehr und mehr Bewunderung. In den Köpfen der Leute hämmern Tausende, ja Millionen von John Henrys auf Stahl, und seiner ist derjenige, der auf dieses Steinpodest steigt und die Bronzetafel, den Imbissstand gleich daneben, bekommt. Sie blickt zu den Augen der Statue auf, und der Halbschatten, den sie bergen, ist zu tief, als dass man ihn durchdringen könnte.

Wirklich, wie kriegt man das alles unter einen Hut?, denkt sie und tritt von einem Fuß auf den anderen. Pamela mustert die Statue in leicht schiefer, unsicherer Haltung, als befände sie sich im Museum und der beleibte Wärter striche zu nahe um sie herum. Ist er aus dem gleichen Metall gemacht wie der Kopf seines Hammers, die Bohrer, auf die er einschlug, die Gleise, die er vorantrieb? Die Statue von John Henry besteht aus schwarzem Metall mit kleinen Kratern auf Brusthöhe, wo Kugeln eingeschlagen haben. Ein paar Typen mit Kanonen in einem Pick-up, die samstagsabends nichts zu tun hatten. Wahrscheinlich ein Initiationsritus, ein paarmal auf den Schwarzen auf dem Stein zu ballern. Er ist viel kleiner als das Bild, das sie im Kopf hatte, ein bisschen mehr Hydrant, als es ihrer Vorstellung entspricht. Nicht, dass sie Künstlerin ist. Vielleicht ging es ja auch darum, wie viel das Ganze kosten würde, und man musste am Material sparen. Man gibt ein Angebot ab, und der Preiswerteste bekommt den Auftrag. Die Handelskammer kürzt den Betrag. Pamela tritt einen Schritt zurück und stellt fest, dass die Statue größer ist als sie, sechseinhalb Fuß hoch, aber vielleicht ist die Brust im Verhältnis zu Armen und Beinen unverhältnismäßig groß. Die schwer zu definierenden Proportionen, die das Auge sucht, wenn es jemand Neuen erfasst, stimmen irgendwie nicht. Sie gesteht zu, dass das eine ästhetische Entscheidung sein könnte. Sie ist keine Künstlerin. Er erscheint dadurch brutaler, bekommt etwas von einem Tier.

Sie rückt zur Seite, weil das weiße Paar neben ihr ein Foto machen will. Der Bereich um das Denkmal wimmelt von Menschen, Baseballmützen verbreiten esoterische Slogans, sie trudeln ein, drängeln, verziehen sich die Straße hinunter auf den eigentlichen Jahrmarkt. Bei so vielen Leuten, denkt Pamela, müsste man eigentlich herkommen, dem Denkmal rasch seine Reverenz erweisen, irgendeine abgedroschene Bemerkung murmeln und dann weitergehen, damit andere es auch richtig sehen können. Aber sie steht einfach da. Er sieht aus, als ob er auf den Startschuss wartete. Es ist der Augenblick vor dem Wettkampf. Oder irgendein Arbeitstag für ihn, da besteht kein Unterschied, er tut, was er tun muss. Wie in solchen Situationen üblich, registriert sie plötzlich den Lärm der Menschenmenge um sich herum. Ihr Geschnaufe, ihre ausgelassenen Rufe. Sie könnten Zuschauer des Wettkampfs sein. Für den großen Tag von überallher gekommen. Er hält den Fäustel in leicht ansteigendem Winkel in Hüfthöhe, die zur Faust geballte Rechte knapp hinter dem Hammerkopf, die etwas schlaffe Linke am Ende des Stiels. Die Beine auseinander, in stabilem Gleichgewicht. Irgendwie ist sein Hammer wie ein Pimmel, wenn man ihn auf bestimmte Weise betrachtet. Er ist ein Boxer, ein selbstbewusster Athlet. Aber, so fragt sich Pamela, will er gerade zuschlagen, oder hat er gerade einen Schlag geführt. Ist er sich seines nächsten Schlages sicher, oder holt er gerade neu aus, ist sich des eben geführten Schlages sicher, schätzt ab, wie tief der Bohrstahl in den Fels eingedrungen ist. Er lässt sich nicht festlegen. Er ist interpretierbar. Spricht mit doppelter Zunge. Man hört, was man hören will. Der Verschluss klickt und hält den Augenblick fest.

Sie fängt sich. Das hier ist eine künstlerische Darstellung. Sie verwechselt die Statue vor ihren Augen mit dem Menschen und den Menschen mit ihrer Vorstellung von dem Menschen. Sein Kopf ist leicht gesenkt. Er hat kein Hemd an. Dafür ist es im Tunnel zu heiß. Seine weite Hose ist aus schlechtem Tuch geschneidert, fällt in statischen Wellen, und sie denkt an Sklavenkleider. Sie ertappt sich dabei, dass sie sich über die politische Meinung des Künstlers Gedanken macht, und was genau er hier eigentlich vermitteln wollte. Ein Vogel hat John Henrys Schulter seine Aufwartung gemacht.

»Es heißt, er ist mit dem Hammer in der Hand gestorben.«

In die Wirklichkeit zurückgeholt, starrt Pamela ihn an. Es ist dieser J. in seinem albernen Hawaiihemd.

»Wer ist W. E. H.?«, fragt er mit einer Kopfbewegung zu der Bronzetafel hin, der unvermeidlichen Bronzetafel, die, erst kürzlich poliert, resolut in die Sockelmasse eingelassen ist. Unglaublicherweise hat sie sie bis jetzt nicht bemerkt.

JOHN HENRY

DIESE STATUE WURDE 1972 VON EINER GRUPPE VON MENSCHEN ERRICHTET, DIE EBENSO ENTSCHLOSSEN WAREN WIE DER MANN, DEN SIE EHRT. EINHUNDERT (100) JAHRE NACH FERTIGSTELLUNG DES BIG BEND TUNNEL IM JAHRE 1872 ERINNERT DER TALCOTT RURITAN CLUB MIT DIESEM DENKMAL AN EIN BESONDERES GESCHICHTLICHES EREIGNIS.

JOHN HENRY STARB NACH EINEM WETTKAMPF MIT DER DAMPFBOHRMASCHINE BEIM BAU DES TUNNELS FÜR DIE C & O RAILWAY CO.

GEBE GOTT, DASS WIR DIE GROSSEN UND STARKEN STETS ACHTEN UND ANDEREN ZU DIENSTEN SIND.

W. E. H.

»Keine Ahnung«, sagt sie achselzuckend.

»Ich dachte, Sie wären die große Expertin.«

»Ist das ein offizielles Gespräch? Führen Sie ein Interview mit mir?«

»Ich bin bloß ein einfacher Arbeiter, der sich sein Brot verdient. Kein John Henry, obwohl auch mir ab und zu der Schweiß ausbricht.«

»Also gut, hier hab ich was für Sie. Man nennt das die Statue, die Jim Beam gebaut hat. Haben Sie denn keinen Stift oder so was?«

»Das wird alles hier oben gespeichert, keine Sorge.«

»Der hundertste Jahrestag des Wettkampfes war 1972 –«

»Des hypothetischen Wettkampfes«, wirft J. ein.

»Also gut, dann eben der Fertigstellung des Tunnels, und der, was steht da, der Ruritan Club hat die Idee zu der Statue, aber die Leute haben kein Geld. Sie brauchen ungefähr fünfzehntausend Dollar. Zu dieser Zeit hat Johnny Cash diese Fernsehshow, eine Varietéshow, und darin singt er auch seinen John-Henry-Song, eine ziemlich gute Version, Sie sollten sich mal danach umtun, aber er nennt den falschen Ort, nämlich Buckley in West Virginia, und nicht das hier In den meisten Songs kommt der Big Bend Tunnel vor, auf dem wir jetzt gerade stehen, aber manche geben der Legende auch ihren eigenen lokalen Dreh. Jedenfalls rufen die Ruritans ihn an und sagen, hey, Sie haben da einen Fehler gemacht, und außerdem versuchen wir Geld für unsere John-Henry-Statue aufzutreiben. Also schickt er einen Scheck, und damit haben sie schon mal einen Teil des Geldes zusammen. Was ist daran so komisch?«

»Nichts. Fahren Sie fort, bitte.«

»Dann ruft Jim Beam an. Die Ruritans haben ihr Modell der Statue urheberrechtlich schützen lassen, und die Firma bringt gerade eine spezielle John-Henry-Flasche auf den Markt und will wissen, ob sie die Statue verwenden darf. Klar doch, sagen die Ruritans, übrigens sind wir gerade dabei, diese Statue auf die Beine zu stellen, könnt ihr nicht ein bisschen was beisteuern. Und daher stammt der Rest des Geldes, und deswegen heißt sie die Statue, die Jim Beam gebaut hat.«

»Man kann also John-Henry-Whisky trinken.«

»Das war bloß eine Sonderaktion, die für kurze Zeit lief. Aber mein Dad hat, hatte, ein paar Flaschen.«

»Diese kleinen, verräterischen Details.«

»Und sehen Sie die Dellen in der Statue? Manche Leute kommen her und benutzen sie zum Zielschießen. Einmal haben sie die Statue mit einer Kette an einem Pick-up befestigt und vom Sockel gezogen. Unten an der Straße ist sie dann von der Ladefläche gefallen, und sie sind weggefahren, und am nächsten Tag hat man die Statue auf der Straße gefunden.«

»Wahrscheinlich nicht viel los hier samstagabends.«

»Hmm.«

Ein energischer, entschlossener Clan schiebt sich vor sie und vertreibt sie mit sanfter Vulgarität von dem Denkmal. Während sich die dazugehörige Matrone die Kamera von der Schulter zerrt, ziehen sich Pamela und J. auf den Parkplatz zurück. Sie fragt ihn, was er von der ganzen Sache hält.

»Ich hatte es mir viel größer vorgestellt«, sagt er. Das Gelände, auf dem das Denkmal steht, ist eine Felsplatte am Big Bend, der Schoß eines hockenden Riesen. Maschendrahtzaun hält die Leute mit zwei linken Füßen vom Rand des Vorsprungs fern. An einem Tag wie heute ist er sein Geld wert; um J. und Pamela sind unterschiedliche Horden auf der Suche nach Rechtfertigungen für die Tagesfahrt hierher. Zwischen heißen Hot dogs und Trinkhalmen huschen Kinderköpfe umher. Stiesel trampeln durch die Gegend, machen Fotos und verkünden, wie viele Bilder sie noch haben. Manche haben sich John-Henry-T-Shirts gekauft und über das gezogen, was sie heute Morgen aus der Wäsche gefischt haben, um sich der Feststimmung anzupassen, um dem Tag in einem Baumwoll-Polyester-Gemisch ihre Reverenz zu erweisen. Statistisch gesehen sind zwangsläufig auch ein paar Schussel dabei, und die Zäune schützen und umgürten. Die meisten scharen sich um die Imbissstände und versuchen, Gerichte, die sie gegessen haben könnten oder zumindest aus Schilderungen von Besuchern fremder Länder kennen, mit den fehlenden Buchstaben auf der Speisekarte in Verbindung zu bringen. Sie drängen sich dort oder bei dem roten Dienstwagen, unter dem Schild, auf dem, vom virilen Schnörkel des Coca-Cola-Logos gekrönt, JOHN HENRY PARK steht. Kein sehr bedeutender Auftrag. »Ich weiß nicht recht, ob die mich unbedingt hätten hierher einfliegen müssen, kostenmäßig gesehen«, sagt J.

»Das hier ist bloß das Denkmal«, kontert Pamela. »Der Jahrmarkt findet drüben beim Tunnel statt.« Sie führt ihn an den Zaun, zu einem Ausblick auf den Jahrmarkt unten auf Bodenhöhe. Unmittelbar zu ihren Füßen erstreckt sich der eiserne Saum der Gleise, die in dem berühmten Tunnel verschwinden. Dann folgt ein schmaler Streifen von knochenweißem Schotter und ein Zaun, und dahinter tobt das Volksfest, geschäftig, voller rühriger Geschöpfe, die sich an weißen Zelten und aneinander vorbeischieben, zwischen sich kräuselnden Luftschlangen, die trotz ihrer lebhaften Farben in der Hitze traurig wirken, pulsierende Bewegung in der Sonne. Der Jahrmarkt ist gut besucht. Die Vorbereitungen haben sich bezahlt gemacht. Zwischen den drei Reihen von Buden und diversen Attraktionen, die von hier oben nicht genau auszumachen sind, geben sich die Leute, Hunderte, ausgelassenem Vergnügen hin, wer wäre so kaltherzig, die Aufrichtigkeit eines ländlichen Jahrmarkts an einem Sommertag zu verachten. Das Gelände erstreckt sich eine Viertelmeile weit nach Osten, ein Fließen mit zerfasernden Rändern. Der Blick wird nach Süden gezogen, wo sich, von seiner eigenen wirbelnden Bewegung erfasst, der Fluss windet, und die Wahrnehmung kann nicht umhin, die beiden miteinander zu verbinden, den Wasser- und den Menschenstrom. Beide bewegen sich auf ihren unvermeidlichen Abschluss zu.

»Nicht schlecht«, sagt J.

»Schauen wir uns den Dienstwagen an«, schlägt Pamela vor, die plötzlich forscher klingt, als J. sie bisher erlebt hat.

Sie bewegen sich einen Meter weiter und machen erneut Bekanntschaft mit den Regeln der Fortbewegung in Menschenmassen. Die Hälse der Achtsameren glänzen von Sonnenschutzcreme. Sie schieben sich vorwärts. An einer Stelle geraten die Schlange vor dem Imbiss und die Schlange vor dem Dienstwagen durcheinander (sie haben sich zu weit von Ameisen wegentwickelt, um noch zu wissen, wie man in einem solchen Insektengewimmel zurechtkommt), bis das Problem von den Aggressiveren gelöst wird und J. und Pamela vor der Tür des Eisenbahnwaggons stehen. Es gibt nur einen Eingang, weshalb für jeden, der blinzelnd ins Sonnenlicht hinaustritt, immer nur ein Neuer hineindarf. Es sieht nicht so aus, als hätte der Wagen jemals auf den Gleisen unten Dienst getan. Er wirkt alles andere als robust, die Holzbretter scheinen eher für einen Werkzeugschuppen geeignet als für einen Waggon, der mit mehreren Pferdestärken über alte Schienen rattert. Pamela wird klar, warum die Stadt die Sammlung ihres Vaters kaufen will. Entsprechend dargeboten, würde das Streetsche Archiv mehrere solcher Waggons, ja einen kleinen Zug füllen. Den *John Henry Express*. Ein junges weißes, städtisches Paar verlässt den Waggon mit einer kleinen Figur. J. und Pamela treten ein.

Selbst wenn sie die einzigen Besucher wären, würden sie einander immer noch auf die Füße treten. Zum Teil ist das Durcheinander sicher früheren Besuchern zuzuschreiben, die etwas in die Hand nehmen und wieder zurückstellen, ohne Rücksicht auf den pingeligen Aufbau des Besitzers. Aber es ist trotzdem ein willkürliches Sammelsurium von Waren. An der rechten Wand findet sich, in langsamer, weicher Auflösung, ein Stapel T-Shirts, dann eine Sammlung Figurinen. Die Frau neben J. sagt: »Das ist ja niedlich« und nimmt einen knapp acht Zentimeter großen John Henry in die Hand. In der Größe rangiert John Henry von

Spielzeugsoldat bis Gartenzwerg, in einer Reihe von Posen, die eine Bilderfolge des Bohrhauens ergeben. John Henry hält seinen Hammer im Präsentiergriff, hebt seinen Hammer zu einem blitzschnellen Schlag, lässt seinen Hammer herabsausen, um Gestein zu zermalmen. Auf Regalen über dem Ladentisch stehen Ansichtskarten zum Verkauf. Es sind überwiegend gekonnte Aufnahmen des Denkmals und des Waggons, in dem sie sich befinden, außerdem ein paar Schwarz-Weiß-Bilder von verfallenen C&O-Bauwerken, vom Bau des Damms, verschiedenen bukolischen Szenen entlang des Flusses. Ware. Die Luft zirkuliert nicht, die Sachen dünsten etwas kaum Atembares aus, ein Gas, das eher zu den Keramikplaneten passt, die sie ihr Zuhause nennen. An der anderen Wand ein Durcheinander von Stücken, die nichts mit John Henry zu tun haben. Südstaatenflaggen in verschiedenen Größen, T-Shirts mit besagtem Symbol. Erhältlich sind außerdem Miniaturnummernschilder, auf denen Talcott und Hinton steht, geeignet nur für Märchenlandautos. In einer Reihe warten Eisenbahnwaggons aus Spritzguss, manche sogar mit Rädern, die sich drehen, wenn auch widerstrebend. Bücher, erschienen in Verlagen außerhalb der bekannten New Yorker Postbezirke, schildern die Geschichte der Region, das Chessie-Eisenbahnnetz, Bergarbeiterstreiks in Virginia, schmale Bände mit großer Type. Die geschäftigen Hände von Touristen fassen diese Sachen an, um ihre Solidität festzustellen. Sie versuchen, sich vorzustellen, wo diese Stücke in ihren Wohnungen Platz finden könnten, Kaminsimse werden heraufbeschworen, Nischen für Nippes umgestaltet. Jeder kann nur soundso viele T-Shirts besitzen, die Zahl schwankt je nach Individuum. Und dennoch, behaupten jedenfalls Spiegel, fliehen die Tage, und Souvenirs liefern unwiderlegbare Beweise. LASSEN SIE SICH HERB'S NICHT ENTGEHEN, WENN SIE IN HINTON SIND, schlägt ein Schild vor.

Pamela sagt, sie wartet draußen auf J. Sie geht hinaus, ehe er antworten kann. Draußen kann sie wieder atmen. Hat sich den ganzen Tag zu entspannen versucht und es fast geschafft, bis sie dann einen von den John Henrys sah. Er sieht genauso aus wie der, den ihr Vater vor fünfundzwanzig Jahren mit nach Hause gebracht hat. Mit ihm hat alles angefangen. Er befindet sich in einer Kiste in New York. Falls das Museum einen Geschenkeladen bekommt, wird er vollgestopft sein mit Zeug wie das da drin. Sie raucht eine Zigarette, und J. kommt mit einem Souvenir unterm Arm heraus. Es ist ein zum Schlag ausholender John Henry, genau wie der erste damals, sechzig Zentimeter hoch, und J. hält ihn wie ein Kleinkind. »Er hat nur fünfzehn Dollar gekostet«, sagt er.

»Schön«, murmelt Pamela. »Wollen Sie ihn den ganzen Tag herumschleppen?«

»Daran hatte ich gar nicht gedacht.«

»Wollen Sie noch da runter? Ich glaube, hier gibt's nicht mehr viel zu sehen.«

»Wann kommt das Taxi wieder?«

»Wir müssen zu Fuß gehen.«

»Den ganzen Weg da runter?«

»Den ganzen Weg da runter, mit John Henry unterm Arm. Und Ihr Hosenladen ist offen.«

Sie gehen los, er macht seine Hose zu.

Wenn der Sepia Ladies Club im Wohnzimmer des Hauses Sutter tagt, wird Jennifer zum Servierdienst zwangsverpflichtet. Ihre Mutter macht ein Theater um ihr Haar, bezeichnet es als Vogelnest und sagt dann, nach Zähmung mit der Bürste, jetzt bist du wieder meine Prinzessin. Wenn die Sepia Ladies die Teetassen mit weißen Handschuhen vom Tablett nehmen, sagen sie Jennifer, wie hübsch sie aussieht. Nacheinander, das Halbrund der Sessel entlang, während sie an ihren Tassen nippen. Zu einem nicht geringen Anteil gehen diese Komplimente auf das Konto der Bänder in ihren Zöpfen, wenn man den Bemerkungen darüber, wie schön sie aussehen, Glauben schenken darf. Ihre Mutter gibt ihnen einen ganz bestimmten Dreh. Die Frauen kneifen Jennifer in die Wange. Sie verharrt in der Tür, kratzt sich mit dem linken Fuß den rechten Knöchel, während die Sepia Ladies zur Tagesordnung übergehen, und ab und zu sagt ihre Mutter, sie soll noch mehr Kekse aus der Küche holen, wo Jennifer sie auf einem silbernen Tablett zu mandalaartigen Mustern anordnet. Soweit sie es mitbekommt, reden sie über nichts. Jedenfalls nichts, was sie interessiert. Mrs. Jackson (die nicht an dieser Zusammenkunft teilnehmen kann) tut ganz hochnäsig, weil ihr Mann diesen neuen smaragdgrünen Cadillac gekauft hat, aber das macht nichts, denn Mrs. Greenley hat ihn mittags vor dem Lebensmittelladen gesehen und schwört, er hat eine Alkoholfahne gehabt, das liegt bei denen in der Familie, aber wir wollen lieber nicht über Mr. Jacksons Vater und das Terpentin reden. Mrs. Barden (die sich nun schon seit einiger Zeit bemüht, dem Sepia Ladies Club beizutreten, aber nicht begreift, dass sie sich ihren Beitritt verdienen muss und dass die Prahlerei mit ihrem kreolischen Blut da gar nichts bewirkt) und ihr Mann sind in das Eckhaus in der Hundertachtunddreißigsten Straße eingezogen und haben es richtig schön hergerichtet (jedenfalls nach dem, was man von außen sehen kann; noch hat Mrs. Barden die Frauen nicht mit einer Einladung in ihr Heim beehrt), mit Spitzengardinen, die sie aus einem englischen Katalog bestellt hat, aber vielleicht sollte sie sich weniger um ihre schönen Gardinen kümmern und sich stattdessen mehr Gedanken um ihre kleine Angelique machen, die steckt nämlich immer mit diesen nichtsnutzigen, faulen Negern zusammen, die in Hope's Garage arbeiten, mal lieber nicht so viel damit prahlen, dass ihr Großvater in Harvard studiert und für seine Rede über die Freiheit auf Haiti einen Preis gewonnen hat, und mehr darüber nachdenken, wie ihre Tochter sich aufführt.

Die Familie Sutter wohnt in der Strivers Row.

An diesem Nachmittag halten die Sepia Ladies ihr wöchentliches Gipfeltreffen bei Mrs. Mason ab, um das Prozedere für die bevorstehende Tombola festzulegen. Jennifer sieht zu, wie der Zerstäuber, dieses tiefrote Juwel, Flüssigkeit in Essenz überführt. Mrs. Sutter überprüft, wie der Ärmel ihres gelben Kleides im Schulterbereich sitzt. Sie rückt die Schulterpolster zurecht. Das Kleid ist glänzend gelb, ihr Hut ein sattes Gold, das ihr Gesicht belebt. Auf die Perlenohrringe ihrer Mutter hat Jennifer sich schon immer gespitzt, sie hätte so gern Löcher in ihren Ohrläppchen. Einmal hat sie mit den Ohrringen unterm Kopfkissen geschlafen, ihre um sie geschlossene Faust hat die Stifte in ihr Fleisch getrieben. Zwei Tage später hat ihre Mutter gefragt: »Jennifer, warst du an meiner Schmuckschatulle?«, und damit hatte es sich dann. Abgesehen von den beiden Narben in ihrem Handteller. Ihre Mutter bemerkt, dass Jennifer ihr zusieht, und fragt: »Jennifer, was machst du heute, während ich bei meinem Treffen bin?«

»Rose Ellen kann heute nicht mit mir spielen«, sagt Jennifer.

Sie erzählt ihrer Mutter die Geschichte von Rose Ellens kranker Großmutter in Maryland und dass ihre Familie habe hinfahren müssen.

»Das ist ja schrecklich«, sagt ihre Mutter und begutachtet im Spiegel ihren Hintern und das Hautoval darüber, das der Ausschnitt ihres Kleides freigibt, die braune Perle und ihre einsame Unvollkommenheit, einen Leberfleck, aus dem Dr. Sutter alle vierzehn Tage sorgfältig die Härchen auszupfen muss. »Das ist eine wunderbare Gelegenheit, für dein Konzert zu üben«, sagt Mrs. Sutter mit inspizierendem Blick.

Jennifer Sutter erhebt Einwände, und nach einem kurzen Hin und Her – hauptsächlich Hin vonseiten Mrs. Sutters, die wenig Zeit für Diskussionen hat, da ihre Mission beim Sepia Ladies Club näherrückt, die gutes Geld ausgegeben hat, um sich die Dienste des besten Musiklehrers von Harlem zu sichern, die sich bei dem Konzert nicht vor den anderen Frauen des Sepia Ladies Club blamieren will, die sich alle Mühe gegeben hat, damit es ihrer Tochter an nichts fehlt – hält Jennifer einen nagelneuen Dime für Süßigkeiten in der Hand, aber dann heißt es ab ans Klavier.

Jennifer zieht ihre weißen Söckchen hoch und schlägt sie um. Sie schnallt ihre Schuhe zu.

Gemeinsam treten sie an diesem Nachmittag in das geordnete Getriebe der Strivers Row hinaus. Die Strivers Row Property Association erlaubt kein Stockballspiel in dieser Straße (das überlässt man den anderen Straßen im Viertel, Negern, denen lärmende Kinder und ihre Schimpfnamen, ihre fensterzerschmetternden Fehlwürfe nicht so viel ausmachen). Stattdessen schickt man seine Söhne zum Softballspielen zu Mr. Harding in Morningside Heights. Dort ist gerade auch Jennifers Bruder Andrew zusammen mit Jackie, Garvey und seinen anderen Freunden. Während Jennifer im stickigen Haus der Sutters bleiben und Mr. Fullers Blick auf sich spüren muss, obwohl er gar nicht da ist (wahrscheinlich spielt er mit seinem kleinen Rattenschnurrbart), seine Gereiztheit angesichts falsch angeschlagener Tasten spüren muss, auch wenn es gar nicht ihre Schuld ist, sondern bloß ihre Finger abgerutscht sind. Für Mr. Fuller ist es immer ihre Schuld. Er hat eine Liste von Dingen im Kopf, die ein Musiker tut und die er nicht tut, und er hat einen Fimmel, was Haltung und einen kerzengeraden Rücken angeht. Ihre Mutter ermahnt sie, auch ja die Tür abzuschließen, und auf ihrer sauberen Treppe gehen sie auseinander, die ältere Sutter nach Osten, die jüngere nach Westen.

Der Süßigkeitenladen ist nur anderthalb Häuserblocks von der Wohnung entfernt, aber es ist Jennifer verboten, den verrufenen Dunstkreis der Tipp Top Lounge zu betreten, weshalb sie die Straße überqueren, auf der anderen Seite weitergehen und die Straße dann erneut überqueren muss, wie es sich für ein braves Mädchen gehört. Die Umständlichkeit eine Bedingung ihrer kleinen Freiheit. Sie schaut hinüber zur offenen Tür des Tipp Top, kann aber nicht hineinsehen. Auf ihrem Weg kommt sie an vier Kanalgittern vorbei und späht jedes Mal zwischen ihren eisernen Zähnen hindurch in die Tiefe, sieht aber keine Musiker. Sie hat noch nie welche gesehen.

Der Laden hat keinerlei Schild mit einem Namen darauf. Erwachsene nennen ihn den Polen, die Kinder nennen ihn den Süßigkeitenladen. Es gab einmal eine Zeit, da schwenkte Jennifer, wenn sie den Laden betrat, als Erstes nach links ab, zum Ständer mit den Comics. Superman, wie er Nazis jagt, der Sub-Mariner, wie er U-Boote zerschmettert, gelegentliche Katastrophen auf dem pazifischen Kriegsschauplatz. Captain America war bis zu den medizinischen Versuchen ein normaler GI, dann wurde er zur Kampfmaschine. Aber die Kriegscomics verschwanden. Zuerst die Nazis, dann die Japse, dann verlagerte sich der Konflikt auf heimische Gestade: Ihre Mutter bekam mit, dass die vierfarbigen Kreationen ihrem kleinen Mädchen und nicht ihrem jungen Mann gehörten, und das setzte den Comics ein Ende. Es kam nicht in Frage, dass ihre Kleine sich die Hände an der unsauberen Druckfarbe, den gewalttätigen Bildern schmutzig machte. Aber Mr. Polaski erinnert sich noch an diese Zeit, unter seinem gläsernen Ladentisch hat er Dossiers über seine Kunden, und als sie sein Geschäft betritt, sagt er: »Die neuen Action Comics sind gerade gekommen.«

»Nein, danke«, murmelt Jennifer rasch. Der onkelhafte Besitzer mit seinem ungebändigten grauen Haarschopf und dem unverstellten, geröteten Gesicht ist ein beruhigender Anblick. Seine Frau, die in dem Kramladen (Scheren, Süßigkeiten, Zeitungen und Geschenkpapier, runde Tabaksdosen für diejenigen, die es nicht lassen können, Sachen, die jeder Mieter in besonderen Schubladen aufbewahrt, und Staub) gelegentlich aushilft, mag weder Jennifer noch Kinder allgemein, noch Neger und hat, wie man es auch betrachtet, eine ziemlich unangenehme Art. Schon zweimal hat sie Jennifer zu wenig herausgegeben, aber weil Erwachsene immer so hartnäckig darauf bestehen, dass sie sich in jeder Hinsicht korrekt verhalten, hat Jennifer beide Male nicht protestiert. Die alte Dame hat ein eingefallenes, rattenhaftes Gesicht und kleine Rattenpfötchen, die sich um Münzen schließen, als wären es kostbare Krumen. Aber heute ist sie nicht im Laden. Jennifer hält ihren Dime hoch und sagt: »Ich hätte gern zehn rote Teufelsdrops und zehn Karamellbonbons, bitte.« Immer bitte sagen. Sie mag das verschiedenartige Gefühl auf ihrer Zunge. Zuerst die harten Teufelsdrops, die auf der Zunge brennen, bis sie sie mit den Zähnen zerkleinern kann, dann das wohltuend weiche Karamellbonbon, das ein paar Kaubewegungen lang wie süßer Kaugummi ist, bevor sie es zergehen lässt. An heißen Tagen wie heute bleibt ihr das Rote von den Teufelsdrops und das Weiche von den Karamellbonbons an den Händen kleben. Sie denkt daran, dass sie sie waschen muss, ehe ihre Mutter nach Hause kommt, hat aber vergessen, dass ihr hinterher jedes Mal schlecht wird, wenn sie so viele Süßigkeiten isst. Kein Wunder bei der

Schnelligkeit, mit der sie sie isst, aber an diesen Umstand erinnert sie sich nie, immer nur an den schönen Gegensatz zwischen den wechselnden Geschmäckern und Texturen, den sie in ihrem Mund herstellt.

»Davon ist heute leider gar nichts mehr da, meine Liebe«, entschuldigt sich Mr. Polaski lächelnd. »Sie waren schon mittags ausverkauft, und die neue Lieferung habe ich noch nicht bekommen. Die arbeiten am Sabbat nicht.«

Sabbat muss das polnische Wort für Samstag sein. Sie blickt zu den leeren Gläsern hinter dem Ladentisch auf. Die Gläser sind leer, und ihr wird schwer ums Herz.

»Kaugummi habe ich allerdings noch reichlich«, bietet Mr. Polaski an. »Wir haben Teufelskaugummi, und das ist fast das Gleiche.« Schon greift seine Hand in das Glas. Aber Jennifer darf keinen Kaugummi kauen, obwohl alle anderen dürfen. Ihr Vater ist Arzt und hat ihr erklärt, warum. Vom Kaugummikauen bekommt man große Lippen. Es ist sehr wichtig, dass sie den Mund geschlossen hält, wenn sie nicht redet oder sich Essen hineinschiebt, sonst bekommt sie große Lippen, wie so viele ihrer Rasse. Wenn man den Mund offen stehen lässt, entspannen sich die Gesichtsmuskeln, und nach einer Weile beginnen sich die Lippen nach außen zu wölben, sodass man das rosa Innere sieht, und irgendwann bleiben sie dann so. Man muss unbedingt lernen, durch die Nase, die Nasenlöcher zu atmen. Dafür hat Gott sie gemacht. Beim Kaugummikauen verspürt man den natürlichen Drang, mit offenem Mund zu kauen, was wiederum *lippus maximus* fördert. Deshalb ist Kaugummi im Hause Sutter in der Strivers Row verboten. Wenn sie im Viertel spazieren gehen, weist ihr Vater häufig auf die unter *lippus maximus* Leidenden hin und wiederholt seinen ärztlichen Rat.

Keine Lutschbonbons mehr, nur noch Kaugummi. Rose Ellen darf natürlich so viel Kaugummi kauen, wie sie will. Hemmungslos kauen, Blasen machen, ihn an die Unterseite von Möbelstücken kleben. Weshalb Jennifer die Krankheit von Rose Ellens Großmutter auch zutiefst bedauert. Mrs. Turner hat eine Schale bunter Kaugummis auf dem Kaminsims im Wohnzimmer stehen, und Jennifer kann sich daraus bedienen, sooft sie will. Sie zerbeißt sie, lutscht den süßen Überzug, bis er, wehrlos gegen ihre Gewalt, ganz und gar Gummi ist, macht Blasen, die sie wie Knallfrösche platzen lässt. Manchmal sagt Rose Ellen: »Du isst mir meinen ganzen Kaugummi weg!«, aber nur, wenn sie schon wegen etwas anderem böse ist. Jennifer erwägt ernsthaft, den Teufelskaugummi zu kaufen, der wahrscheinlich das Säuerliche der Drops mit der Geschmeidigkeit der Karamellbonbons verbindet, doch sie hat erst am Samstag vor vierzehn Tagen vergessen, ihren Kaugummi auszuspucken, ehe sie nach Hause kam, und wurde ohne Abendessen auf ihr Zimmer geschickt. Früher war auf dem Glas mit dem Teufelskaugummi ein Bild von einem explodierenden Knallfrosch, aber nach dem Abwurf der Bombe auf die Japse haben sie ihn in A-Bomben-Gummi umbenannt, und jetzt quillt dort in roter Farbe eine pilzförmige Wolke.

»Nein, danke«, sagt Jennifer und rennt praktisch hinaus. Ein paar Läden weiter bleibt sie stehen, mit heißem Gesicht. Sie hat einen Dime. Sie könnte zwei Blocks weiter zum Five and Dime gehen, aber das erscheint ihr zu weit. Sie blickt die Straße hinauf, sieht die fleckige schwarze Markise des Tipp Top und wendet sich sofort davon ab und dem Musikladen zu. Auf halbem Weg zwischen dem Süßigkeitenladen und dem Tipp Top, von zu Hause aus gleich um die Ecke, und trotzdem hat sie diesen Laden noch nie gesehen. Gesehen natürlich schon, von der anderen Straßenseite aus, aber draußen ist kein Name dran. Von hier aus, das Gesicht im Glas, sieht sie überall Plattenhüllen auf das Fenster geklebt, so viele, dass sie nicht in den Laden hineinschauen kann. Von den Namen auf den Plattenhüllen kennt sie keinen. Billie Holiday, Bessie Smith und W. C. Handy. Die Sonne hat die Plattenhüllen ausgebleicht, sodass sie als verblasste Relikte dessen, was sie einst waren, am Glas haften. Sie hat einen Dime. Sie weiß nicht, warum, sie schiebt die Tür auf.

Jennifer riecht Luft, die am Boden staubig und muffig und weiter oben süßlich und leicht beißend ist. Das zwischen den Plattenhüllen auf der Schaufensterscheibe durch all die schmalen Ritzen einfallende Licht vermischt sich zu einem diffusen Grau, das sich erst hinten im Raum, wo eine nackte Glühbirne auf den Ladentisch herabscheint, wieder auflöst. Der Raum ist schmal, und die Gänge zwischen den Kästen mit Schallplatten und den Stapeln alter bernsteingelber Zeitschriften erinnern sie an die ausgetretenen Stellen im Park, das niedergetrampelte Gras, das kraft stillschweigender Übereinkunft aller Vorbeikommenden einen Pfad bildet. Die beiden Männer am Ladentisch starren sie an wie einen Störenfried. Der hinter dem Ladentisch ist ein Dicker in einem gestreiften roten Pullover; er hat die Handflächen resolut auf den Tisch mit seinem wilden Durcheinander gestemmt, als könnte es sich in die Luft erheben. Sein Haar ist geschoren, und auf den kurzen Stoppeln glänzt Schweiß wie auf Grashalme gespießte Tautröpfchen. Der Mann, der an der Kasse lehnt, hängt mit krummen Schultern und eingezogenem Kopf als knochiges Fragezeichen unter einer langsam wallenden Rauchwolke. Er hat Jeans und ein Jeanshemd an, von dem nur ein Zipfel in der Hose steckt. Aus dem Mundwinkel stößt er Rauch aus, sieht Jennifer an, steckt sich einen Zahnstocher zwischen die Lippen und reicht dem Mann hinterm Ladentisch eine winzige Zigarette, die dieser verschwinden lässt.

Jennifer wendet sich der nächststehenden Plattenkiste zu und beginnt, um Unauffälligkeit bemüht, an den schweren 78ern herumzufingern. Auf der Hülle der ersten breitet W. C. Handy weit die Arme aus, während seine Band hinter ihm die Instrumente bereithält. Ein paar Momente lang geht Jennifer sie rasch durch, um Zeit totzuschlagen. Was soll sie mit einem Dime und einem Grammophon zu Hause, das sie nicht einmal anfassen darf. Das

Grammophon steht, auf Hochglanz poliert, im Wohnzimmer. Nicht, dass sie überhaupt etwas damit anfangen könnte, da ihre Eltern keine Platten besitzen. Ähnlich wie eine Vase oder die Kerzenleuchter im unteren Flur ist das Gerät ein Gegenstand, der im Hause Sutter an dem ihm bestimmten Platz steht. Um Eindruck zu machen. Sie hört, wie die Männer auf der anderen Seite des Raums sich murmelnd zu unterhalten beginnen. Sie haben sich von der Überraschung über ihr Eindringen erholt. Jennifer riecht die seltsame Luft, ihr fällt ein, dass ihre Mutter ihr gesagt hat, sie solle für das Konzert üben, und sie denkt, sie sollte nach Hause gehen. Ihre Mutter wird nicht begeistert sein, wenn sie mitten in Jacques Wolfes »Shortnin' Bread« patzt, während Jimmy Mason und Sojourner Gardiner mit ihrer Querflöte, ihrer Blockflöte und ihrer Hochnäsigkeit ihre Lieder fehlerfrei spielen. Vor dem Sepia Ladies Club von ihrer hübschen Kleinen bloßgestellt. Schon will sie den Laden verlassen, da fällt es ihr ein: Sie kann Noten kaufen. Dann hat sie einen Vorwand, sich hier in diesem Laden aufzuhalten, den ihre Mutter ganz bestimmt nicht billigen würde, diesen Laden mit seinem Schmutz und seiner arbeitsscheuen Kundschaft, nur zwei Türen neben dem Tipp Top. Sie wirft einen raschen Blick zum Ladentisch hinüber. Die beiden Männer haben sich ihr zugewandt, stecken die Köpfe zusammen und sagen etwas, was sie nicht versteht. Der Mann mit dem Zahnstocher nimmt ihn heraus, als zupfte er Unkraut, betrachtet ihn kurz und steckt ihn sich auf der anderen Seite wieder in den Mund.

Sie schiebt sich zwischen den Zeitungsstapeln hindurch, steigt über einen Besenstiel, der sich derzeit einer Phase unbefristeter Beschäftigungslosigkeit erfreut, und gelangt tiefer in den süßen Zigarettenduft im hinteren Teil des Ladens. Sie blickt zu dem Besitzer auf und wartet darauf, dass er »Was darf's denn sein?« sagt, dass er höflich ist wie Mr. Polaski, aber er redet weiter, hat sie offensichtlich gesehen, sagt aber trotzdem nichts. Er hat auf jeder

Wange ein Muttermal und streicht sich über seinen buschigen schwarzen Spitzbart.

»Verkaufen Sie auch Noten?«, fragt Jennifer.

Der Kopf des Besitzers dreht sich, und er starrt auf sie herab. »Da drüben hab ich Noten, da drüben hab ich den ganzen Boden voller Noten, was für Sachen suchst du denn?« In einem Ton, als hätte sie ihn den ganzen Tag mit Fragen belämmert. Nach einem raschen, vielsagenden Blick zu seinem Freund wendet er sich wieder Jennifer zu. »Ich hab Hitparadenzeug, Jazz, New Orleans, was willst du denn?«

»Haben Sie irgendetwas für zehn Cents, bitte?«

»Zehn Cents? Für zehn Cents kannst du dir hier gar nichts kaufen. Ich versuch mir hier nämlich meinen Lebensunterhalt zu verdienen«, sagt er, öffnet durch Knopfdruck mit einem kurzen Klingeln die Schublade der Registrierkasse und knallt sie wieder zu, um seine Äußerung zu unterstreichen.

»Mach doch mal halblang, Mann!«, sagt der Mann mit dem Zahnstocher.

Der Besitzer mustert seinen Samstagnachmittagskumpan mit zusammengekniffenen Augen. »Was hast du gesagt?«

»Mach mal halblang, Mann« – er räuspert sich geräuschvoll –, »sie ist noch ein kleines Mädchen.« Er lächelt auf Jennifer herab, stellt zwischen geteilten Lippen Zahnfleisch und drei treu gebliebene Zähne zur Schau.

»Du hast doch noch woanders zu tun, oder? Ich weiß, dass du noch woanders zu tun hast.« Der mit dem Zahnstocher zuckt die Achseln und senkt den Blick auf seine Füße. Der Ladenbesitzer wendet sich wieder Jennifer zu, zieht ein Gesicht. »Weißt du was?«, sagt er, »hinten hab ich altes Zeug, das ich nicht loskriege. Wenn du einen Moment wartest, kannst du's dir mal ansehen.« Er bedenkt seinen Freund mit einem vernichtenden Blick und verschwindet hinter staubigen grünen Vorhängen nach hinten, ehe Jennifer sich bedanken kann.

Der andere greift hinter den Ladentisch und holt die Zigarette hervor. »Bisschen mies gelaunt«, sagt er zu Jennifer, während er die Zigarette anzündet. Er nimmt den Zahnstocher aus dem Mund und hält ihn senkrecht in der Faust, als wäre an der Spitze ein Ballon befestigt. Jennifer sieht zu, wie er genüsslich inhaliert, dann fügt er, ohne Rauch entweichen zu lassen, hinzu: »Er spinnt.« Er nickt vor sich hin, bekräftigt damit, was er gerade gesagt hat. Auf dem Ladentisch erspäht Jennifer ein Foto mit Autogramm; es zeigt den Besitzer, der die Arme um eine üppige Frau im schwarzen Kleid gelegt hat. Jennifer kann weder die Unterschrift noch die Widmung lesen. Auf dem Foto ist der Besitzer viel schlanker und trägt einen schicken Nadelstreifenanzug und einen Homburg. Sein damaliger schmaler Schnurrbart ist mittlerweile irgendwo in seinem wild wuchernden Spitzbart aufgegangen. Jennifers Fürsprecher hört ein Rumoren im Hinterzimmer, worauf er rasch den Rauch ausstößt und die schlanke Zigarette hinter den Ladentisch zurücklegt. Der Zahnstocher kehrt zwischen seine Lippen zurück.

»Da wären wir«, sagt der Ladenbesitzer. Während er mit den Kanten der Coca-Cola-Kiste den Vorhang teilt, schnuppert er, seine Nasenflügel blähen sich wie ein Blasebalg, und er bedenkt seinen Freund mit einem finsteren Blick. »Hatte 'n Rohrbruch im Keller, da ist das alles nass geworden«, sagt er und stellt die Kiste auf den Boden. »'n Teil davon – aber das siehst du ja selbst. Das ist alles, was ich für zehn Cents habe.«

»Danke«, sagt Jennifer.

Während der Besitzer mit leiser Stimme seinen Freund beschimpft, kniet sich Jennifer vor die Kiste. Von dem vom Wasser gewellten Papier schlägt ihr ein kräftiger Schwall Kellermief entgegen. Sie hat grießigen Schmutz an den Fingern, sobald sie das erste Blatt, »Hallelujah, I'm a Bum« von Jack White, anfasst. Die knittrigen Seiten zeigen da und dort schwarze Schimmelklümpchen, und jede Seite, die sie berührt, gibt diesen muffigen Geruch von sich. Sie wird sich die Hände waschen müssen, sobald sie nach Hause kommt. Sie hört, wie ein Streichholz angerissen wird. Von den Komponisten oder den Songs kennt sie keinen. Solche Songs bringt Mr. Fuller ihr nicht bei. »Abdul Abulbul Amir« von Frank Crumit, »Swingin' Down the Lane« von Isham James. Sie sind richtig alt, diese Songs, über zwanzig Jahre alt, von 1928, 1920 und 1923. Sie betrachtet den Staub an ihren Fingern, überzeugt sich mit einem Blick, dass ihr Kleid nicht den Boden berührt. Sie kann nichts finden, was sie möchte, und ihre Mutter würde alles, was aus dieser Kiste kommt, nach einem einzigen Blick in den Kamin werfen. Es ist schmutzig. Aber weil der schlecht gelaunte Besitzer bis in den Keller hinuntergestiegen ist, hat sie das Gefühl, sie kann nicht einfach gehen, ohne etwas zu kaufen, also schnappt sie sich das nächste Blatt, »The Ballad of John Henry« von Jack Rose, und steht auf.

»Zeig mal, was du da hast«, sagt der Ladenbesitzer, darum bemüht, möglichst nicht mit dem Notenblatt in Berührung zu kommen.

»Nun guck dir den Scheiß an«, sagt der mit dem Zahnstocher, »warum gibst du's ihr nicht einfach umsonst, Mann?«

»Ist das mein Laden oder deiner?«, blafft der Besitzer. »Wenn hier einer 'n faulen Sack rausschmeißen will, der den ganzen Tag bloß rumhängt und nichts tut außer anderer Leute Zeug rauchen, aber selber nie welches dabeihat, bist das dann du oder bin das ich?«

Der andere zuckt die Achseln und verlagert seinen Zahnstocher vom linken in den rechten Mundwinkel.

»Da sind zehn Cents«, sagt Jennifer.

»Ist ja tatsächlich 'n Dime«, sagt er, öffnet die Kasse und lässt die Münze in eine Höhlung fallen, die kein Klirren zurückgibt. »Und jetzt hau ab.«

Sobald sie den Laden verlassen hat, ist die Sonne doppelt so hell, bis ihre Augen sich wieder an die normale Welt gewöhnt haben. Sie geht beinahe am Tipp Top vorbei, macht dann kehrt und nimmt den gewohnten Umweg um die verbotene Kneipe. Bei jedem Kanalgitter blickt sie nach unten, unter die Straße, sieht aber nicht, was sie eines Tages zu sehen erwartet.

Sie hat das Gefühl, das Klavier auf seinen geschnitzten Pfoten hat ihr Leben lang, und auch davor schon, auf sie gewartet. Ihr Vater und ihre Mutter können nicht spielen, und ihr Bruder Andrew interessiert sich mehr für seine Modelle und seinen Sport. Ihre Eltern, so scheint es, haben den Stutzflügel allein für Jennifer gekauft, für den Tag, an dem sie den ihr vorbestimmten Platz einnehmen würde, und sie haben ihn in die Ecke des Wohnzimmers gestellt, die am Spätnachmittag stundenlang Sonne bekommt, sodass ihr Licht auf ihrem Weg nach Westen einzelne Facetten der Kristallvase erglühen lässt, die auf dem Instrument steht. Das alles jahrelang nur, um Eindruck zu machen, bis Mrs. Sutter Mr. Fuller, den Klavierlehrer, engagierte – ein bisschen teuer, aber es lohnte sich – und Jennifer spielen lernte. »Für ein kleines Mädchen ist es nie zu früh, sich Kultur anzueignen«, teilte ihre Mutter ihr mit, und ihre Freizeit wich der Übermacht der Unterrichts- und Übungsstunden, der halben und mittlerweile ganzen Stunde täglichen Übens. Das alte Klavier diente nun nicht mehr nur als Dekorationsstück, und Jennifer widmete sich ihrem Unterricht. Das Erste, was Mr. Fuller vor jeder Unterrichtsstunde tut, ist, dass er mit leisem Ts-ts-ts die Vase vom Klavier nimmt, die Mrs. Sutter nach jeder Stunde wieder zurückstellt.

Jennifer hört draußen ein paar Kinder lachen und schließt das Fenster. Über den Noten steht: »Eine weitere gelungene Komposition von Yellen & Company Music unter der Schirmherrschaft von Dr. Simon Ramrods Markenmedizin.« Auf der Rückseite findet sich eine Anzeige für Dr. Ramrods Essentielle Eisentinktur, auch bekannt als das große Stärkungsmittel der Natur, auf der ein sichtlich zufriedener Gentleman in tiefster Ruhe, wie unter dem Einfluss von Beruhigungsmitteln, am Stamm einer Trauerweide döst. Sie legt die Blätter auf die bedrückend vertrauten Noten von »Shortnin' Bread«. Dieses Stück kennt sie in- und auswendig, obwohl ihre Mutter ihre Selbstsicherheit bei jeder sich bietenden Gelegenheit erschüttert. Sie will, hat Mrs. Sutter ihrer Tochter eingeschärft, auf gar keinen Fall eine Demütigung erleben, wenn die Sepia-Kinder, jedenfalls die mit der Gabe der Musik gesegneten, beim Konzert des Clubs nächste Woche bekannte Melodien aus der Hitparade spielen, während ihre Eltern dazu Tee trinken und zierlich in die Hände klatschen. Sie bezahlt Mr. Fuller gutes Geld und will auf keinen Fall eine Enttäuschung erleben.

»The Ballad of John Henry« von Jack Rose verbirgt die Noten von »Shortnin' Bread«, mit dem sich, so hat Mr. Fuller entschieden, Jennifers Fähigkeiten auf dem Klavier am besten präsentieren lassen. Der fiese Mr. Fuller, dessen Haut nach einem aufdringlichen Eau de Cologne riecht, der laut durch die Nase atmet, während sie sich auf ihre Fingerübungen zu konzentrieren versucht, der sie ermahnt, den Daumen unterzusetzen. In Jennifers Kopf bildet sich eine zwar noch nicht in Worte gefasste, aber dennoch feste Vorstellung heraus: Was in einer anderen Sprache ist, muss Kultur sein. Mr. Fuller kann viele Sprachen. Er sagt: »Die Musik ist eine Tonkunst, aber wir müssen stets beherzigen, was Liszt sagte, als er zum ersten Mal Henselt hörte – ›Ah, j'aurais pu aussi me donner ces pattes de velours‹ – ›Solche Samtpfoten hätte ich mir auch zulegen können‹. Der Ton ist das Mittel, nicht der Zweck.« Was Jennifer überhaupt nichts sagt. Er sagt Sachen wie: »Wir müssen danach streben, Michelangelos Worte ›la mano che ubbidisce al intelletto‹ zu verkörpern, die Hand zu sein, die dem Verstand gehorcht.« Was Jennifer überhaupt nichts sagt, außer dass ihr bis zum nächsten Versuch, das mittlere C zu erreichen, eine kurze Ruhepause vergönnt ist. Jedes Mal, wenn Jennifer ein neues Stück in Angriff nimmt, tönen ihr die Worte von Mr. Fuller und ihrer Mutter in den Ohren: Er versucht sie an das zu erinnern, was sie in einem Stück suchen muss, sie versucht Jennifer daran zu erinnern, wie wichtig es ist, eine Dame zu sein. Die Melodie von »The Ballad of John Henry« ist nicht kompliziert. Doch diesmal hört sie keine der üblichen Stimmen, als sie zu spielen anfängt. Während sie auf das vergilbte, fleckige Papier blickt, hört sie etwas, was Mr. Fuller vor ein paar Monaten einmal am Ende einer Stunde gesagt hat. Sie kann sich weder an die deutschen Worte noch an den Namen des Mannes erinnern, der es gesagt hat, aber so viel weiß sie noch: Man glaubt sich zu erheben, und man wird erhoben. Schon das erste Durchspielen des Songs geht bemerkenswert leicht. Er rauscht vorbei wie ein Gang durch eine Straße, die man schon tausendmal entlanggegangen ist, etwas, das man sieht, ohne es wahrzunehmen, etwas, das im Nu vorbei ist, aber ohne Missgeschick gemeistert wird, während man an etwas anderes denkt. Sie versucht es erneut vom Beginn der zerknitterten Seite an, und diesmal geht es noch leichter, der Song hat etwas Trauriges, aber am ehesten fühlt sie sich – erhoben. Der Song erhebt sie. Er hat etwas, was es in der Musik, die Mr. Fuller mitbringt, nicht gibt, es wächst in ihr. Es geht nicht in die Kirche, es flucht, es kleidet sich, wie es ihm passt. Eine Sekunde lang denkt sie, das sollte ich nächste Woche bei dem Konzert spielen, nicht den anderen Song. Aber sie weiß, dass das nicht passieren wird. Das Nachmittagslicht gleitet über das dunkle Holz des Stutzflügels, erinnert sie an Sonnenlicht auf dem Hudson River, etwas, das sie kurz im Blick hat, ehe es in den Ozean fließt, sich etwas Größerem verbindet. Die letzte Note verklingt in dem leeren Haus, den Flur entlang und die Treppe hinauf in leere Zimmer, und diesmal beschließt sie, den Text mitzusingen. Sie glüht vor Hitze. Die Verse, die sie singt, erzählen von einem Mann, der mit einem Hammer in der Hand zur Welt kommt, und von einem Berg, der sein Tod sein wird: Man glaubt sich zu erheben, und man wird erhoben. Sie singt es erneut und wird so erhoben, dass sie ihre Mutter nicht zur Haustür hereinkommen, sondern nur schreien hört: »Glaubst du, dein Vater arbeitet zehn Stunden pro

Tag, geht zu Fuß durch das ganze Viertel und behandelt kranke Menschen, nur um dann nach Hause zu kommen und zu hören, wie seine Tochter Gossenmusik spielt?«

Unerwartete Begleitung. Jennifer springt von der Klavierbank auf, ihre Finger zucken von den Tasten zurück. »Nein, Ma'am!«, sagt sie. Gossenmusik. Gossenmusik hat in ihrem Kopf stets das Bild eines Orchesters in einem Abwasserkanal heraufbeschworen, ordentlich gekleidete Gentlemen in Smokings, deren Schöße in der schmutzigen Brühe unter der Stadt schleifen. Sie hat immer zwischen Kanalgittern hinabgeschaut, ob sie sie spielen sehen würde, verstohlene Blicke, aber sie hat nur eine schimmernde Flüssigkeit gesehen und schaut mittlerweile auch nicht mehr so oft hin. Heute hat sie es getan, weil sie sich dauernd gefragt hat, was für Musik sie eigentlich spielen.

Ihre Mutter setzt ihre Einkaufstüten in der Tür ab und kommt zum Klavier herübergeschritten. Sie reißt »The Ballad of John Henry« vom Notenständer und schüttelt das Blatt in der Luft, sodass die heiteren Verse von »Shortnin' Bread« ihre Würde zurückgewinnen. »Wo hast du das her?«, will sie mit leicht verrutschtem Hut wissen.

Jennifer schlägt die Augen nieder, hebt den Fuß und bohrt die Schuhspitze in den neuen Teppich, ein selbstzufriedenes, von den braven Soldatinnen des Sepia Ladies Club viel bewundertes Regiment des Quirls, teuer und auf Europäisches anspielend.

»Woher hast du das Geld dafür, Jennifer Sutter? Den Dime, den ich dir gegeben habe, hast du doch für Süßigkeiten ausgegeben, oder?«

»Ja, Ma'am.« Außer Atem und vom Erhobensein immer noch leicht zitternd, hört sich Jennifer die Standpauke ihrer Mutter an. Sie ist sich keines Unrechts bewusst gewesen, aber offensichtlich sind die Noten Teil eines größeren Vergehens, über das sie sich noch nie Gedanken gemacht hat. Wenn sie älter ist, denkt sie, wird sie wissen, wie sich alles verhält.

»Sieh mich gefälligst an, wenn ich mit dir rede, junges Fräulein.« Mrs. Sutter nimmt das Kinn ihrer Tochter in die Hand. »Heute Nachmittag, als ich zu meinem Clubtreffen gegangen bin, hast du gesagt, du willst einen Dime für Süßigkeiten, und ich versuche, immer das Beste für meine einzige Tochter zu tun. Versuchen dein Vater und ich nicht immer, das Beste für dich und deinen Bruder zu tun?«

»Ja, Ma'am.« Oft, wenn ihre Eltern mit ihnen die Straße entlanggehen, tragen sie beengende Kleider, verglichen mit denen anderer Kinder ihres Alters, deren Eltern sich nicht so bewusst sind, welche Rolle das Äußere für das gesellschaftliche Ansehen spielt, deren Eltern nicht wissen, dass die Leute reden. Diese anderen Kinder sehen durchweg so aus, als fühlten sie sich wohler.

»Sieht das vielleicht wie Süßigkeiten aus?«

»Nein, Ma'am.« Wenn die Noten so viel schrecklicher sind als Süßigkeiten, müssen sie wirklich schrecklich sein. Von ganz niedrigem gesellschaftlichem Ansehen.

»Wenn wir sonntagmorgens den Broadway entlang zur Kirche gehen«, sagt ihre Mutter, die Wangen unter ihrer hellbraunen Haut gerötet, »kannst du die schmutzigen Männer sehen, denen das Hemd aus der Hose hängt, wie sie Alkohol, dieses Teufelszeug, trinken und zum Himmel stinken, während anständige Leute zur Kirche gehen. Weißt du, was sie die ganze Nacht machen?«

»Nein, Ma'am.« Sie weiß es durchaus, weil sich die Zurechtweisung mittlerweile von ihrem Ausgangspunkt entfernt hat, fort von der Musik und in bekannte Gewässer, mit deren Strömungen und Unterströmungen Jennifer wohlvertraut ist. Sie weiß Bescheid über die nichtsnutzigen Nigger, die Flaschen herumgehen lassen und ein Schandfleck sind. Aber es erscheint ihr das Beste, Unwissenheit vorzutäuschen.

»Sie bleiben die ganze Nacht auf, trinken und hören solche Musik!«, kreischt ihre Mutter. »Weil sie nichtsnutzige Nigger sind, denen nichts daran liegt, ihre Lebensumstände zu verbessern. Sie bleiben lieber die ganze Nacht auf, machen Krawall und tun so, als hätten sie sich um nichts mehr zu kümmern, weil sie keine Baumwolle mehr pflücken müssen. Was nichtsnutzige Nigger angeht, die ihren Platz in Amerika nicht einnehmen wollen, können wir nichts machen, aber wir können auf uns selber aufpassen. Das hier ist die Strivers Row. Weißt du, was *striving*, streben, heißt?«

»Es heißt, dass wir unser Bestes tun«, rezitiert Jennifer.

»Es heißt, dass wir überleben werden. Und jetzt sollst du mir versprechen, dass du nie wieder diese Musik spielst. Versprichst du mir das?«

»Ich verspreche es, Mutter.«

»Das ist das Mädchen, das ich großgezogen habe«, sagt ihre Mutter, und das Unwetter verzieht sich. »Jetzt werde ich meine Einkäufe wegräumen«, sagt sie, sich selbst beruhigend, »und dann will ich dieses Lied hören, das Mr. Fuller dir beigebracht hat, damit du auf das Konzert vorbereitet bist.«

Es ist immer *dieses Lied*. Ihre Mutter kennt keinen einzigen Komponisten. Für sie sind das einfach schöne Dinge, noch mehr schöne Dinge, die man im Haus hat. Ihre Mutter verschwindet mit den Lebensmitteln und lässt Jennifer allein im Zimmer zurück. Ihre Augen richten sich auf die guten, wohlklingenden Noten von Jacques Wolfes »Shortnin' Bread«. Sie hört Mr. Fullers Anweisungen und die Erklärung ihrer Mutter, warum es wichtig ist, eine Dame zu sein. Als sie zu spielen beginnt, denkt sie: Nein, eine Süßigkeit war es nicht, aber es hat richtig gutgetan.

Die Bürger üben ihre Zielsicherheit. Manche schießen mit Luftgewehren auf Blechsilhouetten von Vögeln, die, von Eisenketten in elliptischer Bahn gezogen, um neunzig Grad nach hinten kippen, wenn sie getroffen werden. Manche schießen mit Wasserpistolen in die Münder von Clowns, um einen Ballon zu füllen, andere werfen Baseball-Bälle auf schalenförmige Ziele. Das ist gutes, altes amerikanisches Know-how. Es ist alles getürkt. Die Preise für hervorragende Treffsicherheit hängen an Haken, schmuddelige Kuscheltiermenagerien. Alphonse unterdrückt die Versuchung, sich ein wenig im Zielschießen zu üben. Angesichts seiner Pläne für den morgigen Nachmittag wäre das ein bisschen pervers, und außerdem hat er in den letzten paar Monaten genügend Zeit auf dem Schießstand verbracht. Und es gibt nichts Lächerlicheres als einen Mann, der einen riesigen grünen Spielzeugelefanten durch die Gegend schleppt.

Da und dort narben winzige Höhlungen, Einkerbungen, Absplitterungen die Haut der Blechenten, und an diesen Beschädigungen erweist sich ihre Verwandtschaft mit der John-Henry-Statue auf dem Hügel über ihnen. Die Ziele werden getroffen und dauern fort. Seine Finger legen sich über seine dunkelrote Gürteltasche; durch das dünne Plastik kann er den Lauf spüren. Es wäre pervers, auf die Enten oder auf den Clown zu schießen, denkt er, aber für einen Journalisten wäre es bestimmt ein hübscher Farbtupfer. Die Schritte von Mr. Miggs aus Silver Spring, Md., in den Tagen vor dem Ereignis zurückzuverfolgen. Vielleicht würde einer Eleanor fragen, ob ihr Mann häufig Veranstaltungen besucht habe, die mit Briefmarken zu tun hatten. Würde sie sich erinnern? Er geht selten zu Ausstellungen oder Tagungen außerhalb des Gebiets von D. C. Außerdem könnten sie sie noch fragen, warum sie glaube, dass ihr Mann das in Talcott getan habe. Eigentlich, denkt Miggs, müssten sie fragen, warum der Berg ihn auserkoren hat.

Er kann sich nicht entscheiden, ob er schneller oder langsamer gehen soll. Es gibt einiges zu sehen, das ihm vielleicht entginge, und so vieles, das er nicht genießen kann, wenn er sich beeilt. Er lässt sich von seinen Beinen tragen, schnuppert den Jahrmarkt in sich hinein, riecht ein Gossenbukett aus Popcorn, Bier, Kinderkotze. Da ist ein Tisch voller Kram, den kein Mensch will, angeordnet zu Tableaus der Enttäuschung, Seidentücher, Blechringe, Familienerbstücke, nach hitzigen Debatten geopfert, um bei der Hypothek weiterzuhelfen. Die Frau dort verkauft ihre schlechten Bilder – er erkennt sie als spezielle Malen-nach-Zahlen-Produkte, hergestellt in einer Fabrik, damit Leute sie ausfüllen können. Sie hat sich für ein paar bizarre Farben entschieden – sich auch nur eine Sekunde in sie hineinzudenken wäre schon zu viel –, aber sie hat sich wenigstens an die vorgegebenen Linien gehalten. (Was man von ihm nicht behaupten kann.) Er hört zufällig Gespräche mit an, die er gar nicht hören will, und er will daran vorbeieilen, aber er kann nicht. Das alles ist so wichtig. Ihm könnte etwas entgehen. Er blickt sich nach etwas um, das ihn davon abbringen könnte, aber nichts, was er sieht, liefert Argument oder Gegengrund, nicht das verliebte Paar, das ein öffentlich-privates Lächeln wechselt, nichts in all den menschlichen Verbindungen, die er mit der Linse seiner Unruhe zu unendlicher Liebe vergrößert. Natürlich wissen diese Leute nicht, dass er etwas von ihnen will. Natürlich weiß er, dass der Berg mit seiner unvermeidlichen Botschaft immer noch da ist, ganz gleich, wie sehr er sich bemüht, ihn nicht anzusehen. Die beiden Tunnel sind wie Augen.

Wenn er den Blick auf Bodenhöhe hält, kann er den Anblick

vielleicht eine Zeit lang vermeiden. Ein kleines, rothaariges Mädchen in einem Overall hält einen Plastikbeutel mit einem Goldfisch darin. Sie lässt die linke Hand unter den Beutel gleiten und hebt ihn an, sodass der arme Fisch ein paar Momente lang nicht weiß, was er tun soll. Er kann sich für die eine oder die andere Hälfte des Beutels entscheiden. Durch eine beiläufige Geste ist seine Welt in Unvermeidlichkeiten geteilt worden. Alphonse sieht zu, wie das Mädchen sich entfernt, um seine Mutter einzuholen. Der Fisch, denkt er, hat Glück, wenn er es lebendig bis zu ihr nach Hause schafft. Ersticken. Ertrinken in Wasser, unsichtbare Fülle. Sie haben nie Kinder gehabt. Das macht ihm nur manchmal zu schaffen, meistens dann, wenn er Familien sieht, Familien, die zusammen etwas unternehmen. Er hat kleine Hände, aber er könnte eine kleinere Hand ergreifen und führen. Es gibt einiges, was er an jemanden weitergeben könnte, eine über die morgige Erledigung hinausgehende Botschaft, die er mitteilen könnte. Wie würde sie wohl klingen, wenn er sie laut hörte, sie zum ersten Mal außerhalb seines Kopfes hörte? Er könnte in dieser Menschenmenge schreien, und wegen des fröhlichen Lärms würde ihn keiner hören.

Der Ansager verkündet: »Der kleine Kevin Graham möchte am Informationsstand abgeholt werden. Der kleine Kevin Graham möchte am Informationsstand abgeholt werden. Seine Mutter heißt Carol.« Alphonse blickt sich um – keine Frau läuft mit Tränen der Erleichterung im Gesicht durch die Menge auf den Informationsstand zu. Er erspäht den Mann, dem er gestern Abend das Leben gerettet hat, drüben bei den Fässern, mit einigen seiner Journalistenspezis. Der Mann scheint es ganz gut überstanden zu haben. Alphonse winkt – eine Sekunde lang hat es so ausgesehen, als blicke der Schwarze in seine Richtung. Aber er sieht ihn nicht, und Alphonse wird auf keinen Fall zu ihm hinübergehen. Was soll er denn sagen? Ich habe Ihnen gestern Abend das Leben gerettet, wissen Sie noch? Wenn er nichts getan hätte, wäre er dem Mann nicht weniger fremd. Alphonse könnte einer seiner Leser, irgendwer in der Menge sein.

Er dreht sich um und findet sich vor weichen Stapeln von John-Henry-T-Shirts wieder. Bei dem Bild handelt es sich um eine Schwarz-Weiß-Kopie der Briefmarke. Das Konterfei ist nicht ohne Weiteres zu erkennen, denn es ist nicht sehr gut reproduziert worden, die Grautöne sind viel zu kräftig, und John Henry ist ganz schwarz, wirkt fast wie ein Fleck. Alphonse kann mit Mühe Mund und Kinn ausmachen, doch das Gesicht ist größtenteils bloß dunkel. Welchen Ausdruck es trägt, lässt sich nur erraten. An John Henrys rechter Schulter vorbei rast eine Lokomotive in die Zukunft. Der Kopf seines Fäustels ruht auf seiner Schulter. Der Hammer, findet Alphonse, ist in ziemlich gutem Zustand, makellos, als wäre er nie benutzt worden.

Jeder trägt eins. Sie verkaufen sich wie warme Semmeln. Der junge Sohn des Besitzers wickelt sämtliche Transaktionen ab, während sein Vater mit einem Freund plaudert, und der Junge nimmt es sehr genau mit dem Wechselgeld, das er laut abzählt.

Alphonse zieht das T-Shirt über sein rotes Polohemd, dessen Kragen er über das Halsbündchen des T-Shirts legt. Die Schwarze Kirche verkauft schwer beladene, aus warm gehaltenen Aluminiumbehältern gefüllte Teller. Nennen sie das immer noch Soul Food, fragt sich Alphonse, oder haben sie das geändert. In dem Sensibilisierungsseminar auf der Arbeit hat der Berater, den sie engagiert haben, gesagt, jedes Wort, das man äußere, könne eine tickende Zeitbombe sein. Er hört: »Der kleine Kevin Graham möchte am Informationsstand abgeholt werden. Der kleine Kevin Graham möchte am Informationsstand abgeholt werden. Seine Mutter heißt Carol.« Dann ertönt die Sirene, und alles bleibt stehen. Der Zug kommt.

Das Jahrmarktgelände grenzt an die Gleise an und ist von diesen durch einen Maschendrahtzaun und finster blickendes Wachpersonal getrennt. Für die Stadt Talcott mag das ein besonderer Tag sein, aber die Geschäfte der CSX Transportation müssen weiterlaufen. Alphonse, Angehöriger des mittleren Managements, versteht das. Die Menge drängt hinüber zu dem der Eisenbahn zugewandten Teil des Geländes, um am Zaun zu schubsen und zu rempeln. Zwischen ihm und der letzten Reihe von Buden ist ein schmaler Zwischenraum, in den sich die Leute hineinquetschen. Alphonse findet einen Platz in der zweiten Reihe, hinter einem Vater, der seine Tochter auf den Schultern balanciert. Die Wachen ermahnen die Leute, Ruhe zu bewahren, zurückzubleiben, sich nicht gegen den Zaun zu lehnen. Die meisten sind Teenager und wünschen sich, sie hätten zur Uniform eine Waffe. Stattdessen müssen sie sich mit Machoblicken begnügen, die sie im Lauf der Zeit auf Parkplätzen von Supermärkten perfektioniert haben. Alles blickt vom Berg weg. Ostwärts, dem herankommenden, herankriechenden Zug entgegen.

Hey.

Die Entscheidung für eine Sorte von Briefmarke, für ein Spezialgebiet, riet die auf ein allgemeines Lesepublikum zielende Zeitschrift, die das Briefmarkensammeln als interessantes Hobby empfahl, könnte der Sache Form und zusätzlichen Sinn verleihen. Ehe er das kapierte, sammelte Alphonse nur die Briefmarken, die auf seiner Post klebten. Er schnitt die betreffende Ecke des Umschlags heraus und weichte sie in warmem Wasser ein. Sobald die Marke sich löste, hob er sie behutsam mit der Pinzette ab, die in dem per Postversand eingetroffenen Briefmarkensammelset enthalten war, und schlug sie über Nacht in ein Stück Küchenkrepp ein, damit sie trocknete. Am nächsten Tag steckte er die Marke dann in den Falz und dachte, von persönlichen Symmetrievorstellungen geleitet, über ihren Platz im Album nach. Nach ein paar Monaten hatte er zwar viele Marken, einen Index empfangener Vertraulichkeiten und langweiliger Direktheiten, aber sie besaßen keine Ordnung. Es war eine willkürliche Sammlung, die er da angelegt hatte, und es deprimierte ihn, sich das

Zusammengetragene anzusehen. Dazu war ein Hobby nun wirklich nicht da. Hobbys machten die Tage leichter oder etwa nicht, sie verkürzten lastende Stunden zu Momenten, die sich dehnten. Dann ging er zu seiner ersten Briefmarkenausstellung, im Tagungszentrum. Er ging die Reihen auf und ab. Alle waren ungemein ernsthaft und schienen zu wissen, was sie taten. Sogar die kleinen Kinder wussten, wonach sie suchten, gingen zu Händlern und fragten, ob sie NASA-Raumfahrtmarken oder Reptilien hatten. Er versuchte, einen beschäftigten Eindruck zu machen; bestimmt wusste jeder, dass er nicht hierhergehörte, er spürte es an dem aus allen Poren gedrückten Schweiß an seinem Hals. Er beschäftigte sich mit den Billigangeboten eines Händlers, der Box, worin der ganze Bodensatz landet, den niemand will, der keinen Wert hat und worin alles für einen Penny weggeht, ganz gleich, was die Wertziffer sagt. Er wühlte sich durch Thomas Edison, holländische Tulpen, eine Reihe südamerikanischer Militärdiktatoren. Schweiß befleckte seinen Kragen; alle sahen ihn an. Dann fand er seine erste Eisenbahnmarke.

Es war eine Gedenkmarke für die erste Fahrt des *Atlanta Zephyr*. Musste er den *Atlanta Zephyr* kennen? War der *Atlanta Zephyr* berühmt, und hatte er, Alphonse, bloß keine Ahnung, oder war die Linie nicht mehr existent und seine Ignoranz die normale und angemessenste Reaktion auf den Namen des alten, in Georgia beheimateten Zuges? Am oberen linken Rand war ein Eckchen abgerissen, und die Hälfte der Zahnung fehlte. Aber – er musste einfach immer wieder über die raue Oberfläche streichen. Er konnte die Geschwindigkeit spüren. Das Bild entsprach, wie er später feststellen sollte, der üblichen Darstellung von Eisenbahnen auf Briefmarken: eine Lokomotive mit ein, zwei Waggons, die mit einer kleinen Dampfwolke vom rechten Rand aus lossauste, perspektivisch verkürzt, um den Aufbruch aus einer alten Welt und das rasche Überqueren der Grenze in die neue anzudeuten. Es war kein Bild von einer Vase oder einer Katze. Der

Zug, blau getönt, war ein Sinnbild des Möglichen. Menschen hatten diese Züge geschaffen, Menschen wie er, und wenn auch eine Briefmarke für Außenstehende keineswegs so etwas wie ein Denkmal einer bedeutenden Idee darstellte, für Alphonse war dies wahre Handwerkskunst. Mit ein paar einfachen Strichen, mit ein paar anonymen Waggons und einer einzigen prächtigen Lokomotive hatte der Künstler die Definition des Träumens geschaffen. Diese Waggons konnten alles enthalten, alles, was er wollte. Von der Grenze weg, namenlose Ziele, welche alle, die einstiegen, unter dem Namen Paradies kannten. Drinnen besondere Menschen, unterwegs in sichere Verhältnisse, die Geretteten und die Gesegneten, und was für eine Fracht in den kastenförmigen Wagen? Gold oder die Erfindung eines klugen Menschen oder Penicillin gegen die Epidemie. Nachricht vom Friedensvertrag. Sobald er ernsthaft zu sammeln anfing, brachte er Stunden mit dem Versuch zu, mit einem Vergrößerungsglas Menschengesichter in den Waggons zu erkennen, und das mit solcher Begeisterung, dass seine Körperhaltung zur heutigen Gebeugtheit verkam. Er setzte sein eigenes Gesicht hinter die rußigen Fenster und erzwang sich sichere Fahrt.

Mittlerweile kann er sich ins Internet einloggen und über seinen Telefonanschluss Informationen austauschen, aber damals, in der Anfangszeit, flöhte er Kataloge und Mitteilungsblätter und entdeckte, dass jedes Spezialgebiet seine Gesellschaft hatte und dass diese Gesellschaften sich mit Hilfe einer Geheimsprache verständigten. Er schickte einen Verrechnungsscheck über fünf Dollar und bekam eine Gedenkmarke des Gold Rush Centennial – ungebraucht, mit Teilgummi –, schickte einen weiteren über sechs fünfundsechzig und bekam den Zug der Zukunft von General Motors mit seinen optimistischen Düsenzeitalter-Konturen. Manchmal, wenn die Illustrationen uninteressant waren und unter die übliche Kategorie von Lokomotive plus Waggon fielen, reichten schon die Titel, um Begeisterung auszulösen. Der

Florida Sunbeam kommt wieder – er kannte die Geschichte nicht, wusste nicht, welche Tragödie dieser Linie widerfahren und warum ihre Wiederaufnahme ein so glanzvolles Ereignis war, aber sein Blut geriet in Wallung. Die erste Winterfahrt des *Georgia Mercury,* in postfrischem Zustand. Er las die Worte Alaska Railroad, 25 Jahre Fortschritt (ungebraucht, ohne Gummi) und sah Arbeitstrupps vor sich, die in der Tundra Eis hackten, ein paar Schlittenhunde, die am Feuer dösten, und hinter dem nächsten Hügel eine neue Siedlung, die auf die Vorratslieferungen der Bahn angewiesen war. Fortschritt, Fortschritt in limitierter Auflage, erwärmte sein Herz und gab seinen Tagen einen Sinn. Die Inbetriebnahme der täglichen Verbindung Chi–LA durch *El Capitan* (ungebraucht mit Originalgummi) beschrieb für ihn eine Nation, die sich zu beeilen lernte; eine tägliche Verbindung durch das halbe Land bedeutete Zivilisation. Selbst die profanen Ausgaben – der feierliche Bahnhof von Helsinki (gebraucht mit Poststempel), die bescheidene erste Diesellok (gebraucht mit Federzugentwertung) in Bangladesch, Bulgariens Postfrachtwagen (ungebraucht mit Teilgummi), die Gedenkmarke für den unbesungenen Helden Andel Pinto, Eisenbahnbauer (ungebraucht mit Originalgummi) aus Brasilien – waren, aus seiner Kellerperspektive, wie Presseverlautbarungen aus dem Büro des zwanzigsten Jahrhunderts, die die Bürger der Welt darüber informierten, dass jeder neue bezwungene Gipfel nur das Vorspiel zur nächsten neuen Bergspitze war, die gerade in Sicht kam. Er füllte Album nach Album mit Briefmarken aus aller Welt. Sämtliche Orte auf dem Globus waren durch die Erfindung der Eisenbahn miteinander verbunden, sie durchquerte Ozeane und Kulturen.

Es fiel ihm gar nicht auf, als er anfing, die Marken von toten Orten zu sammeln. Die letzte Fahrt der Santa Fe Motor (gebraucht ohne Gummi), Zum Gedenken an das Ende der Old Erie (gebraucht mit Federzugentwertung), der Old Brighton Terminal (ungebraucht mit Originalgummi). Es kamen Marken für tote Linien, eingegangene Linien, stillgelegte Bahnhöfe heraus. Strecken, die obsolet geworden waren und durch Superhighways ersetzt oder von Politikern gekürzt wurden. Städte gingen vor die Hunde, alles zog weg, und der Bahnhof schloss aus Angst vor Vandalismus seine Tore, wurde zur Briefmarke. Kleine, selbstständige Linien wurden von größeren aufgekauft und geschluckt, Gleise herausgerissen, um zu Waffen für die Revolution umgeschmolzen, oder liegen gelassen, um überwuchert zu werden. Unpraktische, aus Eitelkeit gelegte Strecken, die niemals die Planung des Wegerechts rechtfertigten. Lokomotiven der Spitzenklasse, überholt von technischen Neuerungen. Was von menschlichen Höchstleistungen blieb, war eine Briefmarke. Es war alles veraltet, bewahrt in gummierten Elegien, ein Vermächtnis in limitierter Auflage. Er sammelte es alles.

Der Lokführer betätigt die Pfeife, und alles jubelt. Der Zug verlässt den Bahnhof von Talcott und schiebt sich auf die Menge zu, gleitet verschämt über die Schienen. Die Lokomotive ist überhaupt nicht sexy, bloß eine zweckmäßige Schnauze, die sich vorwärts wühlt, um ihre Fracht sicher abzuliefern. Dies ist die neue Maschine, ganz anders als alles, was seine Alben enthalten. Sie fährt langsam, bemerkt Alphonse, damit nur ja kein Jahrmarktbesucher zu Schaden kommt. Sie können die Lieferung nicht stornieren, John Henry Days hin oder her, weil es Zeitpläne gibt und weil es um viel Geld geht. Was ist wohl da drin? CSX befördert Aluminium. Die Jahrmarktbesucher bejubeln Erz oder einen Haufen Metallstreben. Glasfaserrollen – dort verlaufen heute die eigentlichen Verbindungslinien – Glasfaser. So kriegen die Leute heutzutage die Sachen, die sie brauchen. Wieder betätigt der Lokführer die Pfeife und winkt zum Fenster hinaus. Zur Antwort schwenken die Leute amerikanische Flaggen oder Ballons, was sie gerade in der Hand haben. Dann können sie das Spruchband erkennen, das sich über das schwarze Metall des ersten Waggons zieht: CXS TRANSPORTATION GRÜSST TALCOTT, WEST

VIRGINIA, UND DIE JOHN HENRY DAYS. Wahrscheinlich haben sie ein bisschen Geld zu dem heutigen Fest beigesteuert, das ist gute PR, denkt Alphonse. Die Leute um ihn herum applaudieren dem Spruchband; wer etwas in einer Hand hält, führt die Hände vorsichtig zusammen, um Applaus anzudeuten. Er sieht die Lokomotive vorbeifahren und wendet sich dem Berg zu. Der Zug wird in den Tunnel gleiten, den neuen Tunnel, der den alten ersetzt, den John Henry ein paar Meter daneben gegraben hat. John Henrys Tunnel hat die Zeit nicht überdauert, das Dach stürzte ein, und sie haben den neuen Tunnel direkt daneben gebaut, nach modernen Erfordernissen. Veraltet.

Er kann nicht anders; er blickt zum Berg auf und bekommt endlich die Bestätigung seines Schicksals.

Kurz nach dem Tod ihres Vaters schickte die Zeitarbeitsagentur sie zu einem inhaltsorientierten, interaktiven Informations-Provider. Sie war Zeitarbeiterin. Sie ging dorthin, wohin man sie schickte. In diesem Fall handelte es sich um eine rasch expandierende Firma in einer rasch expandierenden Industrie mit Namen Internet. Sie brauchten Leute. Ihr Launch sollte in sechs Wochen stattfinden, und in der Vorbereitungsphase brauchten sie so viele Leute, wie sie kriegen konnten.

Bei der Einweisung am ersten Tag saß Pamela mit den anderen Neueingestellten in einem Raum, und ein Teenager in ausgebleichten Bluejeans und ausgebleichtem T-Shirt erklärte ihnen die Parameter des Jobs. Später stellte sie fest, dass er in der Firma ziemlich weit oben rangierte, ein hohes Tier in der Implementierung war. Er setzte sie ins Bild, nachdem sie Verschwiegenheitsverpflichtungen unterschrieben hatten; an einer grob verputzten Wand lagerten stapelweise Verschwiegenheitsverpflichtungen, bloß für alle Fälle. Die Firma werde in ein paar Wochen ein neues Portal in Betrieb nehmen. Das Internet wachse in Riesensprüngen, und jeden Tag wählten sich Leute ein, ohne zu wissen, wohin. Das Portal werde eine Zufahrt zur Datenautobahn sein, obwohl man, wie er hinzufügte, diesen Ausdruck in der Firma nicht gern benutze, weil er eigentlich eher zur Begriffswelt der alten Medien gehörte. Sie hätten es hier mit den neuen Medien zu tun.

Euer Job, sagte er zu den Neuen, heißt Ontologie. Angesichts der Millionen von Webseiten, die es gibt, brauchte der Anfänger eine zuverlässige Quelle, aus der er Tipps bezog, wohin er gehen sollte. Wo er Sachen fand, die ihn vielleicht interessierten, Windeln zu Discountpreisen oder Aluminiumzangen. Die Ontologen klassifizierten Webseiten nach Grundkategorien wie Entertainment, Nachrichten und Gesundheit, Kategorien, die viele aus der realen Welt kannten, und verfassten dazu Beschreibungen von nicht mehr als fünfunddreißig Wörtern. Die Datenbank ermöglichte es ihnen außerdem, die Seiten auf einer Skala von eins bis fünf Sternen zu bewerten.

Dann erklärte er die Sache mit dem Tool. Es war ein neues Datenerfassungs-Interface mit Namen Tool in Vorbereitung. Technology Services hätte es eigentlich schon vor ein paar Wochen liefern müssen, aber es hatte Pannen gegeben. So etwas passierte eben. Bis die Pannen behoben waren, brauchte die Firma zusätzliche Hilfskräfte. Für das normale Geschäft reichte die derzeitige Datenbank aus, nicht aber für eine in den neuen Medien engagierte Firma wie die ihre. Die derzeitige Datenbank war schwerfällig. Sie war veraltet, ein Fossil in dieser neuen Welt. Unpraktische Felder, unlogische Befehle. Mit alldem würde die Wunderwaffe des Tool aufräumen. Das Tool basiere auf HTML, sagte er, und werde ihre Ontologie direkt ins Web stellen, sodass der zusätzliche Schritt, die Informationen aus der alten Datenbank zu exportieren und zu konvertieren, eingespart werde. Das Tool war speziell auf die Bedürfnisse der Ontologie abgestimmt. Das Tool würde Dateneingabefelder besitzen, die speziell für die Ontologen konzipiert waren, Felder für URLs, Felder für Webseitenbeschreibungen, die automatisch abgebrochen würden, wenn sie zu wortreich ausfielen, handliche Pull-down-Menüs für die Klassifizierung von ein bis fünf Sternen. Es würde den Arbeitstag der Ontologen halbieren, sagte er. Sobald die Datenbank webfreundlich war, würden sie nur noch halb so viele Ontologen brauchen. Das Tool.

Aber bis Technology das neue Tool liefere, fuhr er fort und ließ den herrlichen Traum mit seiner strategischen Konjunktion jäh verfliegen, brauchten sie jeden, den sie kriegen konnten. Viel

Spaß damit, fügte er hinzu und verließ den Raum, wobei seine Turnschuhe auf dem neuen Fliesenboden leise quietschten. Die neuen Kräfte nahmen sich schlanke Pappquader von dem Stapel neben der Tür. Auf ihnen stand »Minibüro«. Die Schachteln enthielten Klebeband, Schere, Notizpapier und Stifte. Alles, was man so brauchen konnte.

Statt der L-, T- und U-förmigen Module eines Raumteilerlabyrinths, mit denen sie gerechnet hatte, war ihr Arbeitsplatz ein offener Raum. In einer Industrie, deren Terminologie sich durch einen verblüffenden Mangel an Ironie auszeichnete, war der Spitzname für den Raum erfrischend. Was etwa Menschen anging, so sprachen sie, wenn es um mögliche Besucher der Site ging, nicht von Leuten, sondern stattdessen von den Hits, den Eyeballs, den Clicks. Es hörte sich an wie ein Konzertprogramm mit schlechten Garagenbands. Aber ihr Raum hieß schlicht die Box. Zehn Workstations säumten die Wände, die Mitte blieb frei, sodass man theoretisch auf und ab gehen konnte, was de facto aber niemand tat: Im Allgemeinen blieben sie auf ihren ergonomischen Stühlen sitzen. Die zehn Teammitglieder saßen mit dem Gesicht zur Wand. Zwischen jeder Workstation war reichlich Platz, und die Wände boten genügend Raum für Items oder Totems von persönlicher Bedeutung, die man sich an die Wand kleben oder heften mochte, aber derlei hatte noch niemand probiert.

Sobald sich die Leute ihres Teams ihren Morgenkaffee geholt hatten, setzten sie sich an ihre Workstations, stülpten sich ihre Kopfhörer über und begannen ihren Arbeitstag. Alle brachten sich CDs zur Arbeit mit. Sie legten sie in die CD-ROM-Laufwerke ihrer Rechner ein und hörten sie über Kopfhörer. Sie alle hörten unterschiedliche Arten von Musik, die aus den billigen Ohrmuscheln der von der Firma gestellten Kopfhörer drang und sich wechselseitig überlagerte. Um sich zwischen den Workstations nicht verloren zu fühlen, war sie gezwungen, sich selbst Musik von zu Hause mitzubringen.

In der Box sprach niemand. Wenn man sich den Hefter seines Nebenmanns ausleihen wollte, schickte man ihm eine E-Mail und wartete. Dieser schickte einem seinerseits eine bejahende oder verneinende E-Mail. Erst dann langte man hinüber zur Workstation nebenan, um sich den Hefter oder was auch immer zu holen. Bei diesem System gab es, vielleicht gewollt, nur wenig Blickkontakt, sodass der Rest des Teams für sie ebenso anonym blieb wie die Leute, über deren Webseiten sie schrieben. Wer weiß, wie die Leute dort draußen aussahen. Wenn da Herbert's Pet Rock Shrine stand, konnte Herbert ein Pseudonym, ein *nom de web*, und der Pet-Rock-Fanatiker in Wirklichkeit ein Bob oder Orville sein. Das Ganze war sehr gewöhnungsbedürftig. Manchmal fassten die Ergonomieberater sie an, brachten ihre Gliedmaßen in eine andere Stellung, modifizierten.

Die Erwartung von Aktienzusammenlegungen versetzte das Büro in vibrierende Spannung, und aus Spannung wurde stürmische Erweiterung. Zu den zweieinhalb Stockwerken, die die Firma gemietet hatte, mietete sie zwei weitere und nach langen Verhandlungen schließlich auch noch das halbe Stockwerk hinzu, das bislang ein Anwaltsbüro beherbergt hatte. Nun hatte man fünf Stockwerke besetzt, und die Vergrößerung bereitete regelmäßig Probleme. Beispielsweise fiel dieser oder jener Server während der Neuverkabelung für ein paar Stunden aus, sodass eine Zeit lang niemand im Team arbeiten konnte. Es handelte sich um ein stattliches Gebäude aus der Vorkriegszeit, und wegen des größeren Energiebedarfs und der T1-Kabel musste alles aufgerissen werden. Das Voice-Mail-System spielte verrückt. Manchmal sah sie das rote Lämpchen angehen, obwohl das Telefon gar nicht geklingelt hatte. Wenn sie die Nachricht dann abrief, war es jemand, den sie gar nicht kannte und der jemanden zu erreichen versuchte, den sie ebenfalls nicht kannte, jemand, der nicht auf der neuen, häufig aktualisierten Telefonliste stand, und es war nichts aufgezeichnet. Die Nachrichten waren Wochen alt. Manchmal waren sie auch dringend, aber ihr blieb nichts anderes übrig, als sie zu löschen. Ich bin am Flughafen, und wo bist du? Mom ist krank, vielleicht rufst du sie mal an, aber sag nicht, dass ich was gesagt habe. Die roten Lämpchen erloschen. Die Leute waren nicht mehr da. Vielleicht arbeiteten sie immer nur auf Zeit, genau wie sie.

Sie war zwar noch nie im Internet gewesen, bevor sie hier arbeitete, aber sie brauchte nicht lange, um sich damit vertraut zu machen. Für etwas so Großes war es im Grunde recht klein, sobald man einmal ein, zwei Stunden darin verbrachte. Die Webseiten, über die sie schreiben mussten, standen jeden Morgen in ihrer E-Mail, geliefert von sogenannten Bots. Bots waren Codezeilen, die das Internet nachts nach Schlüsselwörtern absuchten, die für die jeweiligen Sachgebiete der einzelnen Teams von Interesse waren: Nachteulen. Dann wurden die neuen Webseiten mittels anderer spezieller Codezeilen nach dem Zufallsprinzip auf die einzelnen Teammitglieder verteilt. Wenn einem am Nachmittag die Webseiten ausgingen, konnte der Bot einem neue zum Bearbeiten schicken. Der Bot arbeitete auch tagsüber. Tag und Nacht. Anders als Menschen ermüdete er nicht. Einen Bot konnte man nur bewundern.

Pamela wusste zunächst nicht, warum alles aus dem Häuschen geriet, als eines Morgens Wipeboards über jedem Computerarbeitsplatz auftauchten, aber sobald sie mitbekam, wie der Rest des Teams sich beeilte, in Rot oder Grün oder Blau seine Listen des zu Erledigenden zu schreiben, wurde ihr klar, dass eine Lücke gefüllt worden war. Die Wipeboards waren wie ein kleiner, bislang unbewusst gebliebener Hoffnungsschimmer in jedem einzelnen. Manche malten Diagramme auf die Wipeboards, manche bloß Listen, und wenn etwas erledigt war, wurde es durchgestrichen oder weggewischt. In gewisser Weise waren diese Listen das einzige äußere Kennzeichen des Fortschritts, der jeden Tag erzielt wurde. Alles andere wurde von der Datenbank in Zellen, Reihen, Kolumnen festgehalten.

Zum Mittagessen ging sie auf der Suche nach etwas Frischem in überteuerte Salatbars. Ganz gleich, wie weit sie ging, alles war überteuert. Wegen der Renovierungsarbeiten waren die Fahrstühle langsam und mit den geheimnisvollen Überresten schweren Transportguts – Plastikteilen oder Isoliermaterial – gefüllt, und die Verzögerungen gingen von ihrer Mittagspause ab. Sobald sie das Gebäude verlassen hatte, begegnete sie niemandem mehr, den sie vom Büro her kannte. Zum Mittagessen gingen sie alle anderswohin. Die Straßen von Midtown waren zur Mittagszeit ein Meer von durcheinanderquirlender Bürogarderobe.

Bei der Kaffeemaschine redeten die Leute darüber, wer entlassen werden würde, sobald das Tool käme. Da es im Büro anonym zuging, konnte man sich ohne Angst zu Wort melden. Sie hätten in einer Bank Schlange stehen und sich darüber aufregen können, warum nicht mehr Kassierer Dienst machten, oder am Abfluggate eines verspäteten Fluges, in gemeinsamem Gemecker über die Scheißfluggesellschaften. Die ehrliche, flüchtige Kameradschaft, wie man sie nur mit Fremden erlebt. Einer sagte, das halbe Ontologieteam werde seine Papiere bekommen, sobald das Tool da sei – so effektiv wäre es. Jemand anders sagte, es werde auf einen Schlag passieren – so heimtückisch war das Tool. Manche werde man behalten, um dafür zu sorgen, dass die Dinge in der Launch-Woche reibungslos liefen, um nach Macken Ausschau zu halten. Aber den meisten war klar, dass einige würden gehen müssen. Dieses Gerede interessierte Pamela nur mäßig, denn sie wusste, dass sie gehen würde, Tool hin oder her. Das war nun mal so, wenn man auf Zeit arbeitete.

Auf einer Newsseite des Internets erschien ein negativer Artikel, der Zweifel an der Machbarkeit ihres Unternehmens äußerte. Niemand war davon erbaut, dass Analysten zitiert wurden. Schließlich musste man an die Aktie denken. Die meisten Mitarbeiter beteiligten sich an dem Aktienplan und verfolgten in banger Erwartung von Kurseinbrüchen den ganzen Tag den

Aktienmarkt. Die verdammten Kurseinbrüche. Dazu noch die Investoren. Als sie an jenem Morgen ihren Computer hochfuhr, fand sie eine E-Mail mit einem Link zu dem betreffenden Artikel vor. Bis zum Mittag hatten sich zu der negativen E-Mail ein Dutzend innerbetriebliche Gegen-E-Mails gesellt, in denen über spezifische Argumente des Artikels diskutiert wurde. Der Projektmanager lud zu einer Pizzaparty ein. Das heiterte alle ein bisschen auf.

Eines Abends, kurz bevor sie nach Hause ging, bekam sie eine E-Mail, in der es hieß, ihr Team werde aufgrund geänderter Prioritäten und wegen der großen Anzahl von Neueinstellungen an einen strategisch günstigeren Standort innerhalb des Gebäudes verlegt. Sie zog ihren Mantel an und verließ für diesen Tag das Gebäude. Als sie am nächsten Morgen die Box betrat, hielten sich darin lauter Leute auf, die sie noch nie gesehen hatte. Wo der magere Skatertyp gesessen hatte, hockte nun ein ehemaliger Sportler mit Bierbauch. Die Aerobic-Süchtige war durch einen Teenager mit Zahnspange ersetzt worden und so weiter. In der E-Mail war Pamela nicht mitgeteilt worden, dass der Umzug über Nacht stattfinden würde. Sie bemerkte ein Blatt Papier an der Tür, das Hinweise lieferte. Als sie in die neue Box kam, die unmittelbar neben der alten lag, saßen dort sämtliche Mitglieder ihres Teams an ihren Workstations. Die Workstations standen in der gleichen Anordnung, der gleichen Reihenfolge entlang der Wand, aber nun gab es ein Fenster. Sie schaltete ihren Computer ein, und es war derselbe, den sie seit Wochen benutzte. Sie hatten alles über Nacht hierhergeschafft, einfach so. Sogar die Wipeboards. Sie setzte sich hin und nahm den nächsten Punkt auf ihrer Liste in Angriff. Das Fenster gab den Blick auf Bürotürme frei.

Am schlimmsten war es, wenn der Bot sie an einen Ort schickte, den es gar nicht gab. Sie schnitt die URL aus der Liste des Bot aus und kopierte sie in den Browser, aber wenn sie darauf klickte, war die Site weg. Der Browser konnte die Seite nicht finden. Sie war geschlossen oder aufgegeben worden, wer wusste das schon. Das passierte ziemlich häufig. Jemand sagte, typisch Informationszeitalter. Heute da, morgen dort. Und tatsächlich kam sie eines Tages zur Arbeit und erfuhr, dass das Tool jetzt da war. Es arbeitete nach genauen Vorgaben, und das war ihr letzter Tag dort. Sie arbeitete nur auf Zeit.

Die alten Verbindungen bilden sich neu, und Lucien wird daran erinnert, wie man an einem heißen Tag eine Eistüte isst. »Mmm, das schmeckt ja wirklich lecker«, sagt Lucien und fährt mit kalter Zunge über eine frisch portionierte Doppelkugel. »Das ist Rocky Road, stimmt's? Wirklich lecker«, sagt er und hält die Tüte schräg, um mit der Zunge das herunterlaufende Eis aufzufangen. Die alten Fertigkeiten kehren wieder. Der Geruch von Zuckerwatte, die Juchzer, die in einem Tornado aus Lust und Angst aus dem Tilt-a-Whirl herauswirbeln, alle diese Einzelheiten erinnern ihn an die Technik des Eisessens. Lucien kann nicht anders, es liegt an dem Tag. Alles ist unironisch, echt, stimmig. Eingemachtes! Erst neulich hat er in einer Lifestyle-Zeitschrift einen Artikel über den magischen Vorgang gelesen. Die Fotostrecke bestand aus farbgesättigten Bildern eines Models mit eng geflochtenen Zöpfen, gekleidet in eine blaue Kittelschürze. Sie verarbeitete die Äpfel zu Mus, gab es in Gläser, die sie luftdicht verschloss, in aufreizend gebeugter Haltung, mit triefenden Fingern. Die Produktion musste zwanzig-, dreißigtausend Dollar gekostet haben. Bei deren Kunstbudget ein bloßes Nasenwasser. Er hätte der Frau da hinten, die Eingemachtes verkaufte, einen Dollar geben können und noch Wechselgeld herausbekommen.

In der Hitze schmelzen Lucien und das Eis mit unterschiedlicher Geschwindigkeit. Er hätte inkognito in Jeans und T-Shirt gehen können, vielleicht einem gerippten T-Shirt aus gekämmter Baumwolle, hat sich stattdessen aber für seine übliche Kleidung entschieden. Sein Unterhemd ist klatschnass, und er bedauert seine Entscheidung, aber nicht aus Unbehagen. Er bedauert seinen Anzug, weil er die Leute um sich herum betrachtet und Neid verspürt. Er hat natürlich eine Theorie. Aufgrund der Erfordernisse seines Jobs ist er daran gewöhnt, sich Zivilisten als eine Herde vorzustellen, die von den Angehörigen seiner Elite geführt werden muss. Im Grunde kann er seinen Job gar nicht machen, wenn er diese Leute als gleichrangig ansieht. Gleichrangige wissen, worum es einem geht, begreifen, wenn auch nicht in allen Einzelheiten, so doch in groben Zügen, was man vorhat, Kunden, Presse und PR-Leute sind in den Scherz eingeweiht. Ab und zu zwinkern einem bei einem Event ja sogar die verdammten Caterer zu. Doch hin und wieder muss ein Olympier durch die Wolken auf irdische Gefilde herabschauen, sein Gesicht in jenen Gesichtern sehen und sie um ihr schlichtes Glück beneiden. Sie können genießen. Sie können ein T-Shirt und eine Baseballmütze tragen, ohne das für eine ironische Geste zu halten. Sie können sich ihre Frisur ruinieren, ohne gleich nach dem Spray zu greifen. Die kleinen Dinge des Lebens.

Lucien spürt Feuchtigkeit zwischen den Fingern. Er nimmt das Papier von der Spitze der Eistüte ab und schlürft das geschmolzene Eis durch das Loch. Lawrence sieht ihm zu, als ginge er bei einem Alchimisten in die Lehre: gebannt, respektvoll, die Jahre bis zum Coup überschlagend. Der Zaubertrick endet damit, dass sich Lucien mit schwungvoller Bewegung die Eistüte in den Mund steckt und mampft. Er weist Lawrence an, sich am Eiscremestand nach dem Lieferanten zu erkundigen und dafür zu sorgen, dass ein Behälter davon an das New Yorker Büro geliefert wird.

Von seinem Hausgeist befreit, entspannt sich Lucien und registriert die wunderbare Menschenmenge. Normale Menschen, was man so Familien nennt, Kinder und dergleichen. Sie sind alle ganz natürlich gekleidet, als hätten sie sich ihre Lieblingskleider ausgesucht und sie angezogen, einfach so. Sogar die Leute vom USPS, stellt Lucien fest, treten zu diesem Anlass entspannt auf.

Sie tragen marineblaue Poloshirts aus gleicher Herstellung, besitzen die gleichen amerikanischen Mittelschichtsgesichter wie die meisten Jahrmarktsbesucher. In ihren identischen Khakihosen mit obligatorischen Bundfalten muten sie in der Menge wie Geheimpolizisten an, aber sie machen den Eindruck, als fühlten sie sich wohl. Lucien erspäht Parker Smith, ihren Anführer, bei der Tunkbude, wie er die Spötteleien des unverschämten, durchnässten Burschen über sich ergehen lässt, und er winkt. Parker feuert ein Lächeln ab und dann den Ball ins Schwarze. Sein theatralisches Auftreten ist gerechtfertigt. Unter Applaus fällt der Junge ins Wasser.

Parkers Untergebene klopfen ihm auf die Schulter und heben die Hände, um ihm die Fünf zu geben. Parker hat ebenso wie Lucien seine Hilfstruppen hier. Lucien stellt sich einen Kommandoraum weit weg von der Front vor, wo sie bunte Nadeln über eine Satellitenkarte von Summers County bewegt haben, aber natürlich hat die ganze Planung für die Operation telefonisch stattgefunden, wobei die Kosten für Parkers Ferngespräche der Steuerzahler trägt und Lucien die seinen säuberlich in den allgemeinen Geschäftsunkosten untergebracht hat. Es war alles Parkers Werk gewesen. Er hatte die Sache angeleiert. Lucien war Parker von einem Freund in der Rechtsabteilung empfohlen worden, dem Lucien einmal geschmeichelt hatte. Parker schilderte die einmaligen Dimensionen des Ereignisses mit der Ehrlichkeit eines Profis, was Lucien sehr zu schätzen wusste. Es war ein merkwürdiger Gig, keine Frage, ein ganz neues Paradigma. Public Relations machten nur einen kleinen Teil der Ziele des USPS aus. Beim Zielgruppenmarketing, erklärte er, sei man zu dem Schluss gekommen, dass derartige kommunale Veranstaltungen in Verbindung mit populären Neueinführungen, wie sie etwa limitierte Gedenkmarkenserien darstellten, ein bescheidenes, aber nicht unbedeutendes Mittel seien, den Menschen ihren Staat wieder näherzubringen. Die laue, ja geradezu peinliche Wahlbeteiligung war nur ein Beispiel für eine weitverbreitete öffentliche Abwendung vom Staatsapparat. Er hatte die Zahlen vor sich liegen; über das Lauthörtelefon hörte Lucien ein klopfendes Geräusch. Wie mürrische Teenager zogen sich die Menschen des Landes schmollend zurück und verschlossen die Türen vor den Auf- und Anforderungen des staatlichen Lebens.

Aber seit sie die Öffentlichkeit an dem Auswahlverfahren für die Gedenkmarken beteiligten, war die Anzahl der Zuschriften schlichtweg erstaunlich. Statistiker des Post Office tabellarisierten und korrelierten die Zahlen auf behördenüblichem Schreibpapier und stellten Hypothesen auf. Es beschränkte sich keineswegs nur auf die Briefmarkensammler. Das Post Office gab die jeweilige Kategorie bekannt, und die Leute stimmten ab. Alle möglichen Leute. Eine bunte Vielfalt von Ethnien. Sie stimmten für Blumen. Jeder hatte eine Lieblingsblume, sei's, dass er sie einmal von einer wahren Liebe geschenkt bekommen oder dass sie in seinem Garten gestanden und er sich Sorgen um sie gemacht hatte, bis sie schließlich zwei Tage lang blühte, ehe die Schnecken sie fraßen, aber jeder hatte eine Lieblingsblume, und alle stimmten sie ab. Sie stimmten für die Toten, um ihre Gesichter auf Briefmarken zu sehen. Als ob die jeweilige tote Berühmtheit auf der Briefmarke über die Beförderung des Briefes zum Empfänger wachte, die Sendung segnete, die rechte obere Ecke des Briefes gleichsam ein Platz im Himmel wäre. In gewisser Weise handele es sich um eine Erforschung der amerikanischen Psyche, und er möge das bitte für sich behalten, flüsterte Parker, aber man bekomme Anrufe von der CIA. Dort glaube man, die Daten könnten irgendwie nützlich sein. Dies alles erklärte er Lucien. Aus der Macht, die ein rotes Kabrio über die Menschen habe, ergebe sich der Favorit bei der Gedenkmarkenserie für klassische Automobile. Manchmal bekam der Künstler, der das jeweilige Motiv entworfen hatte, Fanpost, die mit ebendiesem Werk frankiert war. Das war das Komische: Sie verwendeten Briefmarken, um einzuschicken, wofür sie sich entschieden hatten, als wäre das Ganze ein im stillen Kämmerlein ausgeheckkes Schneeballsystem. Diese Gedenkmarken übten einen Einfluss auf die Leute aus. Man musste sie nur mit derartigen lokalen Ereignissen kombinieren, und schon hatte man ein wichtiges, aufschlussreiches Experiment in Gang gesetzt.

Lucien inspizierte seine Fingernägel, während Parker aus dem Lauthörtelefon tönte.

Und Talcott, führte Parker an diesem Tag am Telefon weiter aus, sei der perfekte Partner. Ein Ereignis wie die John Henry Days sei ein Stück Amerika, ein Fenster in eine Lebenswirklichkeit, die Leute wie er und Lucien sonst nie zu Gesicht bekämen. Natürlich hatte es ein ziemliches Gemurre gegeben, als Talcott an sie herangetreten war und gefordert hatte, dass die Vorstellung der Marke in ihrer Kleinstadt stattfinde. Schließlich hatte in Pittsburgh schon einiges an Recherche stattgefunden. Der Heimatstadt des Stahls. Man habe für Fotostrecken schon Hochöfen ausgeguckt und erste Gespräche geführt. Noch nichts unterschrieben, aber unangenehm war es doch. Und dann – eine Kleinstadt! Irgendwer hatte den Antrag gestellt, den Ärger erst mal zurückzustellen, und die Frage aufgeworfen, ob es sich nicht vielmehr um einen echten Glücksfall handele. Der Antrag war unterstützt worden, viele hatten zugestimmt. Talcott plante ein jährlich stattfindendes Festival, dessen Einführung zeitlich mit der Herausgabe der John-Henry-Gedenkmarke zusammenfiel. Das Timing sei perfekt. Es war fast wie geplant gewesen, dem zynischen Beobachter hätte es wie geplant erscheinen können, Fast-Food-Becher in Verbindung mit dem großen Sommerkinohit, ausgedacht von Leuten, die weder Fast Food aßen noch sich Sommerkinohits ansahen. Einer von den Jungs von der Qualitätssicherung habe darauf hingewiesen, dass sie von Beginn ihrer neuesten PR-Initiative an auf genau diese Art von Veranstaltung abgezielt hatten. Synergie. Ein Gedanke, ein Volk. Über Präsidentschaftskandidaten geriet schon lange keiner mehr aus dem Häuschen, aber ihre geliebten Helden und Artefakte unterstützten die Leute immer noch in Scharen. Jedenfalls auf Briefmarken. Wenn Talcott einen Zuschuss brauchte, um für sein Festival Reklame zu machen (denn wie konnte etwas ohne anständige Publicity existieren?), wie konnte sich das Post Office da verweigern? Für solche Eventualitäten hatte man alle möglichen Formen finanzieller Unterstützung in petto.

Eine Stadt hatte Lucien noch nie gemacht. Für den Staat gearbeitet, das schon, in der einen Woche für den demokratischen Befürworter einer Bildungsreform Geld beschafft und in der nächsten für den republikanischen Befürworter von Steuersenkungen. Erstaunlich, wie viele Leute an beiden Veranstaltungen teilgenommen hatten. Dieselbe Band, derselbe Caterer, dieselben Unterschriften auf Schecks. Er sieht sich selbst nicht als politisch. Was andere unter Politik verstehen, ist für ihn ein flüchtiges Lüftchen. Aber eine Stadt hatte Lucien noch nie gemacht. Während er über den Auftrag nachdachte, fiel ihm ein, dass der Trick, wenn man eine Kleinstadt machte, vielleicht darin bestand, die Sache zur Idee werden zu lassen. Was die Frage mit dem Huhn und dem Ei aufwarf. Diese Frage verfolgte ihn, während er sich an die Arbeit machte – er kam einfach nicht dahinter, was zuerst da war, die Briefmarke oder das Festival. Ist die Briefmarke eine verkaufsfördernde Maßnahme für das Festival oder das Festival eine Pressekonferenz für die Briefmarke? Wenn er sich heute so umsieht, ist er immer noch verwirrt. Es gibt Eingemachtes und Männer, die in alten Schaffneruniformen herumlaufen. Ist das wirklich heimelig, oder ist das irgendein Konstrukt? Ist ihre Ernsthaftigkeit in Wirklichkeit das glücklose Bemühen um etwas, das ihre Väter ihrer Überzeugung nach besaßen? Es gibt einen Banksafe, der ihr Erbe enthält, aber sie besitzen nicht die richtige Dokumentation. Lucien hat den Verdacht, dass er auf eine Täuschung hereinfällt, die den Trickbetrüger und das Opfer gleichermaßen verführt.

Lucien verschränkt die Finger hinter dem Rücken und streckt im Gehen die Brust heraus, ein Diktator auf Bananenfeldern. Die Menschenscharen, die knatternden Fahnen, die Soundchecks, das alles sind miteinander verbundene Getriebe, in Gang gesetzt von der Idee John Henry; alle Dinge und Menschen hier greifen ineinander, um diese verrückte, fröhliche Maschine in Gang zu halten. Auch er ist nur ein Rädchen mit einem Bestimmungszweck und einer Funktion. Lucien kommt an einem Tisch vorbei, an dem ein verdruckster junger Mann primitive, selbst geschnitzte Holzmasken verhökert, für Konvertiten seine eigene Privatmythologie auf einem Tisch ausgebreitet hat, Mathelehrer der sechsten Klasse, offiziell bestallte Tyrannen, diverse Unglücksbringer. Dann wuseln Kinder um Luciens Hüften, die Gesichter in allen Regenbogenfarben beschmiert. Blut mit Erdbeeraroma tropft aus den Mündern dieser Blutsauger, kreisförmige Waschbärenflecken schwärzen ihre Augen. Schmale schwarze Schnurrbärte krümmen sich über Wangen. Lucien verfolgt diese Minidämonen zu einem Tisch zurück, an dem eine Frau die Kinder fragt, was für ein Monster sie sein möchten, ehe sie das Schreckens-Make-up aufträgt. Eine lange Schlange von Kindern harrt der Verwandlung. Für welches Monster würde Lucien sich entscheiden?

Eine weitere Gestalt im Kostüm eines Lokomotivführers hat einen Ring von Jungen und Mädchen um sich geschart. Lucien schiebt sich näher heran und hört den Mann sagen: »Von jenem ersten Tag an, als er im Lager der C&O erschien, erwies sich John Henry als der stärkste und schnellste Bohrhauer, den sie je gesehen hatten. Er ließ den Hammer herabsausen, und die ganze Welt erzitterte.« Nicht alle Kinder sind von hier, vermutet Lucien. Vielleicht hören sie die Geschichte zum ersten Mal. Auch Lucien hatte, ehrlich gesagt, keine Ahnung, wer John Henry war, als Parker sich mit ihm in Verbindung setzte; sobald das Gespräch beendet war, schickte er Lawrence recherchieren. Als dieser mit einem Kinderbuch wiederkam, runzelte Lucien die Stirn, kniff die Augen zusammen und wies Lawrence an, eine Zusammenfassung zu schreiben. Später am Abend, als er die Notizen seines Assistenten las, erinnerte er sich wieder an die Geschichte. Sie war vertraut, aber er kam nicht dahinter, wo er sie zum ersten Mal gehört hatte. Es war eine jener Geschichten, die einem so vorkommen, als habe man sie schon immer gekannt. Wie die Geschichte vom Storch und den Kieseln im Wasserglas, oder wie diese Geschichte gleich ging. Der Fuchs und die Trauben. Vielleicht hören einige von den Kindern, die da im Gras hocken, die Geschichte zum ersten Mal. Wie viele von ihren Eltern erinnern sich wohl an die Geschichte? Wie viele haben vor dem heutigen Tag von Talcott gehört? Er ist stolz auf sich.

»Lucien? Es ist Apple Valley Brand Rocky Road. Ich habe die Telefonnummer.« Dies die öde Ankündigung von Lawrence' Rückkehr. Er hatte seinen Assistenten mit einem Auftrag losgeschickt, um ein paar Momente für sich allein zu haben, mit jedem neuen Wogen des Jahrmarkts den Boden unter den Füßen zu verlieren, und nun kommt Lawrence viel zu früh zurück. Hauptsache, er fängt nicht wieder an, von den Tieren zu reden. In seiner Badewanne, hat Lawrence gejammert, seien nach ihrer Rückkehr vom Flughafen lauter Pfotenabdrücke gewesen, und seither redet er unentwegt davon, dass Bären ihn im Schlaf zerfleischen würden. Bloß die Abdrücke in der Badewanne, sonst war alles unberührt. Was glaubte er eigentlich – dass sich ein Rudel Jungtiere mit einem Schlüssel Zutritt verschafft hatte? Lawrence findet vermutlich, dass er hier unten primitiv lebt.

Letzten Endes müssen sie eigentlich nicht hier sein, auf dieser platt getrampelten Wiese, Hunderte von Kilometern von seinem neuen Ledersessel entfernt. (Das ist mit Sicherheit ein schlecht geplanter Aspekt des Unternehmens; man lasse sich niemals einen neuen Ledersessel liefern, wenn man nur Minuten später ein Flugzeug besteigen muss. Es sind Eingewöhnungsrituale zu vollziehen, eine förmliche Inbesitznahme hat zu erfolgen.) Abgesehen davon, dass es ein Novum darstellte, eine Stadt zu machen, abgesehen von der stillen Kühnheit einer solchen Idee, hat Lucien letztlich nicht mehr getan, als seine Methoden auf die Bedürfnisse des Kunden abzustimmen, wie immer. Seine Leute haben diesen Leuten ein paar Tipps gegeben, wie man eine anständige Pressemitteilung verfasst. Er hat die Verlage der einschlägigen Reiseführer angespitzt, damit sie die Veranstaltung in ihre Ausgaben für 1997 aufnehmen, und auf ehemalige New Yorker Kollegen zurückgegriffen, die dem Durcheinander der Großstadt entflohen sind und bei kleinen Tageszeitungen im Süden neue Weidegründe gefunden haben. Hier und da erschienen kleine Vorausartikel. Er hat auf die Liste zurückgegriffen.

Die Liste verblüffte ihn nach wie vor. Handysignale verflüchtigten sich in diesen Bergen vermutlich, aber die Liste drang durch. Er hatte dieses Wochenende aus schierer Gewohnheit angegeben, jedoch nie und nimmer mit einer solchen Resonanz gerechnet. Fünf Spesenritter. In Talcott! Das Essen ist schauderhaft, die einzigen Prominenten sind High-School-Football-Größen, die von dem einen großen Spiel quasseln, und die Luftfeuchtigkeit entspricht dem, wogegen man Klimaanlagen erfunden hat. Er weiß nicht, was ihn mehr überrascht: die Effizienz der Liste oder die Verzweiflung der von ihr Erfassten.

Eine Annehmlichkeit, die als Experiment begonnen hat. Als Luciens privates Spiel, es war noch gar nicht lange her, war erst ganz kurz her. Ihm fiel auf, dass sich zu seinen Veranstaltungen, zu den Veranstaltungen seiner Konkurrenten, zu jedweder Fresserei, die abends aufgefahren wurde, immer dieselben Leute schleppten. Autoren von Hochglanzmagazinen, Autoren von Tageszeitungen, abgehalfterte Reporter, sich abstrampelnde Freiberufler von zweifelhafter Herkunft. (Mal ganz abgesehen von dem üblichen Schwarm von Satelliten, den Park-Avenue-Freaks mit dem blau getönten Haar, den knochigen Mitgiftjägern und diversen anderen Schreckensgestalten, gegen die man noch kein Pestizid erfunden hat.) Die Autoren glichen Tagelöhnern, die sich jeden Morgen auf der Suche nach Billiglohnarbeit um den Lastwagen des Farmers drängten. Sie aßen und tranken, diese Wanderarbeiter, wischten sich das Maul mit dem Ärmel ab und lieferten manchmal sogar Text, wie es sich gehörte. Es musste, so kam es ihm vor, ein besseres System geben als diese Abstauberei. Er nahm die Namen und die Gesichter zur Kenntnis, brachte sie mit späteren Verfasserangaben in Verbindung. Ein Gutteil, so schien es, machte seine Arbeit. Natürlich waren sie Parasiten, aber eine bestimmte Art von Geschöpf erhielt ein mehr oder weniger stabiles Verhältnis zwischen Berichterstattung und Schmarotzertum aufrecht. Er beschloss, seiner wechselnden A- und B-Liste von Einzuladenden eine weitere Datenbank hinzuzufügen, eine, die jene oft übersehene Spezies von Freiberuflern erfasste. Er überwachte ihre Reise durch die Nächte. Wie viele Drinks sie sich in den Rachen kippten, wie lange sie noch herumlungerten, nachdem vom Essen nur noch einsame Garnierungen übrig waren, wie viele Artikel hinterher das Licht der Welt erblickten.

Bald hatte er eine handverlesene Truppe zusammen, bei der er sich darauf verlassen konnte, dass sie bei Bedarf für ein bestimmtes Quantum an Berichterstattung sorgte. Klatschkolumnisten, Musikjournalisten mit flaschenbodendicken Brillengläsern, Habitués von Bordmagazinen, die sich eine Reise zur nächsten Cabana erschlichen, Experten für Unterhaltungselektronik, die die besprochenen Produkte an Pfandleihen verkauften, die Eifrigen, Ambitionierten und soeben aus Praktika Ausgeschiedenen. Sie waren verlässlich, und er behielt sie im Auge. Bei der Beobachtung von Schleimspuren aus der Vogelperspektive ergaben sich Muster, und er ermittelte ein Verhältnis, das ihm gefiel. Als er so weit war, schickte er ihnen anonym eine E-Mail. Er hatte nichts dagegen, seine Konkurrenten in seine Verlautbarungen einzubeziehen – je mehr Erfahrung jene Auserwählten mit den Regeln des Vertrages gewannen, desto besser würde es der gesamten Industrie gehen. Er fügte Namen hinzu, stöberte Neulinge und Gesellen auf, strich Bummelanten. Es gab nur wenige Beschwerden; es gab niemanden, bei dem man sich beschweren konnte. Sie wurden gefüttert, über sie bekam das Publikum Futter, und sie reichten Artikel ein, mit denen sie ihre Miete bezahlten und ihre Laster finanzierten. Alle profitierten davon, und die Liste florierte.

»Lucien?«, wirft Lawrence ein.

»Ja, Lawrence.«

»Ich habe die Jungs gesehen. Dave und Tiny und die anderen. Sie sind drüben im Biergarten. Meinst du, es ist an der Zeit, sie zu begrüßen?«

»Lawrence, ich finde, es ist der perfekte Zeitpunkt zur Begrüßung.« Wer ist eigentlich gekommen? Er weiß noch, dass er Dave Brown mit Milt Chamber von *West Virginia Life* zusammengebracht hat – Milt, ehemaliger Festangestellter von Condé Nast, war nach der Reha nach Hause geflüchtet, um ein neues Leben anzufangen. Tiny ist wahrscheinlich wegen des Essens hier, bei Frenchie fällt es ihm im Moment nicht ein, aber angesichts seiner Vorlieben könnte es sich um eine Reisezeitschrift handeln. Macht One Eye eigentlich was? One Eye wirft ihm in letzter Zeit ständig finstere Blicke zu, aber an seine periodische Vergrätztheit ist er gewöhnt. Und J. ist da, nach allem, was man so hört, immer noch mit seinem Rekordversuch beschäftigt, der arme Kerl. Gesund ist das nicht. Müsste vielleicht mal irgendwann ein Wörtchen mit dem Jungen reden, wenn er so weitermacht. Immerhin ist J. dem Hinweis auf die Website gefolgt und berichtet über das Ereignis. Zwei von fünf, die hierhergekommen sind, arbeiten. Das macht vierzig Prozent. Durchaus im akzeptablen Bereich.

Lucien wirft einen letzten Blick auf die Kinder. Das Gesicht des Geschichtenerzählers gleicht einer Steinskulptur, und die Kinder beugen sich vor, von der Spannung angezogen. Er macht das gar nicht schlecht, versucht wahrscheinlich, sich zu erinnern, wie sein Vater oder Großvater ihm vor Jahrzehnten die Geschichte erzählt hat. In der Bude nebenan sammeln sie Spenden für das Museum. Die Eltern der Kinder kramen ein paar Scheine hervor, während sie darauf warten, dass John Henry seinen Wettkampf gewinnt. Ja, es ist ein schöner Tag. Sie sammeln Spenden für den Bau des John-Henry-Museums. Wenn man die Museumsgeschichte mit dazunimmt, hat der Gig schon fast einen künstlerischen Einschlag. Nach einem Gig mit künstlerischem Einschlag fühlt er sich immer wohl.

»Auf geht's, Lawrence«, sagt er, »inspizieren wir die Truppen.«

Vor der durchgehend geöffneten Bodega der armen Seelen promenieren die Crackheads, zucken und zappeln, übertreffen sich sporadisch mit immer spektakuläreren Formen von Lähmung, zählen unterm Wellblech des gelben Vordachs Münzen ab. Die Bodega macht niemals zu. Um Mitternacht nimmt der Nachtverkäufer den Ziegelstein an der Eingangstür weg, und sämtliche Transaktionen erfolgen unter kugelsicherem Plastik hindurch. Er nimmt Wünsche entgegen. Er strengt sich an, die Crackheads zu verstehen. Wenn er sich in die Tiefen seines Kaufmannsreiches zurückzieht, um Starkbier und Kartoffelchips aus anonymer Herstellung zu holen – oder einen Proteinshake, wenn das alles ist, was der Kunde bei sich behalten kann –, ritzen die Crackheads mit Schlüsseln oder Münzen Nonsense-Slogans und ihre Namen in den Kunststoff, halbherzige Depeschen aus dem Untergrund. Sie halten verstohlen nach den Bullen Ausschau; wenn sie sich zusammentäten, brächten sie es ohne Weiteres auf zwei Dutzend Haftbefehle und Vorladungen. Sie pöbeln ohne jeden Grund den Nachtverkäufer an, das ist Grund genug. Sie schmähen seine Sinneswahrnehmung. He, bist du taub? Ich wollte ein St. Ides und zwei O. E.s, du Arsch, nicht zwei St. Ides, Scheiße. Ich wollte die Lays-Chips, die du da liegen hast, nicht diesen Bananenscheiß, Scheiße, bist du vielleicht blind? Durch den kugelsicheren Kunststoff hindurch reden sie über den Zustand der Wirtschaft. Wieso willst du noch zehn Cent? Vorgestern hat's noch eins fünfundneunzig gekostet, und jetzt willst du auf einmal noch zehn Cent? Mein Junge war vor zwei Stunden hier, Nigger, der hat den gleichen Scheiß gekauft, da war's noch keine zehn Cent teurer. Ihr dominikanischen Nigger wollt uns Nigger wohl ausnehmen. Wenn der Nachtverkäufer zu müde ist, um diesem improvisierten Gefeilsche die Aufmerksamkeit zu schenken, die es verdient, gibt er nach und muss sich anhören, wie der Kerl vor den anderen Crackheads in der Schlange über ihn flucht. Wenn er sich nicht unterkriegen lassen will, dreht er die kugelsichere Drehbox herum, sodass der Mann seine unzureichende Münze auf dem gelb angelaufenen Kunststoff liegen sieht, ein Museumsstück zum Thema Gettohandel. Er kann den Dime rausrücken, oder er kann verschwinden. Zigaretten und Kondome gibt es auch einzeln. Der neuen Nachfrage nach Phillies-Zigarren wird Rechnung getragen. Der Nachtverkäufer läuft hin und her. Bei diesem Publikum, zu dieser Nachtzeit, gewinnt selbst eine Bitte um schlichten Orangensaft etwas Unanständiges. Diese Leute nehmen ganz normale Waren von den Regalen seines Onkels und verwandeln sie in kriminelle Accessoires. Jede Nacht die gleichen Gesichter. Crackheads, Dealer, und da ist der Typ, der sich immer drei Coronas holt.

Am Abgabetermin steht J. Sutter zusammen mit Crackheads in den unheimlichen Morgenstunden Schlange. Von längerer Betätigung der winzigen Knöpfe seines Mikrokassettenrecorders tun ihm die Finger weh, die den Metallspulen grellen Schwachsinn entlockt haben. Auf dem Band verbreitete sich der Schauspieler und Publikumsliebling, von einem weißen Tisch an einem Hotelswimmingpool in Los Angeles aus, über tantrischen Sex und den Dalai Lama. An jenem Tag vor einem Jahr schlürfte J. eine Margarita und blinzelte im blendenden Sonnenlicht auf seine Notizen. Er spürte sich im Sonnenlicht weich und überreif werden wie alles in diesem Staat, sein Gehirn platzte und vergoss Säfte. Brody Mills hatte gerade einen gerichtlich angeordneten Aufenthalt in einer Rehabilitationseinrichtung für Suchtkranke hinter sich gebracht. »Vier Wochen, in denen ich ernsthaft versucht habe, meinen Kopf klarzukriegen«, so beschrieb er es an jenem Tag und, dank der Mikrotechnologie, ein Jahr später in J.s Wohnung. Er klopfte Asche auf die rustikalen Fliesen der Hotelsonnenterrasse und verschmähte aus unerfindlichen Gründen den bequem erreichbaren, eleganten Aschenbecher. »Zum ersten Mal seit Jahren bin ich clean, und es fühlt sich einfach großartig an«, sagte er, während er J.s schaumige blaue Margarita beäugte und wie ein Irrer danach gierte.

Brody Mills gab einstudierte Reue zum Besten, während der Vertreter der PR-Abteilung des Studios nickte, lächelte und Brodys gebräunten Unterarm antippte, wenn sein Klient der entmilitarisierten Zone zwischen den vereinbarten Sprachregelungen und den Fakten zu nahe kam. Seine Implosion hatte sich monatelang angekündigt, zuerst als namenloses Ektoplasma in blinden Meldungen in der Klatschpresse, dann als unverschämter, namentlich bekannter Anstifter einer Schlägerei in einem Nightclub in Manhattan, und sie wurde schließlich vom Omen zum Ereignis, als Brody Mills, ganz gegen seinen Rollentyp in Sweatshirt mit Kapuze, zu Beginn der Abendnachrichten von Kriminalbeamten aufs Revier gebracht wurde. Auf sämtlichen Kanälen. Er war der Mittwochsskandal, er geriet auf Abwege, nachdem er seinen chirurgisch gestalteten Rüssel einen Nachmittag lang tief in den Kokainameisenhaufen gesteckt hatte, verprügelte seine langjährige Freundin, das Model, und biss den ihn festnehmenden Polizeibeamten in den Hintern, als dieser der Anzeige wegen Ruhestörung nachging, die Mitbewohner der Downtown gelegenen, gehobenen Eigentumswohnanlage telefonisch erstattet hatten. Der Richter gab dem Schauspieler und Frauenschwarm Bewährung und ordnete einen Aufenthalt in einer Reha-Klinik an. J. war einer von zehn Journalisten, die an diesem Tag für einen Plausch am Swimmingpool vorgesehen waren, er gehörte dem ureigenen Bewährungsausschuss der Welt des Pop an. Brody sah jedenfalls besser aus als auf dem inzwischen berüchtigten erkennungsdienstlichen Foto: die Spitzbartschnipsel in einem Waschbecken in Beverly Hills; die dunklen Ringe um die Augen von einem Schritt der Selbsterkenntnis nach dem anderen (zwölf insgesamt) zum Verschwinden gebracht. J. war da, um den Mann auf sein Zeichen, auf jenes Klebebandkreuz zu zwingen, auf dem die Öffentlichkeit ihn sehen wollte, genau unter dem läuternden Spotlight der Reue. Brody bewegte sich gehorsam. »Der Ruhm kam so früh«, konzedierte er, »ich hatte nie eine Chance, erwachsen zu werden.«

Als J. ein paar Tage später, nach seiner Rückkehr in die zivilisierten Gefilde von Brooklyn, zu dieser Stelle des Tonbandes kam, drängte sich der Satz als naheliegende, zwanglose Überleitung zu einer Rekapitulation der Anfangszeit von Brodys Karriere auf. Brody wurde vor den Augen der Öffentlichkeit erwachsen, aber das Kind in ihm blieb. Der Satz war naheliegend, unmissverständlich und zitierfähig.

Jemand von der Zeitschrift rief J. an und fragte ihn, ob er nach L. A. fliegen wolle, um den Schauspieler und Abgott der Massen anlässlich seiner Entlassung aus der Rehabilitation zu interviewen. J. flog hin, interviewte den Lazarus mit den gepiercten Brustwarzen und lieferte den Artikel pünktlich ab. Doch dann starb Fellini. In Italien starb der bedeutende Regisseur Federico Fellini, und der Herausgeber wollte einen Sonderteil über das Hinscheiden des Mannes machen: Kurzrezensionen seiner wichtigsten Filme mit Bewertungen von eins bis vier Sternen für Videoverleiher; kurze Erklärungen führender amerikanischer Regisseure (keine allzu experimentellen), die von seiner Arbeit beeinflusst waren; und ein Essay über seinen Einfluss auf die Welt des Films, die spezielle Ökonomie des Lebens in Italien nach dem Kriege und die besondere Eigenart und Schönheit der Kunst, die sie hervorgebracht hatte, wobei dieser Essay schon vor Monaten geschrieben worden war, als der Mann das erste Mal ins Krankenhaus kam, bloß für alle Fälle. Für dergleichen gibt es ein Protokoll. Um Platz für den Sonderteil zu schaffen, wurde J.s Artikel über die Bekenntnisse von Brody Mills, Schauspieler und Superstar, zunächst um eine und dann um eine weitere Woche verschoben, und danach kümmerte es kein Aas mehr, und mit der Post kam ein Ausfallhonorar (in voller Höhe). Das war vor einem Jahr.

Und heute Morgen hat J. einen Anruf bekommen, der ihn aus einem Traum riss, einen von der aufgeregten Art, den er nur bekommt, wenn ihm das Mittagslicht voll und anklagend durch das Schlafzimmerfenster ins Gesicht knallt. Brody hatte mal wieder Ärger, musste natürlich mal wieder Mist bauen, genau wie damals bei der Serie, die ihn berühmt gemacht hatte, die Fox-Fernsehserie *Quaker's Dozen,* eine Sitcom um zwölf Waisen unterschiedlicher ethnischer Herkunft und den hippen Priester, der ihr Vormund ist. (Wenn einer der Kinderdarsteller aus der Serie ausscheiden wollte oder von den Launen der Produzenten gekippt wurde, wurde er am Ende der Saison »adoptiert«, eine wahrhaft erfolgreiche Anpassung in der darwinschen Dschungelhölle moderner Unterhaltung, kaum ein Auge blieb trocken, wenn diese Nummer abgezogen wurde, und von den Einschaltquoten her war es ein absoluter Renner.) Brody mal wieder verhaftet, und das auch noch am Vorabend der Premiere seines neuesten Actionfilms. Werden die Nachbarn je aufhören, wegen lauten Lärms, der die frühmorgendliche großstädtische Ruhe stört, die Polizei anzurufen? Als die Beamten an diesem Morgen im Paramount Hotel eintrafen und die Tür einschlugen, war Brody Mills nackt wie ein Säugling (oder wie in der berühmten Nacktarschszene in *Ten Miles,* dem ersten Film, den er nach seinem adoptionsbedingten Ausscheiden aus dem Waisenhaus des hippen Priesters drehte) und stritt mit unsichtbaren Kritikern und Studiobossen (denn die unsichtbaren Dämonen, auf die er seine Tirade losließ, mussten Kritiker und Studiobosse sein), während die Gerätschaften des Rauschmittelmissbrauchs ganz offen herumlagen und ein Streifen aus dem Hotelvorrat an Pay-per-View-Pornos in höchster Lautstärke die gut ausgestattete Suite beschallte. »Es brauchte ein halbes Dutzend Polizisten, um ihn zu bändigen«, las der Herausgeber der Zeitschrift J. aus der AP-Meldung vor, und ob J. etwas dagegen habe, seinen Artikel vom letzten Jahr zu überarbeiten, wenn möglich zweitausend Wörter, pro Wort ein Dollar und bis morgen Mittag.

J. legte auf und ging wieder schlafen. Für im Grunde ein und dasselbe Ding zweimal bezahlt: Er schlief ungestört von tyrannischem Mittagslicht, sediert von dem Gedanken, an dem in Schwierigkeiten geratenen Promi Geld zu verdienen. Er wachte auf und ließ sich, während er Kaffee schlürfte, die Talkshow-Katastrophe auf seinem Bildschirm durch den Kopf gehen. Um fünf schlenderte er auf ein, wie er sich ausrechnete, angenehmes meditatives Stündchen zum Fort Greene Park, aber er bekam die gepflasterten Wege, die Pitbulls und schlaffen Kondome rasch satt und haute schon nach fünf Minuten wieder nach Hause ab. Im Laufe des Abends streiften seine Gedanken den Auftrag nur wenige Momente lang. Ein paar Details in den ursprünglichen, fünfzehnhundert Wörter langen Artikel eingestreut, nur keine Hektik, das reinste Kinderspiel, überhaupt kein Problem, er konnte früh aufstehen und es ohne Weiteres schaffen. Er ließ sich chinesisches Essen kommen und sah bis elf Uhr fern, worauf sich der zarte Engel des Professionalismus auf seiner Schulter niederließ und ihm raunend zuredete, sodass er die Datei überprüfen ging. Um gleichsam die Röntgenbilder ans Licht zu halten und festzustellen, wo Frakturen vorlagen, was morgen geflickt werden musste. Als er die Datei aufrief, bekam er Kauderwelsch, ein hieroglyphisches Komplott von aus Pixeln zusammengesetzten Symbolen, die er mit seiner Tastatur gar nicht zu erzeugen gewusst hätte, es war die Sprache einer durchgeknallten Sekte tief im Motherboard. Er hatte keine Erklärung dafür. Er bekam fünfzehnhundert Wörter Scheiße, als er die Datei *B. Mills Bußpredigt* aufrief.

Aber er hatte ja noch das Band mit dem Interview in der Schublade mit den Belegen für die Einkommenssteuer, und er hatte Kaffeebohnen. J. kippte eine Kanne Kaffee hinunter und transkribierte noch einmal die ausufernden Bekenntnisse des Teenie-Idols. Seine eigene Stimme übersprang er mit Hilfe des Schnellvorlaufs; er konnte den Klang seiner Stimme aus dem winzigen Lautsprecher nicht ausstehen, sie wurde von dem Gerät verstärkt und remastered, sodass sie einen Unterton von Ernsthaftigkeit und Aufrichtigkeit bekam, die er in Wirklichkeit gar nicht besaß. Da Brody Mills ohnehin auf keine seiner Fragen antwortete und stattdessen einen dadahaften Diskurs bevorzugte, spielte es keine Rolle, dass J. seine Fragen nicht hörte. Aber nach zweieinhalb Stunden dieser Rekonstruktionsarbeit begehrten seine Finger gegen das Zurückspulen und Schnell-vorlaufen-Lassen auf, und sein Magen und sein Herz krümmten sich unter den Bedrängungen der Kaffeebohne. Er war so aufgedreht, dass er sich erst beruhigen musste, ehe er, na, sagen wir, vielleicht zwei Stunden Schlaf abkriegte, um für den morgendlichen Ausflug in die ewigen Jagdgründe der Lohnschreiberei frisch zu sein. Und das bedeutete eine Expedition zu dem einzigen Laden, der zu dieser Nachtzeit geöffnet hatte. Er musste in den sauren Apfel beißen.

Es gab eine Zeit, da nahm J., wenn er sich zu einem späten Gang zur Bodega fertig machte, die erforderlichen Scheine mit und ließ seine Brieftasche zu Hause. Crackheads bettelten um Kleingeld, Blödmänner waren auf Beutefang: am besten, man vollzog einen strategischen Rückzug. Aber es passierte nie etwas, und so ließ er es sein. Noch schrecklicher, als zum Akteur im populärsten Straßentheater der Stadt zu werden (dem Raubüberfall an einer dunklen Ecke, einem Schauspiel, für das Touristen aus aller Welt Schlange stehen, leichter, als Karten für den Broadway zu kriegen), sind die schwarzen Fenster in sämtlichen Gebäuden. Er kann doch nicht, denkt er, wenn er sie sieht, der Einzige sein, der um diese Zeit wach ist, er ist nicht allein. Doch in sämtlichen Gebäuden schlafen die Leute. Die anständigen Leute verzichten auf diese Stunden. Blaues Fernsehgeflacker in manchen Fenstern verrät ihm, dass es ein paar wie ihn gibt, die um diese Zeit wach sind, aber nicht viele. Und es sind immer dieselben Fenster, ist ihm aufgefallen, von Häuserblock zu Häuserblock verstreut und gut verteilt, sodass sie die nächtliche Isolation effektvoll umreißen. Er winkt einem blauen Tänzer zu. Keine Reaktion. Der Gang zum Handelsposten ist vier Häuserblocks weit, mit nur zwei kitzligen Stellen: die unübersichtliche Abbiegung von der Carlton in die Lafayette (wer weiß, in was für eine Szene er hineinstolpern wird, wenn er die spitze Ecke des Gebäudes umrundet) und der Block, wo die Straßenlaternen, von Vandalismus und behördlicher Vernachlässigung verstümmelt, blind vor sich hin starren, wo Schatten sich zusammentun, um Samisdatlicht zu tauschen. Aber auf diesem Gang ist nie etwas passiert. Zwei Blocks weiter sieht er vor der Bodega das dichte Gedränge der Verkorksten. Er holt tief Luft und geht weiter.

Nachts kommen die Freaks heraus.

Er stellt sich hinter dem Crackhead an, der manchmal die reflektierende, orangefarbene Weste eines U-Bahn-Arbeiters anzieht, ein Souvenir, das er irgendwo in den Tunneln aufgelesen hat. Dieser Typ erzählt den Passanten gern, dass er eine U-Bahn-Marke braucht, um nach Hause zu kommen, und die orangefarbene Weste soll den Beweis solider Bürgerlichkeit liefern; warum er eine U-Bahn-Marke brauchen sollte, wo er doch angeblich für die Metropolitan Transit Authority arbeitet, ist ihm anscheinend nie in den Sinn gekommen. J. taxiert die Gruppe vor ihm, es sind Reisende, die einen langen Weg hinter sich haben, sicherlich Troubadoure, die es schließlich in diese Breiten hier verschlagen hat: die populärste Unterhaltungstruppe in ganz Shabby Land, die Crack Players. Yayo der Clown, im Gesicht das Rouge von getrocknetem Blut, die vor Kurzem zum dritten Mal gebrochene

Nase geschwollen, steht in seiner flotten grauen Montur da – er spielt gern den würdevoll-vornehmen Raconteur, der eine Pechsträhne hat und sich glücklich schätzt, für ein bisschen Kleingeld eine komische Leidensgeschichte zum Besten zu geben. Die beiden dynamischen Männer am fliegenden Trapez, Gordy und Morty, die mit Hilfe eines aus Cocoablättern extrahierten Alkaloids auf Urlaub von der Schwerkraft durch die Luft sausen, todesmutig und ohne Netz, und die erst im Morgengrauen auf der Erde landen, wenn sie zu geschafft sind, um noch irgendeinen Trick vorzuführen, und, im Grenzbereich menschlicher Ausdauer, nur noch versuchen können, Schlaf zu finden. Und natürlich die Älteren, Ma und Pa, seit zwanzig Jahren verheiratet und die Hälfte davon an der Pfeife, Gott segne sie, wie sie über die schmutzigen Müllsäcke mit den in Ehren gehaltenen Requisiten ihrer Nummer, Pfandflaschen und kaputten Toastern, wachen. Und an den Rändern dieser Gruppe, sich unter die Prominenten mischend, diverse Teenager, die eben rasch ihre Vorräte, Starkbier und ein paar Newports, ergänzen wollen, erkennbar an ihren Schlabberjeans, ihren Piepsgeräten und ihrer jugendlichen Lebensfreude, die unter dem timergesteuerten Strahl der Straßenlaterne etwas ungemein Erfrischendes hat.

Die Schlange kommt nur langsam vorwärts. Heute Nacht pöbelt jeder den Verkäufer an, sie beschweren sich über die Bedienung in diesem Laden. Aber es stehen keine fragwürdigen Gestalten herum, die das hier übliche Maß an Verkommenheit übersteigen, deshalb fängt J. an, über den Artikel nachzudenken, er verlässt diese Ecke und versetzt sich in ihr geistiges Pendant im Land des Zeilengeldes. Da plötzlich sieht er ihn.

J. sieht ihn im Zickzack die Straße entlangkommen, als wollte er etwaige Heckenschützen mit völkermörderischen Neigungen narren, die auf den Dächern Brooklyns lauern könnten, eine außer Kontrolle geratene Propellermaschine, der eine unangenehme Landung bevorsteht. Tony flitzt hierhin, um den Einwurfschlitz eines Münztelefons zu befingern, ein Herumgefummel auf der glücklosen Suche nach Kleingeld, und er krabbelt dorthin, um nachzusehen, ob dieses Schimmern (Kronenkorken) ein Dime oder gar, *mirabile dictu*, ein Quarter ist. J. sieht Tony, die Finger des Schreckgespensts zappeln durch die Luft wie Krabbenbeine auf dem Bodensatz eines Hafenbeckens. Tony kommt mit hin und her schwenkendem Blick die Avenue entlanggehoppelt, und J. weiß, dass er angesichts der peinlich genauen und qualvoll langsamen Pennyzählerei von Yayo dem Clown (immer derselbe Fehlbetrag, dieselbe begrenzte Anzahl von Taschen, die man durchsuchen kann) niemals davonkommen wird, ehe Tony bei der Bodega landet.

In der zerlumpten Menschenansammlung an der Ecke ist J. der einzige Gimpel; die Starkbierkäufer wird Tony nicht anpumpen, schmerzhafte Prellungen haben ihn da eines Besseren belehrt, und die Crackheads sind, da wie er Connaisseure der Pfeife und Konkurrenten bei der Beschaffung von Kleingeld, aus dem Spiel. Am Tag ist auf der Straße so viel los, dass J. nicht immer als Ziel von Tonys Beschaffungsaktion herhalten muss. Am Tag ist Tony ein Hündchen; nachts ist er die reinste Miesmuschel auf einer verzweifelten Odyssee nach dem nächsten Felsen und lässt sich nicht abschütteln. J. und Tony haben mittlerweile eine Beziehung, die auf den Tag zurückgeht, an dem J. nach Brooklyn zog und eine Tasche voller Kleingeld hatte. Tony wirkte eher begierig als hungrig, aber er brauchte das Kleingeld dringender als J., was soll's, J. war guter Laune. Tony lächelte und prägte sich das blöde Gesicht des Trottels ein. Dieser Akt vermählte sie als Gimpel und Bauernfänger, bis dass die Postleitzahl sie scheiden würde. Jene erste Spende begründete einen bindenden Vertrag (dessen Wirksamkeit mittlerweile jeder vor der Bodega bezeugen würde), obwohl J. sich nicht die Mühe gemacht hatte, sämtliche Unterklauseln zu lesen, das Kleingedruckte, das er im strahlenden, gemütlichen Licht jenes ziellosen Nachmittags nicht erkennen konnte. Sie haben eine Beziehung, für die Regeln gelten. Am Tage schickt ein »Tut mir leid, Mann« Tony weiter zum nächsten Gimpel auf der Straße, jenem bohemehaften Heimstättensiedler auf dem Ödland von Brooklyn, dem doofen weißen Typ mit dem Spitzbart. Massenhaft Gimpel nachmittags auf der Straße, von solcher Fülle ist das Viertel. Eine weitere Regel: Tony bettelt nicht um Geld, wenn J. in Begleitung einer Dame ist; er tippt an einen nichtexistenten Hut, aber das ist auch schon alles. Nachts allerdings sind die Zeiten hart, und heute Nacht ist J. der einzige Trottel weit und breit.

Tony geht es offensichtlich schlecht. In seinem Gesicht sind an diesem Abend alle möglichen tektonischen Katastrophen im Gange: Seine verstörte Visage starrt von subkutanen Klümpchen verfestigten Schleims, und aus porösen Herden sickert eine klare Flüssigkeit. Das Haar, das er sich in der vergangenen Woche mühsam hat wachsen lassen und auf das er sehr stolz war (sie haben sich darüber unterhalten, während J. energischen Schritts zur U-Bahn, verbotenem Gelände für den neben ihm her Latschenden, ging; die U-Bahn-Cops hatten ihn einmal verprügelt, jedenfalls behauptete Tony das), hat sich stellenweise dünngemacht, sodass altes und wundes, krätziges Fleisch zu sehen ist. Tony kommt, kurz nachdem J. den Mann hinter dem kugelsicheren Glas um drei Coronas gebeten hat. Er nimmt seine zudringliche Saugfisch-Haltung ein und sagt: »He, Micky-Maus-Mann, geht's dir gut?«

»Geht so«, erwidert J., wirft Tony einen flüchtigen Blick zu und starrt dann unverwandt ins Ladeninnere. An jenem ersten Tag, an dem Tony ihn um Geld anhaute, hat J. ein Gratis-T-Shirt von Disney angehabt. Sich die charakteristischen Merkmale seiner Kundschaft einzuprägen hilft dem Crackhead, seine diversen Anpumptaktiken auseinanderzuhalten.

»Schön, schön«, sagt Tony und nickt Kumpanen in der Schlange zu, die ihrerseits mit Pantomimen von früher Erlebtem antworten. »He, hör mal, Mann, du hast nicht zufällig 'n paar Dollar für was zu essen übrig? Ich hab den ganzen Tag nichts gegessen, Mann, und ich hab Kohldampf.« Er hält sich wie ein Gassenkind den Bauch.

»Mal sehen«, sagt J. Heute Nacht hätte er seine Brieftasche zu Hause lassen sollen. In wenigen Augenblicken wird er sie aufklappen, und Tony wird einen ausgiebigen, durstigen Blick auf das Bargeld tun. Kann schlecht sagen, er hat keines, wenn er einen Stapel Zwanziger drin stecken hat.

»Ich hab richtig Kohldampf«, sagt Tony nonchalant.

»Vielleicht«, sagt J. Er nimmt einen Fünfer heraus, hält die Brieftasche dabei eng am Körper. Er muss an Soldaten in Schützengräben denken, die mit der hohlen Hand die Glut ihrer Zigarette abdecken, damit die Schlächter des Kaisers sie nicht sehen und darauf zielen. Der Nachtverkäufer kommt mit drei Coronas wieder und tippt sie ein, Stichwort für J., das Geld in die kugelsichere Box zu legen und zwecks Inspektion auf die andere Seite zu drehen. Der Nachtverkäufer schiebt seine gelenkigen Finger in die Kasse, legt das Wechselgeld und die Flaschen in die Box und dreht sie herum: Transaktion abgeschlossen.

Neben ihm hüpft Tony fröhlich auf und ab. J. stopft den Dollar fünfundzwanzig in seine Jeans und zieht sich vom Crackhead-Basar zurück. »He, Bruder, wie wär's mit dem Wechselgeld?«, murmelt Tony.

»Tut mir leid, Mann«, sagt J., drückt das Bier an seine Brust und schreitet kräftig aus.

Tony wiegt den Kopf hin und her und schließt zu J. auf. »Aber du hast es gesagt.«

Jetzt geht es um Semantik. »Ich habe ›vielleicht‹ gesagt. Heute Nacht kann ich dir nichts geben.« Er hat erst gestern zwei Schecks bekommen, dem Mann einen Quarter zu geben wäre also keine große Geschichte. Tony kann das Wechselgeld haben und sich zu Tode rauchen, keine große Geschichte, es ist bloß Kleingeld. Aber

J. muss den Artikel fertig machen, er hat Wort für Wort das zusammenhanglose Gelaber eines Hollywood-Junkies transkribiert und für heute Nacht die Schnauze voll von Junkies. Der Kaffee arbeitet in ihm, der Ablieferungstermin kriecht näher: Heute Nacht steht er schon bei einem Drogi in Knechtschaft, weshalb er für die Nervensäge seines Viertels nichts mehr in der Tasche hat. »Bis dann«, sagt J.

Sie sind gleichaltrig, hat J. eines Tages herausgefunden. Tony trottete so wie jetzt neben ihm her und schwafelte halbherzig davon, dass er Similac für sein Baby bräuchte, eine Masche, die er nach ihrer ersten Begegnung ein paar Monate lang verwendete, aber irgendwann aufgab, als ihm klar wurde, dass er als pflichtbewusster Daddy nicht sonderlich überzeugte (von den Freuden der Vaterschaft glüht kein Mensch derart manisch). Er fragte: »Für wie alt hältst du mich?«, und J. schätzte fünfundvierzig. Grinsend entblößte Tony kaputte Zähne und kicherte: »Ich bin neunundzwanzig! Neunundzwanzig Jahre alt! Heute hab ich Geburtstag!« Und damit verschwand er keckernd die Straße hinunter.

Heute Nacht gibt Tony nicht so leicht auf. Er braucht dringend ein bisschen was. Er rückt J. näher auf die Pelle, als diesem lieb ist, und sagt: »Willst du 'n paar LPs? Ich kenn da einen Typ, der hat welche. Stehst du auf alten Funk? Ich könnte dir was besorgen.« Heute Nacht hat er die Taktik gewechselt. Er kennt einen Typ, einen Typ, bei dem es sich, wie J. erfahren hat, um einen wahrhaft geschäftstüchtigen Menschen handelt. Im Laufe der Jahre war dieser Typ, mit Tony als Mittelsmann, imstande, Stereoanlagen zu liefern (»Echt billig!«), außerdem Videogeräte bester japanischer Provenienz (»Videos auch! Stehst du auf Pornos?«), Gras (»Ich hab dich letzte Woche mit diesem Rastafari rumlaufen sehen. Vielleicht will er was zu rauchen.«) und Frauen (»Der Nachtpfleger im Altersheim zahlt mir fünf Dollar dafür, dass ich ihm 'ne Frau besorge – ich könnte dir auch was besorgen!«). Der Typ, den Tony kannte, war ein echter Unternehmer. Vielleicht wird J. eines Tages fragen, ob der Typ an Geräte herankommen kann, die Quittungen herstellen, aber heute Nacht nicht. Und an einem Stapel alter Platten, die der Typ aus irgendeinem Haus geklaut hat, ist er auch nicht interessiert.

»Nein danke«, sagt J.

»Ich hab den ganzen Tag nichts gegessen, Mann, bitte.«

»Nein.«

»Was heißt'n hier Nein? Ich seh dich jeden Tag, Menschenskind, und du kannst 'nem Nigger nicht mal mit 'n bisschen Geld für was zu essen aushelfen. Das ist der Hammer.« In Tonys Gesicht platzt ein Furunkel und fängt an zu nässen. »Kannst 'nem Nigger nicht mal mit'm Sandwich aushelfen. Ich hab doch gesehen, dass du dicke was dabeihast.«

»Nein.« Sie haben den Häuserblock mit den kaputten Straßenlaternen erreicht. In diesem Block wohnt Tonys Mutter. Tony hat J. irgendwann einmal darauf aufmerksam gemacht; es ist ein schönes altes Sandsteinhaus in der Mitte zwischen zwei Querstraßen. Ein Familienzerwürfnis: Tony wohnt ein paar Straßen weiter in einer Bretterbude auf einem unbebauten Grundstück. Beziehungsweise hat dort gewohnt. Die Behausung ist vor ein paar Wochen abgebrannt, und zum Beweis hat Tony eine rosa glänzende Verbrennung an seinem Arm vorgewiesen. Zweifellos irgendein Problem mit den elektrischen Leitungen.

»Du hast Geld für Alkohol, aber ich krieg nichts zu essen«, sagt Tony. Als ob diese eiternde Vogelscheuche das Geld für Essen wollte, so auf Turkey, wie er ist. Nur sie beide auf der Straße, und alle Fenster dunkel. Tony macht sich das zunutze, beugt sich näher an seinen Widersacher heran und flüstert: »Ich hab so Kohldampf, dass ich mir's dann vielleicht sogar nehmen muss, solchen Kohldampf hab ich«, und die Drohung klingt J. in den Ohren. Eines Abends steuerte J. die U-Bahn an, um es rechtzeitig zu einer Buchpräsentation in Manhattan zu schaffen, und sah

Tony fluchend in der Gegend herumstreichen. Er trug seine Kleider linksherum, und aus einer klaffenden Wunde über einem Auge sickerte Blut. Als er J. sah, fragte er ihn, ob er diese drei Blödmänner irgendwo habe rumlaufen sehen. J. verneinte, und Tony sagte, er habe Krach mit ihnen gekriegt, sie hätten ihn verprügelt und ihn gezwungen, sich auszuziehen und seine Kleider linksrum wieder anzuziehen. Oder vielleicht hatten sie ihn auch gezwungen, seine Kleider linksrum anzuziehen, und ihn dann verprügelt. Jedenfalls suche er sie, und er habe auch was dabei. Er zog sein Hemd hoch und zeigte auf das lange Tranchiermesser, das er im Gürtel stecken hatte. Er wollte sie aufschlitzen, wenn er sie gefunden hatte. J. sagte ihm, er solle sich beruhigen und sich erst mal sauber machen. Er werde überhaupt niemanden aufschlitzen. Tony erwog diese Möglichkeit, nickte und pflichtete bei. Er zog sein Hemd über das Messer. Dann bat er J. um etwas Kleingeld.

J. reagiert nicht auf die Drohung. Schweigend gehen sie ein paar Meter und lassen die Drohung auf dem Pflaster hinter sich zurück. Als sie den Lichtkreis der nächsten Straßenlaterne betreten, sagt Tony: »Hey, du weißt doch, das würd ich nie machen. Ich bin nicht wie die anderen verrückten Nigger, die's hier gibt. Aber essen muss ich auch. Was soll ich denn machen?«

»Ich kann dir nicht helfen, Mann.« Wenn er dem Crackhead jetzt was gäbe, sähe es so aus, als beuge er sich der Drohung, obwohl Tony sie zurückgenommen hat. Eine Frage des Prinzips: er will sich nicht einschüchtern lassen. Bis zu seiner Wohnung ist es noch ein Block, und er will Tony nicht dabeihaben, wenn er an seine Haustür kommt.

»Soll ich für mein Essen singen?«, fragt Tony. »Willst du, dass ich für mein Essen singe? Also gut, sing ich eben für mein Essen.« Er spuckt einen Schleimbatzen aufs Pflaster und zieht scharrend den Fuß über den Bürgersteig wie ein Pitcher, der vor dem Wurf das Wurfmal glatt streicht. Dann hüpft er auf und ab und singt aus seiner versengten Kehle: »*This old hammer killed John Henry, but it won't kill me! This old hammer killed John Henry, but it won't kill me!*« J. blickt zurück auf den Crackhead. Von der Anstrengung, diesen ungeheuren Lärm zu produzieren, quellen Tony die Augen aus den Höhlen. »*This old hammer killed John Henry, but it won't kill me!*« Und darin, denkt J., besteht der wesentliche Unterschied zwischen diesem Viertel und dem Umfeld, in dem sich Brody Mills bewegt. Hier wird niemand wegen des Krachs die Polizei rufen. Die Leute hören mitten in der Nacht Schüsse und Wortwechsel und schleichen sich vielleicht ans Fenster, um nachzusehen, was los ist, aber die Polizei rufen sie nicht. Sie beten darum, dass sie keine Vergewaltigung mitbekommen, etwas, was sie zwingt, sich einzumischen oder eine Einmischung zu erwägen, aber die Polizei rufen die Leute hinter den schwarzen Fenstern deswegen nicht. »*This old hammer killed John Henry, but it won't kill me!*« Jetzt liegt es bei J. Sein Widerstand ist erloschen. Er zieht das Wechselgeld, das er auf die fünf Dollar herausbekommen hat, aus der Tasche und gibt es dem Crackhead. Ohne die Hand des Mannes zu berühren. Wer weiß, womit sich der Kerl den Arsch wischt.

»Hat dir der Song gefallen?«, fragt Tony.

»Du hast gewonnen«, antwortet J. Meter liegen nun zwischen ihnen, die Entfernung zwischen dem Gimpel und dem gewieften Trickbetrüger.

J. hört Tony rufen: »Hey, Bruder, Bruder, warte doch mal!«

J. dreht sich um, weiß aufgrund der Lautstärke des anderen, dass Entfernungen, alte Entfernungen, zwischen ihnen liegen. Tony stößt den Finger in seine Richtung und sagt: »Bist 'n solider Bruder, Micky Maus, bist 'n solider Bürger.« Er verbeugt sich und huscht davon, auf ein Gebäude ohne Tür zu, ein Gebäude mit geheimen Treppen und Codes.

An seinem Schreibtisch trinkt J. sein erstes Corona und senkt den Blick auf seine Aufzeichnungen. Er überschlägt, was er geschafft kriegt, ehe er genug intus hat, um einschlafen zu können. Er überlegt, wie viel Schlaf er kriegen wird, und peilt über den Daumen, wie viele Wörter pro Stunde er bis Mittag produzieren muss. Er drückt einen Knopf und hört dem verlogenen Junkie zu. Der einzigen Sorte von Junkie, die um diese Zeit wach ist.

Die größte Kartoffel von Summers County ist ein gemeiner Brocken, dreißig Kubikzentimeter klumpige Garstigkeit, eine mordsmäßige Knolle aus den Eingeweiden der Hölle. Als letztjähriger Sieger thront sie auf einem quer im Gang stehenden Tisch, eingeschweißt in ein hochwertiges Plastikfutteral, um ihren abscheulichen Ruhm für künftige Generationen zu konservieren. Ihr stolzer Erzeuger, ein ergrauter Farmer, den ein Bolotie würgt, steht hinter Junior und deutet auf das Schild an dessen aufgedunsener Unterseite, das den Vorbeikommenden auffordert, die Kartoffel anzufassen. Nur ein Ausstellungsstück, nicht zum Verkauf. J. langweilt sich dermaßen, dass er beinahe hinübergeht, um festzustellen, was für ein Kartoffelwunder sie an ihm wirken wird, aber ganz so weit ist er denn doch noch nicht. Es ist gemütlich auf der Biergartenbank, auch wenn er nichts trinkt, und die Jungs kommen ganz gut allein zurecht und verbrauchen zügig die Rolle Getränkegutscheine, die die Stadtväter ihnen über den Taxifahrer haben zukommen lassen, als sie auf dem Jahrmarkt eintrafen. Allerdings kann J. den Blick nicht von dieser Knolle abwenden. Es ist eine Paul-Bunyan-Kartoffel, ein John-Henry-Imbiss.

Die Jungs lümmeln auf den Bänken, lassen sich volllaufen und schlagen Zeit tot. Für kurze, enttäuschte Momente landen Fliegen auf ihren Gesichtern.

»Ich finde, die sollten uns Gratis-T-Shirts geben. Ich will ein Gratis-T-Shirt.«

»Glaub nicht, dass die deine Größe dahaben, mein Lieber.«

»Ist für meine Mutter.«

»Was meinst du, wie alt die ist?«

»Vierundsiebzig. Deswegen will ich ja auch eins, für ihren Geburtstag.«

»Doch nicht deine zahnlose Ma, die Braut da drüben im roten Tanktop.«

»Die Typen da drüben trinken unentwegt aus diesen Gläsern, Mann, ich beobachte das jetzt schon eine ganze Weile. Das ist Schwarzgebrannter.«

»Hab ich euch eigentlich mal erzählt, wie ich Lynyrd Skynyrd interviewt habe und wir was von deren Selbstgebranntem getrunken haben? Als würde man einen Eimer Nägel fressen.«

»Wann findet eigentlich diese Bohrhauer-Geschichte statt? Ist doch so was Ähnliches wie ein Monstertruck-Rennen, oder?«

»Ich sage, wir gehen da rüber und kaufen was von dem Schwarzgebrannten.«

»Ich muss mir diesen Bohrhauer-Wettbewerb reinziehen. Vielleicht lässt sich da ein Artikel für GQ rausholen. Mano-a-mano ist im Augenblick die große Sache.«

Von Zeit zu Zeit wirft J. einen verstohlenen Blick auf die übernächste Bank, auf der sich ein paar Einheimische zu ähnlichen Zwecken niedergelassen haben. Bis jetzt hat er eine Geste mit dem Daumen (»Nun guckt euch die an«), dreimaliges Gegluckse auf Kosten seiner Freunde und diverse stahläugig herausfordernde Blicke registriert. Nicht, dass sich hier ein Krach zusammenbraut, aber unter den Baseballmützen werden sicherlich ein, zwei Lektionen aus dem Lehrbuch der Handgreiflichkeiten erwogen, die man den ungehobelten Fremden erteilen könnte.

»Immer noch sauer?« One Eye klopft ihm auf die Schulter.

Seit ihrer peinlichen Gefangenschaft in Lawrence' Badezimmer ist One Eye ihm aus dem Weg gegangen. J. hat vermutet, sein Freund sei mit Vorbereitungen für die nächste Eskapade beschäftigt: Er zeichne Diagramme von Heizungsschächten, stoppe die Zeit, die man von seinem zu Luciens Zimmer braucht, zähle wieder und wieder Schritte, berechne Visierlinien. *Jede Nacht genau um fünf nach zwölf verlässt der Wachmann seinen Posten zu einer Pinkelpause.* Und nun steht er da mit einem Zuckerwattestab, der bis auf ein paar rosafarbene Büschel abgegessen ist, als hätte er Fleisch von einem toten Comictier abgenagt.

»Vergiss es«, sagt J. »Red einfach nicht mehr davon.«

»Es liegt ganz bei dir, mein Lieber«, sagt One Eye und rupft rosa Reste ab, »aber ich ziehe heute Abend Phase zwei durch, ob mit dir oder ohne dich. Lucien isst heute Abend mit ein paar Lokalgrößen, und dann ziehe ich es durch.«

»Viel Spaß.«

»Wenn du willst, lösche ich dich auch … Sieh an, da kommt ja Captain Johnson.«

Lucien und sein Herold versuchen, in elegantem Gang zum Biergarten hinüberzukommen, während gaffende Touristen und hyperaktive Kinder sie zu ständigen Kurskorrekturen, zu häufigem Innehalten und Ausweichen nach rechts und links zwingen. Gekleidet in die vermutlich einzigen Angelo-Marini-Anzüge im Umkreis von hundert Meilen. Lawrence folgt seinem Herrn und Meister und konjugiert mit jedem Schritt das Wort *nerven* (er nervt, war genervt, wird genervt sein). »Hallo, Freunde«, sagt Lucien, als das letzte Hindernis zu der Riesenkartoffel hinüberflitzt und den Weg freigibt. »Auf der anderen Seite, ein bisschen weiter oben, gibt es einen wirklich beispielhaften Eiscremestand.«

»Ganz unter uns«, sagt Lawrence im schönsten Börsentipp-Flüstern, »mit Rocky Road könnt ihr nichts verkehrt machen.«

Während sie die Gruppe begrüßen, blickt J. ihnen über die Schulter, um festzustellen, ob er Pamela erspähen kann. Sie hat ihn abgehängt, sobald sie den Hügel heruntergekommen waren. Er hatte etwas Mühe, sich um eine Frau mit Zwillingsbuggy herumzumanövrieren, fragte: »Wollen Sie hier lang oder da runter?«, und weg war sie. Er stand da mit John Henry unterm Arm und vermutete zu Recht, dass er Dave Brown, Tiny, Frenchie und

One Eye bei der nächstgelegenen Biertränke finden würde. Pamela sieht er nicht.

»Schön, dass ihr euch alle amüsiert«, sagt Lucien lächelnd. »Nicht gerade das Übliche, wie?« J. muss ihm beipflichten. Die Sonne ist ein angenehmer Reiz auf seinem Rücken. Hier draußen im Freien, unter dem störungsfreien Blau, erlebt er es als schöne Ruhepause, als eine Unterbrechung seiner Jagd nach dem Rekord. Montag wird er wieder in Großstädten sein, seine gewohnten Bahnverbindungen zu den üblichen Veranstaltungsorten nehmen und nach Ende der üblichen Veranstaltungen seine gewohnten Taxirouten nach Hause. »Jedenfalls ganz schön abgelegen«, fährt der PR-Mann fort, »deshalb weiß ich es auch zu schätzen, dass ihr die Mühe auf euch genommen habt.«

»Wir haben nicht nach Gründen zu fragen, Lucien«, grollt One Eye.

»Dave«, fragt Lucien, »wie geht's dem alten Milt Chamber? Du berichtest doch für *West Virginia Life* über die Sache hier, richtig?«

»Netter Kerl«, sagt Dave und muss aufstoßen, »wir haben nur miteinander telefoniert, aber war er nicht mal bei der *Times*? Ich glaube, ich habe ihn vor ein paar Jahren mal kennengelernt. Hatte so was wie einen Nervenzusammenbruch, stimmt's?«

»Dehydrierung habe ich, glaube ich, damals als Erklärung gehört. Eine dieser neumodischen Diäten. J. – habe gehört, du hast mit Inter Travel geredet. Klingt ganz so, als wird das eine klasse Site, mit der sie da auf den Markt gehen. Anscheinend kann man einfach irgendeine Stadt anklicken und sich Restaurants und Hotels anzeigen lassen. Die jeweiligen Attraktionen. Ist das Web nicht was Wunderbares? Der zuständige Mann für den Inhalt dort ist ein guter Freund von mir.«

»Aha.«

»Er hat wirklich was drauf. Ihr beide solltet mal zusammenkommen, sobald du deinen Artikel abgeliefert hast. Ich glaube, die suchen nach guten Autoren, und mit Time Warner als Geldgeber müssten sie eigentlich auch ziemlich gut bezahlen.«

»Hört sich prima an.« Lunch, treffen wir uns zum Lunch, trinken wir einen zusammen, hier ist meine Karte, das da ist die Büronummer, die Handynummer schreibe ich hintendrauf.

»Was ist denn das?« Lawrence deutet mit dem Finger darauf.

»Das gehört J.«, sagt Dave Brown und tippt die John-Henry-Statue an. »Sein kleiner Kumpel.«

»Der hat die richtige Einstellung.«

»Die Merchandising-Produkte sind nicht allzu marktschreierisch«, sagt Lucien. »Ich bin angenehm überrascht. Sie haben bemerkenswerte Zurückhaltung geübt.«

»Ich hätte mindestens eine Actionfigur rausgebracht«, zwitschert Lawrence. »Die Gewinnspannen bei Actionfiguren sind heutzutage einfach unglaublich. Brettspiele, die hätten sonst was machen können. Es gibt nicht mal Sweatshirts. Dabei macht heute jeder Sweatshirts.«

»Schreib ihnen doch ein Memo, Lawrence«, sagt Frenchie und zwinkert seinen Kameraden zu.

»Ach, J.«, unterbricht Lucien, »ich hab da was, was dich interessieren dürfte. Lawrence?«

Lawrence fummelt mit seiner ledernen Aktentasche herum und reicht J. eine Zeitung. »Wir dachten, das macht dir vielleicht Spaß«, sagt er.

»Die *Hinton Owl*«, sagt Tiny, »alle Nachrichten, die sich uhuen lassen.«

Es handelt sich um eine schmale, vierseitige Sonderausgabe anlässlich der John Henry Days. J. hat sie stapelweise auf Tischen herumliegen sehen. Aber was hat sie mit ihm zu tun? JOHN HENRY DAYS ERÖFFNET!, mit einem Bild von Bürgermeister Cliff, wie er unterhalb des Denkmals auf dem Hügel steht. Wirklich eine sensationelle Nachricht.

»Unterhalb des Knicks«, sagt Lawrence mit dünnem Lächeln.

J. dreht die Zeitung um. BEINAH-TRAGÖDIE BEI ERÖFFNUNGS-GALA – AUSWÄRTIGER JOURNALIST VON HEROISCHEM EINHEIMI-SCHEM ARZT GERETTET. Man sieht ein Tatortfoto von J., der mit ausgebreiteten Armen auf dem Boden liegt, umstanden von Zuschauern – er erkennt Frenchies Schopf –, die sich über ihn beugen. Ach du Schande.

Tiny reißt ihm die Zeitung aus der Hand und röhrt: »›Um ein Haar kam es gestern zu einem tödlichen Unfall, als J. Sutter aus New York während der Eröffnungsfeierlichkeiten der John Henry Days beinahe erstickte ...‹ – flotter Aufhänger, muss ich sagen. Blabla – ›der hochbegabte einheimische Sänger Bobby Martin sang die berühmte ›Ballad of John Henry‹« – blabla – ›nur Zentimeter vom Tod entfernt: – jaja – ›ohne den Sachverstand des allseits geachteten Arztes Dr. William Stephenson hätte Mr. Sutter sicherlich nicht überlebt. Der Tat dringend verdächtig ist ein Stück Rinderbraten.‹ Wow, J., du hast es auf die Titelseite geschafft!«

»Die sollten mal lieber eine Fahndung nach dem Rinderbraten einleiten, ehe er wieder zuschlägt!«

»Geschrieben hat es dieser Typ, der dort herumgegangen hat, Honnicut oder wie er heißt. Hat ein Näschen für eine Story, das muss man ihm lassen.«

»Man weiß eben nie, wann man's in die Nachrichten schafft.«

Lucien lächelt. »Hab mir gedacht, du hättest es vielleicht gerne für deine Ausschnittmappe. Du kannst es behalten.«

Tony sagt: »Es ist ein gutes Omen. Hätte leicht ein Nachruf werden können – Unfalltod am Buffet.«

»Danke für die Zeitung, Lucien.« J. weiß, dass One Eye irgendeine freundliche Bemerkung oder augenzwinkernde Mitteilung auf Lager hat, deshalb weigert er sich, in seine Richtung zu schauen. Er gibt Tiny seine Getränkegutscheine und sagt, dass er sich mal auf dem Jahrmarkt umsieht.

Als er sich schon ein paar Meter entfernt hat, sagt Dave Brown: »Hey, Bobby Figgis – hast du nicht was vergessen?«

J. dreht sich um. Seine John-Henry-Statue steht auf dem Klapptisch und gebietet über einen Schwung halb voller Bierkrüge.

Er ist im Getümmel. Er wird verführt, bei Reihen von Kuchen zu verweilen. Das Ganze ist nicht die Anwerbungsversammlung der Aryan Nation, die er nach allem, was er gestern Abend und heute Morgen gesehen hat, befürchtete. Mehr Schwarze, als er erwartet hätte; er bringt häufig den guten alten Afro-Gruß an, das Hallo, mit dem man Leute bedenkt, wenn man aus der Stadt heraus in ein freundlicheres Klima kommt. Ihm fallen einige Teenagerpaare in Hip-Hop-Klamotten auf, wie man sie auf jeder Avenue in Brooklyn zu Gesicht bekommt; es sind sogar ein, zwei Hardrocker da, als Aushängeschilder. Dank des Kabelfernsehens kann jeder Teenager auch in der tiefsten Provinz die neueste Mode spazieren führen. Und vielleicht zwingt sie der Anblick dieser Wälder, nach dem zu greifen, was ihnen das Fernsehen als Ghetto-Authentizität präsentiert, und daran klammern sie sich dann. Ein Rettungsfloß in dieser Südstaatenwildnis. Damit sie auch beim Rasenmähen wissen, wer sie sind. Was soll's, der Kreis der Leute, für die er arbeitet, reicht überallhin, also hat er auf seine bescheidene Weise sogar dazu beigetragen. Hat über die neuen Sneakers geschrieben, für die die Rap-Clique sich dieses Frühjahr entschieden hat, erst vor einem Monat Down Ready Crew interviewt, um die Kampagne für ihre erste Platte bei einem großem Label zu unterstützen. Sogar die weißen Jugendlichen haben ein bisschen Flair. Dann gibt es noch ältere bürgerliche Paare mit kleinen Kindern, die Range-Rover-Clique auf Wochenendausflug. Und wir sind natürlich auch da, denkt er, aber als typischer New Yorker kann er trotzdem nicht umhin, sich zu wundern.

Der nächste Abfalleimer, zu dem er kommt, ist voll, übervoll, bekrönt von den letzten, ungegessenen Hot-dog-Brötchen und verschmierten Papptellern mit Rorschach-Ketchup-Flecken, des-

halb rollt er die *Hinton Owl* zusammen und stopft sie in seine Gesäßtasche. Herr des Himmels. Er hat seinen Namen schon zigmal
in der Zeitung gesehen, schließlich ist das sein Beruf, dorthin zu
wandern, wo die Arbeit ist, und am Ende des Tages als Verfasser
dazustehen, aber selbst *in* der Zeitung war er noch nie. Es ging
ihm so gut, dass er das mit gestern Abend schon fast vergessen
hatte. Und dann auch noch dieses Bild, auf dem Boden ausge-
streckt wie ein k.o. gegangener Schwergewichtler. Einmal war er
fast Gegenstand eines Artikels, als einer seiner Freunde auf dem
College sich einbildete, er sei der Proust seiner Generation, und
J. in einem Text unter anderem Namen als begabten Burschen
auftreten ließ, der seine Begabung verraten hatte. Sein Kumpel
bestritt, dass die Romanfigur auf J. basierte – schließlich war deren Name Ray, oder?

Lawrence mit seiner Wehleidigkeit, wie er ihm einfach so die
Zeitung gibt, und Dave Brown mit seinem Spruch von wegen
Bobby Figgis. Auf diesem anonymen Jahrmarkt, umgeben von
Buntgeschecktem, fühlt er sich wie auf dem Präsentierteller.
Ganz und gar exponiert.

John Henry ist zu schwer. J. kommt es vor, als schleppte er ihn
schon seit Jahren mit sich herum. Oben in dem Dienstwagen war
er noch nicht so schwer, aber er wurde es, als J. hügelabwärts auf
den Jahrmarkt ging, und mittlerweile ist er schwerer denn je. Ge-
kränkte anonyme Muskeln in seiner Hand begehren auf. Er kann
ihn nirgendwo deponieren. Er denkt, hier habe ich John Henry
in Bestzustand! Besorgen Sie sich hier Ihren authentischen John
Henry! Wie viel bieten Sie, Sir? Niemand sonst hat einen. Die anderen haben sich an T-Shirts gehalten, manche Kids haben grüne
Schaumstoffhämmer, aber er ist der einzige Trottel, der in Ge-
heimdienstler-Sonnenbrille und Hawaiihemd herumläuft und
einen John Henry unterm Arm hat.

Also, wo könnte Pamela sein?

Nicht im Moonwalk. Der Moonwalk ist eine Maschine, die mit

Kindern gefüttert wird und drei Einstellungen hat: Springen, Stürzen und Kopfüber. Sobald die Kinder sie durchlaufen haben, sind sie verändert, wissen festen Boden neu zu schätzen. Aber die eigentliche Lektion, denkt J., während er den herumtollenden und -wirbelnden Kids zusieht, besteht darin, dass einen stets die Wirklichkeit erwartet. Nach kurzer Flucht stellt sich rasch wieder fester Boden ein. Das Zauberschloss hat schon bessere Zeiten in glücklicheren Königreichen erlebt; graue Flicken bedecken Stichwunden im Plastik, die Hälfte der oberen Türme wackelt vor Luftmangel, sie hängen schlaff zur Seite, wanken jedes Mal, wenn eines der Kinder drinnen auf den Hintern fällt. Blauer Qualm tuckert aus dem Benzinmotor, der Luft hineinpumpt. Eine Dampfmaschine wäre vielleicht umweltfreundlicher.

Sein Arm ist müde; er wechselt seinen Griff, sodass John Henry nun, von J.s Fingern am Bein umklammert, kopfüber herabhängt. Keine sehr würdevolle Haltung für eine Legende, aber ... Auf dem Musikpodium ist das Bluegrass-Trio, das gespielt hat, als er das letzte Mal vorbeikam, durch O'Leary die Ein-Mann-Band ersetzt worden. Zwischen seinen Knien schlagen blechern Becken zusammen, er bläst kurzatmig in eine Harmonika, die wie ein Gerät aus der Notaufnahme vor seinem Gesicht befestigt ist, und ab und zu kommt aus dem Nichts eine zusätzliche Hand, die die winzige schwarze Hupe an seiner Hüfte drückt. Singt er John Henry? Dies ist ein Instrumentalstück, und die kinetische Extravaganz vor J.s Augen lenkt sein Gehör ab, er kann den Song nicht erkennen. Er kämpft sich durch den Engpass der O'Leary-Fans, schiebt sich an einem Stand mit gebatikten Wandbehängen vorbei und findet sie.

Er findet sie an einer wahrscheinlich illegalen, nicht auf dem offiziellen Lageplan der Standbetreiber verzeichneten Bude, eingequetscht zwischen einem Tableau aus diversen verschrumpelten Dörrfleischstücken und einer Bude, die Fotos toter Prominenter in glamourösen Posen anbietet. Pamela lässt sich von einer alten weißen Lady, die auf einem Gartenstuhl mit grünweiß kariertem Polster hockt, aus der Hand lesen. Die Wahrsagerin ist dürr wie Stacheldraht, genauso angerostet und ebenso gekrümmt. Sie raucht eine Zigarettenmarke, die J. noch nie gesehen hat, einen auf das ökonomische Profil der Gegend abgestimmten Billigtabak, eine ausgefallene Marke mit hochwirksamen Karzinogenen. Das wettergegerbte Orakel bemerkt J., verstummt in seinen Weissagungen, umschließt Pamelas Handfläche mit den altersfleckigen Händen und schaut der Suchenden tief in die Augen. Reichlich theatralisch, findet J., aber was kann man von einer Gartenstuhlseherin schon erwarten?

Auch Pamela bemerkt J., wendet sich der Frau zu und fragt: »Sie können mir also nicht sagen, wie es ausgeht?«

Die Alte zündet sich an ihrer Zigarette eine neue Zigarette an, sagt: »Was erwarten Sie denn für zwei Kröten?« und lehnt sich nach hinten gegen die elastischen Stäbe ihres Throns.

»Na, wie sieht die Zukunft denn so aus?«, fragt J., während sie sich zwischen die Leute zurückziehen.

»Sie hat mich bloß an etwas erinnert.« Ihre Gesichtsmuskeln entspannen sich. »Wo sind Sie denn abgeblieben?«, fragt sie.

»Ich war direkt hinter Ihnen«, antwortet er, »ich dachte, Sie hätten mich abgehängt.« Sie bestreitet es überzeugend. Sie schlendern weiter.

Er bekommt den Prospekt einer Autowerkstatt und kurz darauf den Prospekt einer Seelenwerkstatt in die Hand gedrückt; in der Menge sind Mechaniker wie Christen zugange. Er denkt, jetzt sind wir offiziell miteinander unterwegs, aber was heißt das schon. Nichts. Nur der Zufall hat sie aus merkwürdigem Anlass zusammengeführt, und miteinander zu reden und zu gehen ist leichter, als in der Menge allein zu sein. Sie sagt nichts. Er kommt sich wie ein Esel vor. Sein Blick folgt dem Zaun, der entlang der Gleise verläuft, und er kann den halben Eingangsbogen des neuen Tunnels ausmachen. Der, den John Henry gegraben hat, ist im Augenblick hinter einem Zelt verborgen, aber Pamela hat J. in diese Richtung gesteuert, also wird er den berühmten Ort demnächst zu Gesicht bekommen. Um den das ganze Gedöns gemacht wird. Er weiß, dass der Jahrmarkt nicht groß ist, aber von all dem ziellosen Abschreiten der Reihen kommt es ihm so vor, als nähme er überhaupt kein Ende. Seine Schuhe knarzen über zerknüllte Pappbecher, und sie schlendern über den Jahrmarkt.

»Mein Vater wäre begeistert gewesen«, sagt Pamela.

»Haben Sie sich wegen des Museums entschieden?«

»Nicht von dem ganzen Schrott, den sie hier verkaufen, sondern von der dahinterstehenden Idee.« Endlich sieht sie J. an. »Er wäre begeistert gewesen.«

»John Henry!«, dröhnt die Stimme über die Wiese. »Ich suche John Henry! Sind Sie da irgendwo?« Ehe J. vorschlagen kann, sich dieses neue Trivialspektakel anzusehen, stürmt Pamela schon in Richtung des Gebrülls, wo sich eine kleine Gruppe um einen Apparat versammelt hat. TESTEN SIE IHRE STÄRKE, drängt das unten angebrachte, abgenutzte Schild, und auf einem eigens zu diesem Anlass angeklebten Blatt Papier steht als Postskriptum: JOHN-HENRY-WETTKAMPF. J.s Blick huscht an dem hölzernen Totempfahl entlang nach oben bis zur Glocke an der Spitze. Die in Abständen angebrachten Markierungen sind mit neuen Zetteln überklebt, auf denen WASSERTRÄGER, LEHRLING, SHAKER, BOHRHAUER und ganz oben JOHN HENRY steht. »Ich suche John Henry, Mr. John Q. Henry, bitte melden Sie sich«, ruft der Marktschreier. In einem abgetragenen grünen Anzug, unter der Krempe einer staubigen braunen Melone hervor sagt er: »Riskieren Sie was, riskieren Sie was, jeder Schlag könnte Ihr letzter sein.«

J. schiebt sich neben Pamela. Sie sagt: »Ich weiß nicht recht, was ich eigentlich erwartet habe.«

Drei Teenager in Footballtrikots der University of West Virginia nehmen im Kopf Berechnungen vor, erstellen Diagramme mit den Kategorien Risiko, Tollkühnheit und Lächerlichkeitspotenzial. Während sie grübeln und überlegen, begegnet ihr Vergewaltigungsopfer gelehrt kontemplativen Blicken mit Unbeschwertheit. Zwei kommen gemeinsam zu einem Ergebnis und schubsen ihren langsameren Kameraden auf den Marktschreier zu, sodass Bier über Glasränder schwappt.

»Alsdann, Herrschaften, sieht so aus, als hätten wir einen Kandidaten!«, ruft der Marktschreier und packt den rothaarigen Rekruten am Arm, ehe der sich wieder zu seinen Freunden verdrücken kann. »Pass auf, Red«, sagt er und lotst ihn auf den Apparat zu, »das hier ist was anderes, als Bierfässchen die Studentenheimtreppe hochzuwuchten. Hier geht's zur Sache.« Er drückt dem Studenten einen zerschrammten Holzhammer in die Hand. »Du willst doch nicht, dass deine Freunde da Lisa Ann erzählen, dass ihr Kavalier es nicht draufhat, oder?«

Jetzt kann Red sich nicht mehr drücken, deshalb trägt er für seine Kumpels und die Zuschauer extra dick auf und hofft dabei, dass er den Vorfall zu einer schmeichelhaften Anekdote gestalten kann, die seine Freunde noch in Jahren erzählen werden, und zwar vorzugsweise dann, wenn er eine Braut rumzukriegen versucht. Er lässt im Stil eines Bodybuilders die Muskeln spielen, vollführt zwei Liegestütze und spuckt in die Hände, während seine Spezis die zwei Dollar bezahlen.

»Einfach aufs Ziel draufhauen, Red, und pass auf, dass du nichts kaputtmachst«, rät der Marktschreier, der sich nun, da er jemanden rangekriegt hat, weniger verbindlich gibt. Er weist Red auf die gepolsterte Scheibe am Fuß der Apparatur hin. Red wirft einen letzten Blick auf seine Kumpane, stößt einen wilden Schrei aus und lässt den Hammer herabsausen, worauf rudimentäre Systeme zur Übertragung kinetischer Energie ausgelöst werden und der rote Ball in der Mittelrille des Totems emporschießt. Er schnellt nach oben; Red ist kein WASSERTRÄGER, auch kein LEHRLING, sondern ein SHAKER, und nachdem der rote Ball bewertet und befunden, mit zitterndem Höhepunkt summarisch geurteilt hat, fällt er wieder herab. Red löst nicht die Glocke aus, kündet nicht in klarer Sommerluft von seinem Ruhm. »Shaker! Shaker!«, rufen seine Freunde und klopfen ihm auf den Rücken.

Der Marktschreier sagt: »Zu viele Shaker und nicht genug Männer hier, so ist das schon den ganzen Tag.« Er wendet sich wieder an die Zuschauer, komplimentiert den letzten Kandidaten in die Menge zurück und sucht nach neuen Tölpeln. »Wer ist der Nächste? Zwei Dollar, um sich selbst zu bestätigen, wer will noch mal, wer hat noch nicht? Zwei Dollar, um festzustellen, ob man das Zeug zum Bohrhauer hat. Machen Sie einen Versuch, jeder Tag könnte Ihr letzter sein.« Der von seinen Lippen sprühende Speichel ist in der Sonne deutlich zu sehen. »Glauben Sie, dass Sie's draufhaben?« Er beurteilt das Publikum vor seiner Maschine. »Sie da, mit der Sonnenbrille, kommen Sie rauf und probieren Sie's mal.«

Für J. wird deutlich, dass der Mann ihn meint. »Nein, danke«, sagt er und tritt einen Schritt zurück.

»Warum machen Sie's nicht einfach?«, fragt Pamela. Vielleicht sitzt ein boshafter Ausdruck in den geschwungenen Augenbrauen, den großen Pupillen.

»Nein, danke«, wiederholt J.

»Ich habe vollstes Verständnis, mein Lieber«, sagt der Marktschreier und fördert aus dem Fundus seiner Gesichtsausdrücke Enttäuschung zutage. »Sie haben keine Lust, sich vor Ihrer Freundin zu blamieren, aber Versagensangst ist nichts, worüber man sich Sorgen machen muss. Darunter leiden viele Männer, habe ich mir sagen lassen.«

»Da sind zwei Dollar«, sagt Pamela und reicht ihm das Geld. Sie dreht sich zu J. um, die Hände in die Hüften gestemmt, als stünde er schon seit Stunden da. »Na los, J., probieren Sie's mal.«

»Ich weiß nicht genau, ob Ihr Freund heute schon sein Geritol genommen hat«, meint der Marktschreier, »vielleicht ist es das, was ihm Probleme macht. Haben Sie Ihr Geritol schon genommen, mein Guter?« Er hält J. den Hammer hin.

Kommt nicht weg, ohne sich an den Zuschauern hinter seinem Rücken vorbeizudrängeln. Ihm bleibt im Grunde keine Wahl, oder? Er tritt vor, seinem Schicksal entgegen.

»Wollen Sie das in der Hand behalten?«, fragt der Marktschreier.

J. hat die Statue unter dem Arm.

»Ich halte das solange für Sie«, bietet seine neue Feindin Pamela an, und es findet ein Austausch statt, bei dem er für die Statue den Hammer bekommt.

»Wo kommen Sie her, mein Guter?«, erkundigt sich der Marktschreier mit gespielter Freundlichkeit. Aus der Nähe scheint sein Gesicht nur aus Poren zu bestehen. Er wird J. ein bisschen hochnehmen, ehe er ihn seinen Versuch machen lässt.

»Brooklyn«, murmelt J.

»Big Apple«, sagt der andere, nickt und kratzt sich unter der Melone. »Ich war während meiner Zeit bei der Navy mal in New York. Bin auf dem Times Square gewesen, wo die vielen Lichter sind. Hab mir einen so üblen Tripper eingefangen, dass es immer noch wehtut, wenn ich – Verzeihung, Ma'am. Nicht für Geld würde ich da noch mal hingehen. Mal sehen – trainieren Sie regelmäßig? Dieser Muskeltonus, was sind Sie von Beruf, Bauarbeiter?«

»Autor. Ich wäre dann so weit, wenn Sie mich mal ranlassen.«

»Ein Collegeknabe, wie? Egal, hier wird keiner diskriminiert. Also dann, versuchen Sie's mal. Moment noch, halten Sie ihn so. Das ist kein Gänseblümchenstrauß. Halten Sie ihn so, wie wenn Sie ein Stück Stahl in den Boden treiben wollten.«

J. spreizt leicht die Beine, versucht, seinen schlaffen Gliedern eine Pose von klassischem Athletentum aufzunötigen. Eine Statue, auf deren Erwerb ein Museum stolz wäre. Hätte nicht übel Lust, Pamela eins auf den Kopf zu geben, um die Wahrheit zu sagen. Alle ignorieren; er versucht es, aber er spürt ihre Blicke in seinem Nacken, aus allen Poren strömt Schweiß. Er fühlt sich wie bei dem Essen gestern Abend, als all die Leute um ihn herum seine Nöte mit ansahen. Der Hammer ist etwas schwerer, als er gedacht hat. Er nimmt sich vor, dem Schlag ein bisschen zusätzlichen Schwung zu verleihen, wenn er den Hammerkopf über seine Schulter nach vorn bringt. Nimmt sich vor, gut zu zielen und die breit geschlagene Scheibe genau zu treffen. Er wird nicht zögern, und der Teufel hole Pamela und all die Leute hinter ihm.

WASSERTRÄGER.

Aus der Menge Wellen anschwellenden Gelächters, die zu einem schaumigen Geplätscher von Glucksen und Kichern zusammenfallen. Ein paar jubeln aus eingeschliffener Höflichkeit. Der verrückte Marktschreier am Ende der Welt nickt übertrieben teilnahmsvoll, mit vor den Bauch gehaltenem Hut. Er nimmt J. den Hammer aus der Hand und sagt: »Ehrenwerter Beruf, Wasserträger. Einige meiner besten Freunde sind Wasserträger. Nichts, wofür man sich schämen muss«, dann wendet er sich herausfordernd rasch wieder der Menge und dem nächsten Opfer zu: »Trefft die Glocke, lasst sie bimmeln, sie soll den alten John-Henry-Song singen!«

»Kommen Sie schon, Wasserträger«, sagt Pamela und hakt sich bei ihm unter.

Die Wärme ihres Arms überrascht J., aber er ist immer noch zu sauer, um die volle Tragweite der Geste zu erfassen. »War das unbedingt nötig?«, stößt er hervor, aber er zieht nicht seinen Arm weg.

Sie tätschelt mit warmen Fingern seine Hand. »Machen Sie sich deswegen keine Gedanken. Sie waren einfach ein bisschen zu selbstgefällig. Das Ganze war doch bloß Spaß.«

»Die Dinger sind präpariert«, schimpft er halbherzig. »Haben Sie gesehen, wie er sich an den Pfahl gelehnt hat? Hat bestimmt einen Schalter dahinter, wo er das Ding einstellen kann, wenn er einen nicht mag. Dieser Spruch von wegen Collegeknabe …«

Hinter ihrem Rücken hören sie: »Sie halten sich wohl für John Henry? Sie sind kein John Henry, das kann ich Ihnen sagen.«

»Ich habe den Tunnel noch immer nicht aus der Nähe gesehen«, sagt er. Ihm fällt nichts anderes ein.

»Da gehen wir jetzt hin.«

ECHTER BOHRHAUER-SCHAUKAMPF – 16.00 UHR

MATT HENDRICKS AUS HINTON

GEGEN

TONY LESSLIE AUS TALCOTT

Auf einer hölzernen Bühne thront der größte Felsblock von Summers County, ein Ungetüm von fast drei Meter Höhe, an einer Seite zu einer beinahe ebenen Fläche abgesägt. An Masten baumeln rote, weiße und blaue Bänder, warten geduldig auf Wind, der sie zu patriotischem Gekräusel aufrütteln und inspirieren wird. Zwei Weiße mit gesunder Gesichtsfarbe und bloßem Oberkörper führen Übungsschläge mit Vorschlaghämmern; sie lockern Muskeln und nuckeln an Wasserflaschen. J. und Pamela zwingen sich in die bisher größte Menschenansammlung. Es ist kurz vor vier, Zeit für die Show.

»Der Schaukampf«, sagt Pamela. »Ich weiß nicht, wie es ablaufen soll.« Sie deutet auf die glatte Vorderseite des Felsblocks. »Sehen Sie die beiden Löcher da? Ich glaube, sie haben ein kurzes Stück vorgebohrt, und da setzen die beiden dann an und müssen sehen, dass sie innerhalb einer vorgegebenen Zeitspanne möglichst tief in den Fels hineinkommen.«

»Ist Glücksspiel in West Virginia erlaubt?«

»Sie brauchen Leute, die die Bohrstähle gerade halten – sie brauchen Shaker.«

»Wasserträger auch, schätz ich mal.«

»Und die Shaker halten die Bohrstähle mal lieber gerade, sonst verlieren sie nämlich eine Hand.«

Er blickt hinauf zu den beiden Weißen, die sich dort oben aufwärmen. Sie leben für diesen Wettkampf. Sie zwinkern Bundesgenossen zu. Hier geht es nicht um Leben und Tod, bloß um eine Chance, vor der Menge anzugeben. Und hinterher spendiert man sich ein Bier, und der Verlierer muss bis zur Revanche im nächsten Jahr Sticheleien ertragen. Was steht hier auf dem Spiel?, fragt er sich, während er die sauber gewaschenen Gesichter der Zuschauer mustert, die sich meilenweit aus dem Umkreis haben anlocken lassen, um nach einem langen, zuckerreichen Vorspiel das Hauptereignis zu sehen. Ihre Schritte werden kleiner, je näher sie kommen; sie drängen sich zusammen, geben zugunsten des Gruppenvergnügens individuelle Vorlieben auf. Eine unfreundliche Seite seines Wesens denkt: *Mob,* aber er weiß, sie sind nicht blutdürstig. Was hier passieren wird, ist Unterhaltung. Ein paar Bilder auf einem 24er Film, die man sich am Dienstag im Drugstore abholen kann. Und wie war es wohl an jenem Tag im Jahre 1872? An jenem Phantomtag. Wen feuerten sie an, ehe sich um den Wettkampf zwischen dem Mann und der Maschine Legendäres und Bedeutungsschweres anlagerte. Für den Fortschritt oder für den Schwarzen. Eine Ehefrau oder Freundin reibt einen der Bohrhauer an den Armen mit dem neuesten Sonnenschutzmittel ein. Immerhin haben sie da gestanden, oder? Auf zertrampeltem Gras, so wie jetzt. Vor dem Tunnel auf Neuigkeiten von dem Wettkampf gewartet. Heute ist es Unterhaltung. Ein Geschenk aus dem Füllhorn des Pop. Sie können es selbst sehen, so wie heutzutage immer. In Echtzeit, und sie können es praktisch anfassen, sämtliche Teilnehmer an diesem Wettkampf, diesem Spektakel.

Es wird Spaß machen, Pay-per-View.

»Es ist noch Zeit, sich den Tunnel anzusehen«, sagt Pamela, und sie winden sich durch; sie führt ihn mit warmer Berührung, schlägt Ballons zurück, die von winzigen, klebrigen Händen gehalten werden.

Am Rande des Jahrmarkts schließlich sieht er zum ersten Mal den Tunnel. Er hat ihn sich größer vorgestellt. Das ist der John-Henry-Tunnel, nicht der andere da drüben, der ihn ersetzt hat. Der funktionale Tunnel zieht die moderne Fracht an, der John-Henry-Tunnel Altweibergeschichten. Regen und Schmutz haben die Würde des Eingangs besudelt, aber die behauenen, auf eine bestimmte Weise angeordneten Steine künden von einem gezähmten Berg. Aus der schwarzen Öffnung dringt keine Kunde von Eroberung, sondern von achselzuckend hingenommenem Scheitern. Erst kürzlich hat das County die Worte GREAT BEND TUNNEL in schicker weißer Farbe nachmalen lassen, eine Renovierungsbemühung, die die Gewalt der Witterung nur umso stärker hervortreten lässt. Er schaut nach rechts, zu dem neuen Tunnel hinüber, am Zaun vorbei. Ein elektrisches Kabel gleitet in die Öffnung, auf dem Boden verschwinden zitternd Stahlschienen darin, bezeugen seine Nützlichkeit. Was hat John Henrys Tunnel demgegenüber vorzuweisen? Soeben verschwindet die Sonne hinter dem Berg, und ein Pfauenschwanz aus Schatten taucht das Bauwerk in Dunkel. Was an Leuten vorhin hier gegafft haben mag, hat sich zu dem Schaukampf verfügt; wie zurückgelassenes Werkzeug liegen überall verstreut Popcornschachteln und Pappbecher herum. Von oben furcht sich ein Rinnsal herab ins Gesicht des Tunnels. Langwierige Arbeit, aber es erfüllt seinen Zweck, löst den Stein und die Arroganz der Menschen auf. Behebt den Schaden, das, was Menschen angerichtet haben, und der Berg wird seine Wunde schließen.

Auf unsicheren Füßen bewegen sie sich nach oben auf die breite schwarze Öffnung zu. Davor hat man ziemlich planlos und ineffektiv fünf Betonklötze aufeinandergetürmt, um den Eingang zu versperren, im Grunde eine Pro-forma-Maßnahme, mit der irgendeiner Verordnung des Stadtrates Genüge getan wird, die

Kinder von dem Wahrzeichen der Stadt fernhalten soll. Fünf Zähne für dieses Maul. Als sie näher kommen, streicht ihnen ein kalter Friedhofshauch übers Gesicht. Er blickt auf, als er direkt in der Tunnelöffnung steht, sein Blick folgt dem unregelmäßigen schwarzen Stein des Bogens, dann der Masse aus Erde und Grün, die von oben auf den Tunnel eindringt, dem Himmel über dem Berg; es ist ein Bild von versengtem Land und neuen, regenerierenden Gewächsen, die sich darauf vorschieben. Sie müssen nicht darüber sprechen; er kraxelt auf den obersten Betonklotz, streckt eine Hand nach Pamelas warmer Hand aus, und sie springen hinein.

Er fühlt sich schläfrig und ruhig. Der Boden ist schlammig von zu Pfützen zusammenlaufendem Wasser, das nicht weiß, wohin, nicht weiß, warum dieser Tunnel hier ist, wo vertrauter Fels sein müsste. Es ist nicht versickert. Er blickt zur Tunnelwölbung über ihnen auf und kann nur Dunkelheit ausmachen, in der hier und da Zacken und abgebrochene Stücke sichtbar werden, die wie verstreute Atolle die ozeanische Finsternis durchbrechen. Seine Augen müssen sich erst daran gewöhnen.

»Was glauben Sie, wie es für ihn ausgesehen hat«, sagt Pamelas Stimme, »bevor er auch nur einen Zentimeter drin war, bevor er angefangen hat. Er hatte einen großen Berg vor sich.«

Er drückt die Statue fester an sich, zur Beruhigung, um in dieser neuartigen Düsternis einen Anker zu haben. Es riecht wie in jedem feuchten Keller, in dem er jemals gewesen ist. Er erinnert sich an die Geschichten von Unfällen aus der Pressemappe, bei denen die Bergleute von Einstürzen überrascht, von Gestein zerschmettert oder eingeschlossen und dem Erstickungstod preisgegeben wurden. Er hat von einem Zug gelesen, der wegen eines Einsturzes oder eines technischen Versagens in diesem Tunnel stecken blieb, sodass die Leute am Rauch der Lokomotive erstickten. Nach gestern Abend kann er sich das Ersticken hier drin vorstellen, das Würgen an Ruß. Dieses Gefühl sickert in ihn ein und hallt an seinen Knochen wider, wo er die zornige Last des Berges auf seinen Körper herabdrücken spürt, als trüge er den Berg auf seinen Schultern. Oder befände sich in dessen Faust, und die Faust drückte zu. Ein Anflug von Klaustrophobie? Keine früheren Anzeichen für dieses Leiden, also nein, es muss mehr sein.

»Da stehe ich nun, dabei dachte ich, ich würde nie hierherkommen, weil mir das alles verhasst war. Jeden Tag musste ich mir aus seinem Mund die gleichen Geschichten anhören. John Henry, John Henry. Und nun stehe ich hier.«

Kalte Zehen. Seine Schuhe sind vom Wasser durchweicht. Die Pfützen sind tiefer, als er gedacht hat, oder aber er sinkt ein. Als gäbe es böse Geister, die ihn an den Knöcheln packen, um ihn hinabzuziehen. Pfützen, gelockerte Steinbröckchen, die immer wieder von oben herabregnen, aber keine Gleise. Sie sind eingeschmolzen oder in dem Ersatztunnel neu verlegt worden. Kein Respekt vor dem Alten. Luft von draußen wird hier hereingesogen, von kranken Alveolen aller guten Bestandteile beraubt, in einen pestilenzialischen Aushauch verwandelt und aus den kranken Lungen dieses Berges ausgestoßen. Aber dieser Ort ist nicht krank oder böse oder irgendetwas anderes als Fels. Ganz bestimmt nicht. Von einem unbekannten Geschöpf oder Naturereignis ertönt ein Echo, und in ihm steigt der Drang auf, davonzulaufen, ein rasch von der Vernunft unterdrückter Drang. Das hier ist bloß ein Tunnel, und ein paar Meter entfernt dreht sich die wirkliche Welt mit normaler Geschwindigkeit. Als seine Augen sich an die Dunkelheit gewöhnt haben, sieht er keinerlei Graffiti. Keine geschwungenen Erklärungen von Liebe oder Lust, nicht den Namen der örtlichen Footballmannschaft in verschwommenen Parolen, nicht die neuesten Bandenregeln. Jugendliche fordern einander auf, sich hineinzutrauen, aber keiner wagt sich sehr weit oder bleibt allzu lange. Wie heißt es doch gleich in dem Song? *Big Bend Tunnel will be the death of me, Lord, Lord, Big Bend Tunnel will be the death of me.* Warum haben sie ihn nicht zugemauert? Sie brauchen etwas daraus. Brauchen ihre Geister. Und was noch?

»Und natürlich heißt es, wenn man ganz genau hinhört, kann man seinen Hammer hören, und das ist ein schlechtes Omen. Können Sie ihn hören? Warum sagen Sie nichts?«

Er hat nicht übel Lust, die Statue auf den Tunnelboden zu stellen und ein Puppentheater aus der Szene zu machen. Ein Diorama des großen Tages, bei dem die John-Henry-Miniatur die Größe seiner Aufgabe begreiflich macht. So klein unter der gewaltigen Wölbung, den unzähligen Tonnen, die über ihm kauern und Angriff und Einsturz brüten. So fühlt er sich jetzt – klein. Man braucht nur hier hereinzukommen und man lässt alles hinter sich, die Rechnungen, die Hetze, den Rekord, sämtliche Quittungen, die dort unter der Sonne bleichen. Wenn das nun deine Arbeit wäre? Den Berg zu überwinden. Jeden Tag zur Arbeit zu kommen, zwei, drei Jahre lang, in diesen Tod und diese Düsternis, und dein Fortschritt täglich daran gemessen, in welchem Maße du die Dunkelheit vergrößerst. Wie tief du dein Grab schaufelst. Er gewinnt den Wettkampf. Er bricht den Rekord. Dieser Ort macht Geräte zuschanden, die Dampfbohrmaschine und alles, was nach ihr kommt. Dieser Ort besiegt die Frequenzen, die die Währung seines Lebens sind. E-Mail und Funkempfänger, Handys, man kommt hier herein und fällt aus dem Informationszeitalter heraus in den Berg, atmet Ruß ein. Verunsichernd, aber auch beruhigend. Die täglichen Schlachten, die ihren Sinn eingebüßt haben, sind wieder klar umrissen, Gegner und Ziele benannt und begriffen. Die wahren Unterschiede zwischen einem selbst und denen. Und ihm, dem Berg. J. presst eine Hand auf die kühle, herausgesprengte Wand. Der Stein weist keine rauen Grate auf; sie sind vom herabsickernden Wasser geglättet worden, Jahrzehnte des Heilens und Vergessens. Wie lange braucht es, ein Loch in einem selbst zu vergessen? Er gewinnt den Wettkampf, aber was dann?

»Wenn ich Sie bitten würde, mir morgen bei etwas zu helfen, würden Sie es dann tun?«

Sie drückt nun schon eine ganze Weile seine Hand, aber er hatte es nicht bemerkt. Vor einiger Zeit ist das Ganze hier zum Stummfilm geworden. Sie haben ihre Plätze eingenommen, setzen sich zurecht, während auf der parabolischen Leinwand der Tunnelöffnung die Außenwelt mit jenen anderen Leuten vom Jahrmarkt abläuft. In Kürze beginnt der Wettkampf, sämtliche Akteure sind eingewiesen worden. Die Kleindarsteller bewegen sich durch den Jahrmarkt, starren aneinander vorbei, warten auf Stichworte; sie haben ihr ganzes Leben mit Proben zugebracht. All dieses Proben ist Schneideraumabfall, die nicht verwendeten Sequenzen des perfekten amerikanischen Films, den kein Mensch je sehen wird. In den mittleren Reihen sitzen J. und Pamela. Wenn sie sich, was das Publikum niemals tut, auf ihren Plätzen umdrehten, würden sie das Licht des Projektors sehen, das weiße Geflacker des Projektors, das das Licht am anderen Ende des Tunnels ist. Ein Traum, der sich von Westen hierher projiziert.

Klar, sagt er.

Außerhalb der Tunnelöffnung, auf jener Leinwand, wird es Zeit für das Hauptereignis. Sie sind alle da.

Sie waren alle da, von den eminent Flachlegbaren bis zu den in anderer Hinsicht Attraktiven, den auf unkonventionelle Weise Gutaussehenden und den wandelnden Airbrush-Kunstwerken in komplementären Paaren, der Liebling der Kritiker und der vielversprechende Newcomer machten die Runde. Im Saal ereigneten sich jede Menge Wunder. Die Genesenden bedankten sich artig, die unwissentlich an Metastasen Leidenden sprachen über gemeinsame Urlaubsdomizile. Die Schüchternen und Unbeholfenen versuchten sich am neuesten Tanz. Die Assistenzprofessoren ließen ihre Furcht wegen der bevorstehenden Entscheidung über eine Festanstellung fahren, und die es sonst immer als Letzte mitkriegten, wurden von den Schrankenwärtern des Skandals ins Bild gesetzt, während Abstinenzler soffen und Säufer Brause tranken. Die Wall-Street-Krieger in ihren verborgenen Hüftgürteln fühlten sich sicher. Die leicht zu Erschreckenden waren von einer himmlischen Gelassenheit, an die sie sich später nicht mehr erinnern konnten. Die Muskelberge führten Kunststücke mit ihrem Pectoralis vor, und die Schwächlichen fühlten sich in ihrem Körper wohl. Die Lippenstift-Lesben und die kahlköpfigen, kessen Väter tauschten Börsentipps aus, und der Spezialist für Rhinoplastik schmunzelte, als er einen Unterhaltungskünstler mit Namen Die Nase kennenlernte, der für seine spektakulären Atemtricks berühmt war. Der heimliche Tagebuchschreiber machte sich Notizen. Der in die engere Wahl Gekommene und der kürzlich aus dem Rennen Geworfene gaben sich die Hand, ohne sich ihres Schicksals bewusst zu sein. Es war das Hauptereignis. Sie waren alle da. Dabei war es erst neun Uhr.

J. war da. Er war als Einziger nicht unbeschwert, sein Herz war schwer an diesem Abend, unbewegt von der ihn umgebenden, aufdringlichen Fröhlichkeit. Er hatte an ebendiesem Nachmittag in der Zeitung von einem Todesfall gelesen. Das drückte ihn nieder.

Die Frommen tanzten mit den Ausschweifenden, und sie tauschten Telefonnummern aus, die sie niemals anrufen würden. Der Vorstandsvorsitzende bückte sich, um seinen Schnürsenkel zu binden, und der Junge von der Poststelle, der dank einer abgefangenen Einladung hier war, stürzte sich später für ein Taxi nach Hause in Unkosten. Ein leichter Jasminduft erfüllte den Saal. Das Garderobenmädchen brauchte einen Druck. Der Toilettenmann hütete einen Stapel weißer Handtücher.

J. hatte den Verstorbenen nie persönlich kennengelernt. Er war auf der Anfangsseite eines Artikels, der die neuesten Tierschutzaktivitäten einer Hollywood-Schauspielerin schilderte, auf den Nachruf gestoßen. Der Nachruf rekapitulierte die größten Hits des Toten, seine Zeit als protestierender Student auf den Stufen von Berkeley und seiner Wechsel in die Niederlassung der Black Panthers in Oakland. Den Tag, an dem er sich in Toure Nkumreh umbenannte. Die Schießerei mit der Polizei, seine Flucht nach Kuba, wo er unter Palmen russische Autos fuhr, und seine Rückkehr nach Amerika. Die Abweisung der Mordanklage, nachdem seine Anwälte ein Geschworenengericht überzeugt hatten, dass es sich bei der Polizeirazzia in Wirklichkeit um einen versuchten Auftragsmord gehandelt habe, und die zweijährige Haftstrafe für das weniger schwerwiegende Vergehen des Waffenbesitzes. Das war es dann, bis er tot in Tallahassee aufgefunden wurde, Todesursache unbekannt, eine Autopsie würde alles ans Licht bringen. Fünf Tage lag er tot in seiner Wohnung, bis den Nachbarn der Gestank auffiel. So weit der Nachruf, abgesehen von dem coolen Archivbild von Nkumreh in seiner Black-Panther-Kluft, schwarze Lederjacke, Sonnenbrille, die schräg sitzende, arrogante Baskenmütze, das automatische Gewehr nach oben auf das Foto darüber gerichtet, auf das misshandelte Hündchen, das dank der selbstlosen Bemühungen der Schauspielerin ein neues Zuhause gefunden hatte.

Die Spinatklöße hinterließen bei allen, die davon gegessen hatten, einen grünen Belag auf den Schneidezähnen, und alle waren zu höflich und zu boshaft, um eine Bemerkung darüber zu machen.

Sie hatten sich in einem Club mit Namen Glasnost versammelt, um sich das Festessen einzuverleiben, eine gewaltige Palette mundgerechter Häppchen, aufgefahren von dem Verleger von Godfrey Franks *Ein Fußpfleger in Pangea*, einem fünfzehnhundert Seiten starken Zauberbuch von rätselhaftem Inhalt, das in ein paar Tagen auf der Bestsellerliste der *New York Times* debütieren würde. Es gab Diskussionen darüber, ob es als Roman oder als Sachbuch zu qualifizieren sei. Zuerst musste es mal jemand fertig lesen. Bei seinem Debüt wäre es vielleicht eingezwängt zwischen den Memoiren des Mannes, der sich im ewigen Eis verirrt hatte, und dem Band mit den Weisheiten des Akita, gesammelt von dessen umtriebigem Besitzer, oder zwischen dem Roman über den magischen Patriarchen und dem über den CIA-Kryptographen, der in eine Verschwörung verwickelt wird. Kellnerinnen, gekleidet in die rote Uniform der Ehrengarde des Zaren, verteilten Verpflegung und Erfrischungen von Tabletts in offene Hände. Die Party wurde von einem Wodka-Hersteller mitgesponsert, der vor ein paar Monaten seine Werbung neu ausgerichtet hatte. Die Gäste gingen umher und plauderten, während von einem großen Gemälde Lenins kantiges Gesicht finster auf sie herabstarrte.

Sie diskutierten über das Buch.

Der vom Glauben abgefallene Katholik sagte: »Es handelt von der Umwelt.«

Der Sozialliberale, aber fiskalisch Konservative sagte: »Aber nach allem, was ich höre, erschlägt es einen nicht damit. Es ist eine philosophische Abhandlung in Form eines Prosagedichts.«

J. studierte im zweiten Jahr am College, als die einsamen Mönche der Afroamerikanischen Abteilung Toure Nkumreh für ein Semester als Gastlektor gewinnen konnten. Keiner von den Studenten hatte zuvor von ihm gehört, aber als sein Kommen angekündigt wurde, waren sich alle sicher, schon von ihm gehört zu haben, und plapperten aufgeregt. Ein Student behauptete, sein Vater habe mit dem Mann zusammen demonstriert; ein anderer kannte den Namen aus einem Dokumentarfilm. Praktischerweise erzählte die Schulzeitung seine Biografie nach, und die Aufregung verdreifachte sich, nun, da sie etwas Konkretes über den Mann zu diskutieren hatten. Am ersten Tag kamen so viele Leute, dass das Seminar in einen größeren Hörsaal umziehen musste und die Altphilologen verdrängte.

Der seit dem Aufwachen widerstrebend Nüchterne meinte: »Es ist ein Schlüsselroman über das Verlagswesen. Anscheinend kommt darin ein lüsterner Kurzwarenhändler vor, der in Wirklichkeit der Chef von Condé Nast ist.«

Die von ihrer Collegeklasse zur Aussichtsreichsten Gekürte beharrte: »Aber ich dachte, es ist eine Geschichte des zwanzigsten Jahrhunderts aus der Perspektive eines Zehenballens.«

Ein Aufstand in Grau bedrängte Nkumrehs wunderliche, markante Afrofrisur und den verzwirbelten Kinnbart. Er trug keine schwarze Lederjacke und keinen schwarzen Rollkragenpullover mehr, sondern bevorzugte stattdessen eine braune Cordjacke und einen beigefarbenen Rollkragenpullover, als wäre seine alte Kluft verschossen, von den Verhältnissen und dem Fortschreiten der Geschichte ausgebleicht. Er sprach mit tiefer, kerniger Stimme, und die Studenten schrieben mit. Gekrümmte Black-Power-Kringel, Marginalien, mit Wegwerfkugelschreibern detailliert ausgeführte geballte Fäuste. »Ich bin das letzte Mitglied der Black Power Travelling All-Stars«, scherzte er, und den Hörsaal erfüllte Gelächter. Die Studenten wähnten sich ins Vertrauen gezogen. Er erzählte, wie er mitten in der Nacht mit einem Kofferraum voller Pistolen durch Texas gekarrt war und wie er ganz Oakland abgeklappert hatte, um Nahrungsmittel zu beschaffen, und jede Geschichte war gleichermaßen spannend.

Der höflich Lächelnde sagte: »Es ist eine postmoderne Nacherzählung der Midas-Geschichte – Sie wissen schon, Kapitalismus.«

Die geborene Geschichtenerzählerin erklärte: »Nein, es ist eine Kurzbiografie.«

Der Morgenmensch fragte: »Wieso, ist er bei den Anonymen Alkoholikern?«

Die Stimme der Entrechteten erwiderte: »Nein, aber er hatte einen komischen Onkel. Habe ich jedenfalls gehört.«

Doktoranden aus der Historischen Abteilung wurden herangekarrt, um die unter der Woche stattfindenden Veranstaltungsteile zu leiten. Es gab an der Universität kein afroamerikanisches Promotionsprogramm, aber es gab immer Studenten anderer Fachrichtungen, die das zusätzliche Geld gebrauchen konnten. Magere Zeiten, während sie mühsam Dissertationen entgegenkrauchten. Sie gaben Einführungen in die Primärquellen, die Nkumreh beiläufig erwähnte, um den Studenten ein besseres Bild der damaligen Zeit zu vermitteln. 1969 hatte Nkumreh einen Gedichtband mit dem Titel *Whitey Counting Missiles While Cities Burn* veröffentlicht, aber er war vergriffen, deshalb machten sie Fotokopien davon, die in Wohnheimzimmern an ihren Heftklammern baumelten. Die Hilfslehrkräfte stellten Nkumrehs schlechte Gedichte in einen Kontext und tönten von oraler Tradition und revolutionärem Bewusstsein.

Der Sprecher seiner Generation sagte voller Autorität: »Es geht um zwei einander bekriegende Gruppen von Fußpflegern. Eine Gruppe arbeitet auf natürliche Weise, sucht nach Pilzbefall und Hühneraugen, und die andere –«

Das Nymphchen unterbrach: »Was ist mit dem Zehenballen?«
Der Rockkonzertveranstalter sagte: »Die Gesellschaft ist der
Zehenballen. Der Zehenballen sind wir. Habe ich jedenfalls ge-
hört.«

Die Nutte mit dem goldenen Herzen fügte hinzu: »Die Fußpfleger sind bloß der Prolog. Der Rest des Buches ist eine Sozialgeschichte, jedenfalls laut dem *New Yorker*.«

Der Anderstickende sagte: »Aha.«

J. gefiel das Seminar. Zwar musste er zugeben, dass der Mann
morgens manchmal nicht so gut aussah und dazu neigte, Anek-
doten zu wiederholen, wobei er häufig den Schluss änderte, je
nachdem, was in der betreffenden Woche in den Nachrichten
kam, aber das Seminar fand jeweils um 13 Uhr in einem Gebäude
in der Nähe der Mensa statt, was ungeheuer praktisch war. In
jenem April beteiligte sich J. an der Besetzung des Dekanats, mit
der gegen die schlechte finanzielle Ausstattung der Afroamerikanischen Abteilung protestiert werden sollte. Es war dies ein
alljährlich stattfindendes Ereignis, ebenso sehr Vorbote des
Frühlings wie der Trupp, der in Plastikmasken Unkrautvernich-
tungsmittel auf der Ackerquecke versprühte. Die Studenten be-
antragten eine Genehmigung, das Dekanat besetzen zu dürfen,
und der Dekan nahm sich ein paar Tage frei und ging angeln,
bis die Universität den Studenten drinnen, die einander nach
drei Tagen diverser Entbehrungen gründlich satthatten, den üblichen Brief mit dem »Gesprächsangebot« schickte. Nach drei
bis fünf Tagen, je nachdem, ob die Besetzung auf ein Wochenende fiel. Von Nkumrehs Geschichten über die Revolution, die
Frontlinien, die gescheiterten Gefängnisausbrüche befeuert, war
das diesjährige Sit-in gut besucht, und J. war sich sicher, dass er
gebumst werden würde. Bestimmt würde er gebumst werden,
unterm Schreibtisch des Dekans oder hinter einem Akten-
schrank, gefüllt mit nach Moschus duftenden, aphrodisischen
Transkripten, vielleicht von einer der Erstsemester-Bräute, die

alle paar Stunden knatschigen McDonald's-Fraß anbrachten. Alles, was er kriegte, waren Rückenschmerzen vom Schlafen in der Diele; die wenigen kostbaren Quadratmeter Teppichboden waren von den in Dashikis gekleideten höheren Semestern mit Beschlag belegt worden, die das Dekanat schon im Vorjahr besetzt hatten und Priorität genossen. Er war froh, als er endlich wieder in seinem Bett schlafen konnte, und sank mit der Leichtigkeit des Rechtschaffenen in Schlummer.

Der verlorene Sohn sagte: »Ich habe gelesen, die Erzählform in der zweiten Person sei seit Mitte der Achtziger nicht mehr so gekonnt eingesetzt worden.«

Der Jude für Jesus äußerte: »Ich dachte, es wäre ein Sachbuch.«

Die Postfeministin konterte: »Es ist ein sachbuchartiger Roman.«

Und der Anhänger der Zwölf-Schritt-Therapie sagte: »Aha.«

In der ersten Seminarsitzung nach der Besetzung des Dekanats erwarteten sie, dass Nkumreh ihren Protest loben würde. Sie als Kampfgenossen willkommen heißen würde. Aber er ging mit keinem Wort darauf ein. Er redete von seinen Exilantentagen in Kuba und von den Marxisten, mit denen er das Brot gebrochen hatte, er sprach von panafrikanischem Bewusstsein und grenzüberschreitender Einheit. Er begann, ab und zu eine Vorlesung auszulassen, und der Leiter der Afroamerikanischen Abteilung – ein Deutscher, der Bücher über Nietzsche und die angeborene Entfremdung des Sklaven geschrieben hatte – sprang für ihn ein. Streng genommen hatte Nkumreh Sprechstunden, aber wenn J. hingehen wollte, war das Büro des Mannes stets dunkel, und der Pförtner konnte ihm nicht helfen. Nach der Vorlesung schnappte sich Nkumreh jedes Mal seine Aktentasche und hastete davon, und nach einer Weile begriffen die Studenten, dass es trotz ihrer berühmten Eltern unmöglich war, ihn auf sich aufmerksam zu machen.

Die Sexkolumnistin verkündete: »Auf seltsame Weise ist es eine Neuinterpretation des *Hamlet*.«

Der Analytiker sagte: »Und von joycescher Sprachmächtigkeit.«

Der Analysand sagte: »Es ist ein Meisterwerk.«

Der Triskaidekaphobiker zählte ohne Unbehagen fünf und acht zusammen. Der immer *großer Schwarzer* sagte, wenn er eigentlich *Nigger* sagen wollte, erzählte eine Geschichte von einem Missverständnis an einem Geldautomaten. Ein Mann habe sich auf alle viere niedergelassen und zu bellen angefangen, als die Drogenwirkung einsetzte.

Der Mann der Stunde, Godfrey Frank, war ein gern gesehener Talkshow-Gast, er hinterließ tiefe Spuren in populären Zeitschriften, und die Spesenritter suchten eilends Deckung vor ihm. Das Wesen aus der akademischen Welt: Frank stampfte durch die Medien wie ein Geschöpf aus einem Science-Fiction-Film, ein Monster, dessen Mutation ins Gigantenhafte sich fraglos auf Ängste im Atomzeitalter, die Schrecken des Kalten Krieges zurückführen ließ. Er konnte, so schien es, über alles schreiben, von Baseball über Hip-Hop bis hin zu Waffenherstellern, konnte sich über historistische Interpretationen von Damenunterwäsche verbreiten und dabei obskure Zweideutigkeiten für die Mediävisten auf den billigen Plätzen einstreuen. Von ihm selbst verfasste (oder auf Mikrokassette gesäuselte und später von einer wechselnden Folge von Studentinnen der Frauenforschung, die allesamt einen von dem Demiurgen der Kulturwissenschaft geschätzten, auffälligen Körperteil gemeinsam hatten, transkribierte) Artikel erschienen zuweilen nur wenige Seiten von Artikeln über ihn entfernt, Profilen mit Fotos von Frank, wie er sinnend auf Le-Corbusier-Möbeln thronte, die Beine übereinandergeschlagen, den Blick gleichermaßen auf das Hohe wie das Niedrige gerichtet. Er zitierte französische Theoretiker, die es liebten, hilflose Substantive mit rhetorischen Gasen aufzublähen, bis sie zu Kursivierungen zerplatzten, und blähte auch selbst gehörig auf. Danach waren die Substantive nicht mehr dieselben. *Ein Fußpfleger in Pangea* galt als sein Durchbruch, seine Befreiung aus dem Ghetto der akademischen Verlage. So ging die Rede in Verlagskreisen. Das Buch bekam überall begeisterte Kritiken.

Ein Covergirl traute sich, einen Pfirsich zu essen, ein anderes erbrach sich in der Mädchentoilette. Die mit strategischen Filofaxen ausgestatteten Groupies und Satelliten kicherten einen Moment lang untereinander, ehe sie sich zu den Berühmtheiten trollten.

Nein, die Spesenritter mochten Godfrey Frank nicht. Er war ein Außenseiter, der sich in ihre Welt der Gratisveranstaltungen eingeschlichen hatte, als wäre er eine Berühmtheit. Aber das war er nicht, er war ein Akademiker. Trotz ihrer Abneigung gegen ihn waren die Spesenritter heute Abend hierhergekommen, weil es die beste Party war, die im Moment in Schadenfreude-City lief, und sie kreisten und stießen herab, rissen Sehniges von diesem letzthin in ihrem Weidegebiet aufgetauchten Kadaver: erste Wahl, dicke Oliven, Hühnersaté. Uptown im Waldorf stellte die Ururenkelin eines reichen Industriellen des neunzehnten Jahrhunderts, die noch immer massenhaft Geld hatte, nachdem die Kartellbehörde ihn seines Imperiums beraubt hatte, ihr neues Wohltätigkeitsprojekt vor, aber dort, so erzählte man sich in der Stadt, gab es keine offene Bar, weshalb die Spesenritter wegblieben. Downtown in einer Galerie gab ein Maler, der sich auf die witzige Verballhornung von Firmenlogos spezialisiert hatte, um eine Aussage über die Konsumgesellschaft zu treffen und das spröde Reich der Ironie auszuweiten, eine Party aus Anlass seiner neuesten Ausstellung, aber seine Werbeagentur stand in dem Ruf, wässrigen Weißwein und Käse aus dem Supermarkt zu servieren, weshalb die Spesenritter wegblieben. Sie kamen hierher.

Die Priapischen verschafften sich unter den Tischen schnelle Erleichterung und wischten sich mit Cocktailservietten ab. Die Treuhandfonds-Babys luden die harten Jungs in die Wohnung ein, die Papa ihnen gekauft hatte, kriegten mehr, als sie gedacht hatten, und bluteten auf Laken aus dem Katalog, ehe sie mit einem Lächeln einschliefen.

Eine PR-Frau, die er von stressbedingten Albträumen und Veranstaltungen wie dieser hier kannte, packte seine Hand. Kurze, mit Schaumfestiger gesteifte Stacheln entsprossen ihrer Kopfhaut, um Beutetiere abzuschrecken, und ein Metallring in ihrem linken Nasenflügel half den Behavioristen, ihren Weg durch das glanzvolle Habitat nachzuvollziehen. Wegen der Musik konnte er nicht verstehen, was sie sagte, und wegen der Berauschtheit, die mit jedem Auftauchen dieser Frau in seinem Leben einherging, konnte er sich nicht an ihren Namen erinnern. Sie lächelte, zog eine Werbe-CD aus ihrer teuren und künstlich gealterten Kuriertasche und drückte sie ihm in die Hand. Sie war warm und feucht. Dann hüpfte sie von dannen, um den Rest ihrer Sporen in ihrem Revier zu verteilen, bis ihre Tasche völlig geleert war.

Die erst kürzlich Fettabgesaugten stellten fest, dass ihre Hände einen weiteren Weg als früher zurückzulegen hatten, um neue, verschönerte Oberschenkel zu tätscheln, und ob dieses Gefühls weiteten sich erstaunt ihre Augen, was der Fresskritiker als lebhaftes Interesse deutete, weshalb er fortfuhr, das Cassoulet des Meisterkochs Jean-Philippe zu beschreiben. Diejenigen, die sich nach der Zeit der Tafelrunde im Algonquin zurücksehnten, wussten nichts Witziges zu sagen, weil sie keine witzigen Menschen waren.

J. bahnte sich einen Weg durch Menschenballungen. Er trat auf den hochhackigen Huf einer Frau, deren Gesicht eine Schreckensmaske war, die sich auch dann nicht änderte, als er ihr wehtat. Versehentlich und ohne es zu bemerken, stieß er einem Mann den Gimlet aus der Hand, aber der Mann protestierte nicht, denn er fürchtete sich vor Schwarzen und glaubte in irgendeinem Untergeschoss seines Bewusstseins, er habe es vielleicht verdient, weil er an diesem Tag einen Reibach gemacht hatte, während andere ohne Cappuccino-Maschinen, ohne Rucola, ohne Pesto durch die Metropole wankten. J. schloss sich einem menschlichen Nebenfluss an, der ein Bett zwischen Canyons von Stillstehenden ausgewaschen hatte, er vertraute darauf, dass das kleine Ding vor ihm nicht trödeln oder stehen bleiben würde. Er überließ sich der Strömung, den verlässlichen Sommersprossen auf dem Rücken des kleinen Dings vor ihm und dem drängelnden Idioten hinter ihm, der ihm ständig in die Hacken trat. J. streckte die Hände in die Luft und betrachtete sie, während sie nach den Pappmobiles griffen, den schicken, an unsichtbarem Draht blühenden Wodkaflaschen, er betrachtete seine Finger, die er in der Luft weit spreizte. Niemandem fiel das auf, womit er auch gar nicht rechnete. Die Diva kreischte durch das Soundsystem, dass die Umstehenden abermals ganz benommen davon wurden, und das kleine Ding führte ihn zum Altar, eine Mitreisende, eine Mitpilgerin, geleitet von dem gleichen Instinkt, der nun auch J. tyrannisierte. Sie standen vor der geöffneten Bar.

Der auf dem Video-Musikkanal in kräftiger Rotation befindliche Hip-Hop-Künstler verlor seinen aufsteckbaren Goldzahn im Hummus. Der Mann ohne Namen verriet ihn unabsichtlich nach seinem dritten Martini: Melvin. Der Rockstar, der gerade clean geworden war, fing wieder zu saufen an oder geriet wieder an die Nadel, je nachdem.

An der Bar ging J. bei einer khakifarbenen Untiefe vor Anker, die sich als Dave Brown erwies. Dave Brown hatte beide Ellbogen auf die Bar gestemmt, um nicht ins Wackeln zu kommen. Der Arm des Veteranen beschrieb einen abgezirkelten Bogen, wie bei einem Roboter an einem Fließband. Wenn er einen Schluck aus seinem Glas nehmen wollte, drehte sich der Arm auf dem Angelpunkt des Ellbogens. Mit dieser Technik hielt er den Flattermann in Schach. Die Spesenritter nickten einander zu, mitgenommen, aber vorderhand sicher vor den bösartigen Fluten hinter ihnen. Dave Brown stellte J. einer Frau zu seiner Linken vor, einer Frau, deren Augen unter sichelförmigen Brauen schimmerten. Dave Brown nannte ihren Namen und ihre Referenzen, sie war Chefredakteurin einer Frauenzeitschrift, und auf einer Veranstaltung vor zwei Tagen, einer ganz ähnlichen Veranstaltung wie dieser, hatte J. ihren Namen von den Lippen dieses Mannes verflucht gehört. Sie lächelte, während Dave Brown J.s Referenzen aufzählte, und die kleinen Kapillaren in ihren rosigen Nasenlöchern weiteten sich, als wolle sie diese Information in ihren Blutkreislauf aufnehmen, dann wandte sie sich ab, um mit einem anderen Schätzchen zu reden.

»Ist es zu fassen?«, fragte Dave Brown. Der Kopf des Spesenritters vollführte einen Schwenk durch den Saal. »Das alles für diesen Kerl. Herr des Himmels. Also, irgendwas mach ich falsch.« Sein Arm beschrieb einen Bogen auf sein Glas zu. »Hast du da draußen noch wen gesehen?«

J. sagte: »Ich glaube, ich habe auf der anderen Seite des Saals One Eye und Jimmy den Türken gesehen.«

»Der Rest wird auch bald da sein«, befand Dave Brown. »Ansonsten ist heute Abend nämlich nicht viel los.« Er senkte den Blick auf J.s Handfläche. »Wie findest du denn den Song?«, fragte er.

J. versuchte, den aus den Boxen dröhnenden Song zu erkennen, aber der wuchtige Beat erdrückte ihn jedes Mal, wenn er ein, zwei Noten ausgemacht hatte. »Weiß nicht, was ist es denn?«

»Nicht *den* Song – *den* da«, sagte Dave Brown und deutete auf die CD, die J. immer noch in der Hand hatte, und J. hielt sie in das purpurfarbene Licht, das hinter den Flaschen der Bar hervordrang. Der Titel des Songs war »Awestruck Post-Struct Superstar« und als Interpreten waren Godfrey Frank mit Fire Drill and the Orderly Fashions genannt.

»Was ist das denn?«

»Das ist die CD, die es zu jedem Buch dazugibt. Singen tut er jetzt auch noch.« Dave Brown schüttelte den Kopf. »Irgendwas mach ich wirklich falsch.«

J. fiel ein, dass Dave Brown ziemlich herumgekommen war,

dass er, ein Hobo des Pop, wechselnde und trügerische Trends durchwatet und vieles gesehen hatte. Er fragte ihn, ob er von Nkumrehs Tod gehört habe. Dave Brown pflückte den Zitronenkringel aus seinem Martini und saugte ihn aus, kaute ihn. Er sagte, er habe Anfang der Siebziger in Bob Rafelsons Haus Partys mit ihm gefeiert. Die Panthers, sagte er, hätten immer das beste Coke gehabt. Dann änderte sich am anderen Ende des Saals irgendetwas, was schließlich zwangsläufig einen lokalen Effekt auslöste: einen plötzlichen Strudel, der Dave Brown in eine andere Ecke beförderte, zu einer weichen Grotte, wo es Sofas gab und der Mediensöldner sich ein paar Minuten lang ausruhen und in Frieden trinken konnte. Die CD in der Hand, blieb J. allein an der Bar zurück. Er beugte sich vor und versuchte, den Barkeeper auf sich aufmerksam zu machen.

Die Aufsteiger kletterten ungehindert weiter. Den gehfähigen Verwundeten wurde klar, dass die Zeit alle Wunden heilt, nachdem sie ein neues Objekt der Besessenheit erspäht hatten. Der Künstler des gesprochenen Wortes gab seinen inneren Rhythmus auf, und alles, was er sagte, kam falsch heraus, lyrisch und mit klassischer Kadenz.

J. hatte sie vor einiger Zeit einmal spielen sehen, auf einer Party anlässlich des Erscheinens einer Platte: Fire Drill and the Orderly Fashions, eine Popgruppe in hoffnungslos altmodischen Fummeln. Vor ein paar Jahren waren Bands aus ihrer Heimatstadt groß herausgekommen, indem sie einen Sound kreierten, der den Rock'n'Roll nach Meinung der Kritiker und Manager von Schallplattenfirmen vor der düsteren Tyrannei des europäischen Gedröhns und vor dem innerstädtischen Armageddon retten würde. Die Bands aus jener Heimatstadt waren ein zorniger Haufen, der seinen Schmerz in einen für das Mainstream-Radio verträglichen Schrecken, eine flotte Melancholie, verwandelt hatte, und Fire Drill and the Orderly Fashions spielten das Spiel, indem sie ihren süßlichen Pop in peitschenden, unheilverkündenden

Arrangements absonderten. Ein Wah-Wah-Pedal half ungemein. Aufgrund ihres Herkunftsortes und ihrer Bereitschaft, sich der neuen Geschmacksrichtung des Pop anzupassen, wurden sie von einer Plattenfirma unter Vertrag genommen. Aber die Sache lief nicht wie geplant. Nach zwei Jahren hatten die Kinder den neuen Sound satt. Nicht einmal die Eltern hatten mehr Angst davor und ertappten sich dabei, dass sie Mollakkorde mitsummten, während sie zur Arbeit fuhren, Verträge unterschrieben, Abschlüsse unter Dach und Fach brachten. Die Bands des neuen Sounds lösten sich auf oder gingen in die Reha oder brachten Platten heraus, die nach allgemeinem Empfinden hinter den einst mit ihnen verknüpften Erwartungen zurückblieben. Fire Drill and the Orderly Fashions gerieten in eine schwierige Lage, als die große Plattenfirma sie fallen ließ, nachdem ein noch neuerer Sound auf den Plan trat, der laut den Geschmacksrichtern als Gegenmittel gegen den letzten neuen Sound und als Erlösung von ihm anzusehen war.

Der erst letzte Woche am Magen Operierte spürte, wie etwas nachgab. Der, der gern jede Unzuträglichkeit des Stadtlebens mit Nazideutschland verglich, beklagte sich über das Parken auf wechselnden Straßenseiten. Der Heuchler sagte, sie würden so etwas nie tun.

Bis die Band von Godfrey Frank gerettet wurde. In einem langen, mit zahlreichen Fußnoten versehenen Artikel in einer populären Musikzeitschrift wischte Godfrey Frank den Schmutz weg und brachte den Kaugummi darunter zum Vorschein. Er ordnete die Band einer jahrhundertealten Tradition des Dionysischen zu, er bezeichnete ihre dem Thanatos verpflichteten Schnörkel als notwendige Verkleidung in den letzten Tagen eines gehemmten Jahrhunderts, er outete sie als raffinierte Popband, die gerade rechtzeitig zum Ableben des neuen Sounds auftauche, und rettete sie vor dem Ausverkauf. Aus Unsicherheit wegen ihrer fehlenden akademischen Grundlagen und ihrer Unkenntnis der Musikgeschichte vor dem sattsam bekannten Aufkommen des Blues vollführten die Kritiker eine Kehrtwende; Programmplaner von Radiosendern platzierten die nächste Single der Band an strategisch günstigen Stellen. Fire Drill and the Orderly Fashions freundeten sich mit Frank an und engagierten ihn als Berater für ihr neues Video. Und dann vollzog sich das endgültige Wunder. Frank nämlich peilte die Erwachsenen an, ohne irgendwem etwas vorzumachen. Das Konzept des Videos versetzte die ehedem schäbigen Rockmusiker in die nachgebauten Kulissen einer Fernsehshow, die in den jungen Jahren der mittlerweile Älteren ausgesprochen beliebt gewesen war, und der Anblick von Fire Drill and the Orderly Fashions in der fröhlichen, bunten Kluft der Fernsehgestalten, die sie in ihrer Jugend geliebt hatten, freute sie, wärmte ihnen beim wiederholten Ansehen auf unerklärliche Weise das Herz, weil es sie womöglich an unbeschwertere Zeiten erinnerte und die hartnäckige Furcht linderte, die sie zu jeder Tageszeit ergriff. Fire Drill and the Orderly Fashions tröstete sie mehr als Hedgefonds und Akupunktur, als sie sich bei irgendwelchen Sitcom-Streichen zu einer fröhlichen Melodie die Knie aufschürften, und verhalf ihnen zu Ganzheit.

Auf der CD las J.: Dieser Song ist eine in limitierter Auflage erschienene Begleitsingle, die nur zusammen mit dem Buch *Ein Fußpfleger in Pangea* von Godfrey Frank erworben werden kann.

Die vor Glück schier platzten, platzten schier, und die Zufriedenheit mit ihrem Schicksal nahm mit ihrer Selbstdefinition noch zu. Die Kommentatorin hatte keinen Kommentar für Ed den Stricher übrig, der einen Spruch für jede Gelegenheit, besonders aber Gelegenheiten und Frauen wie diese, auf Lager hatte.

J. hatte den Nachmittag damit verbracht, einen Artikel für eine Zeitschrift für Unterhaltungselektronik fertig zu schreiben. Der Hersteller eines DVD-Spielers hatte ihm gratis ein Gerät zukommen lassen, und die Filmgesellschaften schickten ihm Gratiskopien von Filmen im passenden Format. Aber etwas stimmte nicht. Der Anlass war bedrückend. Das Gerät nämlich war zur gleichen Zeit auf den Markt gekommen wie ein anderes mit ähnlichen Funktionen, und obwohl dieses teurer und nicht so leistungsfähig war, hatte das Publikum sich entschieden, hatte gesprochen, hatte beschlossen, dass es zur digitalen Wiedergabe seiner alten Lieblingsfilme und der neuesten Kassenschlager dieses und nicht das andere Gerät wollte. Das Gerät, über das J. schreiben sollte, wurde schon nicht mehr produziert, und die Filmgesellschaften stellten keine DVDs mehr dafür her. Alle Beteiligten saßen auf einem Berg von Produkten, die sie loswerden wollten, und boten Einzelhändlern und Verkäufern Anreize dafür, dass sie das Zeug von den Regalen holten und die hoffentlich Uninformierten anlogen, die ein neues digitales Abspielgerät wollten und brauchten und vielleicht in die unseligen veralteten Kästen investieren würden. In der Zeitschrift für Unterhaltungselektronik machten die beteiligten Firmen kräftig Werbung. J. hatte einen Artikel zu schreiben.

Der Gemischtrassige, der sich einer oberflächlichen Militanz befleißigte, um seine helle Haut überzukompensieren, sprach mit dem Gangsta Rapper, der sich seiner beschaulichen Kindheit in einem bürgerlichen Vorort schämte, über die Perfidie von Profikillern. Der, dem vom Anblick von Blut schlecht wurde, und der mit dem schwachen Magen fanden neue Kraft.

Es war eine Geschichte von dem Untergang geweihten Technik und gescheiterten Hoffnungen, eine schon oft erzählte Geschichte. Schon seit seiner Markteinführung vor so vielen Monaten unter einem Unstern hatte das Gerät nie eine Chance. Jahre später würden irgendwelche Typen mit Kinnbärten, die in der High School nie geliebt worden waren und ihre Sexualität daher in Randbezirke, ins Obskure umgeleitet hatten, das Gerät aus einer staubigen Nische in einem hippen Trödelladen bergen und wiederbeleben, es im Namen des Kitsches vergöttern. Eine Fanzine danach benennen. Aber von den Mühen dieser künftigen Popsekte hatte J. nichts. Er hatte einen Job zu erledigen und beschrieb Auflösung, Bildqualität, Produktpräsentation. Er verwendete das Wort Pixel. Die Rechtschreibprüfung seines Textverarbeitungsprogramms erkannte das Wort nicht. Normalerweise verlangte sein Beruf von ihm, vor den Leuten dort draußen zu rechtfertigen, warum dieses oder jenes Artefakt für ihren Lebensstil unverzichtbar war. Nun versuchte er, einen Gegenstand zu loben, den es in wenigen Monaten nicht mehr geben würde, und das gegenüber Leuten, die mit ihren von den Elektronikläden ausgegebenen Kreditkarten bereits gegen dessen Nützlichkeit votiert hatten. Das Gerät hob nicht ihre Selbstachtung, es träufelte keine Freude in ihre leeren Herzen, es sammelte und klebte nicht die Scherben ihrer zerbrechlichen Psyche. Er schrieb den Artikel über die tote Maschine, faxte ihn an eine Nummer, die schrill antwortete, und dann las er in der Zeitung, die er in seinem Eckladen kaufte, von dem toten Mann.

Ein Pissbecken, gefüllt mit Erbrochenem, und in jenem grässlichen See dümpelte der WC-Stein. Der bei der Zeitung angestellte Streiter für die Wahrheit hielt den Mund, als er die süßen Brustwarzen des Partyboys sah, und das war eine Wahrheit weniger, die er seiner Leserschaft mitteilte.

Sie kamen hierher. Sie kamen, weil ihre leeren und regelmäßig desinfizierten Wohnungen unartikulierte Drohungen gegen sie ausstießen, weil aus dichtem Teppichmoos oder zwischen hölzernen Dielen, zudem den Originaldielen, üble Fluten hervorsickerten. Sie kamen, weil sie Gutes gehört hatten, weil man dort Spaß hatte, und das Schlimmste, was sie sich vorstellen konnten, war, ausgeschlossen zu sein, zu jenen konturlosen Anonymen zu zählen, die von draußen gegen die Schlossmauern hämmerten. Sie kamen, weil es den Hass fernhielt, hauptsächlich aber musterten sie ihre angeschlagenen Körper in Spiegeln, inspizierten die weggebrochenen Stücke und kamen hierher, weil sie glaubten, heute Nacht könnte die Nacht der Verklärung sein, jene siderischen

Manöver dort oben könnten dazu führen, dass das Ding im Zentrum des Universums sie zum ersten Mal wahrnahm und womöglich liebte, das durchhängende Samtseil aushakte und sie in sich aufnahm. Aber das würde nicht passieren.

Eine Volksseuche würde bis zum Morgengrauen Noviziate begründen. Der Alibikerl der nicht geouteten Schauspielerin erwies sich als jener Jemand in der Küche bei Dinah, dem Küchenmädchen, das die Fotos später an ein landesweit erhältliches, vor allem über Supermärkte vertriebenes Klatschmagazin verkaufte.

In der letzten Seminarsitzung des Semesters sprach Nkumreh über einige seiner früheren Kampfgenossen. Manche waren durch Kugeln oder Drogen zu Tode gekommen. Einer war Kongressabgeordneter der Republikaner und trat als Stimme der Schwarzen Vernunft in Talkshows auf, wo er alles, woran er früher im Fieber der Jugend geglaubt hatte, denunzierte, von Quoten redete und die Popularität Schwarzer, die Männer schlechtmachender Autorinnen beklagte, und ein anderer verkaufte eine Grillsauce, deren Etikett den berüchtigten geduckten Panther zeigte, der sich hier freilich nur sprungbereit machte, um die Zungen mit Essig und scharfem Pfeffer zu malträtieren. Das Würzmittel erzielte ansehnliche Umsätze in Soul-food-Restaurants im gesamten Mittleren Westen. Es war die letzte Seminarsitzung. Die Glocke verkündete das Ende des Seminars, und Nkumreh beugte sich zum Mikrofon vor und sagte, während er zu den Sitzreihen des Hörsaals emporblickte: »In fünf Jahren werdet ihr alles vergessen haben, was ich gesagt habe.« Er starrte unverwandt geradeaus in das tote Herz des Saals, und dennoch hatten mehrere Hörer das Gefühl, er starre ihnen in die Augen, und sie erschauerten. Er verließ den Saal so rasch wie immer, und danach sah J. ihn nie wieder. Anstelle einer Abschlussprüfung mussten sie ein Referat abliefern, das die Doktoranden der Historischen Abteilung mit Umsicht benoteten.

Die Schauspielerin in dem Paillettenkleid verlor eine Paillette und drehte aufgrund geheimnisvoller Auswirkungen keinen Film mehr, sofern sie nicht ihre Brüste entblößte, die üppig waren, sich über dem Stoff spannten und letzten Endes am Verlust der Paillette schuld waren.

Manchmal lief er Leuten über den Weg, mit denen er aufs College gegangen war. Beispielsweise auf einer Party in einer Gegend, die aufzusuchen er selten Grund hatte. Alles Mögliche passiert, wenn man seine gewohnten Tummelplätze verlässt, alle möglichen Geister tauchen auf. Sie sahen einander und schauten weg, senkten den Blick in den vom Cocktail kühlen Plastikbecher, interessierten sich plötzlich für die Worte des Geschöpfs, mit dem die Party sie neben dem Regal mit den ungelesenen Büchern zusammengeführt hatte. Sie mieden einander, bis sie einmal nicht auf der Hut waren und sich plötzlich gegenüberstanden, in der Warteschlange vor dem Klo oder nachdem sie auf der Suche nach einem Freund falsch abgebogen waren. Die anderen Leute aus Nkumrehs Seminar, die rechtschaffenen Brüder und Schwestern, die sich den Zehn-Punkte-Plan der Panthers eingeprägt hatten, fanden es sonderbar, dass er für Zeitschriften schrieb, kleine Artikel kritzelte, und J. ging ganz selbstverständlich davon aus, dass sie Downtown arbeiteten, im Schatten der Wolkenkratzer krabbelnde Käfer. Sie hatten einander nichts zu sagen, machten Pläne, sich irgendwann zu treffen, schmunzelten über die Nachricht vom Pech irgendeines Studienkollegen. Sie entschuldigten sich und gingen, um nach einem Freund zu suchen, um zu pinkeln, um eben rasch ihren Mantel zu holen, war schön, dich zu sehen. Jeder in der Gewissheit, den richtigen Weg eingeschlagen zu haben, selbstzufrieden und die Schlüssel zur Stadt liebkosend. Tiddel-dum, tiddel-dum.

Die mäßig Begabten mit guten Beziehungen köpften im Geiste die Höhergestellten, und die das Zweite Gesicht besaßen, erschraken über die all die blutigen Köpfe auf dem Boden.

Er hatte nie mit dem Mann gesprochen. Er hatte Menschen gekannt, die gestorben waren, und was er in solchen Fällen empfunden hatte, war nicht mit dem zu vergleichen, was er nun empfand. Es ging ihm auch nicht so wie beim Tod eines berühmten Menschen, wenn ihm plötzlich klar wurde, welch große Rolle der Verstorbene in seinem Leben gespielt hatte, ob es sich nun um den meisterhaften Songwriter oder den Charakterschauspieler mit dem zerklüfteten Gesicht handelte, den Kleindarsteller, der in Hollywood jahrzehntelang unermüdlich weitermachte, immer als derjenige, der mit dem Helden ein falsches Spiel trieb, und auf diese Weise eine verlässliche Größe. Was jetzt in ihm vorging, war eigenartig, und er wurde nicht schlau daraus.

Die erst kürzlich zum Homo erectus Beförderten krümmten sich erneut, das war nun einmal ihr Los. Der Rockkritiker dozierte über den neuesten Sound aus der neuesten Stadt und stellte fest, dass das nur wenige interessierte.

J.s Körper glitt in eine andere Strömung im Saal, er fügte sich einem Muster ein, das die Natur dieser Menschenmenge aufgezwungen hatte, und nach einer Weile war sein Glas leer, und er sah sich in ebendiesem Moment wieder an der Bar angespült. Diesmal war One Eye da, gekleidet in einen blauen Abschlussball-Smoking, mit einer Augenklappe der gleichen Farbe auf der Wunde, die sein Markenzeichen war. Er versuchte gerade, den Barkeeper auf sich aufmerksam zu machen. »J., mein Lieber, weißt du, um welche Zeit die Bar dichtmacht?«, fragte er.

»Keine Ahnung«, erwiderte J.

»Vielleicht sollte ich mir dann lieber zwei Drinks bestellen, bloß für alle Fälle.« Er beugte sich über den Tresen und pfiff. Wegen des Soundsystems konnte ihn niemand hören.

»Weshalb denn die Aufmachung?«, fragte J. Die Textur von One Eyes Smoking schien unter seinem Blick zu tanzen, ein alter, in Mischgewebe wohnender Zauber.

One Eye, der Gentleman-Spesenritter, der keinerlei Sorgen hatte und Getränkegutscheine hortete, sagte: »Was, das alte

Ding?« Er lächelte, dann fiel ihm J.s Gesichtsausdruck auf. »Warum so düster?«

J. berichtete über seine konfusen Gefühle angesichts des Todes von Nkumreh, während der Barkeeper hinter One Eyes Schulter auftauchte, um seine Bestellung entgegenzunehmen, und als Reaktion auf One Eyes Unaufmerksamkeit wieder verschwand.

»Du bist bestürzt darüber, dass der Typ tot ist«, sagte One Eye. »Das ist ganz normal.«

J. sagte, das stimme nicht ganz; er empfinde etwas Neues. Er beschrieb einige der Symptome, während sich One Eye nach dem Barkeeper umblickte, der sich ans andere Ende des Tresens verfügt hatte, um mit den Minderjährigen zu flirten. J. sprach von dem Seminar, das er im College belegt hatte, und davon, dass der Mann allein in Tallahassee gestorben war. Tallahassee war nicht auf seiner Karte, und wenn der Mann in Tallahassee gestorben war, so war er in einer anderen Welt gestorben, die getrennt von der existierte, in der J. lebte.

»Ich weiß, was mit dir los ist«, sagte One Eye, der trotz des gegenteiligen Eindrucks anscheinend doch zuhörte. Er drehte sich um und ruckte zur neuesten Auswahl des DJ – einem billigen Ding, dessen Refrain die Endlosschleife eines simulierten Orgasmus war – mit dem Kopf hin und her. »Du bist nicht bestürzt darüber, dass er tot ist«, sagte er. »Du bist bestürzt darüber, dass dir sein Tod egal ist. Du denkst, du müsstest etwas empfinden, was gute Menschen empfinden, wenn jemand stirbt.«

J. atmete irgendetwas aus und fühlte sich leichter.

One Eye klopfte seinem Spesenritterkollegen mit der Hand auf die Schulter. »Ich beneide dich um deine Jugend, mein Freund«, begann er und riskierte einen raschen Blick nach dem sprunghaften Barkeeper, einem Mann von ungezählten Transaktionen. »Halte an dieser Zeit fest. Noch ist es dir nicht egal, dass es dir egal ist. Es wird eine Zeit kommen, wo es dir egal ist, dass es dir egal ist, und an diesem Tag wirst du zum Mann werden. Wenn du willst, kann ich zu diesem Anlass so etwas wie eine Zeremonie auf die Beine stellen, geschmackvoll, aber symbolträchtig, du weißt schon, was ich meine. Einen Esel mieten, irgendwas in der Richtung.«

Die Musik hörte auf, ein Riese hob das Dach vom Club: eine plötzliche Veränderung des Luftdrucks. Das Soundsystem verstummte mitten in einem Song, der schon so lange gekreischt hatte, dass er ihnen schließlich wie das Geräusch ihrer körperlichen Vorgänge erschienen war, der enzymgesteuerten Reaktionen, der mitotischen Verdoppelung, eine tief in den Gästen sitzende Sirene, die sie antrieb. Benommen, außerstande, sich diese fremdartige Stille zu erklären, blickten die Menschen im Saal einander blinzelnd an, blickten zum Himmel auf, um sich zu vergewissern, dass das Bombardement aufgehört hatte. In rasender Illumination, in einem Taumel von Mustern, glühten auf kippenden Kreiseln computergesteuerte Lichter auf. Das war ein neuer Effekt der Nacht, eine neuartige Form von sensorischem Vandalismus an einem Abend ungezählter Verbrechen. Mehr als einer unter ihnen fragte sich, was ihnen als Nächstes bevorstand.

An einer harmlosen, rechtwinklig zur Bar verlaufenden Wand, unscheinbar und den ganzen Abend übersehen, begann sich ein Vorhang zu heben, ein prähistorisches rotes Augenlid. Hinter dem Vorhang befand sich eine Bühne. Die schweifenden Lichtstrahlen richteten sich darauf, wurden eins.

Das auf dem absteigenden Ast befindliche Starlet betrachtete eine Selleriestange, und seine Geradheit machte ihr bewusst, dass es mit ihrer Karriere vorbei war. Die polymorph Perversen und die auf diesem Gebiet Gehemmten verstanden sich so gut wie alte Armeekumpel, bis es zum Schwur kam, dann trennten sich ihre Wege.

Godfrey Frank betrat die Bühne, gefolgt von den vier Jungs von Fire Drill and the Orderly Fashions, die Gitarren und einen goldenen Bass zur Hand nahmen. Einer klemmte sich hinter die

Schießbude. Godfrey Frank trug hellgrüne Schuhe mit Plateau-
sohlen. Seine Wurstbeine hatte er in eine schwarze Lederhose
gezwängt, über der sich feuchtes Brusthaar durch ein rotes Netz-
T-Shirt kringelte. Sein langes braunes Lockenhaar, das von einer
Spülung glänzte, ergoss sich über seine Schultern. Er packte das
Mikrofon mit beiden Händen, als ringe er mit einer Klapperschlange, und schrie: »New York – are you ready to ›rock‹?« Die
noch nicht genügend Abgestumpften im Publikum bejahten, und
er wiederholte: »I said, New York, are you ready to ›rock‹?« Wieder teilten sich die Lichtstrahlen, suchten jeweils eine Millise-
kunde lang jeden Zentimeter im Saal ab und wanderten weiter,
und der Gitarrist schrammelte den ersten Akkord von »Awestruck Post-Struct Superstar«, dem Song, der sie monatelang verfolgen sollte, im Radio, im Fernsehen, in den eintönigen Gängen
von Supermärkten und Feinkostläden, während Einkaufswagen
auf eiernden Rädern dahinschlitterten.

J. konnte den Text nicht verstehen. Er blickte sich nach den Zu-
hörern um, riskierte die komplette Erstarrung zur Salzsäure und
sah in höchster Aufmerksamkeit schräg gelegte Köpfe, vor Gier
weit aufgerissene Augen und einen dezenten Spalt offen stehende
Münder, während die gefräßigen Lichter ihnen die Gesichter
leckten und auskosteten und wägten, wer der Nächste sein würde,
der abtrat. Er wandte sich wieder der Bühne zu. Nicht, dass ihnen
die Musik gefiel oder dass sie den Mann nicht mochten, den zu
feiern sie hier waren, dachte er, sondern hier passierte etwas, worüber sie später reden konnten, und Reden war wichtig, es füllte
Minuten, es schmeichelte dem Redenden, wenn es mit entsprechend klugem und wissendem Unterton erfolgte. Informationen
waren die letzte Währung in dieser Stadt. Was auf der Bühne
stattfand, war morgen Vormittag Gesprächsstoff, auf der Dinner-
party nächste Woche eine Anekdote. Das Publikum an diesem
Abend dachte über das nächste Publikum nach und sah zu.

Der Chefredakteur der Zeitschrift, in der die beste literarische

Prosa erschien, stellte fest, dass kein Mensch je von ihm, seinem Blatt oder den von ihm veröffentlichten Autoren gehört hatte, und sehnte sich nach der Zeit Fitzgeralds zurück. Die missratene Tochter des berühmten Schauspielers und der Sohn des Magnaten kamen glänzend miteinander aus, weil sie beide vom Namen eines anderen lebten.

J. konnte den Text nicht verstehen, aber als Godfrey Frank zum Refrain kam, betätigte ein Techniker einen Schalter, und der Text wurde auf das Gesicht von Lenin, dem alten Russki-Bauernfänger, projiziert, das man auf die Rückwand der Bühne gemalt hatte:

Roland Barthes got hit by a truck
That's a signifier you can't duck
Life's an open text
From cradle to death

Manche sangen mit, manche taten nur so.

Der Trauzeuge und der Bräutigam küssten sich zum ersten Mal, und die Hochzeit war gestorben. Der Architekt der hinreißend Zauberhaften ließ an diesem Abend jegliches Gefühl für das Perpendikulare vermissen und verlegte sich auf Iglus. Die Scharfen, die Nuttigen und die echten Schlampen tauschten Eindrücke mit den von Natur aus reichlich Ausgestatteten, den Schlaffen und denen, die einfach nur gern zusahen, und bis zum nächsten Morgen hatte die unerforschliche Hand des Schicksals sie alle für immer verwandelt.

FÜNFTER TEIL

NEUE
STROPHEN

Obwohl die Vorstellung schon dem Ende zugeht, gibt es ein Ensemblemitglied, das seinen Auftritt noch vor sich hat. Geduldig in den Kulissen ausharrend und der Versuchung widerstehend, vor der großen Szene eine letzte Zigarette zu rauchen, wartet sie auf ihr Stichwort, die Dampfbohrmaschine, der Bösewicht dieses speziellen Dramas. Was wäre ein Held ohne einen Schurken?

Schwer verleumdet und diffamiert, wird der Kampf der Bohrmaschine nur in wenigen Songs gefeiert. Die handscheue Kindheit, das ständige Auf und Ab in der Anfangszeit der technischen Umsetzung, die traurige Niederlage bei der Bewährungsprobe. Die »Ballade von Jo Jo, der Dampfbohrmaschine« ist kein Tophit, von Menschenmündern praktisch nicht zu summen, und tanzen kann man auch nicht dazu. Dabei sah für die Burleigh-Dampfbohrmaschine mit diesem neuen sexy Bohrstahl alles so vielversprechend aus. Löste sämtliche im Reich des mechanischen Bohrens bis dato anerkannte Größen ab, den Brunton Wind Hammer, den Couch Drill, die Fowle, die Fontainmoreau. 240 Pfund, 200 Schläge pro Minute, ausgefuchstes pneumatisches Wirkungsprinzip. Bis die Ingersoll auftauchte und Charles Burleighs Baby bloß noch ein Haufen veralteter Schrott war. Das ist der Lauf der Welt.

Man kann sich den Fortschritt als eine Eisenbahnlinie vorstellen, geführt durch das unwegsame Gelände von Versuch und Irrtum, durch tiefe Schluchten von verpfuschter Innovation, bis die Endstation der Vollkommenheit erreicht, die letzte Schwelle mit einem letzten Nagel am Boden befestigt ist. Doch der von regem

Treiben erfüllte Bahnhof von heute, der Gipfel menschlicher Erfindungskraft, ist die übersprungene Station von morgen, durch schmutzige Fenster in zerhackten Bildern erblickt und rasch aus dem Bewusstsein verbannt. Die Dampfbohrmaschine von Burleigh ist die Endstation einer Reihe von Unvermeidlichkeiten, Endstation aber nur so lange, bis man die Linie weiterführt, die Schienen weiter ins Neuland verlegt und das nächste Modell das bisher Erreichte ersetzt und vorantreibt. Auf den neuen Fahrplänen steht, dass die Lokomotive nur noch manchmal, zu merkwürdigen Zeiten, dort hält, und der Express gar nicht mehr. Es ist nicht mehr so, wie es einmal war. Von der Burleigh reden nicht mehr viele, das Fenster des Fahrkartenschalters verstaubt, und keiner macht sich die Mühe, das vom Wetter Blankgeküsste neu zu streichen.

Keiner schreibt die Songs, keiner erinnert sich mehr. Vielleicht würde ein Kommentar der Maschine selbst etwas Licht in die Sache bringen, eine Erklärung für die Ereignisse an jenem Tag im Big Bend Tunnel liefern, die Dinge versachlichen. Lassen wir die andere Seite zu Wort kommen.

Dampfbohrmaschine, dürfen wir um eine kurze Stellungnahme bitten? Doch dem Zittern der vorgereckten Mikrofone begegnet nur Schweigen. Kein Kommentar, kein Kommentar, die Sweatshirtkapuze eng zugezogen, um auf dem Weg vom Wagen in die Zelle anonym zu bleiben. Selbst wenn ihre Anwälte nicht strenge Anweisungen erteilt hätten, sie ist nur ein Gerät, sie kann nicht antworten. Sie ist nur eine Maschine und behält ihre Meinung für sich.

Zweck der von Hotels und Motels im ganzen Land verwendeten Verdunkelungsvorhänge ist es, beim Gast verschiedene Gemütszustände hervorzurufen. Wenn ein Gast in einer völlig dunklen Umgebung die Augen aufschlägt, stellt sich als erstes Gefühl häufig angsterfüllte Verwirrung ein, die sich zu ausgewachsener Panik steigern kann, wenn sich der Gast nicht gleich zurechtfindet, nicht gleich auf einen Orientierungspunkt stößt, nicht gleich imstande ist, die Reise in diese Dunkelheit zu rekonstruieren. Sobald sich der Gast orientiert hat, machen sich beruhigende Vorstellungen geltend. Was beispielsweise die Bewohnerin von Zimmer 14 der Talcott Motor Lodge angeht, so ist sie, nachdem die Digitalanzeige des Weckers auf dem Nachtschränkchen sie der Wirklichkeit zurückgegeben hat, erleichtert darüber, dass das Leben im Großen und Ganzen so weiterzugehen scheint, wie es das immer tut, auch wenn einen ein ausgedehntes Nickerchen der engagierten Teilnahme daran vorübergehend enthoben hat. Ebendieses Gefühl der Erleichterung und Beruhigung – und nicht das Aussperren störenden Sonnenscheins oder die Auslösung des Angstanfalls – ist das höchste Ziel des Verdunkelungsvorhangs; man hofft, dass dieses behagliche Gefühl auf Dauer mit der jeweiligen Unterkunft oder Kette von Unterkünften assoziiert wird und zu Wiederholungsbesuchen anregt. Denn wir brauchen unsere sicheren Orte in dieser Welt, es gibt davon viel zu wenige.

Als Pamela Street aufwacht, ist außerhalb ihrer Haut nichts als Dunkelheit. Tief im Isolationstank der Talcott Motor Lodge. Sie ist nicht die Erste, die von den beruhigenden roten Ziffern eines

Radioweckers vor dem Wahnsinn gerettet wird. Das zur Steckdose an der Wand führende Kabel des Weckers ist eine Rettungsleine zu einer verifizierten Welt, zu Kraftwerken, standardisierter Zeit, Zivilisation. Sie weiß, wo sie ist, ihre Unruhe hat sich verflüchtigt. Die Ereignisse zurückzuverfolgen ist kein Problem. Sobald das Taxi vom Jahrmarkt sie hier absetzte, ließ sie sich aufs Bett plumpsen und fiel in tiefen Schlaf, und nun kommt sie, Wahrnehmung um Wahrnehmung, wieder zu sich. Es ist halb neun. Auf dem Parkplatz unterhalten sich Männer. Die Decke hat ihren Schuh gekidnappt und setzt ihren Fuß unter Druck. Als sie das Licht anmacht, hat sie ihren ersten Gedanken beim Aufwachen schon vergessen. Sie hat gedacht, J. liege neben ihr und es sei etwas passiert.

Im Moment hat sie keinen Hunger. Auf dem Festival gab es reichlich zu essen, ein Periodensystem von Nitratkreationen und künstlich gefärbten Getränken. Vermutlich wird sie zu irgendeiner unpassenden Zeit Hunger bekommen, in ein paar Stunden, wenn sich die ganze Gegend hinter Fliegengitter zurückgezogen hat, und dann wird sie sich mit faden Brezeln aus dem Automaten begnügen müssen. Das wird dann reichen müssen. Morgen um diese Zeit wird sie wieder in New York sein, in Großstadt-Sommerschweiß gebadet, doch derzeit befindet sie sich noch auf dem Weg von einer Stadt in die andere, auf muffigen Laken. Ein üppiges Frühstück am Morgen wird sie für alles stärken müssen, was sie noch zu erledigen hat, ehe sie mit dem Flugzeug entflieht.

Eine halbe Stunde später hat sie das Zimmer zu einer Anzeige gegen Lungenkrebs eingenebelt (vielleicht haben die Arbeitsgemeinschaft der Suchtkranken und die Liga der einsamen Menschen etwas zu dieser speziellen Medienkampagne beigesteuert), deshalb zieht sie die Verdunkelungsvorhänge zur Seite und schiebt das Fenster hoch. Die Brise möchte ebenso sehr ins Zimmer, wie der Rauch hinauswill, und am Grenzübergang verhandeln sie miteinander. Am Pool verkosten die Journalisten einen

Kasten des billigen einheimischen Pisswasser-Biers und amüsieren sich mit Moskitos. J. ist auch dabei. Er hebt sein Glas, und sie stoßen alle auf etwas an. Hat sie im Tunnel tatsächlich nach seiner Hand gefasst? Sonst noch etwas Untypisches getan? Sie standen in dem Tunnel, von dem sie so viele Jahre lang gehört hatte, und das Gift, das ihr die Geschichten ins Blut geträufelt hatten, entwich aus ihr, und ihre Adern erkalteten und wurden leer, während das Zeug in Pfützen verschwand, die die Erde trank. Am liebsten hätte sie gesagt, mein Gott, bist du gewachsen, als wäre der Fels ein schlaksiger Cousin, den sie lange nicht gesehen hatte und der nun zu einem eigenständigen Menschen mit Schrullen herangereift war. Graue Wasserpfützen als Boden, ein emphysematisches Gurgeln als Atem. Alle anderen waren draußen und sahen sich den Bohrhauer-Wettkampf an, Pamela und J. verpassten den Bohrhauer-Wettkampf, keine Ahnung, wer gewonnen hatte. Nicht, dass sie einen von den Kerlen vom anderen unterscheiden könnte, um die Wahrheit zu sagen. Sie hörten den Jubel, weit weg auf dem Jahrmarktgelände, verließen den Tunnel aber erst, als das Hauptereignis vorbei war und der Sieger am Mikrofon stand und sich bei einer weitverzweigten Sippe für ihre Unterstützung bedankte. Sie nahm seine Hand und fragte, ob er morgen mit ihr kommen werde. Und genau das war dumm von ihr gewesen; nicht, dass sie seine Hand gehalten, sondern dass sie ihn gebeten hatte, mitzukommen. Sie wusste nicht, was schlimmer war: dass sie ihn gefragt oder dass er Ja gesagt hatte. Er wird sie für verrückt halten, wenn sie den Karton öffnet. Selbst vom Bett aus kann sie sein Lachen hören. Es lässt sich von der Brise herbefördern.

Sie hat den Karton als Handgepäck ins Flugzeug mitgenommen. Ein Weißer in Nadelstreifenhose und dynamischer Krawatte kam den Gang entlang und erspähte sie dabei, wie sie den Karton ins Gepäckfach stopfte; er wollte nicht, dass sie ihm sein Jackett versaute, zerknitterte oder sonst wie ruinierte. Der Karton passte leicht geneigt hinein, und die Klappe ließ sich problemlos schließen. Den Karton direkt über dem Kopf, flog sie durch die Lüfte; ein Alp aus Wellpappe, hockte der Karton über der Belüftungsdüse und der Lampe, und das löste kindliche Schauer des Unbehagens in ihr aus, bis rumpelnd das Fahrwerk ausgefahren wurde. Am Ankunfts-Gate griff die fleckige Hand des Fahrers nach ihrer Tasche, aber sie nötigte ihm stattdessen den Karton auf. Während sie die Rolltreppe hinunterfuhren – er mit dem Karton in den Händen vor ihr –, kam sie sich vor wie eine falsche Millionärin, der schmuddelige Taxifahrer ihr an die Aktentasche mit den Wertpapieren geketteter Chauffeur. Aber der Karton enthielt keine Wertpapiere. Der Chauffeur legte ihn in den Kofferraum, wo er abermals schräg lag, diesmal auf dem Ersatzreifen und ein paar Pin-up-Zeitschriften, und als er den Kofferraum schloss, war sie imstande, den Karton aus ihren Gedanken zu verbannen. Auf der Fahrt nach Talcott beanspruchten die Berge ihre Aufmerksamkeit. Als sie Zimmer 14 aufsperrte, stellte sie den Karton in den Schrank, wo er immer noch steht. Oder genauer gesagt, in den Schrankbereich: Es gibt einen Kleiderständer, daran gefesselte Kleiderbügel und ein Bord, aber keine Tür. Es gelingt ihr trotzdem, den Karton nicht anzusehen.

Auf den Seiten des Kartons macht die Diego Grapefruit Company im Stile einer längst untergegangenen Designästhetik irreführende Angaben über seinen Inhalt. Dieser Karton hat schon lange kein Obst mehr enthalten. Die Kanten kneift silbernes Klebeband zusammen, eine nicht mehr hergestellte Marke aus den Beständen im Geschäft ihres Vaters. Ein Wunder, dass es noch hält. Einige der Lieferanten ihres Vaters waren eher auf Billigschrott als auf Qualitätsware spezialisiert. Unzählige verschiedene Verwendungszwecke haben die weiße Pappe geschwärzt. Stell sie da drüben hin, schaff da drüben Platz dafür, tu das rein, nimm jenes raus.

Zum ersten Mal gesehen hat sie den Karton vor fünfzehn Jahren. Sie hatte vorgehabt, mit Angela ins Kino zu gehen; die Jungs, die im Kino auf der rechten Seite saßen, rauchten Gras, und wenn sie fragte, würden sie sie mal ziehen lassen, und sie würde hoffen, dass es nicht mit irgendwas versetzt war, und wenn der Abspann lief, würde sie abhauen müssen, sonst würden sie denken, sie hätten das Recht, sie anzumachen. Soweit ihr Plan, bis ihr Vater ihr sagte, dass sie auf das Päckchen warten musste. Er erwartete ein Päckchen von einem seiner John-Henry-Händler; er hätte ja selbst darauf gewartet, aber ihre Mutter ließ ihn nicht entschlüpfen, diesmal nicht. Es war der Weihnachtsball ihres Clubs, und er hatte sich schon zu oft gedrückt. Ihre Mutter sagte, Pamela sei alt genug, um sich um so etwas kümmern zu können, sie sei groß genug, er werde sie also auf jeden Fall begleiten. Dort reinzukommen ohne ihren Mann am Arm. Sie hatte doch nicht extra seinen Anzug in die Reinigung gebracht, damit er wegen John Henry kneifen konnte. Sie wusste, wie sie ihn dazu bringen konnte, dass er spurte, manchmal jedenfalls, wenn sie wirklich wollte. Damals, eine Zeit lang. Er werde so rechtzeitig wieder da sein, dass sie es noch ins Kino schaffe, sagte ihr Vater, als er seine Pelzmütze aufsetzte. Na hoffentlich, sagte sich Pamela.

Als das Zimmer dank des Titelthemas von *Love Boat* jäh von einer Woge schneidiger Romantik erfasst wurde, wusste sie, dass sie an diesem Abend nicht ausgehen würde. In ihrer Lebensgeschichte bedeutete das Thema von *Love Boat,* dass sie den Abend zu Hause verbrachte. Normalerweise traf sich ihr Vater im Laden mit seinen John-Henry-Pushern, und Pamela erlebte ihre albernen Geschäfte niemals mit. Sah den Krempel erst, wenn er ihn strahlend nach Hause brachte, es gar nicht erwarten konnte, ihn ihr zu zeigen, als ob er sie einen Scheiß interessierte. Das Haus war bereits mit einem Dutzend identischer John-Henry-Statuen, einer Bande lackierter Kobolde, zugestellt, und er schleppte einen weiteren an, der genau gleich war, und versuchte dann, sie für dieses neue Stück Müll zu begeistern. Die Wohnung war randvoll mit John Henry. Nicht, dass ihr zu dieser Zeit noch an ihrem Kinderspielzeug lag, aber als ihr Vater eines Tages in einem Schrank eine Kiste mit alten Spielsachen von ihr fand, befahl er ihr, sie wegzuschaffen, damit mehr Platz für John Henry war. Es gab kein Zimmer, in dem John Henry nicht den Rücken krümmte, keine Wand, an der John Henry nicht in Farbe, Tusche und Kohle schuftete, wuchtete und starb, keinen Tisch, auf dem nicht kleinere Memorabilien, Druckguss- und Keramikfiguren in Märtyrerpose standen. (Sie ließ sich nicht von Freundinnen besuchen, denn das hätte bedeutet, Erklärungen abgeben zu müssen. Sie ging zu ihnen nach unten, wenn sie klingelten.) Er machte ein Getue, als wäre das Zeug aus Tutanchamuns Grab ausgebuddelt worden. Er ließ den Kram normalerweise in den Laden bringen, und die wenigen Male, bei denen er zu Hause John-Henry-Geschäfte erledigte, verzog sich Pamela nach oben und drehte ihren Ghettoblaster richtig laut, bis der neueste Schub streng riechender Bekloppter sich wieder verkrümelt hatte.

Ihre Freundin Angela rief von einer Telefonzelle aus an, und Pamela sagte ihr, dass sie nicht kommen werde. Wegen des Straßenlärms hörte es sich so an, als befände sich Angela mitten in einer Riesenparty, die Pamela verpasste. Kaum hatte sie den Hörer aufgelegt, da klingelte es. In *Love Boat* nahmen die schusseligen Weißen Kurs auf neue Abenteuer, hatten neue Romanzen im Sinn. Pamela eilte zur Gegensprechanlage, und es brauchte drei Versuche, bis der Bekloppte den Sprechknopf richtig bediente und sie ihn deutlich »Mr. Mails« sagen hörte. Sie verdrehte die Augen, schloss die obersten beiden Knöpfe ihrer Bluse und öffnete per Summer die Haustür.

Er sah widerlich aus. Wie er da auf der Fußmatte verharrte, in seinem fleckigen braunen Mantel, mit dieser riesigen, beschlagenen Brille im Gesicht, sah er aus wie eine Pennerin. Wie Pamelas Biologielehrer, der aus Jugoslawien kam und bei dem alle lachen mussten, wenn er von den »Genitalia« sprach, weil es sich anhörte, als redete er von seiner Freundin. Er inspirierte zu vulgären Karikaturen, die keinerlei Ähnlichkeit mit ihm hatten, aber dennoch Gekicher hervorriefen, wenn sie unter verstohlenen Gesten von Bank zu Bank weiterwanderten. Dieser Mann, Mr. Mails, hätte sein Cousin sein können. Er wischte sich viel zu oft die Schuhe an der Fußmatte ab, als wäre es seit Jahren das erste Mal, dass man ihn irgendwo hereinbat. Sie hatte nicht die Absicht, ihn hereinzulassen. Auf keinen Fall. Sie griff nach dem Karton der Diego Grapefruit Company, den Umschlag in impliziter Zurückweisung fest in der rechten Hand. Ihm das Geld geben, sich den Karton schnappen, und mit etwas Glück bei den U-Bahn-Verbindungen konnte sie es immer noch zu dem Rendezvous mit Angela und der Riesenfete am anderen Ende der Leitung schaffen. »Mein Vater hat gesagt, ich soll Ihnen das hier geben«, sprudelte sie mit unverhohlenem Abscheu hervor. Sie vollzogen den Austausch, doch ehe Pamela die Tür zuschlagen konnte, sagte Mr. Mails: »Dürfte ich mal eben Ihre Toilette benutzen?«

Er konnte ein Vergewaltiger sein. Die *Toilette*, die *Genitalia;* mittlerweile war er der Bruder ihres Biologielehrers. Wenn er ein Vergewaltiger war, wäre ihr Vater daran schuld. Er hätte das selbst machen müssen. Von hypothetischem Gestank revoltierte ihre Nase. Sie ging den Flur entlang voran, deutete auf den Raum, wo in der halb geöffneten Tür rosa Fliesen schimmerten. Er schlurfte. Der Regen hatte sein schwarzes Haar hinten zu einem Entenschwanz frisiert. Sein Kopf drehte sich nach links und rechts, registrierte und katalogisierte ihres Vaters Sammlung von John-Henry-Memorabilien. Es war noch kein Museum, wenn es denn je eins wurde, es war an der Wand aufgehängter Trödel. Er blieb nur bei dem Vorschlaghammer stehen, der auf Nägeln ruhte, denen es an Halt fehlte. In regelmäßigen Abständen, und zwar immer dann, wenn die Familie schlief, fielen sie aus der Wand, worauf der Hammer auf den Boden hämmerte. Mr. Mails setzte zu einer Bemerkung an, überlegte es sich jedoch anders, als er Pamelas Gesicht, dieses starke Gebräu jugendlicher Verachtung, sah.

Wenigstens ließ der Perverse das Wasser laufen, um zu übertönen, was immer er da drin an Ekelhaftem machte. Glücklicherweise standen unter dem Waschbecken alle möglichen Reinigungsmittel zur Verfügung, erfolglose, wenig bekannte Marken, die, von zwielichtigen Großhändlern angeliefert, zuweilen den Weg in Street Hardware fanden. Einmal kam eine Taube zum Badezimmerfenster hereingeflogen und schiss und hüpfte und spuckte Gott weiß wie lang überall im Bad herum. Ihre Mutter jagte sie mit einem Besen hinaus. Das Saubermachen fiel Pamela zu, und zum ersten Mal nahm sie eine Arbeit im Haushalt mit peniblem Eifer in Angriff. Auf jeder Oberfläche konnte ein Kotspritzer sein, und so schrubbte sie und opferte bei diesem taktischen Gefecht eine Armee von Schwämmen. Nicht, dass sie es ihm sagen würde, aber eigentlich müsste ihr Vater diese Reinigungsprozedur wiederholen, wenn er nach Hause kam. Die *Toilette*. Dieser Perverse, sie durfte gar nicht daran denken.

Er war kein Vergewaltiger, jedenfalls an diesem Abend nicht. Bei diesem Mantel allerdings hatte er bestimmt vor, es blitzen zu lassen. Während sie die Haustür schloss, sagte er zwischen rosafarbenen Lippen hindurch: »Sag deinem Vater, dass ich nächste Woche vielleicht ein paar Sachen hereinbekomme, die ihn interessieren könnten.« Sie legte die Kette vor, nur damit er es hörte und wusste, was sie von ihm hielt. Es war zu spät, um sich mit Angela zu treffen.

Das andere, was sie in jener Nacht tat, ergab sich aus nicht so leicht zu erläuternden Beweggründen. Wenn sie jetzt daran denkt, wünscht sie, die Motellaken würden nicht so schlecht riechen; sie würde sie sich über den Kopf ziehen. Sie weiß nicht, warum sie es getan hat. Sie schlitzte den Karton auf und zog Zeitungspapierknäuel heraus. Die Figur war nicht so schwer, sie hatte solche Figurinen oft von der Stelle bewegt, um den Dreck abzufegen, den sie anzogen. Sie schien mit anderen identisch zu sein, die ihr Vater ins Haus geschleppt hatte, eine Keramikstatue von John Henry mit seinem getreuen Hammer. Die Farbe war an anderen Stellen abgeblättert als bei seinen Brüdern, und wenn ihr Vater nach Hause kam, würde er – als ob sie das interessierte – die winzigen Unterschiede erklären, darauf hinweisen, dass sie von einer Firma in Alabama stammte, die sich in den Fünfzigern auf Eisenbahnartikel spezialisiert und früher einem Country-and-Western-Sänger gehört hatte, oder dass sie aus einer kleinen Werkstatt in West Virginia kam, die nur zehn John Henrys hergestellt und es sich dann anders überlegt hatte, und das war der Erste aus der Serie, sieh dir nur mal die Kreuzschattierung auf John Henrys abgeschnittener Hose an. Die Statuen zirkulierten bei ihnen zu Hause von Zimmer zu Zimmer. In regelmäßigen Abständen verfiel ihr Vater auf ein neues Ordnungssystem, rostige Bohrstähle lösten die gerahmten Notenblätter über der Couch ab, und das Johnny-Cash-Album kam eine Zeit lang in das Lager des Ladens. Das waren die Planeten ihres Vaters auf ihren unendlichen Flugbahnen durch Pamelas Raum. Es erforderte mehrere Versuche, das Ding in Stücke zu brechen. Die ersten paar Male knallte es auf den Boden, ohne Schaden zu nehmen. Dann kam sie dahinter, wie sie es kaputtkriegen konnte. Der Oberkörper, die Arme waren zerbrechlich. Sie legte alles in die Kiste zurück, ordnete die Stücke nun behutsam zwischen dem Zeitungspapier an, eine Mutterhenne mit ihren kleinen Küken. Fegte den weißen Staub seines Blutes zusammen.

Das Fluchen ihres Vaters über Mr. Mails weckte sie. Um zwei Uhr morgens. Er fluchte mehrere Minuten lang über ihn; sie ließ die Augen zu. Als er ausgeflucht hatte, hörte sie ihn ihre Zimmertür aufmachen. Sie rührte sich nicht, die Tür ging wieder zu, und das war das letzte Mal, dass sie John-Henry-Kram für ihn entgegengenommen hatte. Er sprach nie wieder davon.

Ein paar Tage bevor sie hierherkam, suchte Pamela im Lagerraum nach einem passenden Karton. Sie erkannte den Karton der Diego Grapefruit Company auch nach so langer Zeit wieder. Wie sie sah, waren die jüngsten Mieter Klavierwalzen. Sie erinnerte sich noch an den Tag, an dem ihr Vater die Dinger bekommen hatte. Er erklärte ihr, wie sie funktionierten, während sie die Flucht aus seiner unmittelbaren Umgebung plante. Er ließ seine Finger über die winzigen Perforationen in den weißen Papierrollen gleiten und sagte ihr, sie würden, in ein mechanisches Klavier eingesetzt, eine Version der »Ballad of John Henry« klimpern. Aus dem Musikautomaten würde die bekannte Melodie kommen, damals habe man noch keine Stereoanlage gekannt, und so habe man in den alten Zeiten Musik gehört. Heute sei das alles aus der Mode. Sie fragte, woher weißt du, ob es auch wirklich das ist? Wie willst du es ausprobieren? Darauf hatte er keine Antwort gewusst. Sie steckte die Walzen in eine Einkaufstüte und schloss den Lagerraum ab.

Pamela hebt den Karton aufs Bett und überprüft ihre Sondersendung. Aus der Urne ist nichts von der Asche ihres Vaters herausgerieselt.

A ls wir endlich die Spülmaschine kriegten, hat meine Mutter gesagt, gegen den Fortschritt kommst du nicht an.« Dies Dave Brown, während er eine leere Bierdose implodieren lässt. »Sie hat gern die Hände in die Lauge gesteckt und geschrubbt. Sie hat immer gesagt, das hätte Würde, man macht eine Schweinerei, und die soll man hinterher auch beseitigen. Aber damals hatten schon alle in der Straße eine Spülmaschine, was blieb ihr also anderes übrig? In jeder Zeitschrift gab's Anzeigen für Spülmaschinen. Was wollte sie eigentlich, sich vor dem ganzen Viertel blamieren? Wollten wir uns blamieren? Also hat sie gesagt, gegen den Fortschritt kommst du nicht an.«

»Eine Frau, die still beharrt«, meint J.

»Ist sie gegen die Spülmaschine angetreten und umgekippt, nachdem sie den Klarspülgang geschlagen hatte?«

»Wäre direkt Stoff für eine Ballade: *Rinse cycle's gonna be the death of me, Lord, Lord, rinse cycle's gonna be the death of me.*«

Schlaff lungern und lümmeln die Spesenritter um den Pool. Ab und zu nehmen sie Bier aus einem Styropor-Kühlbehälter und scharren das Eis um die schwindende Fülle zurecht. Es ist Nacht, die Sterne über ihnen erscheinen ortsfest und rasen doch nicht wahrnehmbar dahin, vergleichbar einem bestimmten Spesenritter, der sich in vermeintlicher Trägheit auf seinem Stuhl fläzt, während Machenschaften wie Kometen durch die tiefe Schwärze seines Denkens sausen.

In den nahe gelegenen Wäldern schwingen Grillen Wahlreden.

»Wenn wir die ganze Geschichte von wegen Hybris mal einen Moment beiseitelassen«, beginnt Tiny nach einem vulkanischen

Rülpser, »dann hat Johnny in Wirklichkeit vielleicht an einem angeborenen Herzfehler gelitten. Ihr kennt doch die religiösen Gebote gegen den Verzehr von Schweinefleisch – weil man Trichinose davon kriegte, wenn man es nicht lang genug kochte. Die bärtigen Gemeindeältesten müssen sich irgendeinen religiösen Grund einfallen lassen, um die Leute davon abzuhalten, Schweinefleisch zu essen. So verhält sich das. Sie erfinden eine Sage, um etwas Natürliches zu erklären, das sie noch nicht wissenschaftlich begründen können. Johnny weiß von Kindesbeinen an, dass der Big Bend sein Tod sein wird, weil er Herzbeschwerden hat. Das liegt in der Familie. Hoher Blutdruck – ihr wisst ja, dass Schwarze einen höheren Blutdruck haben als Weiße. Was erwartet er eigentlich, so, wie er schuftet? Damals hat man über solche Sachen noch nicht Bescheid gewusst. Hätte sich genauso gut das reine Fett schießen können.«

»Schwarze und Dicke: hoher Blutdruck«, sagt J.

»So ist es. He, kannst du mir mal welche von den Chips da drüben geben?«

»Ich zum Beispiel habe es total mit Prophezeiungen, müsst ihr wissen«, grunzt Frenchie, die Arme zu einer Geste von gallischer Mitteilsamkeit ausgebreitet. »Ich achte darauf, ich bin Schütze, und das seit dem Tag meiner Geburt. Was ich nicht verstehe, ist Folgendes: Wenn du dein Horoskop liest und die Fachleute sagen dir, du sollst mit finanziellen Transaktionen vorsichtig sein und dich vor Stieren in Acht nehmen, was machst du da? Du lässt deinen Geldbeutel zu, und du hältst nach Hörnern Ausschau. John Henry hat eine Vorahnung, dass der Big Bend sein Tod sein wird. Da hält man sich doch vom Big Bend fern. Man lernt jemanden namens Benjamin Tounelle kennen, einen ziemlichen Schrank, dem geht man auch aus dem Weg. Er hätte die ganze Situation vermeiden können, wenn er sein Horoskop beachtet hätte.«

»Mal wieder typisch Frenchie, dass er das Ganze auf den Gegensatz zwischen Schicksal und freiem Willen zurückführt.«

»Muss zu allem seinen Senf dazugeben.«

»Glaubst du denn, er hatte eine Wahl?«

»Wir haben alle eine Wahl. Guck dir nur das scheußliche Hemd an, das du trägst, J. – das ist auch eine Wahl.«

»Sei so nett und gib mir noch ein Bier, Kleiner.«

»Ich bin mit einer Glückshaube auf dem Kopf auf die Welt gekommen.«

»Mit einer was?«

»Mit einer Glückshaube. Auf dem Kopf.«

»Er meint Nachgeburt. Er hatte Nachgeburt auf dem Kopf kleben, als er auf die Welt kam.«

»Das bedeutet, du hast besondere Gaben.«

»Stimmt – nicht jeder wird Autor für sechs verschiedene Zeitschriften mit Steuerspartipps.«

»Genau meine Vorstellung von einem Autor.«

Während der nächste Grillenkandidat sich über sein Wahlprogramm verbreitet, hört man unter den Spesenrittern keinen anderen Laut. Nachdem eine angemessene Zeitspanne verstrichen ist, kichern sie über den Scherz.

»Okay, okay. Wohl eher von einem Redakteur.«

Nach erneutem, diesmal aber kürzerem Schweigen, während dem sich der Witz in seine vielversprechende Zukunft als Insider-Scherz ihrer Gruppe einlebt, kichern sie erneut.

»Wer hat eigentlich den Wettkampf gewonnen?«

»John Henry.«

»Die Dampfbohrmaschine, Blödmann.«

»Am Ende gewinnt immer die Dampfbohrmaschine.«

»Ich meine, bei der Geschichte heute.«

»Stimmt – da warst du ja im Tunnel der Liebe.«

»Der Bursche von hier hat gewonnen.«

»Sie waren beide von hier.«

»Genau.«

»Das gäbe vielleicht einen ganz hübschen Artikel. Ziemlich

machohaftes Zeug, wäre vielleicht eine gute Masche für eine dieser neuen Männerzeitschriften, die jetzt überall aufkommen. Der Kampf Mensch gegen Maschine wird zum Kampf Mensch gegen Mensch und wie sich das Wesen des Wettkampfes mit der Zeit verändert.«

»Willst du ein Bier, J., oder bist du immer noch trocken?«

»Lass mal, mir fehlt nichts.«

»Weißt du, was das Schwierige am Trockenbleiben ist?«

»Was denn?«

»Der Tag hat so viele Stunden.«

»Wann ist denn morgen die große Jubelfeier?«

»Die Briefmarken-Geschichte ist, glaube ich, um eins. Im Stadtzentrum. Mein Flieger geht um fünf.«

»Meiner auch. J. – gehst du zu dieser Organizer-Geschichte nächste Woche?«

»Ja. Und du?«

»Nein. War bloß 'ne Frage.«

»Er will bloß seine Investition schützen. Frenchie glaubt, dass du es schaffst, den Rekord zu brechen. Er hat hundert Mäuse auf dich gesetzt.«

»Ihr wettet?«

»Klar wetten wir. So viel Spaß haben wir nicht mehr gehabt, seit – na ja, seit Bobby Figgis. Um ganz offen zu sein, ich glaube nicht, dass du es schaffst. Nichts für ungut, aber ich glaube nun mal nicht, dass du in der entsprechenden Form bist.«

»Und ob er es schafft. Schau ihm in die Augen. Viel fehlt ihm nicht mehr.«

»One Eye hat gesprochen, nachdem er einen Blick in die Geheimnisse der menschlichen Seele getan hat. Was für eine Party willst du denn feiern, wenn du den Rekord gebrochen hast? Ich finde, wir sollten was mieten, was zu dem Anlass passt, irgendeine Spelunke Downtown, zum Beispiel. Den Laden ein paar Stunden schließen und richtig einen draufmachen.«

»Wenn es so weit ist, geb ich dir Bescheid. Frenchie – erzähl uns doch mal eine Geschichte. Wie war das noch mal mit der Sache in Caracas?«

Von solchen Idioten umlagert, hüllt sich One Eye in selbstgefälligen Groll, ein exquisit geschneidertes Kleidungsstück, jede Naht Bitterkeit, jeder Stich Schärfe. Er ist von Idioten umlagert, das sieht er deutlich; seine Tiefenwahrnehmung mag von seiner Wunde beeinträchtigt sein, nicht aber sein moralisches Unterscheidungsvermögen. Er stellt seine noch halb volle Dose auf den Beton und absentiert sich ohne ein Wort von seinen Kameraden. Er hat seine Mission schon zu lange aufgeschoben, abgelenkt von einem Spiel, das er sich ausgedacht hat: darauf zu achten, wie oft wohl seine Kameraden die Sprüche wiederholen, die sie schon so oft gesagt haben. Natürlich improvisiert ihre Truppe, jede Lokalität hat ihre Besonderheiten, die einbezogen sein wollen, aber sie respektieren den Geist des Textes. Ihre Show ist weit im Voraus komplett ausverkauft, und es gibt Verpflichtungen. Aus der Show auszusteigen ist nicht so einfach. Er wappnet sich, lässt die Zungenspitze gegen die Zähne schnellen und strafft die Schultern.

Für ihn gleicht sein Gang in den ersten Stock der Talcott Motor Lodge einem langsamen Schlurfen auf das Galgengerüst, wo das Werkzeug des Schicksals auf ihn wartet. Der Mechanismus dort oben. So ist seine jüngste Halluzination beschaffen, extrem, melodramatisch. Er erinnert sich, wie ihm in Brasilien, in Rio, wo er sich auf Kosten einer Fluggesellschaft aufhielt, um mitzuhelfen, der Erosion des Touristengewerbes durch das Verbrechen Einhalt zu gebieten, die Gesichter der Blinden auffielen, wenn er auf der Straße unterwegs war. All seine weitverstreute Verwandtschaft. Kein Mensch trug dort eine Augenklappe. Ihre Wunden waren zur Schau gestellt, verdunkelte Augenhöhlen, die das Grauen der Passanten auf sich vereinten. One Eye bedeckt seine Wunde ebenso sehr sich selbst wie den anderen zuliebe.

Aufgrund seines Abenteuers am Nachmittag findet er unschwer den Schlüssel. Er wirft einen letzten Blick auf die anderen Blindgänger, um festzustellen, ob sie sein Verschwinden bemerkt haben – vielleicht hat J. es sich anders überlegt und kommt schon die Treppe herauf –, aber niemand nimmt ihn wahr. Was genau versucht er eigentlich zu beweisen? Lächerliche Zeiten erfordern lächerliche Maßnahmen, und das reicht, er steht in Luciens Zimmer, in der Hand, wie klirrende Almosenmünzen, hundert Schlüssel.

Zweierlei registriert er als Erstes. Das eine hat mit dem Wochenende zu tun. Statt der kitschigen Zeichnung von Gleisen, die in seinem Zimmer über dem Bett hängt, schmückt Luciens Zimmer eine Zeichnung von John Henry. Es handelt sich um ein Porträt des Mannes der Stunde, das One Eye von all den Stunden auf dem Jahrmarkt vertraut ist: die Briefmarke, eine vergrößerte Version in Farbe, um des Effektes willen von einer eingezeichneten Zahnung umrahmt. Auf dem unteren Rand steht: Erste jährliche John Henry Days, 13. Juli 1996. Was ihm auffällt, ist der Umstand, dass hier das heutige Datum unter Glas fixiert ist. Das impliziert eine Serie und eine Teilung: dieser Tag und alles, was davor war, im Gegensatz zu allen künftigen Jahrmärkten. Ein großes Wochenende für die Stadt, natürlich, deshalb ist er hier, um mitzuhelfen, es wahr zu machen. Die kleinen Berichte seiner Spezies leisten einen Beitrag. Die Gäste vom nächsten Jahr sehen das Poster und empfinden sich als Teil einer bestehenden Tradition. So an die Wand gehängt, wenn auch an wackeligen, in billigen Gips geschraubten Haken, wird das Datum monumentalisiert. Auch dieser bescheidenen Affäre in den Bergen wohnt etwas Glorreiches inne. One Eye nimmt es als Omen, denn der heutige Tag ist auch der Tag seiner Befreiung aus der Sklaverei. Es ist der Tag, an dem er die Liste verlässt.

Als Zweites bemerkt er, dass Luciens Computer an ist.

Auf dem Schreibtisch ist Luciens Laptop zu einem schlanken

schwarzen L aufgeklappt. Assoziationen kreisen durch seinen Verstand: L wie Liste, Venus, die aus ihrer großen Muschel heraustritt. One Eye wirft einen Blick ins Badezimmer, vielleicht ist er ja da drin, aber nein, One Eye hat Lucien samt Anhang vor einer halben Stunde mit eigenem Auge vom Parkplatz fahren sehen, und das Essen des PR-Manns mit den hiesigen Bürgern lässt ihm, One Eye, mehr als genügend Zeit, sein Ding zu drehen. Genügend Zeit für ein paar schlichte Tastendrücke. Tap, tap. Als er sich auf den Stuhl gleiten lässt und wie ein Pianist kurz vor dem Konzert die Finger lockert, sieht er den scherzhaft gemeinten Bildschirmschoner. Eine Dollarnote wallt und gleitet über den in Passivmodus geschalteten Bildschirm, prallt arrogant und ohne Schaden zu nehmen von den Rändern ab. Hmm. Für Lucien ist das ein ziemlich schwacher Scherz, weit weg von seinem üblichen Witz; eigentlich müsste der Reiz des Neuen schon nach ein paar Tagen vorbei gewesen sein. Aber vielleicht ist das Ding ja auch gar nicht zu Luciens Amüsement da.

Von draußen ist kein Laut zu hören, kein Detektiv, der sich den Urheber des komplizierten Täuschungsmanövers schnappen wollte. One Eye drückt eine Taste, die Dollarnote verschwindet in der Brieftasche des Geräts, und er hat die Liste vor Augen. Die auf dem Computer geöffnete Datei ist die Liste.

Falls Lawrence gewusst hat, dass er und J. im Badezimmer waren, nachdem er seinen Boss abgeholt hatte, warum hat er dann nichts gesagt? Dieser Speichellecker ist bei Weitem nicht cool genug, als dass er den Mund hätte halten können. Hätte er gewusst, dass jemand in seinem Zimmer war, hätte er ein Geschrei gemacht wie ein kleiner Knirps mit einer Ratte in seinem Bettchen. Möglich, dass One Eye die Datei vor ihrem hastigen Rückzug ins Bad offen gelassen hat, aber er erinnert sich deutlich, wie sich das Fenster schloss. Vielleicht ist ihnen etwas entgangen, als sie das Zimmer wieder in Ordnung gebracht haben. Jedenfalls weiß Lucien, dass es jemand auf ihn abgesehen hat, und vielleicht hat er es schon auf dem Jahrmarkt gewusst, als er und Lawrence auf sie zuschlenderten. Er weiß Bescheid.

Was soll ein Einäugiger in einer solch kritischen Lage tun. Man fordert ihn heraus, daran herumzupfuschen. Sie zu löschen, seinen Namen zu löschen, irgendeinen Namen zu löschen. Er scrollt. Die Leute sind alle auf das Notwendigste reduziert, Namen, Adressen, Zugehörigkeiten, Macken und Vorlieben. Er klickt und klickt, und die Namen marschieren über die Informationsebene, einem geordneten Gefecht entgegen, unerbittlich und resolut.

Eine Falle und ein Test. Lucien ist es so oder so egal. Und warum auch nicht? Es sind nur ein paar Daten. Nach allen Tricks und Schlichen und überspannten Erklärungen One Eyes sind es nur ein paar Daten.

Er bringt zwanzig Minuten damit zu, über den schmuddeligen Teppich zu schnüren; er braucht nur eine Minute, um seine Schwäche und seine Niederlage in diesem Wettkampf zu akzeptieren, aber nach dem zusätzlichen Aufwand einiger Minuten Pseudoüberlegung geht es ihm besser. Er kann es nicht. Schließlich schreibt er Lucien ein kleines Briefchen und legt es auf die Tastatur. Eine aus zwei Wörtern bestehende Mitteilung, eine Kombination aus Verb und Nomen, die überall auf der Welt verstanden wird. Sacht schließt er die Tür hinter sich.

Seit dem Nachmittag ist es erheblich abgekühlt. Als er bei der Treppe anlangt, hält sich seine Hand unwillkürlich am Geländer fest und gleitet daran herab. Unten im Fuchsbau trinken die Spesenritter und nehmen sich gegenseitig hoch. Wahrscheinlich ist sein Stuhl noch warm, es ist alles dasselbe, nichts hat sich verändert. Er reibt sich seine Augenklappe, sein Handteller schabt über die Nähte. Frenchie murmelt irgendetwas Anzügliches, sie lachen alle, und ihre Stühle knarzen. Es ist alles dasselbe. Als er wieder bei seinen Kameraden sitzt, rückt er sich seine Augenklappe zurecht. Darunter juckt es. Niemand sagt etwas über seine Abwesenheit. Dave Brown fragt, ob sie sich noch an damals auf der Party erinnern. Er hat sich die Augenklappe eigens in Spanien anfertigen lassen. Am schwarzen Herzen der Klappe ist ein schmales Lederband befestigt. Ein schickes kleines Teil. Tiny sagt, er kennt einen Trick, mit dem man aus einem Automaten herausholen kann, so viel man will. Er hört oft Bemerkungen über das Muster vorne drauf, eine elegante Arabeske, die sich einer Form annähert, deren Preisgabe sie in letzter Sekunde verweigert. Sie lenkt den Blick auf sich, lenkt die Aufmerksamkeit auf seinen Unfall. J. sagt, er hole sich ein Ginger Ale. Natürlich muss sich der Durchschnittsmensch fragen, was genau eigentlich da drunter ist. Die Antwort lautet, dass die Augenklappe seine Angst verbirgt. Er entspannt sich. Es wird immer alles dasselbe sein.

Der Tag im Berg war fast vorüber. Das Blut in seinen Armen gab die Zeit genauer an als jede Uhr. Die Bleistapel in seinen Armen maßen seine Arbeit besser als die Rädchen einer Uhr oder die Pfeife des Vorarbeiters. Es war fast Zeit, den Hammer aus der Hand zu legen, als einer der Karrenschieber hereinkam und allen sagte, sie sollten mal schnell rauskommen, es gebe was zu sehen. Der Karrenschieber stemmte die Hände auf die Knie und keuchte, stieß jedes Wort einzeln aus seinem Körper hoch. John Henry, L'il Bob und das andere Gespann vermuteten, dass es wieder einen Unfall gegeben hatte und jemand ums Leben gekommen war. Die Arbeit war schon zu lange zu friedlich vonstattengegangen, und es war einmal wieder ein Unglück fällig. Sein Partner ließ seinen Bohrstahl auf die Erde fallen, John Henry nahm seinen Fäustel auf die Schulter, und sie gingen über die Bohlen auf die Sonne zu. Als er dem Tunnelportal schon ganz nahe war, hörte er hinter sich Gelächter. Im Gehen blickte er sich um, sah hinter sich aber nur die Felsenzacke, die sich von der Tunneldecke hinabsenkte. Nie zuvor war ihm aufgefallen, dass die Sprengung in der Oberfläche der Zacke zwei schimmernde Steine freigelegt hatte. Die Steine glommen wie grausame Augen. Als er in die tiefe Dämmerung hinaustrat, wusste er, dass sie ihn nie wieder verhöhnen würde. Sie hatte ihre Botschaft ausgerichtet.

Die Vorarbeiter, die Mannschaften und Johnson standen um einen langen Karren herum. Die Bretter des Karrens waren aus frisch geschnittenem Holz, und die Plane hatte erst wenig Regen erlebt. Alles, was die Eisenbahn auf die Baustelle schaffte, alterte schnell. Jahrealte Schwielen bildeten sich binnen Tagen, frisch geborene Schmerzen kamen einem alt vor, als hätte man sie schon immer gehabt. Das Ding, das die Männer um sich geschart hatte, war neu. Die Pferde waren gut gefüttert und anständig gepflegt. Keine Maultiere. Sie hatten nie herausgesprengten und zerkleinerten Fels, die Innereien von Bergen, gezogen. Die weiße Plane war über eine Form gezogen, die den Männern fremd war. Sie stand unter dem Stoff vor und wölbte die Plane, aber ihre eigentliche Gestalt war nicht zu erkennen. Ein Mann redete, und dabei schnippten seine Finger durch die Luft wie Funken. Er trug die Kleidung eines Stadtmenschen, eines »Carpetbaggers«, und war so glatt rasiert, dass sein Gesicht wie gebleichtes Gebein schimmerte. Einer der Männer neben John Henry sagte, der Mann komme von der Firma Burleigh und wolle Johnson eine Dampfbohrmaschine aufschwatzen. Der Bohrhauer und sein Partner drängten sich nach vorne, um zu hören, was er zu sagen hatte. L'il Bob meinte, ich hab's dir ja gesagt, dass sie kommt, ich hab's dir gesagt.

Schon seit Tagen wurde im Lager über die Dampfbohrmaschine geredet. Eines Abends nach dem Essen, ehe die Männer auseinandergingen, um sich beim Glücksspiel zu zerstreuen oder Schlaf zu finden, sagte einer der Streckenarbeiter, ein rothäutiger Mann namens Jefferson, er wisse von einem dieser Dinger. Er habe es mit eigenen Augen gesehen. Er sei Grobschmied beim Bau des Hoosac Tunnel in Massachusetts gewesen, ehe er hierher zu diesem Berg gekommen sei. Vor der Dampfbohrmaschine, sagte er, hätten sie dem Fels einfach nicht beikommen können. Die Arbeit sei langsam vonstattengegangen. Doch dann hätten die Bosse eine dieser Burleigh-Maschinen besorgt, und der Fels sei einem eher wie Sand vorgekommen, sobald sich die Maschine drangemacht habe. Sie werde von Dampf angetrieben, saufe mehr Wasser als ein Mensch, brauche aber nichts zu essen und arbeite doppelt so schnell wie ein Mann. L'il Bob sagte, Jefferson habe keine Ahnung und rede von diesem wackeligen Ding, als sähe er zu ihm auf. Aber im Laufe der Tage und Nächte kam das Gespräch immer wieder auf die Dampfbohrmaschine, und viele von den Männern waren neugierig. Ihre Spekulationen schwirrten durch die Luft wie Mücken in der Dämmerung. John Henry blieb stumm, den Rücken dem allgegenwärtigen Berg zugekehrt.

Der Vertreter redete von Tunneln überall auf dieser Strecke. Er breitete die Arme aus, als hielte er zwischen seinen Händen alles, was zwischen den Ozeanen lag. Er redete von Tunneln auf Eisenbahnstrecken im ganzen Land. Dann hakte er die Daumen in seine Westentaschen und trommelte mit dünnen, an Spinnenbeine erinnernden Fingern auf seine Brust. Johnson griff nach seiner Taschenuhr, als der Vertreter von Burleigh über Fuß pro Tag, Pennys pro Zoll und Schnelligkeit des Vortriebs zu reden begann. Den Männern ging dieses Gerede größtenteils zum einen Ohr hinein und zum anderen hinaus, aber sie begriffen, was es bedeutete. Mit dem doppelzüngigen Gerede von Vertretern hatten sie alle schon zu tun gehabt. Li'l Bob sagte, ich hab's dir ja gesagt. Vor diesem Gerede war überall um sie herum die Arbeit zum Erliegen gekommen, und sogar vom Westeinstich hatten ein paar Männer hierhergefunden. Vorarbeiter und Wasserträger, Schwarz und Weiß kamen sich die Erfindung ansehen.

Der Vertreter zog die Plane zurück, um das Ding zu enthüllen, das er hierherbefördert hatte. Von der Stadt aufs Land, über diese langen Straßen. Es war ein seltsames Geschöpf. Sein Rumpf war die Maschine, und sie stand auf vier schlanken Stahlstreben. An der Seite ragte wie eine gebrochene Rippe ein Bügel heraus, mit dem man steuern konnte, was sich drinnen abspielte. Wie Schwänze entsprangen dem hinteren Ende Schläuche, die mit einem großen, runden Kessel verbunden waren. Und die Schnauze des Dings, das war der Bohrer. Er schimmerte. Die Männer traten von einem Fuß auf den anderen. Sie seufzten weder, noch verschlug es ihnen vor Verblüffung den Atem. Es war ein merkwürdiger Anblick, und er verschloss ihnen den Mund. In Gedanken stellten sie die Maschine in den Berg, vor den Fels. Der Vertreter sprang auf den Karren und rieb der Maschine die Flanke. Er sagte, sie habe acht Pferdestärken. So ein Gerät hat mit dem Hoosac kurzen Prozess gemacht, sagte er. Mit einem Berg wie dem hier wird es genauso leicht fertig. Er sei in Lagern an jeder Strecke gewesen, von der sie je gehört hätten, und überall habe man gestaunt, wenn man gesehen habe, was die Maschine könne. Er redete von der Maschine, wie man von einem bedeutenden Mann reden würde. Von einem, der Großes geleistet hatte. Johnson starrte zu der Dampfbohrmaschine auf und nickte. Dann sah er John Henry an, als erwartete er, dass der Bohrhauer den Mund aufmachte und etwas sagte.

John Henry senkte den Blick und sah dann wieder das Ding auf dem Karren an. Es hatte Stahl, der stärker war als seine Muskeln und Knochen. Das Blut in seinem Herzen war nichts im Vergleich mit dem Dampf des Kessels. Es war so stark wie acht Pferde. Er spürte, wie sich die Männer um ihn herum ihm zuwandten und ihn ansahen. Er hielt den Blick auf das Ding auf dem Karren gerichtet. Mein Gott, er hatte nicht gedacht, dass es so bald sein würde. Aber dass es passieren würde, hatte er gewusst. Er betrachtete das Ding auf dem Karren und sah künftige Tage. Künftige Tage und alle Tage nach diesen künftigen Tagen, denn er begriff, wie er schon immer begriffen hatte, dass es das war, was die Maschine ihm wegnehmen würde. Er sah die Zukunft, ebendas, was die Maschine ihm stehlen würde. Genau wie er dem Berg mit seinem Stahl jeden Tag das nahm, was den Berg ausmachte. Die drei waren miteinander verbunden wie Brüder.

Der Vertreter fragte Johnson, ob er ihm und seinen Männern die Dampfbohrmaschine vorführen solle. Eine Vorführung ist ganz einfach zu bewerkstelligen, sagte er. Er zückte ein Taschentuch und wischte sich die Stirn. Seine, Johnsons, Männer können zusehen, wie er die Maschine benutzt, und lernen, wie man sie bedient. Dann kann sich Johnson selbst überzeugen, was für ein Segen die Maschine bei der Einhaltung seines Vertrages mit der Eisenbahn und seiner Verpflichtungen gegenüber dem Zeitplan ist. L'il Bob gab einen tiefen Knurrlaut von sich.

John Henry ließ den Kopf seines Hammers sanft und leicht auf die Erde fallen, als wäre er das erste Herbstblatt. Als wäre es nur das erste von vielen, das fallen und, von Wehmut getragen, herabschweben würde. In diesem Moment schob sich eine Wolke über den Himmel, verleibte den Berg und zugleich auch John Henrys Herz ihrem Schatten ein. Er stieß den Mann vor ihm zur Seite und ging zu dem Karren. Der Kopf des Hammers kerbte eine Spur in den Boden hinter ihm. Er stellte sich vor Johnson und den Vertreter und sprach eine Forderung aus. Dann schwang er sich den Hammer auf die Schulter und starrte ihnen ins Gesicht. Er war sich sicher, dass niemand bis auf den Berg ihn zittern sah.

In diesem Frühjahr waren es Rohrbomben noch und noch. Sie detonierten auf den Parkplätzen von Abtreibungskliniken, hinter den Müllcontainern von Schnellimbissen, vor altehrwürdigen Bankinstituten. Manche waren Blindgänger, doch andere verletzten oder töteten Menschen, trieben Versicherungsprämien in die Höhe. Beinahe-Opfer schilderten vor Fernsehkameras, dass sie jetzt auf der Tragbahre lägen, wenn sie zufällig nur ein paar Minuten später zum Tatort gekommen wären, während im Hintergrund die zerborstenen Fenster klafften und die Bruchsteinmauer in Stücken lag. Aus dem Internet konnte man sich Anleitungen zum Bau einer Rohrbombe herunterladen. Während der Hauptsendezeit demonstrierte ein Nachrichtenmoderator, wie einfach das war, indem er einen Fünftklässler vom Computer seiner Schulbibliothek aus auf einer Anarchisten-Website einloggen ließ. So einfach, dass sogar ein Kind es fertigbrachte. Einige der Bomben waren perverse Streiche, andere dagegen verfolgten eindeutig terroristische Ziele. Sie sollten eine Botschaft vermitteln.

Außerdem suchten die Unzufriedenen in diesem Frühjahr öffentliche Orte heim, um den Abzug ihrer Waffen zu betätigen.

Und Alphonse Miggs verlegte in diesem Frühjahr ein Kabel in den Keller und schaffte den Fernseher nach unten. Wenn er nicht bei der Arbeit war oder sich mit seinen Briefmarken beschäftigte, lag er, das Kinn in die Hand gestützt, auf dem ausziehbaren Sofa, sah Kabelsender, die rund um die Uhr Nachrichten brachten, und wartete. Oben hörte er Eleanor in ihren neuen Schuhen herumlaufen. Wenn er sich zur Hauptsendezeit andere Sendungen ansah, wartete er auf die weiße Einblendung unten am Bildschirm, die die Zuschauer darüber informierte, dass etwas Schreckliches geschehen war. Meistens handelte es sich bei der Einblendung um eine Unwetterwarnung für sein County oder benachbarte Countys oder um eine Hochwasserwarnung. Doch manchmal geschah auch etwas Schreckliches, und nachdem die weißen Buchstaben am unteren Bildschirmrand entlanggelaufen waren, schaltete der Sender zu einem Sonderbericht über das Ereignis um. Ein spektakuläres und unerwartetes Ereignis. Eine Explosion, eine Geiselnahme. Eine plötzliche Katastrophe mitten in einem ordnungsgemäß geplanten Ablauf. Das war es, worauf er wartete, aber er kam erst im Juni zur Zentrale durch.

In diesem Sommer, besonders im Juni, fiel ihm auf, dass die Killer in Amerika normalerweise einsame Verrückte waren, während sie im Ausland im Allgemeinen einer Gruppe mit einer Ideologie angehörten. Wenn in Amerika jemand auf einem belebten öffentlichen Platz zu schießen anfing, kam er mit seiner häuslichen oder beruflichen Situation, oder vielleicht auch beidem, nicht zurecht. Wenn im Ausland jemand auf einem belebten öffentlichen Platz zu schießen anfing, kam er mit der Regierung und einer bestimmten Politik nicht zurecht. Bei den Katastrophen im Ausland brachten die Nachrichtensender nach einer Umschaltung zum Schauplatz der Tragödie üblicherweise einen kurzen Bericht über diejenigen, die die Verantwortung übernommen hatten, schilderten, was ihnen nicht passte, und zeigten noch einmal das sattsam bekannte Filmmaterial über den vorangegangenen terroristischen Akt. Ihre Gewalt wurde in einen Kontext gestellt. In Amerika zeigte man das Foto des Killers aus dem High-School-Jahrbuch, das rückblickend unweigerlich einen Geistesgestörten mit schlechtem Haarschnitt porträtierte, ganz gleich, wie normal der Betreffende aussah. Ja, sie wirkten umso verrückter, je normaler sie aussahen, denn Normalität war etwas, dem dieser Tage nicht zu trauen war. Im Ausland überlebten die Killer, um der Welt mitzuteilen, warum sie so etwas getan hatten. In Amerika wurden die Killer von Polizeischarfschützen erschossen oder brachten sich, von der Staatsgewalt umzingelt und am Ende, selbst um. Statt wohlformulierter Manifeste waren die Botschaften, die diese Menschen der Welt übermittelten, traurige Belanglosigkeiten.

Wenn die weiße Schrift über den Bildschirm kroch oder die Sender zu einem Sonderbericht umschalteten, stürzte Alphonse Miggs ans Telefon. Er hatte ein Telefon dort unten und wählte eine der Nummern, die er ermittelt hatte. Inmitten der Vorbereitungen hatte er die Nummern der Nachrichtensender und der wichtigsten Fernsehanstalten nachgeschlagen. Jedes Mal vergebens. Die Zentrale war überlastet, oder er wurde auf die Warteschleife gelegt, bis der Moment verstrichen war.

Bei einem Flugzeugabsturz über dem Meer bekam er die Botschaft dann schließlich doch durch. Mitten in der Sitcom aus dem Arbeitsleben kam die Umschaltung auf *Sonderbericht* und würgte die Pointe ab. Er hechtete nach dem Telefon. Der Nachrichtensprecher teilte das wenige mit, was er wusste, Bestimmungsort des Flugzeuges, Abflugzeit, Heimatflughafen. Wie rasch die Flugnummer zu einem Kürzel für Verhängnis wurde. Zeugen an Land berichteten von einem Blitz oder einem hellen orangefarbenen Licht am Himmel, die Flugleitung sprach von einem erschreckend raschen Verschwinden von den Radarschirmen. Dann hielt der Nachrichtensprecher zwei Finger an seinen Kopfhörer und sagte, einen Moment bitte. Laut einem unbestätigten Bericht, sagte er, hat eine Gruppe mit Namen AMBF die Verantwortung für die Explosion an Bord des Flugzeuges übernommen. Er wiederholte, laut einem unbestätigten Bericht hat eine terroristische Gruppe mit Namen AMBF die Verantwortung für den Absturz des Flugzeuges übernommen. Im Studio rackerte man sich ab, um Informationen über diese Extremisten, diese Moslems oder Milizionäre, aufzutreiben. Man fand keine Zeichnung, kein Filmmaterial. Im Laufe der nächsten Stunden wurde dieser Hinweis von tieferen, unergründlicheren Geheimnissen in den Hintergrund gedrängt, als schlechter Scherz abgetan und vergessen, aber die Botschaft war gleichwohl gehört worden, und im Keller erlaubte sich Alphonse Miggs, Gründungsmitglied und Cheftheoretiker der Alphonse-Miggs-Befreiungsfront, ein kurzes Lächeln.

Oben reichte Eleanor den Gästen Horsd'œuvres.

Jeder Sonntagmorgen ist ein Gottesgeschenk. Josie betet, die Ellbogen auf der Fensterbank, das Nachthemd um die Knie gebauscht, die Hände so eng ineinander verflochten, dass ihre Fingernägel Halbmonde zwischen ihre Knöchel kerben. Ihr Schlafzimmer geht auf den Fluss. Durch ihre Augen betrachtet, ist die Welt heute Morgen wie aufgeladen, zu einem beinahe hörbaren Knistern belebt. Die Strömung eilt ein wenig rascher dahin und drängt die Erde des Ufers, zu ihrer Bewegung überzulaufen, während unlängst Bekehrte – gezackte Blätter, Zweige, zur Desertion genötigte Moosflöße – auf der Oberfläche dahintaumeln und aquatische Treueparolen auswendig lernen. Vom Ufer her langen die Arme der Pappeln aggressiver aus als sonst, ihre täglichen Versuche, das Wasser zu umarmen, haben jetzt etwas Fieberhaftes, Verzweifeltes, und vielleicht graben sogar augenlose Insekten unter Wurzeln mit leidenschaftlicher Abenteuerlust. Noch halten die Berge gierig an der Sonne fest, drücken den Schatz so lange wie möglich an ihre Brust, doch in einer Stunde wird das Wasser von bernsteinfarbenen Scherben glitzern, voller Sonnenlicht, das zersplittert und stromabwärts verbannt worden ist. Die beste Zeit des Tages. Warum also das lange Gesicht? Sie betet darum, dass dieser überreiche Tag so großartig weitergehen und nichts Schlimmes passieren wird.

Der Zauber vor ihrem Fenster ist das, was die beiden Städte an diesem Wochenende bewirkt haben. Nach all den Monaten der Auseinandersetzungen, Vorbereitungen, Verhandlungen über rot karierte Tischdecken hinweg haben sie dies Neue wahr werden lassen. Es war eine ganz natürliche Entwicklung, zuerst die Beliebtheit des New River, dann die Motels, die Eröffnung von Ferienanlagen wie Pipestem, aber das hier ist ganz neu. Am Vortag in der Stadt ist sie durch die Straßen des einzigen Ortes spaziert, den sie je als Zuhause bezeichnet hat, und es war wie in ihrer Hochzeitsnacht; jede Rundung und Höhlung im Gesicht ihrer Liebe wie neu erfunden. Es war eine neue Stadt. Wer waren die Fremden, und warum waren sie hier. Sie waren hier wegen John Henry, wegen Hinton und Talcott, wegen ihr und allen, die hier wohnten. Letzte Nacht hat Benny, bevor er mitten im Satz mit einem bierdurchtränkten Ächzen wegsackte, ihr von allem erzählt, was auf dem Jahrmarkt los gewesen war. Leute, die er seit Jahren nicht gesehen hatte, waren aus irgendwelchen Ecken und Winkeln, die sie ihr Zuhause nannten, dort zusammengekommen und hatten hallo gesagt, zehn Jahre älter, aber noch immer in denselben Klamotten. Kinder klammerten sich an die Beine von Männern und Frauen, die er von da und dort kannte, und plötzlich hatten diese Leute ganze Lebensgeschichten, Familien, Nachkommen. Einige hatten auch Stände dort, sodass er endlich einmal sah, was es mit ihnen auf sich hatte, dieser da arbeitet in der Gärtnerei, jener ist Schriftführer bei den Ruritans. Benny erzählte einen Witz, den er von Freddy gehört hatte, aber die Pointe fiel ihm nicht mehr ein; Josie streichelte ihm den Kopf und wartete geduldig, bis er ihn zusammenbekam. Der Bohrhauer-Wettkampf zwischen Matt und Tony und dass Matt Tony vorwarf, er habe einen Frühstart gemacht, weshalb sie das Ganze wiederholen müssten. Es war ein voller Erfolg, sagte er, und seine Stimme bekam etwas Krächzendes, und nächstes Jahr findet es garantiert wieder statt und das Jahr drauf auch. Die ganze Stadt war da, sagte er, außer dir, warum bist du nicht mitgekommen, Schatz?

Sie hätte nicht im Motel bleiben müssen; sämtliche Gäste gingen auf den Jahrmarkt, sie waren voll belegt, und wer dennoch anhielt, hätte sich durch einen an das Fenster des Empfangs geklebten Zettel besänftigen lassen. Sie blieb, weil das County zwar alles genauestens geplant, aber dennoch eines vergessen hatte. Die Dinge passieren nicht einfach, weil man es so will. Sie passieren, weil etwas bezahlt worden ist. Ihr Motel, zum Beispiel. Das Baumaterial stammte von der Baufirma, die Hypothek von der Bank. Die Kapitalsumme aber, die Garantie, kam von der Versicherung. Sie hatten dieses Haus, das Zimmer, in dem sie und Benny schliefen, der Lebensversicherung von Bennys Mutter zu verdanken. Der Schmerz ist eine Anzahlung auf das Glück. Auf dieser Welt bezahlt man für Glück mit Kummer. Dieser Jahrmarkt, das John Henry Museum, wenn es fertiggestellt ist, werden Leute in ihre Stadt, in die Talcott Motor Lodge bringen. Es ist ein Neuanfang, aber in ihren Augen ist dafür noch nicht bezahlt worden. Es ist mit Blut dafür zu bezahlen. John Henry hat seines vergossen, für die Eisenbahn, für seine Kollegen, für Talcott und Hinton. Von wem wird das Blut für dieses Wochenende kommen?

Sie ist eine Hexe, die in trübe Blubberndes blickt: Das Land ist voll von den Geistern toter Männer, die sich opferten, um dieser Gegend Leben zu schenken. Sie zittern in jedem Baum, wohnen im Wind und hausen in der Erde. Bestimmt haben sie eine Meinung zu den Ereignissen dieses Wochenendes.

Die Tabletten helfen nicht viel.

Als das letzte Taxi zum Festival abfuhr, begab sich Josie auf ihre Runde. Natürlich machte sie die Zimmer sauber, tat ihre Pflicht. Aber sie sah nicht nach Laken und Handtüchern zum Austauschen. Sie suchte nach dem Geist. Sie schob ihr Wägelchen die Reihen entlang. Es dauerte länger als sonst, weil alle Zimmer belegt waren. Zimmer nach Zimmer fand sie keine Spur, und ihr wurde immer banger. In ihrer Hand zitterten Schlüssel bei jedem neuen Schloss, die klackenden Zuhaltungen Kürzel für Spannung – was befand sich hinter dieser Tür? Die übliche Unordnung, die üblichen, wenig bemerkenswerten Sockenknäuel und schräg liegenden Reiseführer auf Nachttischen. Als sie das Warten nicht mehr ertragen konnte, gab sie ihre Tarnung auf, ließ das Wägelchen stehen und ging direkt zum Zimmer des Schwarzen. Unter dem muffigen Bukett, dem besonderen Duft dieses Hauses, konnte sie den Geist riechen. Er war tatsächlich in diesem Zimmer gewesen. Es war nichts Schlimmes passiert; sie hatte Mr. Sutter an diesem Morgen äußerlich unbeschadet weggehen sehen. Sie hatte ihm den Weg zu Herb's beschrieben. Aber der Geist war dagewesen, hatte vielleicht nur neben dem Schlafenden gestanden oder ihm in die tauben Ohren geflüstert. Sie holte ihre Sachen und machte das Zimmer sauber. Indem sie es wieder in seinen Normalzustand versetzte, versuchte sie, die Dinge in Ordnung zu bringen, das Ungute zu vertreiben.

Über die Barmherzigkeit des Geistes erleichtert, setzte sie ihre Runde durch die Zimmer fort. Auf dem Weg zum Jahrmarkt brausten Autos die Straße entlang; an die Scheiben von Fahrzeugen mit Klimaanlage gepresste Kindergesichter beobachteten sie. Noch konnte sie es nach Talcott schaffen, zum Tunnel, aber sie war zufrieden damit, zu wischen und zusammenzulegen. Irgendwer musste sich um die praktischen Dinge kümmern. Josie ging es gut, bis sie zu Zimmer 12 kam; sie hatte den Geist schon fast vergessen, während sie Unterhemden aus indignierten Haltungen auf Badezimmerböden erlöste und die Anfangsblätter von Toilettenpapierrollen zu dreieckigen Spitzen faltete. Doch als sie die Tür von Zimmer 12 aufmachte, wusste sie, dass der Geist auch hier gewesen war. Sie ließ die frischen Handtücher auf den Teppichboden fallen. Es gab keinerlei Anzeichen dafür, dass etwas Schlimmes passiert war, aber es war dennoch schrecklich.

Josie rannte zurück, um im Gästebuch nachzuschlagen, stieß den Reinigungswagen zur Seite, schickte ihn auf einen Schleuderkurs, den er, mit herumschwappendem blauem Desinfektionsmittel, so lange beibehielt, wie seine schiefen Räder es zuließen. Der Gast hieß Alphonse Miggs, Silver Spring, Maryland, LN#RHU 349. Zwei Nächte. Sie erinnerte sich an den Mann; er war als einer der ersten Gäste angekommen. Ein stiller kleiner Bursche und ausgesprochen höflich. Sie hatte ihn mit dem letzten Taxi zum Jahrmarkt fahren sehen. Wirkte eigentlich nicht mitgenommen oder sonst wie von einer Berührung mit dem Übernatürlichen verängstigt. Sie wusste nicht, was sie davon halten sollte. Was das zu bedeuten hatte. Aber sie hatte kein gutes Gefühl dabei. Sie schloss die Tür von Zimmer 12 und verbrachte den Rest des Tages in ihrem Schlafzimmer. Sie wollte es nicht wissen. Sie nahm eine grüne und eine rote aus ihrem Vorrat; sie besitzt ein apothekenwürdiges Arsenal von Arzneimitteln, die von Gästen zurückgelassen worden sind, und mischt und mengt jeden Tag. Die Kombination aus Rot und Grün lässt einen angenehm wallenden Nebel über ihre Felder kriechen. Als Benny nach Hause kam und ihr nichts als gute Nachrichten vorlallte, schlief sie irgendwann ein.

Jeder Sonntagmorgen ist ein Gottesgeschenk, aber Bennys Geschnarche ist eine Liturgie des Obszönen. Es lästert, deutet an, warnt, während sie am Fenster betet. Sie hat getan, was sie konnte. Was immer passieren wird, wird passieren. In welcher Verbindung die beiden Männer auch immer zueinander stehen, sie hat getan, was sie konnte. Vielleicht hat der Geist sie beide zum Untergang verurteilt, sie seinem dunklen Reich einverleibt oder sie beide gesegnet, sodass sie gerettet werden, oder vielleicht hat er den einen gesegnet und den anderen verflucht. Ein Zug fährt in den Big Bend Tunnel ein; sie hört das Gellen der Pfeife, mit dem der Lokführer John Henry um sichere Durchfahrt bittet. In Pantoffeln schlurft sie in die Küche, um mit Mr. Coffee herumzuspielen. Während sie am Wasserhahn steht und die Kaffeekanne füllt, wirft sie einen Blick aus dem Fenster und sieht fünf vom Pool herangeholte Stühle, leere Chipstüten, die durch die Nacht auf den Parkplatz geweht worden sind, leere, zu wackeligen Pyramiden getürmte Bierdosen. Nach dem Kaffee wird sie das alles als Erstes aufräumen müssen. Dann sieht sie das Schwarze Paar über den Parkplatz und auf die Straße gehen, Richtung Talcott. Es sind dieser Mr. Sutter und Mrs., nein, Ms. Street. Wo um alles in der Welt wollen sie hin, und was haben sie mit diesem Karton vor?

Am Abend der Schießerei in Hinton, West Virginia, erlag ein beliebter Bühnen- und Fernsehstar, von dem die meisten Leute glaubten, er sei schon vor Jahren gestorben, einer schweren Krankheit und verdrängte die Story des tragischen Ereignisses von den Titelseiten. Gleichwohl gaben sich Teile der Öffentlichkeit lebhaften Diskussionen über die John-Henry-Feier und ihren tragischen Ausgang hin. Briefmarkensammler etwa spekulierten über eine mögliche Diskreditierung. Kriegsberichterstatter stellten Analogien zu ihren eigenen Erfahrungen her. Und in einer Bar in der M Street in Washington, D. C., hätte ein neugieriger Gast folgendes Gespräch zwischen zwei Postangestellten mit anhören können:

ERSTER POSTANGESTELLTER:
(die gewölbten Hände aneinandergelegt)
Ich lag in kompakter Defensivhaltung auf dem Boden, weil ich wusste, was ich zu tun hatte. Ich hab doch diesen Kurs gemacht, weißt du noch?

ZWEITER POSTANGESTELLTER:
Vielleicht sollte ich den auch mal machen.

ERSTER POSTANGESTELLTER:
(nickt vor sich hin)
Billig war es nicht, aber es hat sich gelohnt. Sei kein Held: Gefahren erkennen, Gefahren begegnen. Ein Seminar für Großstädter – deckt alles ab, von Gewalt auf der Straße bis hin zu

Geiselnahme. Und zwar bei Bankraub *und* Flugzeugentfüh-rung. Dauert einen Tag, ich besorg dir die Info.

ZWEITER POSTANGESTELLTER:
Er zieht also die Kanone.

ERSTER POSTANGESTELLTER:
Der Bürgermeister stand auf dem Podium, und auf einmal peng, peng, einfach so, und ich schaue hin, und da steht der Kerl und schießt einfach in die Luft.

ZWEITER POSTANGESTELLTER:
Wie weit war er weg?

ERSTER POSTANGESTELLTER:
Er war ganz nah! In der zweiten Reihe. Ich und die Jungs saßen vorne in der ersten Reihe, und die Leute, die getroffen wurden, die Zeitungsleute, saßen direkt vor ihm. Hätten genauso gut wir sein können.

ZWEITER POSTANGESTELLTER:
Nicht zu fassen. Hat einfach zu schießen angefangen?

ERSTER POSTANGESTELLTER:
Hat nicht mal ein Wort gesagt. Ich höre nur peng, peng, gucke hin, sehe den Kerl, und wie ich das sehe, zack, liege ich auch schon in kompakter Defensivhaltung auf dem Boden. Fallen lassen, sich klein machen, Deckung suchen. Deswegen habe ich auch nicht gesehen, wie der Cop auf ihn und die zwei Zei-tungsleute geschossen hat, bloß gehört hab ich's.

ZWEITER POSTANGESTELLTER:
(trinkt einen Schluck Bier)
Nicht zu fassen.

ERSTER POSTANGESTELLTER:
(demonstrierend)
Alles schreit wie wahnsinnig. Da, guck mal. Jemand ist mir auf die Hand getreten.

ZWEITER POSTANGESTELLTER:
Bisschen Vitamin E drauf, dann gibt's keine Narbe.

ERSTER POSTANGESTELLTER:
(nickt)
Hab's schon damit eingerieben.

ZWEITER POSTANGESTELLTER:
Und er hat keinen Brief oder so was hinterlassen.

ERSTER POSTANGESTELLTER:
Heute kam seine Frau in den Nachrichten. Er hat keinen Brief oder sonst einen Hinweis hinterlassen. Sie hat gesagt, alles wäre wie sonst gewesen.

ZWEITER POSTANGESTELLTER:
Schöner Briefmarkensammler.

ERSTER POSTANGESTELLTER:
Hat Eisenbahnmarken gesammelt.

ZWEITER POSTANGESTELLTER:
Ach du Schande.

ERSTER POSTANGESTELLTER:

Du sagst es, Bruder.

ZWEITER POSTANGESTELLTER:

(mit gehobenen Augenbrauen)

Was wollte er eigentlich, den Wert der John-Henry-Marke durch traurige Berühmtheit in die Höhe treiben?

ERSTER POSTANGESTELLTER:

Da hätte es bessere Möglichkeiten gegeben – wie will er denn von irgendwelchen Machenschaften profitieren, wenn er über den Jordan geht?

ZWEITER POSTANGESTELLTER:

Da ist doch irgendwas faul! In der Zeitung steht, er hätte nie irgendwelche Anzeichen einer Geisteskrankheit gezeigt. Im Job läuft's gut, und seine Frau vögelt er auch noch, wie sich's anhört. Keine abgetrennten Köpfe im Keller. Nichts.

ERSTER POSTANGESTELLTER:

Stiller Typ, immer für sich geblieben. Sagen jedenfalls die Nachbarn.

ZWEITER POSTANGESTELLTER:

Und ganz egal, was wir glauben, das Briefmarkensammeln ist für die meisten Leute ein vollkommen harmloses Hobby. Vielleicht sorgt das ja jetzt für eine kritischere Wahrnehmung.

ERSTER POSTANGESTELLTER:

Also, warum tut er so was?

ZWEITER POSTANGESTELLTER:

Hat er irgendwas gesagt?

ERSTER POSTANGESTELLTER:

(dreht sich auf dem Barhocker um)

Seine berühmten letzten Worte? – »Ich wollte nicht auf euch schießen.«

ZWEITER POSTANGESTELLTER:

Was, er wollte bloß auf sich aufmerksam machen? Und da zieht er ausgerechnet eine Kanone? Es gibt einfachere Möglichkeiten, auf sich aufmerksam zu machen. Und er hatte kein Briefmarkensammlermanifest in der Jackentasche?

ERSTER POSTANGESTELLTER:

Wer weiß, was er vorhatte.

ZWEITER POSTANGESTELLTER:

Wir müssen uns fragen, wer profitiert davon? Haben die Bestellungen der John-Henry-Marke seither sprunghaft zugenommen?

ERSTER POSTANGESTELLTER:

Ich werde Jimmy fragen. Sag mal, hast du das mit Jimmy und der neuen Sekretärin in der Qualitätskontrolle schon gehört? Der Rothaarigen?

ZWEITER POSTANGESTELLTER:

Vielleicht ist es ja auch gar nicht so kompliziert. Vielleicht hat es gar nichts zu bedeuten. Vielleicht ist er einfach nur durchgedreht. So was kommt vor. »Er ist einfach durchgedreht.«

ERSTER POSTANGESTELLTER:

Und hat der Welt diese Botschaft hinterlassen.

ZWEITER POSTANGESTELLTER:
Hat eine Herausforderung hinterlassen.

ERSTER POSTANGESTELLTER:
Heutzutage drehen andauernd Leute durch.

ZWEITER POSTANGESTELLTER:
Wir tun hier einen Blick ins Unerklärliche.

ERSTER POSTANGESTELLTER:
Und werden jeden Tag mit Unbegreiflichem konfrontiert.

ZWEITER POSTANGESTELLTER:
Wenigstens war es keiner von uns. In den ersten Berichten hieß es, es wäre einer von uns. Randy sieht auch so aus, als könnte er jeden Moment durchdrehen, jetzt, wo er versucht, sich einen Schnurrbart wachsen zu lassen.

ERSTER POSTANGESTELLTER:
Ich habe direkt neben Randy gesessen! Post-Office-Manager – für die wäre das ein gefundenes Fressen. Jetzt sind es nicht mehr nur die einfachen Angestellten, sondern auch die hohen Tiere, die –

ZWEITER POSTANGESTELLTER:
Sag's lieber nicht!

ERSTER POSTANGESTELLTER:
Wollte ich doch gar nicht sagen, ich wollte sagen, die uns in Verruf bringen. Zwei Tote und ein Verletzter, hast du das gehört? Der Zweite ist heute gestorben.

ZWEITER POSTANGESTELLTER:
Schlimm. Wird der Cop eigentlich unter Anklage gestellt?

ERSTER POSTANGESTELLTER:
Hat im Grunde nur seinen Job gemacht. Nämlich den gefähr-lichen Wahnsinnigen ausgeschaltet. Hat zwar auch zwei Unbe-teiligte getroffen, aber das ist sein Job. Sein Pech, dass es Me-dienvertreter waren, aber er hat den Kerl erwischt, bevor der irgendwen verletzen konnte. Die öffentliche Ordnung auf-rechterhalten.

ZWEITER POSTANGESTELLTER:
Werden ihn wahrscheinlich verklagen wie nicht gescheit. Die Familien der Journalisten. Ein Cop, der zwei Unbeteiligte tö-tet, als er versucht, einen einzigen Kerl zu erwischen? Die Stadt werden sie wahrscheinlich auch verklagen wie nicht gescheit.
(bemerkt leeres Glas)
Wirklich schlimm. Willst du noch ein Bier?

ERSTER POSTANGESTELLTER:
(gibt dem Barkeeper ein Zeichen)
Klar.

ZWEITER POSTANGESTELLTER:
Erzähl mir mal was von diesem Seminar.

Sie trug Blau. In dem Song hieß es, trag niemals Schwarz, trag Blau, also trug sie Blau, und sie hatten eine Karte dabei. Sie gingen die Straße entlang.

Nachdem sie ein Stück gegangen waren, erbot er sich, den Karton eine Zeit lang zu tragen. Aber sie lehnte ab, schüttelte den Kopf. Eine Meile weiter wiederholte er sein Angebot, und diesmal ließ sie zu, dass er ihn ihr aus den Händen nahm. Der Karton war schwerer, als er gedacht hätte. Das Gewicht war die Urne, nicht die Asche. Die Asche wog wahrscheinlich nicht so viel; er war größtenteils in Rauch aufgegangen. Danach wechselten sie sich ab, ließen den Karton zwischen sich hin- und hergehen, probierten unterschiedliche Griffe aus, hielten ihn mal so in den Armen, drückten ihn mal so an ihre Brust. Die Pappe wölbte sich und sackte durch.

Nach all der Geschäftigkeit des Vortages war die Straße eine träge schwarze Linie, die sich unter einer gestrengen Sonne zwischen den Bergen herumdrückte und -lümmelte. Er war nicht sonderlich überrascht, als sie ihm sagte, was der Karton enthielt und was sie damit vorhatte. Als sie an seine Tür klopfte, war er schon wach. Er hatte einen seltsamen Traum gehabt und war schon eine ganze Weile auf, hatte sich bereits angezogen und wünschte, im Zimmer gäbe es eine dieser Mini-Kaffeemaschinen. Nach ihrem Intermezzo im Tunnel hatten sie ihre Pläne nicht weiter konkretisiert, und deshalb wunderte er sich, als sie so früh bei ihm klopfte. Er hatte sich bestimmte, zumeist lächerliche Szenarien darüber ausgemalt, welchen Gefallen sie sich wohl von ihm erbitten würde, aber keines davon hielt länger als ein paar Minuten genauerer Betrachtung stand. Als er die Tür öffnete, fiel ihm auf, dass sie ganz in Blau gekleidet war – Bluejeans, blaue Bluse –, aber er brachte das erst mit dem Song in Verbindung, als sie es ihm erklärte.

Für Erklärungen war reichlich Zeit auf dem Weg dort hinauf. Richtung Osten, in Umkehrung des Verlaufs von verlegtem Stahl und Zeit. Es waren zwei bis vier Meilen, sie war sich nicht ganz sicher. Die Karte ihres Vaters hatte keine Legende oder ähnliche Feinheiten. Nach dem Karton zu urteilen, in dem sie sie gefunden hatte, hatte er sie auf seiner letzten Reise hierher skizziert. Der Karton mit der Karte enthielt, in zerfleddernden Schichten, Ausgaben der hiesigen Zeitung von vor ein paar Jahren, ungeschickt gefaltete Straßenkarten der Gegend, ein paar Quittungen, und mit ihrer Hilfe hatte sich die Karte datieren lassen. Zwar war er im Laufe der Jahre auf seinen unergründlichen Routen ein paarmal hier gewesen, aber dank der anderen Gegenstände in dem Karton lag der Fall eindeutig. Sie erzählte J., einmal sei, als sie in dem Magazin war, ein Mann hereingekommen und habe seinen Lagerraum aufgeschlossen, und er habe darin ein kleines Wohnzimmer mit großem Sessel und Beistelltisch gehabt. Außerdem ein Sammelsurium von Zeug, drei Toaster, einen großen Kleidersack der Army, an den Betonwänden aufgehängte Aquarelle von Kanälen. Er habe sich in den Sessel gesetzt, die Beine übereinandergeschlagen und die Tageszeitung gelesen. Es habe nicht danach ausgesehen, als wolle er so bald wieder weg. Als sie gegangen sei, habe sie den Geschäftsführer danach gefragt, und er habe gesagt, der Mann schlafe in einem Obdachlosenasyl, halte sich aber den ganzen Tag in seinem Lagerraum auf. Hier bewahre er seine Kleider und sonstigen Sachen auf, ein netter Mann, natürlich merkwürdig, so zu leben, aber er sei nicht gefährlich oder dergleichen. Der Mann wohnte im Grunde dort, in dem Lagerraum. Als sie mit der Geschichte fertig war, machte er einen Witz über die Größe der durchschnittlichen New Yorker Wohnung. Und dass wir alle in Schachteln lebten.

Sie fragte ihn, ob ihm ihre Bitte unangenehm sei, und er verneinte. Er musste ja nichts Besonderes tun, sie lediglich dorthin begleiten, und das war ihm überhaupt nicht unangenehm. Ihm war in seinem Leben die Rolle des Mitreisenden genehm, und er hatte nichts dagegen, dass er heute Mitreisender einer Tour war, bei der sie ihn durch dieses John-Henry-Territorium führte. Nur einmal, als er das Gewicht des Kartons spürte, wurde ihm das Unternehmen, ihre Mission, ein wenig unangenehm. Das Gewicht ließ sie realer erscheinen.

Am Ende einer stummen Viertelmeile erzählte er ihr, zur Vorbereitung auf eine Schilderung seines Traums, von dem Rekord und von der Liste. Damit sie bestimmte Ausdrücke verstand. Seine Hände griffen nach dem Karton.

In dem Traum befand er sich in irgendeiner hippen Ecke Downtown. Wo alte Pflastersteine, dauerhaft und voller Groll über die Jahrhunderte, durch den Asphalt brachen und, als flüchtiger Kontrapunkt zu diesen Pflastersteinen, auf Sperrholz gekleisterte Plakate und Slogans knittrig wurden. Alles war geschlossen. Er war zu einem bestimmten Ort unterwegs, hatte aber nur eine verschwommene Vorstellung davon, wo er sein könnte. Und worum es sich dabei handeln könnte. Eine Stimme rief seinen Namen. Er drehte sich um, und es war Bobby Figgis, der mit dem Rekord. In der wachen Welt hatte er den Mann nie kennengelernt, doch in dem Traum wusste er sofort, dass es sich um ihn handelte. Im Gegensatz zu den Vorstellungen, die er sich von ihm gemacht hatte, wirkte die Erscheinung von Bobby Figgis gesund und zufrieden. Wohlgenährt und wohlhabend. Der alte Spesenritter trug einen teuren schwarzen Anzug und schwatzte wie ein Wasserfall. Er packte J. an der Hand und sagte, sie warteten drinnen alle schon auf ihn, es sei am Ende der Gasse. In diesem Moment wusste er mit jener überdeutlichen Klarheit, die Träumen eigen ist, dass das der Ort war, wo er hinmusste. Sein endgültiges Ziel an diesem Abend. Er folgte Bobby Figgis eine Gasse entlang, wie es sie nur in Filmen gibt, voller Dampf, davonstiebenden Straßenkatzen und dahinwuselnden Ratten. Sein Führer klopfte an eine ramponierte Metalltür, über der ein rotes Licht schimmerte. Ein Rausschmeißer machte auf und hieß sie mit übertriebener Zuneigung willkommen. Er begrüßte Bobby Figgis, wie man einen alten Freund begrüßen würde, und begrüßte dann auch J., als wäre er schon oft hier gewesen. Da fiel ihm plötzlich ein, dass er tatsächlich schon oft hier gewesen war, genau genommen ständig, jeden Abend, und dass er auch künftig jeden Abend dort sein würde. Er ging hinein.

Als er seinen Traum fertig erzählt hatte, sah er sie von der Seite an. Sie machte nicht den Eindruck, als hätte sie von dem, was er gesagt hatte, auch nur ein einziges Wort verstanden. Vielleicht hatte er ja auch selbst nichts verstanden. Er reichte ihr den Karton.

Sie sagte, es gibt viele Versionen des Songs, ebenso viele, wie es Leute gibt, die ihn singen. In den alten Zeiten der Volksmusik weitergegeben über Arbeitskolonnen, Familien und Freunde, außerdem auf Platte, im Radio. Man konnte den Song aufteilen in sogenannte offizielle Versionen, wie ihr Vater sie zu nennen pflegte, solche, die von etablierten Sängern produziert und auf Vinyl, Kassette und CD festgehalten worden waren, und dann gab es noch die ganz anderen Songs der einfachen Leute, die falsch gesungenen Versionen, geschmettert von Leuten, die sich den Text nicht richtig gemerkt hatten und ihre eigenen, selbst gestrickten Verse hinzufügten. Wie wenn man unter der Dusche singt, sagte sie zu ihm, und wenn man sich nicht richtig an den Text erinnert, erfindet man selbst einen, um die Lücken zu füllen. Ihr Vater sagte immer, das, womit man die Lücken fülle, sei man selbst – was man einfüge, sage sehr viel über einen aus, was man aus seinem persönlichen Wörterbuch herausgreife und dort hineinstecke, sei man selbst. Man brachte manches durcheinander, ließ ein, zwei Strophen weg und hielt sich an die, die einem gefielen, an die man sich erinnerte oder die einem etwas sagten. Damit hatte man sich seinen eigenen John Henry zusammengebastelt, und vielleicht war es auch nur der Refrain oder eine einzige Zeile, *C & O railroad's going to be the death of me* oder *A man ain't nothing but a man,* und das sang man dann. Mehr war dann für einen selbst an dem Song nicht dran.

In manchen Varianten, sagte sie, ist seine Frau Polly Ann eine wichtige Gestalt und hat das letzte Wort. Sie hebt John Henrys Hammer auf und wird selbst Bohrhauerin. Polly Ann sagt, *I'm going where my man fell dead,* und dann hebt sie seinen Hammer auf und sagt, *I'm going to die with the hammer in my hand, I'm going to drive steel just like a man,* und damit endet es. Sie macht dort weiter, wo er aufgehört hat. In diesen Versionen trägt sie normalerweise ein rotes Kleid, weil sich rot auf tot reimt und das passt. Einige Versionen enden mit John Henrys letzten Worten an sie, *John Henry told his woman, Never wear black, wear blue. She said, John, don't never look back, For, honey, I've been good to you, Lord, Lord, For, honey, I've been good to you.* »Blue« und »you«. In manchen – vermutlich von Sängern mit mehr Familiensinn erfundenen – Versionen hat John Henry eine Tochter. Da heißt es dann, *John Henry had a little daughter, The dress she wore was blue, She followed him to the graveyard sayin', John Henry, I'll be true to you, Lawd, Lawd, John Henry, I'll be true to you.* In den

Versionen, in denen er einen Sohn hat, heißt es, *John Henry had a little son, Sittin' in the palm of his hand, He hugged an' kissed him and bid him farewell, Oh, son, do the best you can, Lawd, Lawd, Oh, son, do the best you can.* In der Stille der Straße und des Morgens verblüffte es sie plötzlich, wie laut sie sang. Jedes Mal, wenn sie ein neues Stück Text sang, war es lauter als das davor. Ihre Kehle und ihr Herz wussten mehr über dieses Unternehmen als sie selbst. Sie wandte den Blick von ihm ab. Er nahm ihr den Karton aus den Händen.

Sie sagte, ihr Vater sei dreimal hierhergefahren. Er hatte sie und ihre Mutter nicht aufgefordert mitzukommen, und sie hatten ihn auch gar nicht begleiten wollen. Natürlich war er mit Unmengen von Kram für seine Sammlung zurückgekommen. Er hatte gesagt, es sei wunderschön dort, und das stimmte natürlich. Talcott, habe er gesagt, sei ganz anders, als er es sich vorgestellt habe, der Ort sei winzig, keine richtigen Geschäfte, sondern nur Wohnhäuser, keine selbstständige Gemeinde. Und Hinton sei ein hübscher kleiner Außenposten, eingezwängt zwischen dem großen Fluss und den Bergen. Es sei, als lebten die Menschen auf der einen Seite des Berges überall verstreut, und sobald man auf die andere Seite komme, sei da eine ganze Stadt, sodass es auf der einen Seite nichts gebe, und kaum sei der Berg besiegt, gelange man in die Zivilisation. Man habe es zu einer Gesellschaft gebracht. Er hatte viele Bilder, alte Eisenbahnausrüstung und ein Gefäß voll Erde mitgebracht.

Bei seiner zweiten Reise hatte er gesagt, er wolle mit den Anwohnern sprechen, vielleicht lasse sich so einiges herausfinden. Weder sie noch ihre Mutter fragten genauer nach. Es war ihnen längst egal. Mit wem konnte er schon reden. Sie waren alle tot, alle, die irgendwelche Erkenntnisse oder Einzelheiten hätten liefern können. Das bisschen, was sich ermitteln ließ, hatten andere Forscher schon vor über siebzig Jahren zusammengetragen. Beim zweiten Mal blieb er nicht allzu lange, und bei seiner Rückkehr ging er nicht näher darauf ein, was er hier gefunden hatte.

Als er das dritte Mal hinfuhr, waren sie und ihre Mutter nicht mehr da. Ihre Mutter war nach Arizona gezogen, um der Familie ihrer Schwester nahe zu sein. Sie waren nicht geschieden, aber zwischen ihnen lag ein halbes Land und auch sonst noch einiges. Was sie selbst anging, so lebte sie allein in ihrer ersten Wohnung in der Stadt und sah ihren Vater nur noch an Feiertagen, und dann blieb sie nicht lang. Einmal besuchte sie ihn an seinem Geburtstag, und er erzählte ihr, er sei noch einmal nach Talcott gefahren, um das Grab zu finden. Sie fragte nicht, ob er es gefunden habe, und ging so bald wie möglich. Es roch dort schlecht.

Als sie zum Denkmal kamen, war es dort leer. Der Imbissstand war dicht und die Tür des Dienstwagens abgeschlossen. Kein Mensch war mehr da.

Anstatt wie tags zuvor hügelabwärts zu gehen, wandten sie sich in die entgegengesetzte Richtung, den Berg hinauf. Sie konsultierte die Karte ihres Vaters, interpretierte die von ihm gezeichneten Linien. Sie fand den Weg. Er war überwachsen, aber am Vortag hatten Leute dort geparkt, beruhigt vom knirschenden Einrasten der Handbremse, und Räder hatten das Unkraut in den Boden gepflügt. Abgeknickte schlanke Zweige, bloßgelegtes weißes Mark und Kaugummifolien schimmerten wie Quarz zwischen den zerstörten Schösslingen. Eine schwarze Fliege verfolgte sie mehrere Meter weit. Sie bogen vom Asphalt ab und gingen den ansteigenden, gezackten Weg hinauf, bis der platt gefahrene Teil endete und Wildnis begann. Der Weg war nicht sehr populär, war eine Art Mauerblümchen, und Keime und Sporen hatten sich eingeschlichen, um die Erde zu verführen. In Reifenfurchen verliefen gelbliche Kräuter, durch periodische Belästigung verkümmert, in parallelen Linien, zwischen denen sich, nur gelegentlich von Fahrgestellen attackiert, geschmeidiges Gras verbeugte und knickste. Dann hörte der Weg einfach auf. J. sagte, es ist immer komisch, wenn man im Wald spazieren geht und einem Weg folgt, der irgendwann einfach aufhört. Man fragt sich, wer ihn gebahnt hat und warum, weil er nirgendwohin führt, sondern einfach aufhört. Sie sah auf die Karte, ging zu einer wenig bemerkenswerten Kiefer hinüber und schob die Äste zur Seite. Man sah einen kleinen Fußpfad. Die Hände in die Hüften gestemmt, stand sie da und legte den Kopf schräg. Zu diesem Zeitpunkt hatte er den Karton in den Händen.

Kiefernzweige geißelten sie mit zarten Spitzen. Er sagte, er sei froh, dass er eine Sonnenbrille aufhabe. Der Pfad mäanderte und fintierte, mied Anstiege und ganze Felsenclans. Er hüpfte über umgestürzte Bäume, und das Gelände verlangte bessere Schuhe.

Sie faltete die Karte zusammen und steckte sie wieder in ihre Hosentasche. Was sie den Friedhof nannte, war eine Lichtung auf ebenem Gelände. Als sie aus der Düsternis des Waldes in das hohe, wilde Gras hinaustraten, hörte das Gesäusel der Insekten auf. Er hatte mit Grabsteinen gerechnet, aber es gab keine. Sie sagte, dort haben die Schwarzen Arbeiter die Männer begraben, die starben. Die Firma sagte ihnen, sie sollten sie in der Aufschüttung begraben, und nachts gruben die Männer sie wieder aus, trugen sie den Berg hinauf und gaben ihnen einen Markierungsstein und ein ordentliches Begräbnis. Laut der Legende wurde hier auch John Henry begraben. Danach habe ihr Vater gesucht, als er zum letzten Mal hier gewesen sei. Sie wateten in die Wiese, in die grüne und braune Lagune hinein. Sie fanden nichts als Kletten, und dann stolperte er. Er teilte die dünnen Halme und bückte sich. Er war über einen länglichen flachen Stein mit eingemeißelten Initialen gestolpert, und ihm wurde klar, dass er auf einem Grab stand. Mit dem Fingernagel kratzte er die Erde heraus, um die Initialen lesen zu können. Sie kam herüber, um es sich anzusehen.

Über die Wiese verstreut fanden sie ein Dutzend Gräber. Keines davon trug die Initialen J. H. Möglich, dass sie es übersehen hatten, aller Wahrscheinlichkeit nach hatten sie noch mehr Gräber übersehen. Gras und Unkraut waren zu hoch, die Wiese zu groß, als dass sie sie vollständig hätten absuchen können. So vorsichtig, wie sie auftraten, hätte es sich um ein Minenfeld handeln können. Alles Mögliche konnte daraus hervorbrechen. Wenn einer von ihnen einen Markierungsstein entdeckte, kam der andere querfeldein herbeigelaufen, und sie knieten sich zwischen den Dornen und Wildblumen nieder und scharrten die Erde vom Stein des Toten. Nach jenem runden Dutzend sagte sie, es lasse sich nicht sagen, wie viele Männer hier begraben seien. Auf der Karte war die Lage der Gräber nicht eingezeichnet, und auch John Henry war nicht aufgeführt. Bloß der ungefähre Weg hierher. Sie könnten es genauso gut hinter sich bringen. Ihre Wortwahl, ihr Tonfall verblüfften ihn. Aber er kam zu dem Schluss, dass er sich letztlich kein Urteil über sie erlauben konnte.

Die Urne war, wie sie aus dem Karton an die Sonne kam, nicht schön. Das Messing fing das Licht und verwandelte es in einen fettigen Schimmer auf den schlichten Wölbungen des Gefäßes. Nachdem er eine Weile überlegt hatte, wie er es formulieren sollte, erkundigte er sich, wie sie die Asche verstreuen wolle, und sie antwortete, sie wolle sie nicht verstreuen, sie wolle sie begraben, die ganze Urne, im Boden. Sie hatte das nicht mit ihrem Vater besprochen, und er hatte keinerlei Verfügungen getroffen. Es war nicht seine Idee, dieser Auftrag. Nach der Totenfeier hatte sie die Urne zusammen mit seiner Sammlung in das Magazin gegeben, das Licht ausgemacht und die Tür abgeschlossen. Vielleicht wäre es ihm lieber gewesen, wenn seine Asche verstreut würde, sie wusste es nicht, ihr war es, sobald sie hier oben waren, einfach schlüssig erschienen, sie zu begraben. Sie ging mitten auf die Wiese, blieb, ohne übermäßig lang zu überlegen, wo der beste Platz wäre, stehen und sagte, hier.

Als Erstes rissen sie Unkraut und Gras aus, jedes Mal spürte man diesen Widerstand, dann gaben die Wurzeln nach, und Erde rieselte von ihren Bärten. Als ihm klar wurde, dass sie nichts zum Graben hatten, dachte er, es würde ewig dauern, und dabei hatte er noch nicht mal gegessen. Wenigstens war er nicht verkatert. Sie sagte, jetzt haben Sie die Chance, zum Handarbeiter aufzusteigen. Er gab ein Grunzen von sich. Auf den Knien überlegten sie, wie sie das Loch ausheben sollten.

Wenigstens war es kein ganzer Körper, dachte er. Sie erzählte ihm, dass der Bürgermeister oder einer seiner Leute gestern Nachmittag die Pläne für das Museum im Motel abgegeben hatte, und sie hatte sie sich stundenlang angesehen. Man hatte offenbar viel Zeit und Herzblut in die Sache investiert. Sie erzählte von der Bestandsliste, die sie der Stadt geschickt hatte, und dass für einige der Stücke ihres Vaters auf den Plänen sogar schon die vorgesehenen Plätze eingezeichnet waren. Er besaß die größte John-Henry-Sammlung der Welt, und es gab keinen Grund, warum die Stadt sie nicht bekommen sollte. Sie hatte versucht, andere Interessenten zu finden, Colleges, die sie vielleicht haben wollten, aber sie hatte kein Glück gehabt. Und dann war etwas passiert, wodurch es ihr wie das Allerschlimmste erschienen war, sie wegzugeben, sodass sie es einfach nicht über sich brachte, sie abzustoßen. Und gestern Abend gab sie dann nach all dem Widerstand doch nach.

Er fand einen schmalen Stein, mit dem er auf die Erde einstochern konnte, und das half. Sie redete weiter. Manchmal hörte er, wie ihr die Stimme kurz versagte, und erwartete, sie weinen zu sehen, aber es blieb jeweils beim Versagen der Stimme. Die Erde geriet ihnen unter die Fingernägel, und das tat weh, aber sie kamen voran. Sie sagte, er sei jedes Mal, wenn sie ihn besucht habe, so ungepflegt gewesen. Er hatte sein Geschäft verkauft, um seine ganze Zeit dem Museum zu widmen, ohne dass je ein Besucher kam. Wer würde schon in die Wohnung irgendeines unheimlichen Fremden hinaufsteigen. Er trug immer dieselben Kleider, er hatte sie schon seit Jahren, und bei seiner einen Hose war der Reißverschluss kaputt, sodass er mit offenem Hosenladen herumlief, und es war ihm egal. Man konnte nichts sehen, sodass es nicht direkt anstößig war, aber es war ihr trotzdem peinlich. Am Vatertag gingen sie immer um die Ecke in ein Restaurant, und dort saßen dann lauter Familien in ihren besten Kleidern, und ihr Vater glich einem verwahrlosten Penner.

Es war seltsam, dort auf der Erde zu sitzen. Ihre Hände bewegten sich unaufhörlich. Er war erschöpft von dieser einen simplen Aufgabe, und in derselben Erde, an der er schwächlich herumscharrte, lagen Männer, die an einem Tag mehr anstrengende Arbeit geleistet hatten als er in seinem ganzen Leben. Und ganz in der Nähe oder nicht ganz in der Nähe im Boden der legendäre John Henry. Er überlegte, welche moderne Entsprechung es für seine Geschichte, für dieses Martyrium, geben könnte. Aber er lebte in anderen Zeiten, und ihm fiel nichts ein. Er grub weiter.

Sie sagte leise, *And when she got to where John Henry fell dead, She fell down on her knees, And kissed him on the cheek, and these are the words she said, Lord, there is one more good man done fell dead*, und wieder versagte ihr kurz die Stimme.

Noch etwas, sagte sie, sei an dem Song interessant. Ehe er Balladenform annahm, sangen die Männer ihn als Worksong, um mit ihren Hämmern den Takt zu halten. Und in diesen frühen Songs sangen sie, *This old hammer, killed John Henry, Can't kill me, Lord, Can't kill me.* Sie sangen ihn wie ein Widerstandslied. Sie wollten nicht wie John Henry enden. Vielleicht verdammten sie ihn auch, anstatt ihn zu betrauern. Sein Kampf war unsinnig, weil der Preis zu hoch war. Meinen sie, dass sie nicht so arrogant sind wie John Henry, oder sind sie doppelt so arrogant, weil sie glauben, sie seien gegen sein Schicksal gefeit? Man könnte es so betrachten, dass der Kampf weiterging, dass man Widerstand leisten, gegen die herrschenden Kräfte kämpfen und gewinnen konnte und dass es einen nicht das Leben kostete, weil er sein Leben für einen geopfert hatte. Sein Opfer ermöglicht es einem auszuhalten, ohne selbst sein Leben für seinen Kampf, wie immer man ihn auch definiert, hingeben zu müssen.

Sie fragte ihn, ob ihr Vater hatte sterben müssen, damit dieses Wochenende Wirklichkeit werden konnte. Sein Leben lang wünschte er sich so etwas wie dieses Wochenende, eine Feier zu Ehren von John Henry. Seine Sammlung wäre eine Hauptattraktion gewesen, er hätte Reden halten können. Hätte den Schlüssel zur Präsidentensuite der Talcott Motor Lodge bekommen. Endlich wären die Leute in sein Museum gekommen. Sie fragte ihn, ob es trotzdem Wirklichkeit geworden wäre, der Jahrmarkt, das Museum, wenn er noch lebte. Oder musste er sich selbst aufgeben, damit es dazu kommen konnte. Der Preis des Fortschritts. So wie John Henry sich selbst hatte aufgeben müssen, um etwas Neues in die Welt zu bringen.

Sie füllten das Loch auf und ritzten seine Initialen in einen grauen Stein. Sie ritzte, er suchte den Stein. Sie standen davor, und es erschien ihnen genug.

Von der Einmündung des Pfades aus konnten sie nicht sehen, wo sie ihn begraben hatten. Die braunen Spitzen des trockenen Grases ließen nichts erkennen, überdeckten wieder die flüchtigen Pfade, die sie gebahnt hatten. Es gab nichts, was einen der Toten auf dieser Wiese hervorgehoben hätte. Sie war eine zufällige Lichtung an einem Berg, der sich in Graten hochtürmte. J. hakte die Finger in den leeren Karton, und sie marschierten los, den Berg hinunter.

Wie jeden Morgen drehte er zur Vorbereitung auf die Besucher das Schild im Fenster von »Geschlossen« auf »Geöffnet«. Der Vermieter hatte seine Bitte abgelehnt, ein größeres Schild aufhängen zu dürfen, etwas Prächtigeres, das dem Unternehmen angemessen war, dem, was er hinter diesen schmutzigen, bescheidenen Ziegeln zusammengetragen hatte. Der Vermieter versuchte, das Haus auf Vordermann zu bringen, die Leute kehrten nach Harlem zurück, neues Leben in den Straßen von Harlem, und die Pläne des Mieters liefen denen des Vermieters zuwider. Wäre der Vermieter nicht so beschäftigt gewesen, hätte er in den einschlägigen Vorschriften nachgesehen, ob es überhaupt zulässig war, in einem Wohnhaus ein sogenanntes Museum zu betreiben. Dagegen gab es doch bestimmt Gesetze. Aber er kam nie dazu. Vorläufig ließ er den Alten das Schild ins Fenster hängen, denn er ging davon aus, dass es nur eine Frage der Zeit war, bis der Alte starb und man die Wohnung im ersten Stock mit Gipskarton in zwei getrennte Mieteinheiten aufteilen konnte.

Am oberen Ende der dunkelroten Treppe, neben Klingel Nummer eins, hatte er den Namen seiner Familie durch JOHN HENRY MUSEUM ersetzt. Die Bescheidenheit des Schildes im Fenster und das dank der Südlage in den Scheiben gleißende Sonnenlicht sorgten gemeinsam dafür, dass das Schild kaum wahrgenommen wurde. Es verbarg sich abwechselnd in grellem Licht und Schatten. Mit der Zeit bleichte die Sonne die Schrift und ließ sie zum Phantom werden. Verregnete Jahreszeiten überzogen die Scheiben mit Schichten schwarzer Teilchen. Nur aus bestimmten

Blickwinkeln und zu bestimmten Tageszeiten war das Schild für Passanten komplett zu sehen und sein Inhalt erkennbar. Tausende gingen an dem Schild vorbei, das, um des größeren Nachdrucks willen leicht gegen die Scheibe gelehnt, geduldig auf seinem Platz auf der Fensterbank des mittleren Fensters stand. Die Wechselfälle des peripheren Sehens sortierten die Leute in unterschiedliche Kategorien. Ein bestimmter Prozentsatz bemerkte das Schild gar nicht und strebte weiter der nächsten Ecke zu; ein noch kleinerer Prozentsatz bemerkte das Schild und beförderte es in den geistigen Abfalleimer, zu den anderen abwegigen Phänomenen der Stadt. Und ein noch kleinerer Prozentsatz überlegte wenige Sekunden lang, was es mit dem Schild wohl auf sich hatte, blieb aber nicht stehen, sondern strebte weiter der nächsten Ecke und anderen Straßen zu.

Im Eingangsflur lag auf einem kleinen Tisch schräg der Stift, ein Strich auf der vollkommenen weißen Leere des Gästebuchs. Es stand kein einziger Name darin. Der Eintritt war frei, doch ein kleiner blauer Teller nahm Spenden entgegen. Er ließ eine Dollarnote darauf liegen, um den Besuchern das Verfahren nahezulegen. Ab und zu brauchte er die Dollarnote für eine Besorgung und ließ den blauen Teller stundenlang leer, ehe er sie ersetzte. Eines Tages gab er die Dollarnote aus und legte keine mehr hin. Eine Zeit lang verspürte er jedes Mal, wenn er an dem Tisch vorbeikam, Gewissensbisse, doch die legten sich, während die Monate verstrichen. Manchmal klingelte es an der Tür, und wenn er im Glauben an die endlich herbeiströmenden Besuchermassen öffnete, hatte er einen Mann oder eine Frau vor sich, die nach etwas anderem suchten.

Je nach der Tageszeit kam die Musik für die Besucher aus einer von mehreren Quellen. Morgens spielte er auf einem Tonband die frühesten Aufnahmen des Songs. Diese Songs waren erkennbar an dem wie aus weiter Ferne ans Ohr dringenden Gesang und Geschrammel, als kämen sie aus einer tiefen Grube oder einem

Tunnel. Musikhistoriker hatten sie mit primitiven Geräten aufgenommen, während sie in ländlichen Gegenden auf Veranden, in Hinterhöfen, in Wohnzimmern saßen, und einige hatte er auf seinen Exkursionen auch selbst aufgenommen, von alten Männern, die er ausfindig gemacht hatte. Gegen Mittag ging er zu schweren 78ern über, die er vorsichtig aus gelben, zerfleddernden Schutzhüllen gleiten ließ. Er zog das Grammophon auf und ließ die Nadel die Songs in die Luft stechen. Und so weiter, ein kurzer Streifzug durch die Geschichte der Technik der Musikwiedergabe: ein 33er Plattenspieler, ein Achtspur-Tonband wegen der Neuartigkeit des ungelenken Geräts, ferner Musikkassetten und CDs auf ihren jeweiligen Abspielgeräten. In den Räumen des Museums erklangen Worksongs, Folksongs und der Blues, tote Stimmen, getragen von einer Phalanx von Instrumenten.

Ursprünglich hatte er vorgehabt, den Besuchern den Song gemäß der Art und Weise zu präsentieren, wie er durch die Jahrzehnte trottete, mal hier von einem Güterwagen sprang, mal dort in neuen Stiefeln auftauchte, aber das ging natürlich nicht. Einige der ältesten Versionen in seinem Besitz gab es nur auf Kassette, und das brachte die Chronologie durcheinander. Ein paar Spezialverlage hatten Zusammenstellungen regionaler Volksmusik herausgebracht, die er auf seinem CD-Spieler abspielen musste. Er hatte kein Klavier, schon gar kein automatisches Klavier, sodass er nur in Form von Papierstücken hinter Glas darstellen konnte, welchen Beitrag Noten und Musikautomaten zur Verbreitung der Ballade geleistet hatten. Die Ablösung einer Form der Wiedergabetechnik durch eine überlegene war ein eigenes Ausstellungsthema, das er den Besuchern gern besser präsentiert hätte. Während er auf Besucher wartete, machte die Häufung von Schmerzen in seinem Körper der täglichen Lauferei von Schalter zu Schalter und von Gerät zu Gerät mit der Zeit ein Ende, und er nahm ein Master-Band auf, das die Songs einfacher und praktischerweise in chronologischer Reihenfolge spielte. Er stellte die

Abspielgeräte in einer Reihe auf, mit kleinen, zeltförmigen Schildchen, die ihren jeweiligen Einfluss auf die Verbreitung der Legende von John Henry schilderten und als Subtext die totgeborenen Es seiner Schreibmaschine darboten. In seiner Rede konnte er auf die Unaufhaltsamkeit von Technik und Fortschritt und den dafür zu zahlenden Preis eingehen. Am Ende war nicht die Maschine wichtig, sondern der Mensch.

Die Rede schlief in seinem Mund. Er hatte die Rede über viele Jahre hinweg verfasst, denn jedes neue Stück erforderte ein Unterkapitel, damit ihm sein Platz in der Sammlung zugewiesen wurde. Jedes Mal, wenn seine Hand die Neuerwerbung berührte – einen Eisenbahngegenstand, ein Foto von der Einweihung des Tunnels –, erweiterte die Rede ihren Vortrieb. Indem sie rühmte, erklärte, freundliche Nebenbemerkungen machte. Er übte Handbewegungen und Gesten, mit denen seine Arme über Ausstellungsstücke, über das Panorama des Angehäuften schwenkten, und er perfektionierte das Timing von Wortspielen. In der Rede setzte er keinerlei Vorkenntnisse bei den Besuchern voraus. Er fing am Anfang an. Er ging, während er die Rede hielt, von Raum zu Raum, und die Anordnung jedes Raums färbte die Worte des Textes. Im Musikraum, inmitten der überschwänglichen Fülle des Songs, als sei man unter all den Männern und Frauen, die ihn gesungen hatten, diesem amerikanischen Lumpenchor, wandelte sich die Rede zu einer Erklärung über die Macht der Legende, die so vieles aus so vielen schöpfte und in so vielen Seelen einen Namen fand. Im Dokumentenraum ließ das spröde Sortiment von Materialien – von alten Anforderungslisten der C & O über Baupläne der Burleigh-Dampfbohrmaschine bis hin zu vergriffenen wissenschaftlichen Abhandlungen – die Rede auf ähnliche Weise verkümmern, die Tinte wurde blass, die Wahrheit der Geschichte rückte, von Zeit und Widerspruch verstreut, in die Ferne, und Worte schwebten als bloße Echos von etwas Größerem durch die Luft. Im Kunstraum, hier drüben, wo dort und dort Kinderbücher auf Ständern stehen, sehen Sie her, die Seiten zwecks Lektüre eines überlebensgroßen Abenteuers aufgeschlagen, steht auf einem Schild, dass man sie anfassen darf, die Wände sind wegen all der Bilder und Poster von Märtyrertum zu dünnen weißen Linien geschrumpft, Triumph und Trauer zusammengepfercht, schauen Sie her, man kann kaum einen Zentimeter Wand sehen, und die Rede tremoliert von einem neuen Verständnis, all diese Künstler verleihen den Worten eine fieberhafte Kraft, nähren die Rede mit ihren Mühen, all diese elementaren Kräfte fließen durch die Öffnung dieses Raums. Im Statuenraum, hier entlang, bitte, zwischen den Figuren, manche so klein wie Kinder, andere so groß wie Riesen, die Musik mittlerweile in weiter Ferne, schwand die Rede zu einem Seufzen, einer tiefen aphasischen Ehrfurcht, die die Besucher zu einer Betrachtung des Mannes und dieses Augenblicks drängte, nun, da sie ihn in diesem letzten Raum nach all den vorherigen Räumen in gewisser Weise zum ersten Mal sahen, greifbar, mit bestimmten Dimensionen, wuchtig, von solidem, unstreitigem Gewicht. Die Rede verklang, während die Besucher John Henry in seinen unzähligen Masken betrachteten.

In mancher Hinsicht war es nicht so sehr eine Rede als vielmehr eine Geschichte.

An den langen, einer nach dem anderen verstreichenden Tagen stellte er sich die Besucher vor. Die langen Schlangen von Besuchern, angekündigt zuerst von der Klingel, dann von den Schatten ihrer Füße unter der Tür. Einige hatte er schon einmal gesehen, sie waren an seinen Fenstern vorbeigegangen, oder ihre Eltern waren an seinen Fenstern vorbeigegangen, ihre Familien und Freunde, sie hatten in seinem Laden gekauft, als er den Laden noch hatte, und er hatte ihnen Sachen verkauft, war ihnen auf der Straße begegnet, hatte an öffentlichen Orten neben ihnen gesessen. Aber als sie in seinem Laden gewesen waren, hatte er ihnen niemals so unverzichtbare Stücke präsentiert wie die, die er schließlich in seinem Museum zusammengetragen hatte. Jene waren bloß materielle Stücke gewesen, und das hier war so viel mehr. Es hatte ihn so viel gekostet, und die Besucher waren endlich gekommen, eine drängelnde, gierige Menschenschlange, ganze Wohnviertel und Sippen, bereit, John Henry anzunehmen, sie trödelten vor ihren Lieblingsstücken, zu denen sie immer wieder zurückkehren mussten, allein oder mit einem geschätzten Freund an der Hand, um eine Offenbarung zu teilen. Schöne Kinder mit runden Gesichtern und großen Augen, die zum ersten Mal von dem legendären Bohrhauer hörten und eine Vorstellung davon bekamen, was möglich war, herumlümmelnde Teenager, die Witze rissen, um zu kaschieren, was sie in dem Mann sahen, aber nicht zugeben konnten, Erwachsene, aus vielerlei Gründen zum Kommen bewogen, Männer und Frauen, die die Geschichte, die sie zuerst als Kinder gehört hatten, neu kennenlernten und nun mit jedem einzelnen harten Morgen ihres Lebens in Verbindung brachten, diese strebsamen Menschen, und die Alten, so alt wie er, die das Gleiche erlebt hatten, was er erlebt hatte, und in respektvollem Abstand vor Fotos verharrten, die die Legende so verstanden, wie er sie nun verstand, als eine unter enormen Kosten endlich gelernte Lektion, und die sich, wiedererkennend und resignierend, von Raum zu Raum bewegten, sie alle eine Familie, die er verloren hatte und die nun endlich zu ihm zurückkam.

Jeden Tag stand er so da, mit verschränkten Armen, lauschte John Henry und wartete auf Besucher.

Seinen Fäustel in der Hand, stand John Henry im Lager. Er hielt ihn fest, wie sich ein Ertrinkender in den Strömungen des Frühlingstauwetters an einen Ast klammern würde. Keiner sah ihn. Die meisten Männer waren schon vorgegangen. Das Lager war fast leer. Es war Zeit zu arbeiten, aber das war kein gewöhnlicher Arbeitstag am Berg. Keiner hielt sich in den Tunneln auf. Die Männer waren nicht am Ebnen, Geröllwegräumen, Nägeleinschlagen. Sie warteten auf den Wettkampf. Sie versammelten sich an der Öffnung des Osteinstichs, um zu erfahren, ob er seine Herausforderung wahr machte. Heute Nachmittag spielte der Zeitplan keine Rolle, weder die Sekunden noch die Zoll, denn die Strecke musste innehalten, ehe sie weitergehen konnte. Angesichts der Worte, die John Henry gesagt hatte, kam alles zum Erliegen. Werkzeuge lagen unberührt, und die Schwänze der Pferde peitschten träge in der Sonne. Keine Hände legten sich auf Ohren, um den Knall der Explosionen abzuhalten, und der Boden zitterte nicht unter der Gewalt, die sie im Berg auslösten. Es war still, und es war Zeit.

Während er letzte Nacht in seinem Bett lag, hörte er die Worte der Männer durch die Wände seiner Hütte dringen. Wenn er gewollt hätte, hätte er den Stimmen Gesichter zuordnen können, aber er versuchte es erst gar nicht. Er kannte alle Männer. Manche waren Freunde, manche Feinde. Es spielte keine Rolle, wie sie zu ihm standen, während ihre Reden zu einem einzigen Gerede über den Wettkampf verwirbelten. Sie schlossen Wetten darauf ab, ob ein Mensch eine Maschine besiegen konnte. Alle ihre Wetten auf John Henry vor diesem Tag waren Proben für diesen Tag gewesen. Eine Stimme, die an sein Ohr drang, sagte, es sei unmöglich. Eine andere sagte, John Henry sei kein Mensch wie du und ich, sondern ein Dämon, und keine Maschine könne ihn aufhalten. Eine Stimme forderte zu Wetten auf. Sie sagte, kommt her und wettet, Männer. Er hörte zornig erhobene Stimmen, dann das Gerangel von im Dreck sich prügelnden Männern. Es ging um mehr als Geld. Jede Wette war ein flüchtiger Blick in den Mann, der sie abgeschlossen hatte. In diesem Wettkampf ging es um mehr als Wetten.

An seinem letzten Abend erlaubte John Henry nicht, dass L'il Bob ihn besuchte. Sein Freund war gekränkt von den Worten, die John Henry zu ihm sagte, einen Fuß auf dem Erdboden drinnen, den anderen auf dem Erdboden draußen, und er verstand nicht, warum sein Partner sich von ihm zurückzog. Aber ich habe einen Plan, sagte L'il Bob. Ich kann an der Maschine drehen, sodass sie morgen bloß wackelt und quietscht. Mir helfen morgen keine Pläne, sagte John Henry. Er bat seinen Partner, Adams zu holen, und L'il Bob fragte, warum, aber John Henry wollte es ihm nicht sagen. Hol ihn einfach her, sagte er. Als die Tür zuging, hörte er die Stimme seines Freundes Adams, Adams rufen. Es war ihm gegenüber nicht recht, aber es blieb ihm nichts anderes übrig.

John Henry hatte von seinem Lohn Geld gespart. Schon während er es die langen Monate hindurch beiseitelegte, um es später Abby zu geben, wusste er, dass er es ihr niemals persönlich überreichen, nach all der Zeit niemals vor ihr stehen und ihr zeigen würde, was seine lange Abwesenheit ihnen eingebracht hatte. Was seine Rückkehr anging, hatte er sie belogen, und die Scheine, die er in sein Versteck gestopft hatte, waren bloße Hoffnung gegen den Berg. Er trank nicht. Er spielte nicht um Geld. Wenn er spielte, war sein Einsatz er selbst, und in der langen Zeit an diesem Ort hatte er mehr Geld gespart, als irgendeinem seiner Freunde bekannt war. Wegen dem, was in seinen Armen steckte, war er der höchstbezahlte Bohrhauer. Für das, was in seinen Armen steckte, zahlte Johnson ihm Prämien. Er vertraute darauf, dass L'il Bob es ihr schicken würde.

Adams konnte schreiben und Briefe verfassen. Die Arbeit im Tunnel hatte ihm die Hände kaputtgemacht, aber er konnte immer noch schreiben. Er war derjenige, zu dem die Farbigen kamen, wenn sie etwas geschrieben haben wollten. Er brachte die Geschichten und Lügen zu Papier, die sie ihren Familien und ihren Frauen schickten. Als Adams erschien, sagte John Henry zu ihm, er wolle einen Brief schreiben, und der Mann ging seine Sachen holen. Während er fort war, legte John Henry sich abermals die Worte zurecht, und dabei fiel ihm ein, dass Adams im selben Wagen zum Berg gekommen war wie er selbst. Zum ersten Mal gesehen hatte er ihn auf der Herfahrt im Waggon der Arbeiter, gegenüber von ihm, während sie auf den Nagelfässchen saßen, die ihnen als Sitze dienten, und sich allesamt fragten, was sie da oben wohl erwartete. Jetzt wusste er es. Aber davon würde nichts in dem Brief stehen. Die Einzelheiten des Wettkampfs konnte L'il Bob ihr erzählen, doch in dem Brief wollte er anderes schreiben. Er ermahnte Adams, keiner Menschenseele zu sagen, warum er ihn hergerufen hatte. Als er ihm in die Augen sah, wusste er, dass der Mann schweigen würde. Adams war keiner von den dummen, trägen Kerlen, die die Eisenbahngesellschaft anzog. Er hatte Köpfchen. Als Adams ging, verbannte John Henry die Stimmen aus seinen Gedanken und weinte. Mit dem Salz im Mund sagte er, trag niemals Schwarz, trag Blau, trag niemals Schwarz, trag Blau.

Es war fast Zeit. Als er an diesem Morgen frühstückte, sahen ihn alle Männer, neben denen er so lange gearbeitet hatte, über ihre Blechnäpfe hinweg an. Sein starrer Blick bedeutete ihnen, ihn nicht anzusprechen, also sahen sie ihn einfach nur an, maßen ihn mit ihren Augen. Sie wollten wissen, was in ihm steckte, was sie nicht hatten. Einer sagte, es kämen sämtliche Leute aus der ganzen Umgebung zum Osteinstich, um sich den Wettkampf anzusehen. Es hatte sich über die Arbeiterlager, über die Häuser der Vorarbeiter hinaus herumgesprochen, und alle wollten kommen und den Wettkampf zwischen dem Mann und der Maschine miterleben. Ein anderer sagte, sie wollten sogar Eintritt dafür nehmen. Das war ein größeres Ereignis als der Schwarze gegen den Weißen, und das Neue, um das es hier ging, zog die Leute an. So etwas gab es nur einmal im Leben. Während dieses Gesprächs sahen einige der Männer John Henry an und änderten ihre Wetten. Einen oder auch zwanzig Männer zu besiegen war eine Sache, aber das hier war etwas anderes. L'il Bob kam zu John Henry herüber und kratzte Essen aus seinem Napf, um es seinem Partner zu geben. Über seine rechte Gesichtshälfte zog sich eine Kette von Blutergüssen, und John Henry wusste, dass er sie seinetwegen davongetragen hatte. L'il Bob hatte sich mit jemandem geprügelt, der behauptet hatte, John Henry werde verlieren. Die Blutergüsse mussten so wenig erklärt werden wie irgendetwas anderes, ausgenommen der Brief und das Geld, das er gespart hatte. L'il Bob würde sich nach seinen Wünschen richten und es ihr bringen. Als er mit Essen fertig war, legte er sich wieder ins Bett und wartete darauf, dass die Geräusche der Männer erstarben, sich zum Tunnel hinüberverlagerten.

Von der Sonne beschienen, stand John Henry im Lager. Es war fast Zeit. Dort unten warteten sie alle. Er spuckte auf den Boden und straffte seine Schultern. Er blickte zur Spitze des Berges auf, wo sich die Baumwipfel mit ihren kleinen Spitzen streckten wie eine Million Finger, die nach dem Himmel griffen. Der Berg war so groß, und John Henry war so klein. Er hielt sich eine Hand an die Stirn, um die Sonne von seinen Augen abzuhalten, und blickte zum Berg, vorbei an dem Laub, die Stämme hinab und in die Erde hinein, in das steinerne Herz des Berges, er blickte hinein und sprach ihn an. Niemand außer ihm selbst hörte ihn. Mit seinem Hammer in der Hand ging er den Weg hinab.

J. Sutter steht auf dem Parkplatz der Talcott Motor Lodge. Sein Magen ist leer. Es macht ihm nichts aus. Trotz des langen Fußmarsches und der ganzen Arbeit dort oben auf dem Berg hat er noch immer keinen Hunger. Es ist, als habe er in seinem Körper geschürft und sei in sich auf ein geheimes Reservoir gestoßen. Er betrachtet seine Hände in der Sonne. Er hat winzige Kratzer an den Fingerspitzen, und unter seinen Fingernägeln verbirgt sich Schmutz. Von dem Fußmarsch brennen ihm ein wenig die Beine und vom Graben die Hände, aber das macht ihm nichts aus. Er schließt die Augen, und die Sonne breitet sich über ihn.

Auf dem Weg hinunter hat sie ihn gefragt, ob er seine Story hat. J. Sutter hat bejaht. Er hat eine Story, aber es ist nicht die, die er geplant hat. Vorher hatte er über die Story gewitzelt, um an die Frau heranzukommen. Er hatte einiges von dem, was sie tags zuvor gesagt hatte, zu Papier gebracht, doch nun glaubt er, dass das heutige Geschehnis die eigentliche Story war. Es ist nicht das, was er üblicherweise schreibt. Es ist keine Jubelprosa. Es ist nicht für die Website. Er weiß nicht, wer es nehmen würde. Die Erde hat ihm keine Quittungen eingebracht, die er sich erstatten lassen könnte. Er weiß nicht einmal, ob es eine Story ist. Er weiß nur, dass es erzählenswert ist.

Über kochendem Teer schimmert die Luft. Es ist, als ob Hitzeschlangen auf ihren Schwänzen tanzten. Der Schweiß in seinen Kleidern macht ihn frösteln. Nach all der Lauferei steht er reglos da, kehrt in sich selbst zurück. Noch ist Zeit zu duschen. In ein, zwei Stunden ist es Zeit für die Vorstellung der Briefmarke, dann ist das Wochenende hier vorbei. Er hat Zeit genug, zu duschen und zu packen. Dann wird es Zeit für das heutige Ereignis, das morgige Ereignis und die Ereignisse danach. Sie türmen sich vor ihm auf, und er steht in ihrem Schatten. Er hat hier auf dem Parkplatz eine Entscheidung zu treffen. Pamela hatte vor ihm gestanden und gesagt, ich gehe schon vor der Zeremonie. Beim Motel angekommen, hatte sie gesagt, ich glaube, ich habe alles getan, was ich tun musste. Sie hatte ihm ins Gesicht gesehen. Die Stadt kann den ganzen Kram haben, und ich nehme ein früheres Flugzeug und gehe nach Hause, hatte sie gesagt. Du könntest eigentlich auch schon abfliegen.

In der Nacht zuvor war J. Sutter mit den anderen Männern auf dem Parkplatz gewesen. Am Tag ist es anders. In der Nacht hatten sie sich unterhalten und getrunken, um die Dunkelheit, die unermessliche Weite außerhalb der Straßenlaterne, fernzuhalten. Den Berg und alles, was er bedeutete. Das Reden war die einzige Abwehr, die sie gegen den großen Fels in ihnen selbst besaßen. Das Reden stützte sie ab wie Streben. Als das Reden schließlich zu Ende war, ging J. Sutter auf sein Zimmer und lag stundenlang wach. Er dachte über die Herausforderung nach, die er an sich selbst gerichtet hatte. Durch das nach hinten gehende Fenster konnte er den Fluss und seinen dunklen Lauf durch das Land hören. Wie er unstet Entfernungen überwand, bis er das Land abschüttelte und Befreiung fand. Aber es ist ein langer Lauf flussabwärts. Als der Schlaf schließlich kam, bot er wegen der Träume, die er mit sich brachte, keinen Trost. Er lag in seinem Bett und zitterte. Erst als sie die Straße hinauf zum Friedhof gingen, ließ sein Unbehagen nach. Auf dem Friedhof, mit den Händen in der Erde.

Hinter sich hört er das Knarren einer Tür und schaut sich um. Er sieht das zerklüftete Gesicht des Briefmarkensammlers, der sein Zimmer verlässt, vornübergebeugt, als trüge er eine Maultierlast auf dem Rücken. J. Sutter geht zu ihm hinüber. Er sagt, ich wollte mich wegen neulich Abend bedanken. Dafür, dass Sie mir das Leben gerettet haben, sagt er. Er streckt dem anderen die Hand entgegen. Die Hand des Mannes liegt kalt in der seinen, und J. Sutter fröstelt. Er will es nicht, aber er fröstelt, als die Kälte durch seinen Handteller in sein Blut dringt. Der Mann murmelt irgendetwas, was J. Sutter nicht versteht. Es ist, als hätte er Steine im Mund. Die Augen des Mannes winden sich zur Seite wie weiße Maden unter einem Stein, den man aufgehoben hat. Als wären sie plötzlich den Blicken ausgesetzt und hätten Angst vor dem Gesehenwerden. Er fragt den Briefmarkensammler, wie er heißt, und der Mann sagt es ihm. Dann weicht er zurück, zieht sich hastig in sein Zimmer zurück, gibt sein Vorhaben auf. J. Sutter hat keine Gelegenheit mehr, dem Mann noch einmal dafür zu danken, dass er ihn vor dem Ersticken gerettet hat.

Die gelbe Farbe, die den Asphalt in Parkplätze aufgeteilt hat, ist abgekratzt worden. Es gibt keine Unterteilungen mehr. Nur noch offenen Raum auf dem schwarzen Teer. J. Sutter steht auf dem offenen Platz und versucht sich zu entscheiden. Wenn er einen früheren Flug nimmt, wird er die Veranstaltung verpassen und mit seinem Rekordversuch scheitern. Er ist schon so lange dabei, er hat viel Arbeit darauf verwandt, die ununterbrochene Linie von Veranstaltungen voranzutreiben. Er kommt jeden Tag weiter, bohrt sich tiefer hinein, und die Linie wird vorangetrieben. Er hakt die Daumen in seine Jeans, und der Stoff reibt an den Schnitten in seinen Fingern. Das tut weh. Seine Kameraden haben Wetten auf seine Erfolgschancen abgeschlossen. Sie werden Witze reißen, und Geldbeträge werden den Besitzer wechseln, wenn er die Veranstaltung sausen lässt. Der Gewinner wird die Hand ausstrecken und sagen, dann zahlt mal schön. J. Sutter wird nicht mehr der Mann sein, der auf den Rekord ausgeht.

Die anderen sind schon in der Stadt, essen und bereiten sich auf die Veranstaltung vor. Lucien wird auch dort sein, auf seine Uhr sehen und auf die Einhaltung des Zeitplans achten. J. Sutter wird nicht dazu kommen, sich zu verabschieden, wenn er früher fliegt.

Er und Pamela fliegen mit derselben Airline. Einen früheren Flug zu bekommen ist ganz einfach. Mit Flughäfen kennt er sich aus. Der Mann hinter dem Ticketschalter kann sein Gerät betätigen und sie nebeneinandersetzen. Er wird den Rest der Geschichte erfahren, die Teile, die sie ihm noch nicht erzählt hat. Mit der Zeit wird er den Rest der Geschichte erfahren. Das Ende kennt er bereits. Er hat es mit eigenen Augen gesehen. Aber da ist noch mehr. Wenn er alles erfahren hat, wird es erledigt sein, und es lässt sich nicht absehen, wo er dann sein wird. Falls er nicht doch bleibt.

Autos kommen um den Berg herum. Sie kommen jetzt häufiger, während er dasteht und einen Entschluss zu fassen versucht. Die Autos kommen von Osten. Es ist die Abschlussveranstaltung der John Henry Days, das, worauf sie alle gewartet haben. Von überallher kommen die Menschen, um den alten Wettkampf zu feiern. Sie haben davon gehört, und sie wollen ganz vorne dabei sein, wenn er stattfindet. So etwas bekommt man nur einmal im Leben zu sehen. Es wird in die Sage dieses Ortes eingehen. Ein Auto kommt von Osten, fährt aber nicht weiter. Es biegt langsam von der Straße ab, fährt knirschend über Erde, dann Asphalt und bleibt ein paar Meter von ihm entfernt stehen. Der Klang einer Hupe übertönt das Rauschen des Flusses und sporadisches Rufen von Vögeln. Es ist ein Taxi. Pamela öffnet ihre Zimmertür. Sie blickt zuerst zu dem Taxi, dann zu J. Sutter hin. Sie winkt dem Taxifahrer mit der Hand. Sie sieht J. Sutter an und legt kurz den Kopf schräg. Dann zieht sie die Tür etwas weiter auf, sodass ein Stück Wand in ihrem Zimmer zu sehen ist. Noch ist Zeit. Er wird nicht lange brauchen, um seine paar Sachen zusammenzupacken. Sie werden auf ihn warten, wenn er sie darum bittet. Die Sonne im Gesicht, steht er da und versucht, eine Entscheidung zu treffen. Als ob er eine Wahl hätte.

Sie hat ihm eine letzte Frage gestellt, als sie den Berg herunterkamen. Als sie den Berg herunterkamen, hat sie ihn gefragt, wofür steht eigentlich das J.? Er hat es ihr gesagt.

Inhalt

PROLOG

5

ERSTER TEIL

Terminal City

13

ZWEITER TEIL

Motor Lodge Nocturne

121

DRITTER TEIL

Über die Auswirkungen der Landluft

215

VIERTER TEIL

Die Tunnelbau-Theorie des Lebens

367

FÜNFTER TEIL

Neue Strophen

517

»Everett ist ein Genie, James *sein Meisterwerk,*
das alles auf den Kopf stellen wird.«

Fatma Aydemir

Ü.: Nikolaus Stingl
336 Seiten. Gebunden

Jim spielt den Dummen. Es wäre zu gefährlich, wenn die Weißen wüssten, wie intelligent und gebildet er ist. Als man ihn nach New Orleans verkaufen will, flieht er mit Huck gen Norden in die Freiheit. Auf dem Mississippi jagt ein Abenteuer das nächste. Immer wieder muss Jim mit seiner schwarzen Identität jonglieren, um sich und seinen jugendlichen Freund zu retten. Percival Everetts *James* ist einer der maßgeblichen Romane unserer Zeit, eine unerhörte Provokation, die an die Grundfesten des amerikanischen Mythos rührt. Ein auf den Kopf gestellter Klassiker, der uns aufrüttelt und fragt: Wie lesen wir heute? Fesselnd, komisch, subversiv.

COLSON WHITEHEAD

The Harlem Shuffle
384 Seiten, ISBN 978-3-442-77201-8
Übersetzt von Nikolaus Stingl

»Ein großer Spaß! Colson Whitehead spielt mit dem Krimi-Genre so lässig wie ein Jazzvirtuose mit einem Broadway-Schlager ... ein zeitloses Sittengemälde Amerikas.«
Süddeutsche Zeitung

Der Koloss von New York
160 Seiten, ISBN 978-3-442-77123-3
Übersetzt von Nikolaus Stingl

New York für die Einheimischen und die Fremden, New York, beschrieben von einzelnen Stimmen an unterschiedlichen Orten wie Times Square, Brooklyn Bridge, Central Park, Coney Island oder Broadway. Whitehead, New Yorker von Geburt und aus Überzeugung, zeichnet ein sehr persönliches Bild einer Stadt, in der nichts gewöhnlich ist.

Die Nickel Boys
240 Seiten, ISBN 978-3-442-77042-7
Übersetzt von Dr. Henning Ahrens

»Whitehead zeigt, wie sich Rassismus anfühlt, und nimmt den Leser durch die schnörkellose Darstellung mit in die Verantwortung, sich zu dem Horror zu verhalten und zu entscheiden, wer man sein möchte.«
Süddeutsche Zeitung

btb